EM UMA SÓ PESSOA

John Irving

EM UMA SÓ PESSOA

Tradução de
LÉA VIVEIROS DE CASTRO

Título original
IN ONE PERSON

Primeira publicação na Grã-Bretanha em 2012 pela
Doubleday, um selo da Transworld Publishers

Copyright © 2012 *by* Garp Enterprises, Ltd

John Irving assegurou seu direito de ser identificado
como autor desta obra sob o Copyright, Designs and Patents Act 1988.

Este livro é uma obra de ficção e, exceto em caso de fatos históricos,
qualquer semelhança com pessoas reais, vivas ou não, é mera coincidência.

Direitos para a língua portuguesa reservados
com exclusividade para o Brasil à
EDITORA ROCCO LTDA.
Av. Presidente Wilson, 231 – 8º andar
20030-021 – Rio de Janeiro – RJ
Tel.: (21) 3525-2000 – Fax: (21) 3525-2001
rocco@rocco.com.br
www.rocco.com.br

Printed in Brazil/Impresso no Brasil

CIP-Brasil. Catalogação na fonte.
Sindicato Nacional dos Editores de Livros, RJ.

I68e	Irving, John, 1942-
	    Em uma só pessoa / John Irving; tradução de Léa Viveiros de Castro. – Rio de Janeiro: Rocco, 2014.
	    Tradução de: In one person
	    ISBN 978-85-325-2890-2
	    1. Romance norte-americano. I. Castro, Léa Viveiros de. II. Título.

13-07598	CDD–813 CDU–821.111(73)-3

O texto deste livro obedece às normas
do Acordo Ortográfico da Língua Portuguesa.

Para Sheila Heffernon e David Rowland
e em memória de Tony Richardson

*"Assim, eu sou muitas pessoas em uma,
E nenhuma delas feliz."*
— WILLIAM SHAKESPEARE, *Ricardo II*

Sumário

1. Uma escalação de elenco malsucedida 11
2. Atração pelas pessoas erradas 38
3. Disfarce 70
4. O sutiã de Elaine 98
5. Deixando Esmeralda 129
6. Os retratos que guardei de Elaine 171
7. Meus anjos apavorantes 202
8. Grande Al 227
9. Maldição em dobro 255
10. Uma única jogada 298
11. España 334
12. Um mundo de epílogos 371
13. Causas não naturais 417
14. Professor 476
Agradecimentos 511

1
Uma escalação de elenco malsucedida

Vou começar falando sobre a Srta. Frost. Embora eu diga a todo mundo que me tornei escritor porque li um certo romance de Charles Dickens na idade formativa de quinze anos, a verdade é que eu era mais moço do que isso quando conheci a Srta. Frost e me imaginei fazendo sexo com ela, e esse momento de despertar sexual também marcou o nascimento espasmódico da minha imaginação. Nós somos formados pelo que desejamos. Em menos de um minuto de excitação e desejo secretos, eu quis me tornar escritor e fazer sexo com a Srta. Frost – não necessariamente nessa ordem.

Conheci a Srta. Frost numa biblioteca. Eu gosto de bibliotecas, embora tenha dificuldade em pronunciar a palavra – tanto no plural quanto no singular. Parece que há certas palavras que eu tenho uma dificuldade considerável em pronunciar: substantivos, principalmente – pessoas, lugares e coisas que me causaram excitação fora do comum, conflito insolúvel ou pânico absoluto. Bem, essa é a opinião de vários fonoaudiólogos e psiquiatras que me trataram – infelizmente, sem sucesso. No ensino fundamental, eu repeti um ano devido a "graves problemas de fala" – um exagero. Eu agora tenho quase setenta anos; deixei de me interessar pela causa dos meus erros de pronúncia. (Sinto ter que dizer isso, mas foda-se a etiologia.)

Eu nem mesmo tento dizer a palavra *etiologia*, mas consigo pronunciar uma versão compreensível da palavra *biblioteca* ou *bibliotecas* – a palavra truncada emergindo como uma fruta desconhecida. ("Biboteca" ou "bibotecas" é como eu falo – como falam as crianças.)

O mais irônico é que minha primeira biblioteca era insignificante. Era a biblioteca pública da cidadezinha de First Sister, Vermont – um prédio compacto de tijolos vermelhos na mesma rua em que moravam meus avós. Morei na casa deles em River Street – até os quinze anos, quando minha mãe se casou de novo. Minha mãe conheceu o meu padrasto numa peça.

O grupo de teatro amador da cidade chamava-se First Sister Players; e desde que me entendo por gente, assisti a todas as peças do nosso pequeno teatro. Minha mãe era o ponto – se você esquecesse sua fala, ela soprava o que você tinha de dizer. (Como era um teatro *amador*, havia um bocado de falas esquecidas.) Durante anos, eu achei que o ponto fosse um dos atores – alguém que ficava misteriosamente fora do palco, e não usava fantasia, mas que contribuía para o diálogo.

Meu padrasto era um ator novo no First Sister Players quando minha mãe o conheceu. Ele tinha vindo para a cidade para ensinar na Favorite River Academy – uma escola particular de certo prestígio, que na época só aceitava meninos. Durante grande parte da minha infância (com certeza quando eu tinha dez ou onze anos), eu devo ter sabido que, finalmente, quando eu tivesse "idade suficiente", iria entrar para a academia. Havia uma biblioteca mais moderna e com melhor iluminação na escola preparatória, mas a biblioteca pública da cidade de First Sister foi a minha primeira biblioteca, e a bibliotecária de lá foi a minha primeira bibliotecária. (Por falar nisso, eu nunca tive nenhum problema em dizer a palavra *bibliotecária*.)

Nem é preciso dizer que a Srta. Frost foi uma experiência mais memorável do que a biblioteca. Imperdoavelmente, foi muito depois de conhecê-la que vim a saber seu primeiro nome. Todo mundo a chamava de Srta. Frost, e ela me pareceu ter a mesma idade que minha mãe – ou ser um pouco mais nova do que ela – quando eu, com bastante atraso, fiz meu primeiro cartão de usuário na biblioteca e a conheci. Minha tia, uma pessoa muito autoritária, tinha me dito que a Srta. Frost *"tinha sido* muito bonita", mas era impossível para mim imaginar que a Srta. Frost jamais pudesse ter sido mais bonita do que quando a conheci – não obstante o fato de que, mesmo quando criança, tudo o que eu fazia era imaginar coisas. Minha tia declarou que os homens disponíveis da cidade *costumavam* ficar caídos pela Srta. Frost quando a conheciam. Quando um deles tomava coragem para se apresentar – para dizer seu nome à Srta. Frost –, então a linda bibliotecária olhava friamente para ele e dizia com uma voz gelada: – Meu nome é Srta. Frost. Nunca me casei, nunca pretendo me casar. Com essa atitude, a Srta. Frost ainda estava solteira quando a conheci; inconcebivelmente, para mim, os homens disponíveis na cidade de First Sister tinham parado há muito tempo de se apresentar a ela.

O romance crucial de Dickens – o que me fez querer ser escritor, ou é o que sempre digo – foi *Grandes esperanças*. Tenho certeza de que tinha quinze anos tanto quando o li pela primeira vez quanto quando o *reli* pela primeira vez. Eu sei que isso foi antes de ir para a academia, porque peguei o livro na biblioteca de First Sister – duas vezes. Não vou esquecer do dia em que apareci na biblioteca para pegar aquele livro pela segunda vez; nunca tinha querido reler um romance inteiro antes.

A Srta. Frost me lançou um olhar penetrante. Na época, duvido que eu chegasse à altura dos ombros dela. – A Srta. Frost *um dia foi* o que chamam de "escultural" – minha tia tinha me dito, como se até a altura e a forma da Srta. Frost existissem apenas no passado. (Ela foi *eternamente* escultural para mim.)

A Srta. Frost era uma mulher com uma postura ereta e ombros largos, embora fossem principalmente os seus pequenos mas lindos seios que chamassem minha atenção. Em aparente contraste com sua altura de homem e óbvia força física, os seios da Srta. Frost pareciam ter acabado de se desenvolver – a aparência improvável de seios brotando. Eu não conseguia entender como era possível uma mulher mais velha ter conseguido essa aparência, mas sem dúvida seus seios tinham dominado a imaginação de todo adolescente que a conhecera, ou foi isso em que eu acreditei quando a conheci – quando foi isso? – em 1955. Além do mais, é preciso entender que a Srta. Frost jamais se vestiu sugestivamente, pelo menos não no silêncio imposto da melancólica Biblioteca Pública de First Sister; dia ou noite, não importa a hora, nunca havia quase ninguém lá.

Eu tinha ouvido a minha autoritária tia dizer (para minha mãe): – A Srta. Frost já passou da idade em que um sutiã de treinamento é suficiente. – Aos treze anos, eu tinha achado que isso significava que – na opinião preconceituosa da minha tia – os sutiãs da Srta.

Frost eram inadequados para seus seios, ou vice-versa. Eu *não* achava! E o tempo todo em que eu agonizava internamente com as diferentes fixações, minha e de minha tia, com os seios da Srta. Frost, a intimidante bibliotecária continuou a me lançar o já citado olhar penetrante.

Eu a tinha conhecido com treze anos; neste momento intimidante eu tinha quinze, mas dado o caráter invasivo do olhar longo e insistente da Srta. Frost, ele me deu a impressão de ser um olhar com dois anos de duração. Finalmente, ela disse, referindo-se ao fato de eu querer tornar a ler *Grandes esperanças*:

– Você já leu esse livro, William.

– Sim, eu adorei – disse a ela, em vez de exclamar, como quase fiz, que a amava. Ela era austeramente formal, a primeira pessoa a me chamar infalivelmente de *William*. Eu sempre fui chamado de Bill, ou Billy, pela minha família e pelos meus amigos.

Eu queria ver a Srta. Frost usando *só* o sutiã, que (na opinião da minha tia intrometida) não fornecia contenção suficiente. Entretanto, em vez de dizer algo tão indiscreto, eu disse:

– Eu quero reler *Grandes esperanças*. – (Nem uma palavra sobre minha premonição de que a Srta. Frost tinha causado uma impressão em mim que não seria menos devastadora do que a que Estella causa no pobre Pip.)

– Já? – A Srta. Frost perguntou. – Só faz um mês que você leu *Grandes esperanças*!

– Mal posso esperar para relê-lo – eu disse.

– Existem muitos livros de Charles Dickens – a Srta. Frost me disse. – Você deveria experimentar outro, William.

– Ah, eu vou fazer isso – respondi –, mas primeiro quero reler esse.

A segunda referência da Srta. Frost a mim como *William* me causou uma ereção instantânea – embora, aos quinze anos, eu tivesse um pênis pequeno e uma ereção desapontadora. (Basta dizer que não havia o menor perigo de a Srta. Frost *notar* que eu tinha tido uma ereção.)

Minha tia sabichona tinha dito a minha mãe que eu era subdesenvolvido para a minha idade. Naturalmente, minha tia tinha dito "subdesenvolvido" em outros (ou em todos) aspectos; até onde eu sabia, ela não via o meu pênis desde que eu era bebê – se é que tinha visto nessa ocasião. Estou certo que vou ter mais a dizer sobre a palavra *pênis*. Por ora, é suficiente que vocês saibam que eu tenho extrema dificuldade em pronunciar "pênis", que na minha pronúncia atormentada – quando eu consigo dar voz a ele – sai como "penith". Isso rima com "zenith", se você estiver em dúvida. (Eu faço tudo para evitar o plural.)

De qualquer modo, a Srta. Frost não sabia nada a respeito da minha angústia sexual enquanto eu estava tentando pegar emprestado pela segunda vez *Grandes esperanças*. De fato, a Srta. Frost me deu a impressão de que, com tantos livros na biblioteca, era uma perda de tempo imoral *reler* qualquer um deles.

– O que há de tão especial em *Grandes esperanças*? – ela perguntou.

Ela foi a primeira pessoa para quem eu disse que queria ser escritor "por causa" de *Grandes esperanças*, mas na verdade era por causa *dela*.

– Você quer ser *escritor*! – a Srta. Frost exclamou; ela não pareceu muito satisfeita com isso. (Anos depois, eu iria me perguntar se a Srta. Frost expressaria indignação ao ouvir a palavra *sodomita* se eu tivesse sugerido isso como profissão.)

– Sim, escritor... eu acho – disse a ela.

– Mas você não pode saber se vai ser um *escritor*! – A Srta. Frost disse. – Isso não é uma escolha de profissão.

Ela tinha toda a razão quanto a isso, mas na época eu não sabia. E não estava insistindo com ela só para que me deixasse reler *Grandes esperanças*; minhas súplicas eram especialmente ardentes, em parte, porque quanto mais irritada a Srta. Frost ficava comigo, mais eu apreciava o arfar do seu peito – sem mencionar a subida e descida dos seus seios surpreendentemente juvenis.

Aos quinze anos, eu continuava tão encantado e afetado por ela quanto estivera dois anos antes. Não, preciso corrigir isso: eu me sentia mais cativado por ela aos quinze anos do que aos treze, quando apenas fantasiava fazer sexo com ela *e* me tornar um escritor – enquanto, aos quinze, o sexo imaginado era mais elaborado (havia detalhes mais concretos) e eu já tinha lido algumas frases que admirava.

Tanto o sexo com a Srta. Frost quanto tornar-me realmente um escritor eram coisas improváveis, claro – mas elas eram remotamente possíveis? Curiosamente, eu tinha presunção suficiente para acreditar que sim. Quanto à origem desse orgulho exagerado ou dessa autoconfiança imerecida – bem, eu só posso imaginar que os genes tenham algo a ver com isso.

Não me refiro aos da minha mãe; não vi nenhuma arrogância no seu papel de ponto. Afinal de contas, eu passava quase todas as noites com minha mãe naquele abrigo seguro para os diversos talentosos (e não talentosos) membros do grupo de teatro amador da nossa cidade. Aquele pequeno teatro não era um lugar uniformemente orgulhoso ou vibrante de autoconfiança – daí o ponto.

Se minha presunção era genética, ela certamente veio do meu pai biológico. Disseram-me que eu jamais o veria; eu só o conhecia por sua reputação, que não era grande coisa.

"O garoto-código", como meu avô se referia a ele – ou, mais raramente, "o sargento". Minha mãe tinha deixado a faculdade por causa do sargento, minha avó dizia. (Ela preferia "sargento", que ela sempre dizia depreciativamente, a "garoto-código".) Se William Francis Dean foi mesmo o motivo pelo qual minha mãe largou a faculdade, eu não sabia realmente; ela então tinha ido cursar secretariado, mas não antes de engravidar de mim. Consequentemente, minha mãe iria deixar o curso de secretariado também.

Minha mãe me disse que tinha se casado com meu pai em Atlantic City, New Jersey, em abril de 1943 – um tanto tarde para um casamento forçado, porque eu tinha nascido em First Sister, Vermont, em março de 1942. Eu já tinha um ano quando ela se casou com ele, e o "casamento" (celebrado por um funcionário público ou um juiz de paz) tinha sido ideia da minha avó – pelo menos foi o que minha Tia Muriel disse. Ficou implícito para mim que William Francis Dean não tinha se casado de muito boa vontade.

– Nós nos divorciamos antes de você fazer dois anos – minha mãe tinha me dito. Eu tinha visto a certidão de casamento, motivo pelo qual me lembrava do local aparentemente exótico e distante de Vermont: Atlantic City, New Jersey; meu pai tinha realizado treinamento lá. Ninguém tinha me mostrado os papéis de divórcio.

– O sargento não estava interessado em casamento e filhos – minha avó tinha dito, com alto grau de superioridade; mesmo sendo criança, eu podia ver que a arrogância da minha tia tinha vindo da minha avó.

Mas por causa do que aconteceu em Atlantic City, New Jersey – não importa por insistência de quem –, aquela certidão de casamento me legitimava, apesar de muito atrasada. Eu fui registrado como William Francis Dean, Jr.; eu tinha o nome dele, mesmo que não tivesse sua presença. E devo ter herdado uma parte dos seus genes de garoto-código – o "atrevimento" do sargento, na avaliação da minha mãe.

– Como ele era? – Eu devo ter perguntado umas cem vezes a minha mãe. Ela costumava ser muito gentil quanto a isso.

– Ah, ele era *muito* bonito, como você vai ser – ela sempre respondia, com um sorriso. – E ele tinha um *montão* de atrevimento. – Minha mãe era muito carinhosa comigo, antes de eu começar a crescer.

Não sei se todos os garotos pré-adolescentes, e os garotos no início da adolescência, são tão desatentos ao tempo linear quanto eu era, mas nunca me ocorreu examinar a sequência de eventos. Meu pai deve ter engravidado minha mãe no final de maio ou início de junho de 1941 – quando ele estava terminando seu primeiro ano em Harvard. Entretanto, nunca ninguém se referiu a ele – nem mesmo num comentário sarcástico feito pela Tia Muriel – como sendo o garoto de *Harvard*. Ele era sempre chamado de garoto-código (ou sargento), embora minha mãe tivesse um orgulho óbvio da ligação dele com Harvard.

– Já imaginou entrar em Harvard com quinze anos? – Eu a ouvi dizer mais de uma vez.

Mas se meu atrevido pai estava com quinze anos no início do seu primeiro ano em Harvard (em setembro de 1940), ele tinha que ser *mais moço* do que minha mãe, cujo aniversário era em abril. Ela já tinha vinte em abril de 1940; ela fez vinte e dois um mês depois de eu nascer, em março de 1942.

Será que eles não se casaram quando ela soube que estava grávida porque meu pai ainda não tinha dezoito anos? Ele fez dezoito em outubro de 1942. Como minha mãe me disse: – Obsequiosamente, a idade para se alistar tinha sido baixada para esse nível. – (Só mais tarde eu iria pensar que a palavra *obsequiosamente* não era comum no vocabulário da minha mãe; talvez isso tivesse sido o garoto de Harvard falando.)

– Seu pai achava que poderia controlar melhor seu destino militar se apresentando como voluntário para alistamento antecipado, o que ele fez em janeiro de 1943 – minha mãe me contou. (O "destino militar" também não parecia coisa do vocabulário dela; tinha garoto de Harvard carimbado na testa.)

Meu pai viajou de ônibus para Fort Devens, Massachusetts – o início do seu serviço militar – em março de 1943. Na época, a força aérea fazia parte do exército; ele foi designado para uma especialidade, a de técnico em criptografia. Para ministrar o treinamento básico, a força aérea tinha ocupado Atlantic City e as dunas de areia ao redor. Meu pai e seus colegas alistados ficaram acampados nos hotéis de luxo, que os trainees iriam destruir. Segundo meu avô: – Ninguém jamais verificava carteiras de identidade nos bares. Nos fins de semana, moças... principalmente funcionárias do governo de Washington, D.C.... iam em bandos para a cidade. Isso era muito alegre, tenho certeza, apesar do disparo de todo tipo de armas nas dunas de areia.

Minha mãe disse que visitou meu pai em Atlantic City – "uma ou duas vezes". (Quando eles ainda não eram casados e eu tinha um ano de idade?)

Foi junto com meu avô que minha mãe deve ter viajado para Atlantic City para aquele "casamento" em abril de 1943; isso deve ter sido pouco antes de o meu pai ser mandado para a escola de criptografia da força aérea, em Pawling, Nova York – onde ele aprendeu o uso de manuais de código e escrita cifrada. De lá, no final do verão de 1943, meu pai foi mandado para Chanute Field, em Rantoul, Illinois. – Em Illinois, ele aprendeu os aspectos práticos da criptografia – minha mãe disse. Então eles ainda mantinham contato dezessete meses depois de eu nascer. ("Aspectos práticos" nunca foi uma expressão muito presente no vocabulário da minha mãe.)

– Em Chanute Field, seu pai foi apresentado à primeira máquina de codificação militar... essencialmente um teletipo, com um conjunto eletrônico de rodas de cifras anexadas a ele – meu avô me contou. Foi como se ele estivesse falando latim comigo; possivelmente, nem mesmo meu pai ausente teria sido capaz de tornar as funções de uma máquina de codificação compreensíveis para mim.

Meu avô nunca usava "garoto-código" ou "sargento" de forma depreciativa e gostava de me contar a história de guerra do meu pai. Deve ter sido como ator amador no First Sister Players que meu avô desenvolveu a capacidade de memorização necessária para relembrar detalhes tão específicos e complicados; vovô era capaz de repetir para mim *exatamente* o que tinha acontecido com o meu pai – não que o trabalho de um criptógrafo durante a guerra, a codificação e a decodificação de mensagens secretas, fosse inteiramente desinteressante.

O Décimo Quinto Batalhão da Força Aérea do Exército dos Estados Unidos estava aquartelado em Bari, Itália. O 760º Esquadrão de Bombas, do qual meu pai fazia parte, estava posicionado na Base Aérea do Exército em Spinazzola – numa fazenda ao sul da cidade.

Depois da invasão dos Aliados à Itália, o Décimo Quinto Batalhão da Força Aérea foi encarregado de bombardear o sul da Alemanha, a Áustria e os Bálcãs. De novembro de 1943 até a primavera de 1945, mais de mil B-24 pesados foram perdidos em combate. Mas criptógrafos não voam. Meu pai raramente deixava a sala de codificação na base de Spinazzola; ele passou os últimos dois anos da guerra com seus manuais de código e a incompreensível engenhoca de codificação.

Enquanto os bombardeiros atacavam os complexos industriais nazistas na Áustria e os campos de petróleo na Romênia, meu pai não ia além de Bari – quase sempre com o objetivo de vender seus cigarros no mercado negro. (O sargento William Francis Dean não fumava, minha mãe me assegurou, mas vendeu cigarros suficientes em Bari para comprar um carro quando voltou para Boston – um Chevrolet cupê 1940.)

A desmobilização do meu pai foi relativamente rápida. Ele passou a primavera de 1945 em Nápoles, que ele descreveu como sendo "encantadora e alegre e nadando em cerveja". (Descreveu para *quem*? Se ele tinha se divorciado da minha mãe antes de eu fazer dois anos – divorciado *como*? –, por que ainda estava escrevendo para ela quando eu já tinha quase três?)

Talvez ele estivesse escrevendo para o meu avô; foi vovô quem me contou que meu pai tinha embarcado num navio de transporte da marinha em Nápoles. Após uma curta estada em Trinidade, ele foi num C-47 para uma base em Natal, no Brasil, onde meu pai disse que o café era "muito bom". Do Brasil, outro C-47 – este descrito como "idoso" – o levou até Miami. Um trem do exército indo para o norte foi deixando os soldados que estavam voltando em seus pontos de dispensa; por isso meu pai se viu de volta a Fort Devens, Massachusetts.

Outubro de 1945 era muito tarde para ele retornar a Harvard naquele mesmo ano letivo; ele comprou o Chevy com o dinheiro ganho no mercado negro e conseguiu um emprego temporário no setor de brinquedos da Jordan Marsh, a maior loja de departamentos de Boston. Ele voltaria para Harvard no outono de 1946; seu campo de estudos iria ser neolatinas, que meu avô me explicou que eram as línguas e as tradições literárias da França, Espanha, Itália e Portugal. (– Ou pelo menos duas ou três delas – vovô disse.)

– Seu pai era um *gênio* em línguas estrangeiras – minha mãe tinha me dito, por isso um *gênio* em criptografia, talvez? Mas por que minha mãe ou meu avô se interessariam sobre o campo de estudos do meu pai fugitivo em Harvard? Por que estavam a par desses detalhes? Por que tinham sido informados?

Havia uma fotografia do meu pai – durante anos, o único retrato dele que eu vi. Na fotografia, ele parece muito jovem e muito magro. (Isso foi no final da primavera, ou no início do verão, de 1945.) Ele está tomando um sorvete naquele navio de transporte; a foto foi tirada em algum lugar entre a costa do sul da Itália e o Caribe, antes de eles atracarem em Trinidade.

É meu palpite que a pantera-negra na jaqueta de piloto do meu pai atraiu toda ou grande parte da minha imaginação infantil; aquela pantera de aparência agressiva era o símbolo do 460º Grupo de Bombardeio. (Criptografia era um trabalho restrito ao pessoal de terra – mesmo assim, os criptógrafos ganhavam jaquetas de piloto.)

Minha obscura fixação era que eu tinha algo do herói de guerra em *mim*, embora os detalhes dos feitos do meu pai durante a guerra não parecessem muito heroicos – nem mesmo para uma criança. Mas meu avô era um daqueles entusiastas da Segunda Guerra Mundial – vocês sabem, do tipo que acha cada detalhe curioso –, e ele estava sempre me dizendo: – Eu vejo um futuro herói em você!

Minha avó não tinha nada de positivo para dizer a respeito de William Francis Dean, e minha mãe começava e (quase sempre) terminava sua avaliação com "*muito* bonito" e "um *montão* de atrevimento".

Não, isso não é inteiramente verdadeiro. Quando eu perguntei a ela por que as coisas não tinham dado certo entre eles, minha mãe me disse que ela tinha visto o meu pai beijando alguém. – Eu o vi beijando *outra* pessoa – foi tudo o que ela disse, com a mesma naturalidade que teria soprado para um ator que tivesse esquecido a palavra *outra*. Eu só pude concluir que ela tinha observado esse beijo depois de estar grávida de mim, possivelmente até depois de eu ter nascido, e que ela viu o suficiente desse encontro de lábios para saber que não se tratava de um beijo inocente.

– Deve ter sido um beijo francês, de língua – minha prima mais velha me disse um dia, uma garota grosseira, filha daquela tia autoritária que estou sempre mencionando. Mas quem era a pessoa que meu pai estava beijando? Eu imaginei se não seria uma daquelas garotas de fim de semana que iam para Atlantic City, uma das funcionárias do governo de Washington, D.C. (Que outro motivo meu avô teria para tê-las mencionado para mim?)

Na época, isso era tudo o que eu sabia; não era muita coisa. Mas era mais do que suficiente para fazer com que eu não confiasse em mim mesmo – até desgostasse de mim mesmo –, porque eu tinha a tendência de atribuir todos os meus defeitos ao meu pai biológico. Eu o culpava por todo mau hábito, por cada coisa mesquinha e dissimulada; essencialmente, eu acreditava que todos os meus demônios eram hereditários. Cada aspecto de mim mesmo que eu duvidava ou temia tinha que ser um traço do sargento Dean.

Minha mãe não tinha dito que eu *ia ser* bonito? Isso também não era uma maldição? Quanto ao atrevimento – bem, eu não tinha presumido (aos treze anos) que poderia tornar-me um escritor? Eu já não tinha me imaginado fazendo sexo com a Srta. Frost?

Acreditem, eu não queria ser filho do meu pai fujão, não queria ter a sua herança genética – engravidar mocinhas e abandoná-las a torto e a direito. Pois esse era o *modus operandi* do sargento Dean, não era? Eu também não queria o nome dele. Eu *odiava* ser William Francis Dean, Jr. – o filho quase ilegítimo do garoto-código! Se algum dia houve um menino que *quis* um padrasto, que desejou que sua mãe tivesse ao menos um namorado sério, eu fui esse menino.

O que me leva a um dia em que pensei em começar este primeiro capítulo, porque eu poderia ter começado contando-lhes sobre Richard Abbott. Meu futuro padrasto pôs em movimento a história da minha vida futura; de fato, se minha mãe não tivesse se apaixonado por Richard, talvez eu jamais tivesse conhecido a Srta. Frost.

Antes de Richard Abbott se juntar aos First Sister Players havia o que minha tia dominadora chamava de "uma *escassez* de protagonistas" no nosso grupo de teatro amador; não havia vilões realmente assustadores nem rapazes com a capacidade romântica de fazer suspirar tanto as mocinhas quanto as senhoras da plateia. Richard não era só alto, moreno e bonito – ele era a personificação do clichê. Ele também era magro. Richard era tão magro que tinha, a meus olhos, uma notável semelhança com meu pai, o garoto-código, que, no único retrato que eu possuía dele, era permanentemente magro – e estava para sempre tomando sorvete, em algum lugar entre a costa do sul da Itália e o Caribe. (Naturalmente, eu me perguntava se minha mãe notava a semelhança.)

Antes de Richard Abbott se tornar um ator do First Sister Players, os homens do teatrinho da nossa cidade ou falavam em voz baixa e incompreensível, com olhos baixos e olhares furtivos, ou eram uns exagerados (igualmente previsíveis) que gritavam suas falas e reviravam os olhos para as matronas sensíveis da plateia.

Uma notável exceção em termos de talento – pois ele era um ator muito talentoso, embora não chegasse ao nível de Richard Abbott – era o meu avô entusiasmado pela Segunda Guerra Mundial, Harold Marshall, que todo mundo (exceto minha avó) chamava de Harry.

Ele era o maior empregador de First Sister, Vermont; Harry Marshall tinha mais empregados do que a Favorite River Academy, embora a escola particular fosse sem dúvida o segundo maior empregador da nossa pequena cidade.

Vovô Harry era o dono da Serraria e Depósito de Madeira de First Sister. O sócio de Harry – um norueguês soturno, que vocês irão conhecer num instante – era o silvicultor. O norueguês supervisionava as operações de corte de madeira, mas Harry dirigia a serraria e o depósito. Vovô Harry também assinava todos os cheques, e os caminhões verdes que transportavam a madeira tinham o nome MARSHALL pintado em grandes letras de forma amarelas.

Dado o status elevado do meu avô na nossa cidade, talvez fosse surpreendente o fato de o First Sister Players sempre o escalar para papéis femininos. Meu avô era um fantástico imitador de mulheres; no pequeno teatro da nossa cidade, Harry Marshall desempenhou muitos (alguns diriam *a maioria*) dos principais papéis femininos. Eu na verdade me lembro mais do meu avô como mulher do que como homem. Ele era mais vibrante e comprometido nos seus papéis femininos do que no seu monótono papel de gerente de serraria e madeireiro.

Infelizmente, era motivo de certo atrito familiar o fato de que a única competidora de Vovô Harry nos papéis femininos mais difíceis e gratificantes fosse sua filha mais velha, Muriel – a irmã casada da minha mãe, minha já mencionada tia.

Tia Muriel era só dois anos mais velha do que minha mãe, entretanto ela tinha feito tudo antes que minha mãe sonhasse em fazer, e Muriel tinha feito tudo direito e (na opinião dela) na perfeição. Ela tinha supostamente "estudado literatura mundial" em Wellesley e tinha se casado com meu maravilhoso tio Bob – seu "primeiro e único *beau*", como Tia Muriel o chamava. Pelo menos eu achava o tio Bob maravilhoso; ele sempre foi maravilhoso para *mim*. Mas, como vim a saber mais tarde, Bob bebia, e o fato de ele beber era um fardo e um motivo de vergonha para Tia Muriel. Minha avó, de quem Muriel tinha herdado sua arrogância, costumava dizer que o comportamento de Bob era "indigno" de Muriel – sabe-se lá o que isso queria dizer.

Apesar de todo o seu esnobismo, a linguagem da minha avó era crivada de ditados e clichês, e, apesar da sua altamente valorizada educação, Tia Muriel parecia ter herdado (ou simplesmente imitava) a mediocridade do discurso pouco inspirado da mãe. Eu acho que o amor de Muriel pelo teatro e a necessidade que ela tinha dele vinham do seu desejo de encontrar algo de original para dizer com sua voz arrogante. Muriel era bonita – uma morena esbelta, com busto de cantora de ópera e voz estrondosa –, mas ela tinha uma mente absolutamente vazia. Como minha avó, Tia Muriel conseguia ser ao mesmo tempo arrogante e crítica sem dizer nada que fosse verificável ou interessante; nesse aspecto, tanto minha avó quanto minha tia me pareciam duas chatas com ares de superioridade.

No caso de Tia Muriel, sua dicção impecável a tornava inteiramente confiável no palco; ela era um perfeito papagaio, mas robótico e sem graça, e era simplesmente tão simpática ou antipática quanto o personagem que representava. Sua linguagem era elevada, mas sua própria "personalidade" era carente; ela era apenas uma queixosa crônica.

No caso da minha avó, ela pertencia a uma época inflexível e tinha tido uma educação conservadora; essas limitações a levaram a acreditar que o teatro era essencialmente imoral – ou, para ser mais indulgente, amoral – e que as mulheres não deveriam se envolver com ele. Victoria Winthrop (*Winthrop* era o sobrenome de solteira da minha avó) achava que todos os papéis femininos em qualquer representação dramática deveriam ser representados por rapazes e homens; embora ela confessasse achar os muitos triunfos do meu avô nos palcos (representando mulheres variadas) embaraçosos, ela também achava que era assim que as peças deviam ser encenadas – apenas com atores.

Minha avó – eu a chamava de Nana Victoria – achava cansativo o fato de Muriel ficar inconsolável (durante vários dias) quando perdia um papel importante para o Vovô Harry. Ao contrário, Harry mostrava ter espírito esportivo sempre que o papel desejado ia para sua filha. – Eles deviam estar querendo uma moça bonita, Muriel, e nessa categoria você ganha de mim de lavada.

Não tenho tanta certeza. Meu avô tinha ossatura pequena e um bonito rosto; ele tinha passos leves e tanto ria quanto chorava de um modo tipicamente feminino. Ele conseguia ser convincente como uma mulher maquinadora ou como uma mulher enganada, mas era *mais* convincente nos beijos que dava nos diversos atores mal escalados do que Tia Muriel jamais conseguiu ser. Muriel ficava tensa com os beijos cênicos, embora tio Bob não se importasse. Bob parecia gostar de ver a esposa *e* o sogro distribuindo beijos no palco – e isso era uma boa coisa, já que eles tinham os principais papéis femininos na maioria das produções.

Agora que estou mais velho, tenho mais admiração pelo Tio Bob, que "parecia gostar" de tantas pessoas e coisas, e que conseguia demonstrar por mim uma muda mas sincera comiseração. Eu acredito que Bob compreendia de onde vinha o lado Winthrop da família; aquelas mulheres Winthrop estavam muito acostumadas (ou tinham uma tendência genética) a desprezar todos nós. Bob se apiedou de mim, porque ele sabia que Nana Victoria e Tia Muriel (e até mesmo minha mãe) me observavam cuidadosamente atrás de sinais reveladores de que eu era – como todas elas temiam e como eu próprio temia – filho do pilantra do meu pai. Eu estava sendo julgado pelos genes de um homem que eu não conhecia, e tio Bob, talvez porque bebesse e fosse considerado "indigno" de Muriel, sabia qual era a sensação de ser julgado pelo lado Winthrop da família.

Tio Bob era responsável pelas matrículas na Favorite River Academy; o fato de os padrões de admissão da escola serem frouxos não fazia com que meu tio fosse *necessariamente* responsável pelos fracassos da Favorite River. Entretanto, Bob era julgado; ele era chamado, pelo lado Winthrop da família, de "permissivo demais" – outra razão para eu o considerar maravilhoso.

Embora eu me lembre de ouvir de diversas fontes que Bob bebia, nunca o vi bêbado – bem, exceto por uma ocasião espetacular. De fato, durante minha infância em First Sister, Vermont, eu achava que o problema de Bob com bebida era um exagero; aquelas mulheres Winthrop eram conhecidas por seus exageros no campo da moral. A indignação moral era um traço das Winthrop.

Foi durante o verão de 1961, quando eu estava viajando com Tom, que veio à tona por acaso que Bob era meu tio. (Eu sei – eu não falei com vocês sobre Tom. Vocês vão ter que ser pacientes comigo; é difícil para mim falar do Tom.) Para mim e Tom, esse era aquele verão supostamente importantíssimo entre nossa formatura na escola preparatória e o início do nosso primeiro ano na faculdade; a família de Tom e a minha tinham nos dado folga dos nossos empregos habituais de verão para podermos viajar. Provavelmente esperavam que ficássemos satisfeitos em passar apenas um verão naquela missão duvidosa de nos "encontrar", mas para Tom e para mim a dádiva desse verão não pareceu ter a importância que esse tempo supostamente tem na vida de alguém.

Em primeiro lugar, não tínhamos dinheiro, e a mera estrangeirice da viagem pela Europa já nos assustava; em segundo lugar, já tínhamos nos "encontrado", e não havia como aceitar quem nós éramos – pelo menos não publicamente. Na realidade, havia aspectos nossos que o pobre Tom e eu achávamos tão estrangeiros (e tão assustadores) quanto o que conseguimos ver, à nossa maneira tosca, da Europa.

Eu nem mesmo recordo o motivo pelo qual o nome de tio Bob foi mencionado, e Tom já sabia que eu era parente do "velho Deixe-os-entrar-Bob", como Tom o chamava.

– Nós não somos parentes de *sangue* – eu tinha começado a explicar. (Não obstante o nível de álcool no sangue de tio Bob em qualquer ocasião, não havia uma gota de sangue *Winthrop* nele.)

– Vocês não se parecem nem um pouco! – Tom tinha exclamado. – Bob é tão *simpático* e tão descomplicado.

Verdade seja dita, Tom e eu andávamos brigando um bocado naquele verão. Nós tínhamos tomado um dos navios *Queen* (classe estudantil) de Nova York para Southampton; tínhamos atravessado para o continente, desembarcando em Ostend, e a primeira cidade europeia em que passamos a noite foi a cidade medieval de Bruges. (Bruges era linda, mas eu estava mais interessado numa moça que trabalhava na pensão onde ficamos do que no campanário no alto do velho Market Hall.)

– Suponho que você pretendia perguntar se ela tinha uma amiga para mim – Tom disse.

– Nós só passeamos pela cidade falando sem parar – eu disse a ele. – Nós mal nos beijamos.

– Ah, *isso* foi tudo? – Tom disse. – Então quando ele disse mais tarde que tio Bob "era tão *simpático* e tão descomplicado", achei que Tom estava dizendo que eu *não era* simpático.

– Eu só quis dizer que você é complicado, Bill – Tom disse. – Você não é tão calmo quanto Bob, o Encarregado das Matrículas, é?

– Não posso acreditar que você esteja zangado por causa daquela garota em Bruges – eu disse a ele.

– Você devia ter visto como não tirava os olhos dos seios dela, e eles não eram nada de mais. Sabe, Bill, as garotas *sabem* quando você está olhando para o peito delas.

Mas a garota de Bruges não tinha a menor importância para mim. Era só que seus pequenos seios me lembraram a subida e a descida dos seios surpreendentemente juvenis da Srta. Frost, e eu não tinha esquecido ainda a Srta. Frost.

Ah, os ventos da mudança; eles não sopram delicadamente nas cidades pequenas da Nova Inglaterra. O primeiro anúncio de seleção de elenco que levou Richard Abbott ao nosso pequeno teatro iria mudar até o modo como eram preenchidos os papéis *femininos*, pois ficou evidente desde o início que os papéis que precisavam de rapazes ousados e marido maus (ou simplesmente burgueses) e amantes traiçoeiros estavam todos ao alcance de Richard Abbott; donde as mulheres escolhidas para contracenar com Richard teriam que estar à altura dele.

Isso causou um problema para Vovô Harry, que em breve iria tornar-se sogro de Richard – Vovô Harry era uma mulher madura demais para se envolver romanticamente com um rapaz bonito como Richard. (Não haveria nenhum *beijo* cênico entre Richard Abbott e Vovô Harry!)

E, considerando sua voz magnífica, mas sua personalidade vazia, isso trouxe um problema ainda maior para minha Tia Muriel. Richard Abbott era um protagonista bom demais para ela. Seu aparecimento naquele primeiro dia de seleção de elenco levou Muriel a uma completa insegurança psicossexual; minha desolada tia disse mais tarde que percebeu que minha mãe e Richard ficaram *"enfeitiçados* um pelo outro desde o início".

Vovô Harry foi encantador e totalmente receptivo ao elegante rapaz, que tinha acabado de entrar para a equipe docente da Favorite River Academy. – Estamos sempre em busca de novos talentos – vovô disse amavelmente para Richard. – Você disse que é *Shakespeare* que você está ensinando?

– Ensinando *e* encenando – Richard respondeu ao meu avô. – Existem desvantagens teatrais em escolas só para meninos, é claro, mas a melhor maneira de meninos *ou* meninas entenderem Shakespeare é encenar suas peças.

– Imagino que por *desvantagem* você esteja se referindo ao fato de os meninos terem que desempenhar os papéis femininos – Vovô Harry disse astutamente. (Richard Abbott, ao conhecer o administrador de serraria Harry Marshall, não tinha como saber do sucesso do madeireiro como um travesti no palco.)

– A maioria dos meninos não faz a mais vaga ideia de como ser uma mulher, é uma perturbação mortal da peça – Richard disse.

– Ah – Vovô Harry disse. – Então como é que você vai se arranjar?

– Estou pensando em convidar as esposas mais jovens dos professores da escola para uma audição e distribuir os papéis entre elas – Richard Abbott respondeu –, e as filhas mais velhas dos professores, talvez.

– Ah – Vovô Harry tornou a dizer. – Talvez haja pessoas *na cidade* que também sejam qualificadas – meu avô sugeriu; ele sempre desejara fazer o papel de Regan ou de Goneril, "as filhas detestáveis de Lear", como vovô se referia a elas. (Sem mencionar o quanto ele desejava fazer o papel de Lady Macbeth!)

– Eu estou pensando em promover audições abertas – Richard Abbott disse. – Mas espero que as mulheres mais velhas não sejam intimidantes para os meninos numa escola só de meninos.

– Ah, bem, sempre tem isso – Vovô Harry disse com um sorriso astucioso. Como uma mulher mais velha, ele tinha sido *intimidante* diversas vezes; Harry Marshall só precisava olhar para a esposa e para a filha mais velha para saber como a intimidação feminina funcionava. Mas, aos treze anos, eu não sabia da manobra do meu avô para conseguir mais papéis femininos; a conversa entre Vovô Harry e o novo ator principal me pareceu totalmente amigável e natural.

O que notei naquela noite de sexta-feira de outono – as audições para escolha de elenco eram sempre nas noites de sexta-feira – foi como a dinâmica entre nosso autoritário diretor de teatro e nossos diversos talentosos (e não talentosos) futuros atores foi alterada pelo conhecimento de teatro de Richard Abbott, bem como pela qualidade de Richard como ator. O severo diretor do First Sister Players nunca tinha sido desafiado antes como *dramaturgo*; o diretor do nosso pequeno teatro, que dizia que não tinha interesse algum em "meramente representar", não era nenhum amador na área da dramaturgia, e era um autodidata especialista em Ibsen, a quem venerava.

Nosso até então não desafiado diretor, Nils Borkman – o já mencionado norueguês que também era sócio de Vovô Harry na firma e, como tal, um silvicultor e madeireiro *e* dramaturgo –, era o retrato da depressão e do pessimismo melancólico escandinavos. Extração de madeira era o negócio de Nils Borkman – ou, pelo menos, seu emprego diurno –, mas dramaturgia era a sua paixão.

Contribuiu ainda mais para o pessimismo norueguês o fato de que os nada sofisticados frequentadores de teatro em First Sister, Vermont, desconhecessem o teatro sério. Uma dieta constante de Agatha Christie era esperada (e até nauseantemente bem-vinda) na nossa cidade culturalmente desprivilegiada. Nils Borkman sofria visivelmente com as intermináveis adaptações de obras incultas como *Assassinato na casa do pastor*, um mistério de Miss Marple; minha arrogante Tia Muriel tinha feito várias vezes o papel de Miss Marple, mas os moradores de First Sister preferiam Vovô Harry naquele papel sagaz (mas tão feminino). Harry parecia passar mais credibilidade ao adivinhar os segredos das pessoas – sem mencionar que, na idade de Miss Marple, ele era mais feminino.

Num ensaio, Harry tinha dito caprichosamente – como a própria Miss Marple teria dito: – Céus, quem iria *querer* o coronel Protheroe morto!

Ao ouvir isso, minha mãe, sempre o ponto, tinha dito: – Papai, essa fala nem estava no roteiro.

– Eu sei, Mary, eu só estava brincando – vovô disse.

Minha mãe, Mary Marshall – Mary *Dean* (durante os infelizes catorze anos antes de ela se casar com Richard Abbott) –, sempre chamou o meu avô de *papai*. Harry era sempre chamado de *pai* pela arrogante Tia Muriel, no mesmo tom de voz formal em que Nana Victoria insistia em chamar o marido de *Harold* – nunca *Harry*.

Nils Borkman dirigia os "sucessos de público" de Agatha Christie, como ele se referia debochadamente a eles, como se estivesse condenado a assistir a *Morte no Nilo* ou *A casa do penhasco* na noite de sua morte – como se a lembrança indelével de *O caso dos dez negrinhos* fosse ser a que ele ia levar para o túmulo.

Agatha Christie era a maldição de Borkman, que o norueguês suportava não muito estoicamente – ele a *odiava* e se queixava dela amargamente –, mas como ele enchia a casa com Agatha Christie, e divertimentos igualmente superficiais da época, o mórbido norueguês tinha permissão para dirigir "algo sério" todos os anos, no outono.

– Algo sério para coincidir com a época do ano em que *os* folhas estão morrendo – Borkman dizia, a concordância indicando que seu domínio do inglês era normalmente claro, mas imperfeito. (Isso resumia Nils – normalmente claro, mas imperfeito.)

Naquela audição de sexta-feira, quando Richard Abbott iria mudar muitos futuros, Nils anunciou que o "algo sério" *desse* outono ia ser de novo o seu amado Ibsen, e Nils tinha reduzido a escolha de *qual* das peças de Ibsen para apenas três.

– Quais são as três? – jovem e talentoso Richard Abbott perguntou.

– As três *problemáticas* – Nils respondeu, e presumiu que de forma definitiva.

– Imagino que você se refira a *Hedda Gabler* e *Casa de bonecas* – Richard adivinhou corretamente. – E a terceira não seria *O pato selvagem*?

Pela mudez pouco característica de Borkman, nós todos vimos que, realmente, *O* (temido) *pato selvagem* era a terceira escolha do circunspecto norueguês.

– Nesse caso – Richard Abbott arriscou, depois do silêncio revelador –, quem dentre nós poderia fazer o papel da infeliz Hedvig, aquela pobre criança? – Não havia meninas de catorze anos na audição de sexta-feira, ninguém que servisse para fazer o papel da inocente Hedvig, apaixonada por patos (e pelo papai).

– Nós já tivemos... *dificuldades* com o papel de Hedvig antes, Nils – Vovô Harry arriscou. Minha nossa, como tivemos! Tinha meninas de catorze anos tragicômicas que trabalhavam tão mal que quando chegou a hora de elas se matarem a plateia *aplaudiu*! Tinha meninas de catorze anos que eram tão ingênuas e inocentes que quando elas se mataram a plateia ficou *indignada*!

– E há também Gregers – Richard Abbott disse. – Aquele infeliz que dá lições de moral. Eu poderia fazer o papel de Gregers, mas só como um tolo intrometido, um palhaço hipócrita e cheio de autopiedade!

Nils Borkman costumava referir-se aos seus compatriotas noruegueses que tinham tendências suicidas como "saltadores de fiorde". Aparentemente, a abundância de fiordes na Noruega fornecia muitas oportunidades para suicídios convenientes e organizados. (Nils deve ter notado, para sua tristeza ainda maior, que não havia fiordes em Vermont – um estado sem mar.) Nils olhou tão assustado para Richard Abbott que foi como se nosso deprimido diretor quisesse que esse arrivista recém-chegado encontrasse o fiorde mais próximo.

– Mas Gregers é um *idealista* – Borkman disse.

– Se *O pato selvagem* é uma tragédia, então Gregers é um tolo e um palhaço, e Hjalmar não passa de um marido ciumento do tipo patético, que tem ciúmes de quem veio antes dele – Richard continuou. – Se, por outro lado, você encenar *O pato selvagem* como uma comédia, então todos eles *são* tolos e palhaços. Mas como a peça pode ser uma comédia quando uma criança morre por causa da atitude moralista dos adultos? Você precisa de uma Hedvig de cortar o coração, que tem de ser uma menina de catorze anos totalmente inocente e ingênua; e não só Gregers, mas também Hjalmar e Gina, e até a Sra. Sørby e o Velho Ekdal e o canalha Werle, precisam ser atores *brilhantes*! Mesmo assim, a peça tem falhas – não é a produção *amadora* mais fácil de Ibsen.

– *Falhas!* – Nils Borkman exclamou, como se ele (e seu pato selvagem) tivessem levado um tiro.

— Eu fui a Sra. Sørby na mais recente encenação — meu avô disse a Richard. — É claro que quando eu era mais jovem fazia o papel de Gina, embora só uma ou duas vezes.

— Eu pensei na jovem Laura Gordon como Hedvig — Nils disse. Laura era a filha mais moça dos Gordon. Jim Gordon era professor na Favorite River Academy; ele e a esposa, Ellen, tinham sido atores do First Sister Players no passado, e as duas filhas mais velhas já tinham se suicidado antes ao fazer o papel da pobre Hedvig.

— Desculpe, Nils — minha Tia Muriel observou —, mas Laura Gordon tem seios bem visíveis.

Eu vi que não era só eu que tinha notado o espantoso desenvolvimento da garota; Laura era só um ano mais velha do que eu, mas seus seios eram muito maiores do que uma Hedvig inocente e ingênua deveria ter.

Nils Borkman suspirou; ele disse (com uma resignação quase suicida) para Richard:

— E o que o jovem Sr. Abbott consideraria um Ibsen *mais fácil* para nós, meros mortalmente *amadores*, encenarmos? — Nils quis dizer "meros mortais" é claro.

— Ah... — Vovô Harry começou; então ele parou. Meu avô estava gostando disso. Ele tinha o maior respeito e a maior afeição por Nils Borkman como sócio, mas, sem exceção, todos os membros do First Sister Players, desde os mais dedicados aos mais casuais, sabiam que Nils era um absoluto tirano como diretor. (E nós estávamos quase tão cansados de Henrik Ibsen, e da ideia que Borkman tinha de *teatro sério*, quanto de Agatha Christie!)

— Bem... — Richard Abbott começou; ele fez uma pausa, pensando. — Se vai ser Ibsen... e nós somos todos, afinal de contas, apenas amadores... deveria ser ou *Hedda Gabler* ou *Casa de bonecas*. Não há nenhuma criança na primeira, e as crianças não têm importância alguma como atores na segunda. É claro que há necessidade de uma *mulher* muito forte e complicada, nas duas peças, e dos mesmos homens fracos ou desagradáveis, ou *as duas coisas*.

— Fracos ou desagradáveis, ou *as duas coisas*? — Nils Borkman perguntou, espantado.

– O marido de Hedda, George, é inútil e convencional, uma horrível combinação de fraquezas, mas uma característica muito comum nos homens – Richard Abbott continuou. – Eilert Løvborg é fraco e inseguro, enquanto o juiz Brack – como diz o nome, é desprezível. Hedda não se mata por causa do seu previsível futuro, tanto com o marido inútil *quanto* com o desprezível Brack?

– Os noruegueses estão sempre se matando, Nils? – Meu avô perguntou de um jeito maroto. Harry sabia como provocar Borkman; entretanto, dessa vez Nils resistiu a uma história sobre salto de fiorde, ele ignorou o velho amigo e sócio que fazia papel de mulher. (Vovô Harry tinha representado Hedda diversas vezes; ele tinha sido Nora em *Casa de bonecas* também – mas na idade dele, não podia mais fazer nenhuma dessas protagonistas.)

– E que... *fraquezas* e outros aspectos desagradáveis os personagens masculinos de *Casa de bonecas* possuem, se o jovem Sr. Abbott me permite perguntar? – Borkman esbravejou, torcendo as mãos.

– Maridos não são as pessoas favoritas de Ibsen – Richard Abbott começou; dessa vez não houve pausa para pensar, ele tinha toda a confiança da juventude e de uma educação novinha em folha. – Torvald Helmer, marido de Nora, bem, ele não é diferente do marido de Hedda. Ele é ao mesmo tempo chato e convencional, o casamento é sufocante. Krogstad é um homem ferido, e corrupto; ele não deixa de ter certa decência redentora, mas a palavra *fraqueza* também vem à mente no caso de Krogstad.

– E o Dr. Rank? – Borkman perguntou.

– O Dr. Rank não tem, na verdade, nenhuma importância. Nós precisamos de uma Nora ou de uma Hedda – Richard Abbott disse. – No caso de Hedda, uma mulher que preza a sua liberdade a ponto de se matar para não perdê-la; o suicídio dela não é uma fraqueza, mas uma demonstração de sua *força sexual*.

Infelizmente – ou felizmente, dependendo do ponto de vista – Richard olhou para Tia Muriel nesse exato momento. Apesar da sua beleza e do seu busto de cantora de ópera, Muriel não era uma torre de *força sexual*; ela desmaiou.

– Muriel, sem drama, por favor! – Vovô Harry exclamou, mas Muriel (consciente ou inconscientemente) tinha previsto que não combinava bem com o confiante e jovem recém-chegado, com aquele protagonista cuja estrela tanto brilhava. Muriel tinha, fisicamente, se retirado da disputa por Hedda.

– E no caso de *Nora*... – Nils disse para Richard Abbott, mal fazendo uma pausa para ver minha mãe cuidar de sua irmã mais velha, dominadora (mas agora desmaiada).

Muriel se levantou de repente com uma expressão confusa, o peito arfando dramaticamente.

– Inspire pelo nariz, Muriel, e expire pela boca – minha mãe disse à irmã.

– Eu sei, Mary, eu *sei*! – Muriel disse, irritada.

– Mas você está fazendo o contrário, está inspirando pela boca e expirando pelo nariz – minha mãe disse.

– Bem... – Richard Abbott começou a falar; então parou. Até eu vi como ele olhou para a minha mãe.

Richard, que tinha perdido os dedos do pé esquerdo num acidente com um cortador de grama, o que o desqualificou para o serviço militar, tinha vindo ensinar na Favorite River Academy assim que recebeu o título de mestre em história do teatro. Richard tinha nascido e crescido em Massachusetts. Ele tinha boas lembranças de férias esquiando com a família em Vermont, quando era criança; um emprego (para o qual ele era qualificado demais) em First Sister, Vermont, o tinha atraído por motivos sentimentais.

Richard Abbott só tinha quatro anos mais do que o garoto-código, meu pai, tinha naquela fotografia – quando o sargento estava a caminho de Trinidade em 1945. Richard tinha vinte e cinco anos – minha mãe, trinta e cinco. Richard tinha dez anos menos que minha mãe. Mamãe devia gostar de homens mais jovens; ela sem dúvida gostava mais de mim quando eu era mais novo.

– E a *senhorita* representa, Srta... – Richard tornou a falar, mas minha mãe sabia que ele estava falando com ela e o interrompeu.

– Não, eu sou apenas o ponto – ela disse. – Eu não represento.

– Ah, mas Mary... – Vovô Harry começou a dizer.

– Eu *não* represento, papai – minha mãe disse. – Você e Muriel são as *atrizes* – ela disse, enfatizando bem a palavra *atrizes*. – Eu sou sempre o ponto.

– A respeito de Nora? – Nils Borkman perguntou a Richard. – Você estava dizendo alguma coisa.

– Nora tem mais a ver com liberdade do que Hedda – Richard Abbott disse com segurança. – Ela não só tem força para deixar o marido; ela abandona os filhos também! Existe uma liberdade tão *indomável* nessas mulheres... eu sugiro que você deixe o ator que for fazer Hedda ou Nora escolher. Essas mulheres são as donas dessas peças.

Enquanto falava, Richard Abbott estava observando nosso grupo de teatro amador em busca de possíveis Heddas ou Noras, mas os olhos dele ficavam voltando para a minha mãe, que eu sabia ser obstinadamente (eternamente) o ponto. Richard não faria uma Hedda ou uma Nora da minha mãe obediente ao roteiro.

– Ah, bem... – Vovô Harry disse; ele estava reconsiderando o papel, de Nora ou de Hedda (não obstante a idade dele).

– Não, Harry, você de novo não – Nils disse, com seu velho eu ditatorial emergindo. – O jovem Sr. Abbott tem razão. É preciso haver uma certa *ilegalidade,* tanto uma liberdade indomável quanto uma força sexual. Nós precisamos de uma mulher mais jovem, com mais *atividade* sexual do que você.

Richard Abbott estava olhando para o meu avô com um novo respeito; Richard viu como vovô tinha se firmado como mulher para ser respeitado pelos membros do First Sister Players – mesmo que não como uma mulher com *atividade* sexual.

– Não quer pensar nisso, Muriel? – Borkman perguntou a minha arrogante tia.

– Sim, não quer pensar? – Richard Abbott, que era mais de uma década mais moço do que Muriel, perguntou. – Você tem uma *presença* sexual inquestionável – ele começou a dizer.

Infelizmente, o jovem Sr. Abbott não conseguiu passar daí – da palavra *presença* modificada pela palavra *sexual* – antes que Muriel tornasse a desmaiar.

– Acho que isso é um "não" – minha mãe disse para o estonteante recém-chegado.

Eu já estava meio caído por Richard Abbott, mas ainda não tinha conhecido a Srta. Frost.

* * *

Dentro de dois anos, quando eu me sentasse pela primeira vez, aos quinze anos, no auditório da Favorite River Academy, no meu primeiro dia de aula, eu ouviria o médico da escola, Dr. Harlow, convidar os meninos para tratar agressivamente das afecções mais comuns da nossa idade. (Eu estou certo de que ele usou a palavra *afecções*; não estou inventando isso.) Quanto a essas afecções "mais comuns", o Dr. Harlow explicou que eram acne e "uma indesejável atração sexual por outros meninos ou homens". Para as nossas espinhas, o Dr. Harlow nos garantiu que havia uma variedade de remédios. Em relação às indicações precoces de impulsos homossexuais – bem, ou o Dr. Harlow ou o psiquiatra da escola, o Dr. Grau, teriam prazer em conversar conosco.

– Existe cura para essas afecções – o Dr. Harlow disse para nós; havia uma autoridade típica de médico na voz dele, que era ao mesmo tempo científica e bajuladora – até a parte bajuladora foi expressa de um jeito confiante, de homem para homem. E a essência do discurso do Dr. Harlow na reunião matinal era perfeitamente clara, até para os mais verdes calouros – a saber, nós só precisávamos nos apresentar e pedir para sermos tratados. (O que também ficou dolorosamente claro foi que só poderíamos culpar a nós mesmos se não pedíssemos para sermos curados.)

Eu iria me perguntar, mais tarde, se teria feito diferença – isto é, se eu tivesse sido exposto à palhaçada do Dr. Harlow (ou do Dr. Grau) quando conheci Richard Abbott, em vez de dois anos depois de tê-lo conhecido. Considerando o que sei agora, eu duvido sinceramente que minha queda por Richard Abbott fosse *curável*, embora gente como o Dr. Harlow e o Dr. Grau – as autoridades disponíveis na ciência médica da época – acreditassem enfaticamente que minha queda por Richard estivesse na categoria de uma afecção tratável.

Dois anos depois daquela memorável audição para escolha de elenco, já seria tarde demais para uma cura; no caminho que se estendia à minha frente, iria abrir-se para mim um mundo de atrações. Aquela audição de sexta-feira à noite foi quando conheci Richard Abbott; para todos os presentes – mais ainda para Tia Muriel, que desmaiou duas vezes – ficou óbvio que Richard tinha conquistado todos nós.

– Parece que precisamos de uma Nora, ou de uma Hedda, se formos encenar Ibsen – Richard disse para Nils.

– Mas *os folhas*! Eles já estão mudando de cor; vão continuar a cair – Borkman disse. – É a estação da morte!

Ele não era um homem fácil de se entender, mas acontece que o Ibsen tão amado por Borkman e saltar de fiordes eram coisas que de algum modo estavam ligadas ao *teatro sério*, que consistia sempre em nossa peça de outono – e à mencionada estação da morte, quando *os folhas* não paravam de cair.

Olhando para trás, é claro, aquela parece uma época tão inocente – tanto a estação da morte quanto aquele período relativamente descomplicado da minha vida.

2
Atração pelas pessoas erradas

Quanto tempo depois daquela malsucedida escolha de elenco minha mãe e Richard Abbott começaram a namorar? – Conhecendo Mary, aposto que eles começaram a *transar* imediatamente – eu tinha ouvido Tia Muriel dizer.

Minha mãe só tinha se aventurado a sair de casa uma vez; ela tinha ido para a universidade (ninguém disse onde) e tinha largado o curso. Ela só tinha conseguido engravidar; nem chegou a terminar o curso de secretariado! Além disso, para piorar seu fracasso moral e educacional, durante catorze anos minha mãe e seu filho quase ilegítimo tinham carregado o nome Dean – em prol de uma legitimidade convencional, eu suponho.

Mary Marshall Dean não ousou sair de casa de novo; o mundo a havia ferido demais. Ela morava com minha avó desdenhosa e cheia de clichês, que era tão crítica em relação à filha ovelha negra quanto a minha arrogante Tia Muriel. Só Vovô Harry tinha palavras gentis e encorajadoras para sua "garotinha", como ele a chamava. Do jeito que ele dizia isso, eu tinha a impressão que ele achava que minha mãe tinha sofrido algum dano irreparável. Vovô Harry sempre foi meu herói, também – ele me animava quando eu estava deprimido, assim como estava sempre tentando fortalecer a autoconfiança da minha mãe.

Além de suas obrigações como ponto do First Sister Players, minha mãe trabalhava como secretária na serraria e depósito de madeira; sendo o dono e o gerente da serraria, Vovô Harry resolveu ignorar o fato de que minha mãe não tinha terminado o curso de secretariado – sua habilidade como datilógrafa era suficiente para ele.

Devem ter comentado sobre minha mãe – quer dizer, os homens da serraria. As coisas que falavam não diziam respeito à datilografia dela, e eu aposto que eles as tinham ouvido da boca de suas esposas ou namoradas; os homens da serraria devem ter notado que minha mãe era bonita, mas eu tenho certeza que as mulheres de suas vidas eram a origem dos comentários feitos sobre Mary Marshall Dean no depósito de madeira – ou, mais perigosamente, nos acampamentos de extração de madeira.

Eu digo "mais perigosamente" porque Nils Borkman supervisionava os acampamentos; homens estavam sempre se machucando lá, mas será que às vezes "se machucavam" por causa dos comentários que faziam sobre minha mãe? Um cara ou outro estava sempre se machucando no depósito de madeira também – ocasionalmente, eu aposto que era um cara que ficava repetindo o que ouvia a esposa ou a namorada dizer sobre minha mãe. (O suposto marido dela não tinha tido pressa alguma em se casar com ela; ele nunca tinha vivido com ela, casado ou não, e *aquele* menino não tinha pai – esses eram os comentários sobre minha mãe, eu imagino.)

Vovô Harry não era um homem agressivo; imagino que Nils Borkman se levantasse em defesa do seu amado sócio, e de minha mãe.

– Ele não pode trabalhar durante seis semanas, não com a clavícula quebrada, Nils – eu tinha ouvido vovô dizer. – Toda vez que você "dá um corretivo" em alguém, como você diz, nós somos obrigados a pagar indenização ao empregado!

– Nós temos dinheiro para pagar indenização, Harry, e ele vai tomar cuidado com o que diz da vez próxima, não vai? – Nils dizia.

– Da próxima vez, Nils – Vovô Harry corrigia delicadamente o velho amigo.

Na minha opinião, minha mãe não era só mais moça dois anos do que sua irmã malvada, Muriel; minha mãe era de longe a mais bonita das duas irmãs Marshall. Não tinha importância o fato de minha mãe não ter o busto de ópera e a voz retumbante de Muriel. Mary Marshall Dean era mais bem-proporcionada. Ela parecia quase asiática para mim – não só porque era pequena e delicada, mas por causa do seu rosto amendoado e dos seus olhos tão grandes (e separados), sem falar no tamanho diminuto de sua boca.

– Uma joia – Richard Abbott a tinha descrito, quando eles começaram a namorar. E então Richard passou a chamá-la não de Mary, mas de "Joia". O nome pegou.

E quanto tempo passou, depois que eles começaram a namorar, até Richard Abbott descobrir que eu não tinha o meu próprio cartão de biblioteca? (Não muito tempo; foi ainda no início do outono, porque as folhas tinham começado a mudar de cor.)

Minha mãe tinha revelado a Richard que eu não era de ler muito, e isso levou Richard à descoberta de que minha mãe e minha avó estavam pegando livros na biblioteca para eu ler – ou *não* ler, como era geralmente o caso.

Os outros livros que me chegavam às mãos tinham pertencido a minha intrometida Tia Muriel; esses eram quase todos romances de amor, os que minha grosseira prima mais velha tinha lido e rejeitado. Ocasionalmente, a prima Geraldine havia expressado seu desagrado por esses romances (ou pelos personagens principais) nas margens dos livros.

Gerry – só a Tia Muriel e minha avó a chamavam de *Geraldine* – era três anos mais velha do que eu. Naquele outono em que Richard Abbott estava namorando minha mãe, eu tinha treze anos e Gerry dezesseis. Como Gerry era uma garota, ela não podia estudar na Favorite River Academy. Ela se sentia veementemente zangada com o "aspecto só meninos" da escola particular, porque ela era mandada de ônibus todo dia para Ezra Falls – a escola pública mais próxima de First Sister.

Parte do ódio de Gerry pelos meninos estava presente nas margens dos livros que herdei dela; parte do seu desdém por garotas que adoram garotos também aparecia nas margens desses romances. Sempre que eu ganhava um livro usado de Tia Muriel, lia imediatamente os comentários de Gerry nas margens. Os próprios romances eram incrivelmente chatos. Mas diante da cansativa descrição do primeiro beijo da heroína, Gerry escreveu na margem: "Beije-me! Eu vou fazer sangrar suas gengivas! Eu vou fazer você *mijar* nas calças!"

A heroína era uma narcisista pedante, que nunca deixaria o namorado tocar em seus seios – Gerry escreveu na margem: "Eu esfregaria seus mamilos até eles ficarem em carne viva! Tente me impedir!"

Quanto aos livros que minha mãe e minha avó traziam para mim da Biblioteca Pública de First Sister, eles eram (na melhor das hipóteses) romances de aventura: histórias passadas no mar, geralmente com piratas, ou westerns de Zane Grey; os piores eram os romances altamente inverossímeis de ficção científica ou as igualmente implausíveis histórias futurísticas.

    Será que minha mãe e Nana Victoria não conseguiam ver que eu me sentia ao mesmo tempo perplexo e assustado pela vida na Terra? Eu não tinha necessidade de estímulo de galáxias distantes e planetas desconhecidos. E o presente já me causava incompreensão suficiente, sem mencionar o terror diário de ser incompreendido; o simples fato de contemplar o futuro já era um pesadelo.

    – Mas por que Bill não escolhe ele mesmo os livros que prefere? – Richard Abbott perguntou a minha mãe. – Bill, você tem treze anos, certo? Em quê você está interessado?

    Exceto por Vovô Harry e meu sempre simpático tio Bob (o acusado de beber), ninguém tinha me feito essa pergunta antes. Tudo o que eu gostava de ler eram as peças que estavam sendo ensaiadas no First Sister Players; eu imaginava que poderia aprender esses roteiros tão detalhadamente quanto minha mãe sempre os aprendia. Um dia, se minha mãe estivesse doente ou sofresse um acidente de automóvel – havia uma abundância de desastres de automóvel em Vermont –, eu imaginava poder substituí-la como ponto.

    – Billy! – minha mãe disse, rindo daquele jeito aparentemente inocente dela. – Conte para Richard no quê você está interessado.

    – Eu estou interessado em *mim* – eu disse. – Quais os livros que existem sobre alguém como eu? – perguntei a Richard Abbott.

    – Ah, você ficaria surpreso, Bill – Richard disse. – O tema da passagem da infância para o início da adolescência... bem, existem muitos romances maravilhosos que exploraram esse tema tão importante. Venha, vamos dar uma olhada.

    – A esta hora? Dar uma olhada *onde*? – minha avó disse, alarmada. Isso foi depois de um jantar cedo porque no dia seguinte tinha escola, ainda não tinha escurecido completamente lá fora, mas em breve estaria escuro. Nós ainda estávamos sentados à mesa de jantar.

    – É claro que Richard pode levar Bill até nossa pequena biblioteca municipal, Vicky – Vovô Harry disse. Nana fez uma cara como se tivesse sido esbofeteada; ela era de tal maneira uma *Victoria* (nem que fosse apenas em sua própria mente) que ninguém a não ser meu avô jamais a chamou de "Vicky", e quando chamava, ela reagia com raiva. – Aposto que a Srta. Frost mantém a biblioteca aberta até as nove quase todo dia – Harry acrescentou.

– Srta. Frost – minha avó declarou, com evidente aversão.

– Ora, ora, tolerância, Vicky, tolerância – meu avô disse.

– Vamos – Richard Abbott tornou a dizer para mim. – Vamos fazer um cartão de biblioteca para você, isso já é um começo. Os livros virão depois; se eu fosse adivinho, diria que os livros em breve irão *chover*.

– *Chover!* – minha mãe exclamou alegremente, mas com certa incredulidade. – Você não conhece Billy, Richard, ele não é muito de ler.

– Vamos ver, Joia – Richard disse para ela, mas piscou o olho para mim. Eu estava cada vez mais caído por ele; se minha mãe já estava se apaixonando por Richard Abbott, ela não era a única.

Eu me lembro daquela noite encantadora – até mesmo uma coisa tão comum quanto andar pela calçada de River Street com o fascinante Richard Abbott parecia romântico. Era uma noite úmida e quente, parecendo uma noite de verão, com uma tempestade se formando ao longe. Todas as crianças e os cachorros da vizinhança estavam brincando nos quintais de River Street, e o sino na torre do relógio da Favorite River Academy marcou a hora. (Eram apenas sete horas de uma noite de setembro, e, como Richard tinha dito, eu estava saindo da infância e entrando na pré-adolescência.)

– Exatamente em quê você está interessado sobre si mesmo, Bill? – Richard Abbott perguntou.

– Eu não entendo por que, de repente, eu passei a ter... *atrações* inexplicáveis – eu disse a ele.

– Ah, *atrações*, em breve você vai ter muito mais ainda – Richard disse, encorajadoramente. – As atrações são comuns e naturais – e devem ser *aproveitadas!* – ele acrescentou.

– Às vezes, as atrações são pelas pessoas erradas – eu tentei dizer a ele.

– Mas não há pessoas "erradas" para se ter atração, Bill – Richard me garantiu. – Você não pode controlar o que sente ou deixa de sentir por alguém.

– Ah! – eu disse. Aos treze anos, isso deve ter significado para mim que uma atração era mais terrível do que eu tinha pensado.

É tão engraçado pensar que, só seis anos depois, quando eu fiz aquela viagem com Tom no verão – aquela viagem para a Europa, que teve um começo meio ruim em Bruges –, a simples ideia de me apaixonar não parecia mais ser algo provável; parecia até impossível. Naquele verão, eu só tinha dezenove anos, mas já estava convencido de que jamais voltaria a me apaixonar.

Não sei ao certo quais as expectativas que o pobre Tom tinha para aquele verão, mas eu ainda era tão inexperiente que imaginei que tinha sentido minha última atração, que foi horrível o bastante para me deixar arrasado. De fato, eu era tão lamentavelmente ingênuo – e Tom também era – que também imaginei que teria o resto da vida para me recuperar de qualquer ligeiro dano que tivesse causado a mim mesmo na agonia do meu amor pela Srta. Frost. Eu ainda não tinha tido relacionamentos suficientes para compreender o efeito durador que a Srta. Frost teria sobre mim; o dano não era "ligeiro".

Quanto ao Tom, eu simplesmente achei que tinha de ser mais circunspecto nos olhares que lançava para as jovens camareiras, ou para aquelas outras meninas e mulheres de seios pequenos que Tom e eu encontrássemos nas nossas andanças.

Eu sabia que Tom era inseguro; sabia o quanto ele era sensível ao fato de ser "marginalizado" como ele dizia – ele estava sempre se sentindo negligenciado, desvalorizado ou simplesmente ignorado. Achei que estava tomando cuidado para não deixar que meus olhos se demorassem em mais ninguém por muito tempo.

Mas uma noite – nós estávamos em Roma – Tom me disse:

– Eu queria que você *encarasse* as prostitutas. Elas gostam de ser olhadas, Bill, e é francamente excruciante eu saber que você está pensando nelas, especialmente naquela muito alta com um vestígio de bigode, mas você nem mesmo *olha*!

Outra noite – eu não me lembro onde nós estávamos, mas já tínhamos ido para a cama e achei que Tom estivesse dormindo – ele disse no escuro:

– É como se você tivesse levado um tiro no coração, Bill, mas não se desse conta do buraco ou da perda de sangue. Eu duvido que você tenha sequer ouvido o tiro!

Mas eu estou me adiantando; infelizmente, é isso que um escritor que sabe o final da história tende a fazer. É melhor eu voltar para Richard Abbott, e para a gentileza daquele homem em me conseguir meu primeiro cartão de biblioteca – sem falar nos valentes esforços de Richard para garantir a mim, um garoto de treze anos, que não havia pessoas "erradas" para se ter atração.

Não havia quase ninguém na biblioteca naquela noite de setembro; como eu iria saber mais tarde, raramente havia. (O mais notável é que nunca havia crianças naquela biblioteca; eu levaria anos para compreender por quê.) Duas mulheres mais velhas estavam lendo num sofá de aparência incômoda; um velho se havia cercado de pilhas de livros na ponta de uma mesa comprida, mas ele parecia menos determinado a ler todos os livros do que de se proteger das duas velhas.

Havia também duas garotas com um ar deprimido e idade de estar no ensino médio; elas e a prima Gerry eram colegas de sofrimento na escola pública de Ezra Falls. As garotas deviam estar fazendo o que Gerry tinha descrito para mim como sendo seu "eternamente mínimo" dever de casa.

A poeira, acumulada nas capas dos livros, me fez espirrar.

– Espero que você não seja alérgico a *livros* – alguém disse; essas foram as primeiras palavras que ouvi da Srta. Frost, e quando me virei e a vi fiquei mudo.

– Este menino gostaria de um cartão de biblioteca – Richard Abbott disse.

– E quem seria *esse menino*? – A Srta. Frost perguntou a ele, sem olhar para mim.

– Este é Billy Dean, estou certo que você conhece Mary Marshall Dean – Richard explicou. – Bem, Billy é filho de Mary...

– Ah, sim! – a Srta. Frost exclamou. – Então este é *aquele* menino!

O problema de uma cidade pequena como First Sister, Vermont, era que todo mundo sabia como minha mãe tinha me tido – com um daqueles maridos *só de nome*. Eu tinha a sensação de que todo mundo conhecia a história de garoto-código do meu pai. William Francis Dean era o tipo de marido e pai desaparecido, e tudo o que restava do sargento em First Sister, Vermont, era o nome dele – com um *júnior* anexado no final. A Srta. Frost pode não ter me conhecido oficialmente até aquela noite de setembro de 1955, mas ela sem dúvida sabia tudo sobre mim.

– E o senhor, eu suponho, *não* é o Sr. Dean, não é o *pai* deste menino, é? – A Srta. Frost perguntou a Richard.

– Não – Richard começou a dizer.

– Eu achei que não – disse a Srta. Frost. – Então o senhor é... – Ela esperou; ela não tinha nenhuma intenção de terminar a frase interrompida.

– Richard Abbott – Richard anunciou.

– O novo *professor*! – a Srta. Frost declarou. – Contratado com a esperança fervorosa de que *alguém* na Favorite River Academy consiga ensinar Shakespeare para aqueles meninos.

– Sim – Richard disse, surpreso de a bibliotecária saber dos detalhes do objetivo da escola ao contratá-lo, não só para ensinar inglês, mas para fazer os meninos lerem e entender Shakespeare. Fiquei mais surpreso do que Richard; embora eu o tivesse ouvido falar sobre seu interesse por Shakespeare para o meu avô, essa era a primeira vez que tomava conhecimento da sua *missão* shakespeariana. Parecia que Richard Abbott tinha sido contratado para dar uma surra de Shakespeare nos meninos!

– Bem, boa sorte – a Srta. Frost disse a ele. – Vou acreditar nisso quando vir – ela acrescentou, sorrindo para mim. – E o senhor vai encenar alguma peça de Shakespeare? – ela perguntou a Richard.

– Acho que essa é a única maneira de fazer os meninos lerem e entender Shakespeare – Richard disse a ela. – Eles têm que ver as peças encenadas, melhor ainda, têm que representá-las.

– Todos aqueles meninos, fazendo papel de meninas e mulheres – a Srta. Frost disse, sacudindo a cabeça. – Falar de "suspensão voluntária de fé" e todas as outras coisas que Coleridge disse – a Srta. Frost observou, ainda sorrindo para mim. (Eu normalmente não gostava quando alguém despenteava o meu cabelo, mas, quando a Srta. Frost fez isso, eu sorri radiante para ela.) – Foi mesmo Coleridge quem disse isso, não foi? – ela perguntou a Richard.

– Foi sim – ele disse. Ele estava espantado com ela, dava para ver, e se ele não tivesse acabado de se apaixonar pela minha mãe... bem, quem sabe? A Srta. Frost era um estouro, na minha inexperiente opinião. Não a mão que despenteou o meu cabelo, mas a outra mão estava agora pousada na mesa, ao lado das mãos de Richard Abbott; entretanto, quando a Srta. Frost viu que eu estava olhando para as mãos deles, ela tirou a dela da mesa. Senti os dedos dela tocarem de leve o meu ombro.

– E o que você estaria interessado em ler, William? – Ela perguntou. – É William, não é?

– Sim – respondi, excitado. "William" soava tão adulto. Eu estava envergonhado por estar caído pelo namorado da minha mãe; parecia muito mais permissível estar ficando mais caído ainda pela fabulosa Srta. Frost.

As mãos dela, eu tinha notado, eram mais largas nas palmas e mais compridas nos dedos do que as mãos de Richard Abbott, e – ali parados um ao lado do outro – eu vi que os braços da Srta. Frost eram mais substanciais do que os de Richard, e que os ombros dela eram mais largos; ela também era mais alta do que Richard.

Havia uma única semelhança. Richard tinha uma aparência tão jovem – parecia ser quase tão jovem quanto um aluno da Favorite River Academy; ele só devia precisar fazer a barba uma ou duas vezes por semana. E a Srta. Frost, apesar dos ombros largos e dos braços fortes, e (eu notei então) a marcante largura do seu peito, tinha aqueles seios pequenos. A Srta. Frost tinha seios que pareciam estar ainda brotando – pelo menos para mim, embora, aos treze anos, eu tivesse começado a prestar atenção em seios fazia relativamente pouco tempo.

Minha prima Gerry tinha seios maiores. Até Laura Gordon, que tinha catorze anos e era peituda demais para representar Hedvig em *O pato selvagem*, tinha "seios mais visíveis" (como minha Tia Muriel, que era uma observadora de seios, tinha comentado) do que a imponente Srta. Frost.

Eu estava enfeitiçado demais para falar e não respondi –, mas a Srta. Frost (com toda a paciência) repetiu a pergunta.

– William? Imagino que você esteja interessado em ler, mas poderia me dizer se prefere ficção ou não ficção, e qual é o assunto de sua preferência? – a Srta. Frost perguntou. – Eu vi *este* menino no nosso pequeno teatro! – ela disse de repente para Richard. – Eu o vi nos bastidores, William, você parece ser muito *observador*.

– É, sou sim – eu mal consegui responder. Na verdade, eu tinha *observado* tanto a Srta. Frost que quase me masturbei ali mesmo, mas em vez disso consegui criar coragem para dizer: – A senhora conhece algum romance sobre pessoas jovens que têm... atrações perigosas?

A Srta. Frost me encarou calmamente.

– Atrações perigosas – ela repetiu. – Explique o que há de perigoso numa atração.

– Uma atração pela pessoa errada – eu disse a ela.

– Eu disse que isso não existe – Richard Abbott interrompeu. – Não existe pessoa "errada"; nós somos livres para sentir atração por quem quisermos.

– Não existe pessoa errada para se ter atração, você está *de brincadeira*? – a Srta. Frost disse para Richard. – Pelo contrário, William, existe uma vasta literatura sobre o tema de atrações por pessoas erradas – ela disse para mim.

– Bem, é isso que Bill está querendo – Richard disse para a Srta. Frost. – Atrações por pessoas erradas.

– É uma categoria e tanto – a Srta. Frost disse; ela estava o tempo todo sorrindo lindamente para mim. – Eu vou começar devagar, confie em mim, William. Não dá para você se apressar nesse assunto de atrações por pessoas erradas.

– O que você tem em mente? – Richard Abbott perguntou a ela. – Estamos falando aqui de *Romeu e Julieta*?

– Os problemas entre os Montagues e os Capuletos não tinham nada a ver com Romeu e Julieta – a Srta. Frost disse. – Romeu e Julieta eram as pessoas *certas* uma para a outra; as famílias deles é que eram fodidas.

– Entendo – Richard disse, a expressão "fodidas" chocou a mim e a ele. (Pareceu tão pouco típica de uma bibliotecária.)

– Duas irmãs me vêm à mente – a Srta. Frost disse, continuando depressa. Tanto Richard Abbott quanto eu a interpretamos mal.

Nós pensamos que ela fosse dizer algo inteligente sobre minha mãe e Tia Muriel.

Eu uma vez tinha achado que a cidade de First Sister tinha sido batizada assim em homenagem a Muriel; ela exalava arrogância suficiente para ter tido uma cidade inteira (embora uma cidade pequena) batizada em sua homenagem. Mas Vovô Harry tinha me esclarecido a respeito das origens do nome da nossa cidade.

Favorite River era um afluente do rio Connecticut; quando os primeiros madeireiros estavam extraindo madeira no vale do rio Connecticut, renomearam alguns dos rios pelos quais eles transportavam toras de madeiras até o rio Connecticut – tanto do lado do grande rio que dava para New Hampshire quanto do lado que dava para Vermont. (Talvez não tivessem gostado dos nomes indígenas.) Aqueles primeiros homens a transportar madeira pelo rio batizaram o Favorite River (rio Favorito) – porque ele dava direto no Connecticut, tinha poucas curvas que poderiam causar congestionamento de toras. Quanto a batizarem nossa cidade de First Sister (Primeira Irmã), isso foi por causa do lago, que foi criado pela represa no Favorite River. Com nossa serraria e nosso depósito de madeira, nós nos tornamos uma "primeira irmã" das outras cidades industriais maiores no rio Connecticut.

Achei a explicação do Vovô Harry sobre as origens de First City menos excitante do que minha suposição anterior de que nossa pequena cidade havia sido batizada em homenagem à irmã mais velha e valentona da minha mãe.

Mas tanto Richard Abbott quanto eu estávamos pensando sobre aquelas duas irmãs Marshall quando a Srta. Frost disse: "Duas irmãs me vêm à mente." A Srta. Frost deve ter notado que fiquei intrigado e que Richard tinha perdido sua aura de galã; ele parecia confuso e até inseguro. Então a Srta. Frost disse:

– Estou me referindo às irmãs Brontë, obviamente.

– Obviamente! – Richard exclamou; ele pareceu aliviado.

– Emily Brontë escreveu *O morro dos ventos uivantes* – a Srta. Frost explicou para mim –, e Charlotte Brontë escreveu *Jane Eyre*.

– Nunca confie num homem com uma mulher louca no sótão – Richard me disse. – E qualquer pessoa chamada Heathcliff deveria deixar você desconfiado.

– Aquilo é que é *atração* – a Srta. Frost disse com um ar significativo.
– Mas não são atrações *femininas*? – Richard perguntou à bibliotecária.
– Bill deve ter em mente uma atração ou atrações de menino.
– Atrações são atrações – a Srta. Frost disse, sem hesitação. – É a *literatura* que importa; o senhor não está sugerindo que *O morro dos ventos uivantes* e *Jane Eyre* são romances "só para mulheres", está?
– É lógico que não! É claro que é a *literatura* que importa! – Richard Abbott exclamou. – Eu só quis dizer que uma aventura mais *masculina*...
– Mais *masculina*! – a Srta. Frost repetiu. – Bem, eu suponho que possa ser Fielding – ela acrescentou.
– Ah, sim! – Richard exclamou. – Você está se referindo a *Tom Jones*?
– Estou – a Srta. Frost respondeu, suspirando. – Se se pode contar aventuras sexuais como um dos resultados de uma *atração*...
– Por que não? – Richard Abbott disse depressa.
– Quantos anos você tem? – a Srta. Frost perguntou para mim. Mais uma vez, seus longos dedos tocaram o meu ombro. Eu me lembrei de como Tia Muriel tinha desmaiado (duas vezes), e temi perder a consciência.
– Eu tenho treze – disse a ela.
– Três romances são suficientes para começar aos treze anos – ela disse para Richard. – Não seria prudente sobrecarregá-lo de atrações numa idade tão tenra. Vamos ver aonde esses três romances irão levá-lo, certo? – Mais uma vez, a Srta. Frost sorriu para mim.
– Comece com o Fielding – ela me aconselhou. – É provavelmente o mais primitivo. Você vai ver que as irmãs Brontë são mais emotivas, exploram mais o aspecto psicológico. São romancistas mais adultas.
– Srta. Frost? – Richard Abbott disse. – Já esteve alguma vez no palco, já representou alguma vez?
– Só na minha imaginação – ela respondeu, quase sedutoramente. – Quando eu era mais moça, o tempo todo.
Richard me lançou um olhar conspirador; eu sabia perfeitamente bem o que o talentoso recém-chegado estava pensando. Diante de nós estava uma torre de *força sexual*; para Richard e para mim,

a Srta. Frost era uma mulher de uma liberdade *indomável*, certa rebeldia sem dúvida a acompanhava.

Para um homem mais jovem, Richard Abbott, e para mim – eu era um garoto sonhador de treze anos que de repente desejou escrever a história das minhas atrações por pessoas erradas *e* fazer sexo com uma bibliotecária de mais de trinta anos –, a Srta. Frost era, inquestionavelmente, uma *presença* sexual.

– Há um papel para você, Srta. Frost – Richard Abbott arriscou, enquanto a seguíamos ao longo das estantes, onde ela estava recolhendo meus três primeiros romances *literários*.

– Na realidade, dois possíveis papéis – eu disse.

– Sim, você tem que escolher – Richard acrescentou depressa.

– Ou é Hedda em *Hedda Gabler*, ou Nora em *Casa de bonecas*. Você conhece Ibsen? Essas são chamadas frequentemente de peças *problemáticas*...

– É uma escolha e tanto – a Srta. Frost disse, sorrindo para mim. – Ou dou um tiro na minha própria têmpora, ou sou o tipo de mulher que abandona os três filhos pequenos.

– Eu acho que é uma decisão *positiva*, em ambos os casos – Richard Abbott tentou tranquilizá-la.

– Ah, muito *positiva*! – a Srta. Frost disse, rindo, balançando a mão de dedos longos. (Quando ela ria, sua voz tinha um tom grave e rouco, que na mesma hora pulava para um registro mais agudo e mais claro.)

– Nils Borkman é o diretor – eu avisei à Srta. Frost; eu já me sentia protetor em relação a ela, e nós tínhamos acabado de nos conhecer.

– Meu querido menino – a Srta. Frost disse –, como se houvesse uma alma em First Sister que não soubesse que um norueguês neurótico, que não é nenhum neófito com relação a "teatro sério", é o diretor no nosso pequeno teatro.

Ela disse de repente para Richard:

– Eu estaria interessada em saber, se *Casa de bonecas* for a peça de Ibsen que nós escolhermos, e se eu for ser a incompreendida Nora, qual será o *seu* papel, Sr. Richard Abbott. – Antes que Richard pudesse responder, a Srta. Frost continuou: – Meu palpite é que o senhor seria

Torvald Helmer, o marido chato e nada compreensivo de Nora, cuja vida Nora salva, mas que não consegue salvar a dela.

– Eu diria que esse será o meu papel – Richard arriscou cautelosamente. – É claro que eu não sou o diretor.

– Você precisa me dizer, Richard Abbott, se pretende *flertar* comigo, eu não estou me referindo a nossos papéis na peça – a Srta. Frost disse.

– Não, de jeito nenhum! – Richard exclamou. – Estou flertando seriamente com a mãe de Bill.

– Muito bem, então, essa é a resposta certa – ela disse a ele, mais uma vez despenteando o meu cabelo, mas continuou falando com Richard. – E se fizermos *Hedda Gabler*, e eu for Hedda, bem, a decisão a respeito do *seu* papel será mais complicada, não?

– Sim, suponho que sim – Richard disse, pensativo. – Eu espero que, no caso de *Hedda Gabler*, eu não seja o marido chato e nada compreensivo, *odiaria* ser George – Richard disse.

– Quem *não* odiaria ser George? – a Srta. Frost perguntou a ele.

– Tem o escritor que Hedda destrói – Richard disse. – Eu não duvido que Nils me escolha para ser Eilert Løvborg.

– Você seria errado para o papel! – a Srta. Frost declarou.

– Então só sobra o juiz Brack – Richard Abbott disse.

– Isso seria divertido – a Srta. Frost disse a ele. – Eu me mato para escapar das suas garras.

– Eu posso imaginar o que é ser destruído por elas – Richard Abbott disse, cortesmente. Eles estavam representando, dava para ver, e não eram amadores. Minha mãe não ia precisar soprar muito as falas no caso deles; eu não imaginava Richard Abbott ou a Srta. Frost esquecendo uma fala ou trocando uma só palavra.

– Eu vou pensar no assunto e volto a falar com você – a Srta. Frost disse a Richard. Havia um espelho comprido, estreito, mal-iluminado no saguão da biblioteca, onde uma longa fileira de ganchos de pendurar casacos revelava uma capa de chuva solitária, provavelmente da Srta. Frost. Ela examinou o cabelo no espelho. – Estou pensando num cabelo mais comprido – ela disse, como que para a sua sósia.

– Eu imagino Hedda com o cabelo um pouco mais comprido – Richard disse.

– É mesmo? – a Srta. Frost disse, mas ela estava sorrindo de novo para mim. – Olhe só para você, William – disse de repente. – Por falar em "entrar na idade adulta", olhe só para *esse* menino! – Eu devo ter corado, ou desviado os olhos, apertando aqueles três romances que tratavam do tema contra o peito.

A Srta. Frost escolheu bem. Eu li *Tom Jones, Morro dos ventos uivantes* e *Jane Eyre* – nessa ordem –, tornando-me, para surpresa da minha mãe, um leitor. E o que esses romances me ensinaram foi que aventura não se limitava a navegar, com ou sem piratas. A pessoa podia encontrar grande dose de emoção sem escapar para a ficção científica ou fantasias futurísticas; não era necessário ler um romance de faroeste ou um romance de amor para se transportar. Para ler, assim como para escrever, tudo o que alguém precisava – isto é, para fazer uma viagem fascinante – era de um relacionamento plausível mas formidável. Afinal de contas, o que é que as atrações – especialmente as atrações por pessoas erradas – proporcionavam?

– Bem, Bill, vamos para casa para você poder começar a ler – Richard Abbott disse naquela noite quente de setembro, e, virando-se para a Srta. Frost, no saguão da biblioteca, disse (numa voz que não era a dele) a última coisa que o juiz Brack diz para Hedda no Quarto Ato: – "Nós vamos nos dar fantasticamente bem juntos!"

Haveria dois meses de ensaios para *Hedda Gabbler* naquele outono, então eu iria me familiarizar muito bem com essa frase – sem falar nas últimas frases que Hedda diz em resposta. Ela já deixou o palco, mas – falando dos bastidores, *alto e claro*, como está determinado nas instruções para a montagem da peça – a Srta. Frost (representando Hedda) responde: – "Sim, não está orgulhoso disso, juiz Brack? Agora que é o único galo no terreiro..." – *Ouve-se o barulho de um tiro nos bastidores*, as instruções para a montagem determinam.

Eu gosto realmente dessa peça, ou a adorava porque Richard Abbott e a Srta. Frost haviam dado vida a ela para mim? Vovô Harry estava notável num pequeno papel – o da tia de George, Juliana, senhorita Tesman – e minha Tia Muriel era a companheira carente de Eilert Løvborg, Sra. Elvsted.

– Bem, *aquilo* foi uma encenação e tanto – Richard Abbott disse para mim enquanto caminhávamos pela calçada da River Street naquela noite quente de setembro. Já estava escuro, e havia um som de trovoada ao longe, mas os quintais da vizinhança estavam silenciosos; crianças e cachorros tinha sido levados para dentro, e Richard estava me levando para casa.
– *Que* encenação? – perguntei a ele.
– A da Srta. Frost! – Richard exclamou. – Estou falando da encenação *dela*! Os livros que você devia ler, toda aquela história sobre *atrações*, e sua dança complicada a respeito do papel que deveria representar, o de Nora ou o de Hedda...
– Quer dizer que ela estava *representando* o tempo todo? – perguntei a ele. (Mais uma vez, senti vontade de protegê-la, sem saber por quê.)
– Acho que você gostou dela – Richard disse.
– Eu a *amei*! – eu disse.
– Compreensível – ele disse, balançando a cabeça.
– Você não gostou dela? – perguntei.
– Ah, sim, gostei, eu *gosto* dela, e acho que ela vai ser uma Hedda perfeita – Richard disse.
– Se ela decidir fazer – alertei a ele.
– Ah, ela vai fazer, é claro que vai! – Richard declarou. – Ela só estava brincando comigo.
– Brincando – repeti, sem saber ao certo se ele estava criticando a Srta. Frost. Eu não tinha certeza se Richard tinha gostado dela o *suficiente*.
– Escuta aqui, Bill – Richard disse. – Deixe que a bibliotecária seja sua nova melhor amiga. Se você gostar do que ela lhe deu para ler, confie nela. A biblioteca, o teatro, uma paixão por romances e peças... bem, Bill, essa pode ser a porta para o seu futuro. Na sua idade, eu vivia numa biblioteca! Romances e peças novas são a minha vida.

Isso tudo foi tão avassalador. Era atordoante imaginar que havia romances sobre atrações – mesmo, talvez especialmente, atrações por pessoas erradas. Além disso, nosso teatro amador estaria encenando *Hedda Gabler* de Ibsen com um protagonista novinho em folha, e com uma torre de *fortaleza sexual* (e de liberdade *indomável*) no principal papel feminino. E não só minha magoada mãe tinha um *beau*, como Tia Muriel e Nana Victoria se referiam a Richard Abbott, como a minha desconfortável atração por Richard tinha sido suplantada. Eu agora estava apaixonado por uma bibliotecária que tinha idade para ser minha mãe. Não obstante a minha atração anormal por Richard Abbott, eu sentia um desejo novo e desconhecido pela Srta. Frost – sem mencionar que de repente eu tinha todos esses livros sérios para ler.

Não surpreende que, quando Richard e eu chegamos em casa, de volta da nossa excursão à biblioteca, minha avó pôs a mão na minha testa – eu devia estar com o rosto afogueado, como se estivesse com febre.

– Excitação demais para uma noite com escola no dia seguinte, Billy – Nana Victoria disse.

– Bobagem – Vovô Harry disse. – Mostre-me os livros que você trouxe, Bill.

– A Srta. Frost os escolheu para mim – eu disse a ele, entregando-lhe os romances.

– Srta. Frost! – minha avó declarou de novo, com um desprezo crescente.

– Vicky, Vicky – Vovô Harry advertiu-a, como um tapa depois do outro.

– Mamãe, por favor, não faça isso – minha mãe disse.

– São ótimos romances – meu avô anunciou. – De fato, são clássicos. Atrevo-me a dizer que a Srta. Frost sabe quais os romances que um rapazinho deve ler.

– *Atrevo-me* a dizer! – Nana repetiu, debochando.

Depois seguiram-se algumas maldades difíceis de entender ditas pela minha avó, relativas à idade verdadeira da Srta. Frost.

– Não estou me referindo à idade que ela *diz* ter! – Nana Victoria declarou. Eu disse que achava que a Srta. Frost tinha a idade da minha mãe, ou um pouco menos, mas Vovô Harry e minha mãe se entreolharam. Depois houve o que eu conhecia muito bem, do teatro, uma pausa.

– Não, a Srta. Frost está mais próxima da idade de Muriel – meu avô disse.

– Aquela *mulher* é mais velha do que Muriel! – minha avó exclamou.

– Na realidade, elas são mais ou menos da mesma idade – minha mãe disse calmamente.

Na época, isso só me deu a entender que a Srta. Frost parecia mais jovem do que Muriel. Na verdade, não dei muita importância ao assunto. Nana Victoria, evidentemente, não gostava da Srta. Frost, e Muriel tinha problemas com os seios da Srta. Frost ou com seus sutiãs – ou ambos.

Só mais tarde – não me lembro quando, exatamente, mas foi vários meses depois, quando eu já tinha adquirido o hábito de pegar romances sugeridos pela Srta. Frost na nossa biblioteca pública – foi que eu ouvi minha maldosa Tia Muriel falando sobre a Srta. Frost (com a minha mãe) naquele mesmo tom de voz que a minha avó tinha usado.

– Eu suponho que *ela* não tenha deixado de usar aquele ridículo sutiã de treinamento. – (Minha mãe apenas sacudiu a cabeça.)

Eu iria perguntar a Richard a respeito disso, embora indiretamente.

– O que são sutiãs de *treinamento*, Richard? – perguntei a ele, aparentemente do nada.

– Isso tem a ver com algo que você esteja lendo, Bill? – Richard perguntou.

– Não, eu só estava pensando – eu disse a ele.

– Bem, Bill, sutiãs de treinamento não são o meu forte – Richard disse –, mas acho que são os primeiros sutiãs que uma menina usa.

– Por que *de treinamento*? – perguntei.

– Bem, Bill – Richard prosseguiu –, acho que funciona assim: uma menina cujos seios estão se formando usa um sutiã de treinamento para que seus seios comecem a entender o que é um sutiã.

– Ah – eu disse. Eu estava totalmente surpreso; não podia imaginar por que os seios da Srta. Frost precisavam ser *treinados*, e o conceito de que *seios* têm *ideias* também era algo novo e perturbador para mim. Entretanto, meu encantamento pela Srta. Frost tinha certamente mostrado que o meu pênis tinha ideias que pareciam inteiramente independentes dos meus pensamentos. E se pênis podiam ter ideias, não era tão difícil (para um garoto de treze anos) imaginar que seios também podiam pensar por si mesmos.

Na literatura que a Srta. Frost estava me fornecendo, numa velocidade cada vez maior, eu ainda não tinha encontrado um romance do ponto de vista de um pênis, nem um romance onde as *ideias* que os seios de uma mulher têm são de algum modo perturbadoras para a própria mulher – ou para sua família e amigos. Entretanto, romances assim pareciam possíveis, mesmo que fosse apenas do modo como um dia eu faria sexo com a Srta. Frost também parecia (embora remotamente) *possível*.

Foi premonição da Srta. Frost me fazer esperar por Dickens – me fazer batalhar por ele, por assim dizer? E o primeiro Dickens que ela permitiu que eu lesse não foi o que eu chamei de "crucial"; ela me fez esperar por *Grandes esperanças* também. Comecei, como muitos leitores de Dickens começaram, por *Oliver Twist,* aquele romance jovem e gótico – o laço do enforcado em Newcast lança sua sombra macabra sobre diversos dos mais memoráveis personagens do romance. Uma coisa que Dickens e Hardy têm em comum é a crença fatalista de que, particularmente no caso dos jovens e inocentes, o personagem de bom coração e integridade inabalável é o que corre mais risco num mundo ameaçador. (A Srta. Frost teve o bom senso de me fazer esperar por Hardy, também. Thomas Hardy não é material para um garoto de treze anos.)

No caso de Oliver, eu prontamente me identifiquei com a caminhada do resistente órfão. Os becos infestados de criminosos e de ratos da Londres de Dickens ficavam excitantemente distantes de First Sister, Vermont, e eu era mais indulgente do que a Srta. Frost, que criticava o "mecanismo emperrado do enredo", como ela dizia, dos primeiros romances de Dickens.

– A inexperiência de Dickens como romancista *aparece* – a Srta. Frost me disse.

Aos treze, quase catorze anos, eu não criticava a inexperiência. Para mim, Fagin era um monstro cativante. Bill Sykes era simplesmente apavorante – até seu cachorro, Olho de Boi, era mau. Eu fui seduzido, na realidade beijado em sonhos, pelo Artful Dodger – nunca houve um batedor de carteiras mais cativante ou habilidoso do que ele. Chorei quando Sikes assassinou a bondosa Nancy, mas também chorei quando o leal Olho de Boi de Sikes pula do parapeito tentando alcançar os ombros do homem morto. (Olho de Boi erra o alvo; o cachorro cai na rua lá embaixo, esmagando o crânio.)

– Melodramático, não acha? – a Srta. Frost perguntou para mim. – E Oliver chora demais; ele é mais um símbolo da grande paixão de Dickens por crianças maltratadas do que um personagem de carne e osso. – Ela me disse que Dickens iria escrever melhor sobre esses temas, e essas crianças, em seus romances mais maduros, principalmente em *David Copperfield*, o próximo Dickens que ela me deu para ler, e em *Grandes esperanças*, pelo qual ela me fez esperar.

Quando o Sr. Brownlow leva Oliver para aqueles "terríveis muros de Newgate, que escondiam tanta tristeza e uma inexprimível angústia" – onde Fagin está esperando para ser enforcado –, chorei pelo pobre Fagin também.

– É um bom sinal quando um garoto chora lendo um romance – a Srta. Frost declarou.

– Um bom sinal? – perguntei a ela.

– Isso quer dizer que você tem mais sensibilidade do que a maioria dos garotos – foi tudo o que ela disse sobre o fato de eu chorar.

Quando eu estava lendo com o que a Srta. Frost descreveu como "a afobação de um ladrão revirando uma mansão", ela um dia me disse:

– Mais devagar, William. Saboreie, não engula às pressas. E quando você gostar muito de um livro, decore uma bela frase dele, talvez a sua frase favorita. Assim você não esquecerá a linguagem da história que o levou às lágrimas. – (Se a Srta. Frost achava que Oliver chorava demais, eu imaginei o que ela realmente achava de mim.) No caso de *Oliver Twist*, infelizmente, não me lembro qual a frase que escolhi decorar.

Depois de *David Copperfield*, a Srta. Frost me fez sentir o primeiro gostinho de Thomas Hardy. Eu teria catorze anos, quase quinze? (Acho que sim; Richard Abbott por acaso estava ensinando o mesmo romance de Hardy para os meninos na Favorite River Academy, mas eles estavam no último ano do ensino médio e eu ainda estava no oitavo ano, tenho certeza.)

Eu me lembro de ter olhado, meio na dúvida, para o título – *Tess dos d'Ubervilles* – e de ter perguntado à Srta. Frost, claramente decepcionado:

– É a respeito de uma garota?
– Sim, William, uma garota muito infeliz – a Srta. Frost disse depressa. – Mas, o mais importante para um jovem como você, é que trata também dos homens que ela encontra. Espero que você nunca seja um dos homens que Tess encontra, William.
– Ah – eu disse. Eu saberia em breve o que ela estava querendo dizer a respeito dos homens que Tess encontra; realmente, eu jamais desejaria ser um deles.
De Angel Clare, a Srta. Frost disse simplesmente:
– Que arroz papa que ele é. – E quando olhei para ela sem entender, ela acrescentou: – Arroz cozido demais, William, pense em *mole*, pense em *fraco*.
– Ah.

Eu corria da escola para casa para ler; eu lia correndo, sem conseguir obedecer à ordem da Srta. Frost para ler mais devagar. Eu corria para a Biblioteca Pública de First Sister todo dia depois do jantar. Tomei como modelo o que Richard Abbott tinha me contado sobre sua infância – eu vivia na biblioteca, especialmente nos fins de semana. A Srta. Frost estava sempre me fazendo mudar de lugar e me sentar numa cadeira ou num sofá ou numa mesa onde houvesse uma luz melhor.
– Não estrague a vista, William. Você vai precisar dos seus olhos pelo resto da vida, se for ser um leitor.
De repente, eu tinha quinze anos. Estava na hora de *Grandes esperanças* – e era também a primeira vez que eu queria reler um romance –, e a Srta. Frost e eu tivemos aquela conversa difícil sobre o meu desejo de me tornar escritor. (Não era o meu único desejo, como vocês sabem, mas a Srta. Frost e eu não conversamos sobre aquele outro desejo – não naquele momento.)
De repente, também era a hora de eu entrar na Favorite River Academy. Apropriadamente – já que ela seria tão importante para a minha educação geral – foi a Srta. Frost quem chamou minha atenção para o "favor" que minha mãe e Richard Abbott haviam feito para mim. Porque eles se casaram no verão de 1957 – mais objetivamente, porque Richard Abbott me adotou legalmente –, meu nome passou de William Francis Dean, Jr., para William Marshall

Abbott. Eu iria iniciar meu ensino médio com um nome novinho em folha – um nome que eu gostava!

    Richard tinha um apartamento funcional num dos dormitórios do colégio interno, onde ele e minha mãe foram morar depois de casados, e eu tinha um quarto só meu lá. Não era uma caminhada longa, pela River Street, até a casa dos meus avós, onde eu tinha sido criado, e eu ia sempre lá. Apesar de gostar muito pouco da minha avó, eu gostava muito de Vovô Harry; é claro que eu ia continuar vendo o meu avô no palco, como mulher, mas depois que me tornei aluno da Favorite River, não frequentava tanto os bastidores durante os ensaios do First Sister Players.

    Eu tinha muito mais dever de casa na academia do que tinha tido no ensino fundamental, e Richard Abbott estava encarregado do Clube de Teatro (como era chamado) na academia. As ambições shakespearianas de Richard iriam me atrair mais para o Clube de Teatro, e me afastar dos ensaios do First Sister Players. O palco do Clube de Teatro, no teatro da academia, era maior e mais sofisticado do que o do teatrinho pitoresco da nossa cidade. (A palavra *pitoresco* era nova para mim. Eu me tornei um tanto esnobe nos anos que passei em Favorite River, pelo menos era o que a Srta. Frost um dia iria me dizer.)

    E se minha atração inapropriada por Richard Abbott tinha sido "suplantada" (como eu disse) pelo meu desejo ardente pela Srta. Frost, da mesma forma, dois amadores talentosos (Vovô Harry e Tia Muriel) tinham sido substituídos por dois atores muito mais talentosos. Richard Abbott e a Srta. Frost logo se tornariam grandes estrelas no palco do First Sister Players. Não só a Srta. Frost iria desempenhar o papel da neurótica Hedda junto do horrivelmente controlador juiz Brack, desempenhado por Richard; mas no outono de 1956, ela fez o papel de Nora em *Casa de bonecas*. Richard, como ele havia adivinhado, foi escolhido para fazer o marido sem sal e incompreensivo, Torvald Helmer. Uma Tia Muriel estranhamente desanimada ficou quase um mês sem falar com o próprio pai, porque Vovô Harry (e não Muriel) foi escolhido para o papel de Sra. Linde. E Richard Abbott e a Srta. Frost conseguiram convencer Nils Borkman a fazer o papel do infeliz Krogstad, o que o soturno norueguês aceitou com uma estranha mistura de conformismo e retidão.

Mais importante do que o que esse grupo heterogêneo de amadores fez de Ibsen foi a chegada de uma nova família de professores na Favorite River Academy, no início do ano letivo de 1956 e 1957 – um casal chamado Hadley. Eles tinham uma única filha – uma garota desajeitada chamada Elaine. O Sr. Hadley era o novo professor de história. A Sra. Hadley, que tocava piano, dava aulas de canto; ela dirigia os diversos coros da escola e regia o coro acadêmico. Os Hadley se tornaram amigos de Richard e minha mãe, então Elaine e eu nos víamos frequentemente na companhia um do outro. Eu era um ano mais velho, o que – na época – me fazia sentir muito mais velho do que Elaine, que estava muito atrasada no que se referia ao desenvolvimento de seios. (Elaine *nunca* teria seios, eu imaginei, porque também tinha notado que a Sra. Hadley era uma tábua – mesmo quando cantava.)

Elaine tinha um grau altíssimo de hipermetropia; naquela época, não havia remédio para isso, a não ser aquelas lentes bem grossas que aumentavam os olhos e davam a impressão de que eles iam saltar da sua cabeça. Mas a mãe dela a tinha ensinado a cantar, e Elaine também tinha uma voz vibrante e bem articulada. Quando ela falava, era quase como se estivesse cantando – dava para ouvir cada palavra.

– Elaine sabe realmente como *projetar* – era como a Sra. Hadley descrevia isso. O nome dela era Martha; ela não era bonita, mas era muito simpática, e foi a primeira pessoa a notar com alguma perspicácia que havia certas palavras que eu não conseguia pronunciar corretamente. Ela disse a minha mãe que havia exercícios de voz que eu podia tentar, ou que o canto poderia me ajudar, mas naquele outono de 1956 eu ainda estava no ensino médio e consumido pela leitura. Eu não queria saber de exercícios vocais nem de canto.

Todas essas mudanças significativas na minha vida aconteceram ao mesmo tempo e progrediram com uma força inesperada: no outono de 1957, eu era um estudante na Favorite River Academy; ainda estava relendo *Grandes esperanças*, e (como vocês sabem) havia deixado escapar para a Srta. Frost que queria ser escritor. Eu tinha quinze anos, e Elaine Hadley era uma garota de catorze anos, com hipermetropia, de peito achatado, com voz estridente.

Uma noite, em setembro daquele ano, alguém bateu na porta do apartamento funcional de Richard, mas era horário de estudo no dormitório – nenhum garoto batia na nossa porta nesse horário, a menos que estivesse doente. Eu abri a porta, esperando ver um aluno doente parado no corredor do dormitório, mas lá estava Nils Borkman, o diretor consternado; ele parecia ter visto um fantasma, possivelmente de algum saltador de fiorde que ele tinha conhecido.

– Eu a vi! Eu a ouvi falar! Ela seria uma Hedvig perfeita! – Nils Borkman gritou.

Pobre Elaine Hadley! Ela tinha o azar de ser meio cega – e sem peito e esganiçada. (Em *O pato selvagem*, existe muita preocupação com o problema nos olhos de Hedvig.) Elaine, aquela criança assexuada, mas de voz clara como cristal, seria escolhida para representar a infeliz Hedvig, e mais uma vez Borkman iria lançar *O* (temido) *pato selvagem* sobre os horrorizados cidadãos de First Sister. A pouco tempo do seu surpreendente sucesso como Krogstad em *Casa de bonecas*, Nils escolheria a si mesmo para ser Gregers.

– Aquele santarrão desgraçado – Richard Abbott tinha dito de Gregers.

Decidido a personificar o *idealista* em Gregers, Nils Borkman iria enfatizar o aspecto ridículo do personagem à perfeição.

Ninguém, muito menos o norueguês com tendências suicidas, conseguiu explicar para Elaine Hadley, uma garota de catorze anos, se Hedvig tem a intenção de atirar no pato selvagem e *acidentalmente* atira em si mesma, ou se – como diz o Dr. Relling – Hedvig *pretende* se matar. Apesar disso, Elaine foi uma Hedvig espetacular – ou pelo menos uma Hedvig alta e clara.

Foi tristemente engraçado, quando o médico diz a respeito da bala que atravessou o coração de Hedvig: – A bala entrou no seu peito. (A pobre Elaine não tinha peito.)

Dando um susto na plateia, a Hedvig de catorze anos grita: – O pato selvagem!

Isso é logo antes de Hedvig deixar o palco. O roteiro diz: *Ela caminha furtivamente e pega a pistola* – bem, não exatamente. Elaine Hadley na realidade brandiu a arma e saiu pisando duro.

O que mais incomodava Elaine a respeito da peça era o fato de ninguém dizer uma palavra sobre o que irá acontecer com o pato selvagem.

– O pobrezinho! – Elaine lamentava. – Ele está *ferido*! Ele tenta se *afogar*, mas o terrível cão o retira do fundo do mar. E o pato fica preso num sótão! Que tipo de vida um pato selvagem pode ter num *sótão*? E depois que Hedvig se *mata*, quem pode jurar que o velho militar maluco, ou mesmo Hjalmar, que é um *fraco*, que sente tanta pena de si mesmo, não irá simplesmente *matá-lo*? É *horrível* o modo como esse pato é tratado!

Eu agora sei, é claro, que não foi simpatia pelo *pato* o que Henrik Ibsen se esforçou tanto para conseguir, nem o que Nils Borkman tentou provocar na plateia pouco sofisticada de First Sister, Vermont, mas Elaine Hadley iria ficar marcada pelo resto da vida por sua imersão, ainda jovem demais, inocente demais, no melodrama que Borkman fez de *O pato selvagem*.

Até hoje, eu não assisti a uma montagem profissional da peça; vê-la encenada corretamente, ou pelo menos o melhor possível, seria insuportável. Mas Elaine Hadley se tornaria uma boa amiga, e eu não serei desleal a Elaine criticando sua interpretação da peça. Gina (Srta. Frost) era, longe, o ser humano mais compassivo no palco, mas foi o próprio pato selvagem – nós nunca vemos a maldita ave! – que obteve a parte do leão da simpatia de Elaine. A questão não respondida ou irrespondível – O que acontece com o pato? – é o que ecoa em mim. Isso se tornou até uma das maneiras como Elaine e eu saudamos um ao outro. Todas as crianças aprendem a falar em código.

Vovô Harry não quis um papel em *O pato selvagem*; ele fingiu que estava com laringite para escapar da peça. Vovô Harry também estava cansado de ser dirigido pelo seu velho sócio, Nils Borkman.

Richard Abbott estava fazendo o que queria naquela séria escola só de rapazes; não só estava ensinando Shakespeare para aqueles adolescentes chatos, todos do mesmo sexo, em Favorite River – mas estava encenando Shakespeare, e os papéis femininos iriam ser feitos por mocinhas e mulheres. (Ou por um ator experiente em desempenhar papéis femininos, como Harry Marshall, que podia pelo menos ensinar àqueles estudantes como agir como mocinhas e mulheres.) Richard Abbott não tinha apenas se casado com minha mãe abandonada pelo marido e provocado uma paixão em mim; ele tinha encontrado uma alma gêmea em Vovô Harry, que (especialmente como mulher) preferia ter Richard como seu diretor do que o norueguês melancólico.

Houve um momento, naqueles primeiros dois anos em que Richard Abbott estava atuando no First Sister Players – e estava ensinando e dirigindo Shakespeare na Favorite River Academy –, em que Vovô Harry cedeu a uma tentação familiar. Na lista aparentemente interminável de peças de Agatha Christie que estavam aguardando para serem encenadas, havia mais de um mistério de Hercule Poirot; o belga gordo era um mestre reconhecido em fazer assassinos se traírem. Tanto a Tia Muriel quanto o Vovô Harry tinham feito o papel de Miss Marple diversas vezes, mas havia o que Muriel teria chamado de uma *escassez* de atores capazes de fazer o papel do belga gordo em First Sister, Vermont.

Richard Abbott não fazia homens gordos, e ele se recusava a fazer Agatha Christie. Nós simplesmente não tínhamos um Hercule Poirot, e Borkman ficou soturno a ponto de saltar de um fiorde por causa disso.

– Eu tive uma ideia, Nils – Vovô Harry um dia disse ao norueguês infeliz. – Por que precisa ser *Hercule* Poirot? Você não consideraria fazer uma *Hermione*?

E assim, *Black Coffee* foi encenado pelo First Sister Players, com Vovô Harry no papel de uma elegante e ágil (quase bailarina) belga, Hermione Poirot. A fórmula de um novo explosivo é roubada de um cofre; um personagem chamado Sir Claud é envenenado e assim por diante. Não foi mais inesquecível do que qualquer outra peça de Agatha Christie, mas Harry Marshall fez o teatro vir abaixo como Hermione.

– Agatha Christie está se revirando no túmulo, papai – foi tudo o que minha Tia Muriel pôde dizer.

– Imagino que esteja mesmo, Harold! – minha avó concordou.

– Agatha Christie ainda não morreu, Vicky – Vovô Harry disse a Nana Victoria, piscando o olho para mim. – Agatha Christie está bem viva, Muriel.

Ah, como eu o amava – especialmente como *mulher*!

Entretanto, nesses mesmos dois anos em que Richard Abbott era novo na nossa cidade, ele não conseguiu convencer a Srta. Frost

a participar como convidada de uma única das peças de Shakespeare que ele dirigiu para o Clube de Teatro na Favorite River Academy.
– Acho que não, Richard – a Srta. Frost disse a ele.
– Acho que não seria bom para aqueles rapazes eu chamar atenção para mim mesma, por assim dizer, o que estou querendo dizer é que eles são todos rapazes, são todos jovens e são todos *impressionáveis*.
– Mas Shakespeare pode ser divertido, Srta. Frost – Richard argumentou com ela. – Nós podemos encenar uma peça que seja estritamente *divertida*.
– Acho que não, Richard – ela repetiu, e isso pareceu pôr fim à discussão. A Srta. Frost não representava Shakespeare, ou não queria representar, para aqueles rapazes tão *impressionáveis*. Eu não entendi a recusa dela; vê-la no palco era excitante para mim, não que eu precisasse de mais um incentivo para amá-la e desejá-la.

Mas quando passei a ser aluno, um mero calouro, da Favorite River, havia muitos rapazes mais velhos em volta; eles não eram especialmente simpáticos comigo, e alguns deles eram motivo de perturbação. Eu tive uma paixão distante por um rapaz incrível da equipe de luta livre; não era só o fato de ele ter um belo corpo. (Eu digo "distante" porque no início eu fiz o possível para manter distância dele – para ficar o mais longe possível dele.) Isso é que era atração pela pessoa errada! E *não* era imaginação minha que as palavras que mais saíam da boca de muitos dos rapazes mais velhos eram "homo" ou "boiola" ou "veado"; para mim, essas palavras maldosas pareciam ser a pior coisa que você podia dizer a respeito de outro rapaz na escola de ensino médio.

Essas "perturbações", minhas atrações por pessoas erradas, seriam parte do pacote genético que eu tinha herdado do meu pai, o garoto-código? Curiosamente, eu duvidava que fossem; eu achava que era culpado por essas atrações, pois o sargento não tinha sido um mulherengo contumaz? A minha combativa prima Gerry não o havia rotulado de *mulherengo*? Gerry pode ter ouvido isso, ou tido essa impressão, do meu tio Bob ou da minha Tia Muriel. (*Mulherengo* não parece uma palavra que Muriel teria usado?)

Suponho que deveria ter conversado com Richard Abbott sobre isso, mas não conversei; também não tive coragem de mencionar isso para a Srta. Frost. Guardei essas novas e infelizes atrações para mim mesmo, do modo como – frequentemente – as crianças costumam fazer.

Comecei a ficar longe da Biblioteca Pública de First Sister. Eu devo ter achado que a Srta. Frost era esperta o bastante para sentir que eu estava sendo infiel a ela – mesmo que só na minha imaginação. De fato, meus dois primeiros anos como aluno na Favorite River foram passados quase inteiramente na minha imaginação, e a nova biblioteca da minha vida era a mais moderna e bem iluminada da academia. Eu fazia todo o meu dever de casa lá, e as minhas primeiras tentativas em termos de escrever.

Será que eu era o único rapaz em toda a escola só de rapazes que achava que as partidas de luta livre me proporcionavam uma carga homoerótica? Duvido, mas rapazes como eu ficavam de cabeça baixa.

Passei dessas atrações proibidas por este ou aquele rapaz para a masturbação com a ajuda duvidosa de um dos catálogos de roupas da minha mãe. Os anúncios de sutiãs e cintas atraíram minha atenção. Os modelos de cintas eram quase todos mulheres mais velhas. Para mim, aquilo foi um exercício precoce em escrita criativa – pelo menos consegui fazer alguns recortes e colagens interessantes. Eu cortava os rostos dessas mulheres mais velhas e os transferia para as jovens modelos de sutiãs de treinamento; assim, a Srta. Frost ganhava vida, embora (como quase tudo) só na minha imaginação.

Garotas da minha idade geralmente não me interessavam. Embora ela tivesse o peito chato e não fosse bonita, como eu disse, adquiri um interesse fora do comum pela Sra. Hadley – suponho que seja porque ela estava sempre por perto, e se interessava sinceramente por mim (ou pelo meu número cada vez maior de defeitos de fala, pelo menos).

– Quais são as palavras mais difíceis de você pronunciar, Billy? – ela me perguntou uma vez, quando ela e o Sr. Hadley (e a voz de trombone da Elaine) estavam jantando com minha mãe, Richard e comigo.

– Ele tem dificuldade com a palavra *biblioteca* – Elaine disse – alto e claro, como sempre. (Eu tinha interesse zero em Elaine, mas ela estava se tornando cada vez mais agradável para mim de outras

maneiras. Ela nunca implicava comigo por causa dos meus defeitos de pronúncia; parecia tão genuinamente interessada em me ajudar a dizer uma palavra da maneira correta quanto sua mãe.)
— Eu estava perguntando ao *Billy*, Elaine — a Sra. Hadley disse.
— Acho que Elaine sabe melhor do que eu quais as palavras que me dão mais problema — eu disse.
— Billy sempre confunde as duas últimas sílabas de *ominousness* (mau agouro) — Elaine continuou.
— Eu digo *penith* — eu me aventurei.
— Entendo — Martha Hadley disse.
— Não peça a ele para dizer o plural — Elaine disse à mãe.

Se Favorite River Academy tivesse admitido garotas naquela época, Elaine Hadley e eu teríamos provavelmente nos tornado melhores amigos antes, mas não cheguei a ir à escola com Elaine. Eu só conseguia me encontrar tanto com ela porque os Hadley estavam sempre com minha mãe e Richard — eles estavam se tornando bons amigos.

Assim, ocasionalmente, era a sem graça e sem peito da Sra. Hadley quem eu imaginava usando aqueles sutiãs de treinamento — eu pensava nos seios pequenos de Martha Hadley quando examinava as jovens modelos nos catálogos de roupas da minha mãe.

Na biblioteca da academia, onde eu estava me tornando um escritor — ou, mais exatamente, sonhando em me tornar um escritor —, eu gostava especialmente da sala com a vasta coleção de anuários de Favorite River. Os outros alunos não pareciam ter nenhum interesse por aquela sala de leitura; de vez em quando havia um professor lá, lendo ou corrigindo trabalhos e provas.

A Favorite River Academy era antiga; ela tinha sido fundada no século XIX. Eu gostava de ver os velhos anuários. (Talvez *todo* passado contivesse segredos; eu sabia que o meu passado continha.) Eu imaginava que se continuasse a fazer isso acabaria chegando ao anuário da minha própria turma — mas não antes da primavera do meu último ano. No outono do meu primeiro ano, eu ainda estava vendo os anuários de 1914 e 1915. A Primeira Guerra Mundial estava acontecendo; aqueles rapazes da Favorite River deviam estar assustados. Examinei atentamente os rostos dos formandos, e suas preferências e ambições profissionais; muitos dos alunos do último ano estavam indecisos a respeito de ambas. Quase todos eles tinham apelidos, mesmo naquela época.

Examinei com muita atenção as fotos da equipe de luta livre, e com um pouco menos de atenção as fotos do Clube de Teatro; no segundo caso, havia vários rapazes maquiados e vestidos de mulher. Dava a impressão de que sempre houvera uma equipe de luta livre e um Clube de Teatro na Favorite River. (Vocês devem lembrar que o exame desse anuário de 1914-1915 foi feito no outono de 1959; as tradições cultuadas em colégios internos de um único sexo foram mantidas vigorosamente durante os anos 50 e entraram pelos anos 60.)

Suponho que eu gostasse daquela sala de leitura cheia de anuários, e, de vez em quando, com algum membro do corpo docente, porque nunca havia outros alunos lá – nenhum valentão, em outras palavras, e nenhuma atração perturbadora. Como eu tinha tido sorte em ter meu próprio quarto no apartamento funcional de Richard e minha mãe! Todos os alunos da academia tinham colegas de quarto. Não posso imaginar quanta implicância, ou que outras formas sutis de crueldade, eu poderia ter sofrido de um colega de quarto. E o que eu teria feito sem os catálogos de roupas da minha mãe? (A simples ideia de não poder me masturbar já era uma violência – quer dizer, apenas *imaginar*!)

Aos dezessete anos, minha idade no outono de 1959, eu não tinha motivos para voltar à Biblioteca Pública de First Sister – isto é, nenhum motivo que eu ousasse expressar. Eu tinha achado um oásis para fazer meu dever de casa; a sala dos anuários na biblioteca da academia era um lugar para escrever ou apenas para imaginar. Mas eu devo ter sentido saudades da Srta. Frost. Ela não frequentava o palco tempo suficiente para me satisfazer, e agora que eu não ia mais aos ensaios do First Sister Players, eu só a via em cena; mas as sessões eram "muito poucas e espaçadas", como minha avó que adorava um clichê teria dito.

Eu poderia ter conversado com Vovô Harry sobre isso; ele teria entendido. Poderia ter contado a ele sobre a falta que sentia da Srta. Frost, sobre minha atração por ela *e* por aqueles rapazes mais velhos – mesmo sobre minha atração mais antiga pelo meu padrasto,

Richard Abbott. Mas não conversei com Vovô Harry sobre nada disso – não naquela época.

Harry Marshall era um travesti de verdade? Vovô Harry era mais do que uma pessoa que às vezes se vestia de mulher? Hoje, nós chamaríamos meu avô de um gay enrustido que só *agia* como mulher nas circunstâncias mais permitidas do seu tempo? Eu honestamente não sei. Se a minha geração era reprimida, e nós sem dúvida éramos, só posso imaginar que a geração do meu avô – fosse ou não o Vovô Harry homossexual – voasse bem abaixo do radar existente.

Então, na época, achei que não havia remédio para a saudade que eu sentia da Srta. Frost – a não ser inventar um motivo para vê-la. (Afinal de contas, se eu ia ser escritor, deveria ser capaz de inventar uma razão convincente para voltar a frequentar a Biblioteca Pública de First Sister.) Então, me decidi por uma história – a saber, que o único lugar onde eu podia exercitar minha escrita era a biblioteca pública, onde meus colegas de escola não iriam me interromper. Talvez a Srta. Frost não soubesse que eu não tinha muitos amigos, e que os poucos amigos que tinha na Favorite River mantinham as cabeças baixas e eram tão tímidos quanto eu; eles não teriam ousado interromper ninguém.

Como eu tinha dito à Srta. Frost que queria ser escritor, ela poderia aceitar que a biblioteca municipal de First Sister era onde eu queria treinar para isso. À noite, eu sabia, havia principalmente pessoas idosas lá, e poucas delas; poderia haver uma pequena representação daquelas estudantes mal-humoradas, condenadas a continuar seus estudos em Ezra Falls. Não havia ninguém para me interromper na nossa desprezada biblioteca municipal. (Nenhuma criança, especialmente.)

Tive medo que a Srta. Frost não me reconhecesse. Eu tinha começado a fazer a barba, e achava que estava mudado – estava muito mais adulto, na minha avaliação. Eu sabia que a Srta. Frost sabia que o meu nome tinha mudado, e que ela devia ter me visto – embora apenas ocasionalmente, nos últimos dois anos, fosse nos bastidores ou na plateia do pequeno teatro do First Sister Players. Ela com certeza sabia que eu era o filho da encarregada do ponto – eu era *aquele menino*.

Na noite em que apareci na biblioteca pública – não para pegar um livro, nem mesmo para ler um, mas para treinar a minha escrita – a Srta. Frost me encarou por muito tempo. Achei que ela estivesse com dificuldade de se lembrar de mim, e meu coração estava sangrando, mas ela se lembrava muito melhor do que eu tinha imaginado.

– Não me diga, é William Abbott – a Srta. Frost disse de repente. – Suponho que você queira ler *Grandes esperanças* pela *terceira* vez, estabelecendo um recorde.

Confessei que não tinha ido à biblioteca para ler. Eu disse à Srta. Frost que estava tentando fugir dos meus amigos – para poder *escrever*.

– Você veio para cá, para a biblioteca, para *escrever* – ela repetiu. Eu me lembrei que a Srta. Frost tinha o hábito de repetir o que você dizia. Nana Victoria dizia que a Srta. Frost devia gostar da repetição, porque repetindo o que você dizia para ela, ela podia manter a conversa por mais tempo. (Tia Muriel tinha declarado que ninguém gostava de conversar com a Srta. Frost.)

– Sim – eu disse à Srta. Frost. – Eu quero escrever.

– Mas por que *aqui*? Por que este lugar? – a Srta. Frost perguntou.

Eu não soube o que dizer. Uma palavra (e depois outra palavra) surgiu na minha mente, e a Srta. Frost me deixou tão nervoso que eu espontaneamente falei a primeira palavra, que foi rapidamente seguida pela segunda. – Nostalgia – eu disse. – Talvez eu esteja *nostálgico*.

– Nostalgia! – a Srta. Frost gritou, como se tivesse sido apunhalada. – Bem, William Dean, perdão, William *Abbott*, se você se sente *nostálgico* aos dezessete anos, talvez você vá mesmo ser um escritor!

Ela foi a primeira pessoa que disse isso – durante algum tempo, ela foi a única pessoa que soube o que eu queria ser –, e acreditei nela. Na época, eu achava a Srta. Frost a pessoa mais autêntica que eu conhecia.

3

Disfarce

O lutador com o corpo mais bonito se chamava Kittredge. Ele tinha um peito sem pelos com músculos peitorais absurdamente bem definidos; esses músculos eram de uma clareza exagerada, de história em quadrinhos. Uma listra fininha de pelos marrom-escuros, quase pretos, ia do seu umbigo até o púbis, e ele tinha um desses pênis bonitinhos – eu tenho horror a esse plural! O pênis dele tinha uma tendência para se enroscar contra a coxa direita, ou parecia ser estranhamente virado para a direita. Não havia ninguém a quem eu pudesse perguntar o que aquela inclinação para a direita do pênis de Kittredge significava. No vestiário do ginásio, eu baixava os olhos; quase nunca olhava acima de suas pernas fortes e cabeludas.

Kittredge tinha uma barba cerrada, mas tinha uma pele perfeita e costumava andar bem-barbeado. Eu o achava mais incrivelmente bonito com uma barba de dois ou três dias, quando ele parecia mais velho do que os outros alunos, e até do que alguns professores de Favorite River – inclusive Richard Abbott e o Sr. Hadley. Kitteridge jogava futebol no outono, e lacrosse na primavera, mas luta livre era a melhor vitrine para o seu belo corpo, e parecia perfeito para sua crueldade inata.

Embora eu raramente o visse maltratar alguém – isto é, fisicamente –, ele era agressivo e assustador, e seu sarcasmo era cortante. Naquele mundo de colégio interno só de rapazes, Kittredge era reverenciado como atleta, mas eu me lembro mais dele por sua violência eficaz. Kittredge era brilhante na agressividade verbal, e tinha um corpo capaz de sustentar o que ele dizia; ninguém o enfrentava. Se você o desprezasse, não fazia alarde a respeito. Eu ao mesmo tempo o desprezava e o adorava. Infelizmente, o desprezo que sentia por ele não adiantou para diminuir minha atração por ele; minha atração por ele foi uma carga que eu suportei durante todo o meu primeiro ano, quando Kittredge estava no último ano – e eu acreditava que só tinha um ano de agonia pela frente. Eu visualizava um dia, logo adiante, em que meu desejo por ele iria parar de me atormentar.

Ia ser um golpe, e uma carga adicional, descobrir que Kittredge não tinha passado em língua estrangeira; ele ficaria mais um ano na escola. Nós faríamos o último ano juntos. Nessa altura, Kittredge não só parecia mais velho do que os outros alunos de Favorite River – ele era realmente mais velho.

Logo no início dos anos aparentemente intermináveis de nosso período de encarceramento juntos, eu ouvi mal a pronúncia do primeiro nome de Kittredge – achei que todo mundo o chamava de "Jock". Atleta. Combinava com ele. Sem dúvida, pensei, Jock era um apelido – qualquer um que fosse tão legal quanto Kittredge tinha um. Mas o primeiro nome dele, seu nome *verdadeiro*, era Jacques.

– *Zhak* – era como chamávamos Kittredge. Na minha paixão por ele, devo ter imaginado que meus colegas o achavam tão bonito quanto eu, e que tínhamos instintivamente afrancesado a palavra *jock* por causa da beleza de Kittredge!

Ele nasceu e cresceu na cidade de Nova York, onde seu pai tinha algo a ver com operações bancárias internacionais – ou talvez fosse direito internacional. A mãe de Kittredge era francesa. Ela se chamava Jacqueline – em francês, o feminino de Jacques. – Minha mãe, que eu não acredito que seja mesmo minha mãe, é muito vaidosa – Kittredge dizia, repetidamente, como se *ele* não fosse vaidoso. Eu imaginava se não seria uma medida da vaidade de Jacqueline Kittredge o fato de ela ter dado ao filho, ele era um filho único, seu próprio nome.

Eu só a vi uma vez – num campeonato de luta livre. Eu admirei as roupas dela. Ela sem dúvida era bonita, embora eu achasse o filho mais bonito. A Sra. Kittredge tinha um charme um tanto masculino; parecia esculpida a cinzel – ela tinha até a queixada do filho. Como Kittredge podia achar que ela não era mãe dele? Eles eram tão parecidos.

– Ela parece o Kittredge com seios – Elaine Hadley disse para mim, com seu típico tom de autoridade. – Como ela poderia *não* ser mãe dele? – Elaine me perguntou. – A menos que ela fosse uma irmã bem mais velha dele. Tem paciência, Billy, se eles fossem da mesma idade, ela pareceria *gêmea* dele!

No campeonato de luta livre, Elaine e eu tínhamos olhado muito para a mãe de Kittredge; ela não pareceu se abalar com isso. Com sua bela ossatura, seus seios empinados, suas roupas elegantes, a Sra. Kittredge com certeza estava acostumada a ser olhada.

– Será que ela depila o rosto? – eu disse para Elaine.
– Por que ela faria isso? – Elaine perguntou.
– Posso imaginá-la com um bigode – eu disse.
– É, mas sem cabelo no peito, como ele – Elaine respondeu. Suponho que a mãe de Kittredge era instigante para nós porque podíamos ver Kittredge nela, mas a Sra. Kittredge também era instigante por si mesma. Ela foi a primeira mulher mais velha que me fez sentir que eu era jovem e inexperiente demais para compreendê-la. Eu me lembro de pensar que devia ser muito intimidante tê-la como mãe, mesmo para Kittredge.

Eu sabia que Elaine tinha atração por Kittredge porque ela tinha me contado. (Embaraçosamente, nós dois tínhamos guardado na memória o peito de Kittredge.) Naquele outono de 1959, quando eu tinha dezessete anos, eu não havia sido honesto com Elaine a respeito das minhas atrações nem tinha tido a coragem de contar a ela que tanto a Srta. Frost quanto Jacques Kittredge me excitavam. E como eu poderia ter contado a Elaine sobre meu desejo desconcertante pela mãe dela? Ocasionalmente, eu ainda me masturbava pensando na sem graça e sem peito Martha Hadley – aquela mulher alta, de ossos grandes, com uma boca grande, de lábios finos, cujo rosto comprido eu imaginava naquelas garotas que eram as modelos de sutiãs de treinamento nos catálogos de roupas da minha mãe.

Talvez tivesse consolado Elaine saber que eu compartilhava a infelicidade dela em relação a Kittredge, que no início era tão mordaz ou indiferente (ou ambos) em relação a ela quanto era em relação a mim, embora a estivesse tratando um pouco melhor ultimamente – desde que Richard Abbott nos havia selecionado para atuar em *A tempestade*. Foi inteligente da parte de Richard ter escolhido a si mesmo para ser Próspero, porque não havia um único rapaz entre os alunos de Favorite River que fosse capaz de desempenhar adequadamente o papel do "verdadeiro" duque de Milão, como Shakespeare o chama, e pai amoroso de Miranda. Seus doze anos de vida na ilha aperfeiçoaram os poderes mágicos de Próspero, e existem poucos estudantes de ensino médio capazes de deixar evidentes esses poderes no palco.

Tudo bem – talvez Kittredge pudesse ter feito o papel. Ele foi bem escolhido como um incrivelmente sensual Ferdinando; Kittredge foi convincente no seu amor por Miranda, embora isso tenha causado a Elaine Hadley, que obteve o papel de Miranda, um bocado de sofrimento.

– "Eu não desejaria/Outro companheiro no mundo exceto você", – Miranda diz a Ferdinando.

E Ferdinando diz para Miranda: – "Eu,/para além dos limites deste mundo,/Amo, valorizo e respeito você."

Como deve ter sido difícil para Elaine ouvir isso – num ensaio atrás do outro – e ser ignorada (ou menosprezada) por Kittredge sempre que o encontrava fora do palco. O fato de ele a estar tratando "ligeiramente melhor" desde o início dos ensaios de *A tempestade* não significava que Kittredge não continuasse sendo horrível.

Richard tinha me escalado como Ariel; na *dramatis personae* da peça, Shakespeare chama Ariel de "um espírito do ar".

Não, eu não acredito que Richard estivesse sendo particularmente presciente em relação à minha emergente e confusa orientação sexual. Ele disse ao elenco que o gênero de Ariel era "polimorfo – mais uma questão de vestimenta do que algo orgânico".

Desde o primeiro *Entra Ariel* (ato 1, cena 2), Ariel diz para Próspero: "Tua vontade forte é que domina Ariel e a força dele." Richard tinha chamado a atenção do elenco – especialmente a minha atenção – para o pronome masculino. (Na mesma cena, está indicado para Ariel: *ele demonstra*.)

Foi uma infelicidade para mim o fato de Próspero ordenar a Ariel: "A forma adquire logo de uma ninfa, a mim e a ti visível, tão somente, a ninguém mais."

Infelizmente, eu não ficaria invisível para a plateia. O *Entra Ariel como ninfa* sempre provocava uma boa gargalhada – mesmo antes de eu estar de fantasia e com maquiagem. A direção de palco foi o que levou Kittredge a começar a me chamar de "Ninfa".

Eu me lembro exatamente como Richard tinha falado: – Manter o personagem de Ariel no gênero masculino é mais simples do que fantasiar mais um garoto de mulher. – (Mas roupa de mulher – bem, pelo menos a *peruca* – era o que eu iria usar!)

E Kittredge não deixou passar quando Richard disse:

– É possível que Shakespeare tenha visto uma sequência indo de Calibã para Próspero e Ariel – uma espécie de evolução espiritual. Calibã é todo terra e água, força bruta e ardil. Próspero é controle humano e insight – ele é o mais acabado alquimista. E Ariel – Richard disse, sorrindo para mim, nenhum sorriso passava despercebido para Kittredge –, Ariel é um espírito de ar e fogo, livre de preocupações morais. Talvez Shakespeare tenha sentido que, se apresentasse Ariel como sendo explicitamente feminino, isso pudesse prejudicar essa noção de continuidade. Acredito que o gênero de Ariel seja *mutável*.

– Escolha do diretor, em outras palavras? – Kittredge perguntou a Richard.

O nosso diretor e professor fitou Kittredge cautelosamente antes de responder.

– O sexo dos anjos também é mutável – Richard disse. – Sim, Kittredge, escolha do diretor.

– Mas como vai ser a aparência da suposta ninfa? – Kittredge perguntou. – Ela vai parecer uma *garota*, certo?

– Provavelmente – Richard disse, mais cautelosamente.

Eu estava tentando imaginar como seriam os meus trajes e a minha maquiagem como uma ninfa invisível; jamais teria previsto a peruca verde-alga que usei nem os colantes vermelhos de luta livre. (Vermelho e cinza-prateado – "cinza-morte", Vovô Harry tinha dito – eram as cores favoritas da Academia.)

– Então o gênero de Billy é... *mutável* – Kittredge disse, sorrindo.

– Não o de Billy, o de *Ariel* – Richard disse.

Mas Kittredge tinha conseguido o que queria; o elenco de *A tempestade* não esqueceria a palavra *mutável*. "Ninfa", o apelido que Kittredge me deu, ia pegar. Eu ainda tinha dois anos pela frente na Favorite River Academy; uma Ninfa eu seria.

– Não importa como você fique com a fantasia e a maquiagem, Ninfa – Kittredge me disse em particular. – Você nunca vai ser tão gostosa quanto a sua mãe.

Eu sabia que a minha mãe era bonita, e – aos dezessete anos – eu estava cada vez mais consciente do modo como os outros alunos de uma academia só de rapazes como a Favorite River olhavam para ela. Mas nenhum outro rapaz tinha dito que minha mãe era "gostosa"; e como sempre acontecia quando eu estava com Kittredge, eu não soube o que dizer. Tenho certeza de que a palavra *gostosa* ainda não era usada do jeito que Kitteridge a tinha usado. Mas Kittredge sem dúvida quis dizer *gostosa* daquele jeito.

Quando Kittredge falava da própria mãe, o que raramente fazia, ele em geral mencionava a possibilidade de ter havido uma troca.

– Talvez minha mãe verdadeira tenha morrido de parto – Kittredge dizia. – Meu pai achou alguma mãe solteira no mesmo hospital, uma mulher infeliz (o filho tinha nascido morto, mas a mulher nunca soube), uma mulher que *se parecia* com a minha mãe. Houve uma troca. Meu pai seria capaz de uma mentira dessas. Eu não estou dizendo que a mulher saiba que é minha madrasta. Ela talvez até acredite que meu pai é meu padrasto! Na época, ela devia estar tomando um monte de remédios, devia estar deprimida, talvez querendo se matar. Não tenho dúvidas de que ela *acredita* ser minha mãe, apenas não sabe *agir* como uma mãe. Ela fez coisas contraditórias – contraditórias em relação à maternidade. Só estou dizendo que o meu pai nunca foi responsável em seu comportamento com mulheres, com *qualquer* mulher. Meu pai faz acordos. Esta mulher pode se parecer comigo, mas ela não é minha mãe, ela não é mãe de *ninguém*.

– Kittredge está em negação, completamente – Elaine tinha dito para mim. – Aquela mulher parece ser mãe *e* pai dele!

Quando contei a Elaine Hadley o que Kittredge tinha dito a respeito da minha mãe, Elaine sugeriu que eu dissesse a Kittredge a nossa opinião sobre a mãe dele – baseada em nossa franca observação dela, num dos campeonatos de luta livre dele.

– Diga que a mãe dele é igualzinha a ele, com *seios* – Elaine disse.

– *Você* diga a ele – eu respondi; nós dois sabíamos que eu não diria. Elaine também não falaria com Kittredge sobre a mãe dele. Inicialmente, Elaine tinha quase tanto medo de Kittredge quanto eu – e ela jamais teria usado a palavra *seios* na frente dele. Ela sabia muito bem que tinha herdado o peito achatado da mãe. Elaine não era sem graça como a mãe dela; Elaine era magra e desajeitada, e não tinha peito, mas tinha um rosto bonito – e, ao contrário da mãe, Elaine jamais teria ossos grandes. Elaine tinha uma aparência delicada, o que tornava a voz de trombone dela ainda mais surpreendente. Entretanto, no início, ela se sentia tão intimidada na presença de Kittredge que grasnava ou murmurava; às vezes, ela era incoerente. Elaine tinha medo de falar muito alto na frente dele. – Kittredge embaça os meus óculos – era como ela dizia.

O primeiro encontro deles no palco – como Ferdinando e Miranda – foi incrivelmente claro; nunca se viu duas almas tão atraídas uma pela outra. Ao ver Miranda, Ferdinando diz que é um "assombro"; ele pergunta:

– "Você é ou não uma criada?"

– "Não sou nenhum assombro, senhor, mas sem dúvida uma criada" – Elaine (como Miranda) responde numa voz vibrante, que parece um gongo. Mas, nos bastidores, Kittredge tinha conseguido deixar Elaine envergonhada da sua voz estrondosa. Afinal de contas, ela só tinha dezesseis anos; Kittredge tinha dezoito, quase trinta.

Elaine e eu estávamos voltando para o dormitório depois do ensaio, uma noite – os Hadley tinham um apartamento funcional no mesmo dormitório onde eu morava com Richard Abbott e minha mãe –, quando Kittredge se materializou de repente do nosso lado. (Kittredge estava sempre fazendo isso.)

– Vocês dois formam um casal e tanto – ele disse.

– Nós não somos um *casal*! – Elaine exclamou, muito mais alto do que pretendia. Kittredge fingiu perder o equilíbrio, como se tivesse levado um empurrão; ele tapou os ouvidos.

– Devo avisá-la, Ninfa, que você corre o risco de ficar surda – Kittredge disse para mim. – Quando essa dama tiver seu primeiro orgasmo, é melhor você estar usando tampões nos ouvidos. E eu não faria isso no dormitório, se fosse você – Kittredge me alertou.

– O dormitório inteiro iria ouvir. – Então ele se afastou, tomando um caminho diferente, mais escuro; Kittredge vivia no dormitório dos atletas, o que ficava mais perto do ginásio.

Estava escuro demais para reparar se Elaine Hadley tinha ficado vermelha. Eu toquei de leve no seu rosto, só para ver se ela estava chorando; ela não estava, mas seu rosto estava quente e ela afastou minha mão.

– Ninguém vai me provocar um orgasmo tão cedo! – Elaine gritou para Kittredge.

Nós estávamos numa quadra de dormitórios; ao longe, havia luzes nas janelas dos dormitórios ao redor, e um coro de vozes deu vivas – como se uma centena de rapazes invisíveis a tivesse ouvido. Mas Elaine estava muito agitada quando gritou; eu duvidei que Kittredge (ou qualquer um exceto eu) a tivesse entendido. Eu estava enganado, embora o que Elaine tinha gritado com um som de sirene de polícia tivesse soado de forma incompreensível e sem sentido.

Mas Kittredge tinha entendido o que Elaine tinha berrado; sua voz docemente sarcástica nos alcançou de algum lugar da quadra escura. Cruelmente, foi como o sensual Ferdinando que Kittredge gritou do escuro para a minha amiga Elaine, que (naquele momento) não estava se sentindo nem um pouco como Miranda.

– "Oh, se és virgem, e sua afeição não tem dono, eu farei de ti a rainha de Nápoles" – Ferdinando diz para Miranda, e foi assim que Kittredge falou amorosamente. A quadra de dormitórios ficou estranhamente silenciosa; quando aqueles rapazes de Favorite River ouviram Kittredge falar, ficaram mudos de espanto. – Boa-noite, Ninfa! – Ouvi Kittredge dizer. – Boa-noite, Nápoles!

Assim, Elaine Hadley e eu ganhamos nossos apelidos. Quando Kittredge dava um apelido para alguém, podia ser uma homenagem duvidosa, mas o apelido era ao mesmo tempo duradouro e traumático.

– Merda – Elaine disse. – Podia ser pior, Kittredge poderia ter me chamado de *Criada* ou de *Virgem*.

– Elaine? – eu disse. – Você é minha única amiga de verdade.

– Escrava abominada – ela disse.

Isso saiu como um latido; houve um eco canino na quadra de dormitórios. Nós dois sabíamos que isso é o que Miranda diz para

Calibã – "um escravo selvagem e deformado", Shakespeare diz dele, mas Calibã é um monstro inacabado.

Próspero repreende Calibã: "Tentaste violar a honra da minha filha."

Calibã não nega isso. Calibã odeia Próspero e a filha dele ("sapos, besouros, morcegos caiam sobre vocês!"), embora o monstro antes sentisse atração por Miranda e desejasse ter "povoado" a ilha com pequenos Calibãs. Calibã é obviamente macho, mas não se sabe até que ponto ele é humano.

Quando Trinculo, o truão, repara em Calibã pela primeira vez, ele diz: "O que temos aqui? Um homem ou um peixe? Morto ou vivo?"

Eu sabia que Elaine Hadley estava brincando – falando comigo como Miranda fala com Calibã, Elaine estava apenas fazendo uma brincadeira –, mas quando nos aproximamos do nosso dormitório, as luzes das janelas iluminaram seu rosto molhado de lágrimas. Em apenas um ou dois minutos, o deboche que Kittredge fez do romance entre Ferdinando e Miranda calou fundo; Elaine estava chorando.

– Você é o meu *único* amigo – ela balbuciou para mim.

Eu senti pena dela e pus o braço ao redor dos seus ombros; isso provocou mais assobios e vivas dos rapazes invisíveis que tinham dado vivas antes. Eu sabia que essa noite era o início do meu disfarce? Estava consciente de estar dando a impressão para aqueles rapazes da Favorite River de que Elaine era minha namorada? Eu estava representando já tão cedo? Conscientemente ou não, eu estava fazendo de Elaine Hadley o meu disfarce. Durante algum tempo, eu iria enganar Richard Abbott e Vovô Harry – sem falar no Sr. Hadley e sua esposa sem graça, Martha, e (mesmo que não por muito tempo, e em menor grau) minha mãe.

Sim, eu me dei conta de que minha mãe estava mudando. Ela tinha sido tão carinhosa comigo quando eu era pequeno. Eu costumava pensar, quando adolescente, o que tinha acontecido com o garotinho que ela um dia tinha amado.

Até iniciei um romance com esta frase longa demais e torturada: "Segundo minha mãe, eu já era um escritor de ficção antes de ter escrito qualquer obra de ficção, e ela queria dizer com isso não só que eu inventava coisas, mas que preferia esse tipo de fantasia ou de pura imaginação ao que outras pessoas normalmente gostavam – ela quis dizer realidade, é claro."

A avaliação que minha mãe fazia de "pura imaginação" não era boa. Ficção era algo frívolo para ela; não, era pior do que frívolo.

Um Natal – acho que foi no primeiro Natal que voltei a Vermont para uma visita, depois de vários anos fora de casa –, eu estava escrevendo num caderno, e minha mãe me perguntou:

– O que você está escrevendo *agora*, Billy?

– Um romance – respondi.

– Bem, isso deve deixar *você* feliz – ela disse de repente para o Vovô Harry, que tinha começado a perder a audição, por causa da serragem, eu suponho.

– Eu? Por que *eu* ficaria feliz com o fato de Billy estar escrevendo outro romance? Não que eu não tenha amado o último, Bill, porque eu realmente *amei*! – Vovô Harry disse depressa.

– É claro que você amou – minha mãe disse a ele. – Romances são outra maneira de travestismo, não são?

– Ah, bem... – Vovô Harry tinha começado a dizer, mas então parou. Quando Harry envelheceu, ele foi parando de dizer o que ia dizer, cada vez mais.

Conheço a sensação. Quando eu era adolescente, quando comecei a perceber que minha mãe não era tão *gentil* comigo como costumava ser antes, adquiri o hábito de não me permitir dizer o que queria. Mas não faço mais isso.

Muitos anos mais tarde, bem depois de eu ter saído da Favorite River Academy, no auge do meu interesse por transexuais – quer dizer, para namorar, não para ser uma delas –, eu estava jantando com Donna uma noite, e contei a ela sobre a atuação de Vovô Harry no palco fazendo papéis femininos.

– Era só no palco? – Donna perguntou.

– Até onde eu sei – respondi, mas não dava para mentir para ela. Uma das coisas incômodas acerca de Donna era que ela sempre sabia quando você a estava enganando.

Nana Victoria estava morta havia mais de um ano quando eu soube por Richard que ninguém conseguia convencer Vovô Harry a dar as roupas da minha falecida avó. (Na serraria, é claro, Harry Marshall continuava se vestindo como um madeireiro.)

 Finalmente, eu iria contar a Donna que Vovô Harry passava as noites usando as roupas da falecida esposa – mesmo que apenas na privacidade da sua casa em River Street. Eu deixaria de fora a parte sobre as aventuras de Harry vestido de mulher depois que ele foi levado para aquele retiro de idosos que ele e Nils Borkman tinham (anos antes) generosamente construído em First Sister. Os outros residentes tinham reclamado que Harry vivia surpreendendo-os usando roupas de mulher. (Como Vovô Harry um dia me diria: – Acho que você notou que pessoas muito convencionais ou ignorantes não têm senso de humor para travestis.)

 Felizmente, quando Richard Abbott me contou o que tinha acontecido no retiro, a casa de Vovô Harry em River Street ainda não tinha sido vendida; ainda estava à venda. Richard e eu rapidamente trouxemos Harry de volta para a casa onde ele tinha morado com Nana Victoria por tantos anos. As roupas de Nana Victoria foram trazidas de volta com ele, e a enfermeira que Richard e eu contratamos, para cuidar de Vovô Harry vinte e quatro horas por dia, não fez objeções à transformação aparentemente permanente de Harry em mulher. A enfermeira lembrava uma das muitas mulheres que Harry Marshall representou no palco.

 – Você alguma vez teve vontade de se vestir de mulher, Billy? – Donna me perguntou uma noite.

 – Na verdade, não – respondi a ela.

 Minha atração por transexuais era bem específica. (Desculpe, mas nós não costumávamos dizer "transgênero" antes dos anos 80.) Travestis nunca me atraíram, e os transexuais tinham que ser o que eles chamavam de "passáveis" – um dos poucos adjetivos que ainda me causam problemas, no setor de pronúncia. Além disso, os seios deles tinham que ser naturais – hormônios sim, mas nada de implantes cirúrgicos – e, o que não é nada surpreendente, eu preferia seios pequenos.

 O quanto ela era feminina significava muito para Donna. Ela era alta mas magra – até a parte superior dos seus braços era fina –, e tinha uma pele impecavelmente lisa. (Já conheci muitas mulheres mais peludas.) Ela estava sempre no cabeleireiro; era muito elegante.

Donna tinha vergonha das mãos, embora elas não fossem tão grandes e fortes quanto as da Srta. Frost. Donna não gostava de ficar de mãos dadas comigo, porque minhas mãos eram menores.

Ela veio de Chicago e tentou morar em Nova York – depois que terminamos, ouvi dizer que ela se mudou para Toronto –, mas Donna achava que a Europa era o lugar certo para alguém como ela. Eu costumava levá-la comigo nas viagens de divulgação, quando meus romances eram traduzidos para diversos idiomas europeus. Donna dizia que a Europa aceitava melhor os transexuais – a Europa era mais acolhedora e sofisticada sexualmente falando, de forma geral –, mas Donna se sentia insegura a respeito de aprender um novo idioma.

Ela tinha largado a faculdade, porque seus anos de faculdade coincidiram com o que ela chamava de sua "crise de identidade sexual", e ela tinha pouca confiança em si mesma, intelectualmente falando. Isso, era loucura, porque ela lia o tempo todo – era muito inteligente –, mas existem aqueles anos em que supostamente nós devemos alimentar e ampliar nossas mentes, e Donna achava que tinha dedicado esses anos à difícil decisão de viver como mulher.

Especialmente quando estávamos na Alemanha, onde eu sabia falar a língua, Donna ficava muito alegre – quer dizer, quando estávamos juntos nessas viagens de divulgação de tradução para a língua alemã, não só na Alemanha, mas também na Áustria e na parte da Suíça que falava alemão. Donna adorava Zurique; eu sei que a cidade a impressionou, como impressiona a todo mundo, como sendo uma cidade muito abastada. Ela também adorava Viena – eu ainda conhecia um pouco a cidade, dos meus tempos de estudante lá. Mas Donna gostava principalmente de Hamburgo – para ela, eu acho, Hamburgo era a cidade alemã mais elegante.

Em Hamburgo, meus editores alemães sempre me hospedavam no Vier Jahreszeiten; era um hotel muito elegante, e acho que era isso que fazia com que Donna gostasse tanto de Hamburgo. Mas então aconteceu aquela noite terrível, e depois dela Donna nunca mais conseguiu ser feliz em Hamburgo – ou talvez comigo.

Tudo começou de forma bem inocente. Um jornalista que tinha me entrevistado nos convidou para ir a uma boate no Reeperbahn; eu não conhecia o Reeperbahn, nem que tipo de boate era, mas esse jornalista (e a esposa dele ou namorada) convidou a mim e Donna para assistir a um show com eles. Klaus (com K) e Claudia (com C) eram os nomes deles; nós tomamos um táxi juntos para a boate.

Eu deveria ter sabido que tipo de lugar era aquele quando vi aqueles rapazes magrinhos no bar ao entrarmos. Um *Transvestiten-Cabaret* – um show de travestis. (Imagino que os rapazes magrinhos do bar eram os namorados dos artistas, porque aquele não era um lugar de azaração e, tirando os rapazes do bar, não havia a presença visível de gays.)

Era um show para turistas sexuais – caras vestidos de drag divertindo casais heterossexuais. Os grupos só de homens eram jovens e estavam ali para se divertir; os grupos só de mulheres estavam ali para ver os pênis. Os artistas eram comediantes; eles tinham bastante consciência de si mesmos como homens. Não eram nem de longe passáveis como a minha querida Donna; eram os antigos travestis que não queriam se passar por mulheres. Eles estavam meticulosamente maquiados e muito bem-vestidos; eram muito bonitos, mas eram homens bonitos vestidos de mulher. Com seus vestidos e perucas, eram homens de aparência muito feminina, mas não estavam enganando ninguém – nem estavam tentando enganar.

Klaus e Claudia claramente não faziam ideia de que Donna era um deles (embora ela fosse muito mais convincente e infinitamente mais comprometida).

– Eu não sabia – eu disse a Donna. – Realmente não sabia. Desculpe.

Donna não conseguia falar. Não havia ocorrido a ela – estávamos nos anos 70 – que uma das coisas mais sofisticadas e acolhedoras da Europa, quando se tratava de decisões difíceis a respeito de identidade sexual, era que os europeus estavam tão acostumados com diferenças sexuais que já tinham começado a debochar delas.

O fato de os artistas estarem debochando de si mesmos deve ter sido muito doloroso para Donna, que tinha trabalhado tanto para se levar a sério como mulher.

Havia um esquete com um travesti muito alto fingindo dirigir um carro, enquanto o namorado – um homem bem menor, de ar assustado – está tentando agarrá-la. O que assusta o homem menor é o tamanho avantajado do pau do travesti, e como sua manipulação desajeitada daquele pau gigante está atrapalhando o travesti na direção.

É claro que Donna não conseguiu entender o alemão; o travesti estava falando sem parar, criticando o péssimo sexo oral que estava tendo. Bem, eu tive que rir, e acho que Donna jamais me perdoou.

Klaus e Claudia obviamente pensavam que eu tinha uma namorada tipicamente americana; eles acharam que Donna não estava gostando do show porque era pudica e conservadora sexualmente. Não havia como explicar nada a eles – naquele momento.

Quando saímos, Donna estava tão nervosa que deu um pulo quando uma das garçonetes falou com ela. A garçonete era um travesti alto; ela poderia ter passado por um dos artistas. Ela disse a Donna (em alemão): – Você está muito bem. – Era um elogio, mas eu sabia que o travesti sabia que Donna era um transexual. (Quase ninguém percebia, naquela época. Donna não fazia propaganda disso; seu esforço era para ser uma mulher, não para se passar por uma.)

– O que foi que ela disse? – Donna ficou perguntando ao sairmos da boate. Nos anos 70, o Reeperbahn não era a armadilha para turistas que é hoje; havia os turistas sexuais, é claro, mas a rua em si era mais pobre na época, do jeito que Times Square costumava ser, também, e não tão cheia de tietes.

– Ela estava elogiando você, ela achou que você estava "muito bem". Ela quis dizer que você estava linda – eu disse a Donna.

– Ela quis dizer "para um homem", certo, não foi isso que ela *quis dizer*? – Donna perguntou. Ela estava chorando. Klaus e Claudia ainda não tinham entendido. – Eu não sou um travesti vagabundo! – Donna gritou.

– Desculpe se isso foi uma má ideia – Klaus disse, um tanto ofendido. – Era para ser *engraçado*, não para ser *ofensivo*. – Eu não parava de sacudir a cabeça; eu sabia que não havia como salvar a noite.

– Olha, cara, eu tenho um pau maior do que o do travesti que estava dirigindo aquele carro invisível! – Donna disse para Klaus. – Você quer *ver*? – Donna perguntou a Claudia.

– Não faça isso – eu disse a ela, eu sabia que Donna não era nada pudica. Longe disso!

– Conte a eles! – ela disse.

Naturalmente, eu já tinha escrito uns dois romances sobre diferenças sexuais – sobre identidades sexuais desafiadoras e, às vezes, confusas. Klaus tinha lido meus romances; ele tinha me *entrevistado*, pelo amor de Deus – ele e a esposa (ou namorada) deviam ter sabido que a minha namorada não era nenhuma pudica.

– Donna sem dúvida tem um pau maior do que o do travesti que estava fingindo dirigir um carro – eu disse para Klaus e Claudia. – Por favor, não peçam a ela para mostrar, não aqui.

– Não *aqui*? – Donna gritou.

Eu realmente não sei por que disse aquilo; o trânsito intenso, tanto de carros quanto de pedestres, ao longo do Reeperbahn deve ter me deixado nervoso, com medo de Donna tirar o pênis para fora *ali*. Eu com certeza não quis dizer – como disse várias vezes para Donna, de volta no nosso hotel – que Donna iria (ou poderia) mostrar-lhes seu pênis em outra hora, ou em outro lugar! Apenas a frase saiu assim.

– Eu não sou um travesti *amador*. – Donna estava soluçando. – Eu não sou, *não sou*...

– É claro que você não é – eu estava dizendo a ela, quando vi Klaus e Claudia saindo de fininho. Donna tinha posto as mãos nos meus ombros; ela estava me sacudindo, e suponho que Klaus e Claudia tenham tido uma boa visão das mãos grandes de Donna. (Ela tinha mesmo um pau maior do que o do travesti que estava engasgando o cara que estava fazendo um sexo oral malfeito nele naquele carro de mentira.)

Naquela noite, de volta ao Vier Jahreszeiten, Donna ainda estava chorando quando lavou o rosto para dormir. Nós deixamos a luz do closet acesa, com a porta do closet entreaberta; ela servia como luz noturna, um modo de achar o caminho do banheiro no escuro. Fiquei acordado olhando para Donna, que estava dormindo. Na meia-luz, e sem maquiagem, o rosto de Donna tinha algo de masculino. Talvez fosse porque ela não tentava ser mulher enquanto dormia; talvez fosse alguma coisa no contorno do seu rosto e do seu queixo – alguma coisa parecendo ter sido cinzelada.

Naquela noite, olhando para Donna adormecida, eu me lembrei da Sra. Kittredge; havia algo de masculino na beleza dela, também

– algo do próprio Kittredge, bem masculino. Mas, quando uma mulher é agressiva, ela pode *parecer* masculina – mesmo quando está dormindo.

Adormeci, e quando acordei, a porta do closet estava fechada – eu sabia que a tínhamos deixado aberta. Donna não estava na cama ao meu lado; na luz que vinha do closet, por baixo da porta, eu pude ver a sombra dos pés dela se movendo.

Ela estava nua, contemplando sua imagem no espelho de corpo inteiro do closet. Eu conhecia essa rotina.

– Seus seios são perfeitos – eu disse a ela.

– A maioria dos homens prefere seios maiores – Donna disse. – Você não é como a maioria dos homens que eu conheço, Billy. Você até gosta de mulheres *de verdade*, pelo amor de Deus.

– Não machuque seus lindos seios, por favor, não faça nada com eles – eu disse.

– De que adianta eu ter um pau grande? Você é estritamente um montador, Billy, isso nunca vai mudar, certo? – ela perguntou.

– Eu *amo* o seu pau grande – eu disse.

Donna sacudiu os ombros; seus pequenos seios eram o alvo.

– Você sabe a diferença entre um travesti *amador* e alguém como eu? – Donna perguntou.

Eu sabia a resposta – ela sempre dava aquela resposta.

– Sim, eu sei, você está empenhada em mudar seu corpo.

– Eu não sou uma amadora – Donna repetiu.

– Eu sei, mas não mude seus seios. Eles são perfeitos – eu disse a ela e voltei para a cama.

– Você sabe qual é o seu problema, Billy? – Donna perguntou. Eu já estava na cama, de costas para a luz que vinha debaixo da porta do closet. Eu também conhecia a resposta dela para essa pergunta, mas não disse nada. – Você não se parece com ninguém, Billy, esse é o seu problema – Donna disse.

Quanto a usar roupas de mulher, Donna nunca conseguiu me interessar em vestir suas roupas. Ela falava, de vez em quando, da aparentemente remota possibilidade de cirurgia – não só os implantes mamários, que eram tentadores para muitos transexuais, mas, o mais importante, a cirurgia para mudança de sexo. Tecnicamente falando, Donna – e todos os outros transexuais que me atraíram na vida – era o que chamam de "pré-operado". (Eu só conheço uns poucos transexuais pós-operação. Os que eu conheço são muito corajosos. É intimidante conviver com eles; eles se conhecem tão bem. Imagine conhecer-se tão bem assim! Imagine ter tanta certeza assim de quem você é.)

Donna costumava dizer:

– Suponho que você nunca teve curiosidade, quer dizer, de ser igual a mim.

– É isso mesmo – eu respondia, honestamente.

– Suponho que a vida inteira você quis manter o seu pênis, você provavelmente *gosta* dele – ela dizia.

– Eu também gosto do seu – eu dizia a ela, também honestamente.

– Eu sei que você gosta – ela dizia, suspirando. – Mas eu nem sempre gosto muito dele. Mas sempre gosto do *seu* – Donna acrescentava depressa.

O pobre Tom teria achado Donna "complicada" demais, eu acho, mas eu a achava muito corajosa.

Eu achava intimidante o fato de Donna ter tanta certeza de quem ela era, mas isso também era uma das coisas que eu amava nela – isso e a inclinação bonitinha para a direita do pênis dela, que me lembrava vocês sabem quem.

No final das contas, a minha única exposição ao pênis de Kittredge ia ser o que eu conseguia ver dele – sempre furtivamente – nos chuveiros do ginásio de Favorite River.

Eu tive muito mais exposição ao pênis de Donna. Eu a olhava à vontade, embora – no início – sentisse uma fome tão insaciável por ela (e por outros transexuais, apenas os que eram iguais a ela) que eu não podia imaginar que jamais me fartaria de ver ou de *ter* Donna. No fim, não segui adiante porque estava cansado dela, ou porque ela jamais tenha duvidado ou se arrependido do que era. No fim, foi de *mim* que ela duvidou. Foi *Donna* quem me deixou, e a desconfiança dela me fez duvidar de mim mesmo.

Quando parei de ver Donna (para ser mais preciso, quando ela parou de me ver), eu me tornei mais cauteloso com transexuais – não porque não os desejasse mais, e ainda os acho extraordinariamente corajosos, mas porque transexuais (Donna, especialmente) me forçavam a encarar os aspectos mais confusos da minha bissexualidade todo dia! Donna era cansativa.

– Geralmente gosto de homens heterossexuais – ela me dizia constantemente. – Eu também gosto de outros transexuais, não só os iguais a mim, você sabe.

– Eu sei, Donna – eu garantia a ela.

– E posso lidar com homens heterossexuais que também gostam de mulheres, afinal de contas, estou tentando viver minha vida, o tempo todo, como mulher. Sou apenas uma mulher com pênis! – ela dizia, erguendo a voz.

– Eu sei, eu sei – eu dizia a ela.

– Mas você também gosta de outros caras, *simplesmente* caras, *e* você gosta de mulheres, Billy.

– Sim, de *algumas* mulheres – eu admitia. – E caras bonitos, não *todos* os caras bonitos – eu dizia.

– É, bem, dane-se o que você quer dizer com *todos*, Billy – Donna dizia. – O que me irrita é que não sei o que agrada a você em mim, e o que *não* agrada.

– Não há nada em você de que eu *não* goste, Donna. Gosto de você *toda* – eu garantia a ela.

– Sim, bem, se você me deixar por uma mulher um dia, como um cara heterossexual, eu entendo. Ou se você voltar para os caras, como um gay faria um dia, bem, eu entendo isso também – Donna dizia. – Mas o problema com você, Billy, e eu não entendo isso *de jeito nenhum*, é que eu não sei por quem ou pelo que você vai me deixar um dia.

– Eu também não sei – eu dizia a ela, honestamente.

– Sim, bem, é por isso que estou deixando você, Billy – Donna disse.

– Vou sentir uma falta louca de você – eu disse a ela. (Isso também era verdade.)

– Eu vou esquecer você, Billy – foi tudo o que ela disse. Mas até aquela noite em Hamburgo, eu achava que eu e Donna tínhamos uma chance juntos.

* * *

Costumava acreditar que eu e minha mãe tínhamos uma chance juntos, também. Quer dizer, mais do que a "chance" de permanecermos amigos; quero dizer que costumava pensar que nada poderia nos separar. Minha mãe um dia se preocupou com meus machucados mais sem importância – ela imaginava que minha vida estava em perigo à primeira tosse ou espirro. Havia algo de infantil em seus medos em relação a mim; meus pesadelos causavam-lhe pesadelos, minha mãe um dia me disse.

Minha mãe me contou que, quando era criança, eu tinha "delírios febris"; se for verdade, eles continuaram durante minha adolescência. Quaisquer que fossem, pareciam mais reais do que sonhos. Se havia alguma realidade no mais recorrente desses sonhos, isso me escapou por muito tempo. Mas uma noite, quando eu estava convalescendo de uma doença – na realidade, eu estava me recuperando de uma escarlatina –, tive a impressão de que Richard Abbott estava me contando uma história de guerra, entretanto, a única história de guerra de Richard era o acidente com o cortador de grama que o tinha desqualificado para o serviço militar. Essa não era a história dele; era a história de guerra do meu *pai*, ou uma delas, e Richard não poderia tê-la contado para mim de jeito nenhum.

A história (ou o sonho) começava em Hampton, Virgínia – Hampton Roads, Porto de Embarque, foi onde o meu pai, o garoto-código, embarcou num navio de transporte para a Itália. Os navios de transporte eram navios Liberty. A infantaria do 760º Esquadrão de Bombas deixou a Virgínia num dia escuro e ameaçador de janeiro; dentro do cais protegido, os soldados comeram sua primeira refeição a bordo – costeletas de porco, me contaram (ou eu sonhei). Quando o comboio do meu pai chegou a mar aberto, os navios Liberty encontraram uma tempestade de inverno no Atlântico. O pessoal alistado ocupava os porões da proa e da popa; cada homem tinha o capacete pendurado no beliche – os capacetes em breve iriam virar bacias para os soldados mareados vomitarem. Mas o sargento não ficou mareado. Minha mãe tinha me dito que ele foi criado em Cape Cod; quando garoto, ele tinha sido marinheiro – era imune ao enjoo no mar.

Consequentemente, meu pai, o garoto-código, cumpriu seu dever – ele esvaziou os capacetes dos soldados mareados. No centro do navio, ao nível do deque – uma subida trabalhosa dos beliches, abaixo do deque –, havia uma cabeça enorme. (Mesmo no sonho, eu tive que interromper a história e perguntar o que era uma "cabeça"; a pessoa que eu achava que era Richard, mas que não podia ter sido Richard, me disse que a cabeça era uma enorme latrina – os banheiros se enfileiravam ao longo do navio inteiro.)

Durante uma das muitas provações esvaziando capacetes, meu pai parou para se sentar num dos vasos sanitários. Não adiantava tentar urinar em pé; o navio estava jogando muito – você tinha que sentar. Meu pai sentou no vaso segurando o assento com as duas mãos. Água salgada molhava seus tornozelos, encharcando seus sapatos e sua calça. No final da longa fileira de vasos sanitários, outro soldado estava sentado agarrado no assento só com uma das mãos. Quando o navio balançou com mais violência, o devorador de livros perdeu o apoio. Ele veio saltando por sobre os assentos de vaso – sua bunda fazendo um barulho de palmadas – até ele colidir com meu pai na extremidade oposta da fileira de vasos.

– Desculpe, eu tinha que continuar lendo! – ele disse. Então o navio balançou para o outro lado, e o soldado caiu para a frente, tornando a saltar sobre os assentos. Depois que ele tinha escorregado até o último vaso, ou ele perdeu o controle do livro ou o soltou, agarrando o assento do vaso com as duas mãos. O livro foi flutuando na água salgada.

– O que é que você estava lendo? – o garoto-código perguntou.

– *Madame Bovary!* – o soldado gritou no meio da tempestade.

– Eu posso contar o que acontece – o sargento disse.

– Não, por favor! – o leitor voraz respondeu. – Eu quero ler por mim mesmo!

No sonho, ou na história, alguém (que *não* era Richard Abbott) estava me dizendo que meu pai não tornou a ver esse soldado pelo resto da viagem. – Passando por um Gibraltar quase invisível – eu me lembro do sonho (ou de alguém) dizendo –, o comboio entrou no Mediterrâneo.

Uma noite, na costa na Sicília, os soldados nos porões foram acordados por barulhos de colisão e por sons de tiros de canhão; o comboio estava sob ataque aéreo da Luftwaffe. Em seguida, meu pai ouviu dizer que um navio Liberty ao lado tinha sido atingido e afundado com todos a bordo. Quanto ao soldado que estava lendo *Madame Bovary* durante a tempestade, ele não se apresentou ao meu pai antes de o comboio atracar em Taranto. A história do garoto-código iria continuar e terminar sem que meu pai tivesse tornado a ver o homem que estava sentado no vaso.

– Anos depois – disse o sonho (ou o narrador), meu pai estava "se aperfeiçoando" em Harvard. Ele estava no metrô de Boston, o MTA; ele tinha embarcado na estação Charles Street e estava voltando para Harvard Square.

Um homem que embarcou em Kendall Square começou a olhar para ele. O sargento ficou "embaraçado" com o interesse do desconhecido por ele; "pareceu um interesse *anormal* – o prenúncio de algo violento, ou pelo menos desagradável". (Era a linguagem da história que tornava esse sonho recorrente mais real para mim do que outros sonhos. Era um sonho com um narrador na primeira pessoa – um sonho com uma *voz*.)

O homem no metrô começou a trocar de lugar; chegando cada vez mais perto do meu pai. Quando eles já estavam quase encostados um no outro, e o metrô estava parando no ponto seguinte, o desconhecido se virou para o meu pai e disse: – Oi, eu sou Bovary. Você se lembra de mim? – Então o metrô parou em Central Square, onde o leitor voraz saltou, e o sargento se viu de novo a caminho de Harvard Square.

Eu fui informado de que a febre da escarlatina cede em uma semana – normalmente depois de três a cinco dias. Tenho certeza de que a febre já tinha cedido quando perguntei a Richard Abbott se ele alguma vez tinha me contado essa história – talvez no início da erupção ou durante a fase da dor de garganta, que começou uns dois dias antes da erupção. Minha língua tinha ficado cor de morango, mas, quando eu falei com Richard sobre esse sonho tão nítido e recorrente, minha língua estava vermelho-escura – mais da cor de uma amora – e a erupção estava começando a desaparecer.

— Eu não conheço essa história, Bill — Richard me disse. — Essa é a primeira vez que a estou ouvindo.

— Ah.

— Está parecendo uma história do Vovô Harry — Richard disse.

Mas quando perguntei ao meu avô se ele tinha me contado a história de *Madame Bovary*, Vovô Harry começou a sua rotina de "Ah, bem", contornando a pergunta. Não, ele *"definitivamente* não" me contou a história, meu avô disse. Sim, Harry tinha *ouvido* a história — "uma versão de segunda mão, se me lembro bem" —, mas ele convenientemente não se lembrava de quem havia contado. — Talvez tenha sido o tio Bob, talvez o Bob tenha contado para você, Bill. — Então o meu avô pôs a mão na minha testa e resmungou alguma coisa a respeito da minha febre ter cedido. Quando ele examinou dentro da minha boca, anunciou: — A língua ainda está com uma aparência feia, mas a erupção está começando a desaparecer.

— Era real demais para ser um sonho, pelo menos no começo — eu disse ao Vovô Harry.

— Ah, bem, se você é bom em *imaginar* coisas, e acredito que você é muito bom nisso, Bill, eu diria que alguns sonhos podem se tornar bem reais — meu avô respondeu evasivamente.

— Eu vou perguntar ao tio Bob — eu disse.

Bob estava sempre colocando bolas de squash nos meus bolsos, ou nos meus sapatos — ou debaixo do meu travesseiro. Era um jogo; quando eu achava as bolas, eu as devolvia.

— Ah, eu procurei essa bola de squash por toda parte, Billy! — Bob dizia. — Estou tão contente por você ter encontrado.

— *Madame Bovary* é sobre o quê? — perguntei ao tio Bob. Ele tinha vindo ver como eu estava me recuperando da escarlatina, e eu tinha entregado para ele a bola de squash que tinha achado no copo da minha escova de dente, no banheiro que eu dividia com Vovô Harry.

Nana Victoria "preferia morrer" a dividir um banheiro com ele, Harry tinha me dito, mas eu gostava de dividir um banheiro com o meu avô.

— Para falar a verdade, eu não li *Madame Bovary*, Billy — tio Bob me disse; ele espiou o corredor, do lado de fora do meu quarto, para ter certeza de que nem minha mãe nem minha avó, nem Tia Muriel estavam por perto. Embora o caminho estivesse livre, Bob baixou a voz: – Eu acho que é sobre adultério, Billy, sobre uma esposa infiel. – Eu devo ter feito uma cara espantada, devo ter parecido completamente confuso, porque tio Bob disse depressa: – Você devia perguntar ao Richard sobre *Madame Bovary*, como você sabe, literatura é o departamento de Richard.

– É um romance? – perguntei.

– Eu não acho que seja uma história verdadeira – tio Bob respondeu. – Mas Richard deve saber.

– Ou eu poderia perguntar à Srta. Frost – sugeri.

– É, você poderia, só não diga que foi ideia minha – tio Bob disse.

– Eu sei uma história – eu comecei a dizer. – Talvez você tenha me contado.

– Você está falando da história do cara que estava lendo *Madame Bovary* em cem vasos sanitários ao mesmo tempo? – Bob gritou. – Eu adoro essa história!

– Eu também – eu disse. – É muito engraçada!

– Hilária! – tio Bob declarou. – Não, eu nunca contei essa história para você, Billy, pelo menos não me *lembro* de ter contado essa história para você – ele disse depressa.

– Ah.

– Talvez a sua *mãe* tenha contado? – tio Bob perguntou. Eu devo ter lançado um olhar incrédulo para ele, porque Bob de repente disse: – Provavelmente não.

– É um sonho que eu vivo tendo, mas alguém deve ter me contado primeiro – eu disse.

– Conversa de jantar, talvez, uma dessas histórias que as crianças ouvem quando os adultos pensam que elas foram dormir ou que não estão prestando atenção – tio Bob disse. Embora isso fosse mais plausível do que minha mãe ter sido a fonte da história do vaso sanitário, nem Bob nem eu parecemos muito convencidos. – Nem todos os mistérios são para serem solucionados, Billy – ele disse para mim, com mais convicção.

Foi pouco depois que ele saiu que descobri outra bola de squash, ou a mesma bola de squash, debaixo dos meus lençóis.

Eu sabia perfeitamente bem que a minha mãe não tinha me contado a história dos múltiplos vasos sanitários de *Madame Bovary*, mas é claro que perguntei a ela.

– Nunca achei essa história nem um pouco engraçada – ela disse. – Eu jamais teria contado essa história para você, Billy.

– Ah.

– Talvez o papai tenha contado, eu pedi a ele para *não* contar! – minha mãe disse.

– Não, o vovô *definitivamente* não me contou – eu disse.

– Eu aposto que foi o tio Bob – minha mãe disse.

– O tio Bob diz que não se *lembra* de ter me contado – respondi.

– Bob bebe, ele não se lembra de tudo – minha mãe disse. – E você teve febre recentemente – ela observou. – Você sabe os sonhos que a febre provoca em você, Billy.

– Eu achei a história engraçada, de todo modo, o modo como a bunda do homem ia batendo nos assentos dos vasos sanitários! – eu disse.

– *Eu* não acho graça nenhuma, Billy.

– Ah.

Foi depois que eu me recuperei completamente da escarlatina que perguntei a Richard o que ele achava de *Madame Bovary*.

– Acho que você vai apreciar muito mais o livro quando for mais velho, Bill – Richard me disse.

– Quanto mais velho? – perguntei a ele. (Eu devia ter uns catorze anos – estou adivinhando. Eu ainda não tinha lido *Grandes esperanças*, mas a Srta. Frost já tinha me iniciado na vida de leitor – eu sei disso.)

– Eu podia perguntar à Srta. Frost quantos anos eu devia ter – sugeri.

– Eu esperaria um pouco antes de perguntar a ela, Bill – Richard disse.

– Quanto tempo? – perguntei a ele.

Richard Abbott, que eu achava que sabia tudo, respondeu:

– Não sei exatamente.

* * *

Eu não sei exatamente quando minha mãe se tornou responsável pelo ponto nas produções teatrais de Richard Abbott no Clube de Teatro da Favorite River Academy, mas notei bem a presença dela em *A tempestade*. De vez em quando havia conflitos de horário, porque minha mãe ainda era o ponto no First Sister Players, mas pontos podiam faltar a ensaios de vez em quando, e os espetáculos – as representações feitas pelo teatro amador da nossa cidade e pelo Clube de Teatro da Favorite River – nunca coincidiam.

Nos ensaios, Kittredge fingia errar uma fala só para minha mãe soprar para ele. – Ó adorada donzela – Ferdinando disse para Miranda num dos nossos ensaios, pouco depois de largarmos os scripts.

– Não, Jacques – minha mãe disse. – O correto é "Ó adorada *senhora*", não *donzela*.

Mas Kittredge estava representando – ele só estava fingindo errar a fala, para poder conversar com a minha mãe.

– Desculpe, Sra. Abbott, isso não vai acontecer de novo – ele disse para ela; em seguida, errou o diálogo seguinte.

"Não, preciosa criatura", Ferdinando deve dizer para Miranda, mas Kittredge disse: – Não, preciosa senhora.

– Desta vez não, Jacques – minha mãe disse a ele. – Não é preciosa *senhora*, é preciosa *criatura*.

– Acho que estou me esforçando demais para agradá-la, eu quero que a senhora goste de mim, mas acho que não gosta, Sra. Abbott – Kittredge disse para minha mãe. Ele estava flertando com ela, e ela ficou vermelha. Eu ficava envergonhado com o fato da minha mãe se deixar seduzir com tanta facilidade; era quase como se eu acreditasse que ela era um pouco retardada, ou tão ingênua sexualmente que qualquer um que a adulasse pudesse seduzi-la.

– Eu *gosto* de você, Jacques, certamente não *desgosto* de você! – minha mãe disse, enquanto Elaine (como Miranda) ficava ali espumando de raiva; Elaine sabia que Kittredge tinha chamado minha mãe de *gostosa*.

– Eu fico tão nervoso perto da senhora – Kittredge disse para minha mãe, embora não parecesse nada nervoso; ele parecia cada vez mais confiante.

– Quanta baboseira! – Elaine Hadley coaxou. Kittredge se encolheu ao escutar a voz dela, e minha mãe estremeceu como se tivesse sido esbofeteada.

– Elaine, veja como fala – minha mãe disse.

– Será que podemos continuar com a *peça*? – Elaine perguntou.

– Ah, Nápoles, não seja tão impaciente – Kittredge disse com um sorriso afável, primeiro para Elaine e depois para minha mãe. – Elaine não pode esperar pela parte em que ficamos de mãos dadas – Kittredge disse a minha mãe.

Realmente, a cena que eles estavam ensaiando – ato 3, cena 1 – termina com Ferdinando e Miranda de mãos dadas. Foi a vez de Elaine ficar vermelha, mas Kittredge, que tinha o controle perfeito da situação, tinha fixado um olhar bem sério em minha mãe.

– Eu tenho uma pergunta, Sra. Abbott – ele começou, como se Elaine e Miranda não existissem, como se nunca tivessem existido. – Quando Ferdinando diz: "Muitas damas eu contemplei com afeição, e muitas vezes a harmonia de suas línguas sussurraram em meus ouvidos", a senhora entende, *essa* fala, eu imagino se ela quer dizer que eu já estive com muitas mulheres, e se eu não deveria dar a entender que eu tenho, sabe como é, *experiência sexual*.

Minha mãe ficou ainda mais vermelha do que antes.

– Ó *Deus*! – Elaine Hadley exclamou.

E eu – onde eu estava? Eu era Ariel – "um espírito do ar". Eu estava esperando que Ferdinando e Miranda *exeunt – separadamente*, como estava escrito no script. Eu estava aguardando junto com Calibã, Stephano ("um mordomo bêbado", como Shakespeare o chamava) e Trinculo; nós todos estávamos na cena seguinte, na qual eu estava invisível. Com minha mãe ficando ruborizada devido às maquinações de Kittredge, eu me sentia invisível – ou queria ficar invisível.

– Eu sou apenas o ponto – disse apressadamente para Kittredge.

– Essa é uma pergunta para o diretor, você devia perguntar ao Sr. Abbott – ela disse. Sua agitação era óbvia, e eu de repente a vi como ela devia ser anos antes, quando estava grávida de mim ou já era minha mãe, quando viu o meu pai *mulherengo* beijar outra pessoa. Eu me lembro como ela disse a palavra *outra* quando me contou a respeito, do mesmo jeito superficial com que havia corrigido os erros propositais de Kittredge. (Depois que começamos a temporada de *A tempestade*, Kittredge não errou uma única frase – uma única palavra. Eu estou vendo que não tinha admitido isso, mas Kittredge era muito bom no palco.)

Foi doloroso para mim ver como minha mãe ficou desfeita – pela mais ligeira insinuação sexual, por parte de um *adolescente*! Odiei a mim mesmo, porque vi que estava com vergonha da minha própria mãe, e soube que a vergonha que sentia dela tinha sido construída a partir da constante arrogância de Muriel e suas críticas maledicentes. Naturalmente, odiei Kittredge por ter conseguido abalar a minha pobre mãe com tanta facilidade – por ser capaz de abalar a mim e a Elaine também –, e então minha mãe pediu ajuda.

– Richard! – ela chamou. – Jacques tem uma pergunta a respeito do *personagem* dele!

– Ó *Deus*! – Elaine tornou a dizer, desta vez, baixinho; ela praticamente sussurrou, mas Kittredge escutou.

– Paciência, cara Nápoles – Kittredge disse a ela, segurando sua mão. Ele agarrou a mão dela exatamente como Ferdinando segura a mão de Miranda, antes de eles se separarem no final do ato 3, cena 1, mas Elaine tirou a mão com um puxão.

– Qual a dúvida em relação ao seu personagem, Ferdinando? – Richard Abbott perguntou a Kittredge.

– Lá vem mais besteira – Elaine disse.

– Olha como *fala*, Elaine! – minha mãe disse.

– Um pouco de ar puro faria bem a Miranda – Richard disse para Elaine. – Basta respirar fundo umas duas vezes e talvez dizer o que vier espontaneamente à cabeça. Vamos fazer um intervalo, Elaine, você também está precisando de um intervalo, Bill – Richard disse para mim. – Nós queremos nossa Miranda e nosso Ariel *em forma*.

– (Acho que Richard percebeu que eu também estava agitado.)

Havia uma área de descarga ao lado da carpintaria, no fundo dos bastidores, e Elaine e eu fomos lá para fora tomar um pouco de ar. Eu tentei segurar a mão dela; a princípio ela retirou a mão, embora não com tanta violência quanto a tinha puxado de Kittredge. Então, com a porta que dava para a área de descarga ainda aberta, Elaine me deu a mão de volta; ela descansou a cabeça no meu ombro.

– Eles formam um casal bonitinho, não é? – Nós ouvimos Kittredge dizer para alguém, ou para todos, antes de a porta fechar.

– Filho da puta! – Elaine Hadley berrou. – Fedor de pênis! – ela gritou; depois respirou o ar frio até sua respiração quase voltar ao normal, e voltamos para dentro do teatro, onde os óculos de Elaine ficaram imediatamente embaçados.

– Ferdinando não está dizendo a Miranda que ele é experiente sexualmente falando – Richard estava dizendo para Kittredge. – Ferdinando está dizendo o quanto ele tem sido *atento* às mulheres, e o quanto as mulheres o têm impressionado. Tudo o que ele quer dizer é que ninguém o *impressionou* mais do que Miranda.

– É um discurso sobre *impressões*, Kittredge – Elaine consegue dizer. – Não é um discurso sobre sexo.

Entra Ariel – invisível – era a orientação do script para a minha cena (ato 3, cena 2). Mas eu já estava *realmente* invisível; eu tinha conseguido dar a todos eles a impressão de que Elaine Hadley era a pessoa por quem eu me interessava amorosamente. Quanto a Elaine, ela parecia estar colaborando com isso – talvez por motivos particulares de autoproteção. Mas Kittredge estava sorrindo para nós – daquele jeito superior e debochado dele. Eu não acho que a palavra *impressões* tivesse algum sentido para Kittredge. Acho que tudo para ele tinha a ver com sexo – com sexo *real*. E se a companhia atual estava convencida de que Elaine e eu estávamos interessados um no outro de um jeito sexual, possivelmente Kittredge era o único que não estava convencido – pelo menos essa foi a *impressão* que o riso debochado dele deu a mim e Elaine.

Talvez tenha sido por isso que Elaine de repente se virou e me beijou. Ela mal roçou seus lábios nos meus, mas houve um contato real (mesmo que ligeiro); suponho que até pareci beijá-la de volta, embora brevemente. Isso foi tudo. Não foi um grande beijo; não chegou nem a embaçar os óculos dela.

Duvido que Elaine tivesse um pingo de interesse sexual por mim, e acho que soube desde o começo que eu só estava fingindo estar interessado nela daquele jeito. Éramos os atores mais amadores do mundo – sua inocente Miranda e meu quase sempre invisível Ariel –, mas estávamos representando, e havia uma muda cumplicidade em nossa mentira.

Afinal de contas, nós dois tínhamos algo a esconder.

4
O sutiã de Elaine

Até hoje eu não sei o que pensar do infeliz Calibã – o monstro cuja tentativa de estupro de Miranda provoca a condenação eterna por parte de Próspero, que parece assumir uma responsabilidade muito pequena por Calibã – "este ser de escuridão eu reconheço como meu".

Para alguém tão autocentrado quanto Kittredge, é claro, *A tempestade* girava em torno de Ferdinando; é uma história de amor, em que Ferdinando corteja e conquista Miranda. Mas Richard Abbott chamava a peça de uma "tragicomédia", e durante aqueles dois (quase três) meses no outono de 1959 quando Elaine Hadley e eu estávamos ensaiando a peça, nós achávamos que a nossa proximidade física de Kittredge era a nossa tragicomédia – sem mencionar o fato de que *A tempestade* tem um final feliz para Miranda e Ariel.

Minha mãe, que sempre afirmou ser apenas o ponto, tinha o hábito curiosamente matemático de marcar o tempo de cada ator; ela usava um cronômetro ordinário de cozinha e (nas margens da sua cópia da peça) ela anotava o percentual aproximado do tempo do personagem em cena. O valor dos cálculos da minha mãe parecia questionável para mim, embora tanto Elaine quanto eu gostássemos do fato de Ferdinando só passar 17% da peça no palco.

– E quanto a Miranda? – Elaine fez questão de perguntar a minha mãe, ao alcance dos ouvidos competitivos de Kittredge.

– Vinte e sete por cento – minha mãe respondeu.

– E quanto a mim? – perguntei a minha mãe.

– Ariel fica em cena 31% do tempo – ela me disse.

Kittredge zombou dessa notícia degradante.

– E Próspero, nosso inigualável diretor, ele que tem poderes mágicos tão *sensacionais*? – Kittredge indagou sarcasticamente.

– Tão *sensacionais*! – Elaine Hadley repetiu com voz trovejante.
– Próspero passa aproximadamente 52% do tempo no palco – minha mãe disse a Kittredge.
– Aproximadamente – Kittredge disse com um riso debochado.

Richard tinha nos dito que *A tempestade* era a "peça de despedida" de Shakespeare, que o bardo estava se despedindo do teatro, mas eu não entendia a necessidade do quinto ato – especialmente do epílogo anexado, falado por Próspero.

Talvez fosse até certo ponto pelo fato de querer ser escritor (embora nunca para teatro) que eu achava que *A tempestade* devia ter terminado com a fala de Próspero para Ferdinando e Miranda – a fala: "Nossos festejos estão terminados", no ato 4, cena 1. E sem dúvida Próspero devia ter terminado essa fala (e a peça) com a maravilhosa: "Nós somos feitos da mesma matéria que os nossos sonhos, e a nossa curta vida acaba num sono." Por que Próspero precisa dizer mais? (Talvez ele se sinta, sim, responsável por Calibã.)

Mas quando expressei essas ideias para Richard, ele disse:
– Bem, Bill, se você está reescrevendo Shakespeare aos dezessete anos, espero grandes coisas de você! – Richard não tinha o hábito de fazer brincadeiras às minhas custas, e fiquei magoado com isso; Kittredge era rápido em perceber o sofrimento alheio.

– Ei, *reescritor*! – Kittredge me chamou do outro lado da quadra de dormitórios. Infelizmente, esse apelido não pegou; Kittredge nunca mais o repetiu, preferindo Ninfa. Eu teria preferido Reescritor; pelo menos era verdadeiro em relação ao tipo de escritor que eu me tornaria um dia.

Mas fugi do assunto referente ao personagem Calibã; cometi uma digressão, o que também caracteriza o tipo de escritor que eu me tornaria. Calibã passa 25% do tempo no palco. (Os cálculos da minha mãe nunca levavam em conta as falas, apenas o tempo dos personagens no palco.) Essa era a minha primeira experiência com *A tempestade*, mas por mais que eu tenha visto a peça ser encenada, sempre achei Calibã um personagem profundamente perturbador; como escritor, eu o chamaria de personagem "não resolvido". Pela maneira cruel com que Próspero o trata, nós sabemos o quanto Próspero é implacável em sua opinião a respeito de Calibã, mas imagino o que Shakespeare quis que sentíssemos a respeito do monstro. Pena, talvez – alguma culpa, quem sabe.

Naquele outono de 1959, eu não tinha um pingo de certeza sobre o que Richard achava de Calibã; o fato de Richard ter escolhido Vovô Harry para ser o monstro mandava uma mensagem ambígua. Harry nunca tinha sido *nada* masculino em cena; o fato de Calibã ser menos que humano ficava mais "mal resolvido" ainda pela interpretação firmemente *feminina* de Vovô Harry. Calibã pode ter desejado Miranda – nós sabemos que o monstro tentou *estuprá-la*! –, mas Harry Marshall, mesmo quando era escalado para ser um vilão, quase nunca era antipático no palco, nem era inteiramente *masculino*.

Talvez Richard tenha compreendido que Calibã era um monstro confuso, e Richard sabia que Vovô Harry ia achar um jeito de aumentar a confusão.

– Seu avô é esquisito – foi como Kittredge o descreveu ambiguamente para mim. ("Rainha Lear" era como Kittredge o chamava.)

Até eu acho que Harry extrapolou no caso de Calibã; Vovô Harry desempenhou o papel de forma sexualmente ambígua – ele interpretou Calibã como sendo uma bruxa andrógina.

A peruca (Vovô Harry era careca) serviria para ambos os sexos. A fantasia era algo que uma mendiga excêntrica poderia ter usado – calça de moletom larga com uma camiseta bem grande, ambas tão cinzentas quanto a peruca. Para completar a imagem sem gênero definido, Harry tinha pintado as unhas dos seus pés descalços. Ele tinha um brinco másculo imitando diamante numa das orelhas – mais apropriado para um pirata, ou um lutador profissional, do que para uma prostituta – e um colar falso de pérolas (a joia mais ordinária possível) por cima da camiseta.

– O que é Calibã, exatamente? – Kittredge perguntaria a Richard Abbott.

– Terra e água, Kittredge, força bruta e trapaça – Richard tinha repetido.

– Mas qual é o *sexo* do trapaceiro? – Kittredge perguntou. – Calibã é um monstro *lésbico*? Foi uma mulher ou um homem que tentou estuprar Miranda?

– Sexo, sexo sexo! – Elaine Hadley gritou. – Você só pensa em sexo!

– Não se esqueça dos tampões de ouvido, Ninfa – Kittredge disse, sorrindo para mim.

Elaine e eu não conseguíamos olhar para ele sem ver a mãe dele, com as pernas tão perfeitamente cruzadas naquelas arquibancadas desconfortáveis durante o campeonato de luta livre de Kittredge; a Sra. Kittredge tinha dado a impressão de ver a surra que seu filho estava dando no seu oponente como se fosse um filme pornográfico, mas com a confiança distante de uma mulher experiente que sabia que podia fazer isso melhor. "Sua mãe é um homem de seios", eu tinha vontade de dizer a Kittredge, mas é claro que não tinha coragem.

Eu só podia adivinhar o que Kittredge teria respondido. "Você quer dizer minha *madrasta*?" Ele teria perguntado, antes de quebrar meus braços e minhas pernas.

Eu falei com minha mãe e com Richard na privacidade do nosso apartamento no dormitório.

– Qual é a do Vovô Harry? – perguntei a eles. – Eu sei que o gênero de Ariel é polimorfo, mais uma questão de *vestimenta* do que algo orgânico, como você diz – eu disse para Richard. – Tudo bem, então as minhas roupas, meus acessórios... a peruca, o colante... sugerem que o gênero de Ariel é mutável. Mas Calibã não é um monstro *masculino*? Vovô Harry não está interpretando Calibã como uma espécie de... – Eu fiz uma pausa. Eu me recusava a chamar meu avô de *Rainha Lear*, porque esse era o apelido que Kittredge tinha dado a ele. – Como uma espécie de *sapatão*? – Foi como eu disse. A palavra *sapatão* estava em moda em Favorite River, entre os alunos (como Kittredge) que nunca se cansavam de *homo*, *bicha* e *veado*, que usavam maldosamente.

– Papai não é um *sapatão*! – minha mãe ralhou comigo. Antigamente ela nunca perdia a paciência; agora, cada vez mais, quando ela perdia a paciência, perdia *comigo*.

– Bem, Bill... – Richard Abbott começou a dizer; aí ele parou. – Não fique nervosa, Joia – ele disse para a minha mãe, cuja agitação tinha perturbado Richard. – O que eu realmente acho, Bill – Richard recomeçou –, é que gênero tinha muito menos importância para Shakespeare do que parece ter para nós.

Uma resposta fraca, eu pensei, mas não disse nada. Será que eu estava me desapontando com Richard ou estava apenas crescendo?

– Acho que essa não foi uma resposta à sua pergunta, foi? – Elaine Hadley me perguntou depois, quando confessei a ela que a identidade sexual de Vovô Harry como Calibã estava me deixando confuso.

Era engraçado que, quando Elaine e eu estávamos sozinhos, geralmente não ficávamos de mãos dadas nem nada assim, mas quando estávamos em público, espontaneamente dávamos as mãos e ficávamos assim enquanto tivéssemos uma plateia. (Era outro tipo de código entre nós, como o modo como costumávamos perguntar um ao outro: "O que acontece com o pato?")

Sim, na primeira visita que fizemos juntos à biblioteca pública de First River, Elaine e eu não demos as mãos. Eu tive a impressão de que a Srta. Frost não ia se deixar enganar sobre o fato de Elaine e eu estarmos envolvidos romanticamente – nem por um minuto. Elaine e eu estávamos apenas procurando um lugar onde pudéssemos ensaiar nossas falas em *A tempestade*. Nossos apartamentos eram claustrofóbicos e muito públicos – a menos que ensaiássemos nossas falas no quarto dela ou no meu, com a porta fechada. Nós tínhamos sido muito bem-sucedidos em fingir um namoro. Minha mãe e Richard, ou os Hadley, teriam tido um ataque se fechássemos a porta dos nossos quartos quando estávamos sozinhos.

Quanto à sala dos anuários na biblioteca da academia, de vez em quando havia algum professor trabalhando lá, e não havia uma porta que se pudesse fechar; nossas vozes teriam sido ouvidas em outra parte do prédio. (Elaine e eu temíamos que pudéssemos ser ouvidos *em toda* a bem menor Biblioteca Pública de First Sister!)

– Nós estávamos imaginando se haveria uma sala mais *privada* aqui – expliquei para a Srta. Frost.

– Mais *privada* – a bibliotecária repetiu.

– Onde não fôssemos ouvidos – Elaine disse com sua voz retumbante. – Queremos ensaiar nossas falas para *A tempestade*, mas não queremos *incomodar* ninguém! – Elaine acrescentou rapidamente, para a Srta. Frost não pensar que estávamos procurando algum abrigo à prova de som para o já mencionado primeiro orgasmo de Elaine.

A Srta. Frost olhou para mim.

– Vocês querem ensaiar suas falas numa biblioteca – ela disse, como se essa fosse uma peça do quebra-cabeça do meu desejo anterior de *escrever* numa biblioteca. Mas a Srta. Frost não revelou minhas intenções, a saber, de me tornar um escritor. (Eu ainda não tinha sido franco com minha boa amiga Elaine quanto ao assunto escrever; meu desejo de ser escritor e meus *outros* desejos ainda eram mantidos em segredo com relação a Elaine.)

– Nós podemos tentar ensaiar nossas falas *baixinho* – Elaine disse numa voz anormalmente baixa, para ela.

– Não, não, vocês precisam ensaiar as falas como elas devem ser ditas no palco – a Srta. Frost disse para Elaine, dando um tapinha na mão da minha amiga com sua mão bem maior. – Acho que sei de um lugar onde vocês podem *gritar* e ninguém vai ouvir. – Como ficamos sabendo depois, a ideia de haver um lugar fechado na Biblioteca Pública de First Sister onde uma pessoa podia gritar e ninguém iria ouvir era menos um milagre do que a própria sala.

A Srta. Frost conduziu a mim e Elaine até o porão, onde, à primeira vista, parecia haver a sala da fornalha da velha biblioteca. Tratava-se de um prédio de tijolos vermelhos do período georgiano, e a primeira fornalha do prédio tinha sido a carvão; os restos enegrecidos da calha de escoamento de carvão ainda estavam pendurados no batente de uma janela. Mas a enorme fornalha tinha sido virada e arrastada para um canto do porão; ela tinha sido substituída por uma moderna fornalha a óleo, e uma sala separada (com uma porta) tinha sido construída perto da janela. Um furo retangular, perto do teto do porão, tinha sido aberto numa das paredes da sala – onde os restos do escoadouro de carvão pendiam da janela solitária. Antigamente, o escoadouro tinha descido da janela para dentro da sala – originalmente, um depósito de carvão. Ela era agora um quarto e um banheiro mobiliados.

Havia uma cama antiga de ferro com uma cabeceira de grades de ferro, de aparência tão resistente quanto grades de prisão, onde uma luminária tinha sido fixada. Havia uma pequena pia e um espelho num canto do quarto, e em outro canto, bem à vista, ficava uma sentinela solitária – não um guarda de verdade, mas um vaso sanitário com tampo de madeira. Havia uma mesinha de cabeceira ao lado da cama, onde eu vi uma pilha ordenada de livros e uma vela perfumada. (Ela tinha cheiro de canela; acho que a vela disfarçava o cheiro de fumaça da fornalha.)

Havia também um closet aberto, onde Elaine e eu vimos algumas prateleiras e cabides – com o que parecia ser um estoque mínimo de roupas da Srta. Frost. O que era inquestionavelmente a peça principal do pequeno quarto – "minha bacia de carvão reformada" como a Srta. Frost a chamava – era uma banheira de opulência vitoriana, com encanamentos aparentes. (O chão do quarto era de compensado de madeira, e a fiação também era visível.)

– Quando tem tempestade de neve e eu não quero ir para casa dirigindo ou a pé – a Srta. Frost disse, como se isso explicasse tudo o que havia de ao mesmo tempo acolhedor mas rudimentar no quarto do porão. (Nem Elaine nem eu sabíamos onde a Srta. Frost morava, mas imaginamos que devia ser perto da biblioteca.)

Elaine fitou a banheira; ela tinha patas de leão como pés e cabeças de leão como torneiras. Eu me fixei, confesso, na cama de ferro com cabeceira de grades de prisão.

– Infelizmente, o único lugar para sentar é a cama – a Srta. Frost disse –, a menos que vocês queiram ensaiar as falas na banheira. – Ela não pareceu nem um pouco preocupada que Elaine e eu pudéssemos *fazer* alguma coisa na cama ou tomar um banho juntos.

A Srta. Frost estava prestes a nos deixar sozinhos, a fechar a porta – do seu quarto improvisado, da sua casa fora de casa –, quando Elaine Hadley exclamou:

– O quarto é *perfeito*! Obrigada por nos ajudar, Srta. Frost.

– De nada, Elaine – a Srta. Frost disse. – Posso garantir que você e William podem gritar à vontade aqui e ninguém irá ouvir. – Mas antes de fechar a porta, a Srta. Frost olhou para mim e sorriu. – Se vocês precisarem de ajuda para ensaiar as falas, se houver uma questão de ênfase ou um problema de pronúncia, bem, vocês sabem onde me encontrar. – Eu não sabia que a Srta. Frost tinha notado meus problemas de pronúncia; eu tinha falado muito pouco na companhia dela.

Eu fiquei envergonhado demais para falar, mas Elaine não hesitou.

– Já que a senhora mencionou isso, Srta. Frost, Billy só encontrou uma dificuldade no vocabulário de Ariel, e nós estamos trabalhando nisso – Elaine disse.

– Que dificuldade foi essa, William? – a Srta. Frost perguntou para mim, com seu olhar mais penetrante. (Graças a Deus não havia nenhum *pênis* no vocabulário de Ariel!)

Quando Calibã chama Próspero de tirano, Ariel (invisível) diz: "Tu mentes." Como Ariel está invisível, Calibã pensa que *Trinculo* o chamou de mentiroso. Na mesma cena, Ariel diz: "Tu mentes", para Stephano, que acha que Trinculo o chamou de mentiroso – Stephano acerta Trinculo.

– Eu tenho que dizer "Tu mentes" duas vezes – eu disse para a Srta. Frost, tomando cuidado para dizer corretamente a palavra *mentes*, com duas sílabas.

– Às vezes ele diz "mens", com uma sílaba só – Elaine disse para a Srta. Frost.

– Minha nossa – a bibliotecária disse, fechando os olhos de horror. – Olhe para mim, William – a Srta. Frost disse. Eu obedeci; para variar, eu não tive que disfarçar para olhar para ela. – Diga *finest* para mim, William – ela disse.

Isso não foi difícil. A Srta. Frost era a "melhor" (*finest*) de todas as minhas atrações. "Finest", eu disse para ela, ainda encarando-a.

– Bem, William – lembre-se que *liest* (mentes) rima com *finest* – a Srta. Frost disse.

– Anda, fala – Elaine disse para mim.

– *Tu mentes* – eu disse, como um invisível Ariel deve dizer. Eu fiz uma rima perfeita para a palavra de duas sílabas *finest*.

– Espero que todas as suas dificuldades sejam tão fáceis de consertar, William – a Srta. Frost disse. – Eu adoro passar falas – ela disse a Elaine, fechando a porta.

Eu fiquei impressionado com o fato de a Srta. Frost saber o que "passar falas" queria dizer. Quando Richard tinha perguntado se ela algum dia tinha *representado*, a Srta. Frost tinha respondido depressa:

– Só na minha imaginação. Quando eu era mais moça, o tempo todo. – Entretanto, ela tinha sem dúvida se tornado famosa como protagonista no First Sister Players.

– A Srta. Frost *é* uma mulher de Ibsen! – Nils tinha dito para Richard, mas ela não tinha tido muitos papéis, além daqueles das mulheres severamente testadas em *Hedda Gabler*, *Casa de bonecas* e *O* (maldito) *pato selvagem*.

É suficiente dizer: para alguém que até então só tinha atuado em sua mente, mas que parecia tão natural ao retratar as mulheres de Ibsen, a Srta. Frost era obviamente familiar com tudo o que "passar as falas" implicava – e ela não poderia ter dado mais apoio a mim e Elaine Hadley.

Foi embaraçoso, a princípio – mas Elaine e eu nos ajeitamos na cama da Srta. Frost. Era apenas um colchão queen-size, mas a estrutura de ferro da cama era um tanto alta; quando Elaine e eu nos sentamos (um tanto empertigados) lado a lado, nossos pés não alcançaram o chão. Mas quando nos deitamos de barriga para baixo, tivemos que nos contorcer para olhar um para o outro; foi só quando encostamos os travesseiros na cabeceira da cama (naquelas grades de ferro que pareciam grades de prisão) que pudemos deitar de lado, de frente um para o outro, e passar nossas falas – com nossas cópias da peça erguidas entre nós, como referência.

– Nós parecemos um casal de velhos – Elaine disse; eu já estava pensando a mesma coisa.

Na nossa primeira noite no refúgio de tempestade da Srta. Frost, Elaine caiu dormindo. Eu sabia que ela tinha que acordar mais cedo do que eu; por causa da viagem de ônibus que fazia até Ezra Falls, ela estava sempre cansada. Quando a Srta. Frost bateu na porta, Elaine levou um susto; ela me agarrou pelo pescoço e ainda estava abraçada comigo quando a Srta. Frost entrou no pequeno quarto. Apesar daquelas circunstâncias aparentemente amorosas, eu não acredito que a Srta. Frost tenha pensado que estávamos nos beijando. Elaine e eu não dávamos a impressão de que tínhamos estado nos apalpando, e a Srta. Frost disse apenas:

– Já está quase na hora de eu fechar a biblioteca. Até Shakespeare precisa ir para casa e dormir um pouco.

Como todo mundo que já fez parte de uma produção teatral sabe, depois de todos os ensaios exaustivos e da memorização interminável – estou dizendo quando nossas falas são realmente *ensaiadas* –, até

Shakespeare chega ao fim. Nós fizemos quatro performances de *A tempestade*. Eu consegui rimar *liest* com *finest* todas as vezes, embora na noite de estreia eu quase tenha dito *"finest breasts"* (os mais lindos seios), quando pensei avistar a mãe de Kittredge, elegantemente vestida, na plateia – só para saber por Kittredge, durante o intervalo, que estava enganado. A mulher não era a mãe dele.

– A mulher que você pensa que é minha mãe está em Paris – Kittredge disse secamente.

– Ah.

– Você deve ter visto outra mulher de meia-idade que gasta dinheiro demais com roupas – Kittredge disse.

– Sua mãe é muito bonita – eu disse a ele. Eu estava sendo sincero, e falei do modo mais educado possível.

– A sua mãe é mais *gostosa* – Kittredge me disse calmamente. Não havia nenhum traço de sarcasmo, nem algo de sugestivo, na observação dele; ele falou do mesmo modo empírico que usou para dizer que a mãe dele (ou a mulher que não era mãe dele) estava em Paris. Em pouco tempo, a palavra *gostosa*, do jeito que Kittredge a usava, passaria a ser a febre em Favorite River.

Mais tarde, Elaine diria para mim:

– O que você está fazendo, Billy, tentando ser *amigo* dele?

Elaine era uma excelente Miranda, embora a noite de estreia não tenha sido sua melhor apresentação; ela tinha precisado do ponto. A culpa deve ter sido minha.

– Bons ventres têm gerado filhos maus – Miranda diz para seu pai, em referência a Antônio, irmão de Próspero.

Eu tinha falado com Elaine sobre a ideia dos bons ventres, possivelmente demais. Eu tinha contado a Elaine minhas próprias ideias sobre meu pai biológico – como tudo o que parecia ruim em mim eu tinha atribuído ao garoto-código, aos genes do sargento (não aos da minha mãe). Na época, eu ainda incluía a minha mãe entre os bons ventres do mundo. Ela pode ter sido vergonhosamente *seduzível* – foi exatamente essa a palavra que eu usei para descrever minha mãe para Elaine –, mas Mary Marshall Dean *ou* Abbott era essencialmente inocente de qualquer pecado. Talvez minha mãe fosse ingênua, ocasionalmente *atrasada* – eu disse isso para Elaine, em vez de usar a palavra *retardada* –, mas nunca "ruim".

Eu reconheço que era engraçado eu não conseguir pronunciar a palavra *wombs* (*ventres*) – nem mesmo no singular. Tanto Elaine quanto eu tínhamos rido da ênfase que eu dava à letra *b*.

– É um *b mudo*, Billy! – Elaine tinha gritado. – Você não *diz* o *b*!

Era cômico, até para mim. Que necessidade eu tinha da palavra *ventre* (ou *ventres*)?

Mas estou certo que era por isso que Elaine estava com a palavra *mãe* na cabeça na noite de estreia. "Boas *mães* têm gerado filhos maus", Elaine (como Miranda) quase disse. Elaine deve ter percebido que a palavra *mãe* estava vindo; ela parou de repente depois de "Boas..." Então aconteceu o que todo ator teme: um silêncio incriminador.

– "Ventres" – minha mãe murmurou; ela tinha o sussurro perfeito para um ponto, era quase inaudível.

– *Ventres*! – Elaine Hadley tinha gritado. Richard (como Próspero) tinha dado um pulo. – Bons *ventres* têm gerado filhos maus! – Miranda, de volta ao personagem, tinha dito enfaticamente. Isso não tornou a acontecer.

Naturalmente, Kittredge diria alguma coisa a Elaine sobre isso – depois da nossa estreia.

– Você precisa trabalhar na palavra *ventres*, Nápoles – ele disse a ela. – Trata-se provavelmente de uma palavra que provoca uma excitação nervosa em você. Você devia tentar dizer para si mesma: "Toda mulher tem um ventre – até eu tenho um ventre. Ventres não são nada de mais." Nós podemos ensaiar isso juntos – se ajudar. Você sabe, eu digo "ventre", você diz "ventres não são nada de mais", ou eu digo "ventres", e você diz "eu tenho um" – esse tipo de coisa.

– Obrigada, Kittredge – Elaine disse. – Quanta gentileza. – Ela estava mordendo o lábio inferior, o que eu sabia que ela só fazia quando estava consumida de desejo e odiando a si mesma por isso. (Eu estava acostumado com esse sentimento.)

Então, subitamente, após meses dessa proximidade histriônica, nosso contato com Kittredge terminou; Elaine e eu ficamos deprimidos. Richard tentou falar conosco sobre a depressão pós-parto que às vezes toma conta dos atores depois de uma peça.

– Nós não demos à luz *A tempestade* – Elaine disse impacientemente. – Quem fez isso foi *Shakespeare*!

Falando estritamente por mim mesmo, eu sentia falta de passar as falas na cama de ferro da Srta. Frost também, mas quando confessei isso para Elaine, ela disse:

– Por quê? Nós nunca namoramos lá nem nada.

Eu gostava cada vez mais de Elaine, mas não desse jeito, só que você tem que tomar cuidado com o que diz aos amigos quando está tentando desesperadamente fazer com que se sintam melhor.

– Bem, não foi por eu não ter *vontade* de trocar uns amassos com você – eu disse a ela.

Nós estávamos no quarto de Elaine – com a porta aberta –, num sábado à noite no início do semestre de inverno. Era o Ano-Novo de 1960, embora nossas idades não tivessem mudado; eu ainda tinha dezessete anos e Elaine, dezesseis. Era noite de cinema na Favorite River Academy, e da janela do quarto de Elaine, podíamos ver as luzes do projetor de cinema piscando no novo ginásio em forma de cebola, que fora anexado ao antigo ginásio – onde, nos fins de semana de inverno, Elaine e eu costumávamos ver Kittredge lutar. Mas não nesse fim de semana; os lutadores estavam fora, competindo em algum lugar ao sul – em Mount Harmon, talvez, ou em Loomis.

Quando os ônibus voltassem com as equipes, eu e Elaine os veríamos da janela do quinto andar. Mesmo no frio de janeiro, com todas as janelas fechadas, o som dos gritos dos rapazes ecoava na quadra dos dormitórios. Os lutadores, e os outros atletas, iriam carregar o equipamento dos ônibus para o novo ginásio, onde ficavam os armários e os chuveiros. Se o filme ainda estivesse passando, alguns dos atletas iriam ficar no ginásio para ver o final.

Mas estava passando um western nesse sábado à noite; só imbecis assistiam ao final de um western sem ter visto o início do filme – os finais eram sempre iguais. (Haveria um tiroteio, uma previsível punição merecida.) Elaine e eu tínhamos apostado se Kittredge iria ou não ficar no ginásio para ver o final do western – isto é, se a equipe de luta livre chegasse antes de o filme terminar.

– Kittredge não é tão burro assim – Elaine tinha dito. – Ele não vai ficar no ginásio para ver os quinze minutos finais de uma ópera equestre. – (Elaine não gostava de westerns, que ela chamava de "óperas equestres" apenas quando estava sendo gentil; normalmente ela os chamava de "propaganda masculina".)

– Kittredge é um atleta, ele vai ficar no ginásio com os outros atletas – eu tinha dito. – Não importa qual seja o filme.

Os atletas que não ficavam no ginásio depois das viagens de ônibus não tinham o que fazer. O dormitório dos atletas, que se chamava Tilley, era um prédio retangular de tijolos, com cinco andares, ao lado do ginásio. Por algum motivo idiota, os atletas sempre faziam uma algazarra na quadra de dormitórios quando caminhavam ou corriam do ginásio para o Tilley.

O Sr. Hadley e sua esposa sem sal, Martha, não estavam; eles tinham saído com Richard e minha mãe – como costumavam fazer, especialmente quando havia um filme estrangeiro passando em Ezra Falls. O letreiro do cinema em Ezra Falls usava letras maiúsculas quando o filme tinha LEGENDAS. Isso não era apenas um alerta para os nativos de Vermont que não costumavam ler legendas; era outro tipo de advertência – a saber, que um filme estrangeiro costumava ter mais conteúdo sexual do que muitos moradores da cidade estavam acostumados a ver.

Quando minha mãe, e Richard, e os Hadley iam a Ezra Falls para assistir a esses filmes com legendas, Elaine e eu geralmente não éramos convidados. Portanto, enquanto nossos pais estavam fora assistindo a filmes de sexo, Elaine e eu estávamos sozinhos – ou no quarto dela ou no meu, sempre com a porta aberta.

Elaine não ia ver filmes no ginásio de Favorite River – nem mesmo quando não estava passando um western. A atmosfera no ginásio da academia nas noites de cinema era masculina demais para o gosto de Elaine. As filhas dos professores de certa idade não se sentiam à vontade naquele ambiente de rapazes. Havia peidos propositais, e sinais bem piores de comportamento grosseiro. Elaine achava que se passassem os filmes estrangeiros de sexo no ginásio da academia nas noites de cinema, alguns dos rapazes iriam se masturbar na quadra de basquete.

Geralmente, quando ficávamos sozinhos, Elaine e eu preferíamos o quarto dela ao meu. O apartamento dos Hadley no quinto andar do dormitório tinha uma vista melhor da quadra; o apartamento de Richard e da minha mãe, e o meu quarto, ficavam no terceiro andar do dormitório. O nosso dormitório se chamava Bancroft, e havia um busto do velho Bancroft, um professor emérito da Favorite River, falecido há muito tempo, na sala comum a todos do térreo – a sala *bunda*, como era chamada. Bancroft (ou pelo menos seu busto) era careca e ele tinha bastas sobrancelhas.

Eu estava no processo de conhecer o passado da Favorite River Academy. Eu tinha encontrado fotos do professor Bancroft. Ele um dia fora um membro jovem da equipe docente, e eu tinha visto fotos dele – quando tinha bastante cabelo – naqueles velhos anuários na biblioteca da academia. (Não se deve tentar adivinhar o passado de uma pessoa; se você não vir nenhuma evidência dele, o passado da pessoa permanece desconhecido para você.)

Quando Elaine foi comigo à sala dos anuários, demonstrou pouco interesse pelos anuários mais velhos que me fascinavam. Eu mal tinha ultrapassado a Primeira Guerra Mundial, mas Elaine Hadley tinha começado pelos anuários contemporâneos; ela gostava de olhar as fotos dos rapazes que ainda estavam na escola ou que tinham se formado recentemente. Na velocidade em que estávamos indo, Elaine e eu calculamos que chegaríamos ao *mesmo* anuário no início da Segunda Guerra Mundial – ou pouco antes da guerra, talvez.

– Bem, *ele é* bonito – Elaine dizia quando via a foto de algum rapaz que a agradava no anuário.

– Me deixa ver – eu dizia, sempre seu amigo leal, mas sem me revelar ainda. (Nós tínhamos um gosto parecido em relação a rapazes.)

É um espanto eu ter *ousado* sugerir que teria *gostado* de dar uns amassos em Elaine. Embora fosse uma mentira bem-intencionada, talvez eu estivesse também tentando despistá-la; talvez estivesse com medo que Elaine percebesse que eu tinha aquelas tendências homossexuais que o Dr. Harlow e o Dr. Grau buscavam tratar "agressivamente".

A princípio, Elaine não acreditou em mim.

– O que foi que você disse? – ela perguntou. Nós estávamos rolando na cama dela, com certeza *não* de um modo sexual. Estávamos entediados, ouvindo uma estação de rock'n'roll no rádio de Elaine enquanto ficávamos de olho na janela do quinto andar do quarto dela. A volta dos ônibus com as equipes significava pouco para nós, embora esse não evento significaria que Kittredge estava de novo à solta na quadra.

Havia um abajur com uma cúpula azul-marinho no parapeito da janela de Elaine; a cúpula era de vidro, grossa como uma garrafa de Coca. Kittredge sabia que a luz azul-escura na janela do quinto andar do Bancroft vinha do quarto de Elaine. Desde que tínhamos atuado juntos em *A tempestade*, Kittredge de vez em quando fazia uma serenata para aquele abajur azul do quarto de Elaine, que ele podia ver de qualquer lugar da quadra de dormitórios – mesmo de Tilley, o dormitório dos atletas. Eu não tinha encontrado o professor Tilley na minha busca pelos retratos dos professores na sala dos anuários. Se Tilley foi um professor emérito da Favorite River, deve ter ensinado na escola em tempos mais modernos – aqueles em que o velho Bancroft tinha um dia se esgoelado.

Eu não imaginava o quanto as serenatas pouco frequentes de Kittredge significavam para Elaine; elas eram, é claro, feitas num tom de zombaria – num "*patois* de Shakespeare" como Elaine as descrevia. Entretanto, eu sabia que Elaine frequentemente dormia com o abajur azul aceso – e que quando Kittredge *não* lhe fazia uma serenata, ela ficava infeliz.

Foi nessa atmosfera de espera ociosa ao som de rock'n'roll tocando no rádio, na solidão do quarto azul-escuro de Elaine Hadley, que introduzi a ideia de *querer* trocar uns amassos com ela. Não que isso fosse tão má ideia; só que não era verdade. Não é de espantar que a reação inicial de Elaine tenha sido de incredulidade.

– O que foi que você acabou de dizer? – minha amiga Elaine perguntou.

– Eu não quero fazer ou dizer alguma coisa que possa pôr em risco a nossa amizade – eu disse a ela.

– Você quer trocar uns amassos *comigo*? – Elaine perguntou.

– Sim, um pouco – eu disse.

– Sem... *penetração*, é isso que você quer dizer? – ela perguntou.

– Não... *sim*, é isso que eu quero dizer – eu disse. Elaine sabia que eu tinha certa dificuldade com a palavra *penetração*; era um daqueles substantivos que podiam causar um problema de pronúncia para mim, mas eu logo venceria isso.

– Então fale, Billy – Elaine disse.

– Sem... ir até o fim – eu disse a ela.

– Mas que tipo de amasso, exatamente? – ela perguntou.

Eu me deitei de bruços na cama dela e cobri a cabeça com um dos travesseiros. Isso deve ter sido inaceitável para ela, porque ela montou nos meus quadris e se sentou nas minhas costas. Eu podia sentir a respiração dela na minha nuca; ela cafungou a minha orelha.

– Beijar? – ela murmurou. – Tocar?

– Sim – eu disse, com uma voz abafada.

Elaine tirou o travesseiro de cima da minha cabeça.

– Tocar *o quê*? – ela perguntou.

– Eu não sei – eu disse.

– Não *tudo* – Elaine disse.

– Não! É claro que não – eu disse.

– Você pode tocar os meus seios – ela disse. – Aliás, eu quase não tenho seios.

– Tem sim – eu disse. Ela tinha *alguma coisa* ali, e admito que queria tocar os seios dela. (Eu confesso que queria tocar todo tipo de seios, especialmente os pequenos.)

Elaine se deitou ao meu lado na cama e eu me virei de lado para olhar para ela.

– Eu deixei você de pau duro? – ela perguntou.

– Sim – eu menti.

– Ah, meu Deus, faz sempre tanto calor neste quarto! – Ela gritou de repente, sentando-se na cama. Quanto mais frio está lá fora, mais quente fica nesses velhos dormitórios, e quanto mais alto o andar, mais quente é. Na hora de dormir, ou depois que as luzes eram apagadas, os alunos estavam sempre abrindo as janelas, mesmo que só uma fresta, para deixar entrar um pouco de ar frio, mas os velhos radiadores continuavam lançando calor para cima.

Elaine estava usando uma camisa masculina – branca, abotoada na frente, embora ela nunca abotoasse o colarinho, e sempre deixasse os dois botões de cima desabotoados. Aí ela tirou a camisa de dentro da calça jeans; ela segurou a camisa entre o polegar e o indicador e, afastando-a do seu corpo magricela, soprou para dentro para se refrescar.

– Você está de pau duro *agora*? – ela perguntou; ela tinha aberto uma fresta da janela antes de se deitar na cama ao meu lado.

– Não, eu devo estar nervoso demais – eu disse a ela.

– Não fique nervoso. Nós só estamos nos beijando e tocando, certo? – Elaine disse.

– Certo – eu disse.

Eu senti uma lufada de ar gelado entrar pela fresta da janela quando Elaine me beijou, um beijo casto nos lábios, que deve ter sido tão decepcionante para ela quanto foi para mim – porque ela disse:

– Línguas são permitidas. Beijo de língua não faz mal.

O beijo seguinte foi muito mais interessante – línguas mudam tudo. Existe um clímax no beijo de língua; Elaine e eu não sabíamos o que fazer. Talvez para desviar minha atenção, pensei na minha mãe vendo o meu volúvel pai beijando outra pessoa. Existe uma *impertinência* no beijo de língua, eu me lembro de ter pensado. Elaine também deve ter precisado desviar a atenção. Ela interrompeu o beijo e disse, ofegante:

– Não os Evelyn Brothers *de novo*! – Eu não tinha prestado atenção no que estava tocando na estação de rock'n'roll, mas Elaine rolou para longe de mim; estendeu a mão para a mesinha de cabeceira e desligou o rádio.

– Eu quero ouvir nossa respiração – Elaine disse, rolando de volta para os meus braços.

Sim, eu pensei – a respiração fica muito diferente quando você está dando um beijo de língua em alguém. Levantei a camiseta dela e toquei de leve no seu estômago nu; ela empurrou minha mão até seu peito – bem, seu *sutiã* –, que era macio e pequeno e cabia com facilidade na palma da minha mão.

– Isso é um... sutiã de *treinamento*? – perguntei a ela.

– É um sutiã *acolchoado* – Elaine disse. – Não sei se é de treinamento.

– É bom de segurar – eu disse a ela. Eu não estava mentindo; a palavra *treinamento* tinha despertado alguma coisa, embora eu não soubesse exatamente o que estava segurando na palma da minha mão. (Quer dizer, até que ponto eu estava segurando o seio dela – ou apenas o sutiã?)

Elaine, como que anunciando como seria o nosso relacionamento no futuro, deve ter lido minha mente, porque disse – como sempre alto e claro:

– Tem mais enchimento do que peito, se quer saber a verdade, Billy. Olha, vou mostrar para você – ela disse; então sentou na cama e desabotoou a camisa branca, fazendo-a escorregar pelos ombros.

Era um sutiã bonito, mais pérola do que branco, e quando ela pôs as mãos para trás para desabotoá-lo, o sutiã pareceu aumentar. Eu apenas vislumbrei seus seios pequenos e pontudos antes de ela tornar a endireitar a camisa; seus mamilos eram maiores do que os de qualquer garoto, e aqueles círculos mais escuros ao redor dos mamilos – as aréolas, outro plural impronunciável! – eram quase tão grandes quanto seus seios. Mas enquanto Elaine abotoava a camisa, foi o seu sutiã – agora na cama, entre nós – que atraiu minha atenção. Eu o peguei; os enchimentos macios, em feitio de seios, estavam costurados por dentro do tecido sedoso. Para minha surpresa, tive vontade de experimentá-los na mesma hora – eu queria saber qual era a sensação de *usar* um sutiã. Mas eu não fui mais honesto em relação a esse sentimento do que tinha sido em relação àqueles outros desejos que havia escondido da minha amiga Elaine.

Foi apenas um pequeno desvio da norma que marcou para mim o rompimento de uma fronteira em nosso relacionamento emergente: como sempre, Elaine tinha deixado os dois botões de cima da camisa desabotoados, mas dessa vez ela tinha deixado também o botão de baixo desabotoado. Minha mão deslizou com mais facilidade por baixo da camisa dela; foi o seio de verdade (o pouco de seio que havia) que coube com tanta perfeição na palma da minha mão.

– Não sei quanto a você, Billy – Elaine disse, enquanto estávamos deitados um de frente para o outro num dos seus travesseiros –, mas eu sempre imaginei que um cara tocando meus seios pela primeira vez ia ser mais *complicado* do que está sendo.

– Mais *complicado* – repeti. Eu devia estar ganhando tempo.

Eu estava me lembrando da palestra anual do Dr. Harlow para nós, rapazes, referente às nossas *afecções tratáveis*; estava recordando que "uma atração sexual indesejável por outros rapazes e homens" se enquadrava nessa categoria duvidosamente curável.

Eu devo ter reprimido a apresentação anual do Dr. Grau – "Herr Doktor" Grau, como chamávamos o psiquiatra da Favorite School. O Dr. Grau fazia o mesmo discurso lunático todo ano – como estávamos numa idade de desenvolvimento interrompido, "congelado", o Herr Doktor dizia: "como insetos em âmbar." (Pelas nossas expressões assustadas, nós podíamos ver que nem todos nós tínhamos visto insetos em âmbar – ou sabíamos o que era isso.) "Vocês estão na fase *polimorfa-perversa*", o Dr. Grau nos garantia. "É natural que nessa fase exibam tendências sexuais infantis, em que os genitais ainda não foram identificados como sendo o único ou o principal órgão sexual." (Mas como podemos deixar de reconhecer uma coisa tão óbvia a respeito dos nossos genitais? Nós, rapazes, pensávamos, alarmados.) "Nessa fase", Herr Doktor Grau continuava, "o coito não é necessariamente o objetivo identificável da atividade erótica." (Então por que só pensávamos em coito? Imaginávamos, apavorados.) "Vocês estão experimentando fixações libidinosas pregenitais", o velho Grau nos disse, como se isso fosse algo tranquilizador. (Ele também ensinava alemão na academia, dessa mesma forma ininteligível.) "Vocês devem vir conversar comigo sobre essas *fixações*", o velho austríaco sempre concluía. (Nenhum rapaz que conheci em Favorite River jamais admitiu ter essas fixações; ninguém que eu conhecia jamais conversou com o Dr. Grau sobre *nada*!)

Richard Abbott disse para mim e para o elenco de *A tempestade* que o gênero de Ariel era "polimorfo – mais uma questão de vestimenta do que algo orgânico". Isso mais tarde levou Richard a concluir que o gênero do personagem que eu fazia era *mutável*, e fiquei ainda mais confuso em relação à minha (e de Ariel) orientação sexual.

Entretanto, quando perguntei a Richard se ele estava se referindo a alguma coisa parecida com a "fase *polimorfa-perversa*" dos "insetos em âmbar" do discurso imbecil (e interminável) que o Dr. Grau tinha feito, Richard negou terminantemente que houvesse alguma conexão.

– Ninguém presta atenção no velho Grau, Bill – Richard tinha dito. – Não preste atenção nele, também.

Sábio conselho – mas embora fosse possível não dar atenção ao que o Dr. Grau dizia, éramos obrigados a *escutá-lo*. E, deitado ao lado de Elaine, com minha mão em seu seio nu, e nossas línguas mais uma vez entrelaçadas de um jeito que nos fazia imaginar qual seria a próxima coisa mais erótica a fazer um com o outro, eu me dei conta da minha ereção.

Com as bocas ainda coladas, Elaine conseguiu dizer:

– Você *já* está de pau duro? – Sim, eu estava, mas eu tinha notado a impaciência de Elaine ao dizer um tanto alto a palavra *já*, só que a minha confusão era tanta que eu não sabia o que tinha iniciado a minha ereção.

Sim, o beijo de língua era excitante, e (até hoje) o toque de um seio feminino é algo que não me deixa indiferente; no entanto, eu acredito que minha ereção começou quando imaginei usar o sutiã acolchoado de Elaine. Naquele momento, eu não estava exibindo as "tendências sexuais infantis" sobre as quais o Dr. Grau nos havia alertado?

Mas tudo o que eu disse para Elaine, naquela confusão de línguas, foi um estrangulado: – Sim!

Dessa vez, quando Elaine se afastou de mim, ela mordeu meu lábio inferior na pressa.

– Você está mesmo de pau duro – Elaine me disse, séria.

– Sim, é verdade – admiti. Passei a mão no lábio para ver se não estava sangrando. (Eu estava procurando o sutiã dela.)

– Ó Deus, eu não quero ver isso! – Elaine gritou. Isso foi sexualmente confuso para mim, também. Eu não tinha sugerido *mostrar* o meu pau duro para ela! Eu não queria que ela o visse. De fato, ficaria envergonhado se ela o visse; eu achava que ele iria provavelmente desapontá-la, ou fazê-la rir (ou vomitar).

– Talvez eu pudesse apenas *tocar* nele – Elaine sugeriu, pensando melhor. – Não estou me referindo ao seu pau nu! – ela acrescentou rapidamente. – Talvez eu pudesse apenas segurá-lo, por cima da sua roupa.

– Claro, por que não? – eu disse, o mais naturalmente possível, embora eu ficasse imaginando (durante anos) se alguma outra pessoa tinha passado por uma iniciação sexual de uma espécie tão arduamente negociada.

Os rapazes da Favorite River Academy não podiam usar jeans; macacões, como eles eram chamados então, não eram permitidos em classe nem no refeitório, onde éramos obrigados a usar paletó e gravata. A maioria dos rapazes usava calças cáqui ou – nos meses de inverno – calças de lã ou veludo. Eu estava usando uma calça de veludo nesse sábado de janeiro. Era um par de calças confortável para se ter uma ereção, mas eu também estava usando cuecas de malha, e elas estavam ficando cada vez mais desconfortáveis. Talvez aquele fosse o único tipo de cueca que houvesse para vender em Vermont, em 1960 – cuecas brancas de malha. (Eu não sei; na época, minha mãe ainda comprava toda a minha roupa.)

Eu tinha visto as cuecas de Kittredge, no ginásio – cuecas azuis de algodão, da cor de uma camisa. Talvez sua mãe francesa as tivesse comprado em Paris ou em Nova York.

– Aquela mulher *tem* que ser mãe dele – Elaine tinha dito. – Ela podia *ser* o Kittredge, se não tivesse seios, aquela mulher saberia onde comprar aquele tipo de cueca. – E as cuecas azuis de Kittredge eram *passadas a ferro*; isso não era uma afetação de Kittredge, porque a lavanderia da escola passava tudo a ferro – não só suas calças e camisas, mas até as cuecas e as estúpidas meias. (Isso era comentado com um desprezo quase igual ao destinado aos conselhos do Dr. Harlow e do Dr. Grau.)

Não obstante essa história social, minha primeira ereção inspirada por Elaine Hadley (ou pelo sutiã dela) estava presa numa apertada cueca de malha, que estavam ameaçando interromper a circulação da minha "inspirada" ereção. Elaine – com uma agressividade para a qual eu não estava preparado – de repente pôs a mão naquele exato órgão genital que o Dr. Grau tinha dito que nós "ainda não tínhamos identificado" como sendo os nossos malditos órgãos sexuais! Não havia nenhuma dúvida em minha mente a respeito de onde estavam e quais eram os meus "principais órgãos sexuais", e quando Elaine os agarrou, eu me encolhi.

– Ó... meu... Deus! – Elaine gritou, ensurdecendo momentaneamente meu ouvido mais próximo. – Não consigo imaginar o que é ter uma coisa dessas!

Isso também foi sexualmente confuso. Elaine estava querendo dizer que não conseguia imaginar como seria ter um pênis *dentro* dela, ou Elaine estava dizendo que não podia imaginar como era ser um menino e ter seu próprio pênis? Eu não perguntei. Fiquei aliviado por ela ter soltado meus testículos, mas Elaine continuou agarrando o meu pênis, e continuei a acariciar os seus seios. Se nós tivéssemos retomado o beijo de língua onde tínhamos parado, não sei aonde o já mencionado clímax nos teria levado, mas de fato começamos a nos beijar de novo – no começo, apenas com as pontas das línguas fazendo contato. Eu vi Elaine fechar os olhos e fechei os meus.

Foi assim que descobri que era possível estar segurando o seio de Elaine Hadley enquanto imaginava estar acariciando uma igualmente permissiva Srta. Frost. (Os seios da Srta. Frost só deviam ser um pouquinho maiores do que os de Elaine, fazia muito tempo que eu imaginava isso.) De olhos fechados, eu podia até pensar que o aperto firme da mão de Elaine no meu pênis era na verdade da mão bem maior da Srta. Frost – e nesse caso, a Srta. Frost devia estar se controlando. E à medida que o beijo ia ficando mais acelerado – tanto Elaine quanto eu em breve estávamos ofegantes –, imaginei que era a língua da Srta. Frost que roçava na minha, e que estávamos abraçados na cama de ferro do seu esconderijo no porão da Biblioteca Pública de First Sister.

Quando a fumaça de diesel do primeiro ônibus alcançou a janela com uma frestinha aberta do quarto de Elaine no quinto andar, consegui imaginar que estava cheirando o óleo da fornalha ao lado do antigo depósito de carvão que agora era o quarto da Srta. Frost. Quando abri os olhos, eu meio que esperava dar de cara com a Srta. Frost, mas quem estava lá era a minha amiga Elaine Hadley, ainda de olhos fechados.

O tempo todo que fiquei imaginando a Srta. Frost, não me ocorreu que Elaine também poderia estar imaginando alguém. Não foi surpresa que o nome que ela tinha nos lábios, e que conseguiu sussurrar na minha boca, tenha sido Kittredge! (Elaine tinha identificado corretamente a fumaça de diesel do ônibus que estava trazendo os atletas de volta; ela estava imaginando se seria o ônibus da equipe de luta livre, porque enquanto eu pensava na Srta. Frost ela estava pensando em Kittredge.)

Agora os olhos de Elaine estavam bem abertos. Eu devo ter parecido tão culpado quanto ela. Meu pênis estava pulsando; eu podia senti-lo palpitar, e sabia que Elaine também podia.

– Seu coração está batendo, Billy – ela disse.

– Isso não é o meu coração – eu disse a ela.

– Sim, é, é o seu coração batendo no seu pênis – Elaine disse. – Todos os corações de rapazes batem aí?

– Eu não posso falar pelos outros rapazes – respondi. Mas ela tinha largado o meu pênis e rolado para longe de mim.

Havia mais de um ônibus estacionado no ginásio com o motor a diesel ligado; a luz do projetor de cinema ainda piscava na quadra de basquete, e os gritos e assobios dos atletas que tinham chegado ecoavam na quadra de dormitórios – talvez a equipe de lutadores estivesse entre eles, talvez não.

Elaine agora estava deitada na cama com a testa quase encostada no parapeito da janela, onde a corrente de ar frio que vinha da fresta da janela era mais fria.

– Quando eu estava beijando você, segurando o seu pênis, e você estava acariciando o meu seio, eu estava pensando em Kittredge, aquele filho da mãe – Elaine disse.

– Eu sei, não faz mal – eu disse a ela. Eu sabia que ela era uma amiga sincera e confiável, mas, mesmo assim, não consegui dizer a ela que tinha pensado na Srta. Frost.

– Faz mal *sim* – Elaine disse; ela estava chorando.

Elaine estava deitada de lado no pé da cama, de frente para a janela e eu me estiquei atrás dela, com o peito encostado em suas costas; assim eu podia beijar atrás do seu pescoço e (com uma das mãos) conseguia acariciar seus seios por baixo da camisa. Meu pênis ainda estava palpitando. Através do jeans dela, da minha calça de veludo, duvidei que Elaine fosse capaz de sentir meu pênis pulsando, embora eu tivesse me encostado nela e ela tivesse empinado sua pequena bunda para trás.

Elaine tinha uma bunda de garoto, e praticamente não tinha quadris; ela estava usando um jeans masculino (para combinar com sua camisa masculina), e eu de repente pensei, enquanto beijava seu pescoço e seu cabelo úmido, que Elaine também cheirava como um garoto. Afinal de contas, ela estava suando; ela não usava perfume, nem maquiagem, nem mesmo batom, e ali estava eu me esfregando contra a sua bunda de menino.

– Você ainda está de pau duro, não está? – ela perguntou.

– Sim – eu disse. Eu estava sem graça por não conseguir parar de me esfregar nela, mas Elaine estava movendo os quadris, ela também estava se esfregando em mim.

– Está bem, o que você está fazendo – Elaine disse.

– Não, *não* está bem – eu disse, mas me faltava a convicção que eu tinha ouvido na voz de Elaine, quando, um momento antes, ela tinha dito a mesma coisa para mim. (O que eu quis dizer, é claro, era que eu também estava pensando em Kittredge.)

A Srta. Frost era uma mulher grande; ela tinha ombros largos, e seus quadris também eram largos. A Srta. Frost *não* tinha uma bunda de garoto; não havia como eu estar pensando na Srta. Frost enquanto me esfregava em Elaine Hadley, que chorava baixinho.

– Não, de verdade, está tudo bem, eu também estou gostando – Elaine estava dizendo baixinho, quando nós dois ouvimos Kittredge chamando da quadra.

– Minha doce Nápoles, é a sua luz azul que está acesa? – Kittredge gritou. Senti o corpo de Elaine ficar tenso. Havia outras vozes de rapazes na quadra, na área de Tilley, o dormitório dos atletas, mas só a voz de Kittredge se destacava.

– Eu disse que ele não ia assistir ao final de um western, aquele filho da mãe – Elaine cochichou para mim.

– Ah, Nápoles... sua luz azul é um farol para *mim*? – Kittredge perguntou. – Você ainda é uma donzela, Nápoles, ou já não é mais? – ele gritou. (Eu iria entender, um dia, que Kittredge era basicamente uma imitação de Shakespeare – uma espécie de *faux* Shakespeare.)

Elaine estava soluçando quando apagou a luz do abajur de cúpula azul-escura. Quando ela se atirou de volta para junto de mim, seus soluços estavam mais altos; estava gemendo ao se esfregar em mim. Seus soluços e gemidos se misturavam estranhamente, parecendo um pouco com os ganidos que um cachorro dá quando está sonhando.

– Não deixe que ele a perturbe, Elaine, ele é um grande babaca – cochichei no ouvido dela.

– *Shhh!* – ela disse. – Nada de conversa – ela disse ofegante, por entre seus gritos estrangulados.

– É *você*, Nápoles? – Kittredge gritou lá de baixo. – Apagou as luzes tão cedo assim? Indo sozinha para a cama, que pena!

Minha camisa tinha saído para fora da minha calça de veludo; deve ter sido a esfregação constante. A camisa era azul – a mesma cor das cuecas de Kittredge, eu estava pensando. Elaine começou a gemer.

– Continue a fazer isso! Faça com mais força! Sim, *assim*, não pare! – ela gritou.

Eu podia ver a respiração dela no ar frio que entrava pela fresta da janela; eu me esfreguei nela por um tempo que me pareceu muito longo, antes de me dar conta do que estava dizendo.

– Assim? – Eu não parava de perguntar. – *Assim?* – (Sem conversa, como Elaine tinha pedido, mas nossas vozes estavam sendo transmitidas para a quadra de dormitórios – chegando até Tilley e o ginásio, onde os ônibus ainda estavam descarregando.)

A luz do projetor tinha parado de piscar; as janelas da quadra de basquete estavam escuras. O western tinha acabado; a fumaça do tiroteio tinha se espalhado – assim como os rapazes de Favorite River, de volta aos seus dormitórios, mas não Kittredge.

– Pare com isso, Nápoles! – Kittredge gritou. – Você está aí também, Ninfa? – ele disse.

Elaine tinha começado a dar um grito prolongado, orgásmico. Ela diria depois:

– Mais como um parto do que como um orgasmo, é o que eu imagino, eu jamais vou ter filhos. Você já viu o tamanho das *cabeças* dos bebês? – ela me perguntou.

Seu miado pode ter soado como um orgasmo para Kittredge. Elaine e eu ainda estávamos esticando as cobertas da cama quando ouvimos uma batida na porta do apartamento.

– Meu Deus, onde está meu sutiã? – Elaine perguntou; ela não conseguiu encontrá-lo no meio das cobertas, mas de todo modo não ia mesmo ter tempo de colocá-lo. (Ela tinha que atender a porta.)

– É *ele* – eu avisei a ela.

– É claro que é – ela disse. Ela foi para a sala do apartamento; olhou no espelho comprido do saguão antes de abrir a porta.

Eu achei o sutiã dela na cama; ele tinha ficado perdido no estampado maluco da colcha amarfanhada, mas eu o enfiei rapidamente dentro da cueca. Minha ereção tinha desaparecido completamente; havia mais espaço para o pequeno sutiã de Elaine na minha cueca do que tinha havido para o meu pau duro.

– Eu quis ter certeza de que você estava bem. – Ouvi Kittredge dizendo para Elaine. – Tive medo que estivesse havendo um incêndio ou algo assim.

– Houve um incêndio, mesmo, mas eu estou bem – Elaine respondeu.

Eu saí do quarto de Elaine. Ela não tinha convidado Kittredge para entrar no apartamento; ele estava parado na porta. Alguns dos rapazes do Bancroft apareceram no corredor e espiaram para dentro do hall.

– Então você também está aqui, Ninfa – Kittredge disse para mim.

Eu vi que ele tinha um esfolado no rosto, mas o esfolado não o deixou menos convencido.

– Suponho que você tenha ganhado a sua luta – eu disse a ele.

– Isso mesmo, Ninfa – ele disse, mas continuou olhando para Elaine. Como a camisa dela era branca, você podia ver os mamilos através do tecido, e os anéis mais escuros ao redor dos mamilos, aquelas impronunciáveis aréolas, pareciam manchas de vinho em sua pele branca.

– Isso não parece bom, Nápoles. Onde está seu sutiã? – Kittredge perguntou a ela.

Elaine sorriu para mim.

– Você achou? – ela perguntou.

– Eu não procurei muito – menti para ela.

– Você devia pensar na sua reputação, Nápoles – Kittredge disse a ela. Essa era uma tática nova para ele; e pegou de surpresa tanto a mim quanto a Elaine.

– Não há nada de errado com a minha reputação – Elaine disse, defensivamente.

– Você também devia pensar na reputação dela, Ninfa – Kittredge disse para mim. – Uma mulher não pode recuperar sua reputação, se é que você me entende.

– Eu não sabia que você era tão *pudico* – Elaine disse para ele, mas pude ver que a palavra *reputação*, ou tudo o que Kittredge tinha insinuado a respeito disso, a tinha deixado realmente nervosa.

– Eu não sou pudico, Nápoles – ele disse, sorrindo para ela. Foi um sorriso que você só dá para uma garota quando está sozinho com ela; eu vi que ela tinha se deixado perturbar por ele.

– Eu só estava *fingindo*, Kittredge! – ela berrou para ele. – Eu estava *representando*, nós dois estávamos!

– Não pareceu ser só uma representação – ele disse para ela.

– Você tem que tomar cuidado com quem você finge ser, Ninfa – Kittredge disse para mim, mas continuou olhando para Elaine como se estivesse sozinho com ela.

– Bem, se me der licença, Kittredge, preciso achar meu sutiã e colocá-lo antes que meus pais cheguem, você precisa ir também, Billy – Elaine disse para mim, mas ela não tirou os olhos de Kittredge. Nenhum dos dois olhou para mim.

Ainda não eram onze horas quando Kittredge e eu pusemos os pés no corredor do quinto andar do dormitório; os rapazes do Bancroft que estavam parados no corredor ou olhando de boca aberta para Kittredge da porta dos seus quartos estavam claramente chocados em vê-lo.

– Você tornou a ganhar? – um garoto perguntou. Kittredge assentiu com a cabeça.

– Eu soube que a equipe de luta livre tinha perdido – outro garoto disse.

– Eu não sou a equipe – Kittredge disse a ele. – Só posso ganhar na minha categoria.

Nós descemos a escada até o terceiro andar, onde eu dei boa-noite para ele. A hora de recolher – mesmo para sêniores, num sábado à noite – era as onze.

– Suponho que Richard e sua mãe tenham saído com os Hadley – Kittredge disse, sem rodeios.

– Sim, está passando um filme estrangeiro em Ezra Falls – eu disse.

– Escuta aqui, Ninfa – ele disse. – Você pode magoar as pessoas tanto fazendo sexo com elas quanto *não* fazendo.

– Acho que isso é verdade – eu disse cautelosamente.

– A sua mãe dorme nua ou usa alguma coisa? – Kittredge perguntou, como se não tivesse mudado subitamente de assunto.

– Ela usa alguma coisa – eu disse.

– Bem, as mães são assim – ele disse. – A maioria das mães, pelo menos – ele acrescentou.

– São quase onze horas – eu avisei a ele. – Você não vai querer se atrasar para o check-in.

– Elaine dorme nua? – Kittredge me perguntou.

É claro que o que eu devia ter dito a ele era que o meu desejo de nunca fazer nada que pudesse prejudicar Elaine me impedia de dizer, a gente como Kittredge, se ela dormia nua ou não, mas na verdade eu não sabia se Elaine dormia nua. Achei que seria perfeitamente misterioso dizer a Kittredge, e disse:

– Quando Elaine está comigo, ela não está dormindo.

E Kittredge respondeu simplesmente:

– Você é um mistério, não é, Ninfa? Eu simplesmente não sei nada sobre você, mas um dia desses vou saber, vou mesmo.

– Você vai se atrasar para o check-in – eu disse.

– Eu vou para a enfermaria, vou tratar desse machucado – ele disse, apontando para o rosto. Não era um esfolado muito grande, na minha opinião, mas Kittredge disse: – Eu gosto da enfermeira de fim de semana da enfermaria, o esfolado é só uma desculpa para vê-la. Sábado à noite é uma boa-noite para ficar na enfermaria – ele disse.

Com essa provocação, ele foi embora – assim era Kittredge. Se ele ainda estava tentando me conhecer, eu ainda não o conhecia também. Será que havia mesmo uma "enfermeira de fim de semana" na enfermaria? Será que Kittredge estava tendo um caso com uma mulher mais velha? Ou estava representando, como eu e Elaine tínhamos feito? Ele estaria apenas fingindo?

Não fazia muito tempo que eu tinha voltado para o nosso apartamento, nem dois minutos, quando minha mãe e Richard chegaram do cinema. Mal tive tempo de tirar o sutiã acolchoado de Elaine

de dentro da minha cueca. (Assim que eu pus o sutiã debaixo do travesseiro, Elaine ligou para mim.)
– Você está com o meu sutiã, não está? – ela perguntou.
– O que acontece com o pato? – eu perguntei a ela, mas ela não estava com ânimo para brincar.
– Você está com o meu sutiã, Billy?
– Sim – eu disse. – Foi um impulso momentâneo.
– Tudo bem – ela disse. – Você pode ficar com ele. – Eu não contei a ela que Kittredge tinha me perguntado se ela dormia nua.
Então Richard e minha mãe chegaram e eu perguntei a eles sobre o filme estrangeiro.
– Era *nojento*! – minha mãe disse.
– Eu não sabia que você era tão *pudica* – eu disse a ela.
– Vá com calma, Billy – Richard disse.
– Eu não sou pudica! – minha mãe disse. Ela parecia estranhamente nervosa. – Eu só estava brincando. Foi só uma coisa que ouvi Elaine dizer para Kittredge.
– Eu não sabia sobre o que era o filme, Joia – Richard disse para ela. – Desculpe.
– Olhe só para você! – minha mãe disse para mim. – Está mais amassado do que uma cama desfeita. Acho que você devia ter aquela conversa com Billy, Richard.
Minha mãe entrou no quarto e fechou a porta.
– Que conversa? – perguntei a Richard.
– É sobre tomar cuidado com Elaine, Bill – Richard disse. – Ela é mais moça que você, é sobre não deixar de *protegê-la* – Richard disse.
– Você está falando sobre *camisinha*? – perguntei a ele. – Porque só dá para comprar em Ezra Falls, e aquele babaca daquele vendedor não vende camisinhas para garotos.
– Não diga "babaca", Bill – Richard disse –, pelo menos não diga perto da sua mãe. Você quer *camisinhas*? Eu compro para você.
– Não há perigo com Elaine – eu disse a ele.
– Eu vi Kittredge saindo de Bancroft quando estávamos chegando? – Richard perguntou.
– Eu não sei – eu disse. – Você viu?

– Você está numa... idade *crucial*, Bill – Richard disse. – Nós só queremos que você seja cuidadoso com Elaine.
– Eu *sou* cuidadoso com ela – eu disse a ele.
– É melhor manter Kittredge longe dela – Richard disse.
– E como é que faço isso? – perguntei.
– Bem, Bill... – Richard tinha começado a dizer, quando minha mãe saiu do quarto deles. Eu me lembro de ter pensado que Kittredge teria ficado desapontado com o que ela estava usando, pijamas de flanela, nada sexy.
– Vocês ainda estão falando sobre sexo, não estão? – minha mãe perguntou para Richard e para mim. Ela estava zangada. – Eu sei que era sobre isso que estavam falando. Bem, não é nada engraçado.
– Nós não estávamos rindo, Joia – Richard tentou dizer a ela, mas ela não deixou que ele continuasse.
– Mantenha seu pinto dentro das calças, Billy! – minha mãe disse. – Vá devagar com Elaine e diga a ela para tomar cuidado com Jacques Kittredge, é melhor ela tomar cuidado com ele! Aquele Kittredge é um garoto que não quer apenas *seduzir* as mulheres, ele quer que as mulheres se *submetam* a ele! – acrescentou ela.
– Joia, Joia, deixa isso pra lá – Richard Abbott estava dizendo.
– Você não sabe tudo, Richard – minha mãe disse a ele.
– Não, eu não sei – Richard admitiu.
– Eu conheço garotos como Kittredge – minha mãe disse; ela disse isso para mim, não para Richard, mesmo assim, ficou vermelha.
Ocorreu-me que, quando minha mãe ficava zangada comigo, era porque ela via algo do meu pai *mulherengo* em mim – talvez eu estivesse ficando cada vez mais parecido com ele. (Como se eu pudesse fazer algo a respeito disso!)
Eu pensei no sutiã de Elaine, que estava esperando por mim debaixo do meu travesseiro – "mais uma questão de vestimenta do que algo orgânico", como Richard tinha dito a respeito do gênero de Ariel. (Se aquele pequeno sutiã acolchoado não se enquadrava na palavra *vestimenta*, o que se enquadraria?)
– Sobre o que era o filme estrangeiro? – perguntei a Richard.
– Não se trata de um assunto apropriado para *você* – minha mãe disse. – Não fale sobre isso com ele, Richard.

— Desculpe, Bill — Richard disse, encabulado.

— Nada que pudesse ter deixado Shakespeare envergonhado, eu aposto — eu disse para Richard, mas sem tirar os olhos da minha mãe. Ela não olhou para mim; voltou para dentro do quarto e fechou a porta.

Se eu não era nada franco com minha única amiga verdadeira, Elaine Hadley, bastava eu pensar na minha mãe; se eu não podia contar a Richard sobre minha atração por Kittredge, ou admitir para a Srta. Frost que a amava, eu não tinha dúvida de onde vinha a minha insinceridade. (Da minha mãe, inquestionavelmente, mas possivelmente também do meu pai mulherengo. Talvez de ambos, só me ocorreu agora.)

— Boa-noite, Richard, eu amo você — eu disse para o meu padrasto. Ele me deu um beijo rápido na testa.

— Boa-noite, Bill, eu amo você, também — Richard disse. Ele me deu um sorriso de quem pede desculpas. Eu realmente o amava, mas estava lutando ao mesmo tempo contra a minha decepção em relação a ele.

E também estava mortalmente cansado; é exaustivo ter dezessete anos e não saber quem você é, e o sutiã de Elaine estava me chamando lá da minha cama.

5
Deixando Esmeralda

Talvez você precise que seu mundo mude, seu mundo inteiro, para compreender por que uma pessoa escreveria um epílogo – sem mencionar por que existe um ato 5 em *A tempestade*, e por que o epílogo dessa peça (recitado por Próspero) se encaixa perfeitamente. Quando eu fiz aquela crítica juvenil a *A tempestade*, meu mundo não tinha mudado.

"Agora todos os meus encantos foram derrubados", Próspero inicia o epílogo – não muito diferente do modo como Kittredge poderia ter iniciado uma conversa, de forma improvisada e aparentemente inocente.

Aquele inverno de 1960, quando Elaine e eu estávamos continuando com nossa representação, que ia ao ponto de ficarmos de mãos dadas enquanto víamos Kittredge lutar, foi marcado pelos primeiros esforços oficiais de Martha Hadley para encontrar a causa provável (ou causas) dos meus problemas de fala. Eu uso a palavra *oficiais* porque marquei consultas com a Sra. Hadley e me encontrava com ela em seu consultório – que ficava no prédio de música da academia.

Aos dezessete anos, eu ainda não tinha ido a um psiquiatra; se eu jamais ficasse tentado a conversar com Herr Doktor Grau, tenho certeza de que meu querido padrasto, Richard Abbott, teria me convencido a não fazer isso. Além disso, naquele mesmo inverno em que eu não faltava a uma consulta com a Sra. Hadley, o velho Grau morreu. A Favorite River Academy finalmente iria substituí-lo por um psiquiatra mais jovem (se não mais moderno), mas não antes do período escolar do outono do ano seguinte.

Além do mais, enquanto eu estava me consultando com Martha Hadley, não precisava de psiquiatra; ao esmiuçar aquela miríade de palavras que eu não conseguia pronunciar, e ao especular o motivo (ou motivos) dos meus erros de pronúncia, a Sra. Hadley, uma especialista em voz e professora de canto, se tornou a minha primeira psiquiatra.

Meu contato mais estreito com ela me proporcionou uma compreensão melhor da minha atração por ela – apesar de ela ser tão sem sal. Martha Hadley tinha certa masculinidade; ela tinha lábios finos, mas uma boca grande, e dentes grandes. Seu queixo era saliente, como o de Kittredge, mas seu pescoço era longo e feminino, em contraste; ela tinha ombros largos e mãos grandes, como a Srta. Frost. O cabelo da Sra. Hadley era mais comprido do que o da Srta. Frost, e ela o usava num severo rabo de cavalo. Seu peito chato sempre me fazia lembrar dos mamilos avantajados de Elaine, e daqueles anéis escuros em volta deles – as aréolas, que imaginei ser uma coisa de mãe para filha. Mas, ao contrário de Elaine, a Sra. Hadley tinha uma aparência muito forte. Eu estava percebendo o quanto gostava disso.

Quando as palavras *aréola* e *aréolas* foram acrescentadas à minha longa lista de problemas de pronúncia, Martha Hadley me perguntou:

– A dificuldade está no significado delas?

– Talvez – respondi. – Felizmente, não são palavras que aparecem todo dia.

– Enquanto que *biblioteca* e *bibliotecas*, para não falar em pênis – a Sra. Hadley começou a dizer.

– Eu tenho mais problema com o plural – lembrei a ela.

– Suponho que você não tenha muito uso para pênis, quer dizer, no plural, Billy – Martha Hadley disse.

– Não todo dia – eu disse a ela. Eu quis dizer que a oportunidade de dizer a palavra pênis no plural raramente ocorria, não que não pensava em muitos pênis todo dia, porque eu pensava. E então... talvez porque eu não tivesse contado a Elaine nem a Richard Abbott nem ao Vovô Harry, e provavelmente porque eu não ousava contar à Srta. Frost... eu contei tudo (bem, *quase* tudo) à Sra. Hadley.

Comecei com a minha atração por Kittredge.

– Você e Elaine! – Martha Hadley disse. (Elaine tinha sido muito sincera com a *mãe* sobre isso!)

Contei à Sra. Hadley que, antes mesmo de ver Kittredge, eu tinha tido uma atração homoerótica por outros lutadores, e que – na minha pesquisa dos velhos anuários na biblioteca da Favorite River Academy – eu tinha uma predileção especial pelas fotografias da equipe de luta livre, em comparação com um interesse passageiro pelas fotos do Clube de Teatro da escola. (– Entendo – a Sra. Hadley disse.)

Até contei a ela sobre minha leve atração por Richard Abbott; ela tinha sido mais forte antes de ele se tornar meu padrasto. (– Minha nossa, *isso* deve ter sido difícil! – a Sra. Hadley exclamou.)

Mas quando chegou a hora de confessar o meu amor pela Srta. Frost, eu parei; meus olhos se encheram de lágrimas.

– O que foi, Billy? Pode me contar – a Sra. Hadley disse. Ela segurou minhas mãos em suas mãos maiores e mais fortes. Seu pescoço comprido e sua garganta eram possivelmente as únicas coisas bonitas nela; sem muita prova, eu só podia especular que os pequenos seios de Martha Hadley fossem iguais aos de Elaine.

No consultório da Sra. Hadley, só havia um piano com um banco, um velho sofá (onde nós sempre nos sentávamos), e uma escrivaninha com uma cadeira de espaldar reto. A vista do terceiro andar do seu consultório era pouco inspiradora – os troncos retorcidos de dois velhos bordos, um pouco de neve nos galhos mais horizontais das árvores, o céu pontilhado de nuvens cinzentas. O retrato do Sr. Hadley (na escrivaninha da Sra. Hadley) também não era nada inspirador.

O Sr. Hadley – faz tempo que esqueci o nome dele, se é que algum dia soube – parecia inadequado para a vida num colégio interno. O Sr. Hadley – desgrenhado, com uma barba irregular – um dia iria tornar-se uma figura mais ativa no campus da Favorite River, onde seu conhecimento de história ajudou nas discussões (que mais tarde levaram aos protestos) sobre a Guerra do Vietnã. Muito mais memorável do que o Sr. Hadley foi o dia da minha confissão no consultório de Martha Hadley, quando eu concentrei toda a minha atenção na garganta da Sra. Hadley.

– Qualquer coisa que você me contar, Billy, não sairá deste consultório, eu juro – ela disse.

Em algum lugar no prédio de música, um aluno estava praticando piano – não com muita competência, pensei, ou talvez houvesse dois alunos praticando em dois pianos diferentes.

– Eu olho os catálogos de roupas da minha mãe – confessei para a Sra. Hadley. – E imagino a *senhora* no meio dos modelos de sutiãs de treinamento – eu disse a ela. – Eu me masturbo – admiti, um dos poucos verbos que me davam certo trabalho, mas não nessa época.

– Ora, Billy, essa não é uma atividade criminosa! – a Sra. Hadley disse alegremente. – Eu só estou surpresa que você pense em *mim*, eu não sou nada bonita, e é uma surpresa que você consiga pronunciar *sutiã de treinamento* com tanta facilidade. Não estou encontrando um padrão identificável aqui – ela disse, sacudindo a lista cada vez maior de palavras que eu tinha dificuldade em pronunciar.

– Eu não sei o que a senhora tem – confessei para ela.

– E quanto a garotas da sua idade? – a Sra. Hadley perguntou. Eu sacudi a cabeça. – Nem Elaine? – ela perguntou. Hesitei, mas Martha Hadley pôs suas mãos fortes nos meus ombros; ela me olhou de frente no sofá. – Está tudo bem, Billy, Elaine não acredita que você esteja interessado nela desse jeito. E isso é estritamente entre nós, lembra? – Meus olhos tornaram a ficar marejados; a Sra. Hadley puxou minha cabeça para o seu peito chato. – Billy, Billy, você não fez nada *errado*! – ela gritou.

Quem bateu na porta do consultório sem dúvida ouviu a palavra *errado*.

– Entre! – a Sra. Hadley exclamou, de um modo tão estridente que compreendi de onde vinha a voz assustadora de Elaine.

Era Atkins – um reconhecido perdedor, mas eu não sabia que ele era estudante de música. Talvez Atkins tivesse um problema de fala; talvez houvesse palavras que ele não conseguisse pronunciar.

– Eu posso voltar – Atkins disse para Martha Hadley, mas ele não parava de olhar para mim, ou não queria olhar para ela, uma coisa ou outra. Qualquer idiota teria visto que eu tinha chorado.

– Volte daqui a meia hora – a Sra. Hadley disse para Atkins.

– Está bem, mas eu não tenho relógio – ele disse, ainda olhando para mim.

– Leve o meu – ela disse a ele. Foi quando ela tirou o relógio e entregou para ele que eu vi o que ela tinha que me atraía. Martha Hadley não só tinha uma aparência masculina, ela era dominadora, como um homem, em tudo o que fazia. Eu só podia imaginar que, sexualmente, ela fosse dominadora também, ela era capaz de impor o que quisesse a qualquer um, e seria difícil deixar de fazer o que ela mandasse. Mas por que isso me atraía? (Naturalmente, esses pensamentos não fizeram parte da minha confissão seletiva para a Sra. Hadley.)

Atkins estava olhando para o relógio sem dizer nada. Isso me fez pensar se além de um perdedor ele era também um idiota que não sabia ver horas.

– Dentro de meia hora – Martha Hadley lembrou a ele.

– Os números são algarismos romanos – Atkins disse desanimadamente.

– Fique de olho apenas no ponteiro dos minutos. Conte trinta minutos. Então volte – a Sra. Hadley disse a ele. Atkins foi embora, ainda olhando para o relógio; ele deixou a porta do consultório aberta. A Sra. Hadley se levantou do sofá e fechou a porta. – Billy, Billy – ela disse, virando-se para mim. – Não tem problema sentir o que você sente, não faz mal.

– Eu pensei em falar com Richard sobre isso – eu disse a ela.

– É uma boa ideia. Você pode falar com Richard sobre qualquer coisa, tenho certeza disso – Martha Hadley disse.

– Mas não com a minha mãe – eu disse.

– Sua mãe, Mary. Minha querida amiga Mary... – a Sra. Hadley começou; então ela parou. – Não, com a sua mãe não, não conte para ela ainda – ela disse.

– Por quê? – perguntei. Achei que sabia por que, mas queria ouvir da Sra. Hadley. – Porque ela é um pouco *prejudicada*? Ou porque ela parece zangada comigo, eu não sei por quê.

– Eu não sei sobre a parte *prejudicada* – Martha Hadley disse. – Mas sua mãe parece sim zangada com você, também não sei por quê. Eu estava pensando principalmente que ela fica *enlouquecida* com facilidade, em relação a certos assuntos.

– Que assuntos? – perguntei.

– Certas questões sexuais a deixam nervosa – a Sra. Hadley disse. – Billy, eu sei que ela escondeu certas coisas de você.

– Ah.

– Guardar segredos não é o que eu mais gosto a respeito da Nova Inglaterra! – a Sra. Hadley gritou de repente; ela olhou para o pulso, onde estivera o relógio, e então riu de si mesma. – Eu imagino como o Atkins está se arranjando com os algarismos romanos – ela disse, e nós dois rimos. – Você pode contar para a Elaine também, sabe? – Martha Hadley disse. – Você pode contar qualquer coisa para a Elaine, Billy. Além do mais, eu acho que ela já sabe.

Eu também achava, mas não disse nada. Estava pensando no fato de a minha mãe ficar facilmente *enlouquecida*. Eu estava arrependido de não ter consultado o Dr. Grau antes de ele morrer – nem que fosse para me familiarizar com sua doutrina de que a homossexualidade era *curável*. (Isso poderia ter me deixado menos zangado nos anos seguintes, quando eu seria exposto a mais daquela doutrina punitiva, totalmente ridícula.)

– Realmente me ajudou muito conversar com a senhora – eu disse à Sra. Hadley; ela saiu da frente da porta do consultório para eu passar. Eu estava com medo que ela fosse segurar minhas mãos ou os meus ombros, ou até tornar a encostar minha cabeça do seu peito duro, e que eu não conseguisse me controlar e a abraçasse – ou a beijasse, embora eu fosse ter que ficar na ponta dos pés para fazer isso. Mas Martha Hadley não tocou em mim; ela apenas se afastou.

– Não há nada errado com a sua voz, Billy, não há nada errado fisicamente com a sua língua, ou com o seu céu da boca – ela disse. Eu tinha esquecido que ela tinha examinado a minha boca na nossa primeira consulta.

Ela tinha pedido para eu tocar o céu da boca com a língua, e tinha segurado a ponta da minha língua com uma gaze, e – com outro pedaço de gaze – tinha examinado a parte interna da minha boca, aparentemente procurando algo que não estava lá. (Eu tinha ficado embaraçado porque esse exame da minha boca tinha me provocado uma ereção – mais uma prova do que o velho Grau tinha chamado de "tendências sexuais infantis".)

– Não querendo difamar os mortos – a Sra. Hadley disse, quando eu estava saindo –, mas espero que você saiba, Billy, que o finado Dr. Grau e o nosso único professor sobrevivente nas ciências médicas, estou falando do Dr. Harlow, são dois imbecis.

– É isso que o Richard diz – eu disse a ela.

– Escute o que o Richard diz – a Sra. Hadley disse. – Ele é um homem maravilhoso.

Foi só muitos anos depois que eu pensei o seguinte: num pequeno e modesto colégio interno, havia várias indicações do mundo adulto – alguns adultos sensíveis e de bom coração que estavam tentando tornar o mundo adulto mais compreensível e mais suportável para os jovens, enquanto havia também velhos dinossauros de uma retidão inflexível (os Dr. Graus e os Dr. Harlows) e os futuros homens incansavelmente *homofóbicos* que a geração deles faria surgir.

– Como foi que o Dr. Grau realmente morreu? – perguntei à Sra. Hadley.

A história que tinham contado para os alunos – o Dr. Harlow tinha contado para nós na reunião matinal – era que o Grau tinha escorregado e caído na quadra de dormitórios numa noite de inverno. Os caminhos estavam cobertos de gelo; o velho austríaco deve ter batido com a cabeça. O Dr. Harlow não disse que Herr Doktor Grau morreu congelado – acho que "hipotermia" foi o termo que o Dr. Harlow usou.

Os rapazes que estavam de serviço na cozinha encontraram o corpo de manhã. Um deles disse que o rosto do Dr. Grau estava branco como a neve, e outro disse que o velho austríaco estava com os olhos abertos, mas um terceiro disse que os olhos do velho estavam fechados; os rapazes da cozinha foram unânimes em dizer que o chapéu de tirolês do Dr. Grau (com uma pena de faisão engordurada) foi encontrado a certa distância do corpo.

– Grau estava bêbado – Martha Hadley me disse. – Tinha havido um jantar da equipe docente num dos dormitórios. Grau provavelmente *escorregou* mesmo e caiu, ele *pode* ter batido com a cabeça, mas estava inquestionavelmente bêbado. Ele ficou a noite toda desmaiado na neve! Ele congelou.

Dr. Grau, como muitos outros professores da Favorite River, tinha se candidatado a um emprego na academia por causa da pista de esqui próxima, mas fazia anos que o velho Grau não esquiava. O Dr. Grau era muito gordo; dizia que ainda sabia esquiar muito bem, mas admitia que, quando caía, não conseguia se levantar – a não ser tirando os esquis primeiro. (Eu costumava imaginar Grau caído na encosta, sem conseguir soltar os esquis, berrando "tendências sexuais infantis" em inglês e alemão.)

Eu tinha escolhido alemão para cumprir a exigência de língua estrangeira na Favorite River, mas só porque tinham me assegurado que havia três outros professores de alemão na academia; eu nunca tive que ter aulas com Herr Doktor Grau. Os outros professores de alemão também eram austríacos – dois deles, esquiadores. A minha favorita, Fräulein Bauer, era a única que não esquiava.

Quando estava saindo do consultório da Sra. Hadley, eu me lembrei de repente do que Fräulein Bauer tinha me dito; eu cometia muitos erros gramaticais em alemão, e a ordem das palavras me dava ataques, mas minha pronúncia era perfeita. Não havia nenhuma palavra alemã que eu não conseguisse pronunciar. Entretanto, quando contei isso a Martha Hadley, ela não pareceu muito interessada – aliás, não ficou nem um pouco interessada.

– É tudo psicológico, Billy. Você pode falar qualquer coisa, não tem nenhum impedimento físico para isso. Mas ou você não diz uma palavra porque ela desperta alguma coisa, ou...

Eu a interrompi.

– Ela desperta algo *sexual*, a senhora quer dizer.

– Talvez – a Sra. Hadley disse; e encolheu os ombros. Ela não pareceu muito interessada na parte sexual dos meus problemas de fala, como se especulação *sexual* (de qualquer tipo) estivesse numa categoria tão desinteressante para ela quanto minha excelente pronúncia de alemão. Eu tinha um sotaque austríaco, naturalmente.

– Acho que você está tão zangado com sua mãe quanto ela está com você – Martha Hadley disse para mim. – Às vezes, Billy, você está zangado demais para falar.

– Ah.

Eu ouvi alguém subindo a escada. Era Atkins, ainda olhando para o relógio da Sra. Hadley; fiquei espantado por ele não ter tropeçado nos degraus.

– Ainda não tem trinta minutos – Atkins anunciou.

– Eu estou saindo, você pode entrar – eu disse a ele, mas Atkins tinha parado na escada, a um degrau do terceiro andar. Passei por ele ao descer.

A escada era larga. Eu devia estar perto do térreo quando ouvi a Sra. Hadley dizer:

– Entre, por favor.

– Mas ainda não se passaram trinta minutos. Não está na... – Atkins não quis (ou não pôde) completar seu pensamento.

– Não está o *quê*? – Ouvi Martha Hadley dizer a ele. Eu me lembro de ter parado na escada. – Eu sei que você consegue dizer – ela disse amavelmente para ele. – Sua camisa tem uma gola, você consegue dizer *gola*, não consegue?

– Não está na... *hola* – Atkins disse.

– Agora diga rrr, como quando você sente raiva de alguma coisa – a Sra. Hadley disse a ele.

– Eu não consigo! – Atkins exclamou.

– Por favor, entre – a Sra. Hadley tornou a dizer.

– Não está na ho-rrr! – Atkins disse com dificuldade.

– Está bom, está *melhor*, pelo menos. Agora entre – Martha Hadley disse a ele, e eu continuei descendo e saí do prédio de música, onde também tinha ouvido partes de canções, coral de vozes, um trecho de música de cordas no segundo andar, e mais alguém praticando piano no térreo. Mas meus pensamentos estavam inteiramente voltados para aquele perdedor idiota do Atkins, e ele não conseguia pronunciar a palavra hora! Que imbecil!

Eu já estava no meio do quarteirão onde Grau tinha morrido quando pensei que o ódio aos homossexuais combinava perfeitamente com meu pensamento. Eu não conseguia pronunciar a palavra pênis, no entanto aqui estava eu me sentindo muito superior a um garoto que não conseguia dizer *hora*.

Eu me lembro de pensar que, pelo resto da vida, eu iria precisar encontrar mais pessoas como Martha Hadley, e me cercar delas, mas que haveria sempre outras pessoas que iriam me odiar e desprezar – ou mesmo tentar me maltratar fisicamente. Esse pensamento foi tão contundente quanto o ar gelado que tinha matado o Dr. Grau. Era muita coisa para absorver de uma consulta com uma compreensiva professora de voz e canto – tudo isso e mais a percepção de que a Sra. Hadley era uma personalidade dominadora, e que algo a ver com esse domínio me agradava sexualmente. Ou havia algo na personalidade dominadora dela que não me agradava sexualmente? (Foi só então que me ocorreu que talvez eu quisesse ser igual à Sra. Hadley – quer dizer, sexualmente – e não transar com ela.)

Talvez Martha Hadley fosse uma hippie à frente do seu tempo; a palavra *hippie* não estava em uso em 1960. Naquela época, eu praticamente não tinha ouvido menção à palavra *gay*; ela era uma palavra pouco usada na comunidade da Favorite River Academy. Talvez "gay" fosse uma palavra simpática demais para Favorite River – pelo menos era uma palavra neutra demais para aqueles rapazes que odiavam homossexuais. Eu sabia o que "gay" significava, é claro – apenas não era uma palavra muito usada nos meus círculos limitados –, mas, sendo ainda muito inexperiente sexualmente, eu tinha dado pouca importância ao que significava ser "dominante" e "submisso" no aparentemente inatingível mundo do sexo gay.

Não muitos anos depois, quando eu estava morando com Larry – dos homens e mulheres com quem eu tentei morar, o que mais durou foi o Larry –, ele gostava de debochar de mim contando para todo mundo como fiquei "chocado" pelo modo como ele deu em cima de mim naquele café gay, que era um lugar tão misterioso, em Viena.

Isso foi no meu primeiro ano no estrangeiro. Dois anos de estudo de alemão na faculdade – além do estudo da língua na Favorite River Academy – tinham me preparado para um ano num país de língua alemã. Esses mesmos dois anos de faculdade em Nova York tinham ao mesmo tempo me preparado e *não* me preparado para o quão subversivo ia ser um café gay em Viena naquele ano acadêmico de 1963-64. Naquela época, os bares gays em Nova York estavam sendo fechados; a Feira Mundial de Nova York foi em 1964, e era intenção do prefeito limpar a cidade para os turistas. Um dos bares de Nova York, o Julius', permaneceu aberto o tempo todo – pode ter havido outros –, mas até no Julius' os homens no bar não podiam tocar uns nos outros.

Não estou dizendo que Viena fosse mais subversiva do que Nova York naquela época; a situação era semelhante. Mas, naquele lugar onde Larry deu em cima de mim, havia algumas carícias entre os homens – permitidas ou não. Eu só me lembro que foi Larry quem me chocou, não Viena.

– Você vai por cima ou por baixo, belo Bill? – Larry tinha me perguntado. (Eu fiquei chocado, mas não com a pergunta.)

– Por cima – respondi, sem hesitação.

– É mesmo! – Larry disse, ou genuinamente surpreso ou fingindo surpresa; com Larry, isso normalmente era difícil de dizer. – Você parece alguém que vai por baixo – ele disse, e após uma pausa, uma pausa tão longa que eu achei que ele ia chamar outra pessoa para ir para casa com ele, ele acrescentou: – Vamos, Bill, vamos embora.

Eu fiquei chocado, sim, mas só porque eu era um estudante universitário e Larry era meu professor. Aquele era o Institut für Europäische Studien em Viena – *das Institut*, os estudantes o chamavam. Nós éramos americanos, de todas as partes, mas nosso corpo docente era um saco de gatos; alguns americanos (Larry era longe o mais conhecido de todos), um inglês maravilhoso e excêntrico e diversos austríacos do corpo docente da Universidade de Viena.

Naquela época, o Instituto de Estudos Europeus ficava na extremidade da Wollzeile mais próxima da Doktor-Karl-Lueger-Platz e do Stubenring. Os estudantes reclamavam que o *das Institut* ficava muito longe da universidade; muitos dos nossos estudantes (os que falavam melhor alemão) faziam cursos extras na Universidade de Viena. Eu não; não estava interessado em mais cursos. Eu tinha ido para a faculdade em Nova York porque queria ir para Nova York; estava estudando em Viena para estar em Viena. Eu não me importava em estar perto ou longe da universidade.

Meu alemão era suficientemente bom para eu arranjar trabalho num restaurante excelente na Weihburggasse – perto da extremidade oposta da ópera na Kärntnerstrasse. Ele se chamava Zufall ("Coincidência"), e consegui o emprego porque tinha trabalhado como garçom em Nova York e porque, pouco depois de ter chegado a Viena, soube que o único garçom que falava inglês no Zufall tinha sido despedido.

Eu tinha sabido disso naquele misterioso café gay em Dorotheergasse – uma daquelas ruas laterais da Graben. Kaffee Käfig, ele se chamava – "Gaiola de Café". Durante o dia, parecia ser principalmente um ponto de encontro de estudantes; havia garotas lá, também – de fato, foi durante o dia que uma garota me disse que o garçom do Zufall tinha sido demitido. Mas, depois que escurecia, os homens mais velhos apareciam no Kaffee Käfig, e não havia nenhuma garota por perto. Foi assim na noite em que encontrei Larry, e ele fez aquela pergunta sobre por cima ou por baixo.

No primeiro semestre de aulas no Institute, não fui aluno de Larry. Ele estava ensinando as peças de Sófocles. Larry era um poeta, e eu queria ser um romancista – achei que já chegava de teatro, e eu não escrevia poemas. Mas eu sabia que Larry era um professor respeitado, e tinha perguntado se ele consideraria a possibilidade de dar um curso de redação – no período de inverno ou de primavera, em 1964.

– Ó Deus, não um curso de redação *criativa*! – Larry disse. – Eu sei, não me diga. Um dia, redação criativa vai ser ensinada em *toda parte*!

– Eu só queria poder mostrar o que escrevo para outro escritor – eu disse a ele. – Não sou um poeta – admiti. – Sou um escritor de ficção. Entendo se você não estiver interessado. – Eu estava indo embora, estava tentando parecer magoado, quando ele me fez parar.

– Espere, espere, como é o seu nome, jovem *escritor* de ficção? – Larry perguntou. – Eu *leio* ficção – ele disse.

Eu disse o meu nome para ele – eu disse "Bill", porque a Srta. Frost era a dona do nome William. (Eu iria publicar meus romances com o nome de William Abbott, mas nunca deixei outra pessoa me chamar de William.)

– Bem, Bill, deixe-me pensar a respeito – Larry disse. Eu então soube que ele era gay, e tudo o mais que ele estava pensando, mas não me tornaria aluno dele até janeiro de 1964, quando ele ofereceu um curso de redação criativa no Instituto durante o período de inverno.

Larry já era um poeta consagrado – *Lawrence* Upton, para seus colegas e estudantes, mas seus amigos gays (e um círculo de admiradoras) o chamavam de Larry. Nessa altura, eu já tinha ficado com alguns homens mais velhos – e sabia quem eu era quando se tratava de quem ficava por cima e quem ficava por baixo.

Não foi a crueza da pergunta de Larry que me chocou; até quem era seu aluno pela primeira vez sabia que Lawrence Upton era um famoso esnobe que também podia ser extremamente grosseiro. Foi simplesmente pelo fato de um professor meu, que era uma figura literária renomada, ter dado em cima de mim – foi *isso* que me chocou. Mas Larry nunca contou a história desse jeito, e era impossível contradizê-lo.

Segundo Larry, ele não tinha me perguntado se eu ia por cima ou por baixo.

– Nos anos 60, caro Bill, nós não dizíamos "por cima e por baixo", dizíamos "arremessador e receptor", embora, é claro, vocês, de *Vermont*, talvez fossem prescientes – Larry dizia –, ou estivessem tão à frente do resto de nós que já estavam perguntando: "Mais ou menos?", enquanto nós, pessoas menos progressistas, ainda estávamos presos na questão arremessador-receptor, que em breve iria *se tornar* a questão por cima ou por baixo. Só que não nos anos 60, meu caro Bill. Em Viena, quando dei em cima de você, *eu sei* que perguntei se você era um arremessador ou um receptor.

Então, virando-se para os nossos amigos – amigos dele, na maioria; tanto em Viena quanto mais tarde, de volta a Nova York, a maioria dos amigos de Larry eram mais velhos do que eu – Larry dizia:

– Bill é um escritor de *ficção*, mas ele escreve na primeira pessoa num estilo que é inteiramente confessional; de fato, a ficção dele é o mais parecida possível com um texto biográfico.

Então, virando-se de volta para mim – só para mim, como se estivéssemos sozinhos – Larry dizia:

– Entretanto, você insiste em anacronismos, meu caro Bill, nos anos 60, as palavras, *por cima* e *por baixo* são anacronismos.

Assim era Larry; era assim que ele falava – ele tinha sempre razão. Eu aprendi a não discutir quando se tratava de ninharias. Eu dizia: "Sim, professor", porque se eu dissesse que ele estava errado, que ele tinha com certeza usado as palavras *por cima* e *por baixo*, Larry teria feito outra brincadeira a respeito de eu ser de Vermont, ou teria ficado de papo furado, falando que eu dizia que era um arremessador, mas que para ele eu sempre pareci ser um receptor. (Todo mundo não achava que eu parecia um receptor? Larry costumava perguntar aos amigos.)

O poeta Lawrence Upton era daquela geração de gays mais velhos que basicamente acreditavam que a maioria dos homens gays iam por baixo, não importa o que dissessem – ou que aqueles que *diziam* que gostavam de ir por cima finalmente iam por baixo. Desde que Larry e eu tínhamos nos conhecido em Viena, nossa discordância a respeito do que foi dito exatamente no nosso primeiro "encontro" ficou ainda mais confusa devido ao que muitos europeus achavam nos anos 60, e ainda acham hoje – que nós, americanos, dávamos importância demasiada a essa questão de quem ia por cima e quem ia por baixo. Os europeus sempre acharam que nós éramos rígidos demais em relação a essas distinções, como se todo gay fosse uma coisa ou outra – como alguns jovens arrogantes me dizem hoje.

Larry – que ia sempre por baixo – podia ser ao mesmo tempo petulante e envergonhado em relação ao quanto ele era incompreendido.

– Eu sou mais versátil do que você! – ele me disse uma vez, em lágrimas. – Você pode dizer que também gosta de mulheres, ou finge que gosta, mas não sou eu que sou o verdadeiramente inflexível neste relacionamento!

No final dos anos 70, em Nova York, quando ainda nos víamos, mas não morávamos mais juntos – Larry chamava os anos 70 de "Bem-aventurada Era da Promiscuidade" –, você só podia ter certeza absoluta do papel sexual de alguém naqueles superóbvios bares cobertos de couro, onde um lenço no bolso esquerdo de trás significava que você ficava por cima, e um lenço no bolso direito de trás significava que você ficava por baixo. Um lenço azul era para transar, um vermelho era para punheta – bem, que importância tem isso agora? Havia também aquele sinal irritante sobre o lugar onde você prendia suas chaves – à direita ou à esquerda da fivela do cinto no seu jeans. Em Nova York, eu não prestava atenção onde prendia minhas chaves; eu estava sempre levando uma cantada de alguém que ficava por cima e prestava atenção em sinais, e eu também ia por cima! (Podia ser muito irritante!)

Mesmo no final dos anos 70, quase uma década depois da liberação gay, os gays mais velhos – quer dizer, não apenas mais velhos do que eu, mas mais velhos do que Larry – reclamavam sobre o anúncio a respeito de por cima e por baixo. ("Por que vocês querem tirar todo o mistério da coisa? O mistério não é a parte excitante do sexo?")

Eu gostava de parecer um garoto gay – ou o suficiente para fazer outros garotos e homens gays olharem duas vezes para mim. Mas eu queria que as garotas e as mulheres ficassem na dúvida a meu respeito – para fazê-las olharem duas vezes para mim, também. Eu queria guardar algo de provocativamente masculino na minha aparência. ("Você está tentando parecer um cara *bem por cima* esta noite?", Larry me perguntou uma vez. Sim, talvez eu estivesse.)

Eu me lembrava que, quando estávamos ensaiando *A tempestade*, Richard tinha dito que o gênero de Ariel era mutável; ele tinha dito que o sexo dos anjos também era mutável.

– Escolha do diretor? – Kittredge tinha perguntado a Richard, acerca da mutabilidade de Ariel.

Acho que eu estava tentando parecer sexualmente *mutável*, capturar algo da sexualidade não resolvida de Ariel. Eu sabia que era pequeno, mas bonito. Eu também podia ser invisível quando queria – como Ariel, eu podia ser um "espírito do ar". Não há como parecer bissexual, mas essa era a aparência que eu buscava.

Larry gostava de debochar de mim por ter o que ele chamava de "uma noção utópica de androginia"; para a geração dele, eu acho que os ditos gays liberados não deveriam mais ser "maricas". Sei que Larry achava que eu parecia (e me vestia como) um maricas – deve ser por isso que ele achou que eu ia por baixo e não por cima.

Mas eu me considerava um cara quase normal; por "normal" quero dizer apenas que nunca fui ligado em couro ou naquela babaquice de código de lenços. Em Nova York – como em muitas cidades, no decorrer dos anos 70 – havia muito cruzamento de arco-íris. Na época, e agora, eu gostava da aparência andrógina – e nunca tive problemas para pronunciar as palavras *andrógino* e *androginia*.

– Você é um garoto bonito, Bill – Larry costumava dizer para mim. – Mas eu não acho que você possa se manter magérrimo para sempre. Não pense que pode se vestir como um gilete, ou mesmo como uma drag, e exercer qualquer efeito sobre os códigos masculinos contra os quais você está se rebelando. Você não vai mudar o modo de ser dos homens de verdade, e nunca vai ser um deles!

– Sim, professor – era o que eu normalmente respondia.

Nos fabulosos anos 70, quando eu pegava um cara, eu me deixava ser pegado, havia sempre aquele momento em que eu segurava na bunda dele; se ele gostava de ser comido, começava a gemer e a se contorcer – só para eu saber que tinha acertado no ponto mágico. Mas, se ele fosse um cara que ia por cima, nós fazíamos um rápido 69 e encerrávamos o assunto; às vezes, isso se tornava um 69 *superagressivo*. (Os "códigos masculinos", como Larry os chamava, às vezes prevaleciam. Minha "noção utópica de androginia", não.)

Foi o imenso ciúme de Larry que acabou me afastando dele; mesmo quando se é tão jovem quanto eu era, há um limite para tolerar a admiração como substituto do amor. Quando Larry achava que eu tinha transado com outra pessoa, ele tentava tocar o meu cu – para ver se eu estava molhado, ou pelo menos lubrificado.

– Eu vou por cima, lembra? – eu costumava dizer a ele. – Você devia estar cheirando o meu pau. – Mas o ciúme de Larry era completamente ilógico; mesmo me conhecendo tão bem como me conhecia, ele realmente achava que eu era capaz de ir por baixo com outra pessoa.

Quando conheci Larry em Viena, ele estava estudando ópera lá – a ópera era o motivo para ele ter ido para lá. E a ópera também era em parte o motivo de eu ter escolhido Viena. Afinal de contas, a Srta. Frost tinha me tornado um leitor devotado dos romances do século XIX. As óperas que eu amava eram romances do século XIX!

Lawrence Upton era um poeta consagrado, mas ele sempre desejara escrever um libreto. ("Afinal de contas, Bill, eu sei fazer *rimas*.") Larry tinha o desejo de escrever uma ópera gay. Ele era muito severo consigo mesmo como poeta; talvez achasse que poderia ser mais descontraído como libretista. Ele pode ter querido escrever uma ópera gay, mas Lawrence Upton nunca escreveu um poema francamente gay – isso costumava me deixar muito zangado.

Na ópera de Larry, uma drag cínica – uma pessoa muito parecida com Larry – é a narradora. A narradora canta um lamento – ele é deliberadamente tolo, e eu não me lembro das rimas. "Índios demais, chefes de menos", a narradora lamenta. "Frangos demais, galos de menos." Era bem descontraída, realmente.

Tem um coro de caras que vão por baixo – *muitos*, naturalmente – e um comicamente muito menos numeroso coro de caras que vão por cima. Se Larry tivesse continuado sua ópera, é possível que tivesse acrescentado um coro de tamanho médio de ursos, mas o movimento dos ursos só começou em meados dos anos 80 – aqueles caras grandes e peludos, conscientemente relaxados, rebelando-se contra os homens sarados e arrumadinhos, com seus testículos raspados e seus corpos modelados nas academias. (Aqueles ursos eram tão revigorantes, no início.)

Não é preciso dizer que o libreto de Larry nunca virou uma ópera; sua carreira como libretista foi abandonada no meio do caminho. Larry ia ser lembrado apenas como poeta, embora eu me lembre da sua ideia de uma ópera gay – e daquelas inúmeras noites na Staatsoper, a grande Ópera de Viena, quando eu ainda era tão jovem.

Isso foi uma lição valiosa para o jovem futuro escritor que eu era: ver um grande homem, um ótimo poeta, falhar. Você tem que tomar cuidado quando se desvia de uma disciplina adquirida – quando eu me juntei com Larry, ainda estava aprendendo que escrever exige tanta disciplina. A ópera pode ser uma forma flamejante de contar uma história, mas um libretista também segue algumas regras; uma boa redação não é "descontraída".

É preciso fazer justiça a Larry e dizer que ele foi o primeiro a reconhecer seu fracasso como libretista. Isso também foi uma lição valiosa. – Quando você compromete os seus padrões, Bill, não pode pôr a culpa na forma. A ópera não tem culpa. Eu não sou a vítima desse fracasso, Bill, sou o culpado.

Você pode aprender um bocado com seus amantes, mas – quase sempre – você conserva os amigos por mais tempo, e aprende mais com eles. (Pelo menos, comigo foi assim.) Eu diria até que a mãe da minha amiga Elaine, Martha Hadley, teve mais influência sobre mim do que Lawrence Upton realmente teve.

De fato, na Favorite River Academy, onde eu era um calouro no inverno de 1960 – e, um típico garoto de Vermont, considerando a minha ingenuidade –, eu nunca tinha ouvido as palavras *por cima* e *por baixo* usadas daquela maneira que Larry (ou tantos amigos e amantes gays) mais tarde iriam usá-las, mas eu soube que era um cara que gostava de ir por cima antes mesmo de fazer sexo com alguém.

No dia em que fiz minha confissão parcial para Martha Hadley, quando a óbvia dominância da Sra. Hadley causou uma impressão tão forte, embora intrigante, em mim, eu soube com certeza absoluta que desejava foder outros rapazes e homens, mas sempre com o meu pênis em seus traseiros; nunca desejei que o pênis de outro garoto ou homem penetrasse em mim. (Na minha boca, sim – no meu cu, não.)

Mesmo ao desejar Kittredge, eu sabia disso: eu queria fodê-lo, e tomar o pênis dele em minha boca, mas não queria que ele me fodesse. Conhecendo Kittredge, como eu fui doido, porque se Kittredge algum dia considerasse a hipótese de um relacionamento gay, estava dolorosamente claro para mim o que ele seria. Se Kittredge fosse gay, ele com certeza seria alguém que iria por cima, na minha opinião.

É revelador como eu dei um salto para o meu primeiro ano em Viena, escolhendo começar aquele interlúdio na minha vida futura falando com vocês sobre Larry. Vocês devem pensar que eu devia ter começado aquele período em Viena contando sobre a minha primeira namorada de verdade, Esmeralda Soler, porque eu conheci Esmeralda logo depois de chegar a Viena (em setembro de 1963), e estava morando com Esmeralda havia vários meses antes de me tornar aluno de Larry – e, não muito tempo depois, amante de Larry.

Mas eu acredito que sei por que esperei para contar para vocês sobre Esmeralda. É bem comum ouvir homens gays da minha geração dizer como é mais fácil hoje em dia "sair do armário" na adolescência. O que eu quero dizer é o seguinte: nessa idade, nunca é fácil.

No meu caso, eu tinha sentido vergonha dos meus desejos sexuais por outros garotos e homens; tinha lutado contra esses sentimentos. Talvez vocês achem que eu tenha superestimado a minha atração pela Srta. Frost e pela Sra. Hadley num esforço desesperado para ser "normal"; talvez vocês tenham a ideia de que nunca me senti realmente atraído por mulheres. Mas *eu senti* – *eu sinto* atração por mulheres. Foi só que – especialmente na Favorite River Academy, sem dúvida por ela ser um colégio só de rapazes – eu tive que reprimir minha atração por outros garotos e homens.

Depois daquele verão na Europa com Tom, quando eu tinha me formado na Favorite River Academy, e mais tarde, quando estava sozinho – na faculdade, em Nova York – eu pude finalmente admitir meu lado homossexual. (Sim, eu *vou* falar mais sobre Tom; mas é que Tom é difícil demais.) E depois de Tom, eu tive *muitos* relacionamentos com homens. Quanto eu tinha dezenove e vinte anos – eu fiz vinte e um em março de 1963, pouco antes de saber que tinha sido aceito no Instituto de Estudos Europeus em Viena – eu já tinha "saído do armário". Quando fui para Viena, já estava vivendo com um jovem gay em Nova York fazia dois anos.

Não que eu não me sentisse mais atraído por mulheres; eu me sentia atraído por elas. Mas ceder às minhas atrações por mulheres me parecia como se eu estivesse voltando a ser o garoto gay reprimido que eu tinha sido. Sem mencionar o fato de que, na época, meus amigos e amantes gays *todos* acreditavam que qualquer um que se dissesse bissexual era na verdade um gay com um pé dentro do armário. (Eu suponho – quando eu tinha dezenove e vinte anos, e mal tinha feito vinte e um – que uma parte minha também acreditava nisso.)

No entanto, eu sabia que era bissexual – com a mesma certeza que sabia que sentia atração por Kittredge, e de que forma exatamente ele me atraía. Mas, no final da adolescência e até os vinte e poucos anos, eu reprimi minha atração por mulheres – como antes tinha reprimido meus desejos por outros garotos e homens. Mesmo tão jovem, devo ter percebido que não confiavam em homens bissexuais; talvez nunca venham a confiar em nós, mas com certeza naquela época ninguém confiava em nós.

Eu nunca tive vergonha de me sentir atraído por mulheres, mas depois que tive amantes gays – e, em Nova York, tive um número cada vez maior de amigos gays – aprendi rapidamente que sentir atração por mulheres me tornava suspeito e indigno de confiança, ou até mesmo temido, por outros caras gays. Então eu me contive, e fiz segredo disso; eu apenas *olhava* para um monte de mulheres. (No verão de 1961 na Europa – quando viajei com Tom –, o pobre Tom me pegou olhando para elas.)

* * *

Nós éramos um pequeno grupo: quer dizer, os estudantes americanos que foram aceitos no Institut für Europäische Studien em Viena para o ano acadêmico de 1963-64. Tomamos um transatlântico no porto de Nova York e fizemos a travessia do Atlântico – como Tom e eu tínhamos feito, dois verões antes. Eu rapidamente concluí que não havia garotos gays entre os estudantes do Instituto naquele ano, ou nenhum que tivesse saído do armário – ou nenhum que me interessasse, naquele sentido.

Nós viajamos de ônibus pela Europa Ocidental até Viena – um passeio bem mais educativo, em duas semanas apertadas, do que Tom e eu tínhamos conseguido fazer num verão inteiro. Eu não me envolvi com meus colegas de estudo no exterior. Fiz alguns amigos – rapazes e moças heterossexuais, pelo menos foi o que pareceram ser para mim. Pensei em algumas das garotas, mas mesmo antes de chegarmos a Viena resolvi que o grupo era muito pequeno; que não seria aconselhável dormir com uma das garotas do Instituto. Além disso, eu já tinha inventado a história de que estava "tentando" ser fiel a uma namorada que tinha nos Estados Unidos. Eu tinha dado a impressão de ser um cara heterossexual para os meus colegas do Instituto, e aparentemente um cara reservado.

Quando consegui aquele emprego como o único garçom que falava inglês no Zufall em Weihburggasse, o meu distanciamento do Instituto de Estudos Europeus se tornou completo – o restaurante era caro demais para os meus colegas comerem lá. Exceto pelo fato de assistir às aulas na Doktor-Karl-Lueger-Platz, pude continuar a viver a aventura de ser um jovem escritor num país estrangeiro – e a buscar o tempo necessário para ficar sozinho.

Foi por acaso que conheci Esmeralda. Eu tinha reparado nela na ópera; isso foi não só por causa do seu tamanho (garotas e mulheres altas e de ombros largos me atraíam) como porque ela tomava notas. Ela ficava no fundo da Staatsoper, escrevendo furiosamente. Na primeira noite que vi Esmeralda, eu a confundi com um crítico; embora ela fosse apenas três anos mais velha do que eu (Esmeralda tinha vinte e quatro anos no outono de 1963), parecia mais velha do que isso.

Como continuei a vê-la – ela estava sempre em pé na parte de trás –, percebi que se ela fosse crítica teria pelo menos um assento.

Mas ela ficava em pé no fundo, como eu e outros estudantes. Naquela época, se você fosse estudante, podia ficar em pé no fundo do teatro; para os estudantes, assistir em pé era de graça.

A Staatsoper dominava a interseção da Kärnerstrasse com o Opernring. A ópera ficava a menos de dez minutos a pé do Zufall. Quando havia espetáculo na Staatsoper, Zufall tinha dois turnos de jantar. Nós servíamos uma ceia cedo, antes da ópera, e um jantar mais extravagante, depois. Quando eu trabalhava nos dois turnos, que era o caso na maioria das noites, chegava na ópera depois que o primeiro ato já tinha começado, e saía antes do fim do último ato.

Uma noite, durante um intervalo, Esmeralda falou comigo.

– Você sempre chega atrasado e sempre sai cedo! – (Ela era claramente americana; e como vim a saber depois, era de Ohio.)

– Eu tenho um emprego de garçom – eu disse a ela. – E *você*? Por que está sempre tomando notas? Está tentando ser escritora? Eu *estou* tentando ser escritor – admiti.

– Eu sou apenas uma substituta, estou tentando ser uma *soprano* – Esmeralda disse. – Você está tentando ser escritor – ela repetiu lentamente. (Eu me senti imediatamente atraído por ela.)

Uma noite, quando eu não estava trabalhando no último turno no Zufall, fiquei até o final do espetáculo na ópera e me ofereci para acompanhar Esmeralda até em casa.

– Mas eu não quero ir para "casa", não gosto do lugar onde moro. Não passo muito tempo lá – Esmeralda disse.

– Ah.

Eu também não gostava do lugar onde eu morava em Viena – e também não passava muito tempo lá. Mas eu trabalhava naquele restaurante na Weihburggasse quase todas as noites; eu ainda não sabia direito aonde ir à noite em Viena.

Eu levei Esmeralda para aquele café gay na Dorotheergasse; ele ficava perto da Staatsoper, e eu só tinha estado lá de dia, quando havia principalmente estudantes ali – inclusive moças. Eu não sabia que de noite a clientela do Kaffee Käfig era toda de homens, todos gays.

Esmeralda e eu demoramos pouco tempo para reconhecer o meu engano.

– Não é assim durante o dia – eu disse a ela, quando estávamos saindo. (Graças a Deus Larry não estava lá naquela noite, porque eu já tinha falado com ele sobre dar um curso de redação criativa no Instituto; Larry ainda não tinha me participado da sua decisão.) Esmeralda estava rindo de mim por tê-la levado ao Kaffee Käfig.
– No nosso primeiro encontro! – ela exclamou, enquanto caminhávamos pela Graben na direção do Kohlmarkt. Havia um café no Kohlmarkt; eu não tinha estado lá, mas ele parecia caro.
– Tem um lugar que eu conheço perto de onde moro – disse Esmeralda. – Podemos ir lá, e *depois* você me leva em casa.
Para nossa surpresa, morávamos perto um do outro – do outro lado da Ringstrasse, longe do primeiro distrito, nas vizinhanças do Karlskirche. Na esquina da Argentiniersgtrasse com a Schwindgasse, havia um café e bar, como tantos outros em Viena. Ficava perto de onde eu morava também, eu estava dizendo a Esmeralda quando nos sentamos. (Eu costumava escrever ali.)
Então começamos a descrever nossas nada felizes situações. Aconteceu de nós dois morarmos na Schwindgasse, no mesmo prédio. Esmeralda tinha algo mais próximo de um apartamento do que eu. Ela tinha um quarto, um banheiro só dela e uma pequena cozinha, mas dividia a sala com a proprietária; quase toda noite, quando Esmeralda voltava para "casa", tinha que passar pela sala, onde a velha e carrancuda senhoria estava enroscada no sofá com seu cão pequeno e desagradável. (Eles estavam sempre vendo televisão.)
O barulho da televisão era ouvido constantemente no quarto de Esmeralda, onde ela ouvia óperas (geralmente em alemão) numa velha vitrola. Ela tinha sido instruída a tocar sua música baixinho, embora "baixinho" não fosse adequado para óperas. A ópera era suficientemente alta para mascarar o som da televisão da senhoria, e Esmeralda ficava escutando o alemão, cantando também baixinho. Ela precisava melhorar seu sotaque alemão, ela tinha me dito.
Como eu precisava melhorar a gramática alemã e a ordem das palavras – sem falar no meu vocabulário, percebi instantaneamente que Esmeralda e eu podíamos nos ajudar mutuamente. Meu sotaque era o único aspecto do meu alemão que era melhor do que o de Esmeralda.

A turma de garçons do Zufall tinha tentado me preparar: quando o outono terminasse – quando o inverno chegasse, e os turistas desaparecessem – haveria noites em que não apareceria nenhum freguês falando inglês no restaurante. Era melhor eu melhorar o meu alemão antes dos meses de inverno, eles tinham me avisado. Os austríacos não eram gentis com estrangeiros. Em Viena, *Ausländer* ("estrangeiro") nunca era dito de uma forma simpática; havia algo de verdadeiramente xenofóbico nos vienenses.

Naquele café e bar na Argentinierstrasse, comecei a descrever minhas condições de moradia para Esmeralda – em alemão. Nós tínhamos resolvido que só falaríamos alemão um com o outro.

Esmeralda tinha um nome espanhol, mas não falava espanhol. A mãe dela era italiana, e Esmeralda falava (e cantava) italiano, mas se quisesse ser cantora de ópera, tinha que melhorar o sotaque alemão. Ela disse que era uma piada na Staatsoper o fato de ela ser uma suplente de soprano – uma soprano "reserva", Esmeralda dizia de si mesma. Se algum dia deixassem que ela subisse ao palco em Viena, seria apenas se a soprano regular – a soprano "iniciante", Esmeralda a chamava – *morresse*. (Ou se a ópera fosse em italiano.)

Quando ela me disse isso no seu alemão gramaticalmente perfeito, pude ouvir fortes nuanças de Cleveland no seu sotaque. Uma professora de música na escola primária de Cleveland tinha descoberto que Esmeralda sabia cantar; ela tinha ido para Oberlin com uma bolsa de estudos. O primeiro ano de Esmeralda no exterior tinha sido em Milão; ela tinha conseguido um estágio no La Scala, e tinha se apaixonado pela ópera italiana.

Mas Esmeralda disse que o alemão parecia farpas de madeira em sua boca. Seu pai tinha abandonado sua mãe e ela; ele tinha ido para a Argentina, onde tinha conhecido outra mulher. Esmeralda tinha concluído que a mulher com quem o pai se juntou na Argentina devia ter antepassados nazistas.

– O que mais poderia explicar por que não consigo melhorar a pronúncia? – Esmeralda me perguntou. – Eu já estudei uma porrada de alemão!

Eu ainda penso nos elos que me uniram a Esmeralda. Nós dois tínhamos pais ausentes, morávamos no mesmo prédio em Schwindgasse, e estávamos conversando sobre isso num café e bar na Argentinierstrasse – num alemão capenga. *Unglaublich!* ("Inacreditável!")

Os alunos do Instituto estavam espalhados por toda Viena. Era comum ter seu próprio quarto, mas dividir um banheiro; um número considerável dos nossos alunos tinha viúvas como senhorias e não tinha uso da cozinha. Minha senhoria era viúva, e eu tinha o meu próprio quarto, e dividia um banheiro com a filha divorciada da viúva e o filho dela de cinco anos, Siegfried. A cozinha estava sempre em uso caótico, mas eu podia fazer café para mim lá, e guardava umas cervejas na geladeira.

Minha senhoria viúva chorava regularmente; dia e noite, ela vagava pelo apartamento usando um roupão atoalhado. A divorciada era uma mulher decidida, de seios grandes; não era culpa dela o fato de ela me lembrar a minha mandona Tia Muriel. O filho de cinco anos, Siegfried, tinha um jeito astuto e demoníaco de olhar para mim; ele comia um ovo quente todo dia no café da manhã – com casca e tudo.

A primeira vez que vi Siegfried fazendo isso, fui imediatamente para o meu quarto e consultei o meu dicionário inglês-alemão. (Eu não sabia como se dizia "casca de ovo" em alemão.) Quando contei à mãe de Siegfried que o garoto de cinco anos tinha comido a casca, ela sacudiu os ombros e disse que a casca provavelmente faria mais bem a ele do que o ovo. Todas as manhãs, quando eu fazia o meu café e via o pequeno Siegfried comer seu ovo quente, com casca e tudo, a divorciada estava geralmente vestida de um jeito desleixado, num pijama largo, de homem – que provavelmente tinha sido do ex-marido. Havia sempre muitos botões desabotoados, e a mãe de Siegfried tinha o hábito deplorável de se coçar.

O que havia de engraçado no banheiro que nós dividíamos era que a porta tinha um olho mágico, o que é comum em portas de quartos de hotel, mas não em portas de banheiro. Eu imaginei que o olho mágico havia sido instalado na porta do banheiro para que alguém que fosse sair do banheiro – talvez seminu ou enrolado numa toalha – pudesse ver se o caminho estava livre no corredor (em outras palavras, se havia alguém lá fora). Mas por quê? Quem iria querer ou precisar andar nu pelo corredor, mesmo que o caminho estivesse livre?

Esse mistério foi agravado pelo fato curioso de que o cilindro do olho mágico da porta do banheiro podia ser invertido. Descobri que o cilindro estava *frequentemente* invertido; a inversão se tornou comum – você podia espiar do corredor para dentro do banheiro e ver claramente quem estava lá dentro e o que estava fazendo!

Tente explicar *isso* para alguém em alemão e você vai saber o quanto o seu alemão é bom ou ruim, mas consegui de algum modo dizer tudo isso para Esmeralda – em alemão – no nosso primeiro encontro.

– Minha nossa! – Esmeralda disse num determinado momento, em inglês. A pele dela tinha uma cor de café com leite, e havia uma ligeira sombra de buço no seu lábio superior. Ela tinha cabelos negros, e seus olhos castanho-escuros eram quase pretos. Suas mãos eram maiores do que as minhas – ela também era um pouco mais alta do que eu –, mas seus seios (para meu alívio) eram "normais", o que significava para mim "bem menores" do que o resto dela.

Tudo bem – eu vou dizer. Se eu tinha hesitado em ter minha primeira experiência com uma namorada, parte disso era porque eu tinha descoberto que *gostava* de relação anal. (Gostava *muito*!) Sem dúvida, havia uma parte minha que temia como seria uma relação vaginal.

Aquele verão na Europa com Tom – quando o pobre Tom se sentiu tão inseguro e tão ameaçado, embora eu tivesse apenas olhado para algumas garotas e mulheres – eu me lembro de ter dito, um tanto exasperado: – Pelo amor de Deus, Tom – você não notou o quanto eu gosto de sexo anal? Como você acha que eu imagino que deve ser transar com uma vagina? Talvez seja como transar com um *salão de baile*!

Naturalmente, foi a palavra *vagina* que fez Tom sair correndo para o banheiro – onde eu pude ouvi-lo tendo ânsias de vômito. Mas, embora eu só estivesse brincando, a expressão salão de baile ficou na minha cabeça. E se fazer sexo vaginal *fosse* mesmo como transar com um salão de baile? Entretanto, eu continuava atraído por mulheres maiores do que a média.

Nossas condições nada ideais de moradia não eram o único obstáculo que havia entre mim e Esmeralda. Nós havíamos cautelosamente visitado um ao outro, em nossos respectivos quartos.

– Eu consigo lidar com aquele troço reversível da porta do banheiro – Esmeralda tinha dito para mim –, mas aquele garoto me dá nos nervos. – Ela chamava Siegfried de "o comedor de casca de ovo"; conforme meu relacionamento com Esmeralda progrediu, entretanto, ficou claro que quem dava nos nervos de Esmeralda não era Siegfried.

Muito mais perturbador para Esmeralda do que aquele olho mágico reversível do banheiro era o que sentia sobre filhos; ela tinha pavor de ter um filho; como muitas moças daquela época, Esmeralda tinha um medo extraordinário de engravidar – e tinha bons motivos para isso.

Se Esmeralda engravidasse, isso seria o fim das suas esperanças de se tornar uma cantora de ópera.

– Eu não estou preparada para ser uma dona de casa soprano – era como ela dizia. Nós dois sabíamos que havia países na Europa onde era possível fazer um aborto. (Não a Áustria, um país católico.) Mas, de forma geral, aborto era impossível – ou era perigoso ou ilegal. Nós também sabíamos disso. Além do mais, a mãe italiana de Esmeralda era muito católica; Esmeralda teria dúvidas quanto a fazer um aborto, mesmo que o procedimento estivesse disponível e fosse seguro *e* legal.

– Não existe um preservativo que possa evitar que eu engravide – Esmeralda me disse. – Eu sou extremamente fértil.

– Como você sabe disso? – eu tinha perguntado a ela.

– Eu me *sinto* fértil, o tempo todo, eu simplesmente *sei* disso – ela disse.

– Ah.

Nós estávamos sentados castamente na cama dela; o terror de engravidar me pareceu ser um obstáculo intransponível. A decisão, em relação a qual quarto usaríamos *para tentar* transar, tinha sido tomada independentemente da nossa vontade; se fôssemos morar juntos, dividiríamos o pequeno apartamento de Esmeralda. A minha viúva chorosa tinha reclamado com o Instituto; eu tinha sido acusado de inverter o olho mágico da porta do banheiro! *Das Institut* aceitou minha alegação de inocência, mas eu tive que me mudar.

– Eu aposto que foi o comedor de casca de ovo – Esmeralda tinha dito. Não discuti com ela, mas o pequeno Siegfried teria que ter subido num banquinho ou numa cadeira para alcançar o estúpido olho mágico. Minha aposta era a divorciada, com os botões desabotoados.

A senhoria de Esmeralda gostou de ganhar um dinheiro extra de aluguel; ela provavelmente jamais havia imaginado que o minúsculo apartamento de Esmeralda, com uma cozinha tão pequena, pudesse ser usado por duas pessoas, mas Esmeralda e eu nunca cozinhávamos – nós sempre comíamos fora.

Esmeralda disse que a disposição da senhoria tinha melhorado desde que eu me mudara para lá; se a velha censurava Esmeralda por morar com o namorado, o dinheiro extra do aluguel pareceu diminuir sua má vontade. Até o cão desagradável tinha me aceitado.

Naquela mesma noite, quando Esmeralda e eu nos sentamos na cama dela, sem nos tocar, a velha tinha nos convidado para ir até sua sala; ela tinha querido que víssemos que ela e o cachorro estavam assistindo a um filme americano na televisão. Tanto Esmeralda quanto eu ainda tivemos um choque cultural; não é fácil você se recuperar de ouvir Gary Cooper falar alemão.

– Como eles podem ter dublado High Noon? – Eu não parava de repetir.

O barulho da TV entrava no quarto de Esmeralda. Tex Ritter estava cantando "Do Not Forsake Me".

– Pelo menos eles não *dublaram* Tex Ritter – Esmeralda estava dizendo, quando eu, muito tentativamente, toquei seus seios perfeitos. – O negócio é o seguinte, Billy – ela disse, deixando que eu tocasse nela. (Eu percebi que ela já tinha dito isso antes; no passado, como eu viria a saber, esse discurso tinha sido um chega pra lá no namorado. Não dessa vez.)

Eu não tinha visto a camisinha até ela a entregar para mim – ela ainda estava no seu invólucro brilhante.

– Você vai ter que usar isso, Billy, mesmo que a maldita coisa rasgue, é mais limpo.

– Tudo bem – eu disse, pegando a camisinha.

– Mas a questão, e essa é a parte difícil, Billy, é que você só pode fazer sexo anal. Essa é a única relação sexual que eu permito, anal – ela repetiu, dessa vez num murmúrio envergonhado. – Eu sei que é uma concessão de sua parte, mas é isso. É anal ou nada – Esmeralda disse.

– Ah.
– Eu vou entender se você não concordar, Billy – ela disse.

Eu não devia dizer muita coisa, eu estava pensando. O que ela propunha não era nenhuma "concessão" para mim – eu *amava* relação anal! Quanto a "anal ou nada" ser um chega pra lá no namorado – pelo contrário, eu fiquei aliviado. A temida experiência de *salão de baile* foi adiada mais uma vez! Eu sabia que tinha que tomar cuidado – para não parecer muito entusiasmado.

Eu não estava mentindo de todo quando disse:

– Eu estou um pouco nervoso, é a minha primeira vez. – (Tudo bem, eu não acrescentei "com uma mulher" – eu sei, eu sei!)

Esmeralda ligou a vitrola. Ela pôs aquela famosa gravação de 1961 de Lucia di Lammermoor de Donizetti – com Joan Sutherland como a soprano enlouquecida. (Eu então compreendi que aquela não era uma noite em que Esmeralda estivesse interessada em melhorar seu sotaque alemão.) A música de Donizetti era sem dúvida um pano de fundo mais romântico do que Tex Ritter.

Então embarquei excitadamente na minha primeira experiência com uma namorada – a concessão, que não era nenhuma concessão para mim, de que o sexo era "anal ou nada". Esse "ou nada" não era exatamente verdade; nós faríamos um bocado de sexo oral. Eu não tinha medo de sexo oral, e Esmeralda *adorava* isso – ela dizia que a fazia cantar.

Assim, eu fui apresentado a uma vagina, com uma única restrição; só a parte do salão de baile (ou não) foi proibida – e eu estava satisfeito, até contente, de ter esperado por ela. Para alguém que há muito via essa parte com receio, fui apresentado a uma vagina de um modo que achei muito curioso e atraente. Eu gostava realmente de fazer sexo com Esmeralda e a amava também.

Havia aqueles momentos pós-sexo quando, meio dormindo ou esquecido de que estava com uma mulher, eu estendia a mão e tocava sua vagina – e recolhia depressa a mão, como se estivesse surpreso. (Eu tinha estendido a mão para segurar no pênis de Esmeralda.)

– Pobre Billy – Esmeralda dizia, interpretando mal o meu toque rápido; ela achava que eu queria estar dentro da sua vagina, que eu estava frustrado por tudo o que me tinha sido negado.

– Eu não sou "pobre" Billy, eu sou *feliz* Billy, sou *plenamente satisfeito* Billy – eu sempre dizia a ela.
– Você é um cara legal – Esmeralda dizia. Ela não fazia ideia do quanto eu estava contente, e quando eu estendia a mão e tocava a sua vagina – às vezes dormindo, ou sem pensar – Esmeralda não imaginava o que eu estava tentando tocar, que era algo que ela não tinha e de que eu estava sentindo falta.

Der Oberkellner ("o Maître") do Zufall era um jovem de ar severo que parecia mais velho do que era. Ele tinha perdido um olho e usava um tapa-olho; ele ainda não tinha trinta anos, mas ou o tapa-olho ou a forma como ele tinha perdido o olho dava-lhe a gravidade de um homem bem mais velho. O nome dele era Karl, e ele nunca falava sobre a perda do olho – os outros garçons tinham me contado a história: no final da Segunda Guerra Mundial, quando Karl tinha dez anos, ele tinha visto uns soldados russos estuprando sua mãe e tinha tentado intervir. Um dos russos tinha batido no garoto com seu rifle, e o golpe custou a Karl a visão de um dos olhos.

Mais para o final do outono daquele meu primeiro ano no estrangeiro – quase no final de novembro –, Esmeralda obteve sua primeira chance de ser a principal soprano no palco tripartite da Staatsoper. Como ela tinha previsto, era uma ópera italiana – o Macbeth de Verdi –, e Esmeralda, que tinha esperado pacientemente pela sua vez (na realidade, ela estava achando que sua vez jamais chegaria), tinha sido a soprano substituta de Lady Macbeth durante quase todo o outono (de fato, durante todo o tempo em que estávamos morando juntos).

"Vieni, t'affretta!" Eu tinha ouvido Esmeralda cantar em seu sono – quando Lady Macbeth lê a carta do marido, contando a ela sobre o seu primeiro encontro com as bruxas.

Eu pedi licença a Karl para sair mais cedo do primeiro turno do restaurante, e para chegar mais tarde para o segundo turno; minha namorada ia ser Lady Macbeth na noite de sexta-feira.

– Você tem uma namorada, a substituta é realmente sua namorada, correto? – Karl me perguntou.

– Sim, correto Karl – eu disse a ele.

— Estou feliz em saber disso, Bill, há boatos negando isso — Karl disse, me perfurando com seu único olho.

— Esmeralda é minha namorada e ela vai cantar a parte de Lady Macbeth nesta sexta-feira — eu disse ao maître.

— Essa é uma chance única, Bill, não deixe que ela a estrague — Karl disse.

— Eu só não quero perder o começo, e quero ficar até o fim, Karl — eu disse.

— É claro, é claro. Eu sei que é sexta-feira, mas não estamos assim tão cheios. O tempo quente acabou. Como as folhas, os turistas estão desaparecendo. Esse pode ser o último fim de semana em que iremos *precisar* de um garçom que fale inglês, mas podemos nos virar sem você, Bill — Karl me disse. Ele tinha um jeito de me deixar mal, mesmo quando estava do meu lado. Karl me fazia pensar em Lady Macbeth invocando os demônios do inferno.

"Ou tutti sorgete." Eu tinha ouvido Esmeralda cantar em seu sono também; era arrepiante, e não ajudava em nada o meu alemão.

"Fatal mia donna!" Lady Macbeth diz para o seu fraco marido; ela toma o punhal que Macbeth usou para matar Duncan e suja os guardas adormecidos de sangue. Eu mal podia esperar para ver Esmeralda humilhando Macbeth! E tudo isso acontece no primeiro ato. Não é de espantar que eu não quisesse chegar atrasado — eu não queria perder um minuto das bruxas.

— Estou muito orgulhoso de você, Bill. Quer dizer, por você ter uma namorada, não só por você ter como namorada aquela soprano, mas por você ter *qualquer* namorada. Isso deve pôr fim aos boatos — Karl disse.

— Quem está falando de mim, Karl? — perguntei a ele.

— Alguns dos outros garçons, um dos subchefes, você sabe como as pessoas falam, Bill.

— Ah.

Na verdade, se alguém na cozinha do Zufall precisava de provas de que eu não era gay, provavelmente era Karl; se houvesse algum boato de que eu *era gay*, tenho certeza que o boato tinha partido de Karl.

Eu tinha ficado de olho em Esmeralda quando ela dormia. Se Lady Macbeth aparecia de noite, como sonâmbula, no ato 4 —

queixando-se de que ainda havia sangue em suas mãos –, Esmeralda nunca foi sonâmbula. Ela estava deitada, dormindo profundamente, quando cantava (quase toda noite) "Una Macchia".

A soprano titular, que estava tirando a sexta-feira de folga, tinha um pólipo nas cordas vocais; embora isso não fosse raro em cantores de ópera, tinha sido dada muita atenção ao pequeno pólipo de Gerda Mühle. (O pólipo deveria ser removido cirurgicamente ou não?)

Esmeralda venerava Gerda Mühle; a voz dela era ressonante, mas nunca forçada, e tinha um alcance admirável. Gerda Mühle podia passar de modo vibrante e sem fazer esforço de um sol grave para alturas estonteantes acima de um dó agudo. Sua voz de soprano era suficientemente forte e potente para Wagner, entretanto, Mühle também conseguia ter a agilidade necessária para as rápidas corridas e os complicados trinados do estilo italiano do início do século XIX. Mas Esmeralda tinha me dito que Gerda Mühle estava enchendo o saco por causa do seu pólipo.

– Tomou conta da vida dela, e está tomando conta de *todas* as nossas vidas – Esmeralda disse. Ela tinha deixado de venerar Gerda Mühle, a soprano, e tinha passado a odiar Gerda Mühle, a mulher; Esmeralda agora a chamava de "Pólipo".

Na sexta-feira à noite, o Pólipo estava descansando suas cordas vocais. Esmeralda estava excitada por ter conseguido o que chamou de sua "primeira chance" na Staatsoper. Mas Esmeralda não deu importância ao pólipo de Gerda Mühle. Em Cleveland, Esmeralda tinha feito uma operação de sinusite – uma operação arriscada para uma futura cantora de ópera. Quando era adolescente, as vias aéreas de Esmeralda tinham um entupimento crônico; ela às vezes imaginava se aquela operação de sinusite era responsável pelo persistente sotaque americano do seu alemão. Esmeralda não tinha nenhuma compaixão por Gerda Mühle e o escândalo que ela estava fazendo por causa do seu pólipo.

Eu tinha aprendido a ignorar as piadas dos cozinheiros e dos garçons sobre como era ter uma soprano como namorada. Todo mundo implicava comigo por causa disso, exceto Karl – ele não costumava brincar.

– Deve ser *alto*, às vezes – o chef do Zufall tinha dito, provocando risos na cozinha.

Eu não contei a eles, é claro, que Esmeralda só tinha orgasmos quando eu fazia sexo oral nela. Segundo Esmeralda, eles eram "espetaculares", mas eu era poupado do barulho. As coxas de Esmeralda tapavam os meus ouvidos; eu não conseguia escutar nada.

– Meu Deus, eu acho que alcancei um mi bemol agudo, e consegui *mantê-lo*! – Esmeralda disse depois de um dos seus orgasmos mais prolongados, mas meus ouvidos estavam quentes e suados, e a minha cabeça tinha ficado tão apertada entre suas coxas que eu não tinha ouvido nada.

Eu não me lembro como estava o tempo em Viena naquela sexta-feira específica de novembro. Só me lembro que quando Esmeralda saiu do nosso pequeno apartamento na Schwindgasse, ela estava usando seu botão da campanha do JFK. Ela tinha me dito que ele era o seu amuleto da sorte. Ela tinha muito orgulho de ter trabalhado como voluntária na campanha de Kennedy, em Ohio, em 1960; Esmeralda tinha ficado muito aborrecida quando Ohio, por uma estreita margem, se tornou republicana. (Ohio tinha votado em Nixon.)

Eu não era tão político quanto Esmeralda. Em 1963, eu achava que estava interessado demais em me tornar escritor para ter uma vida política; eu tinha dito algo terrivelmente arrogante para Esmeralda a respeito disso. Eu disse a ela que não estava querendo arranjar desculpas para o caso de não conseguir me tornar um escritor – eu disse que envolvimento político era uma forma de os jovens deixarem aberta a porta para o fracasso em seus empreendimentos artísticos, ou outra babaquice parecida.

– Você está dizendo, Billy, que *porque* eu sou mais engajada politicamente do que você eu não *ligo* tanto em me tornar uma soprano quanto você em se tornar um escritor? – Esmeralda perguntou.

– É claro que não é *isso* que estou dizendo – respondi.

O que eu deveria ter dito a ela, mas não tive coragem, era que eu era bissexual. Não era o meu desejo de escrever que me impedia de ser engajado politicamente; era o fato de que, em 1963, minha bissexualidade era toda a política com que eu podia lidar. Acreditem em mim: quando se tem vinte e um anos, há muita política envolvida em ser sexualmente *mutável*.

Dito isso, nessa sexta-feira de novembro, eu iria me arrepender de ter dado a impressão a Esmeralda de que achava que ela estava arranjando desculpas para a eventualidade de não conseguir se tornar uma soprano – ou deixando a porta aberta para fracassar como cantora de ópera – *por ser* uma pessoa engajada politicamente.

No primeiro turno do jantar em Zufall, havia mais americanos no meio da clientela do que Karl ou eu tínhamos esperado. Não havia outros turistas estrangeiros – pelo menos de língua inglesa –, mas havia diversos casais americanos já passados da idade da aposentadoria, e uma mesa com dez obstetras e ginecologistas (todos eles americanos) que me disseram que estavam em Viena para um congresso de ginecologia e obstetrícia.

Eu ganhei uma generosa gorjeta dos médicos, porque disse que eles tinham escolhido uma ópera para obstetras e ginecologistas. Expliquei aquela parte de Macbeth (ato 3) quando as bruxas fazem aparecer uma criança ensanguentada – a criança famosa que diz a Macbeth que "ninguém nascido de uma mulher" será capaz de prejudicá-lo. (É claro que Macbeth está ferrado. Madduff, que mata Macbeth, anuncia que nasceu de uma cesariana.)

– Essa é possivelmente a única ópera com uma cesariana no enredo – eu disse para a mesa de dez obstetras e ginecologistas.

Karl estava contando a todo mundo que a minha namorada era a soprano que ia fazer o papel de Lady Macbeth aquela noite, então eu fiquei muito popular entre o pessoal do primeiro turno do jantar, e Karl cumpriu sua promessa de me deixar sair do restaurante com tempo de folga para assistir ao início do primeiro ato. Mas havia alguma coisa errada.

Eu tive a estranha impressão de que a plateia não se acalmava – especialmente os grosseiros americanos. Um casal parecia à beira do divórcio; ela estava soluçando, e nada que seu marido dissesse conseguia acalmá-la. Imagino que muitos de vocês saibam que sexta-feira foi essa – foi o dia 22 de novembro de 1963. Era meio-dia e meia em Dallas quando o presidente Kennedy foi alvejado. Eu estava sete horas à frente do horário do Texas em Viena, e Macbeth, para minha surpresa, não começou na hora. Esmeralda tinha me dito que a Staatsoper sempre começava na hora, mas não nessa noite.

Eu não poderia ter sabido, mas as coisas estavam tão confusas nos bastidores quanto pareciam estar na plateia. O casal americano que eu tinha identificado como prestes a se divorciar já tinha ido embora; ambos estavam inconsoláveis. Agora outros americanos pareciam estar consternados. Eu de repente notei os assentos vazios. Pobre Esmeralda! Era a estreia dela, mas o teatro não estava lotado. (Devia ser uma da tarde em Dallas quando JFK morreu – oito da noite em Viena.)

Como a cortina simplesmente não subia para mostrar aquele brejo árido na Escócia, comecei a me preocupar com Esmeralda. Ela estaria tendo um ataque de pânico? Teria perdido a voz? Gerda Mühle teria mudado de ideia e resolvido não tirar uma noite de folga? (O programa tinha uma página acrescentada, anunciando que Esmeralda Soler faria o papel de Lady Macbeth na sexta-feira, dia 22 de novembro de 1963. Eu já tinha decidido que iria emoldurar essa página; e ia dá-la de presente de Natal para Esmeralda.) Mais americanos irritantes estavam falando na plateia – mais estavam indo embora, também, alguns chorando. Eu concluí que os americanos eram ignorantes culturalmente, ineptos socialmente ou que eram todos uns imbecis.

Finalmente, a cortina subiu, e lá estavam as bruxas. Quando Macbeth e Banquo apareceram – o segundo, eu sabia, em breve seria um fantasma –, achei que esse Macbeth era velho e gordo demais para ser marido de Esmeralda (mesmo numa ópera).

Vocês podem imaginar minha surpresa, na cena seguinte do primeiro ato, quando *não* foi a minha Esmeralda quem apareceu cantando "Veni, t'affretta!" Nem foi Esmeralda quem chamou os demônios do inferno para ajudá-la ("Or tutti sorgete"). No palco estava Gerda Mühle e seu pólipo. Eu só podia imaginar o quão chocada a clientela de língua inglesa da nossa ceia no Zutall devia estar – aqueles dez obstetras e ginecologistas inclusive. Eles deviam estar pensando: como é possível que essa matrona dessa soprano seja a *namorada* do nosso jovem e bem-apessoado garçom?

Quando Lady Macbeth sujou os guardas adormecidos com o sangue do punhal, imaginei que Esmeralda tinha sido assassinada nos bastidores – ou que algo não menos terrível tinha acontecido com ela.

Parecia que metade da plateia estava chorando no final do segundo ato. Teriam sido as notícias do assassinato de Banquo que a levaram às lágrimas, ou teria sido o fantasma de Banquo na mesa do jantar? Na hora em que Macbeth viu o fantasma de Banquo pela segunda vez, perto do final do segundo ato, eu era provavelmente a única pessoa na Ópera de Viena que *não* sabia que o presidente Kennedy tinha sido assassinado. Só no intervalo é que eu iria saber o que tinha acontecido.

Depois do intervalo, fiquei para ver as bruxas de novo – e aquela apavorante criança ensanguentada que dizia a Macbeth que "ninguém nascido de uma mulher" poderá prejudicá-lo. Permaneci até o meio do ato 4, porque queria ver a cena de sonambulismo – Gerda Mühle, e seu pólipo, cantando "Una macchia" (sobre o sangue que ainda mancha as mãos de Lady Macbeth). Talvez eu tenha imaginado que Esmeralda iria sair dos bastidores e se juntar a mim e aos outros estudantes que continuavam fielmente em pé na parte de trás da Staatsoper, mas – quando chegou o ato 4 – já havia tantos lugares vazios que a maioria dos meus colegas estudantes tinha se sentado.

Eu não sabia que havia uma TV sem som nos bastidores, e que Esmeralda estava grudada nela; ela me diria mais tarde que você não precisava de som para compreender o que tinha acontecido com JFK.

Não esperei pelo fim do ato 4, o último ato. E não precisei ver "a remoção de Birnam Wood para Dunsinane", como Shakespeare diz, nem ouvir Macduff contar a Macbeth sobre a cesariana. Corri pela Kärntnerstrasse apinhada de gente até Weihburggasse, passando por pessoas com lágrimas escorrendo pelo rosto – a maioria delas não americanas.

Na cozinha do Zufall, os funcionários da cozinha e os garçons estavam todos vendo televisão; nós tínhamos uma pequena TV preta e branca. Eu vi os mesmos relatos sem som do tiroteio em Dallas que Esmeralda deve ter visto.

– Você chegou cedo, não tarde – Karl observou. – A sua namorada se deu mal?

– Não foi ela, foi Gerda Mühle – eu disse a ele.
– Blöde Kuh! – Karl gritou. – Vaca idiota! – (Os vienenses frequentadores de ópera que estavam de saco cheio de Gerda Mühle já a chamavam de vaca idiota muito antes de Esmeralda começar a chamá-la de Pólipo.)
– Esmeralda devia estar nervosa demais para cantar – ela deve ter perdido o controle nos bastidores – eu disse para Karl. – Ela era fã do Kennedy.
– Então ela estragou tudo mesmo – Karl disse. – Eu não invejo o que você vai ter que aguentar.

Já havia alguns clientes esporádicos de língua inglesa, Karl me avisou – não frequentadores de ópera, naturalmente.

– Mais obstetras e ginecologistas – Karl observou desdenhosamente. (Ele achava que havia bebês demais no mundo. "A superpopulação é o principal problema", Karl vivia dizendo.) – E tem uma mesa de bichas – Karl me disse. – Eles acabaram de chegar, mas já estão bêbados. São sem dúvida frescos. Não é assim que vocês os chamam?

– Essa é uma das coisas de que nós os chamamos – eu disse ao nosso garçom caolho.

Não foi difícil identificar a mesa de OBS-GIN; havia doze pessoas – oito homens, quatro mulheres, todos médicos. Como o presidente Kennedy tinha acabado de ser assassinado, achei que não seria uma boa ideia tentar quebrar o gelo dizendo que eles tinham perdido a cena da cesariana em Macbeth.

Quanto à mesa de bichas – ou "frescos" como Karl os havia chamado – havia quatro homens, todos bêbados. Um deles era o famoso poeta americano que estava ensinando no Instituto, Lawrence Upton.

– Eu não sabia que você trabalhava aqui, jovem escritor de ficção – Larry disse. – Seu nome é Bill, não é?

– Sim – eu disse a ele.

– Jesus, Bill, você está com uma aparência *horrível*. É por causa de Kennedy ou aconteceu alguma outra coisa? – Larry me perguntou.

– Eu vi Macbeth esta noite – comecei a dizer.

– Ah, eu ouvi dizer que era a noite da soprano substituta, eu desisti de ir – Larry me interrompeu.

– Sim, era, *devia* ser a noite da substituta – eu disse a ele. – Mas ela é americana, deve ter ficado muito abalada com a morte de Kennedy. Ela não se apresentou, foi Gerda Mühle, como sempre.

– Gerda é ótima – Larry disse. – Deve ter sido maravilhoso.

– Não para mim – eu disse a ele. – A soprano substituta é minha namorada, eu estava louco para vê-la como Lady Macbeth. Eu a tenho ouvido cantar dormindo – eu disse para a mesa dos bichas bêbados. – O nome dela é Esmeralda Soler. Um dia, quem sabe, vocês todos irão saber quem ela é.

– Você tem uma namorada – Larry disse, com a mesma incredulidade irônica que mais tarde iria expressar quando eu afirmei ir por cima.

– Esmeralda Soler – eu repeti. – Ela devia estar nervosa demais para cantar.

– Pobre garota – Larry disse. – Imagino que não haja uma *pletora* de oportunidades para substitutas.

– Suponho que não – eu disse.

– Eu ainda estou pensando na sua ideia do curso de redação – Larry disse. – E ainda não a descartei, Bill.

Karl tinha dito que não invejava o fato de que eu ia ter que aguentar as consequências de Esmeralda não ter cantado a parte de Lady Macbeth, mas – olhando para Lawrence Upton e seus amigos bichas – eu de repente previ outra consequência, não muito boa, do fato de morar com Esmeralda.

Não vieram muitos frequentadores de ópera de língua inglesa para o Zufall depois daquela apresentação de sexta-feira à noite do Macbeth de Verdi. Imagino que o assassinato de JFK tirara a fome da maioria dos meus conterrâneos que estavam em Viena naquele mês de novembro. A mesa de OBS-GIN estava desanimada; eles foram embora cedo. Só Larry e os frescos ficaram até tarde.

Karl insistiu para que eu fosse para casa.

– Vá ver sua namorada, ela não deve estar nada bem – o garçom caolho disse. Mas eu sabia que ou Esmeralda estava com seus colegas da ópera ou já tinha voltado para o nosso pequeno apartamento em Schwindgasse. Esmeralda sabia onde eu trabalhava; se ela quisesse me ver, sabia onde me encontrar.

– Os frescos não vão embora, acho que resolveram morrer aqui – Karl não parava de repetir. – Você parece conhecer o mais bonito, o *conversador* – Karl acrescentou.

Eu expliquei quem era Lawrence Upton, e que ele ensinava no Instituto, mas não era meu professor.

– Vá para junto da sua namorada, Bill – Karl não parava de dizer. Mas eu estremecia só de pensar em assistir às já repetitivas notícias sobre o assassinato de JFK naquela televisão da sala do apartamento da senhoria de Esmeralda; visões do cachorro desagradável me mantiveram no Zufall, onde eu podia ficar de olho na pequena TV preta e branca na cozinha do restaurante.

– É a morte da cultura americana – Larry estava dizendo para os outros três frescos. – Não que exista uma cultura para livros nos Estados Unidos, mas Kennedy nos deu alguma esperança de haver uma cultura para escritores. Witness Frost, aquele poema inaugural. Não era ruim; Kennedy pelo menos tinha gosto. Quanto tempo vai levar até termos outro presidente que ao menos tenha gosto?

Eu sei, eu sei – essa não é a maneira mais agradável de apresentar o Larry. Mas o que era maravilhoso no homem era que ele falava a verdade, sem levar em conta o contexto dos "sentimentos" dos outros naquele momento.

Alguém que estivesse ouvindo Larry poderia estar sofrendo pelo nosso presidente assassinado – ou se sentindo naufragado numa praia estrangeira, atingido por ondas de patriotismo. Larry não estava ligando; se achava que era verdade, ele dizia. Essa ousadia de Larry não deixava de me atrair.

Mas foi mais ou menos no meio do discurso de Larry que Esmeralda entrou no restaurante. Ela nunca conseguia comer antes de cantar, ela tinha me dito, então eu sabia que ela não tinha comido, e ela já tinha tomado algumas taças de vinho branco – o que não é uma boa ideia, com o estômago vazio. Esmeralda primeiro se sentou no bar, chorando; Karl a levou rapidamente para a cozinha, onde ela se sentou num banquinho em frente à pequena TV. Karl deu a ela uma taça de vinho branco antes de me dizer que ela estava na cozinha; eu não tinha visto Esmeralda no bar, porque estava abrindo outra garrafa de vinho tinto para a mesa de Larry.

– É a sua namorada, Bill, você devia levá-la para casa – Karl disse para mim. – Ela está na cozinha. – O alemão de Larry não era ruim; ele tinha entendido o que Karl dissera.

– É a sua soprano substituta, Bill? – Larry perguntou. – Deixe que ela se sente aqui conosco, nós vamos animá-la! (Eu duvidei disso; tinha certeza de que uma conversa sobre a morte da cultura americana não iria animar Esmeralda.)

Mas foi assim que aconteceu – foi assim que Larry viu Esmeralda, quando estávamos saindo do restaurante.

– Deixe os frescos comigo – Karl disse. – Eu divido a gorjeta com você. Leve a garota para casa, Bill.

– Acho que vou vomitar se continuar a ver televisão – Esmeralda disse para mim na cozinha. Ela parecia meio tonta no banquinho. Eu sabia que ela iria provavelmente vomitar de qualquer maneira – por causa do vinho branco. Nós íamos fazer uma caminhada difícil, atravessando toda a Ringstrasse até Schwindgasse, mas eu esperava que a caminhada fosse fazer bem a ela.

– Uma Lady Macbeth extraordinariamente *bonita*. – Eu ouvi Larry dizer, enquanto guiava Esmeralda para fora do restaurante. – Ainda estou pensando naquele curso de redação, jovem escritor de ficção! – Larry gritou para mim, quando Esmeralda e eu estávamos saindo.

– Acho que uma hora eu vou vomitar – Esmeralda estava dizendo.

Já era tarde quando chegamos à Schwindgasse; Esmeralda tinha vomitado quando estávamos atravessando a Karlsplatz, mas ela disse que estava se sentindo melhor quando chegamos ao apartamento. A senhoria e seu cão desagradável tinham ido para a cama; a sala estava escura, a televisão desligada – ou eles estavam todos mortos como JFK, a TV inclusive.

– Verdi não – Esmeralda disse, quando me viu parado, indeciso, diante da vitrola.

Escolhi Joan Sutherland, no que todo mundo dizia ser sua "marca registrada"; eu sabia o quanto Esmeralda amava *Lucia di Lammermoor*, que pus para tocar baixinho.

– Essa é a sua grande noite, Billy, a minha também. Eu também nunca fiz sexo vaginal. Não faz mal se eu engravidar. Quando uma

substituta falha, é o fim – Esmeralda disse; ela tinha escovado os dentes e lavado o rosto, mas ainda estava um pouco bêbada, eu acho.
– Não seja louca – eu disse a ela. – Importa *sim* se você engravidar. Você ainda vai ter muitas oportunidades, Esmeralda.
– Olha, você quer experimentar a minha vagina ou não quer? – Esmeralda perguntou. – Eu quero tentar fazer na vagina, Billy, eu estou pedindo a você, pelo amor de Deus! Eu quero saber como é na vagina!
– Ah.
É claro que eu usei uma camisinha; eu teria usado duas se ela tivesse mandado. (Ela estava mesmo um pouco bêbada – não há a menor dúvida.)
Foi assim que aconteceu. Na noite em que o nosso presidente morreu, eu fiz sexo vaginal pela primeira vez – e gostei muito disso. Acho que foi durante a cena de loucura de Lucia que Esmeralda teve o seu orgasmo muito escandaloso; para ser franco, nunca vou saber se foi Joan Sutherland atingindo aquele mi bemol agudo ou se foi Esmeralda. Meus ouvidos não estavam protegidos pelas coxas dela dessa vez; eu ainda consegui ouvir o cachorro da senhoria latir, mas meus ouvidos estavam apitando.
– Minha nossa! – Eu ouvi Esmeralda dizer. – Isso foi *fantástico*!
Eu mesmo fiquei estupefato (e aliviado); eu não só tinha realmente gostado – eu tinha *amado*! Era tão bom (ou melhor) quanto sexo *anal*? Bem, era *diferente*. Para ser diplomático, eu sempre digo – quando me perguntam – que eu gosto "igual" de sexo anal e vaginal. Meus temores sobre vaginas tinham sido infundados.
Mas, infelizmente, demorei um pouco a responder ao "Minha nossa!" de Esmeralda e ao seu "Isso foi *fantástico*!" Eu estava pensando no quanto tinha gostado, mas não disse alto.
– Billy? – Esmeralda perguntou. – Como foi para você? Você gostou?
Vocês sabem, não são só os escritores que têm esse problema, mas os escritores têm, *realmente*, esse problema; para nós uma chamada linha de raciocínio, embora não falada, é impossível de ser interrompida.

– Sem sombra de dúvida não é um salão de baile. – Depois de tudo o que a pobre Esmeralda já tinha passado naquele dia, foi isso que eu disse a ela.

– Não é o *quê?* – ela disse.

– Ah, isso é só uma expressão que nós usamos em Vermont! – eu disse depressa. – Não quer dizer nada, na verdade. Eu nem sei ao certo o que "não é um salão de baile" significa, é difícil de explicar.

– Por que você diria uma coisa *negativa?* – Esmeralda perguntou. – "Não é qualquer coisa" é negativo, não é um "salão de baile" soa como uma grande decepção, Billy.

– Não, não, eu *não* estou decepcionado. Eu *amei* a sua vagina! – gritei. O cão desagradável tornou a latir; Lucia estava se repetindo, ela tinha voltado ao começo, quando ainda era a noiva confiante mas fraca da ideia.

– Eu "não sou um salão de baile", como se eu fosse apenas um *ginásio* ou uma *cozinha*, ou algo assim – Esmeralda estava dizendo. Então ela começou a chorar, por Kennedy, por sua chance perdida de se tornar uma soprano *iniciante*, por sua vagina desvalorizada... montes de lágrimas.

Você não pode desdizer algo como "Sem sombra de dúvida não é um salão de baile"; trata-se simplesmente de algo que você jamais deveria dizer depois do seu primeiro sexo vaginal. É claro que eu também não podia desdizer o que tinha dito a Esmeralda a respeito do seu envolvimento político – a respeito da sua falta de comprometimento em se tornar uma soprano.

Nós iríamos continuar morando juntos até o Natal e o Ano-Novo, mas o mal – a *desconfiança* – estava feito. Uma noite, eu devo ter dito alguma coisa dormindo. De manhã, Esmeralda me perguntou:

– Aquele homem mais velho, aquele bonitão, no Zufall, você sabe, naquela noite horrível. O que ele quis dizer com o curso de redação? Por que ele chamou você de "jovem escritor de ficção", Billy? Ele conhece você? Você o conhece?

Ah, bem – não existe resposta fácil para isso. Então, em outra noite – naquele mês de janeiro de 1964, depois que eu saí do trabalho –, eu atravessei a Kärntnerstrasse e virei na Dorotheergasse na direção do Kaffee Käfig. Eu sabia perfeitamente bem como era a clientela tarde da noite; era toda masculina, toda gay.

– Bem, se não é o escritor de ficção – Larry pode ter dito, ou talvez ele tenha apenas perguntado: – É Bill, não é? – (Essa teria sido a noite em que ele me disse que tinha resolvido dar aquele curso de redação sobre o qual eu tinha falado com ele, mas antes das minhas primeiras aulas com ele como meu professor.)

Aquela noite no Kaffee Käfig – não muito antes de ele dar em cima de mim – Larry talvez tenha perguntado:

– Está sem a soprano substituta esta noite? Onde está aquela garota tão bonita? Ela não é a sua Lady Macbeth *típica*, Bill, é?

– Não, ela não é *típica* – eu posso ter murmurado. Nós apenas conversamos; nada aconteceu naquela noite.

De fato, mais tarde nessa mesma noite, eu estava na cama com Esmeralda quando ela me perguntou algo significativo.

– O seu sotaque alemão, ele é tão perfeitamente austríaco que quase me mata. O seu alemão não é tão bom assim, mas você o fala com tanta autenticidade. De onde *vem* o seu alemão, Billy, não posso acreditar que nunca tenha perguntado isso antes para você.

Nós tínhamos acabado de fazer amor. Tudo bem, não tinha sido nada espetacular – o cachorro da senhoria não latiu, e meus ouvidos não estavam apitando –, mas nós tínhamos feito sexo vaginal, e nós dois gostávamos disso.

– Chega de sexo anal para nós, Billy, eu desisti disso – Esmeralda tinha dito.

Naturalmente, eu sabia que eu não tinha desistido de sexo anal. E também sabia que não apenas amava a vagina de Esmeralda, mas que tinha aceitado a ideia de que jamais desistiria de vaginas, também. É claro que não era só a vagina de Esmeralda que tinha me escravizado. Ela não tinha culpa de não ter um pênis.

Eu ponho a culpa na pergunta "De onde *vem* o seu alemão". Isso fez com que eu começasse a imaginar de onde vêm os nossos desejos; esse é um caminho escuro e tortuoso. E foi nessa noite que eu soube que ia deixar Esmeralda.

6
Os retratos que guardei de Elaine

Eu estava cursando Alemão III no meu primeiro ano na Favorite River Academy. Naquele inverno, depois que o velho Grau morreu, o curso de Alemão III da Fräulein Bauer recebeu alguns dos alunos do Dr. Grau – Kittredge dentre eles. Eles eram um grupo mal preparado; Herr Doktor Grau era um professor atrapalhado. Era uma exigência para você se formar em Favorite River ter estudado três anos da mesma língua; se Kittredge estava fazendo Alemão III no último ano, isso significava que ele tinha levado pau em alemão num ano anterior ou que tinha começado estudando outra língua estrangeira e, por alguma razão desconhecida, tinha mudado para alemão.

– Sua mãe não é francesa? – perguntei a ele. (Imaginei que ele falasse francês em casa.)

– Eu me cansei de fazer o que minha suposta mãe queria – Kittredge disse. – Isso ainda não aconteceu com você, Ninfa?

Como Kittredge era tão inteligente, fiquei surpreso por ele ser um aluno tão fraco de alemão; fiquei menos surpreso ao descobrir que ele era preguiçoso. Ele era uma dessas pessoas que conseguem as coisas com facilidade, mas fazia pouco para demonstrar que merecia ser tão bem-dotado. Idiomas estrangeiros exigem um esforço de memorização e uma tolerância para repetição; o fato de Kittredge conseguir decorar suas falas para uma peça demonstrava que tinha capacidade para esse tipo de aperfeiçoamento pessoal – no palco, ele era um ator seguro de si. Mas não tinha a disciplina necessária para estudar uma língua estrangeira – especialmente alemão. Os artigos – "Os malditos der, die, das, den, dem de merda!", como Kittredge dizia – estavam além da sua paciência.

Naquele ano, quando Kittredge *deveria* ter se formado, não ajudei a melhorar sua nota final ao concordar em ajudá-lo com seu dever de casa; o fato de Kittredge virtualmente copiar minhas traduções dos nossos deveres diários não o ajudaria nas provas, que ele tinha que escrever sozinho. Eu não queria de jeito algum que Kittredge fracassasse em Alemão III; previ as repercussões de ele repetir seu último ano, quando eu também estaria no último ano. Mas era difícil dizer não para ele quando pedia ajuda.

– É difícil dizer não para ele, ponto final – Elaine diria mais tarde. Eu culpo a mim mesmo por não saber que eles estavam envolvidos.

Naquele período escolar de inverno, houve audições para o que Richard Abbott chamou de "o Shakespeare da primavera" – para distingui-lo da peça de Shakespeare que ele tinha dirigido no outono. Em Favorite River, Richard às vezes fazia com que nós, rapazes, representássemos Shakespeare também no período escolar do inverno.

Eu odeio dizer isso, mas acredito que a participação de Kittredge no Clube de Teatro foi responsável por um aumento de popularidade das nossas peças escolares – não obstante todo o Shakespeare. Houve um interesse acima do normal quando Richard leu em voz alta o elenco de *A décima segunda noite* na reunião matinal; a lista depois foi pendurada no salão de jantar da academia, onde os alunos fizeram fila para poder olhar para as *dramatis personae*.

Orsino, duque de Illyria, era o nosso professor e diretor, Richard Abbott. Richard, como o duque, começa *A décima segunda noite* com aquelas linhas conhecidas e melodiosas: "Se a música é o alimento do amor, continue tocando", jamais necessitando da ajuda da minha mãe para lembrar o texto.

Orsino primeiro declara o seu amor por Olivia, uma condessa representada pela minha mal-humorada Tia Muriel. Olivia rejeita o duque, que (sem perder tempo) se apaixona rapidamente por Viola, fazendo assim de Orsino uma figura derramada demais – "talvez mais apaixonado pelo amor do que por uma das duas damas", como Richard Abbott disse.

Eu sempre achei que, como Olivia rejeita Orsino como seu amante, Muriel deve ter se sentido à vontade para aceitar o papel da condessa. Richard ainda era galã demais para Muriel; ela nunca relaxava inteiramente na companhia do seu belo cunhado.

Elaine foi escalada como Viola, mais tarde disfarçada de Cesário. A resposta imediata de Elaine foi que Richard tinha antecipado o disfarce necessário de Viola como Cesário.

– Viola não pode ter peito, porque durante a maior parte da peça ela é um cara – foi o que Elaine me disse.

Na verdade achei um tanto sinistro o fato de Orsino e Viola acabarem se apaixonando – considerando que Richard era bem mais velho do que Elaine –, mas Elaine não pareceu se importar.

– Eu acho que as moças se casavam mais cedo na época – foi só o que ela disse a respeito. (Com metade de um cérebro, eu poderia ter percebido que Elaine já tinha um amante na vida real que era mais velho do que ela!)

Eu fui escalado como Sebastian – o irmão gêmeo de Viola.

– Isso é perfeito para vocês dois – Kittredge disse com um ar condescendente para mim e Elaine. – Vocês já têm uma relação de irmão e irmã, como qualquer um pode ver. – (Na época, eu não entendi; Elaine devia ter contado a Kittredge que ela e eu não estávamos interessados um no outro daquele jeito.)

Devo admitir que estava confuso; o fato de Muriel, como Olivia, se apaixonar primeiro por Elaine (disfarçada de Cesário) e depois por *mim*, Sebastian – bem, isso foi um teste para o já mencionado problema da incredulidade. De minha parte, eu achava impossível imaginar a mim mesmo me apaixonando por Muriel – por isso eu olhava fixamente para o busto avantajado da minha tia. Nem uma vez este Sebastian olhou nos olhos *daquela* Olivia – nem mesmo quando Sebastian exclama: – "Se isso é sonhar, eu quero continuar dormindo!"

Ou quando Olivia, que era tão mandona quanto Muriel, exige saber: – "Você consentiria em ser mandado por mim?"

Eu, como Sebastian, olhando bem para a frente, para os seios da minha Tia Muriel, que ficavam comicamente ao nível dos meus olhos, respondo de forma apaixonada: – "Sim, madame."

– Bem, é melhor você não esquecer, Bill – Vovô Harry disse para mim –, que *A décima segunda noite* é uma comédia.

Quando fiquei um pouco mais alto, e um pouco mais velho, Muriel reclamou por eu estar olhando para os seios dela. Mas essa outra peça não era uma comédia, e só agora me ocorre que quando fomos escalados como Olivia e Sebastian em *A décima segunda noite*, Muriel provavelmente não podia ver que eu estava olhando para os seios dela, porque eles estavam no caminho! (Dada a minha altura na época, os seios de Muriel bloqueavam sua linha de visão!)

O marido da Tia Muriel, meu querido tio Bob, entendeu bem o fator cômico de *A décima segunda noite*. Considerando que o hábito que Bob tinha de beber era um fardo tão pesado para Muriel pareceu motivo de deboche quando Richard escalou tio Bob como Sir Toby Belch, parente de Olivia e – em seus momentos mais memoráveis da peça – um bêbado inconveniente. Mas Bob era tão amado pelos alunos da Favorite River quanto era amado por mim – afinal de contas, ele era o extremamente permissivo encarregado das matrículas na escola. Bob achava que não era nada de mais os alunos gostarem dele. (– É claro que eles gostam de mim, Billy. Eles me conheceram quando os entrevistei, e eu os deixei entrar!)

Bob também era instrutor dos esportes de raquete, tênis e squash – daí as bolas de squash. As quadras de squash ficavam no subsolo escuro e úmido do ginásio. Quando uma das quadras de squash fedia a cerveja, os rapazes diziam que o treinador Bob devia ter jogado uma partida lá – para pôr para fora os venenos da noite anterior.

Tanto Tia Muriel quanto Nana Victoria reclamaram com Vovô Harry que escalar Bob para fazer o papel de Sir Toby Belch o "encorajava" a beber. Richard Abbott seria acusado de "não ligar" para o sofrimento deplorável da pobre Muriel toda vez que Bob bebia. Mas embora Muriel e minha avó reclamassem de Richard com Vovô Harry, elas jamais teriam tido coragem de murmurar uma palavra de descontentamento para o próprio Richard.

Afinal de contas, Richard Abbott tinha aparecido "bem na hora" (para usar o clichê de Nana Victoria) de salvar minha *prejudicada* mãe; elas falavam desse resgate como se ninguém mais fosse capaz de resolver o problema. Minha mãe não era mais vista como responsabilidade de Nana Victoria ou de Tia Muriel, porque Richard tinha aparecido e tirado aquele fardo das mãos delas.

Pelo menos essa era a impressão que minha tia e minha avó me davam – Richard não podia fazer nada errado, ou qualquer coisa errada que Nana Victoria ou Tia Muriel *achassem* que Richard tivesse feito seria comunicada ao Vovô Harry, caso ele fosse capaz de falar com Richard a respeito. Minha prima Gerry e eu ouvíamos tudo, porque quando Richard e minha mãe não estavam por perto, minha avó desaprovadora e minha tia intrometida falavam sem parar sobre eles. Eu fiquei com a impressão de que elas ainda os estariam chamando de "os recém-casados", mesmo que de brincadeira, depois que minha mãe e Richard já estivessem casados há vinte anos! Conforme fui ficando mais velho, compreendi que todos eles – não apenas Nana Victoria e Tia Muriel, mas também Vovô Harry e Richard Abbott – tratavam minha mãe como se ela fosse uma criança temperamental. (Eles pisavam em ovos em volta dela, do modo como teriam feito com uma criança que estivesse correndo o perigo de fazer algo de muito prejudicial a si mesma.)

Vovô Harry jamais iria criticar Richard Abbott; Harry poderia ter concordado que Richard era o salvador de mamãe, mas acho que Vovô Harry era esperto o bastante para saber que Richard tinha principalmente salvado minha mãe de Nana Victoria e de Tia Muriel – mais do que do próximo homem que poderia ter aparecido e deixado minha *facilmente seduzível* mãe apaixonada.

Entretanto, no caso dessa malfadada produção de *A décima segunda noite*, até Vovô Harry teve dúvidas quanto ao elenco. Harry foi escalado como Maria, a dama de companhia de Olivia. Tanto Vovô Harry quanto eu tínhamos imaginado Maria bem mais jovem, embora a principal dificuldade de Harry com o papel fosse o fato de ele ter que se casar com Sir Toby Belch.

– Eu não posso acreditar que vou ser prometida em casamento ao meu bem mais jovem genro – Vovô Harry disse tristemente, quando eu estava jantando com ele e Nana Victoria num domingo de inverno.

– Bem, não se esqueça, vovô, que *A décima segunda noite* é sem dúvida uma comédia – eu lembrei a ele.

– Uma boa coisa é que isso é apenas no palco, eu acho – Harry tinha dito.

– Você e sua rotina *apenas no palco* – Nana Victoria disse zangada. – Eu às vezes acho que você vive para ser esquisito, Harold.

– Tolerância, tenha tolerância, Vicky – Vovô Harry entoou, piscando para mim.

Talvez tenha sido por isso que resolvi contar a ele o que tinha contado para a Sra. Hadley – sobre minha atração já quase extinta por Richard, minha atração cada vez maior por Kittredge, até minha masturbação diante de uma imaginária e pouco provável Martha Hadley servindo de modelo para um sutiã de treinamento, mas não (ainda não) o meu amor secreto pela Srta. Frost.

– Você é um doce de garoto, Bill, e com isso eu quero dizer, é claro, que você se preocupa com as outras pessoas, e toma cuidado para não ferir os sentimentos delas. Isso é admirável, extremamente admirável – Vovô Harry disse para mim –, mas você precisa tomar cuidado para não ferir os *seus* sentimentos. É mais seguro ser atraído por algumas pessoas do que por outras.

– Não por outros meninos, é isso que você quer dizer? – perguntei.

– Não por *alguns* outros meninos. Sim. É preciso um menino especial, para você poder abrir seu coração. Alguns meninos iriam maltratá-lo – Vovô Harry disse.

– Kittredge, provavelmente – sugeri.

– Essa é a minha opinião. Sim – Harry disse. Ele suspirou. – Talvez não aqui, Bill, não nesta escola, não neste momento. Talvez essa atração por outros meninos, ou homens, tenha que esperar.

– Esperar até quando, e onde? – perguntei.

– Ah, bem... – Vovô Harry começou a dizer, mas ele parou. – Eu acho que a Srta. Frost tem sido muito boa em achar livros para você ler – Vovô Harry começou de novo. – Aposto que ela poderia recomendar alguma coisa para você ler, quer dizer, com o tema de se sentir atraído por outros meninos, ou homens, e sobre quando e onde pode ser possível agir com base nessas atrações. Preste atenção, eu não li esse livro, Bill, mas aposto que existem histórias assim; eu sei que esses livros existem, e talvez a Srta. Frost saiba a respeito deles.

Eu quase contei a ele ali mesmo que a Srta. Frost era uma das minhas confusas atrações, embora algo tenha me impedido de dizer isso; talvez o fato de ela ser a mais forte das minhas atrações foi o que me impediu.

– Mas como eu *começo* a contar à Srta. Frost – eu disse para Vovô Harry. – Eu não sei como *começar*, quer dizer, antes de chegar ao assunto de haver ou não livros sobre o tema.

– Eu acho que você pode contar à Srta. Frost o que contou para mim, Bill – Vovô Harry disse. – Eu tenho uma intuição de que ela vai ser *compreensiva*. – Ele me beijou na testa e me deu um abraço, havia afeto e preocupação por mim na expressão do meu avô. Eu o vi de repente como eu o tinha visto tantas vezes – no palco, onde ele quase sempre era uma mulher. Foi o modo como ele usou a palavra *compreensiva* que provocou aquela antiga lembrança; pode ter sido algo que imaginei completamente, mas, se eu tivesse que apostar, foi uma lembrança.

Eu não saberia dizer quantos anos eu tinha – dez ou onze, no máximo. Isso foi muito antes de Richard Abbott aparecer; eu era Billy Dean, e minha mãe solteira não tinha pretendentes. Mas Mary Marshall Dean já era há muito tempo o ponto do First Sister Players, e, qualquer que fosse a minha idade, e não obstante a minha inocência, eu era uma presença há muito aceita nos bastidores. Eu dominava o lugar – desde que ficasse longe dos atores e quieto. (– Você não está nos bastidores para falar, Billy – eu me lembro da minha mãe dizendo para mim. – Você está aqui para ver e ouvir.)

Acredito que foi um dos poetas ingleses – será que foi Auden? – que disse que antes de você poder escrever alguma coisa, você tinha que observar alguma coisa. (Devo admitir que foi Lawrence Upton quem me disse isso; eu só estou adivinhando que foi Auden porque Larry era um fã de Auden.)

Não importa realmente quem foi que disse isso – é uma verdade tão óbvia. Antes de você poder escrever alguma coisa, você tem que observar alguma coisa. Essa parte da minha infância – quando eu ficava nos bastidores do pequeno teatro da companhia de teatro amador da nossa cidade – foi a minha fase de *observar* antes de me tornar escritor. Uma das coisas que observei, se é que não foi a primeira coisa, foi que nem todo mundo achava maravilhoso ou engraçado o fato de o meu avô fazer tantos papéis femininos nas produções do First Sister Players.

Eu adorava ficar nos bastidores, só vendo e ouvindo. Também gostava das transições – por exemplo, aquele momento em que todos os atores largavam os scripts, e minha mãe era chamada para começar seu trabalho como ponto. Havia então um intervalo mágico, mesmo entre amadores, quando os atores pareciam assumir completamente seus personagens; não importa quantos ensaios eu tivesse visto, eu me lembro daquela rápida ilusão quando a peça de repente parecia real. Entretanto, havia sempre alguma coisa que você via ou ouvia no ensaio geral que dava a impressão de ser inteiramente nova. Por último, na noite de estreia, havia a excitação de ver e ouvir a peça pela primeira vez com uma plateia.

Eu me lembro que, mesmo quando era criança, eu ficava tão nervoso quanto os atores na noite de estreia. Eu tinha uma boa visão (embora parcial) dos atores do meu esconderijo nos bastidores. Eu tinha uma visão melhor da plateia – embora visse apenas os rostos das pessoas sentadas nas duas ou três primeiras filas. (Dependendo de onde minha mãe tinha se posicionado como ponto, essa era uma visão da direita ou da esquerda das pessoas sentadas nas primeiras fileiras.)

Eu via aqueles rostos na plateia quase de perfil, embora as pessoas estivessem olhando para os atores no palco; elas nunca estavam olhando para mim. Para dizer a verdade, era uma espécie de bisbilhotice – eu tinha a impressão de estar espionando a plateia, ou apenas aquele pequeno segmento dela. As luzes estavam apagadas, mas os rostos nas duas primeiras fileiras eram iluminados pela luz que vinha do palco; naturalmente, no decorrer da peça, a luz sobre as pessoas da plateia variava, embora eu quase sempre pudesse ver seus rostos e identificar suas expressões.

A sensação de estar "espionando" aqueles frequentadores de teatro mais expostos de First Sister, Vermont, vinha do fato de que quando você está na plateia de um teatro, e sua atenção está presa nos atores no palco, você nunca imagina que alguém está observando você. Mas eu os estava observando; em suas expressões, eu via tudo o que pensavam e sentiam. Quando chegava a noite de estreia, eu sabia a peça de cor; afinal de contas, eu tinha ido a quase todos os ensaios. Naquela altura, estava mais interessado na reação da plateia do que no que os atores estavam fazendo em cena.

Em todas as estreias – não importa qual a mulher ou o tipo de mulher que Vovô Harry estivesse representando – eu ficava fascinado observando as reações da plateia a Harry Marshall como mulher.

Havia o encantador Sr. Poggio, nosso vizinho quitandeiro. Ele era tão careca quanto Vovô Harry, mas infelizmente míope – ele se sentava sempre na primeira fila, e mesmo na primeira fila o Sr. Poggio tinha que apertar os olhos. Assim que Vovô Harry entrava no palco, o Sr. Poggio ficava vermelho de tanto prender o riso; lágrimas rolavam pelo seu rosto, e eu tinha que desviar os olhos do seu sorriso de boca aberta de dentes separados para não cair na gargalhada.

A Sra. Poggio, curiosamente, apreciava menos os papéis femininos do Vovô Harry; ela franzia a testa quando o via pela primeira vez e mordia o lábio inferior. Ela também não parecia gostar da alegria do marido ao ver Vovô Harry fantasiado de mulher.

E lá estava o Sr. Ripton – Ralph Ripton, o serrador. Ele operava a lâmina principal na serraria e depósito de madeira do Vovô Harry; era um posto altamente especializado (e perigoso) na serraria ser o operador da serra principal. Ralph Ripton tinha perdido o polegar e metade do indicador da mão esquerda. Eu já tinha ouvido a história do acidente diversas vezes; tanto Vovô Harry quanto o seu sócio, Nils Borkman, gostavam de contar a história sangrenta.

Eu sempre acreditara que Vovô Harry e o Sr. Ripton eram *amigos* – eles sem dúvida eram mais do que colegas de trabalho. Entretanto, Ralph não gostava de Vovô Harry fazendo papel de mulher; o Sr. Ripton tinha uma expressão zangada, acusadora, sempre que via Vovô Harry no palco fazendo um papel feminino. A esposa do Sr. Ripton – ela era totalmente inexpressiva – ficava sentada ao lado do seu extremamente crítico marido como se a simples ideia de Harry Marshall fazer papel de mulher tivesse afetado o seu cérebro.

Ralph Ripton conseguia encher habilmente o cachimbo sem tirar os olhos zangados do palco. No início, eu achei que o Sr. Ripton enchia o cachimbo para fumar no intervalo – ele sempre usava o coto do seu dedo indicador para enfiar bem o fumo no cachimbo –, mas depois notei que os Ripton nunca voltavam depois do intervalo. Eles vinham ao teatro unicamente para odiar o que viam e para sair mais cedo.

Vovô Harry tinha me dito que Ralph Ripton tinha que sentar na primeira ou na segunda fila para conseguir ouvir; a serra principal da serraria fazia um barulho tão agudo que ele tinha ficado surdo.

Mas eu podia ver por mim mesmo que havia mais problemas com o serrador do que sua surdez.

Havia outros rostos nas plateias – muitos clientes regulares naquelas primeiras filas – e, embora eu não soubesse a maioria dos nomes deles nem suas profissões, não tinha dificuldade (mesmo sendo criança) em identificar seu obstinado desagrado ao ver Vovô Harry fazendo papel de mulher. Para ser justo: quando Harry Marshall *beijava* como mulher – quer dizer, quando ele beijava outro homem no palco –, a maior parte da plateia ria ou batia palmas. Mas eu sempre conseguia encontrar os rostos hostis – sempre havia alguns. Eu via gente se encolhendo ou desviando os olhos com raiva; eu os via apertar os olhos de nojo ao ver Vovô Harry beijando como uma mulher.

Harry Marshall representava todo tipo de mulheres – ele era uma mulher maluca que estava sempre mordendo as mãos, era uma noiva soluçante que foi abandonada no altar, era uma assassina em série (uma cabeleireira) que envenenava os namorados, era uma policial aleijada. Meu avô adorava o teatro, e eu adorava vê-lo representar, mas talvez houvesse pessoas em First Sister, Vermont, com uma imaginação um tanto limitada; elas sabiam que Harry Marshall era um madeireiro – não podiam aceitá-lo como uma mulher.

Na realidade, eu via mais do que desagrado e condenação no rosto dos nossos cidadãos – via mais do que desprezo, mais do que maldade. Eu via *ódio* em alguns desses rostos.

Um desses rostos eu não conhecia pelo nome até que eu o vi na minha primeira reunião matinal como aluno da Favorite River Academy. Era o Dr. Harlow, o médico da escola – ele que, quando falava para nós, era normalmente tão sincero e sedutor. No rosto do Dr. Harlow havia a convicção de que o amor que Harry Marshall tinha em representar papéis femininos era uma afecção; na expressão do Dr. Harlow havia a convicção de que o travestismo do Vovô Harry era *tratável*. Por isso eu temia e odiava o Dr. Harlow antes mesmo de saber quem ele era.

E, ainda criança nos bastidores, eu costumava pensar: Puxa! *Você não entende? Isso é faz de conta!* Entretanto, aqueles rostos duros na plateia não aceitavam isso. Aqueles rostos diziam: Você não pode fazer de conta isso; você não pode fazer de conta *aquilo*.

Quando criança, eu ficava assustado com o que via naqueles rostos na plateia, do meu esconderijo nos bastidores. E jamais esqueci algumas expressões. Quando eu tinha dezessete anos, e contei ao meu avô sobre minhas atrações por outros meninos e homens, e minha atração contraditória por uma versão inventada de Martha Hadley como modelo de sutiãs de treinamento, ainda estava assustado com o que tinha visto naqueles rostos na plateia do First Sister Players.

Contei a Vovô Harry sobre o que tinha visto nos rostos de alguns dos nossos conterrâneos, que foram apanhados no ato de vê-lo representar.

– Eles não ligavam para o fato de ser um faz de conta – eu disse a ele. – Simplesmente sabiam que não gostavam daquilo. Eles *odiavam* você. Ralph Ripton e a esposa dele, até mesmo a Sra. Poggio, e o Dr. Harlow então nem se fala. Eles *odiaram* ver você fingindo ser uma mulher.

– Você sabe o que eu digo, Bill? – Vovô Harry perguntou. – Eu digo, você pode fazer de conta o que quiser. – Havia lágrimas nos meus olhos nesse momento, porque eu estava com medo por mim mesmo, da mesma forma que, quando era criança, tinha tido medo nos bastidores pelo Vovô Harry.

– Eu roubei o sutiã de Elaine Hadley porque eu queria usá-lo! – confessei.

– Ah, bem, essa é uma fraqueza sem importância, Bill. Eu não me preocuparia com isso – Vovô Harry disse.

Foi estranho o quanto eu me senti aliviado – em ver que não conseguia chocá-lo. Harry Marshall só estava preocupado com a minha segurança, como um dia eu tinha me preocupado com a dele.

– Richard contou para você? – Vovô Harry me perguntou de repente. – Uns imbecis proibiram *A décima segunda noite* – quer dizer, ao longo dos anos, completos imbecis proibiram *A décima segunda noite* de Shakespeare muitas vezes.

– Por quê? – perguntei a ele. – Isso é *loucura*! Trata-se de uma *comédia*, de uma comédia *romântica*! Que motivos teriam para *proibi-la*?! – exclamei.

– Ah, bem, eu só posso adivinhar o motivo – Vovô Harry disse. – A irmã gêmea de Sebastian, Viola, se parece muito com o irmão, essa é a história, não é? Por isso é que as pessoas confundem Sebastian com Viola, depois de Viola se disfarçar de homem e passar a dizer que o nome dela é Cesário. Você não vê, Bill? Viola é um travesti! Foi *isso* que trouxe problemas para Shakespeare! Por tudo o que você me contou, acho que você percebeu que pessoas muito convencionais ou ignorantes não têm senso de humor em relação a travestis.

– Sim, eu percebi – eu disse.

Mas o que eu não tinha conseguido perceber é o que iria me perseguir. Todos aqueles anos que passei nos bastidores, quando olhava para aqueles rostos nas primeiras filas da plateia da perspectiva do ponto, eu não tinha me interessado em olhar para o próprio ponto. Eu não tinha notado nem uma vez a expressão da minha mãe, quando ela via e ouvia o pai no palco, fazendo papel de mulher.

Naquele domingo de inverno, quando voltei para Bancroft depois da minha conversa com Vovô Harry, jurei que ia observar o rosto da minha mãe quando Harry estivesse representando Maria em *A décima segunda noite*.

Eu sabia que haveria oportunidade para isso – quando Sebastian não estivesse em cena, mas Maria sim –, quando eu poderia espionar minha mãe dos bastidores e observar sua expressão. Eu fiquei com medo do que iria ver em seu belo rosto; eu duvidava que ele estaria sorrindo.

Tive um mau pressentimento a respeito de *A décima segunda noite* desde o começo. Kittredge tinha convencido um bando de colegas dele de luta livre a fazer o teste. Richard tinha dado a quatro deles o que chamou de "alguns papéis secundários".

Mas Malvolio não é um papel secundário; o peso-pesado do time de luta livre, um cara mal-humorado que só fazia reclamar, foi escalado no papel de intendente de Olivia – um pretendente arrogante que é levado a pensar que Olivia o deseja. Eu devo dizer que Madden, o peso-pesado que se achava sempre uma vítima, foi bem escolhido; Kittredge tinha dito a mim e a Elaine que Madden sofria de "síndrome do último lugar".

Naquela época, todas as lutas começavam pelos pesos leves; os pesos-pesados lutavam no fim. Se o campeonato estivesse apertado, ele era decidido por aquele que vencesse a luta dos pesos-pesados

– Madden geralmente perdia. Ele tinha o ar de alguém injustiçado. É perfeito quando Malvolio, que é preso como louco, protesta contra seu destino: – "Eu afirmo que nunca houve um homem mais injustiçado" – Madden, como Malvolio, choraminga.

– Se você quiser fazer bem o papel, Madden – eu ouvi Kittredge dizer para o infeliz colega –, pense o quanto é *injusto* ser um peso-pesado.

– Mas é injusto ser um peso-pesado! – Madden protestou.

– Você vai ser um grande Malvolio. Eu sei que vai – Kittredge disse a ele, como sempre, com aquele ar condescendente.

Outro lutador – um dos pesos leves que lutava para atingir o peso em cada pesagem – foi escolhido como companheiro de Sir Toby, Sir Andrew Aguecheek. O rapaz, cujo nome era Delacorte, era um palito de tão magro. Ele costumava ficar tão desidratado com a perda de peso que ficava com a boca seca. Ele bochechava com um copo de papel cheio d'água – cuspia a água em outro copo de papel.

– Não misture os copos, Delacorte – Kittredge dizia para ele. ("Dois copos" eu uma vez ouvi Kittredge chamá-lo.)

Nós não teríamos ficado surpresos se víssemos Delacorte desmaiar de fome; raramente ele era visto no refeitório. Ele estava constantemente passando os dedos pelo cabelo para ter certeza de que não estava caindo.

– Perda de cabelo é sinal de inanição – Delacorte nos disse com seriedade.

– Perda de sensatez é outro sinal – Elaine disse a ele, mas Delacorte não registrou isso.

– Por que Delacorte não passa para um peso acima? – eu tinha perguntado a Kittredge.

– Porque ele iria apanhar um bocado – Kittredge tinha dito.

– Ah.

Dois outros lutadores foram escalados como comandantes. Um dos comandantes não é muito importante – é o comandante do navio naufragado, o que fica amigo de Viola. Eu não me lembro do nome do lutador que o representou. O segundo comandante é o amigo de Sebastian, Antônio. Eu antes tinha tido medo que Richard escalasse Kittredge como Antônio, que é um sujeito corajoso e fanfarrão.

Existe algo de tão genuinamente afetuoso na amizade de Sebastian com Antônio que eu estava ansioso com o modo como essa afeição iria aparecer – quer dizer, no caso de Kittredge ser Antônio. Mas ou Richard percebeu a minha ansiedade ou viu que Kittredge iria ser desperdiçado como Antônio. Provavelmente, desde o começo, Richard tinha em mente um papel melhor para Kittredge.

O lutador que Richard escolheu para fazer Antônio era um cara bonito chamado Wheelock; o que havia de fanfarronice em Antônio, Wheelock seria capaz de mostrar.

– Wheelock pode mostrar pouco mais – Kittredge me disse a respeito do seu colega. Eu fiquei surpreso por Kittredge parecer sentir-se superior aos seus colegas de equipe de luta livre; eu havia pensado que ele só se sentia superior a gente como Elaine e eu. Vi que tinha subestismado Kittredge: ele se sentia superior a todo mundo.

Richard escalou Kittredge como o Palhaço, Feste – um palhaço muito esperto e um tanto cruel. Como outros bobos de Shakespeare, Feste é esperto e arrogante. (Não é segredo que os bobos de Shakespeare são quase sempre mais sábios do que as damas e cavalheiros com os quais eles dividem o palco; o Palhaço de *A décima segunda noite* é um daqueles bobos espertos.) De fato, na maioria das encenações a que assisti de *A décima segunda noite*, Feste rouba o espetáculo – Kittredge sem dúvida roubou. Naquele inverno de 1960, Kittredge roubou mais do que o espetáculo.

Eu devia ter sabido ao atravessar a quadra naquela noite, depois da minha conversa com Vovô Harry, que a luz azul no quarto de Elaine no quinto andar era – como Kittredge havia dito – um "farol". Kittredge tinha razão: aquele abajur com a cúpula azul estava brilhando para ele.

Eu tinha imaginado um dia que a luz azul na janela do quarto de Elaine tinha sido a última luz que o velho Grau tinha visto – mesmo que muito fraca, enquanto congelava no chão. (Uma ideia improvável, talvez. O Dr. Grau tinha batido com a cabeça; ele tinha desmaiado na neve. O velho Grau provavelmente não viu luz alguma, nem mesmo uma luzinha fraca.)

Mas o que Kittredge tinha visto naquela luz azul – o que, naquele farol, o havia encorajado?

– Eu o encorajei, Billy – Elaine me diria mais tarde, mas ela não me contou na época; eu não fazia ideia de que ela estava trepando com ele.

E o tempo todo, o meu bom padrasto, Richard Abbott, estava dando camisinhas para mim. – Só por segurança, Bill – Richard dizia, enquanto me entregava mais uma dúzia de camisinhas. Eu não tinha o que fazer com elas, mas as guardava, orgulhosamente; ocasionalmente, eu me masturbava usando uma delas.

É claro que eu deveria ter dado uma dúzia (ou mais) para Elaine. Eu deveria ter tomado coragem e dado todas elas para Kittredge, se eu soubesse!

Elaine não me contou quando soube que estava grávida. Foi no período escolar da primavera, e *A décima segunda noite* iria estrear em poucas semanas; nós já estávamos ensaiando sem script, e nossos ensaios estavam melhorando. Tio Bob (como Sir Toby Belch) estava nos fazendo urrar cada vez que dizia: – "Você acha que porque é virtuoso não haverá mais bolos e cerveja?"

E Kittredge tinha uma voz forte – ele era um bom cantor. Aquela canção que o Palhaço, Feste, canta para Sir Toby e Sir Andrew Aguecheek – "O mistress mine, where are you roaming?" (Ó minha senhora, por onde andas?) –, bem, é uma canção doce, mas melancólica. É aquela que termina assim: "A juventude é algo que não irá durar." Era duro ouvir Kittredge cantar aquela canção de um modo tão lindo, embora a ligeira ironia em sua voz – no personagem de Feste, ou no de Kittredge – fosse inconfundível. (Quando eu soube que Elaine estava grávida, eu me lembraria de um verso daquela canção: "Viagens terminam com o encontro de amantes.")

Não há dúvida de que Elaine e Kittredge tinham seus "encontros" no quarto dela no quinto andar. Os Hadley ainda tinham o hábito de ir ao cinema em Ezra Falls com Richard e minha mãe. Eu me lembro de haver alguns filmes estrangeiros com legendas que não os qualificavam como filmes de sexo. Passou um filme de Jacques Tati em Vermont naquele ano – *Meu tio*, eu acho, ou talvez um anterior, *As férias do Sr. Hulot?* –, e eu fui a Ezra Falls com minha mãe e Richard, e com o Sr. e a Sra. Hadley.

Elaine não quis ir; ela ficou em casa.

– Não é um filme de sexo, Elaine – minha mãe tinha garantido a ela. – É francês, mas é uma comédia, é muito *leve*.

– Eu não estou a fim de ver nada *leve*, não estou a fim de ver uma comédia – Elaine tinha dito. Ela já estava vomitando nos ensaios de *A décima segunda noite*, mas ninguém tinha percebido que ela estava com enjoo matinal.

Talvez tenha sido nessa noite que Elaine contou a Kittredge que ele a tinha engravidado – quando a família dela e a minha estavam assistindo a um filme de Jacques Tati, com legendas, em Ezra Falls.

Quando Elaine soube que estava grávida, ela acabou contando para a mãe; ou Martha Hadley ou o Sr. Hadley deve ter contado para Richard e para a minha mãe. Eu estava na cama – naturalmente, estava usando o sutiã de Elaine – quando minha mãe entrou intempestivamente no quarto.

– Não faça isso, Joia, tente ir com calma – eu ouvi Richard dizer, mas minha mãe já tinha acendido a luz.

Eu me sentei na cama, segurando o sutiã de Elaine como se estivesse escondendo meus seios inexistentes.

– Olhe só para você! – minha mãe exclamou. – Elaine está *grávida*!

– Não fui eu – eu disse a ela; ela me deu um tapa na cara.

– É claro que não foi você, eu *sei* que não foi você, Billy! – minha mãe disse. – Mas por que *não foi você*, por que não foi? – ela gritou. Ela saiu do meu quarto soluçando, e Richard entrou.

– Deve ter sido Kittredge – eu disse para Richard.

– Bem, Bill, é claro que foi Kittredge – Richard disse. Ele sentou na beira da minha cama, tentando não reparar no sutiã. – Você vai ter que perdoar a sua mãe, ela está nervosa – ele disse.

Eu não respondi. Eu estava pensando no que a Sra. Hadley tinha dito para mim – aquela parte sobre "certas questões sexuais" que deixavam minha mãe nervosa. (– Billy, eu sei que existem coisas que ela escondeu de você – Martha Hadley tinha dito para mim.)

– Eu acho que Elaine vai ter que viajar por um tempo – Richard Abbott estava dizendo.

– Viajar para *onde*? – perguntei a ele, mas ou Richard não sabia ou não quis me contar; ele apenas sacudiu a cabeça.

– Eu sinto muito mesmo, Bill, sinto muito por tudo – Richard disse. Eu tinha acabado de fazer dezoito anos.

Foi então que compreendi que não sentia mais atração por Richard – nem mesmo leve. Compreendi que amava Richard Abbott – eu ainda o amo –, mas naquela noite eu tinha descoberto algo sobre ele que me desagradou. De certa forma, ele era fraco – ele deixava a minha mãe mandar nele. Seja o que for que minha mãe tivesse escondido de mim, eu soube naquele momento que Richard também estava escondendo de mim.

Acontece com muitos adolescentes – aquele momento em que você se sente cheio de ressentimento ou desconfiança pelos adultos que um dia amou incondicionalmente. Acontece com alguns adolescentes quando eles são mais jovens do que eu era, mas eu tinha acabado de fazer dezoito anos quando simplesmente me desliguei de minha mãe e Richard. Eu confiava mais em Vovô Harry e ainda amava o tio Bob. Mas Richard Abbott e minha mãe tinham escorregado para aquela região desacreditada ocupada por Tia Muriel e Nana Victoria – no caso delas, uma região de comentários críticos e maldosos que deviam ser ignorados ou evitados. No caso de Richard e minha mãe, foi da reserva deles que eu me afastei.

Quanto aos Hadley, eles mandaram Elaine "embora" aos poucos. Eu só posso adivinhar o que se passou entre a Sra. Kittredge e os Hadley – os acordos que os adultos fazem nem sempre são explicados para as crianças –, mas o Sr. e a Sra. Hadley concordaram em deixar a mãe de Kittredge levar Elaine para a Europa. Eu não tenho dúvidas de que Elaine queria o aborto. Martha Hadley e o Sr. Hadley devem ter concordado que era o melhor. Era sem dúvida o que a Sra. Kittredge queria. Eu estou adivinhando que, sendo francesa, ela sabia para onde ir na Europa; sendo mãe de Kittredge, ela poderia ter tido alguma experiência anterior com uma gravidez indesejada.

Na época, imaginei que um rapaz como Kittredge já tinha engravidado moças antes – ele poderia ter feito isso facilmente. Mas eu também estava pensando que a Sra. Kittredge poderia ter precisado se livrar de uma encrenca – quer dizer, quando era mais jovem. É difícil explicar o que me deu essa ideia. Eu tinha escutado uma conversa num ensaio de *A décima segunda noite*; eu tinha entrado no meio de uma conversa entre Kittredge e seu colega Delacorte – o que bochechava e cuspia. Dava a impressão de que estavam discutindo; eu achei que Delacorte estava com medo de Kittredge, mas isso todo mundo estava.

– Não, eu não quis dizer isso, eu só disse que ela era a mãe mais bonita de todas as que eu conheci. A sua mãe é a mais bonita, foi só isso que eu disse. – Delacorte estava dizendo, nervoso; depois bochechou e cuspiu.

– Se é que ela é mãe de alguém, você quer dizer – Kittredge disse. – Ela não tem uma aparência muito *maternal*, tem? Parece uma pessoa que está procurando encrenca, é *isso* que ela parece.

– Eu não disse o que sua mãe *parece* – Delacorte insistiu. – Eu só disse que ela era a mais bonita. Ela é a mais bonita de *todas* as mães!

– Talvez ela não pareça uma mãe porque não é uma – Kittredge disse. Delacorte parecia assustado demais para falar; ele só ficou bochechando e cuspindo, agarrado aos dois copos de papel. Minha ideia de que a Sra. Kittredge talvez tivesse tido que sair de uma encrenca veio de *Kittredge*; foi ele que disse: – Ela parece alguém que está pedindo uma encrenca.

Possivelmente, a Sra. Kittredge tinha mais em mente do que ajudar Elaine a sair de uma encrenca; o acordo que ela tinha feito com os Hadley provavelmente manteve Kittredge na escola. "Torpeza moral" estava entre os motivos listados para expulsão da Favorite River Academy. O fato de um aluno do último ano da escola engravidar a filha de um professor – lembrem-se, Elaine ainda não tinha dezoito anos; ela era menor aos olhos da lei – certamente me pareceu ser um comportamento baixo, vil ou depravado, mas Kittredge ficou.

– Você vai *viajar* com a mãe de Kittredge, só vocês duas? – eu tinha perguntado a Elaine.

– É claro que vamos só nós duas, Billy, quem mais precisa vir junto? – Elaine respondeu.

– *Onde* na Europa? – perguntei.

Elaine sacudiu os ombros; ela ainda estava vomitando, embora com menos frequência.

– Que importância tem o lugar, Billy? É num lugar que Jacqueline conhece.
– Você a está chamando de Jacqueline?
– Ela me pediu para chamá-la de Jacqueline, não de Sra. Kittredge.
– Ah.

Richard tinha escalado Laura Gordon como Viola; Laura estava agora no último ano do ensino médio em Ezra Falls. Segundo minha prima Gerry, Laura "transava" – não que eu visse, mas Gerry parecia bem informada sobre esses assuntos. (Gerry era uma estudante universitária agora, finalmente livre de Ezra Falls.)

Se os seios de Laura Gordon já eram desenvolvidos demais para ela fazer o papel de Hedvig em *O pato selvagem*, eles deveriam tê-la desqualificado para Viola, que tinha que se disfarçar de homem. (Laura iria precisar ser envolvida em ataduras, e, mesmo assim, não havia como achatá-la.) Mas Richard sabia que Laura era capaz de decorar suas falas em pouco tempo; que mesmo não parecendo de forma alguma ser minha irmã gêmea, ela não faria uma má Viola. O espetáculo continuou, embora Elaine fosse perder nossas performances; ela iria ficar na Europa – se recuperando, eu imaginei.

A canção do Palhaço conclui *A décima segunda noite*. Feste está sozinho em cena.

– "Para a chuva, chove todo dia" – Kittredge cantava quatro vezes.

– Pobre garota – Kittredge tinha dito para mim a respeito de Elaine. – Que azar, primeira vez dela e tudo o mais. – Como já tinha acontecido comigo antes, eu fiquei sem fala.

Não notei que o dever de casa de alemão de Kittredge tinha piorado, nem melhorado. Eu nem mesmo notei a expressão da minha mãe quando ela viu o pai em cena vestido de mulher. Eu estava tão preocupado com Elaine que esqueci o meu plano de observar o ponto.

Quando eu digo que os Hadley mandaram Elaine embora "aos poucos", estou querendo dizer que a viagem para a Europa – sem falar no motivo óbvio para essa viagem – foi só o começo.

Os Hadley tinham decidido que seu apartamento no dormitório de uma escola só de rapazes era o lugar errado para Elaine terminar o ensino médio. Eles iriam mandá-la para um colégio interno só para meninas, mas não antes do outono. Aquela primavera de 1960 foi um desastre para Elaine, e ela teria que repetir o segundo ano.

Foi dito publicamente que Elaine tinha tido um "colapso nervoso", mas todo mundo numa cidade tão pequena quanto First Sister, Vermont, sabia o que tinha acontecido quando uma adolescente largava a escola. Todo mundo na Favorite River Academy sabia o que tinha acontecido com Elaine, também. Até Atkins compreendeu. Eu saí do consultório da Sra. Hadley no prédio de música, não muito depois de Elaine ter embarcado para a Europa com a Sra. Kittredge. Martha Hadley tinha ficado pasma com a facilidade com que eu tinha pronunciado a palavra *aborto*; ela tinha me soltado vinte minutos mais cedo, e eu encontrei Atkins na escada entre o primeiro e o segundo andar. Eu pude ver o que estava passando pela cabeça dele – que ainda não estava na hora da sua consulta com a Sra. Hadley, mas sua luta com a palavra tempo claramente o impediu de dizer isso. Então ele disse:

– Que tipo de colapso nervoso foi esse? Que motivo Elaine tem para estar nervosa?

– Eu acho que você sabe – eu disse para ele. Atkins tinha um rosto ansioso e agressivo, mas com lindos olhos azuis e uma pele macia de menina. Ele estava no primeiro ano, como eu, mas parecia mais moço – nem tinha barba ainda.

– Ela está grávida, não está? Foi Kittredge, não foi? É isso que todo mundo está dizendo, e ele não está negando – Atkins disse. – Elaine era muito legal, pelo menos ela sempre dizia alguma coisa legal para mim – ele acrescentou.

– Elaine é muito legal – eu disse a ele.

– Mas o que ela está fazendo com a *mãe* de Kittredge? Você já viu a mãe de Kittredge? Ela não parece uma mãe. Parece uma daquelas antigas estrelas de cinema que, secretamente, é um bruxa ou um dragão! – Atkins declarou.

– Eu não estou entendendo – eu disse a ele.

– Uma mulher que foi tão linda jamais poderá aceitar o modo como... – Atkins parou.

– O modo como o tempo passa? – arrisquei.

– Sim! – ele exclamou. – Mulheres como a Sra. Kittredge odeiam mocinhas. Kittredge me contou – Atkins acrescentou. – O pai dele abandonou a mãe por uma mulher mais jovem, ela não era mais bonita, só era mais jovem.

– Ah.

– Eu não posso imaginar como vai ser viajar com a mãe de Kittredge! – Atkins exclamou. – Elaine vai ter seu próprio quarto? – ele me perguntou.

– Eu não sei – disse a ele. Eu não tinha pensado na possibilidade de Elaine dividir um quarto com a Sra. Kittredge; tive arrepios só em pensar a respeito. E se ela *não* fosse a mãe de Kittredge, ou a mãe de *ninguém*? Mas a Sra. Kittredge *tinha* que ser a mãe de Kittredge; era impossível que aqueles dois não fossem parentes.

Atkins tinha passado por mim e subido a escada. Eu desci um ou dois degraus; achei que a nossa conversa tinha terminado. De repente, Atkins disse:

– Nem todo mundo aqui entende gente como nós, mas Elaine entendia, e a Sra. Hadley entende também.

– Sim – foi só o que eu disse, continuando a descer a escada. Tentei não refletir muito sobre o que ele tinha querido dizer com *gente como nós*, mas eu tive certeza de que Atkins não estava se referindo apenas aos nossos problemas de fala. Será que Atkins tinha me dado uma cantada?, pensei, enquanto atravessava a quadra. Será que essa tinha sido a primeira cantada que um garoto *como eu* tinha me dado?

O céu estava mais claro agora – não ficava escuro tão cedo –, mas já devia ser noite na Europa, eu sabia. Elaine em breve estaria indo para a cama, num quarto só dela ou não. Também estava mais quente – não que a primavera fosse grande coisa em Vermont –, mas estremeci ao atravessar o quarteirão, a caminho do meu ensaio de *A décima segunda noite*. Eu deveria estar pensando nas minhas falas, no que Sebastian diz, mas só conseguia pensar naquela canção que o Palhaço canta antes da última cortina – a canção de Feste, a que Kittredge cantava. ("Para a chuva, chove todo dia.")

Nesse instante, começou a chover, e eu pensei em como a vida de Elaine tinha mudado para sempre, enquanto eu ainda estava só representando.

* * *

Eu guardei as fotos que Elaine mandou para mim; elas nunca foram boas fotos, apenas instantâneos em preto e branco ou coloridos. Em virtude da quantidade de aparadores onde essas fotos ficaram expostas – geralmente na luz do sol, e por tantos anos –, elas estão muito desbotadas, mas é claro que não tenho dificuldade em recordar as circunstâncias.

Eu só queria que Elaine tivesse me mandado alguns retratos da viagem dela à Europa com a Sra. Kittredge, mas quem teria tirado essas fotos? Eu não consigo imaginar Elaine tirando fotos da mãe de Kittredge, que mais parecia uma modelo – fazendo o quê? Escovando os dentes, lendo na cama, se vestindo ou se despindo? E o que Elaine poderia estar fazendo para inspirar a fotógrafa-artista na Sra. Kittredge? Vomitando num vaso ajoelhada no chão? Esperando, nauseada, no saguão deste ou daquele hotel, porque seu quarto – ou o quarto que ela iria dividir com a mãe de Kittredge – não estava pronto?

Eu duvido que houvesse muitas oportunidades para fotos que pudessem capturar a imaginação da Sra. Kittredge. Não a visita ao consultório do médico – ou seria uma clínica? – e com certeza não o horrível mas comum procedimento, em si. (Elaine estava no primeiro trimestre. Estou certo de que o procedimento foi uma simples dilatação e curetagem – vocês sabem, a raspagem de sempre.)

Elaine mais tarde me diria que, depois do aborto, quando ela ainda estava tomando analgésicos – quando a Sra. Kittredge verificava regularmente a quantidade de sangue no absorvente, para ter certeza de que o sangramento estava "normal" –, a mãe de Kittredge punha a mão na testa dela para ver se Elaine estava com febre, e que foi então que a Sra. Kittredge contou a Elaine aquelas histórias escandalosas.

Eu costumava achar que os analgésicos talvez tivessem interferido no que Elaine lembrava, ou achava que tinha ouvido, dessas histórias.

– Os analgésicos não eram tão fortes assim, e só os tomei durante um ou dois dias – Elaine sempre dizia. – Eu não estava sentindo muita dor, Billy.

– Mas você não estava tomando vinho? Você me contou que a Sra. Kittredge deixou você beber vinho tinto à vontade – eu costumava lembrar a Elaine. – Tenho certeza de que você não devia misturar os analgésicos com álcool.

– Nunca tomei mais de uma ou duas taças de vinho tinto, Billy – Elaine sempre dizia para mim. – Eu ouvi cada palavra que Jacqueline disse. Ou aquelas histórias são verdadeiras, ou Jacqueline estava mentindo para mim, e por que a mãe de alguém iria mentir sobre uma coisa dessas?

Devo admitir que não sei por que "a mãe de alguém" iria inventar histórias sobre seu único filho – pelo menos, não aquele tipo de história –, mas eu não dou a Kittredge nem à mãe dele muito crédito moral. Independentemente do que eu acreditei ou não a respeito das histórias que a Sra. Kittredge contou a Elaine, Elaine pareceu acreditar em cada palavra.

Segundo a Sra. Kittredge, seu filho único era um garotinho doentio; ele não tinha confiança em si mesmo e as outras crianças viviam implicando com ele, especialmente os meninos. Embora isso fosse muito difícil de imaginar, ainda era mais difícil imaginar que Kittredge algum dia tenha sido intimidado por meninas; ele era, aparentemente, tão tímido, que gaguejava quando tentava falar com meninas, e as meninas ou debochavam dele ou o ignoravam.

Na sétima série, Kittredge fingia que estava doente para faltar aula – as escolas em Paris e Nova York eram "muito competitivas", a Sra. Kittredge tinha explicado a Elaine –, e no início da oitava série ele tinha parado de falar tanto com os meninos quanto com as meninas da sua classe.

– Então eu o seduzi, porque não tinha muitas opções – a Sra. Kittredge contou a Elaine. – Aquele pobre menino, ele tinha que adquirir confiança em alguma coisa!

– Imagino que ele tenha ganhado um bocado de confiança – Elaine se aventurou a dizer para a mãe de Kittredge, que tinha simplesmente sacudido os ombros.

A Sra. Kittredge tinha um encolher de ombros indiferente; dá para pensar se ela nasceu com ele ou se – depois que o marido a deixou por uma mulher mais jovem, mas inegavelmente menos atraente – ela desenvolveu uma indiferença instintiva por qualquer tipo de rejeição.

A Sra. Kittredge contou a Elaine com toda a naturalidade que tinha dormido com o filho "o quanto ele quisera", mas só até Kittredge demonstrar falta de entusiasmo ou pouca atenção para o ato sexual.

– Ele não tem culpa de perder interesse pelas coisas a cada vinte e quatro horas – a mãe de Kittredge disse para Elaine. – Ele não ganhou toda essa confiança sentindo-se entediado, pode acreditar em mim.

Será que a Sra. Kittredge imaginou que estava dando uma desculpa a Elaine para o comportamento do filho? Enquanto falava, ela estava o tempo todo examinando o absorvente de Elaine para ver se a quantidade de sangue era "normal", ou pondo a mão na testa de Elaine para se certificar de que ela não estava com febre.

Não há fotos do tempo que elas passaram juntas na Europa – só o que eu consegui (ao longo dos anos) tirar de Elaine, e o que eu inevitavelmente imaginei sobre a minha querida amiga abortando o filho de Kittredge, e sua subsequente recuperação na companhia da mãe de Kittredge. Se a Sra. Kittredge havia seduzido o próprio filho para ele ganhar um pouco de confiança, será que isso explicava por que Kittredge tinha tanta convicção de que sua mãe era um pouco menos (ou talvez mais) do que *maternal*?

– Por quanto tempo Kittredge fez sexo com a mãe? – perguntei a Elaine.

– Durante a oitava série, quando ele devia ter treze e catorze anos – Elaine respondeu –, e talvez três ou quatro vezes depois de entrar na Favorite River, ele devia ter quinze anos quando a coisa parou.

– Por que parou? – perguntei a Elaine, não que eu acreditasse completamente que aquilo tenha acontecido!

Talvez a indiferença do sacudir de ombros de Elaine seja algo que ela pegou da Sra. Kittredge.

– Conhecendo Kittredge, eu suponho que ele se cansou daquilo – Elaine tinha dito. Elaine estava fazendo as malas para o que seria seu último ano em Northfield – período de outono, 1960 – e nós estávamos no quarto dela em Bancroft. Devia ser final de agosto; fazia calor naquele quarto. O abajur com a cúpula azul tinha sido substituído por um abajur sem cor, como a luminária de um escritório anônimo, e Elaine tinha cortado o cabelo bem curto, quase como o de um garoto.

Embora as fases da sua partida fossem ser marcadas por uma crescente masculinidade consciente em sua aparência, Elaine disse que jamais teria um relacionamento homossexual; no entanto, ela me contou que tinha experimentado ser lésbica. Ela teria "experimentado" com a Sra. Kittredge? Se Elaine algum dia tinha tido atração por mulheres, eu imaginava como a Sra. Kittredge poderia ter terminado isso, mas Elaine era vaga a respeito. Eu penso na minha querida amiga como alguém fadada a sentir atração por homens errados, mas Elaine era vaga a respeito disso, também.

– Eles apenas não são o tipo de homens que duram – era como ela dizia.

Quanto às fotografias: as fotos que Elaine me enviou dos três anos que passou em Northfield são as que eu guardei. Elas podem ser em preto e branco ou coloridas, e totalmente amadoras, mas não são tão desprovidas de senso artístico quanto parecem à primeira vista.

Vou começar com a foto de Elaine em pé na varanda de uma casa de madeira de três andares; ela não parece se encaixar ali – talvez estivesse apenas visitando. Junto com o nome do prédio, e a data da sua construção – Moore Cottage, 1899 –, existe também esse desejo expresso, na caligrafia caprichada de Elaine, nas costas da fotografia: *Eu gostaria que este fosse o meu dormitório.* (Aparentemente, não era – nem iria ser.)

No andar térreo do Moore Cottage, havia ripas de madeira, pintadas de branco, mas havia vigas de madeira pintadas de branco no segundo e no terceiro andar – como que para sugerir não só a passagem do tempo, mas uma indecisão continuada. Possivelmente, essa incerteza tinha a ver com o uso do Moore Cottage. Ao longo dos anos, ele seria usado como dormitório para moças – depois, como casa de hóspedes para pais em visita. Pela aparência ampla do prédio, devia haver uns doze ou mais quartos – bem menos banheiros, eu aposto – e uma grande cozinha dando para uma sala comunitária.

Mais banheiros poderiam ter deixado os pais em visita mais felizes, enquanto os estudantes (quando moravam lá) tinham se acostumado a passar com menos. A varanda, onde Elaine estava em pé – ela parecia estranhamente insegura de si mesma –, tinha uma aparência contraditória. Qual o uso que estudantes fazem de varandas? Numa boa escola, o que Northfield era, os estudantes são ocupados demais para usar varandas, que são mais adequadas para gente com mais tempo de lazer – como visitantes.

Na fotografia de si mesma na varanda de Moore Cottage – ela foi uma das primeiras fotografias que Elaine me mandou de Northfield –, talvez ela se sentisse como uma visitante. Curiosamente, tem alguém na janela de um dos quartos do andar térreo dando para a varanda: uma mulher de idade indeterminada, julgando por suas roupas e pelo comprimento do seu cabelo – o rosto oculto nas sombras, ou obscurecido por um reflexo indistinto na janela.

Também dentre as primeiras fotos que Elaine me mandou de sua nova escola, que era, de fato, uma escola muito velha, estava aquela fotografia do local de nascimento de Dwight L. Moody. *O local de nascimento do nosso fundador, que dizem ser assombrado*, Elaine tinha escrito nas costas da foto, embora não possa ser o fantasma do próprio D.L. numa pequena janela no andar de cima do local de nascimento. É o rosto de uma mulher de perfil – nem jovem, nem velha, mas sem dúvida bonita –, sua expressão ignorada. Elaine, sorrindo, está na parte da frente da fotografia; ela parece estar apontando na direção daquela janela do andar de cima. (Talvez a moça fosse amiga dela, ou foi o que imaginei a princípio.)

Depois tem a foto com a legenda O auditório, 1894 – numa *pequena colina*. Acho que Elaine quis dizer "pequena" pelos padrões de Vermont. (Eu me lembro dela como sendo a primeira das fotos em que a mulher misteriosa parecia estar posando conscientemente; depois de ver essa foto, eu comecei a procurar por ela.) O auditório era um prédio de tijolos vermelhos com janelas e portas em arco, e duas torres do tamanho de torres de castelo. Uma sombra lançada por uma das torres caía sobre o gramado onde Elaine estava em pé, perto do tronco de uma árvore imponente. Saindo de trás da árvore – no sol, não na sombra da torre – havia a perna bem-feita de uma mulher. Seu pé, que estava apontando na direção de Elaine, usava um sapato escuro e confortável; sua meia estava bem esticada até o joelho, acima do qual sua comprida saia cinzenta tinha sido erguida até o meio da coxa.

– Quem é a outra moça, ou mulher? – eu tinha perguntado a Elaine.

– Não sei o que você quer dizer – Elaine respondeu. – *Que* outra mulher?

– Nas fotos. Tem sempre mais alguém nelas – eu disse. – Puxa vida, você pode me contar. Quem é ela, uma amiga sua, talvez, ou uma professora?

Na foto do East Hall, o rosto da mulher é muito pequeno – e está parcialmente oculto por uma echarpe – na janela de um andar superior. East Hall era, evidentemente, um dormitório, embora Elaine não dissesse; a escada de incêndio o traiu.

Na foto do Stone Hall, tem uma torre com um relógio cor de cobre e janelas muito altas; ele devia ter uma luz quente lá dentro, naqueles poucos dias não cinzentos dos meses letivos no oeste de Massachusetts. Elaine está numa posição meio estranha no fundo da fotografia; ela está olhando para a câmera, mas está parada quase costas contra costas com alguém. Você pode contar dois ou três dedos extras na mão esquerda de Elaine; segurando seu quadril direito está uma terceira mão.

Tem aquela da capela da escola, imagino que vocês a chamariam – uma catedral pesada com uma daquelas grandes portas de madeira e ferro. O braço nu de uma mulher está segurando a porta pesada, aberta, para Elaine, que não parece notar o braço – uma pulseira no pulso, anéis no mindinho e no indicador –, ou talvez Elaine não estivesse ligando para a presença da mulher. É possível ler a frase em latim gravada na capela: ANNO DOMINI MDCCCCVIII. Elaine tinha traduzido isso nas costas da foto: *No ano do Senhor de 1908.* (Ela tinha acrescentado: *É onde eu quero me casar, se algum dia ficar desesperada a ponto de me casar – se isso acontecer, por favor, me mate.*)

Eu acho que minha favorita é a foto de Margaret Olivia Hall, o prédio de música de Northfield, porque eu sabia o quanto Elaine gostava de cantar – cantar era uma coisa para a qual sua voz possante tinha nascido para fazer. ("Eu amo cantar até chorar, e então cantar mais um pouco", ela uma vez escreveu para mim.)

Os nomes dos compositores estavam gravados entre as janelas do andar superior do salão de música; eu decorei os nomes. Palestrina, Bach, Handel, Beethoven, Wagner, Gluck, Mozart, Rossini. Na janela acima do U de Gluck, que tinha sido gravado como um V, havia uma mulher sem cabeça – só o seu torso – vestindo apenas um sutiã. Ao contrário de Elaine, que está apoiada no prédio, a mulher sem cabeça na janela tem seios bem chamativos – grandes.

– Quem é ela? – perguntei várias vezes a Elaine.

Se vocês ainda não sabiam disso, o prédio de música com os nomes dos compositores era uma indicação precisa do quanto a escola de Northfield era sofisticada; ela causava vergonha a um lugar como a Favorite River Academy. Ela era um salto para o paraíso em relação ao que Elaine estava acostumada na escola pública de Ezra Falls.

A maioria das escolas particulares da Nova Inglaterra eram escolas de um único sexo naquela época. Muitas escolas só de rapazes pagavam uma quantia para as filhas dos professores estudarem; as meninas podiam ir para um colégio interno só de meninas, e não precisavam se contentar com qualquer escola pública que servisse a comunidade. (Para ser justo: as escolas públicas de Vermont não eram todas tão ruins quanto a de Ezra Falls.)

Como resultado de os Hadley terem mandado Elaine para Northfield – a princípio, às próprias custas –, Favorite River fez a coisa certa: providenciou vouchers para as filhas dos professores. Eu jamais iria saber o final da história da boca da minha grosseira prima Gerry – a saber, que essa mudança de política tinha vindo tarde demais para salvá-la da escola pública de Ezra Falls. Como eu disse, Gerry era uma estudante universitária naquela mesma primavera em que Elaine viajou para a Europa com a Sra. Kittredge.

– Eu acho que teria sido sensato da minha parte engravidar uns anos atrás, desde que o cara de sorte tivesse uma mãe francesa – foi o que Gerry disse. (Eu conseguia facilmente imaginar Muriel dizendo isso, quando Muriel era adolescente – embora, depois de fitar sem parar os seios da minha tia em *A décima segunda noite*, era apavorante pensar em Tia Muriel adolescente.)

Eu poderia descrever outras fotos que Elaine me enviou de Northfield – eu guardei todas elas –, mas o padrão iria apenas se repetir. Havia sempre uma imagem parcial, imperfeita de outra mulher nas fotos de Elaine e daqueles prédios imponentes do campus de Northfield.

– Quem é ela? Eu sei que você sabe do que estou falando, ela está sempre ali, Elaine – eu repeti várias vezes. – Não se faça de desentendida.

– Eu não estou me fazendo de desentendida, Billy, você é que costuma se fazer de desentendido, se é essa a palavra que você está usando para ser evasivo, ou não falar diretamente sobre as coisas. Se é que você me entende – Elaine respondia.

– Tudo bem, tudo bem, então eu tenho que *adivinhar* quem ela é, certo? Então você está se vingando de mim por eu não ser franco com você, estou esquentando? – perguntei à minha querida amiga.

Elaine e eu tentaríamos morar juntos, mas isso seria apenas muitos anos depois, depois que nós dois já havíamos sofrido um número suficiente de decepções em nossas vidas. Não iria dar certo – não por muito tempo –, mas éramos amigos demais para não tentar. Também já tínhamos idade suficiente, quando embarcamos nessa aventura, para saber que amigos são mais importantes do que amantes – até porque as amizades geralmente duram mais do que os relacionamentos amorosos. (É melhor não generalizar, mas esse era sem dúvida o meu caso e o de Elaine.)

Nós tínhamos um velho apartamento no oitavo andar de um prédio na Post Street em San Francisco – naquela região de Post Street entre Taylor e Mason, perto da Union Square. Elaine e eu tínhamos nossos próprios quartos, para escrever. Nosso quarto de dormir era grande e confortável – ele dava para alguns telhados na Geary Street e para o letreiro vertical do Hotel Adagio. À noite, o néon da palavra HOTEL não acendia – tinha queimado, acho –, de modo que só ADAGIO ficava iluminado. Na minha insônia, eu saía da cama e ia para a janela para olhar para o letreiro vermelho de ADAGIO.

Uma noite, quando voltei para a cama, eu sem querer acordei Elaine e perguntei a ela sobre a palavra *adágio*. Eu sabia que era italiana; não só eu tinha ouvido Esmeralda dizê-la, mas tinha visto a palavra nas anotações dela. Das minhas incursões no mundo da ópera e outras músicas – tanto com Esmeralda quanto com Larry, em Viena –, eu sabia que a palavra tinha a ver com música. Achei que Elaine devia saber o que ela significava; como a mãe, Elaine era muito musical. (Northfield tinha sido uma boa escolha para ela – era uma ótima escola de música.)

– O que quer dizer? – perguntei a Elaine, ambos deitados, acordados, naquele velho apartamento da Post Street.

– *Adágio* significa devagar, docemente, delicadamente – Elaine respondeu.

– Ah.

Isso seria o melhor que se poderia dizer a respeito das nossas tentativas para fazer amor, o que tentamos, também – sem mais sucesso do que a parte de morar juntos, mas nós tentamos. "Adágio", nós costumávamos dizer, quando tentávamos fazer amor, ou depois, quando estávamos tentando dormir. Nós ainda dizemos isso; dissemos quando saímos de San Francisco, e dizemos quando encerramos cartas ou e-mails um para o outro agora. É o que o amor significa para nós, eu acho – apenas *adágio*. (Devagar, docemente, delicadamente.) Funciona para amigos, pelo menos.

– Então quem era ela, de verdade, a dama naquelas fotografias? – Eu costumava perguntar a Elaine, naquele quarto espaçoso que dava para o Hotel Adagio com o letreiro quebrado.

– Sabe, Billy, ela ainda está cuidando de mim. Ela vai estar sempre por perto, tomando a minha temperatura com a mão, checando o sangue no meu absorvente para ver se o sangramento ainda está "normal". Ele estava sempre "normal", aliás, mas ela continuava checando, ela queria que eu soubesse que nunca deixaria os seus cuidados, ou os seus pensamentos – Elaine disse.

Eu fiquei ali deitado pensando nisso – a única luz do lado de fora da janela era o brilho das luzes que vinham de Union Square e aquele letreiro de néon quebrado, a palavra ADAGIO na vertical em luzes vermelhas e a palavra HOTEL apagada.

– Você está dizendo que a Sra. Kittredge ainda está...

– Billy! – Elaine me interrompeu. – Eu nunca tive tanta intimidade com ninguém como tive com aquela mulher horrível. Eu nunca mais fui tão próxima de alguém.

– E quanto a Kittredge? – perguntei a ela, embora eu já devesse saber depois de tantos anos.

– Foda-se Kittredge! – Elaine gritou. – Foi a mãe dele que me marcou! É ela que eu nunca vou esquecer!

– Mas que coisa tão íntima! Marcou você *como*? – perguntei a ela, mas ela tinha começado a chorar, e eu achei que devia apenas abraçá-la... devagar, docemente, delicadamente... e não dizer nada. Eu já tinha perguntado a ela sobre o aborto; não era isso. Ela tinha feito outro aborto, depois daquele na Europa.

– Eles não são tão maus assim, quando você considera a alternativa – foi tudo o que Elaine disse sobre seus abortos. Seja como for que a Sra. Kittredge a tenha *marcado*, não foi nesse aspecto. E se Elaine tinha "experimentado" ser lésbica – quer dizer com a Sra. Kittredge –, iria para o túmulo sem falar a respeito.

As fotos que guardei de Elaine foram o que eu pude imaginar a respeito da mãe de Kittredge, ou o quanto Elaine foi "íntima" dela. As sombras e partes do corpo da mulher (ou mulheres) naquelas fotografias estão mais vívidas na minha memória do que minha única lembrança da Sra. Kittredge no campeonato de luta livre, a primeira e última vez que a vi. Eu conheço melhor "aquela mulher horrível" pelo efeito que ela teve sobre minha amiga Elaine – assim como conheço melhor a mim mesmo pelas atrações persistentes pelas pessoas erradas, pelo modo como me afetou o tempo que eu guardei segredo sobre mim mesmo das pessoas que eu amava.

7

Meus anjos apavorantes

Se uma gravidez indesejada era o "abismo" no qual uma garota intrépida podia cair – a palavra abismo foi minha mãe que usou, mas eu aposto que ela a ouviu da boca daquela babaca da Muriel –, sem dúvida o abismo para um garoto como eu era sucumbir ao ato homossexual. Nesse tipo de amor havia loucura; ao realizar as minhas mais ousadas fantasias, eu sem dúvida cairia no poço sem fundo do universo do desejo. Era isso que eu achava no outono do meu último ano na Favorite River Academy, quando mais uma vez me aventurei a ir à Biblioteca Pública de First Sister – dessa vez, eu achei, para me salvar. Eu tinha dezoito anos, mas meus temores em relação a sexo eram inúmeros; meu ódio por mim mesmo era enorme.

Se vocês estivessem, como eu, num colégio interno só de rapazes, no outono de 1960, se sentiriam inteiramente sozinhos – não confiariam em ninguém, muito menos em outro rapaz da sua idade – e odiariam a si mesmos. Eu sempre tinha sido solitário, mas sentir ódio de si mesmo é pior que solidão.

Com Elaine começando uma vida nova em Northfield, eu estava passando cada vez mais tempo na sala dos anuários da biblioteca da academia. Quando minha mãe ou Richard perguntavam aonde eu ia, eu sempre respondia: – Estou indo para a biblioteca. – Eu não dizia para *qual* biblioteca. E sem Elaine para me atrasar – ela nunca conseguia resistir a me mostrar aqueles rapazes atraentes dos anuários mais novos –, eu estava percorrendo rapidamente as turmas de formandos do passado em ordem decrescente. Eu tinha deixado a Primeira Guerra Mundial para trás; estava muito adiantado no meu cronograma. Na velocidade que estava examinando aqueles anuários, eu chegaria ao presente muito antes da primavera de 1961, quando me formaria em Favorite River.

De fato, eu só estava trinta anos atrás de mim mesmo; naquela noite de setembro em que eu resolvi sair da biblioteca da academia e fazer uma visita à Srta. Frost, eu tinha começado a folhear o anuário da Turma de 1931. Um rapaz estonteante na foto da equipe de luta livre tinha me feito fechar abruptamente o anuário. Eu pensei: simplesmente não posso continuar pensando em Kittredge e em rapazes como ele; não posso ceder a esses pensamentos ou estou condenado.

O que exatamente estava impedindo a minha condenação? A imagem de Martha Hadley como modelo de sutiã de treinamento não estava mais funcionando. Estava ficando cada vez mais difícil me masturbar diante da transposição mais fantasiosa possível do rosto sem graça da Sra. Hadley para a menos peituda daquelas garotas de seios pequenos. Só o que me mantinha longe de Kittredge (e de rapazes como ele) eram minhas ardentes fantasias a respeito da Srta. Frost.

O anuário da Favorite River Academy era chamado A Coruja. (– Quem quer que saiba o motivo provavelmente já morreu – Richard Abbott tinha respondido quando perguntei a ele por quê.) Eu empurrei A Coruja de 1931. Juntei meus cadernos e meu dever de casa de alemão – enfiando tudo menos A Coruja dentro da minha pasta.

Eu estava cursando Alemão IV, embora não fosse obrigatório. Eu ainda estava ajudando Kittredge com Alemão III, em que ele tinha sido reprovado, mas estava repetindo, obrigado. Estava sendo mais fácil ajudá-lo agora que não éramos mais colegas em Alemão III. Basicamente, só o que eu fazia era poupar um pouco de tempo para Kittredge. O mais difícil em Alemão III era a introdução a Goethe e Rilke; havia mais deles em Alemão IV. Quando Kittredge ficava empacado numa expressão, eu poupava tempo fornecendo-lhe uma tradução rápida e rudimentar. O fato de ter dificuldades pela segunda vez com os mesmos textos de Goethe e Rilke deixava Kittredge enraivecido, mas, francamente, as anotações e os comentários apressados que agora passavam entre nós eram mais fáceis para mim do que nossas conversas anteriores. Eu estava tentando ficar o menos possível na presença de Kittredge.

Para isso, eu saí da peça de outono de Shakespeare – para grande decepção de Richard. Ele tinha escalado Kittredge para fazer Edgar em *Rei Lear*. Além disso, havia um problema que não tinha sido previsto na minha escalação para fazer o Bobo de Lear. Quando eu estava dizendo à Sra. Hadley que não queria fazer parte da peça, porque Kittredge tinha "um papel de herói" – sem mencionar que Edgar mais tarde se disfarçava de Pobre Tom, de modo que Kittredge tinha sido presenteado com um "papel duplo" –, Martha Hadley quis saber se eu já tinha olhado com atenção as minhas falas. Considerando que o meu número de palavras impronunciáveis estava crescendo, eu tinha verificado se o Bobo me causaria problemas de vocabulário? A Sra. Hadley estava me dizendo que os meus problemas de fala poderiam servir de desculpa para eu sair da peça?

– O que a senhora está dizendo? – perguntei a ela. – A senhora acha que não vou conseguir lidar com "larápios" ou "cortesã", ou está com medo que "tapa-sexo" possa me dar um susto, só por causa do comoémesmoquechama o que o tapa-sexo cobre, ou porque eu tenho problemas em dizer a palavra que designa o próprio comoémesmoquechama?

– Não seja defensivo, Billy – Martha Hadley disse.

– Ou foi a combinação "prostituta notória" que a senhora achou que poderia me atrapalhar? – perguntei a ela. – Ou talvez "barrete de bobo", seja no singular ou no plural, ou ambos!

– Acalme-se, Billy – a Sra. Hadley disse. – Nós dois estamos nervosos por causa de Kittredge.

– Kittredge disse as últimas falas de *A décima segunda noite*! – gritei. – Agora Richard dá de novo as últimas falas para ele! Nós temos que ouvir Kittredge dizer: "O peso desta época triste, nós temos que suportar:/Falar o que sentimos, não o que deveríamos dizer."

– "O mais velho foi quem sofreu mais" – Kittredge-como-Edgar continua.

Na história do *Rei Lear* – dado o que acontece com Lear, para não falar na cegueira de Gloucester (Richard escalou a si mesmo como Gloucester) – isso é sem dúvida verdade. Mas quando Edgar termina a peça declarando que "nós que somos jovens/Jamais iremos ver tanta coisa nem viver tanto tempo" – bem, eu não sei se isso é uma verdade *universal*.

Será que eu discordo das palavras finais dessa grande peça porque não consigo distinguir Edgar de Kittredge? Será que *alguém* (mesmo Shakespeare) pode saber o quanto as futuras gerações irão ou não *sofrer*?

– Richard está fazendo o que é melhor para a peça, Billy – Martha Hadley me disse. – Richard não está recompensando Kittredge por ter seduzido Elaine. – Entretanto, era essa a impressão que eu tinha. Por que dar a Kittredge um papel tão bom quanto o de Edgar, que mais tarde se disfarça de Pobre Tom? Depois do que aconteceu em *A décima segunda noite*, por que Richard teve que dar um papel em *Rei Lear* para Kittredge? Eu queria sair da peça – ser, ou não ser, o Bobo de Lear não era a questão.

– Diga a Richard que você não quer ficar perto de Kittredge, Billy – a Sra. Hadley disse. – Richard vai entender.

Eu não podia contar a Martha Hadley que também não queria ficar perto de Richard. E qual era o sentido, nessa produção do *Rei Lear*, de observar a expressão da minha mãe quando ela observasse o pai dela em cena como mulher? Vovô Harry foi escalado como Goneril, a filha mais velha de Lear; Goneril é uma filha tão horrível que minha mãe olharia para qualquer pessoa fazendo o papel de Goneril com uma expressão de censura. (Tia Muriel era Regan, a outra filha horrível de Lear; eu supus que minha mãe também fosse olhar com desprezo para sua irmã Muriel.)

Não era só por causa de Kittredge que eu não queria participar desse *Rei Lear*. Eu não tinha coragem de ver o tio Bob decepcionar como ator principal, pois o bondoso Bob – Bob *Bola de Squash*, Kittredge o chamava – foi escolhido para fazer o Rei Lear. Que faltava a Bob uma dimensão trágica parecia óbvio, a não ser para Richard Abbott; talvez Richard sentisse pena de Bob e o achasse trágico, porque Bob era (tragicamente) casado com Muriel.

Era o corpo de Bob que estava todo errado – ou era a cabeça dele? O corpo de Bob era grande e atleticamente robusto; comparada com o corpo, a cabeça de Bob parecia pequena demais, e incrivelmente redonda – uma bola de squash perdida entre dois ombros enormes. Tio Bob era ao mesmo tempo bem-humorado demais e forte demais para ser Lear.

É ainda no começo da peça (ato 1, cena 4) que Bob-como-Lear berra: – "Quem é que pode me dizer quem eu sou?"

Quem poderia esquecer como o Bobo de Lear responde ao rei? Mas eu esqueci; eu esqueci até que tinha uma fala.

– Quem é que pode me dizer quem eu sou, *Bill*? – Richard Abbott perguntou para mim.

– É você, Ninfa – Kittredge cochichou para mim. – Eu tinha previsto que você poderia ter uma certa dificuldade com essa fala. – Todo mundo esperou enquanto eu procurava a fala do Bobo. A princípio, eu nem me dei conta do problema de pronúncia; minha dificuldade em dizer essa palavra era tão recente que eu não a tinha notado, nem Martha Hadley. Mas Kittredge, claramente, tinha detectado a minha provável impossibilidade em pronunciá-la. – Vamos ouvir você dizer isso, Ninfa – Kittredge disse. – Pelo menos, vamos ouvir você tentar.

– Quem é que pode me dizer quem eu sou? – Lear pergunta.

O Bobo responde:

– A sombra de Lear.

Desde quando a palavra *sombra* tinha me causado problemas no setor de pronúncia? Desde que Elaine tinha voltado daquela viagem à Europa com a Sra. Kittredge, quando Elaine parecia tão insubstancial quanto uma sombra – pelo menos em comparação com a antiga Elaine. Desde que Elaine voltara da Europa, e parecia haver uma sombra estranha acompanhando cada passo dela – uma sombra que tinha uma semelhança fantasmagórica mas ultrassofisticada, com a própria Sra. Kittredge. Desde que Elaine tinha ido embora de novo, para Northfield, e eu tinha ficado com uma sombra me seguindo – talvez a sombra inquietante, não vingada, da minha amiga ausente.

– "A... *sobra* de Lear" – eu disse.

– A *sobra* dele! – Kittredge exclamou.

– Tente de novo, Bill – Richard disse.

– Eu não consigo dizer – respondi.

– Talvez a gente precise de um novo Bobo – Kittredge sugeriu.

– Essa decisão cabe a mim, Kittredge – Richard disse a ele.

– Ou a mim – eu disse.

– Ah, bem – Vovô Harry começou a dizer, mas tio Bob interrompeu-o.

– Eu acho, Richard, que Billy poderia dizer "o reflexo de Lear", ou até mesmo "o fantasma de Lear", se, na sua opinião, isso está de acordo com o que o Bobo está querendo dar a entender – tio Bob sugeriu.

– Aí não seria Shakespeare – Kittredge disse.

– A fala é "a sombra de Lear", Billy – minha mãe, o ponto, disse. – Ou você consegue dizer isso ou não consegue.

– Por favor, Joia – Richard começou a dizer, mas eu o interrompi.

– Lear deveria ter um Bobo de verdade, um Bobo que possa dizer tudo – eu disse a Richard Abbott. Eu sabia, ao sair, que estava deixando o meu último ensaio como aluno da Favorite River Academy, a minha última peça de Shakespeare, talvez. (Como se veria mais tarde, *Rei Lear* foi a minha última peça de Shakespeare *como ator*.)

A filha de um professor da faculdade que Richard escalou como Cordélia era e continua a ser tão desconhecida para mim que não consigo me lembrar do nome dela. – Uma garota imatura, mas com uma memória de elefante – Vovô Harry tinha dito a respeito dela.

– Nem uma beldade presente nem futura – foi tudo o que minha Tia Muriel disse da infeliz Cordélia, dando a entender que, no *Rei Lear*, ninguém jamais teria se casado com *essa* Cordélia, nem mesmo se ela tivesse ficado viva.

O Bobo de Lear seria representado por Delacorte. Como Delacorte era um lutador, ele provavelmente soube que o papel estava disponível porque Kittredge tinha contado a ele. Kittredge mais tarde me informaria que, como a peça de outono de Shakespeare foi ensaiada e encenada antes do início do campeonato de luta livre, Delacorte não foi tão prejudicado como costumava ser pelas complicações causadas pela necessidade de perder peso. Entretanto, o peso leve que, segundo Kittredge, seria espancado numa categoria mais pesada, ainda sofria de secura na boca, mesmo quando não estava desidratado – ou talvez Delacorte sonhasse em perder peso, mesmo fora da estação. Portanto, Delacorte bochechava *constantemente* com água que carregava num copo de papel; ele cuspia *eternamente* a água em outro copo de papel. Se Delacorte estivesse vivo hoje, eu tenho certeza que ainda estaria passando os dedos pelo cabelo. Mas Delacorte está morto, assim como tantos outros. Ver Delacorte morrer era algo que estava me aguardando no futuro.

Delacorte, como Bobo de Lear, diria sabiamente:

– "Tenha mais do que mostra,/Fale menos do que sabe,/Empreste menos do que possui." – Bom conselho, mas ele não iria salvar o Bobo de Lear, e não salvou Delacorte.

Kittredge agia estranhamente na companhia de Delacorte; ele se comportava ao mesmo tempo com afeição e impaciência com Delacorte. Era como se Delacorte fosse um amigo de infância, mas um amigo que tivesse decepcionado Kittredge – um amigo que não tinha "se tornado" a pessoa que Kittredge havia desejado ou esperado.

Era anormal o modo como Kittredge apreciava a rotina de bochechar e cuspir de Delacorte; Kittredge tinha até sugerido a Richard que talvez houvesse vantagens cênicas nos repetidos bochechos e cuspidas do Bobo de Lear.

– Aí não seria Shakespeare – Vovô Harry disse.

– Eu não vou servir *de ponto* para bochechos e cuspidas, Richard – minha mãe disse.

– Delacorte, quer fazer o favor de bochechar e cuspir nos bastidores? – Richard disse para o compulsivo peso leve.

– Foi só uma ideia – Kittredge disse, sacudindo os ombros. – Acho que basta que tenhamos um Bobo que consiga dizer a palavra *sombra*.

Para mim, Kittredge iria se mostrar mais filosófico.

– Encare desse jeito, Ninfa, não é possível haver um ator com um vocabulário restrito. Mas essa é uma descoberta positiva, conhecer suas limitações desde tão jovem – Kittredge me assegurou. – Que sorte, na realidade, agora você sabe que jamais poderá ser um ator.

– Você está dizendo que essa não é uma carreira possível – eu disse, como a Srta. Frost tinha um dia declarado para mim –, quando eu contei a ela que queria ser escritor.

– Eu diria que não, Ninfa, não se você quiser ter uma chance real de progredir.

– Ah.

– E seria aconselhável, Ninfa, você fazer outra escolha, quer dizer, antes de se decidir por uma carreira – Kittredge disse. Eu não disse nada; só esperei. Eu conhecia Kittredge bem o bastante para saber que ele estava aprontando. – Existe a questão das suas tendências sexuais – Kittredge continuou.

– Minhas tendências sexuais são bastante claras – eu disse a ele, um tanto surpreso comigo mesmo, porque eu estava representando e não estava apresentando nenhum problema de fala.

– Eu não sei, Ninfa – Kittredge disse, com aquele tremor proposital ou involuntário dos músculos fortes do seu pescoço de lutador. – No setor de tendências sexuais, você me parece ser uma obra em construção.

– Ah, é você! – a Srta. Frost disse alegremente quando me viu; ela pareceu surpresa. – Eu achei que era o seu amigo. Ele estava aqui, acabou de sair. Achei que era ele, de volta.

– Quem? – perguntei. (Eu pensei em Kittredge, é claro – não exatamente um amigo.)

– Tom – a Srta. Frost disse. – Tom esteve aqui agora mesmo. Eu nunca sei ao certo por que ele vem. Ele está sempre perguntando sobre um livro que não consegue achar na biblioteca da academia, mas eu sei perfeitamente bem que a escola tem o livro. Bem, eu nunca tenho o que ele está procurando. Talvez ele venha aqui procurando por você.

– Tom de *quê*? – perguntei a ela. Eu não achava que conhecia nenhum Tom.

– Atkins, não é esse o nome dele? – a Srta. Frost perguntou. – Eu o conheço como Tom.

– Eu o conheço como Atkins – eu disse.

– Ah, William, eu me pergunto quanto tempo vai durar a cultura do sobrenome dessa escola horrível! – a Srta. Frost disse.

– Nós não deveríamos estar sussurrando? – sussurrei.

Afinal de contas, estávamos numa biblioteca. Eu fiquei espantado de ver como a Srta. Frost estava falando alto, mas eu também fiquei excitado ao ouvi-la dizer que a Favorite River Academy era uma "escola horrível"; eu pensava assim secretamente, mas por lealdade a Richard Abbott e ao tio Bob, filho de professor como eu era, eu jamais teria dito isso.

– Não tem mais ninguém aqui, William – a Srta. Frost sussurrou para mim. – Nós podemos falar na altura que quisermos.

– Ah.

– Você veio para *escrever*, eu suponho – a Srta. Frost disse alto.

– Não, eu preciso do seu conselho sobre o que devo ler – eu disse a ela.

– O assunto ainda são as atrações pelas pessoas erradas, William?

– *Muito* erradas – sussurrei.

Ela se inclinou, para ficar mais perto de mim; ela ainda era tão mais alta do que eu que me fazia sentir como se eu não tivesse crescido.

– Nós podemos sussurrar sobre isso, se você quiser – ela sussurrou.

– A senhora conhece Jacques Kittredge? – perguntei.

– Todo mundo conhece Kittredge – a Srta. Frost disse de forma neutra; eu não pude perceber o que ela achava dele.

– Eu sinto atração por ele, mas estou tentando não sentir – eu disse a ela. – Existe algum romance sobre isso?

A Srta. Frost pôs as duas mãos nos meus ombros. Eu sabia que ela podia sentir que eu estava tremendo.

– Ah, William, existem coisas piores, sabe – ela disse. – Sim, eu tenho o romance certo para você ler – ela sussurrou.

– Eu sei por que o Atkins vem aqui – desabafei. – Ele não vem à minha procura, ele provavelmente tem atração pela senhora!

– Por que ele teria? – a Srta. Frost perguntou para mim.

– Por que ele *não* teria? Por que qualquer rapaz não teria atração pela senhora? – perguntei a ela.

– Bem, já faz um tempo que ninguém se apaixona por mim – ela disse. – Mas isso é muito lisonjeiro, é muito gentil de sua parte dizer isso, William.

– Eu também sinto atração pela senhora – eu disse a ela. – Eu sempre senti, e ela é mais forte do que a minha atração por Kittredge.

– Meu caro rapaz, você está tão errado! – a Srta. Frost declarou. – Eu não disse a você que existem coisas piores do que ter uma atração por Jacques Kittredge? Preste atenção, William: ter uma atração por Kittredge é mais *seguro*!

– Como o Kittredge pode ser mais seguro do que a *senhora*? – gritei. Eu senti que estava começando a tremer de novo; dessa vez, quando pôs suas mãos grandes nos meus ombros, a Srta. Frost me apertou contra seu peito largo. Eu comecei a soluçar incontrolavelmente.

 Eu odiei a mim mesmo por estar chorando, mas não conseguia parar. O Dr. Harlow tinha dito, em mais uma lamentável palestra matinal, que excesso de choro em meninos era uma tendência homossexual contra a qual devíamos nos precaver. (Naturalmente, o imbecil nunca nos disse *como* deveríamos nos precaver de algo que não podíamos controlar!) E eu tinha ouvido minha mãe dizer a Muriel: – Honestamente, eu não sei o que fazer quando Billy chora como uma *menina*!

 Então lá estava eu, na Biblioteca Pública de First Sister, chorando como uma menina nos braços fortes da Srta. Frost – tendo acabado de contar a ela que eu tinha uma atração mais forte por ela do que a que tinha por Jacques Kittredge. Eu devo ter parecido um maricas para ela!

 – Meu caro rapaz, você não me conhece de verdade – a Srta. Frost estava dizendo. – Você não sabe quem eu sou, não sabe nada a meu respeito, sabe? William? Você *não sabe*, certo?

 – Eu não sei o *quê*? – balbuciei. – Eu não sei o seu primeiro nome – admiti; eu ainda estava soluçando. E também a estava abraçando, mas não com tanta força quanto ela me abraçava. Eu podia sentir o quanto ela era forte, e – mais uma vez – o tamanho dos seus seios fazia um contraste surpreendente com sua força. Eu também podia sentir o quanto aqueles seios eram macios; seus seios pequenos e macios não combinavam com seus ombros largos e seus braços musculosos.

 – Eu não estava me referindo ao meu *nome*, William, meu nome não é importante – a Srta. Frost disse. – Eu estou dizendo que você não conhece a *mim*.

 – Mas qual é o seu nome? – perguntei a ela.

 Houve uma certa teatralidade no suspiro que a Srta. Frost deu – um exagero teatral no modo como ela me soltou, quase me empurrando para longe dela.

 – Eu pus muita coisa em jogo para ser Srta. Frost, William – ela disse. – Eu não conquistei a palavra *senhorita* acidentalmente.

Eu sabia o que era não gostar do próprio nome, porque eu não tinha gostado de ser William Francis Dean, Jr.

– A senhora não *gosta* do seu nome? – perguntei a ela.

– Nós podemos começar por aí – ela respondeu, achando graça.

– Você jamais poria o nome de Alberta numa menina, poria?

– Como aquela província do Canadá? – perguntei. Eu não podia imaginar a Srta. Frost como Alberta!

– É um nome que fica melhor numa província – a Srta. Frost disse. – Todo mundo costumava me chamar de Al.

– Al – eu repeti.

– Você entende por que gosto de *senhorita* – ela disse, rindo.

– Eu adoro tudo na senhora – eu disse.

– Mais devagar, William – a Srta. Frost disse. – Você não pode se apaixonar impetuosamente pelas pessoas erradas.

É claro que eu não entendi por que ela se achava errada para mim – e como ela podia imaginar que minha atração por Kittredge era mais *segura*? Eu achei que a Srta. Frost devia ter querido apenas me alertar sobre a diferença de idade entre nós; talvez um rapaz de dezoito anos com uma mulher de mais de quarenta fosse um tabu para ela. Eu estava pensando que eu era legalmente um adulto, embora limítrofe, e se era verdade que a Srta. Frost tinha a idade da minha Tia Muriel, imaginei que ela devia ter uns quarenta e dois ou quarenta e três anos.

– Moças da minha idade não me interessam – eu disse para a Srta. Frost. – Eu sinto atração por mulheres mais velhas.

– Meu caro rapaz – ela tornou a dizer. – A minha idade não importa, o que importa é o *que* eu sou. William, você não sabe o que eu *sou*, sabe?

Como se essa questão existencial não fosse suficientemente confusa, Atkins escolheu esse momento para entrar no saguão mal iluminado da biblioteca, onde pareceu ficar atônito. (Ele me contou depois que tinha ficado assustado com o reflexo de si mesmo no espelho, que ficava pendurado silenciosamente no saguão, como um guarda de segurança mudo.)

– Ah, é *você*, Tom – a Srta. Frost disse, nem um pouco surpresa.

– Está vendo? O que foi que eu disse? – perguntei à Srta. Frost, enquanto Atkins continuava assustado, olhando-se no espelho.

– Você está inteiramente *enganado* – a Srta. Frost disse, sorrindo.

– Kittredge está procurando por você, Bill – Atkins disse. – Eu fui até a sala dos anuários, mas alguém disse que você tinha saído.

– A sala dos anuários – a Srta. Frost repetiu; ela pareceu surpresa. Eu olhei para ela; havia uma ansiedade incomum em seu rosto.

– Bill está fazendo um estudo dos anuários de Favorite River de trás para a frente – Atkins disse para a Srta. Frost. – Elaine me contou – ele explicou para mim.

– Pelo amor de Deus, Atkins, está parecendo que você está fazendo um estudo sobre mim – eu disse a ele.

– É Kittredge quem quer falar com você – Atkins disse com um ar tristonho.

– Desde quando você é garoto de recados do Kittredge? – perguntei a ele.

– Eu já fui *maltratado* o suficiente por uma noite! – Atkins gritou dramaticamente, erguendo suas mãos magras. – Uma coisa é o Kittredge me insultar, ele insulta todo mundo. Mas *você* me insultar, Bill, bem, isso já é demais!

Num esforço para sair da Biblioteca Pública de First Sister com um ar ofendido, Atkins mais uma vez dá de cara com aquele espelho ameaçador no saguão, onde ele faz uma pausa para soltar uma frase de efeito.

– Eu não sou a sua *sombra*, Bill, o Kittredge é que é – Atkins disse. Ele saiu antes de me ouvir dizer:

– Quero que o Kittredge se foda.

– Não diga palavrão, William – a Srta. Frost disse, encostando os dedos compridos nos meus lábios. – Afinal de contas, estamos numa porra de uma *biblioteca*.

A palavra *porra* não me vinha à mente quando eu pensava nela – do mesmo modo que a Srta. Frost me parecia uma Alberta implausível –, mas quando olhei para ela, ela estava sorrindo. Ela só estava me provocando; seus longos dedos agora roçavam meu rosto.

– Uma referência curiosa à palavra *sombra*, William – ela disse. – Foi essa a palavra impronunciável que causou sua saída súbita do *Rei Lear*?

– Foi – eu disse a ela. – Acho que a senhorita soube. Numa cidade pequena como esta, acho que todo mundo fica sabendo de tudo!

– Talvez nem todo mundo, possivelmente nem tudo, William – a Srta. Frost disse. – Parece-me, por exemplo, que você não sabe de tudo, quer dizer, a meu respeito.

Eu sabia que Nana Victoria não gostava da Srta. Frost, mas eu não sabia por quê. Eu sabia que Tia Muriel tinha problemas com a escolha de sutiãs da Srta. Frost, mas como eu podia tocar no assunto dos sutiãs de treinamento quando tinha acabado de expressar meu amor por tudo a respeito da Srta. Frost?

– Minha avó – comecei a dizer – e minha Tia Muriel...

Mas a Srta. Frost tocou de leve nos meus lábios com seus dedos longos, de novo.

– *Shhh*, William – ela sussurrou. – Eu não preciso ouvir o que essas duas damas pensam de mim. Estou muito mais interessada em saber dessa sua pesquisa na velha sala dos anuários.

– Ah, não se trata realmente de uma pesquisa – eu disse a ela. – Eu só vejo as fotos das equipes de luta livre, principalmente – e as fotos das peças que o Clube de Teatro encenou.

– *É mesmo?* – a Srta. Frost perguntou, meio distraída. Por que será que eu tive a impressão de que ela estava representando, de um jeito meio intermitente? O que ela tinha dito quando Richard Abbott perguntou se ela já tinha estado num *palco*, se ela já tinha *atuado*?

"Só na minha mente", ela tinha respondido a ele, de um jeito coquete. "Quando eu era mais moça – o tempo todo."

– E em que ano você está naqueles velhos anuários, William, em que turma de formandos? – a Srta. Frost perguntou então.

– Mil novecentos e trinta e um – respondi. Os dedos dela tinham se afastado dos meus lábios; ela estava tocando no colarinho da minha camisa, quase como se houvesse algo na camisa de um rapaz que a tivesse afetado, uma ligação sentimental, talvez.

– Você está tão perto – a Srta. Frost disse.

– Perto de *quê*? – perguntei a ela.

– Apenas perto – ela disse. – Nós não temos muito tempo.

– Já está na hora de fechar a biblioteca? – perguntei, mas a Srta. Frost apenas sorriu; então, como se tivesse pensado melhor, ela olhou para o relógio.

– Bem, que mal faz fechar um pouco mais cedo hoje? – ela disse de repente.

– Claro, por que não? – eu disse. – Não tem mais ninguém aqui além de nós. Eu não acho que Atkins vá voltar.

– Pobre Tom – a Srta. Frost disse. – Ele não tem uma atração por mim, William, Tom Atkins tem uma atração por *você*!

Assim que ela disse isso, eu soube que era verdade. O "pobre Tom", que se tornaria o modo de eu pensar em Atkins, provavelmente sentiu que eu tinha uma atração pela Srta. Frost; ele deve ter ficado com ciúmes dela.

– O pobre Tom está apenas espionando a mim, e a você – a Srta. Frost disse. – E por que o Kittredge quer falar com você? – Ela me perguntou de repente.

– Ah, não é nada, é só uma coisa de alemão. Eu ajudo Kittredge a estudar alemão – expliquei.

– Tom Atkins seria uma escolha mais segura para você do que Jacques Kittredge, William – a Srta. Frost disse. Eu sabia que isso era verdade, embora não achasse Atkins atraente, exceto do modo como alguém que adora você possa se tornar um *pouco* atraente, com o tempo. (Mas isso quase nunca funciona, não é?)

Entretanto, quando comecei a dizer à Srta. Frost que não me sentia atraído por Atkins – que nem *todos* os rapazes me atraíam, apenas alguns, na realidade –, bem, dessa vez ela encostou seus lábios nos meus. Ela simplesmente me beijou. Foi um beijo bastante firme, medianamente agressivo; houve apenas uma investida de sua língua quente. Acreditem: em breve eu vou fazer setenta anos, tive uma longa vida de beijos, e esse foi mais confiante do que o aperto de mão de qualquer homem.

– Eu sei, eu sei – ela murmurou com os lábios contra os meus. – Nós temos tão pouco tempo, não vamos falar sobre o pobre Tom.

– Ah.

Eu entrei no saguão atrás dela, onde eu ainda estava pensando que a preocupação dela com "tempo" só tinha a ver com a hora da biblioteca fechar, mas a Srta. Frost disse:
– Eu suponho que a hora de entrada dos alunos do último ano ainda seja às dez, William, exceto nos sábados, quando eu acho que é às onze. Nada muda naquela escola horrível, não é?
Eu fiquei impressionado de a Srta. Frost saber a hora de entrar na Favorite River Academy – sem mencionar que ela estava absolutamente correta a respeito.
Eu a vi trancar a porta da biblioteca e apagar a luz de fora; ela deixou acesa a luzinha do saguão, enquanto andava pela biblioteca apagando as outras luzes. Eu tinha esquecido completamente que havia pedido o conselho dela – sobre um livro a respeito da minha atração por Kittredge, e sobre "tentar não sentir essa atração" – quando a Srta. Frost me entregou um livrinho fino. Ele só tinha umas quarenta e cinco páginas a mais do que o *Rei Lear*, que era a história que eu tinha lido mais recentemente.
Era um romance de James Baldwin chamado *Giovanni* – eu mal consegui ler o título porque a Srta. Frost tinha apagado todas as luzes da biblioteca. Só havia a luzinha do saguão – que mal permitia que a Srta. Frost e eu enxergássemos o caminho até a escada do porão.
Na escada escura, iluminada apenas pela luzinha fraca que vinha do saguão da biblioteca – e por um brilho fraco à frente, que nos guiava para o cubículo da Srta. Frost, feito numa divisão da sala da fornalha –, eu de repente me lembrei que havia outro romance acerca do qual eu queria saber a opinião da bibliotecária.
O nome Al me veio aos lábios, mas eu não consegui dizê-lo. Em vez disso, eu disse:
– Srta. Frost, o que você pode me dizer sobre *Madame Bovary*? Acha que eu vou gostar?
– Quando você for mais velho, William, eu acho que você vai amar esse livro.
– Foi mais ou menos isso que Richard disse, e o tio Bob também – eu disse a ela.
– O seu tio Bob leu *Madame Bovary*?, você não pode estar se referindo ao Bob de Muriel! – a Srta. Frost exclamou.

– Bob não o leu, ele só estava me contando sobre a história – eu expliquei.

– Alguém que não leu um romance não pode saber nada sobre a história, William.

– Ah.

– Você devia esperar, William – a Srta. Frost disse. – A hora de ler *Madame Bovary* é quando suas aspirações e desejos românticos foram destruídos, e você acha que seus futuros relacionamentos vão ter consequências decepcionantes, até mesmo devastadoras.

– Então eu vou esperar até lá para ler – eu disse a ela.

O quarto e o banheiro dela – antes um depósito de carvão – só eram iluminados por uma luminária presa na cabeceira de ferro da cama antiga. A Srta. Frost acendeu a vela com perfume de canela que estava na mesinha e apagou a luminária. Sob a luz de vela, ela disse para eu me despir.

– Isso quer dizer tudo, William, por favor, não fique de meias.

Eu fiz o que ela mandou, de costas para ela, enquanto ela disse que queria um pouco de "privacidade"; ela usou o vaso com tampo de madeira – acho que a ouvi urinar, e puxar a válvula –, e, então, pelo som da água correndo, eu acho que ela se lavou rapidamente e escovou os dentes na pequena pia.

Eu me deitei nu na cama de ferro; à luz da vela eu li que *Giovanni* foi publicado em 1956. O cartão da biblioteca mostrava que apenas um cliente da Biblioteca Pública de First Sister tinha retirado o romance – em quatro anos –, e eu pensei se o leitor solitário do Sr. Baldwin não teria sido, de fato, a Srta. Frost. Eu não cheguei a terminar os dois primeiros parágrafos quando a Srta. Frost disse:

– Por favor, não leia isso agora, William. É muito triste, e sem dúvida vai angustiar você.

– Vai me angustiar como? – perguntei a ela. Eu podia ouvi-la pendurando suas roupas no armário; era perturbador imaginá-la nua, mas eu continuei lendo.

– Não existe isso de tentar não se sentir atraído por Kittredge, William – "tentar não se sentir" não funciona – a Srta. Frost disse.

Foi nesse momento que a penúltima frase do segundo parágrafo me fez parar; eu fechei o livro e os olhos.

– Eu disse a você para parar de ler, não disse? – a Srta. Frost disse.

A frase começava: "Vai haver uma garota sentada em frente a mim que irá imaginar por que eu não estou flertando com ela", eu parei ali imaginando se teria coragem para continuar.

– Esse não é um romance que sua mãe deva ver – a Srta. Frost estava dizendo –, e se você não estiver preparado para conversar com Richard sobre sua atração por Kittredge, bem, eu também não deixaria Richard saber o que você está lendo. – Eu pude sentir quando ela se deitou na cama, atrás de mim; sua pele nua tocou minhas costas, mas ela não tinha tirado toda a roupa. Ela tomou delicadamente o meu pênis em sua mão grande.

– Tem um peixe chamado savelha (shad) – a Srta. Frost disse.

– Savelha? – perguntei; o meu pênis estava ficando duro.

– Sim, esse é o nome dele – a Srta. Frost disse. – Ele sobe a correnteza para desovar. Ova de savelha (*shad roe*) é uma iguaria. Você sabe o que é uma ova, não sabe? – ela perguntou.

– Os ovos, certo?

– Os ovos não fertilizados, sim, eles os tiram de dentro da fêmea e algumas pessoas adoram comê-los – a Srta. Frost explicou.

– Ah.

– Diga "ova de savelha" (*shad roe*) para mim, William.

– *Shad roe* – eu disse.

– Tente dizer sem o R.

– *Shadow* (sombra) – eu disse, sem pensar; quase toda a minha atenção estava no meu pênis e na mão dela.

– Como a sombra de Lear? – ela perguntou.

– A sombra de Lear – eu disse. – Mas eu não queria mesmo um papel na peça.

– Bem, pelo menos você não disse a ova de savelha de Lear – a Srta. Frost disse.

– A sombra de Lear – repeti.

– E o que é isso que eu estou segurando? – ela perguntou.

– Meu *penith* – eu respondi.

– Eu não trocaria esse *penith* por nada no mundo, William – a Srta. Frost disse. – Eu acho que você deve dizer essa palavra do jeito que quiser.

O que aconteceu em seguida iria conduzir ao inatingível; o que a Srta. Frost fez comigo iria se mostrar inimitável. Ela me puxou de repente para ela – eu estava deitado de costas – e me beijou na boca. Ela estava usando um sutiã – não um sutiã acolchoado, como o de Elaine, mas um sutiã transparente com bojos apenas um pouquinho maiores do que eu esperava. O tecido era fino e muito mais sedoso do que o algodão macio do sutiã de Elaine, e – para compará-lo com as roupas de baixo mais práticas do catálogo da minha mãe – o sutiã da Srta. Frost não pertencia à categoria de sutiã de treinamento; ele era muito mais sensual e sofisticado. A Srta. Frost também usava uma anágua, do tipo colado ao corpo que as mulheres usam por baixo de uma saia – era bege –, e quando ela montou sobre os meus quadris, ela pareceu erguer a anágua bem acima da metade da coxa. O peso dela e a firmeza com que me segurava me pressionaram sobre a cama.

Eu segurei um dos seus seios pequenos e macios; com a outra mão, tentei tocar nela, por baixo da anágua, mas a Srta. Frost disse:

– Não, William. Por favor, não me toque aí. – Ela pegou minha mão e a levou para seu outro seio.

Foi o meu pênis que ela guiou para debaixo da anágua. Eu nunca tinha penetrado ninguém, e quando senti aquela fricção maravilhosa, é claro que me pareceu ser uma penetração. Houve uma sensação escorregadia – não houve nenhuma dor, entretanto o meu pênis nunca tinha sido tão apertado – e quando eu ejaculei, gritei com o rosto apertado contra seus seios pequenos e macios. Eu fiquei surpreso ao ver que meu rosto estava apertado contra seus seios e seu sutiã sedoso, porque não me lembrava do momento em que a Srta. Frost tinha parado de me beijar. (Ela tinha dito: – Não, William. Por favor, não me toque aí. – Obviamente, ela não poderia estar me beijando e falando ao mesmo tempo.)

Havia tanta coisa que eu queria dizer a ela, e perguntar a ela, mas a Srta. Frost não estava disposta a conversar. Talvez ela estivesse sentindo as curiosas limitações do "tão pouco tempo" de novo, ou foi o que eu disse para mim mesmo.

Ela preparou um banho para mim; eu estava torcendo para ela tirar o resto da roupa e entrar na banheira comigo, mas ela não fez isso. Ela se ajoelhou ao lado da banheira com pés de patas de leão e torneiras de cabeças de leão, e me esfregou delicadamente – ela foi especialmente delicada com o meu pênis. (Ela até falou dele afetuosamente, usando a palavra *penith* de um jeito que fez com que nós dois ríssemos.)

Mas a Srta. Frost toda hora olhava para o relógio.

– Chegar depois da hora significa uma punição, William. Uma punição pode significar ter que entrar mais cedo. Sem visitas à Biblioteca Pública de First Sister depois do expediente, nós não gostaríamos disso, não é?

Quando eu olhei para o relógio dela, vi que não eram nem nove e meia. Eu estava a poucos minutos de Bancroft Hall, e disse isso à Srta. Frost.

– Bem, você pode encontrar o Kittredge por acaso e ter uma discussão em alemão, nunca se sabe, William – foi só o que ela disse.

Eu tinha sentido uma sensação úmida, sedosa, e quando toquei o meu pênis – antes de entrar no banho – meus dedos ficaram com um odor ligeiramente perfumado. Talvez a Srta. Frost tivesse usado algum tipo de lubrificante, eu imaginei – algo de que me lembraria anos mais tarde, quando senti pela primeira vez o cheiro daqueles sabonetes líquidos que são feitos de amêndoas ou óleo de abacate. Mas o cheiro desapareceu com o banho.

– Nenhum desvio para aquela sala de anuários – esta noite não, William –, a Srta. Frost estava dizendo; ela me ajudou a me vestir, como se eu fosse uma criança que estivesse indo para o primeiro dia de aula. Até pôs um pouco de pasta de dente no dedo e enfiou na minha boca. – Vá lavar sua boca na pia – ela disse. – Eu imagino que você consiga encontrar a saída, eu tranco a porta quando sair. – Então ela me beijou, um beijo longo e interminável que me fez colocar as duas mãos em seus quadris.

A Srta. Frost rapidamente interceptou minhas mãos, tirando-as da sua anágua justa, que ia até o joelho, e colocando-as nos seus seios, onde (eu tive a distinta impressão) ela achava que deviam ficar as minhas mãos. Ou talvez ela achasse que minhas mãos não *deviam* ficar na sua cintura – que eu não devia tocá-la "ali".

Enquanto eu subia a escada escura do porão, em direção à luz fraca que vinha do saguão da biblioteca, eu estava me lembrando de uma advertência idiota numa antiga palestra matinal – o sempre chato aviso do Dr. Harlow, por ocasião de uma festa que íamos dar no fim de semana para uma escola visitante só de moças. – Não toquem nos seus pares abaixo da cintura – nosso médico escolar disse –, e vocês e seus pares ficarão mais felizes!

Mas isso não *podia* ser verdade, eu estava pensando, quando a Srta. Frost gritou para mim – eu ainda estava na escada.

– Vá direto para casa, William, e venha me ver em breve!

Nós temos tão pouco tempo!, quase gritei de volta para ela – um desses pensamentos premonitórios de que me lembraria mais tarde, e para sempre, embora na época eu achasse que só tinha pensado em dizer isso para ver o que ela iria dizer. Era a Srta. Frost que achava que nós tínhamos muito pouco tempo, seja por que fosse.

Do lado de fora, pensei rapidamente no pobre Atkins – pobre *Tom*. Eu me arrependi de ter sido mau com ele, embora eu tenha rido sozinho ao pensar que tinha achado que ele estivesse atraído pela Srta. Frost. Era engraçado pensar nos dois juntos – Atkins com seus problemas de fala, sua total incapacidade em dizer a palavra tempo, e a Srta. Frost dizendo-a a cada minuto!

Eu tinha passado pelo espelho do saguão mal iluminado, mal olhando a minha imagem, mas – na noite estrelada de setembro – pensei que tinha me achado muito mais adulto (do que antes do meu encontro com a Srta. Frost). Entretanto, enquanto caminhava pela River Street em direção ao campus da Favorite River, refleti que não dava para ver pela minha expressão no espelho que eu tinha acabado de fazer sexo pela primeira vez.

E esse pensamento foi acompanhado por outro pensamento perturbador – ou seja, eu de repente imaginei que talvez eu não tivesse *feito* sexo. (Não *sexo de verdade* – não uma *penetração* de verdade.) Então eu pensei: Como posso estar pensando uma coisa dessas do que foi a noite mais prazerosa da minha jovem vida?

Eu ainda não fazia ideia de que era possível não fazer sexo de verdade (ou penetração de verdade) e ainda assim sentir um prazer sexual extremo – um prazer que, até hoje, nunca foi igualado.

Mas o que eu podia saber? Eu só tinha dezoito anos; naquela noite, com o *Giovanni* de James Baldwin na minha pasta, minhas paixões pelas pessoas erradas estavam apenas começando.

A sala de convivência em Bancroft Hall era, como as salas de convivência dos outros dormitórios, chamada de sala bunda; os alunos do último ano que fumavam tinham permissão para passar ali suas horas de estudo. Muitos não fumantes que eram alunos do último ano achavam que esse era um privilégio importante demais para se perder; até eles preferiam passar suas horas de estudo lá.

Ninguém nos avisava dos perigos de ser fumante passivo naqueles anos destemidos – muito menos o nosso imbecil médico escolar. Eu não me lembro de uma única palestra matinal que tenha abordado a *afecção* de fumar! O Dr. Harlow tinha devotado o seu tempo e os seus talentos ao tratamento do choro excessivo em meninos – o médico acreditava firmemente que existia nisso uma cura para tendências homossexuais em rapazes.

Cheguei quinze minutos antes da hora de recolher; quando entrei no ambiente enfumaçado da sala bunda de Bancroft, Kittredge me abordou. Eu não sei qual era aquele golpe de luta livre. Mais tarde eu tentaria descrevê-lo para Delacorte – que, aliás, eu soube que não tinha feito um trabalho ruim como o Bobo de Lear. Entre um bochecho e uma cuspida, Delacorte disse:

– Acho que foi uma chave de braço. Kittredge adora dar chaves de braço em todo mundo.

Qualquer que tenha sido o golpe de luta livre, ele não doeu. Eu só vi que não ia conseguir sair dele, nem tentei. Eu estava francamente emocionado por estar sendo abraçado com tanta força por Kittredge, quando tinha acabado de ser abraçado pela Srta. Frost.

– Oi, Ninfa – Kittredge disse. – Onde você esteve?

– Na biblioteca – respondi.

– Eu soube que você saiu da biblioteca já faz um tempo – Kittredge disse.

– Eu fui à *outra* biblioteca – eu disse a ele. – Existe uma biblioteca pública, a biblioteca municipal.

– Eu suponho que uma biblioteca só não é suficiente para um rapaz ocupado como você, Ninfa. Herr Steiner vai nos dar um teste amanhã, acho que mais Rilke do que Goethe, o que *você* acha?

Eu tinha sido aluno de Herr Steiner em Alemão II – mas ele era um dos esquiadores austríacos. Ele não era um mau professor, nem um mau sujeito, mas era bem previsível. Kittredge tinha razão ao dizer que haveria mais Rilke do que Goethe no teste; Steiner gostava de Rilke, mas quem não gostava? Herr Steiner também gostava de palavras grandes, assim como Goethe. Kittredge se deu mal em alemão porque estava sempre adivinhando. Você não pode adivinhar numa língua estrangeira, especialmente uma língua tão precisa quanto o alemão. Ou você sabe ou não sabe.

– Você tem que aprender as palavras grandes em Goethe, Kittredge. O teste não vai ser todo sobre Rilke – eu disse a ele.

– As frases que Steiner gosta em Rilke são as *longas* – Kittredge reclamou. – Elas são difíceis de lembrar.

– Há algumas frases curtas em Rilke, também. Todo mundo gosta delas, não apenas Steiner – eu avisei a ele. – "Musik: Atem der Statuen."

– Merda! – Kittredge gritou. – Eu sei isso, o que é isso?

– "Música: sopro de estátuas" – eu traduzi para ele, mas estava pensando na chave de braço, se era mesmo esse o golpe; eu estava desejando que ele me segurasse para sempre. – E tem esta outra: "Du, fast noch Kind", você sabe essa?

– Toda essa merda de infância! – Kittredge gritou. – Será que a porra do Rilke nunca deixou a infância para trás, ou algo assim?

– "Você, ainda quase uma criança", eu garanto que essa vai estar no teste, Kittredge.

– E "reine Übersteigung"! A babaquice da "pura transcendência!" – Kittredge gritou, segurando-me com mais força. – Essa vai estar lá!

– Com Rilke, você pode contar com a coisa da infância – ela vai estar lá – avisei a ele.

– "Lange Nachmittage der Kindheit" – Kittredge cantou no meu ouvido. – "Longas tardes da infância." Você não está impressionado por eu saber essa, Ninfa?

— Se é com as frases longas que você está preocupado, não se esqueça desta aqui: "Weder Kindheit noch Zukunft werden weniger, nem a infância nem o futuro se tornam menores." Lembra dessa? – perguntei a ele.

— Droga! – Kittredge gritou. – Eu achei que fosse de Goethe!

— É sobre infância, certo? É de Rilke – eu disse a ele. *Dass ich dich fassen möcht* – se ao menos eu pudesse abraçar você!, eu estava pensando. (Essa era de Goethe.) Mas tudo o que eu disse foi: – "Schöpfungskraft."

— Maldição! – Kittredge disse. – Eu sei que isso é Goethe.

— Mas não quer dizer "maldição" – eu disse a ele. Eu não sei o que ele fez com a chave de braço, mas ela começou a doer. – Significa "força criativa" ou algo assim – eu disse, e a dor passou; eu quase tinha gostado dela. – Aposto que você não sabe "Stossgebet", você errou essa no ano passado – eu lembrei a ele. A dor voltou na chave de braço; a sensação era muito boa.

— Você está destemido esta noite, não está, Ninfa? As duas bibliotecas devem ter aumentado a sua confiança – Kittredge disse.

— Como é que Delacorte está se saindo com "a sombra de Lear", e todo o resto? – perguntei a ele.

Ele afrouxou a chave de braço; e pareceu me segurar de uma forma quase confortadora.

— O que é uma porra de um "Stossgebet", Ninfa? – ele me perguntou.

— Uma "oração ejaculatória" – eu disse a ele.

— Maldição ao quadrado – ele disse, com uma resignação pouco característica. – Maldito Goethe.

— Você teve problema com "überschlechter" no ano passado também, se Steiner for dissimulado e resolver colocar um adjetivo. Eu só estou tentando ajudá-lo – eu disse a ele.

Kittredge me soltou da chave de braço.

— Acho que sei essa, quer dizer "mau de verdade", certo? – ele perguntou. (Vocês precisam entender que o tempo todo nós não estávamos exatamente lutando – e não estávamos exatamente conversando, também –, os frequentadores da sala bunda do Bancroft estavam fascinados. Kittredge sempre atraía os olhares, em qualquer lugar, e lá estava eu – pelo menos parecendo estar me entendendo com ele.)

– Não se deixe enganar por "Demut", certo? – disse a ele. – É uma palavra curta, mas ainda é Goethe.

– Eu sei essa, Ninfa – Kittredge disse, sorrindo. – É "humildade", não é?

– Sim – eu disse; e fiquei surpreso por ele saber a palavra, mesmo em inglês. – Lembre-se apenas de que se parecer uma homilia ou um provérbio, provavelmente é Goethe.

– "A velhice é um cavalheiro educado", você está falando dessas bobagens. – Para minha surpresa ainda maior, Kittredge sabia até a frase em alemão, que ele recitou: "'Das Alter ist ein höflich' Mann."

– Tem uma que parece ser de Rilke, mas é de Goethe – avisei a ele.

– É uma sobre a porra do beijo – Kittredge disse. – Fale em alemão, Ninfa.

– "Der Kuss, der letzte, grausam süss" – eu disse, pensando nos beijos da Srta. Frost. E não consegui evitar de pensar em beijar Kittredge, também; eu estava começando a tremer de novo.

– "O beijo, o último, cruelmente doce" – Kittredge traduziu.

– Isso mesmo, ou você poderia dizer "o último beijo de todos", se quisesse. "Die Leidenschaft bringt Leiden!" – eu disse então para ele, acreditando em cada palavra.

– Maldito Goethe! – Kittredge gritou. Eu vi que ele não sabia, e não tinha como adivinhar, também.

– "A paixão traz a dor" – eu traduzi para ele.

– Ah, é – ele disse. – Um bocado de dor.

– Ei, caras – um dos fumantes disse. – Já está quase na hora de recolher.

– Mas que droga – Kittredge disse. Eu sabia que ele podia atravessar correndo a quadra de dormitórios até Tilley, ou, se estivesse atrasado, Kittredge sempre conseguia arranjar uma desculpa brilhante.

– "Ein jeder Engel ist Schrecklich" – eu disse para Kittredge, quando ele estava saindo da sala.

– Rilke, certo? – ele perguntou.

– É Rilke sim. É uma bem famosa – eu disse a ele. – "Todo anjo é apavorante."

Isso fez Kittredge parar na porta da sala bunda. Ele olhou para mim antes de sair correndo; foi um olhar que me assustou, porque achei que vi ao mesmo tempo total compreensão e total desprezo no seu belo rosto. Foi como se Kittredge de repente soubesse tudo a meu respeito – não só quem eu era, e o que estava escondendo, mas tudo o que me aguardava no futuro. (Meu Zukunft ameaçador, como Rilke teria dito.)

– Você é um rapaz especial, não é, Ninfa? – Kittredge me perguntou depressa. Mas saiu correndo, sem esperar uma resposta; ele apenas gritou para mim enquanto corria: – Eu aposto que cada um dos seus malditos anjos vai ser apavorante!

Eu sei que não foi isso que Rilke quis dizer com "todo anjo", mas estava pensando em Kittredge e na Srta. Frost, e talvez no pobre Tom Atkins – e quem sabe quem mais existiria no meu futuro? – como sendo os meus anjos apavorantes.

E o que a Srta. Frost tinha dito, quando me aconselhou a esperar para ler *Madame Bovary*? E se os meus anjos apavorantes, começando com a Srta. Frost e Jacques Kittredge (meus "futuros relacionamentos" era o que a Srta. Frost tinha dito), todos eles tivessem "consequências decepcionantes – até mesmo devastadoras", como ela também tinha dito?

– O que aconteceu, Bill? – Richard Abbott perguntou, quando eu entrei no nosso apartamento. (Minha mãe já tinha ido se deitar; pelo menos a porta do quarto deles estava fechada, como quase sempre acontecia.) – Você parece ter visto um fantasma! – Richard disse.

– Não um fantasma – eu disse. – Só o meu futuro, talvez. – Eu preferi deixá-lo com o mistério da minha observação; fui direto para o quarto e fechei a porta.

O sutiã acolchoado de Elaine estava ali, onde quase sempre estava – debaixo do meu travesseiro. Fiquei deitado, olhando para ele, por um bom tempo, vendo pouco do meu futuro – ou dos meus anjos apavorantes – nele.

8
Grande Al

"É a crueldade de Kittredge o que mais me desagrada", escrevi para Elaine naquele outono.

"Ela foi geneticamente herdada", ela me escreveu de volta. É claro que não discuto o conhecimento superior que Elaine tem da Sra. Kittredge. Elaine e "aquela mulher horrível" tinham sido íntimas o suficiente para Elaine se tornar tão assertiva a respeito do modo como aqueles genes foram passados de mãe para filho. "Kittredge pode negar que ela é mãe dele o quanto quiser, Billy, mas estou dizendo para você que ela é aquele tipo de mãe que amamentou o desgraçado até ele já estar se barbeando!"

"Tudo bem", eu escrevi para Elaine, "mas o que lhe dá tanta certeza de que a crueldade é genética?"

"Que tal beijar?" Elaine escreveu em seguida. "Aqueles dois beijam do mesmo jeito, Billy. Beijar é sem dúvida um traço genético."

A dissertação genética de Elaine sobre Kittredge estava na mesma carta em que ela anunciou sua intenção de ser escritora; mesmo no campo dessa ambição tão sagrada, Elaine tinha sido mais franca comigo do que eu tinha sido com ela. Aqui estava eu embarcando na minha tão desejada aventura com a Srta. Frost, e no entanto não tinha contado nada para Elaine.

Eu não tinha contado nada para ninguém, naturalmente. Também tinha resistido a ler mais de *Giovanni*, até compreender que eu queria tornar a ver a Srta. Frost – o mais depressa possível –, e achei que não devia aparecer na Biblioteca Pública de First Sister sem estar preparado para discutir o estilo de James Baldwin com a Srta. Frost. Então eu mergulhei no romance – não avancei muito, de fato, até ficar paralisado com outra frase. Esta estava logo depois do início do segundo capítulo, e me impediu de continuar lendo o romance por um dia inteiro.

"Eu agora entendo que o desprezo que sentia por ele tinha a ver com o desprezo que sentia por mim mesmo", eu li. Pensei imediatamente em Kittredge – em como o fato de não gostar dele estava totalmente emaranhado com o fato de não gostar de mim mesmo por me sentir atraído por ele. Achei que o livro de James Baldwin era muito verdadeiro para eu conseguir lidar com ele, mas me obriguei a tentar de novo na noite seguinte.

Tem uma descrição, ainda no segundo capítulo, dos "rapazes de sempre, magérrimos, de calças apertadas", que fez com que eu me encolhesse por dentro; em breve eu iria usar esses rapazes como modelos, e buscar a companhia deles, e a ideia da abundância desses "rapazes magérrimos" no meu futuro me assustou.

Então, apesar do meu medo, me vi de repente na metade do romance, e não consegui parar de ler. Mesmo aquela parte em que o ódio do narrador pelo seu amante é tão forte quanto o seu amor por ele, e é "alimentado a partir das mesmas raízes"; ou a parte em que *Giovanni* é descrito como sempre desejável, enquanto, ao mesmo tempo, seu hálito faz o narrador "ter vontade de vomitar" – eu realmente detestei esses trechos, mas só porque eu detestava e temia esses sentimentos em mim mesmo.

Sim, sentir essas atrações perturbadoras por outros meninos e homens também me fizeram temer o que Baldwin chama de "as terríveis chicotadas da moralidade pública", mas eu tive muito mais medo do trecho que descreve a reação do narrador ao fazer sexo com uma mulher: – "Eu fiquei fantasticamente intimidado pelos seios dela, e, quando a penetrei, tive a sensação de que jamais sairia dali vivo."

Por que isso não tinha acontecido comigo?, pensei. Seria apenas pelo fato de a Srta. Frost ter seios pequenos? Se ela tivesse seios grandes, eu teria me sentido "intimidado" – em vez de tão incrivelmente excitado? E, mais uma vez, me veio aquele pensamento indesejado: Eu a tinha mesmo "penetrado"? Se não tinha, e se a penetrasse realmente da próxima vez, eu me sentiria enojado em seguida – em vez de tão completamente satisfeito?

Vocês devem entender que, até eu ler *Giovanni*, nunca tinha lido um romance que me tivesse chocado, e (aos dezoito anos) eu já tinha lido muitos romances – muitos deles excelentes. James Baldwin escrevia muito bem, e ele me chocou – principalmente quando *Giovanni* grita para o amante: "Você quer deixar *Giovanni* porque ele o faz feder. Você quer deixar *Giovanni* porque ele não tem medo do fedor do amor." Essa expressão, "o fedor do amor", me chocou, e fez com que eu me sentisse extremamente ingênuo. Que cheiro eu tinha achado que fazer amor com um rapaz ou um homem poderia ter? Será que Baldwin estava mesmo dizendo que o cheiro era de merda, porque o seu pau ficaria com esse cheiro depois de foder um rapaz ou um homem?

Eu fiquei extremamente agitado ao ler isso; queria conversar com alguém sobre isso, e quase fui acordar o Richard para conversar com ele.

Mas eu me lembrei do que a Srta. Frost tinha dito. Eu não estava preparado para conversar com Richard Abbott sobre a minha atração por Kittredge. Então fiquei na cama; eu estava usando o sutiã de Elaine, como sempre, e continuei a ler *Giovanni* até tarde da noite.

Eu me lembrei do cheiro perfumado em meus dedos, depois de ter tocado o meu pênis e antes de entrar no banho que a Srta. Frost tinha preparado para mim; aquele perfume de óleo de amêndoa ou de abacate não tinha nada a ver com cheiro de merda. Mas, é claro, a Srta. Frost era uma mulher, e se eu a tivesse penetrado, sem dúvida não a teria penetrado lá!

A Sra. Hadley ficou devidamente impressionada por eu ter dominado a palavra sombra, mas como eu não consegui (ou não quis) contar a Martha Hadley sobre a Srta. Frost, tive certa dificuldade em descrever como eu tinha dominado uma das minhas palavras impronunciáveis.

– Como você teve a ideia de dizer *shad roe* sem o R, Billy?

– Ah, bem... – comecei a dizer, e então parei, à moda de Vovô Harry.

Era um mistério para a Sra. Hadley, e para mim, como a "técnica de *shad roe*" podia ser aplicada aos meus outros problemas de pronúncia.

Naturalmente, ao sair do consultório da Sra. Hadley – mais uma vez nas escadas do prédio de música – eu encontrei Atkins.

– Ah, é você, Tom – eu disse o mais naturalmente possível.

– Então agora é "Tom", é? – Atkins me perguntou.

– Eu já estou cansado da cultura do sobrenome desta escola horrível, você não? – perguntei.

– Agora que você mencionou isso – Atkins disse com amargura; eu podia ver que Tom ainda estava chateado por causa do nosso desentendimento na Biblioteca Pública de First Sister.

– Olha, eu sinto muito pela outra noite – eu disse a ele. – Não tive a intenção de deixá-lo ainda mais infeliz por qualquer que tenha sido a estupidez de Kittredge ao chamá-lo de "garoto de recados" dele. Por favor, me desculpe.

Atkins parecia estar sempre à beira das lágrimas. Se o Dr. Harlow tivesse desejado alguma vez nos mostrar um exemplo vivo do que nosso médico escolar chamava de "excesso de choro em meninos", acho que bastaria ele estalar os dedos e pedir a Tom para romper em lágrimas na palestra matinal.

– Eu tive a impressão de ter interrompido você e a Srta. Frost – Atkins disse, jogando verde.

– A Srta. Frost e eu conversamos muito sobre livros – eu disse a ele. – Ela me diz quais os livros que devo ler. Eu falo sobre os assuntos que me interessam, e ela me dá um romance.

– Qual foi o romance que ela deu para você naquela noite? – Tom perguntou. – No que você está interessado, Bill?

– Em atração pelas pessoas erradas – eu disse a Atkins. Era espantoso como a minha primeira relação sexual com alguém tinha me dado coragem. Eu me sentia encorajado – até mesmo compelido – a dizer coisas que até então eu estivera relutante em dizer, não apenas para uma alma tímida como Tom Atkins, mas até para um oponente e amor proibido tão poderoso quanto Jacques Kittredge.

É preciso admitir que era muito mais fácil ser corajoso com Kittredge em alemão. Eu não me sentia suficientemente "confiante" para contar a Kittredge meus sentimentos e pensamentos verdadeiros; não teria ousado dizer "atração pelas pessoas erradas" para Kittredge, nem mesmo em alemão. (A não ser que eu fingisse ser algo que Goethe ou Rilke tinha escrito.)

Eu vi que Atkins estava tentando dizer alguma coisa – talvez que horas eram, ou algo com a palavra tempo no meio. Mas eu estava enganado; era a palavra "atração" que o pobre Tom não conseguia dizer.

Atkins falou de repente:

– Ablação pelas pessoas erradas, esse é um assunto que me interessa também!

– Eu disse "atração", Tom.

– Eu não consigo dizer essa palavra – Atkins admitiu. – Mas estou muito interessado nesse assunto. Talvez, quando você acabar de ler o livro que a Srta. Frost deu para você sobre esse assunto, possa passá-lo para mim. Eu gosto de ler romances.

– É um romance de James Baldwin – eu disse a Atkins.

– É sobre estar apaixonado por uma pessoa negra? – Atkins perguntou.

– Não. O que foi que lhe deu essa ideia, Tom?

– James Baldwin é negro, não é, Bill? Ou eu estou pensando em outro Baldwin?

James Baldwin era negro, é claro, mas eu não sabia disso. Eu não tinha lido nenhum dos outros livros dele; nunca tinha ouvido falar nele. E *Giovanni* era um livro de biblioteca – como tal, não tinha uma sobrecapa. Eu não tinha visto uma foto do autor, James Baldwin.

– É um romance sobre um homem que se apaixona por outro homem – eu disse em voz baixa para Tom.

– Sim – Atkins murmurou. – Foi o que pensei que seria, quando você falou em "pessoas erradas".

– Eu deixo você ler quando eu terminar – eu disse. Eu tinha terminado de ler *Giovanni*, é claro, mas queria relê-lo, e conversar com a Srta. Frost sobre ele antes de passar para Atkins, embora eu tivesse certeza de que não havia nada sobre o narrador ser negro, e o pobre *Giovanni*, eu sabia, era italiano.

De fato, eu até me lembrei daquela frase perto do final do romance, quando o narrador está se olhando no espelho – "meu corpo é feio e branco e seco". Mas eu simplesmente queria reler *Giovanni* imediatamente; o livro teve um grande impacto sobre mim. Era o primeiro romance que eu queria reler desde *Grandes esperanças*.

Agora, com quase setenta anos, existem poucos romances que eu posso reler e ainda gostar – quer dizer, dentre aqueles romances que li e amei quando era adolescente –, mas reli recentemente *Grandes esperanças* e *Giovanni*, e minha admiração por esses romances não diminuiu em nada.

Ah, tudo bem, existem trechos em Dickens que são longos demais, mas e daí? E quem eram os travestis em Paris, no tempo que o Sr. Baldwin esteve lá – bem, eles não deviam ser travestis muito passáveis. O narrador de *Giovanni* não gosta deles. "Eu sempre achei difícil acreditar que eles jamais fossem para a cama com alguém, pois um homem que quisesse uma mulher sem dúvida iria preferir uma mulher de verdade e um homem que quisesse um homem sem dúvida não iria querer um deles", Baldwin escreveu.

Tudo bem, estou adivinhando que o Sr. Baldwin nunca conheceu um dos transexuais muito passáveis que encontramos hoje. Ele não conheceu uma Donna, um desses travestis com seios e sem nenhum traço de barba – uma dessas mulheres totalmente convincentes. Você poderia jurar que não havia um pingo de masculino no tipo de transexual a que estou me referindo, exceto pelo *penith* em perfeito funcionamento entre as pernas dela!

Eu também estou adivinhando que o Sr. Baldwin nunca quis um amante que tivesse seios e um pau. Mas, acredite em mim, eu não culpo James Baldwin por não sentir atração pelos travestis do tempo dele – *les folles*, ele os chamava.

Eu só digo o seguinte: Vamos deixar as *folles* em paz; não vamos falar delas. Não as julguem. Vocês não são superiores a elas – não as desprezem.

Ao tornar a ler *Giovanni* bem recentemente, não só achei o romance tão perfeito quanto me lembrava, mas também descobri algo que tinha me escapado, ou que tinha lido sem notar, aos dezoito anos. Eu me refiro ao trecho em que Baldwin escreve que "as pessoas não podem, infelizmente, inventar seus portos seguros, seus amantes e amigos, assim como não podem inventar seus pais".

Sim, isso é verdade. Naturalmente, quando eu tinha dezoito anos, ainda estava me inventando sem parar; e não apenas sexualmente. E eu não ignorava que precisava de "portos seguros" – sem falar de quantos eu iria precisar ou de quem meus portos seguros seriam.

O pobre Tom Atkins precisava de um porto seguro, desesperadamente. Isso ficou muito claro para mim enquanto conversávamos, ou tentávamos conversar, sobre atração (ou ablação) por pessoas erradas. Por um momento, pareceu que jamais avançaríamos de onde estávamos na escada do prédio de música, e que nosso arremedo de conversa tinha ficado permanentemente para trás.

– Você teve alguma melhora nos seus problemas de fala, Bill? – Atkins me perguntou, sem jeito.

– Só com uma palavra, na verdade – eu disse a ele. – Eu pareço ter dominado a palavra sombra.

– Que bom para você – Atkins disse com sinceridade. – Eu não venci nenhuma das minhas dificuldades, pelo menos ultimamente.

– Sinto muito, Tom – eu disse a ele. – Deve ser difícil ter problemas com uma dessas palavras que surgem o tempo todo. Como a palavra tempo – eu disse.

– Sim, essa é mesmo difícil – Atkins admitiu. – Qual é uma de suas piores?

– A palavra para comoémesmoquesechama – eu disse a ele. – Você sabe... pau, peru, pinto, cacete, caralho – eu disse.

– Você não consegue dizer pênis? – Atkins murmurou.

– Sempre sai penith – eu disse a ele.

– Bem, pelo menos é compreensível, Bill – Atkins disse encorajadoramente.

– Você tem alguma palavra que seja pior do que a palavra tempo? – perguntei a ele.

– O equivalente feminino do seu pênis – Atkins respondeu. – Eu não consigo chegar nem perto de dizê-la, só tentar já me mata.

– Você está falando de "vagina", Tom?

Atkins balançou vigorosamente a cabeça; achei que o pobre Tom estava com aquele aspecto beirando as lágrimas pelo modo como ele não conseguia parar de balançar a cabeça, mas a Sra. Hadley evitou que ele chorasse – mesmo que apenas momentaneamente.

– Tom Atkins! – Martha Hadley gritou do vão da escada. – Eu estou ouvindo sua voz, mas você está atrasado para a sua consulta! Estou esperando por você!

Atkins começou a subir correndo, sem pensar. Ele me lançou um olhar simpático, mas vagamente envergonhado, por cima do ombro; eu o ouvi gritar distintamente para a Sra. Hadley enquanto subia a escada: – Desculpe! Estou chegando! Eu perdi a noção do tempo! – Tanto Martha Hadley quanto eu ouvimos claramente o que ele disse.

– Isso me parece um progresso e tanto, Tom! – gritei para cima.

– O que foi que você disse, Tom Atkins? Diga outra vez! – Eu ouvi a Sra. Hadley dizer para ele.

– Tempo! Tempo! Tempo! – Eu ouvi Atkins gritar, antes de cair em prantos.

– Ah, não chore, seu bobo! – Martha Hadley estava dizendo. – Tom, Tom, por favor, pare de chorar. Você devia estar feliz! – Mas Atkins chorava sem parar; depois que as lágrimas começavam, ele não conseguia detê-las. (Eu conhecia essa sensação.)

– Preste atenção, Tom! – gritei para cima. – Você está numa maré de sorte, cara! Agora está na hora de dizer "vagina". Eu sei que você consegue! Se conseguiu dizer "tempo", confie em mim, "vagina" é fácil! Deixe-me ouvi-lo dizer "vagina", Tom! Vagina! Vagina! Vagina!

– Olha esse linguajar, Billy – a Sra. Hadley gritou lá de cima. Eu teria continuado a encorajar o pobre Tom, mas não queria que Martha Hadley, ou outro membro do corpo docente do prédio de música, me desse um castigo.

Eu tinha um encontro – uma porra de um encontro! – com a Srta. Frost, então não repeti a palavra vagina. Apenas continuei descendo a escada; e até sair do prédio de música, eu pude ouvir Tom Atkins chorando.

É fácil de ver, olhando para trás, como eu dei bandeira. Eu não tinha o hábito de tomar banho e fazer a barba antes de sair para a biblioteca. Embora eu não costumasse dizer a Richard ou a minha mãe para qual biblioteca estava indo, suponho que deveria ter sido esperto o suficiente para levar *Giovanni* comigo. (Eu deixei o romance debaixo do meu travesseiro, junto com o sutiã de Elaine, mas isso foi porque não tencionava devolver o livro para a biblioteca. Queria emprestá-lo para Tom Atkins, mas só depois de ter perguntado à Srta. Frost se ela achava que essa era uma boa ideia.)

– Você está bonito, Billy – minha mãe comentou, quando eu estava saindo de casa. Ela raramente elogiava a minha aparência, e embora tivesse dito mais de uma vez que eu "ia ser bonito", ela já não dizia isso havia mais de dois anos. Imagino que eu já era bonito demais na opinião da minha mãe, porque o modo como ela disse a palavra bonito não foi muito agradável.

– Está indo para a biblioteca, Bill? – Richard me perguntou.

– Isso mesmo – eu disse. Foi burrice minha não levar meu dever de casa de alemão comigo. Por causa de Kittredge, eu quase nunca andava sem meu Goethe e meu Rilke. Mas, naquela noite, minha pasta estava praticamente vazia. Eu só estava levando um dos meus cadernos, mais nada.

– Você está bonito demais para a biblioteca, Billy – minha mãe disse.

– Suponho que não posso andar por aí parecendo ser a *sombra* de Lear, posso? – perguntei aos dois. Eu só estava me mostrando, mas, olhando para trás, vejo que foi desaconselhável dar a Richard Abbott e a minha mãe um gostinho da minha recém-adquirida confiança.

Um pouco mais tarde nessa mesma noite – tenho certeza de que ainda estava na sala de anuários da biblioteca da academia –, Kittredge apareceu em Bancroft Hall, procurando por mim. Minha mãe abriu a porta do nosso apartamento, mas quando ela viu quem era tenho certeza que ela não mandou Kittredge entrar.

– Richard! – ela sem dúvida gritou. – Jacques Kittredge está aqui!

– Eu estava querendo dar uma palavrinha com o especialista em alemão – Kittredge disse charmosamente.

– Richard! – minha mãe deve ter chamado outra vez.

– Estou indo, Joia! – Richard deve ter respondido. Era um apartamento pequeno; embora minha mãe não quisesse conversa com Kittredge, certamente ela ouviu cada palavra da conversa de Kittredge com Richard.

– Se é o especialista em alemão que você está procurando, Jacques, sinto muito mas ele foi para a biblioteca – Richard disse a Kittredge.
– Qual biblioteca? – Kittredge perguntou. – Ele é frequentador de duas bibliotecas, aquele especialista em alemão. Uma noite dessas, ele estava lá na biblioteca municipal, você sabe, a biblioteca pública.
– O que o Billy está fazendo na biblioteca pública, Richard? – minha mãe deve ter perguntado. (Ela deve ter pensado isso, pelo menos; ela deixaria para perguntar a Richard mais tarde, ou enquanto Kittredge ainda estivesse lá.)
– Acho que a Srta. Frost continua a aconselhá-lo a respeito de suas leituras – Richard Abbott pode ter respondido, então ou mais tarde.
– Eu tenho que ir – Kittredge provavelmente disse. – Diga ao especialista em alemão que eu fui muito bem no teste, tirei a melhor nota da minha vida. Diga que ele estava certíssimo sobre a parte que diz que "a paixão causa dor". Diga que ele até adivinhou certo sobre o "anjo apavorante", eu cravei essa parte – Kittredge disse a Richard.
– Eu vou dizer a ele – Richard deve ter dito a Kittredge. – Você acertou a parte da "paixão causa dor", você cravou o "anjo apavorante" também. Pode deixar que eu vou contar para ele.
Nessa altura, minha mãe já devia ter achado o livro da biblioteca no meu quarto. Ela sabia que eu guardava o sutiã de Elaine debaixo do travesseiro; aposto que aquele foi o primeiro lugar que ela olhou.
Richard Abbott era um cara bem informado; ele já devia saber qual era o tema de *Giovanni*. É claro que o meu dever de casa de alemão – os sempre presentes Goethe e Rilke – devia estar visível no meu quarto, também. O que quer que estivesse me ocupando, em alguma biblioteca, não parecia ser o meu dever de alemão. E dobradas dentro das páginas do maravilhoso romance do Sr. Baldwin deviam estar minhas anotações – inclusive citações de *Giovanni*, é claro. Naturalmente, "fedor do amor" devia estar entre elas, e aquela frase que me vinha à cabeça sempre que eu pensava em Kittredge: "Com tudo em mim gritando: Não! No entanto, a soma de mim suspirou: Sim."
Kittredge já devia ter saído há muito tempo de Bancroft quando Richard e minha mãe tiraram suas conclusões e chamaram os outros.

Talvez não a Sra. Hadley – isto é, não a princípio –, mas com certeza minha enxerida Tia Muriel e meu maltratado tio Bob, e, é claro, Nana Victoria e o mais famoso criador de papéis femininos de First Sister, Vovô Harry. Todos eles devem ter tirado suas conclusões, e até bolado algum plano rudimentar, enquanto eu ainda estava saindo da velha sala de anuários; quando o plano de ataque deles tomou sua forma final, tenho certeza que eu já estava a caminho da Biblioteca Pública de First Sister, onde cheguei pouco antes da hora de fechar.

Eu estava bastante preocupado a respeito da Srta. Frost – especialmente depois de ver a Coruja de 1935. Eu fiz o possível para não me demorar contemplando aquele espetáculo de garoto da equipe de luta livre de 1931; ninguém atraiu minha atenção no anuário de 1932 da Favorite River Academy, nem mesmo entre os lutadores. Nas fotografias do Clube de Teatro de 1933 e 1934, havia alguns garotos fazendo papel de garotas que pareciam convincentemente femininos – pelo menos em cena –, mas não prestei muita atenção nessas fotos, e não vi a Srta. Frost nas fotos das equipes de luta livre de 1933 e 1934, onde ela estava na última fileira.

A Coruja de 1935 é que foi sensacional – naquele que deve ter sido o último ano da Srta. Frost na Favorite River Academy. Naquele ano, a Srta. Frost – mesmo como um rapaz – era inconfundível. Ela estava sentada no meio da primeira fila, porque "A. Frost" era o capitão do time de luta livre em 1935; apenas a inicial "A". foi usada na legenda sobre a foto da equipe. Mesmo sentada, seu longo torso a deixava uma cabeça mais alta do que qualquer um dos outros rapazes da primeira fila, e eu identifiquei seus ombros largos e suas mãos grandes com a mesma facilidade com que os teria identificado se ela estivesse vestida de mulher.

Seu rosto comprido e bonito não tinha mudado, embora seu cabelo grosso estivesse cortado bem curto. Passei rapidamente para as fotos 3x4 dos formandos. Para minha surpresa, Albert Frost era da cidade de First Sister, Vermont – um aluno externo, não interno –, e embora a escolha de universidade do rapaz de dezoito anos fosse citada como "não decidida", a escolha de carreira dele era reveladora. Albert tinha designado "ficção" – bem adequada para uma futura bibliotecária e um belo rapaz a caminho de se tornar uma mulher passável (embora de seios pequenos).

Calculei que Tia Muriel devia ter se lembrado de Albert Frost, o bonito capitão da equipe de luta livre – Classe de 1935 –, e que foi como um rapaz que Muriel disse que a Srta. Frost "tinha sido muito bonita". (Albert sem dúvida era.)

Não fiquei surpreso ao ver o apelido de Albert Frost na Favorite River Academy. Era "Grande Al".

A Srta. Frost não estava brincando quando me disse que "todo mundo costumava" chamá-la de Al – inclusive, provavelmente, minha Tia Muriel.

Fiquei surpreso ao reconhecer outro rosto no meio dos retratos 3x4 dos formandos da Classe de 1935. Robert Fremont – meu tio Bob – tinha se formado na turma da Srta. Frost. Bob, cujo apelido era "Homem da Raquete", deve ter conhecido a Srta. Frost quando ela era o Grande Al. (Era uma dessas coincidências da vida que, na Coruja de 1935, Robert Fremont estivesse na página ao lado de Albert Frost.)

Compreendi, naquela curta caminhada da sala dos anuários para a Biblioteca Pública de First Sister, que todo mundo na minha família, que fazia alguns anos também incluía Richard Abbott, tinha que saber que a Srta. Frost tinha nascido – e provavelmente ainda era – homem. Naturalmente, ninguém tinha me contado que a Srta. Frost era um homem; afinal de contas, a falta de franqueza era endêmica na minha família.

Ocorreu-me, enquanto eu contemplava meu rosto assustado naquele espelho do saguão mal iluminado da biblioteca municipal, onde Tom Atkins havia se assustado tão recentemente, que quase todo mundo de certa idade em First Sister, Vermont, devia saber que a Srta. Frost era um homem; isso sem dúvida incluía todo mundo acima dos quarenta que tinha visto a Srta. Frost em cena com uma personagem feminina de Ibsen naquelas produções amadoras do First Sister Players.

Em seguida eu tinha encontrado a Srta. Frost nas fotos da equipe de luta livre nos anuários de 1933 e de 1934, onde A. Frost ainda não era tão alto nem tinha ombros tão largos; de fato, ela parecia tão insegura na última fileira daquelas fotos que eu não havia reparado nela.

Eu também não a tinha identificado nas fotografias do Clube de Teatro. A. Frost era sempre escalada como mulher; ela tinha representado diversos papéis femininos, mas usando perucas tão absurdas, e com peitos tão grandes, que eu não a tinha reconhecido. Que diversão aquilo deve ter sido para os rapazes – ver o capitão da equipe de luta livre, o Grande Al, rebolando pelo palco, fingindo ser uma moça! Entretanto, quando Richard tinha perguntado à Srta. Frost se ela já tinha pisado num palco – se ela já tinha atuado –, ela tinha respondido: "Só na minha imaginação."

Que monte de mentiras!, eu estava pensando, enquanto me via tremendo no espelho.

– Tem alguém aí? – Ouvi a Srta. Frost perguntar. – É você, William? – ela gritou, alto o suficiente para eu saber que estávamos sozinhos na biblioteca.

– Sim, sou eu, Grande Al – respondi.

– Ó céus – ouvi a Srta. Frost dizer, com um suspiro exagerado. – Eu disse a você que não tínhamos muito tempo.

– Tem um monte de coisas que você não me disse! – gritei de volta para ela.

Eu vi que, antecipando a minha chegada, a Srta. Frost já tinha apagado as luzes no salão principal da biblioteca. A luz que brilhava do fundo da escada do porão – a porta do porão estava aberta – banhava a Srta. Frost de um modo suave e lisonjeiro. Ela estava sentada atrás da mesa com as mãos cruzadas no colo. (Eu digo que a luz era "lisonjeira" porque a fazia parecer mais jovem; é claro que isso pode ter sido também por eu a ter visto em todos aqueles velhos anuários.)

– Venha me dar um beijo, William – a Srta. Frost disse. – Não há razão para você não me beijar, há?

– Você é um *homem*, não é? – perguntei a ela.

– Minha nossa, o que faz um homem? – ela perguntou. – Kittredge não é um homem? Você quer beijá-*lo*. Você não quer mais me beijar, William?

Eu queria beijá-la sim; eu queria fazer tudo com ela, mas estava zangado e nervoso, e sabia, pelo modo como estava tremendo, que estava muito perto das lágrimas, o que não queria fazer.

– Você é um transexual! – eu disse a ela.

– Meu caro rapaz – a Srta. Frost disse bruscamente. – Meu caro rapaz, por favor, não coloque um rótulo em mim, não me torne uma categoria antes de me conhecer!

Quando ela se levantou de sua mesa, pareceu agigantar-se sobre mim; quando abriu os braços para mim, eu não hesitei – corri para o seu forte abraço e a beijei. A Srta. Frost me beijou de volta, com muita força. Eu não pude chorar, porque ela me deixou sem ar.

– Ora, ora, como você andou ocupado, William – ela disse, guiando-me para a escada do porão. – Você leu *Giovanni*, não foi?

– Duas vezes! – consegui dizer.

– Duas vezes, já! E você achou tempo para ler aqueles velhos anuários, não foi, William? Eu sabia que você não ia demorar muito para ir de 1931 para 1935. Foi aquela fotografia da equipe de luta livre de 1935, foi aquela que chamou sua atenção, William?

– Sim! – Eu mal consegui responder. A Srta. Frost estava acendendo a vela com perfume de canela em seu quarto; depois ela apagou a luminária que estava presa na cabeceira da sua cama de ferro, onde as cobertas já tinham sido puxadas.

– Eu não podia evitar que você visse aqueles anuários, podia, William? – ela continuou. – Eu não sou bem-vinda na biblioteca da academia. E se você não tivesse visto aquela foto do meu tempo de luta livre, sem dúvida alguém acabaria contando para você a meu respeito. Eu estou francamente estarrecida por ninguém ter contado.

– A minha família não me conta muita coisa – eu disse a ela. Eu estava me despindo o mais depressa possível, e a Srta. Frost já tinha desabotoado a blusa e tirado a saia. Dessa vez, quando ela usou o banheiro, não falou nada sobre privacidade.

– Sim, eu conheço aquela sua família! – ela disse, rindo. Ela levantou sua anágua, e, erguendo a tábua de madeira da privada, urinou de pé, um tanto alto, mas de costas para mim. Eu não vi o pênis dela, mas não havia dúvida, pelo modo como estava urinando, que tinha um.

Eu me deitei nu na cama de ferro e a vi lavar as mãos e o rosto, e escovar os dentes naquela pequena pia. Eu a vi piscar para mim pelo espelho.

– Imagino que a senhora tenha sido uma ótima lutadora – eu disse a ela –, já que a fizeram capitão do time.

– Eu não pedi para ser capitão – ela disse. – Só continuei ganhando de todo mundo, derrotei todo mundo, então me fizeram capitão. Uma coisa dessas você não recusa.

– Ah.

– Além disso, a luta livre evitava que me questionassem – a Srta. Frost disse. Ela estava pendurando a saia e a blusa no armário; dessa vez, tirou o sutiã, também. – Ninguém questiona você – eu estou dizendo sexualmente, quando você é um lutador. Isso meio que despista as pessoas, se é que me entende, William.

– Eu entendo – eu disse a ela. Pensei que os seios dela eram maravilhosos – tão pequenos, e com mamilos tão perfeitos, mas os seios dela eram maiores do que os da pobre Elaine. A Srta. Frost tinha seios de uma garota de catorze anos, e pareciam menores nela porque ela era tão grande e forte.

– Eu amo os seus seios – eu disse a ela.

– Obrigada, William. Eles não vão ficar maiores do que isso, mas é uma maravilha o que os hormônios conseguem fazer. Acho que eu não preciso de seios maiores – a Srta. Frost disse, sorrindo para mim.

– Acho que são perfeitos – eu disse a ela.

– Eu garanto que não os tinha quando lutava, isso não teria dado muito certo – a Srta. Frost disse. – Eu fiz luta livre, e evitei perguntas, até terminar a faculdade – ela me disse. – Nada de seios, nada de viver como uma mulher, William, até eu ter saído da faculdade.

– Onde você fez faculdade? – perguntei.

– Na Pensilvânia – ela disse. – Num lugar que você nunca deve ter ouvido falar.

– Você lutava tão bem quanto Kittredge? – perguntei. Ela se deitou ao meu lado na cama, mas, dessa vez, quando ela segurou meu pênis com sua mão grande, eu estava de frente para ela.

– Kittredge não é tão bom assim – a Srta. Frost disse. – Ele apenas não tem competidores. A Nova Inglaterra não é exatamente um centro de luta livre. Não chega aos pés da Pensilvânia.

– Ah.

Eu toquei na anágua dela, na região onde imaginei que seu pênis estivesse; ela deixou que eu a tocasse. Não tentei enfiar a mão por baixo da anágua; esta era de um tom de cinza-pérola, quase da mesma cor que o sutiã de Elaine. Quando pensei no sutiã de Elaine, me lembrei de *Giovanni*, que estava debaixo do meu travesseiro.

O romance de James Baldwin era tão triste que de repente perdi a vontade de comentá-lo com a Srta. Frost; em vez disso, perguntei para ela:

– Não foi difícil ser lutador, quando você queria era ser uma garota e sentia atração por outros garotos?

– Não foi tão difícil assim enquanto eu estava ganhando. Eu gostava de estar por cima – ela disse. – Quando está ganhando na luta livre, você está por cima. Foi mais difícil na Pensilvânia, porque eu não ganhava o tempo todo lá. Eu ficava por baixo mais do que gostava – ela disse –, mas eu já era mais velha, conseguia lidar com a derrota. Eu odiava ser imobilizada, mas só fui imobilizada duas vezes, pelo mesmo cara. Luta livre era o meu disfarce, William. Naquela época, garotos como nós precisavam de um disfarce. Elaine não era um disfarce, William? Ela me pareceu ser o seu disfarce – a Srta. Frost disse. – Hoje em dia, garotos como nós não precisam ainda de um pequeno disfarce?

– Sim, precisamos – murmurei.

– Ah, agora você está sussurrando de novo! – a Srta. Frost murmurou. – Sussurrar também é uma espécie de disfarce, eu acho.

– Você deve ter estudado alguma coisa naquela faculdade na Pensilvânia, não apenas luta livre – eu disse a ela. – O anuário dizia que sua escolha de carreira era "ficção", uma carreira meio engraçada, não é? (Acho que eu estava só puxando conversa, como uma forma de distrair minha atenção do pênis da Srta. Frost.)

– Na faculdade, estudei biblioteconomia – a Srta. Frost estava dizendo, enquanto continuávamos segurando o pênis um do outro. O dela não estava tão duro quanto o meu – pelo menos ainda não. Eu achei que, mesmo não tão duro, o pênis dela era maior do que o meu, mas quando você é inexperiente não consegue realmente calcular o tamanho do pênis de alguém, se não o estiver vendo. – Achei que uma biblioteca seria um lugar seguro e complacente para um homem que estava a caminho de se tornar uma mulher – a Srta. Frost continuou. – Eu sabia até em qual biblioteca eu queria trabalhar, naquela biblioteca da academia onde estão aqueles velhos anuários, William. Eu pensava: que outra biblioteca iria me dar tanto valor quanto a minha velha biblioteca escolar? Eu tinha sido um bom aluno em Favorite River, e tinha sido um lutador muito bom – não tão bom pelos padrões da Pensilvânia, talvez, mas tinha sido muito bom na Nova Inglaterra. É claro que quando voltei para First Sister como mulher, a Favorite River Academy não quis saber de uma pessoa como eu convivendo com aqueles rapazes impressionáveis! Todo mundo é ingênuo a respeito de alguma coisa, William, e fui ingênua a respeito disso. Eu sabia que a minha antiga escola tinha gostado de mim quando era o Grande Al; fui ingênua o suficiente para estar despreparada para o fato de eles *não* gostarem de mim como Srta. Frost. Foi só porque o seu avô Harry fazia parte do conselho da biblioteca municipal – esta velha e divertida biblioteca pública, para a qual eu era qualificada demais para ser a bibliotecária – que me deram o emprego.

– Mas por que quis ficar aqui em First Sister, ou trabalhar na Favorite River Academy, que você mesmo diz ser uma escola horrível? – perguntei a ela.

Eu só tinha dezoito anos, mas já sabia que nunca mais queria voltar para a Favorite River Academy ou para a cidade insignificante de First Sister, Vermont. Mal podia esperar para ir embora, para ir para algum lugar – para qualquer lugar – onde eu pudesse fazer sexo com quem eu quisesse, sem ser criticado e julgado por aquelas pessoas conhecidas que achavam que me conheciam!

– Eu tenho uma mãe doente, William – a Srta. Frost explicou. – Meu pai morreu no ano em que entrei na Favorite River Academy; se ele não tivesse morrido, o fato de eu me transformar em mulher provavelmente o teria matado. Mas minha mãe não está bem de saúde há algum tempo; eu quase não consegui terminar a faculdade por causa dos problemas de saúde da minha mãe. Ela é uma dessas pessoas que já estão doentes há tanto tempo que se um dia ficarem bem não vão saber que estão curadas. Ela é doente da *cabeça*, William; ela nem percebe que sou uma mulher, ou talvez ela não se lembre que seu garotinho um dia foi um homem. Eu tenho certeza de que ela não se lembra que teve um filhinho.

– Ah.

– Seu avô Harry foi patrão do meu pai. Harry sabia que era eu que tomava conta da minha mãe. Esse foi o único motivo que tive para voltar para First Sister, quer a Favorite River Academy me quisesse ou não, William.

– Eu sinto muito – eu disse.

– Ah, não é tão mau assim – a Srta. Frost respondeu, daquele jeito teatral. – Cidades pequenas podem insultar você, mas elas têm que ficar com você, não podem mandar você embora. E eu conheci *você*, William. Quem sabe? Talvez eu vá ser lembrada como a doida da bibliotecária-travesti que iniciou sua carreira de escritor. Você já começou a escrever, não é? – ela me perguntou.

Mas a história da vida dela, até agora, me parecia extremamente infeliz. Enquanto eu continuava a tocar em seu pênis por cima daquela anágua cinza-pérola, pensava em *Giovanni*, que estava embrulhado no sutiã de Elaine, debaixo do meu travesseiro, e eu disse: – Eu amei o romance de James Baldwin. Não o trouxe de volta para a biblioteca porque queria emprestá-lo para Tom Atkins. Ele e eu conversamos sobre o livro, acho que ele também iria adorar *Giovanni*. Posso emprestar o livro para ele?

– *Giovanni* está na sua pasta, William? – a Srta. Frost me perguntou de repente. – Onde o livro está neste exato momento?

– Está em casa – eu disse a ela. De repente tive medo de dizer que estava debaixo do meu travesseiro, sem falar que o romance estava em contato com o sutiã acolchoado cinza-pérola de Elaine Hadley.

– Você não deve deixar esse romance em casa – a Srta. Frost me disse. – É claro que pode emprestá-lo para o Tom. Mas diga ao Tom para não deixar que o colega de quarto dele o veja.

– Eu não sei quem é o colega de quarto de Atkins – eu disse a ela.

– Não importa quem é o colega de quarto do Tom, apenas não deixe o colega de quarto dele ver aquele romance. Eu disse para você não deixar sua mãe, nem Richard Abbott, vê-lo. Se eu fosse você, não deixaria nem mesmo o seu avô Harry saber que está com ele.

– Vovô sabe que eu tenho atração por Kittredge – eu disse à Srta. Frost. – Mas ninguém sabe que eu tenho uma atração por *você*.

– Espero que você esteja certo quanto a isso, William – ela murmurou. Ela se inclinou e pôs meu pênis em sua boca, em menos tempo que eu levei para escrever esta frase. Entretanto, quando tentei enfiar a mão debaixo da anágua dela para segurar seu pênis, ela me impediu. – Não, nós não vamos fazer isso.

– Eu quero fazer tudo – eu disse a ela.

– É claro que quer, William, mas você vai ter que fazer tudo com outra pessoa. Não é apropriado que um rapaz da sua idade faça tudo com alguém da minha idade – a Srta. Frost me disse. – Eu não vou ser responsável pela sua primeira vez em *tudo*.

Com isso, ela tornou a colocar o meu pênis na boca; por ora, ela não ia dar mais nenhuma explicação. Enquanto ela ainda estava me chupando, eu disse:

– Eu não acho que tenhamos feito sexo de *verdade* a vez passada, quer dizer, a parte da penetração. Nós fizemos outra coisa, não foi?

– Não é muito fácil falar e fazer sexo oral ao mesmo tempo, William – a Srta. Frost disse, suspirando de um jeito, enquanto se deitava ao meu lado, de frente para mim, que eu tive a impressão que a cortina tinha se fechado para o sexo oral, e tinha mesmo. – Você pareceu gostar da "outra coisa" que nós fizemos, William.

– Ah, eu *gostei*, sim! – eu disse. – Só estava imaginando sobre a questão da penetração.

– Você pode pensar sobre isso o quanto quiser, William, mas *não* haverá nenhuma "penetração" comigo. Você não entende? – ela perguntou de repente. – Eu estou tentando *proteger* você de "sexo de verdade". Pelo menos *um pouco* – a Srta. Frost acrescentou, sorrindo.

– Mas eu não quero ser *protegido*! – Eu gritei.

– Eu não vou carregar na minha consciência o fato de ter feito "sexo de verdade" com um rapaz de dezoito anos, William. Quanto a quem você irá se tornar, eu provavelmente já o influenciei demais! – declarou a Srta. Frost. Ela tinha razão quanto a isso, embora ela deva ter imaginado que estava sendo mais teatral do que profética, e eu ainda não soubesse o quanto a Srta. Frost ainda iria me "influenciar" (pelo resto da minha *vida*!).

Dessa vez, ela me mostrou a loção que usava – ela deixou que eu sentisse o perfume dela em seus dedos. Ela tinha cheiro de amêndoas. Ela não montou em mim nem sentou sobre mim; ficamos deitados de lado com nossos pênis se tocando. Eu continuei sem ver o pênis dela, mas a Srta. Frost esfregou o pênis dela junto com o meu. Quando ela se virou, pôs meu pênis entre suas coxas e empurrou suas nádegas contra a minha barriga. Sua combinação estava erguida até a cintura; eu segurei um dos seus seios nus com uma das mãos, e seu pênis com a outra. A Srta. Frost escorregou o meu pênis entre suas coxas até eu ejacular na palma da sua mão.

Nós ficamos deitados nos braços um do outro por um longo tempo, mas eu percebi depois que *não* tínhamos ficado tanto tempo assim sozinhos; na verdade, não tivemos muito tempo juntos. Acho que foi porque eu adorava ouvir a conversa dela e o som da sua voz, que imaginei o tempo passando mais devagar do que ele passou realmente.

Ela preparou um banho para mim, como da primeira vez, mas continuou se recusando a ficar completamente nua, e quando sugeri que entrássemos juntos na banheira, ela riu e disse:

– Eu ainda estou tentando *proteger* você, William. Não quero me arriscar a *afogar* você!

Eu me contentei com o fato de ela estar com os seios nus, e por ela ter deixado que eu segurasse o seu pênis, que eu ainda não tinha visto. Ele tinha ficado mais duro e maior na minha mão, mas tive a sensação de que até seu pênis estava se controlando – um pouco. Eu não posso explicar isso, mas tive certeza de que a Srta. Frost simplesmente não estava permitindo que o pênis dela ficasse ainda maior e mais duro; talvez essa fosse, na cabeça dela, outra maneira de me *proteger*.

– Tem um *nome*, fazer sexo como nós fizemos? – perguntei.

– Tem sim, William. Você consegue pronunciar a palavra intercrural? – ela me perguntou.

– Intercrural – eu disse sem hesitação. – O que significa?

– Tenho certeza que você conhece o prefixo *inter*, que nesse sentido significa "entre", William – a Srta. Frost respondeu. – Quanto a *crural*, isso significa "relativo a perna", em outras palavras, entre as pernas.

– Entendo – eu disse.

– Essa forma era apreciada pelo homens homossexuais na antiga Grécia, ou foi o que eu li – a Srta. Frost explicou. – Isso não fazia parte dos meus estudos de biblioteconomia, mas eu passava um bom tempo numa biblioteca!

– O que havia nisso que agradava os antigos gregos? – perguntei a ela.

– Li sobre isso há muito tempo, talvez eu tenha esquecido todas as razões – a Srta. Frost disse. – O fato de ser feito por trás, eu acho.

– Mas nós não vivemos na Grécia antiga – eu disse à Srta. Frost.

– Acredite em mim, William: é possível fazer sexo intercrural sem imitar exatamente os gregos – a Srta. Frost explicou. – Não é preciso fazer sempre por trás. Entre as coxas funciona de lado ou em outras posições, até na posição papai e mamãe.

– Na posição *o quê*?

– Nós vamos experimentar da próxima vez, William – ela murmurou. Deve ter sido quando ela murmurou baixinho que pensei ouvir um rangido na escada do porão. Ou a Srta. Frost também tinha ouvido ou foi apenas coincidência ela ter escolhido aquele momento para olhar para o relógio.

– Você disse ao Richard e a mim que só estivera num *palco*, que só tinha *atuado*, na sua imaginação. Mas eu vi você naquelas fotografias do Clube de Teatro. Você já esteve num palco, já *tinha* atuado antes – eu disse a ela.

– Licença poética, William – a Srta. Frost respondeu, com um dos seus suspiros teatrais. – Além do mais, aquilo não era *atuar*. Era simplesmente vestir uma fantasia, aquilo era *exagerar*! Aqueles rapazes eram palhaços, só estavam se divertindo! Não havia um Richard Abbott na Favorite River Academy naquela época. Não havia uma pessoa encarregada do Clube de Teatro que soubesse a metade do que Nils sabe, e Nils Borkman é um *pedante* da dramaturgia!

Houve outro rangido na escada do porão, que tanto eu quanto a Srta. Frost ouvimos; dessa vez não havia engano. Eu fiquei surpreso principalmente com o fato de a Srta. Frost não ficar surpresa.

– Na nossa pressa, William, será que esquecemos de trancar a porta da biblioteca? – ela murmurou para mim. – Puxa vida, eu acho que sim.

Nós tivemos tão pouco tempo – como a Srta. Frost sabia desde o início.

No terceiro rangido na escada do porão, naquela noite memorável na claramente não trancada Biblioteca Pública de First Sister, a Srta. Frost – que estivera ajoelhada ao lado da banheira enquanto esfregava cuidadosamente o meu pênis e conversávamos sobre todo tipo de coisas interessantes – levantou-se e disse com uma voz de trombone, que teria impressionado minha amiga Elaine e sua mãe com voz de professora, a Sra. Hadley:

– É você, Harry? Eu estava achando que aqueles covardes iriam mandar *você*. É você, não é?

– Ah, bem, sim, sou eu – ouvi Vovô Harry dizer timidamente, da escada do porão. Eu me sentei reto na banheira. A Srta. Frost ficou em pé bem ereta, com os ombros puxados para trás e seus seios pequenos e pontudos apontados para a porta aberta do quarto. Os mamilos da Srta. Frost eram longos, e suas impronunciáveis aréolas tinham o intimidante tamanho de dólares de prata.

Quando meu avô entrou indecisamente no quarto do porão da Srta. Frost, ele não era o personagem confiante que eu tinha visto tantas vezes em cena; ele não era uma mulher com uma presença dominadora, mas simplesmente um homem – careca e pequeno. Vovô Harry claramente não tinha se oferecido para ir me resgatar.

– Estou desapontada por Richard não ter tido coragem para vir – a Srta. Frost disse para o meu envergonhado avô.

– Richard pediu para ser ele, mas Mary não deixou – meu avô disse.

– Richard é um pau-mandado, como todos vocês casados com aquelas mulheres Winthrop – a Srta. Frost disse a ele. Meu avô não conseguia olhar para ela, com os seios de fora, mas ela não virou de costas para ele nem procurou suas roupas. Ela estava usando apenas a anágua cinza-pérola na frente dele, como se fosse um vestido de gala, e ela tivesse se enfeitado demais para a ocasião.

– Imagino que Muriel não tenha permitido que Bob viesse – a Srta. Frost continuou. Vovô Harry apenas sacudiu a cabeça.

– Aquele Bobby é um doce, mas sempre foi um covarde, mesmo antes de ser pau-mandado da mulher – a Srta. Frost continuou. Eu nunca tinha ouvido o tio Bob ser chamado de "Bobby", mas eu agora sabia que Robert Fremont tinha sido colega de turma de Albert Frost na Favorite River Academy, e quando você passa seus anos de formação num colégio interno, usa apelidos que nunca mais ouve nem torna a usar. (Ninguém mais me chama de Ninfa, por exemplo.)

Eu estava tentando sair da banheira sem mostrar o corpo inteiro para o meu avô, quando a Srta. Frost me entregou uma toalha. Mesmo com a toalha, foi difícil sair da banheira, e me enxugar, e tentar me vestir.

– Deixe-me contar-lhe uma coisa sobre a sua Tia Muriel, William – a Srta. Frost disse, parada como uma barreira entre *mim* e meu avô. – Muriel na realidade estava interessada em mim, antes de começar a sair com seu "primeiro e último *namorado*", o seu tio Bob. Imagine se eu tivesse ficado com Muriel, quer dizer, quando ela estava se *oferecendo* para mim! – a Srta. Frost gritou, no seu melhor estilo mulher de Ibsen.

– Ah, por favor, não seja rude – Vovô Harry disse. – Afinal de contas, Muriel é minha filha.

– Muriel é uma mandona filha da puta, Harry. Talvez ela tivesse ficado mais gentil se tivesse me conhecido melhor – a Srta. Frost disse. – É impossível fazer pau-mandado de mim, William – ela disse, vendo como eu estava conseguindo me vestir, com dificuldade.

– Você tem razão, Al, eu sei bem disso! – Vovô Harry exclamou. – Não há como fazer pau-mandado de você.

– O seu avô é um cara legal, William – a Srta. Frost me disse. – Ele construiu este quarto para mim. Quando voltei para a cidade, minha mãe pensava que eu ainda era um homem. Eu precisava de um lugar para me trocar antes de ir trabalhar como mulher, e antes de voltar para casa toda noite, para junto da minha mãe, como um homem. Você talvez diga que é uma bênção, pelo menos é mais fácil para mim, que a minha pobre mãe não pareça notar mais a que gênero eu pertenço ou deveria pertencer.

– Eu gostaria que você tivesse deixado que eu terminasse este lugar direito, Al – Vovô Harry estava dizendo. – Nossa, deveria haver pelo menos uma parede em volta daquele vaso sanitário! – ele observou.

– O quarto é pequeno demais para ter mais paredes – a Srta. Frost disse. Dessa vez, quando foi até o vaso e levantou o assento de madeira, a Srta. Frost não se virou de costas para mim nem para o Vovô Harry. O pênis dela não estava nem um pouco duro, mas ela tinha um pênis bem grande, como o resto dela, exceto os seios.

– Vamos, Al, você é um cara decente. Eu sempre defendi você – Vovô Harry disse. – Mas isso não está certo, quer dizer, você e Bill.

– Ela estava me *protegendo*! – exclamei. – Nós nunca fizemos sexo. Nada de penetração – acrescentei.

– Nossa, Bill, eu não quero saber sobre você fazendo sexo – Vovô Harry gritou; ele tapou os ouvidos com as mãos.

– Mas nós *não* fizemos sexo! – Eu disse a ele.

– Aquela noite quando Richard trouxe você aqui pela primeira vez, William, quando você fez o seu cartão da biblioteca, e Richard me ofereceu aqueles papéis nas peças de Ibsen, você se lembra? – a Srta. Frost me perguntou.

– Sim, é claro que me *lembro*! – murmurei.

– Richard achou que estava oferecendo o papel de Nora e o papel de Hedda para uma mulher. Foi quando ele levou você de volta para casa, e ele deve ter conversado com a sua mãe – que falou com Muriel, tenho certeza –, bem foi aí que eles todos contaram a ele a meu respeito. Mas Richard ainda quis me escalar para as peças! Aquelas mulheres Winthrop tiveram que me aceitar, pelo menos *em cena*, assim como tiveram que aceitar você, Harry, quando você estava apenas *representando*. Não foi assim que aconteceu? – ela perguntou ao meu avô.

– Ah, bem, *em cena* é uma coisa, não é, Al? – Vovô Harry disse à Srta. Frost.

– Você é pau-mandado também, Harry – a Srta. Frost disse a ele. – Você não está cheio disso?

– Vamos, Bill – meu avô disse. – Temos que ir.

– Eu sempre respeitei você, Harry – a Srta. Frost disse a ele.

– Eu sempre respeitei *você*, Al! – meu avô declarou.

– Eu sei que sim, foi por isso que aquelas covardes filhas da puta mandaram você – a Srta. Frost disse a ele. – Vem cá, William – ela disse de repente. Eu fui até ela, e ela puxou minha cabeça contra seus seios nus e me segurou ali; eu sabia que ela podia sentir que eu estava tremendo. – Se você quiser chorar, faça isso no seu quarto, mas não deixe que eles ouçam – ela me disse. – Se quiser chorar, feche a porta e ponha o travesseiro sobre a sua cabeça. Chore com sua boa amiga Elaine, se quiser, William, só não chore na frente deles. Prometa!

– Eu prometo – eu disse a ela.

– Adeus, Harry, eu o *protegi* mesmo, você sabe – a Srta. Frost disse.

– Eu acredito que você tenha feito isso, Grande Al. Eu sempre *protegi* você, você sabe disso! – Vovô Harry exclamou.

– Eu sei que sim, Harry – ela disse a ele. – Talvez você não consiga me proteger *agora*. Não precisa se matar tentando – ela acrescentou.

– Vou fazer o melhor que puder, Al.

– Eu sei que sim, Harry. Adeus, William, ou "até qualquer dia", como dizem – a Srta. Frost disse.

Eu estava tremendo mais, mas não chorei; Vovô Harry tomou minha mão, e subimos juntos aquela escada escura do sótão.

– Imagino que o livro que a Srta. Frost deu para você deve ser muito bom, Bill, sobre o assunto que estávamos discutindo – Vovô Harry disse, enquanto caminhávamos ao longo da River Street na direção de Bancroft Hall.

– Sim, é um romance muito bom – eu disse a ele.

– Eu estou pensando que talvez gostasse de lê-lo, se Al permitir – Vovô Harry disse.

– Eu prometi emprestá-lo para um amigo – eu disse a ele. – Depois poderia dá-lo para você.

– Eu estou pensando que é melhor pegá-lo com a Srta. Frost, Bill, não quero deixá-lo encrencado por tê-lo dado para mim!

Acredito que já estamos encrencados o suficiente por ora – Vovô Harry murmurou.
– Entendo – eu disse, ainda segurando a mão dele. Mas eu *não* estava entendendo; eu estava apenas raspando a superfície de todos eles. Eu só estava começando a entender.
Quando chegamos a Bancroft, os rapazes idólatras na sala bunda pareceram desapontados quando nos viram. Suponho que eles agora esperassem ver de vez em quando o idolatrado Kittredge na minha companhia, e aqui estava eu com o meu avô – careca e pequeno, e usando as roupas de trabalho de um madeireiro. Vovô Harry não tinha pinta de professor, e não tinha estudado na Favorite River Academy; ele tinha feito o ensino médio em Ezra Falls e não tinha ido para a universidade. Os rapazes da sala bunda não prestaram atenção em mim nem no meu avô; tenho certeza que Vovô Harry não ligou. Como aqueles rapazes iriam reconhecer Harry? Aqueles que já o tinham visto antes tinham visto Harry Marshall no palco, onde ele fazia papel de mulher.
– Você não precisa subir até o terceiro andar comigo – eu disse ao meu avô.
– Se eu *não* subir com você, Bill, você vai ter que se explicar – Vovô Harry disse. – Você já teve uma noite e tanto, por que não deixa as explicações por minha conta?
– Eu amo você – eu comecei, mas Harry não me deixou continuar.
– É claro que sim, e eu também amo você – ele disse. – Você confia que eu vá dizer as coisas certas, não é, Bill?
– É claro que sim. Eu *confiava* nele, e estava cansado; e só queria ir para a cama. Eu precisava segurar o sutiã de Elaine encostado no meu rosto, e chorar de um jeito que ninguém ouvisse.
Mas quando Vovô Harry e eu entramos no apartamento do terceiro andar, a reunião familiar – que tinha incluído a Sra. Hadley, como vim a saber mais tarde – já *tinha* terminado. Minha mãe estava no quarto, com a porta significativamente fechada; talvez não fosse haver mais *movimentação* da minha mãe essa noite. Só Richard Abbott estava lá para nos receber, e ele parecia tão à vontade quanto um cachorro cheio de pulgas.
Eu fui direto para o meu quarto, sem dizer uma palavra para Richard – aquele pau-mandado covarde! – e lá estava *Giovanni* em

cima do meu travesseiro, não debaixo dele. Eles não tinham o direito de revistar o meu quarto, mexer nas minhas coisas, eu estava pensando; então olhei debaixo do travesseiro e o sutiã de Elaine tinha desaparecido.

Eu voltei para a sala do nosso pequeno apartamento, onde vi que Vovô Harry ainda não tinha começado a "dar as explicações", como ele tinha dito.

– Onde está o sutiã de Elaine, Richard? – perguntei ao meu padrasto. – Mamãe o pegou?

– Na verdade, Bill, sua mãe estava fora de si – Richard me disse. – Ela destruiu aquele sutiã, Bill, eu sinto muito, ela o cortou em pedacinhos.

– Nossa – Vovô Harry começou a dizer, mas eu o interrompi.

– Não, Richard – eu disse. – Mamãe não estava fora de si, ela estava *sendo* ela mesma, não estava? É assim que ela é.

– Ah, bem, Bill – Vovô Harry me interrompeu. – Existem lugares mais discretos para guardar suas roupas de mulher do que debaixo do travesseiro, eu falo por experiência própria.

– Eu estou indignado com vocês *dois* – eu disse para Richard Abbott, sem olhar para o Vovô Harry; eu não estava me referindo a ele, e meu avô sabia disso.

– Eu estou indignado com todos nós, Bill – Vovô Harry disse. – Agora por que você não vai para a cama e deixa as explicações por minha conta?

Antes de eu sair da sala, ouvi minha mãe chorando no quarto dela; ela estava chorando alto o suficiente para todos nós ouvirmos. Esse era o motivo de ela chorar alto, é claro – para nós ouvirmos, e Richard ir para o quarto para cuidar dela, o que ele fez. Minha mãe, como sempre, estava sendo *o ponto*.

– Eu conheço a minha Mary – Vovô Harry cochichou para mim. – Ela quer ouvir a explicação.

– Eu a conheço também – eu disse ao meu avô, mas eu tinha muito mais coisas para conhecer sobre minha mãe, mais do que eu poderia imaginar.

Beijei Vovô Harry no alto da careca, só então percebendo que eu tinha ficado mais alto do que o meu pequeno avô. Entrei no meu quarto e fechei a porta. Eu podia ouvir minha mãe; ela ainda estava soluçando. Foi então que resolvi que jamais iria chorar alto o bastante para eles ouvirem, como tinha prometido à Srta. Frost.

Havia uma bíblia de conhecimento e compaixão a respeito de amor gay sobre o meu travesseiro, mas eu estava cansado demais e zangado demais para consultar James Baldwin.

Eu teria ficado mais bem informado se tivesse relido o trecho perto do final daquele pequeno romance – estou me referindo ao trecho que fala do "coração ficando frio com a morte do amor". Como Baldwin escreve: "É um processo impressionante. É muito mais terrível do que qualquer coisa que eu já tenha lido, mais terrível do que qualquer coisa que eu jamais serei capaz de expressar."

Se eu tivesse relido aquele trecho do livro nessa noite terrível, talvez eu tivesse entendido que a Srta. Frost estava se despedindo de mim, e o que ela tinha querido dizer com aquele curioso "até qualquer dia" era que nós nunca mais nos encontraríamos como amantes.

Talvez tenha sido uma boa coisa eu não ter relido aquele trecho nem compreendido isso. Eu já tinha coisas demais na cabeça quando fui para a cama aquela noite – ouvindo, do outro lado da parede, o choro manipulador da minha mãe.

Eu também pude ouvir vagamente a voz estranhamente aguda do Vovô Harry, mas não o que ele estava dizendo. Eu só sabia que ele tinha começado a "dar as explicações", um processo que eu também sabia que tinha sido iniciado dentro de mim.

Dali em diante, pensei – aos dezoito anos de idade, deitado na cama, agitado –, *sou eu* quem vai "dar as explicações"!

9
Maldição em dobro

Eu não quero abusar da palavra *embora*, e já contei a vocês que Elaine Hadley foi mandada embora "aos poucos". Como em qualquer cidade pequena, onde a escola pública coexiste com uma escola particular, havia motivos de discórdia entre os cidadãos de First Sister, Vermont, e os professores e administradores da Favorite River Academy – mas não no caso da Srta. Frost, que foi demitida da Biblioteca Pública de First Sister pelo conselho administrativo.

Vovô Harry não era mais membro do conselho; mas, mesmo que Harry fosse o *presidente* do conselho, é pouco provável que ele conseguisse convencer seus colegas a manter a Srta. Frost. No caso da bibliotecária transexual, os mandachuvas da Favorite River Academy estavam de acordo com a cidade: os próprios pilares da escola particular, e seus pares da comunidade pública, acharam que haviam demonstrado uma grande tolerância para com a Srta. Frost. Ela é que tinha "ido longe demais"; a Srta. Frost é que tinha "passado dos limites".

Indignação moral e revolta justificada não são privilégio de cidades pequenas e escolas antiquadas, e a Srta. Frost não ficou sem seus defensores. Embora tivesse que sofrer o "castigo do silêncio" da minha mãe por várias semanas, Richard Abbott defendeu a Srta. Frost. Richard argumentou que, ao se deparar com a paixão ardente de um rapaz, a Srta. Frost havia protegido o jovem de toda uma gama de possibilidades sexuais.

Vovô Harry, embora isso lhe trouxesse o escárnio desenfreado de Nana Victoria, também defendeu a Srta. Frost. Ela tinha demonstrado admirável controle e sensibilidade, Harry tinha dito – sem mencionar o fato de que a Srta. Frost era uma fonte de inspiração para os *leitores* de First Sister.

Até o tio Bob, arriscando o escárnio mais vigoroso da minha indignada Tia Muriel, disse que o Grande Al merecia uma trégua. Martha Hadley, que continuou a me atender depois de eu ter sido obrigado a interromper o meu relacionamento com a Srta. Frost, disse que a bibliotecária transexual tinha ajudado muito a melhorar a minha autoconfiança. A Srta. Frost tinha até me ajudado a vencer problemas de fala, que a Sra. Hadley afirmava serem causados por minha insegurança psicológica e sexual.

Se alguém tivesse dado ouvidos a Tom Atkins, o pobre Tom talvez tivesse tido algo de bom a dizer em favor da Srta. Frost, mas Atkins – como a Srta. Frost tinha entendido – tinha ciúmes da sedutora bibliotecária, e quando ela foi perseguida, Tom Atkins foi fiel à sua natureza tímida e permaneceu em silêncio.

Tom me disse, quando terminou de ler *Giovanni*, que o romance de James Baldwin o tinha ao mesmo tempo comovido e perturbado, embora eu mais tarde viesse a saber que Atkins tinha desenvolvido mais alguns problemas de pronúncia em consequência da sua estimulante leitura. (Não é surpresa que a palavra *fedor* fosse a principal culpada.)

Talvez fosse contraproducente que o mais ardente defensor da Srta. Frost fosse um estrangeiro sabidamente excêntrico. O silvicultor, aquele madeireiro lunático, o dramaturgo norueguês com tendências suicidas – ninguém mais que Nils Borkman – apareceu numa assembleia municipal de First Sister declarando ser o "maior admirador" da Srta. Frost. (Pode ter minado a defesa que Borkman fez da Srta. Frost o fato de Nils ter surrado diversos empregados da serraria e lenhadores que tinham feito comentários desagradáveis sobre a atuação de Vovô Harry em papéis femininos – especialmente aqueles que tinham sido contra Harry *beijar* como mulher.)

Na opinião de Borkman, não só a Srta. Frost era uma mulher de Ibsen – para Nils, isso significava que a Srta. Frost era ao mesmo tempo a melhor e a mais complicada espécie de mulher imaginável –, mas o norueguês obcecado chegou *ao* ponto de dizer que a Srta. Frost era *mais* mulher do que qualquer mulher que Nils tinha conhecido no estado de Vermont. Possivelmente, a única mulher que não ficou ofendida com essa afirmação ofensiva de Borkman foi a Sra.

Borkman, porque Nils tinha conhecido sua esposa na Noruega; ela não era do estado das Montanhas Verdes.

A esposa de Borkman era vista raramente e ouvida mais raramente ainda. Quase ninguém em First Sister conseguia se lembrar da cara da Sra. Borkman, e ninguém se lembrava se ela – como o marido Nils – falava com sotaque norueguês.

No entanto, o estrago causado por Nils foi instantâneo. Os corações se endureceram contra a Srta. Frost; ela encontrou uma resistência mais ferrenha porque Nils Borkman tinha declarado que ela era *mais* mulher do que qualquer mulher que ele tinha conhecido em Vermont.

– Nada bom, Nils, nada bom, nada bom – Harry Marshall tinha resmungado para seu velho amigo naquela assembleia da cidade de First Sister, mas o estrago já estava feito.

Um valentão de bom coração não deixa de ser um valentão, mas Nils Borkman não era querido por outras razões. Antigo biatleta, ele tinha levado para Vermont o seu amor pelo biatlo – o curioso evento esportivo que junta esqui cross-country e tiro. Isso foi antes de o esqui cross-country ganhar a popularidade que o esporte tem agora no noroeste dos Estados Unidos. Em Vermont, já havia alguns fanáticos bem informados e determinados que eram esquiadores cross-country naquela época, mas ninguém que eu conhecia esquiava com um rifle, carregado, nas costas.

Nils tinha iniciado seu sócio, Harry Marshall, na caça de veados durante esquiadas cross-country. Seguiu-se uma espécie de biatlo para caçar veado; Nils e Harry desciam esquiando silenciosamente (e matavam) um monte de veados. Não havia nada de ilegal nisso, embora o responsável local pela caça – um sujeito sem imaginação – tivesse reclamado.

O que *deveria* ser motivo de reclamação pelo encarregado da caça apenas o deixava de mau humor. O nome dele era Chuck Beebe, e ele dirigia uma estação de controle de veados – uma dita estação biológica, onde ele compilava idades e medidas dos veados.

No primeiro domingo da temporada de caça de veados, a estação ficava cheia de mulheres, muitas das quais, quando o tempo estava bom, usavam sandálias. As mulheres exibiam outros sinais de que *não* tinham estado caçando veados, mas lá estavam elas – de batom e frente única, e tudo o mais – apresentando a Chuck Beebe veados mortos, cobertos de sangue coagulado. As mulheres tinham licença para caçar, e tinham recebido crachás de veados, mas elas *não* tinham, Chuck sabia, matado aqueles veados. Seus maridos ou pais, ou irmãos, ou namorados, os tinham matado no primeiro dia da temporada, e aqueles homens estavam agora lá fora matando mais veados. (Um único crachá de veado, por caçador licenciado, permitia que você matasse um único veado.)

– Onde foi que você matou este macho aqui? – Chuck perguntava a cada uma das mulheres.

As mulheres diziam algo do tipo: – Na montanha. – Ou: – Na floresta. – Ou: – No campo.

Vovô Harry fez Muriel e Mary fazerem isso – quer dizer, declarar que tinham matado os dois primeiros veados de Harry na temporada. (Nana Victoria se recusou.) Tio Bob tinha feito minha prima Gerry fazer isso – até Gerry ter idade suficiente para se recusar. Eu tinha feito isso por Nils Borkman, uma vez ou outra – assim como a misteriosa Sra. Borkman.

Chuck Beebe tinha aceitado havia muito tempo a sua eterna ficção, mas o fato de Nils Borkman e Harry Marshall caçar veados de esqui – bem, isso parecia *injusto* para o responsável pela caça.

As regras para caçar veados eram muito primitivas em Vermont – e ainda são. Não é permitido atirar em veados de um veículo motorizado; quase todo o resto é permitido. Existe uma temporada de arco, uma temporada de rifle, uma temporada de pólvora. – Por que não uma temporada de *faca*? – Nils Borkman tinha perguntado, numa assembleia anterior, agora famosa. – Por que não uma temporada de *estilingue*? Existem veados demais, certo? Nós deveríamos matar mais deles, certo?

Atualmente, existem poucos caçadores; esse número diminui a cada ano. Ao longo dos anos, as regras de caça ao veado tentaram tratar do problema da população de veados, mas a superpopulação persistiu; entretanto, existem moradores de First Sister, Vermont, que se lembram de Nils Borkman como sendo um imbecil insano por ter proposto uma temporada de *faca* e uma temporada de *estilingue* para "veados" – embora Nils estivesse apenas brincando, é claro. Eu me lembro quando se podia atirar apenas em machos, depois em machos e fêmeas, depois em machos e só uma fêmea – isto é, se você tivesse uma licença especial, e o macho não podia ter chifre.

– E se matarmos veados de fora do estado, não tem limite? – Nils Borkman tinha perguntado uma vez. (Caça sem limites de veados de fora do estado poderia ter sido uma proposta bem popular em Vermont, mas Borkman também só estava brincando.)

– Nils tem um senso de humor europeu – Vovô Harry tinha dito, em defesa do seu velho amigo.

– *Europeu!* – Nana Victoria tinha exclamado com desprezo, não, com mais do que desprezo. Minha avó falava de Borkman ser *europeu* de um jeito que parecia que ela estava expressando seu desagrado por Nils ter pisado em bosta de cachorro. Mas o modo como Nana Victoria dizia a palavra *europeu* era suave em comparação com o desprezo com que ela cuspia a palavra *ela*, com o cuspe espumando em seus lábios, sempre que falava da Srta. Frost.

Se poderia dizer que, por não ter feito sexo de verdade comigo, a Srta. Frost foi banida de First Sister, Vermont; ela iria, como Elaine, ser mandada embora "em etapas", e a primeira etapa da remoção da Srta. Frost de First Sister começou com ela sendo demitida da biblioteca.

Depois de perder o emprego, a Srta. Frost não conseguiu mais manter a mãe doente na casa que sempre fora da família; a casa seria vendida, mas isso levou algum tempo, e a Srta. Frost tomou as providências necessárias para transferir a mãe para aquela casa de repouso que Harry Marshall e Nils Borkman tinham construído para a cidade.

É provável que Vovô Harry e Nils tenham feito um preço especial para a Srta. Frost, mas não deve ter sido um arranjo da magnitude do que a Favorite River Academy fez com a Sra. Kittredge – o acordo que permitiu que Kittredge ficasse na escola e se formasse, embora ele tivesse engravidado a filha menor de idade de um professor. Ninguém ofereceria um acordo como esse à Srta. Frost.

* * *

Quando eu encontrava com a Tia Muriel, ela me cumprimentava daquele seu jeito falso:

– Ah, olá, Billy, tudo bem? Espero que todas as atividades *normais* de um rapaz da sua idade estejam sendo tão satisfatórias para você quanto *deveriam*!

E eu respondia infalivelmente:

– Não houve penetração – não houve o que a maioria das pessoas chama de sexo, em outras palavras. No meu modo de ver, Tia Muriel, eu ainda sou virgem.

Isso devia fazer Muriel sair correndo para se queixar com minha mãe do meu comportamento repreensível.

Quanto a minha mãe, ela estava sem falar comigo e com Richard – sem perceber que, no meu caso, eu *gostava* quando ela ficava sem falar comigo. De fato, eu preferia quando ela não falava comigo do que aguentar sua censura constante e convencional; além disso, o fato de a minha mãe não ter nada para me dizer não me impediu de falar com ela primeiro.

– Ah, olá, mamãe, tudo bem? Eu quero dizer para você que, ao contrário de me sentir *violado*, eu sinto que a Srta. Frost estava me *protegendo*, ela realmente evitou que eu a penetrasse, e espero não precisar dizer que ela não me penetrou!

Normalmente eu não conseguia dizer mais do que isso antes de minha mãe correr para o quarto e fechar a porta.

– Richard! – ela chamava, esquecendo que estava sem falar com Richard porque ele tinha defendido a causa perdida da Srta. Frost.

– Não o que a maioria das pessoas chama de sexo, mamãe, é isso que eu estou dizendo – eu continuava dizendo para ela do outro lado da porta fechada do quarto dela. – O que a Srta. Frost fez não passou de um tipo sofisticado de *masturbação*. Tem um nome especial para isso e tudo, mas eu vou poupar você dos *detalhes*!

– Pare com isso, Billy, – pare com isso, pare com isso! – minha mãe gritava. (Acho que ela esqueceu que estava sem falar comigo também.)

– Vá com calma, Bill – Richard Abbott me advertia. – Eu acho que sua mãe está se sentindo muito frágil ultimamente.

– Muito frágil ultimamente – eu repetia, olhando firme para ele, até Richard desviar os olhos.

"Pode acreditar em mim, William", a Srta. Frost tinha dito para mim, quando estávamos segurando os pênis um do outro. "Quando você começa a repetir o que as pessoas dizem para você, isso se torna um hábito difícil de largar."

Mas eu não queria largar esse hábito; ele tinha sido o hábito *dela*, e eu resolvi adotá-lo.

– Eu não estou julgando você, Billy – a Sra. Hadley disse. – Eu consigo ver, sem que você tenha que entrar em detalhes, que a sua experiência com a Srta. Frost afetou você positivamente em certos aspectos.

– Entrar em detalhes – eu repeti. – Positivamente.

– Entretanto, Billy, sinto que é meu dever informá-lo de que numa situação sexual desse tipo complicado, existe uma expectativa, na mente de muitos adultos. – Aqui Martha Hadley fez uma pausa; e eu também. Eu estava pensando em repetir aquela parte sobre "numa situação sexual desse tipo complicado", mas a Sra. Hadley de repente continuou seu pensamento arduamente elaborado. – O que muitos adultos esperam ouvir você expressar, Billy, é algo que você ainda não expressou.

– Existe uma expectativa que eu vá expressar *o quê?* – perguntei.

– Arrependimento – Martha Hadley disse.

– Arrependimento – repeti, olhando firme para ela, até a Sra. Hadley desviar os olhos.

– Essa repetição é desagradável, Billy – Martha Hadley disse.

– É mesmo, não é?

– Eu sinto muito que estejam obrigando você a ver o Dr. Harlow – ela me disse.

– A senhora acha que o Dr. Harlow está esperando me ouvir expressar *arrependimento*? – perguntei à Sra. Hadley.

– Eu diria que sim, Billy – ela disse.

– Obrigado por me contar – eu disse a ela.

Atkins estava de novo na escada do prédio de música.

– É tão trágico – ele começou. – Ontem à noite, quando pensei nele, eu vomitei.

– Quando você pensou *em quê?* – perguntei a ele.

— Em *Giovanni*! – ele gritou; nós já tínhamos discutido o romance, mas eu vi que o pobre Tom ainda não estava satisfeito. – Aquela parte sobre o cheiro do amor...

— O *fedor* do amor – eu o corrigi.

— O *mau cheiro* dele – Atkins disse, tendo uma ânsia de vômito.

— É *fedor*, Tom...

— O *cheiro forte* – Atkins disse, vomitando na escada.

— Minha nossa, Tom...

— E aquela mulher horrorosa com a boceta cavernosa! – Atkins exclamou.

— Aquela *o quê*? – perguntei a ele.

— A namorada horrível, você sabe de quem eu estou falando, Bill.

— Acho que a intenção era essa, Tom, mostrar como alguém que ele um dia desejou agora lhe causa repulsa – eu disse.

— Elas cheiram a peixe, você sabe – Atkins disse.

— Você quer dizer as mulheres? – perguntei.

Ele tornou a ter ânsias de vômito, depois se controlou.

— Eu quero dizer as *coisas* delas – Atkins disse.

— As *vaginas*, Tom?

— Não diga essa palavra! – o pobre Tom gritou, tendo engulhos.

— Eu tenho que ir, Tom – eu disse a ele. – Preciso me preparar para uma conversinha com o Dr. Harlow.

— Fale com Kittredge, Bill. Estão sempre obrigando Kittredge a conversar com o Dr. Harlow. Kittredge sabe como lidar com o Dr. Harlow – Atkins me disse. Eu não duvidei disso; apenas não queria falar com Kittredge sobre coisa alguma.

Mas, é claro, Kittredge tinha sabido sobre a Srta. Frost. Nada de cunho sexual escapava dele. Se você fosse um aluno de Favorite River e recebesse uma punição, Kittredge não só sabia qual tinha sido o seu crime; ele sabia quem tinha apanhado você, bem como os termos da sua punição.

Não foi só a biblioteca pública que virou território proibido para mim; disseram-me para não ver a Srta. Frost – não que eu soubesse onde encontrá-la. Eu não sabia onde ficava a casa que ela dividia com a mãe demente. Além disso, aquela casa estava à venda; para mim, a Srta. Frost (e a mãe dela) tinham se mudado.

Eu fazia meu dever de casa, e escrevia o quanto podia, na sala dos anuários da biblioteca da academia. Era sempre um pouco antes da hora de recolher quando eu passava, o mais rápido que podia, pela sala bunda de Bancroft Hall, onde tanto os rapazes fumantes quanto os não fumantes pareciam estranhamente nervosos ao me ver. Suponho que minha reputação sexual os perturbasse; qualquer que fosse o compartimento conveniente onde eles tinham me colocado talvez não servisse mais para mim agora.

Se aqueles rapazes tinham até agora achado que eu era uma bicha desprezível, como interpretavam minha aparente amizade com Kittredge? E agora havia essa história sobre a bibliotecária transexual. Tudo bem, ela era um cara vestido de mulher; ela não era uma mulher *de verdade*, mas ela se *apresentava* como mulher. Talvez o mais certo fosse dizer que eu tinha adquirido um inegável prestígio – mesmo que só entre os rapazes da sala bunda do Bancroft. Não se esqueçam: a Srta. Frost era uma mulher *mais velha*, e isso impressiona muito os rapazes – mesmo se a mulher mais velha tem um pênis!

Não se esqueçam disto, também: boatos não se interessam pela história banal; boatos não se importam com a verdade. A verdade era que eu não tinha feito o que a maioria das pessoas chama de sexo – não tinha havido penetração! Mas aqueles rapazes da sala bunda não sabiam disso, nem teriam acreditado nisso. Nas cabeças dos meus colegas da Favorite River Academy, a Srta. Frost e eu tínhamos feito *tudo*.

Eu tinha subido a escada até o segundo andar do Bancroft quando Kittredge de repente me levantou no colo; dando uma corrida, ele me carregou pelo terceiro lance de escadas até o corredor dos dormitórios. Os adoradores dele olhavam para nós boquiabertos das portas abertas dos seus quartos; eu podia sentir a inveja deles, um desejo familiar e patético.

– Que merda, Ninfa – você é o mestre da *trepada*! – Kittredge murmurou no meu ouvido. – Você é do *caralho*! É isso aí, Ninfa! Estou tão impressionado com você, você é o meu novo herói! *Prestem atenção*! – Kittredge gritou para os rapazes embasbacados que estavam no corredor do terceiro andar e na porta dos seus quartos.
– Enquanto uns babacas como vocês estão tocando punheta, e so-

nhando em transar com alguém, este cara está trepando *de verdade*. Você aí – Kittredge disse de repente para um garoto de rosto redondo que estava paralisado de medo no corredor; o nome dele era Trowbridge, ele estava de pijama, e segurava a escova de dentes (já com a pasta de dente no lugar) como se desejasse que a escova de dentes fosse uma varinha mágica.

– Eu sou Trowbridge – o garoto disse, fascinado.

– Aonde você vai, Trowbridge? – Kittredge perguntou.

– Eu vou escovar os dentes – Trowbridge disse com uma voz trêmula.

– E depois disso, Trowbridge? – Kittredge perguntou ao garoto. – Sem dúvida você vai segurar o seu pau, imaginando seu rosto apertado entre dois peitos enormes. – Mas pela expressão horrorizada do garoto, eu achei improvável que Trowbridge já tivesse ousado tocar uma punheta no dormitório; ele sem dúvida tinha um colega de quarto, Trowbrige devia ter medo de se masturbar no Bancroft. – Enquanto este rapaz, Trowbridge – Kittredge continuou, ainda me carregando em seus braços fortes –, este *rapaz* não apenas desafiou a imagem pública do papel dos gêneros. Este mestre da *trepada*, este sujeito do caralho – Kittredge gritou, balançando-me para cima e para baixo –, este *garanhão* comeu um *transexual*! Você tem alguma ideia, Trowbridge, de como é uma boceta transexual?

– Não – Trowbridge disse baixinho.

Mesmo me carregando no colo, Kittredge conseguiu fazer seu típico encolher de ombros; era o dar de ombros desdenhoso da mãe dele, o que Elaine tinha aprendido.

– Minha querida Ninfa – Kittredge murmurou, continuando a me carregar pelo corredor. – Estou tão impressionado com você! – ele tornou a dizer. – Um transexual de verdade, logo em *Vermont*! Eu já vi alguns, é claro, mas em Paris e em Nova York. Os travestis de Paris tendem a só andar juntos; eles são um bando bem colorido, mas você tem a impressão de que fazem tudo juntos. Eu me arrependo de não ter experimentado um – Kittredge murmurou –, mas tenho a impressão de que se você escolher um, os outros vêm junto. Isso deve ser diferente!

– Você está falando de *les folles*? – perguntei.

Eu não conseguia parar de pensar nos *les folles* – "berrando como papagaios os detalhes dos seus mais recentes casos amorosos", como Baldwin os descreve. Mas ou Kittredge não tinha me ouvido, ou o meu sotaque francês era tão ruim que ele me ignorou.

– Naturalmente, os transexuais são outra história em Nova York – Kittredge continuou. – Eles me parecem solitários, muitos deles são prostitutas, talvez. Tem um que fica na Sétima Avenida, tenho certeza de que ela é uma prostituta. Ela é um bocado *alta*! Eu soube que tem um clube que eles frequentam, não sei onde fica. Aposto que não fica num lugar onde você queira ir sozinho. Eu acho que se fosse experimentar, faria isso em Paris. Mas, *você*, Ninfa, você já *fez* isso! Como *foi*? – ele me perguntou, aparentemente com a maior sinceridade, mas eu não era bobo. Com Kittredge, nunca dava para saber aonde as conversas iriam levar.

– Foi absolutamente maravilhoso – eu disse a ele. – Acho que nunca mais vou ter uma experiência sexual igual a essa.

– É mesmo – Kittredge disse sem rodeios. Nós tínhamos parado na porta do apartamento que eu dividia com minha mãe e Richard Abbott, mas Kittredge não parecia nem um pouco cansado de ter me carregado, e não deu nenhum sinal de que iria me pôr no chão. – Imagino que ela tinha um pênis – Kittredge disse então –, e você o viu, tocou nele, fez tudo o que se faz com um pênis, certo, Ninfa?

Alguma coisa na voz dele tinha mudado, e eu fiquei com medo.

– Para ser honesto com você, eu fiquei tão envolvido que não prestei atenção nos detalhes – eu disse a ele.

– *É mesmo?* – Kittredge disse baixinho, mas ele não pareceu ligar. Era como se os detalhes de *qualquer* aventura sexual já fossem conhecidos por ele, e o entediassem. Por um momento, Kittredge pareceu surpreso de estar me carregando, ou talvez enojado. De repente ele me pôs no chão. – Sabe, Ninfa, eles vão fazer você conversar com Harlow, você sabe disso, não sabe?

– Sim – eu disse. – Eu estava imaginando o que deveria dizer a ele.

– Estou contente por você ter me perguntado – Kittredge disse. – Vou dizer como você deve lidar com Harlow – Kittredge começou. Havia algo estranhamente reconfortante e (ao mesmo tempo) indiferente na voz dele; no modo como Kittredge me treinou, eu senti que nossos papéis tinham se invertido. Eu tinha sido o especialista em Goethe e Rilke, ensinando a ele as partes mais traiçoeiras. Agora era Kittredge quem estava me ensinando.

Na Favorite River Academy, quando você era apanhado cometendo um ato de loucura carnal, era interrogado pelo Dr. Harlow; Kittredge, que (eu supunha) tinha uma riqueza de experiências com atos carnais, era especialista em lidar com o Dr. Harlow.

Eu ouvi atentamente os conselhos de Kittredge; não perdi uma só palavra que ele disse. Foi difícil de ouvir, às vezes, porque Kittredge insistiu em contar todos os detalhes da sua desventura sexual com Elaine.

– Desculpe o exemplo específico, Ninfa, mas é só para você saber como Harlow age – Kittredge disse, antes de falar da sua perda temporária de audição, resultante da *altura* dos orgasmos de Elaine Hadley.

– O que Harlow quer ouvir de você é o quanto você está *arrependido*, Ninfa. Ele está esperando que você se arrependa. O que você dá a ele, ao contrário, é uma excitação permanente. Harlow vai tentar fazer você se sentir *culpado* – Kittredge me disse. – Não entre nessa, Ninfa, apenas finja que está recitando um romance pornográfico.

– Entendo – eu disse. – Nada de arrependimento, certo?

– Nada de arrependimento, perfeitamente certo. Preste atenção – Kittredge disse, naquele tom de voz diferente, o que me deu medo. – Preste atenção, Ninfa, eu acho que o que você fez foi *nojento*. Mas eu aplaudo a sua coragem em fazer, e você tem todo o *direito* de fazer o que quiser.

Então, com a mesma rapidez com que tinha me levantado nos braços na escada do dormitório, ele foi embora – descendo a escada do terceiro andar com aqueles rapazes parados na porta, todos vendo-o correr com olhares de admiração. Aquele era o Kittredge clássico. Você podia ser cuidadoso, mas nunca podia ser cuidadoso o suficiente com ele; só Kittredge sabia onde a conversa iria terminar. Eu frequentemente tinha a sensação de que ele sabia o fim da nossa conversa antes mesmo de começar a falar.

Foi então que abriram a porta do nosso apartamento; tanto Richard Abbott quanto minha mãe estavam ali parados, como se tivessem ficado parados do outro lado da porta por algum tempo.

– Nós ouvimos vozes, Bill – Richard disse.

– Eu ouvi a voz de Kittredge, eu reconheceria a voz dele em qualquer lugar – minha mãe disse.

Eu olhei em volta no corredor subitamente deserto.

– Então você deve estar ouvindo coisas – eu disse para a minha mãe.

– Eu também ouvi a voz de Kittredge, Bill, ele parecia um tanto *inflamado* – Richard disse.

– Vocês dois deviam mandar examinar seus ouvidos, testar sua audição ou algo assim – eu disse a eles. Passei por eles e entrei no apartamento.

– Eu sei que você vai ver o Dr. Harlow amanhã, Bill – Richard disse. – Talvez devêssemos conversar sobre isso.

– Eu sei tudo o que vou dizer ao Dr. Harlow, Richard, de fato, os detalhes estão bem frescos – eu disse a ele.

– Você devia tomar cuidado com o que vai dizer ao Dr. Harlow, Billy! – minha mãe exclamou.

– Por que eu tenho que tomar cuidado? – perguntei a ela. – Eu não tenho mais nada a esconder.

– Apenas vá com calma, Bill – Richard começou a dizer, mas eu não deixei que ele terminasse.

– Eles não expulsaram Kittredge por ter feito sexo, expulsaram? – perguntei a Richard. – Você tem medo que eles me expulsem por não ter feito sexo? – perguntei a minha mãe.

– Não seja tolo... – minha mãe começou a dizer.

– Então do que é que você *tem* medo? – perguntei a ela. – Um dia vou fazer sexo o quanto quiser, do jeito que eu quiser. Você tem medo *disso*?

Ela não me respondeu, mas eu vi que ela estava com medo de um dia eu fazer sexo o quanto quisesse, do jeito que quisesse. Dessa vez, Richard não se meteu na conversa; ele não tentou ajudá-la. Quando fui para o meu quarto e fechei a porta, estava pensando que Richard Abbott provavelmente sabia alguma coisa que eu *não* sabia.

Eu me deitei na cama e tentei imaginar tudo o que podia não saber. Devia ser alguma coisa que minha mãe tinha escondido de mim, pensei, e talvez Richard a tivesse desaprovado por não ter me contado. Isso explicaria por que Richard não tinha se apressado em ajudar minha mãe a sair de qualquer encrenca que ela tivesse criado para si mesma. (Richard nem tinha conseguido dizer o seu habitual: "Vá com calma, Bill.")

Mais tarde, enquanto eu estava tentando dormir, pensei que, se algum dia tivesse filhos, contaria tudo a eles. Mas a palavra *tudo* só me fez lembrar os detalhes da minha experiência sexual com a Srta. Frost. Aqueles detalhes, que eu iria descrever – da forma mais excitante (até mesmo *pornográfica*) que eu pudesse – para o Dr. Harlow de manhã, me levaram a imaginar o sexo que eu *não* tinha tido com a Srta. Frost. Naturalmente, com tanta coisa que havia para imaginar, fiquei acordado até bem tarde.

Kittredge tinha me preparado tão bem para o meu encontro com o Dr. Harlow que o encontro em si foi um anticlímax. Eu simplesmente contei a verdade; não deixei de fora nenhum detalhe. Nem mesmo o fato de não saber, a princípio, se tinha feito o que a maioria das pessoas chama de sexo com a Srta. Frost – se tinha havido alguma penetração. A palavra *penetração* atraiu de tal forma a atenção do Dr. Harlow que ele parou de tomar nota no seu bloco pautado e perguntou diretamente.

– Bem, *houve* ou não houve penetração? – o médico disse, impaciente.

– No seu devido tempo – eu disse a ele. – O senhor não pode apressar essa parte da história.

– Eu quero saber *exatamente* o que aconteceu, Bill! – o Dr. Harlow exclamou.

– Ah, o senhor *vai* saber! – gritei excitadamente. – O não saber faz parte da história.

– Eu não estou *interessado* na parte de não saber! – o Dr. Harlow declarou, apontando o lápis para mim. Mas eu não ia deixar que ele me apressasse. Quanto mais eu falasse, mais aquele corujão careca safado ia ter que ouvir.

Na Favorite River Academy, nós chamávamos os professores e empregados que mais detestávamos de "corujões carecas safados". A origem disso é obscura. Se o anuário de Favorite River se chamava

A *Coruja*, imagino que isso seja uma referência à suposta sabedoria da coruja – conforme expressa na questionável afirmação "sábio como uma coruja", ou na igualmente improvável "velha coruja sábia". (Nossa estúpida equipe esportiva era chamada de Águias Carecas, o que aumentava ainda mais a confusão – águias não eram corujas.)

– A referência "careca" pode indicar a aparência física de um pênis circuncisado – o Sr. Hadley tinha dito uma vez, quando todos os Hadley estavam jantando com Richard, minha mãe e comigo.

– De onde você tirou essa ideia? – a Sra. Hadley perguntou ao marido. Eu me lembro que Elaine e eu ficamos fascinados com essa conversa, o óbvio desconforto da minha mãe com a palavra *pênis* contribuiu para esse fascínio.

– Veja bem, Martha, a parte que fala em "corujão safado" é indicativa da cultura de ódio aos homossexuais que existe em toda escola só de meninos – o Sr. Hadley continuou, no seu jeito de professor de história. – Os meninos chamam aqueles professores que eles mais detestam de "corujões carecas safados" porque estão supondo que os *piores* dentre nós são homossexuais que transam, ou sonham em transar, com meninos.

Elaine e eu uivamos; nós achamos isso tão *engraçado*. Nunca tínhamos imaginado que a expressão "corujão careca safado" queria dizer *alguma coisa*!

Mas de repente minha mãe falou.

– Isso é só uma dessas coisas vulgares que os garotos dizem, porque eles estão *sempre* dizendo coisas vulgares, é assim que pensam – minha mãe disse com azedume.

– Mas originalmente isso teve um significado, Mary – o Sr. Hadley tinha insistido. – Isso surgiu certamente por uma *razão* – o professor de história tinha dito.

No meu relato premeditado e detalhado ao Dr. Harlow da minha experiência sexual com a Srta. Frost, eu gostei muito de relembrar as especulações históricas do Sr. Hadley relativas ao que realmente era um corujão careca safado. O Dr. Harlow era claramente um deles, e – ao prolongar minha descoberta de que a Srta. Frost e eu tínhamos tido uma experiência sexual *intercrural* – admito que tomei emprestadas algumas palavras de James Baldwin.

– *Não* houve penetração – eu disse ao Dr. Harlow, no devido tempo –, portanto não houve nenhum "fedor de amor", mas eu *queria* muito que tivesse havido.

– Fedor de amor! – o Dr. Harlow repetiu; eu vi que ele estava anotando isso, e que ele de repente não pareceu estar bem.

– Talvez eu nunca tenha um orgasmo melhor – eu disse ao Dr. Harlow –, mas ainda quero fazer *tudo*, quer dizer, todas aquelas coisas das quais a Srta. Frost estava me protegendo. Ela fez com que eu quisesse fazer todas aquelas coisas, de fato, mal posso esperar para fazê-las!

– Aquelas coisas *homossexuais*, Bill? – o Dr. Harlow perguntou. Através do seu cabelo ralo e sem brilho, eu podia ver que ele estava suando.

– Sim, é *claro*, "coisas homossexuais", mas também outras coisas, tanto com homens quanto com mulheres – eu disse apaixonadamente.

– Com *ambos*, Bill? – o Dr. Harlow perguntou.

– Por que não? – eu disse para o corujão careca safado. – Eu senti atração pela Srta. Frost quando achava que ela era mulher. Quando compreendi que ela era um homem, não me senti *menos* atraído por ela.

– E existem outras pessoas, de *ambos* os sexos, nesta escola, e nesta cidade – que *também* o atraem, Bill? – o Dr. Harlow perguntou.

– Claro. Por que não? – tornei a dizer. O Dr. Harlow tinha parado de escrever; talvez a obra que ele tinha a realizar parecesse interminável.

– Alunos, Bill? – o corujão careca safado perguntou.

– Claro – eu disse. E fechei os olhos para causar um efeito dramático, mas isso teve mais efeito em mim do que eu tinha esperado. De repente eu me vi nos braços fortes de Kittredge; ele estava me dando uma chave de braço, mas é claro que aquilo era mais do que uma chave de braço.

– Esposas de professores? – o Dr. Harlow sugeriu, de um modo meio forçado.

Eu só precisei pensar no rosto sem graça da Sra. Hadley, superposto nos rostos daqueles modelos de sutiãs de treinamento nos catálogos de roupas da minha mãe.

– Por que não? – perguntei, pela terceira vez. – Pelo menos por *uma* esposa de professor – acrescentei.

– Só *uma*? – o Dr. Harlow perguntou, mas eu percebi que o corujão careca safado queria perguntar *qual* delas.

Naquele instante, ocorreu-me como Kittredge teria respondido à pergunta sugestiva do Dr. Harlow. Em primeiro lugar, eu fiz um ar de tédio – como se tivesse muito mais coisas a dizer, mas não estivesse disposto.

Minha carreira teatral estava quase no fim. (Eu não sabia disso na época, quando era o centro das atrações no consultório do Dr. Harlow, mas eu só tinha mais um papel, secundário, para representar.) Entretanto, consegui fazer minha melhor imitação do encolher de ombros de Kittredge e das evasivas de Vovô Harry.

– Ah, bem... – comecei a dizer; então me calei. Em vez de falar, fiz aquele encolher de ombros desdenhoso, o que Kittredge tinha herdado da mãe, o que Elaine tinha aprendido com a Sra. Kittredge.

– Entendo, Bill – o Dr. Harlow disse.

– Duvido que o senhor entenda – eu disse a ele. Eu vi o velho homofóbico ficar tenso.

– Você duvida que eu entenda! – o médico gritou, indignado. O Dr. Harlow estava anotando furiosamente o que eu tinha dito a ele.

– Pode acreditar em mim, Dr. Harlow – eu disse, recordando cada palavra que a Srta. Frost tinha dito para mim. "Quando você começa a repetir o que as pessoas dizem para você, isso se torna um hábito difícil de largar."

Esse foi o meu encontro com o Dr. Harlow, que enviou um bilhete seco para a minha mãe e Richard Abbott, descrevendo-me como "tendo poucas perspectivas de recuperação"; o Dr. Harlow não aprofundou sua avaliação, exceto para dizer que, na sua opinião profissional, meus problemas sexuais eram "mais uma questão de atitude do que de ação".

Tudo o que eu disse para a minha mãe foi que, na *minha* opinião profissional, a conversa com o Dr. Harlow tinha sido um grande sucesso.

O pobre e bem-intencionado Richard Abbott tentou ter uma conversa amigável comigo sobre o encontro.

– O que você acha que o Dr. Harlow quis dizer ao se referir à sua *atitude*, Bill? – O querido Richard me perguntou.

– Ah, bem... – Eu disse para Richard, fazendo uma pausa para encolher os ombros significativamente. – Suponho que no fundo da questão está uma visível falta de arrependimento.

– Uma visível falta de arrependimento – Richard repetiu.

– Pode acreditar em mim, Richard – comecei, confiante de que tinha aprendido corretamente o tom dominador da Srta. Frost. – Quando você começa a repetir o que as pessoas dizem para você, isso se torna um hábito difícil de largar.

Eu só vi a Srta. Frost mais duas vezes; em ambas as ocasiões, eu estava completamente despreparado – não estava esperando vê-la.

A sequência de eventos que levou à minha formatura na Favorite River Academy, e a minha partida de First Sister, Vermont, ocorreu muito rapidamente.

O *Rei Lear* foi encenado pelo Clube de Teatro antes dos feriados de Ação de Graças. Durante um período, de não mais do que uma ou duas semanas, Richard Abbott juntou-se a minha mãe e também ficou sem falar comigo; eu tinha claramente ferido os sentimentos de Richard por não ter ido assistir à peça de outono de Shakespeare. Tenho certeza que teria gostado da atuação de Vovô Harry no papel de Goneril – mais do que teria gostado de ver Kittredge no duplo papel de Edgar e do pobre Tom.

O *outro* "pobre Tom" – ou seja, Atkins – me disse que Kittredge tinha representado os dois papéis com uma indiferença altiva, e que Vovô Harry tinha se entregado com luxúria ao horror absoluto da filha mais velha de Lear.

– Como estava Delacorte? – perguntei a Atkins.

– Delacorte me dá arrepios – Atkins respondeu.

– Eu quis dizer como ele estava no papel do Bobo de Lear, Tom.

– Delacorte não estava mal, Bill – Atkins admitiu. – Eu só não sei por que ele sempre parece estar precisando *cuspir*!

– Porque Delacorte *precisa* cuspir, Tom.

Foi depois do dia de Ação de Graças – portanto as equipes de esportes de inverno já tinham começado a praticar – que eu por acaso encontrei Delacorte, que estava a caminho de um treino de luta livre. Ele estava com o rosto ralado da esteira e com um corte no lábio inferior; e estava carregando o famigerado copo de papel. (Eu notei que Delacorte estava apenas com *um* copo, que eu torci para não ser um copo multiuso – isto é, tanto para bochechar *quanto* para cuspir.)

– Por que você não foi ver a peça? – Delacorte perguntou. – Kittredge disse que você não viu.

– Desculpe eu não ter ido – eu disse a ele. – Estava acontecendo muita coisa.

– É, eu sei – Delacorte disse. – Kittredge me falou a respeito. – Delacorte deu um gole no copo de água; bochechou, depois cuspiu num monte de neve ao longo da calçada.

– Eu soube que você foi um Bobo de Lear muito bom – eu disse a ele.

– É mesmo? – Delacorte perguntou; ele pareceu surpreso. – Quem disse isso para você?

– Todo mundo disse – eu menti.

– Eu tentei fazer todas as minhas cenas com a consciência de que estava morrendo – Delacorte falou com seriedade. – Eu vejo cada cena em que o Bobo de Lear aparece como sendo uma espécie de "morte em progresso".

– Isso é muito interessante. Eu sinto ter perdido – tornei a dizer a ele.

– Ah, não faz mal, você provavelmente teria feito melhor – Delacorte me disse; então tomou outro gole de água, depois cuspiu a água na neve. Antes de sair apressado para o treino de luta livre, Delacorte me perguntou de repente: – Ela era *bonita*? Isto é, a bibliotecária transexual.

– Sim, *muito* bonita – respondi.

– Eu tenho dificuldade em imaginar isso – Delacorte admitiu preocupado; em seguida foi embora apressado.

Anos mais tarde, quando eu soube que Delacorte estava morrendo, pensei muitas vezes nele fazendo o papel do Bobo de Lear como uma morte em progresso. Sinto *muito* mesmo ter perdido isso. Ah, Delacorte, como eu o julguei mal – você era muito mais uma morte em progresso do que jamais imaginei!

Foi Tom Atkins quem me contou, naquele dezembro de 1960, que Kittredge estava dizendo a todo mundo que eu era "um herói sexual".
– Kittredge disse isso para você, Tom? – perguntei.
– Ele diz isso para todo mundo – Atkins respondeu.
– Quem sabe o que Kittredge realmente pensa? – eu disse para Atkins. (Eu ainda estava sofrendo por Kittredge ter dito a palavra *nojento* quando eu menos esperava.)

Naquele dezembro, a equipe de luta livre não teve jogos em casa – seus primeiros jogos foram fora, em outras escolas –, mas Atkins tinha expressado seu interesse em assistir às lutas em casa comigo. Eu tinha decidido mais cedo não assistir mais a partidas de luta livre – em parte porque Elaine não estava lá para assistir junto comigo, mas também porque eu estava enganando a mim mesmo sobre tentar boicotar Kittredge. No entanto, Atkins estava interessado em assistir às lutas, e o interesse dele tinha reavivado o meu.

Então, naquele Natal de 1960, Elaine veio para casa; os dormitórios de Favorite River tinham se esvaziado para as férias de Natal, e Elaine e eu tínhamos o campus quase deserto só para nós. Contei a Elaine tudo sobre a Srta. Frost; minha sessão com o Dr. Harlow tinha me proporcionado um bom treino como contador de histórias, e eu estava ansioso para compensar aqueles anos em que eu não tinha sido franco com a minha querida amiga Elaine. Ela era uma boa ouvinte, e nem uma vez tentou fazer com que eu me sentisse culpado por não ter contado a ela mais cedo a respeito das minhas diversas atrações sexuais.

Nós também conseguimos conversar francamente sobre Kittredge, e eu até contei a Elaine que "um dia tinha tido" uma paixonite pela mãe dela. (O fato de a Sra. Hadley não me atrair mais tornou mais fácil contar isso para Elaine.)

Elaine era uma amiga tão boa que até se ofereceu para servir de intermediária – isso é, caso eu quisesse tentar marcar um encontro com a Srta. Frost. Eu pensava nesse encontro o tempo todo, é claro, mas a Srta. Frost tinha deixado tão clara para mim a sua intenção inabalável de dizer adeus – o seu "até a próxima" tinha soado tão *sério* para mim. Eu não podia imaginar que a Srta. Frost tivesse sugerido algo clandestino na forma como tornaríamos a nos encontrar.

Eu apreciei a boa vontade de Elaine em servir de intermediária, mas nem por um momento me iludi achando que a Srta. Frost se mostraria disponível para mim de novo.

– Você precisa entender – eu disse para Elaine. – Acho que a Srta. Frost quer mesmo me *proteger*.

– Como primeira experiência, Billy, eu acho que a sua foi muito boa – Elaine disse.

– Exceto pela interferência da porra da minha *família* inteira! – exclamei.

– Isso é muito esquisito! – Elaine disse. – Não é possível que todos eles tenham tanto medo da Srta. Frost. Com certeza eles sabem que a Srta. Frost jamais prejudicaria você.

– O que você quer dizer com isso, Elaine? – perguntei.

– Tem algo a *seu* respeito que eles têm medo, Billy – Elaine me disse.

– Que eu seja homossesual ou bissexual, é isso que você quer dizer? Porque eu acho que eles já entenderam isso, ou pelo menos *suspeitam* disso.

– Eles têm medo de alguma coisa que você ainda não sabe, Billy – Elaine me disse.

– Eu não aguento mais essa história de todo mundo tentar me *proteger*!

– Esse pode muito bem ser o motivo da Srta. Frost, Billy – Elaine disse. – Não tenho tanta certeza sobre o que pode estar motivando toda a porra da sua *família*, como você diz.

Minha grosseira prima Gerry veio para casa naquele mesmo feriado de Natal. No caso de Gerry, eu uso a palavra *grosseira* afetuosamente. Por favor, não pensem em Gerry como sendo uma lésbica mal-humorada que odiava os pais e todos os heterossexuais; ela sempre odiara garotos, mas eu tinha imaginado tolamente que talvez ela gostasse um pouco de mim, porque eu sabia que devia ter chegado aos ouvidos dela o meu relacionamento escandaloso com a Srta. Frost. Entretanto, pelo menos durante mais alguns anos, Gerry não ia gostar mais de rapazes gays ou bissexuais do que gostava dos heterossexuais.

Atualmente, eu ouço meus amigos dizerem que a nossa sociedade tende a aceitar melhor as mulheres gays e bi do que os homens gays e bi. No caso da nossa família, aparentemente não houve muita reação ao fato de Gerry ser lésbica, pelo menos comparado com o comportamento revoltante de quase todo mundo em relação ao meu relacionamento com a Srta. Frost – sem falar no horror da minha mãe ao que eu "estava me tornando" sexualmente. Sim, eu sei, é verdade que muita gente trata mulheres lésbicas e bi de forma *diferente* do que tratam homens gays e bi, mas Gerry não era *aceita* pela nossa família, era muito mais *ignorada* por ela.

Tio Bob amava Gerry, mas Bob era um covarde; amava a filha, em parte, porque ela era mais corajosa do que ele. Acho que Gerry se comportava mal de propósito, e não só para criar uma barreira em volta de si; acho que era agressiva e "grosseira" porque isso obrigava a nossa família a *prestar atenção* nela.

Eu sempre gostara de Gerry, mas guardava segredo disso. Eu gostaria de ter *dito* a ela que gostava dela – quer dizer, mais cedo do que disse.

Nós nos tornaríamos melhores amigos quando ficássemos mais velhos; hoje em dia, somos bem chegados. Eu gosto muito de Gerry – tudo bem, de um jeito estranho –, mas Gerry não era muito gostável quando era jovem. Só estou dizendo que Gerry era detestável de *propósito*. Elaine a detestava e jamais viria a gostar dela – nem mesmo um pouquinho.

Naquele Natal, Elaine e eu continuamos nossas pesquisas costumeiras, mas separadas, na sala dos anuários da biblioteca da academia. A biblioteca abria no período de festas, exceto no dia de Natal. Muitos dos professores gostavam de trabalhar lá, e era na época de Natal que muitos prováveis alunos e seus pais visitavam a Favorite River Academy. Meu emprego de verão, nos últimos três anos, tinha sido como guia; eu mostrava aos alunos em potencial e aos seus pais a minha horrível escola. Consegui um emprego de meio expediente como guia também no período do Natal; os filhos dos professores costumavam fazer isso. Tio Bob, o responsável pelas inscrições, era o nosso permissivo patrão.

Elaine e eu estávamos na sala dos anuários quando minha prima Gerry nos encontrou.

– Ouvi dizer que você é bicha – Gerry disse para mim, ignorando Elaine.

– Acho que sim – eu disse –, mas também sinto atração por algumas mulheres.

– Eu não quero saber – Gerry disse. – Ninguém vai enfiar nada no meu cu, nem em qualquer outro lugar.

– Não dá para saber sem experimentar – Elaine disse. – Quem sabe você não ia gostar, Gerry?

– Estou vendo que você não está grávida – Gerry disse a ela –, a menos que já esteja grávida de novo, Elaine, e a barriga ainda não esteja aparecendo.

– Você tem uma namorada? – Elaine perguntou a ela.

– Ela poderia dar uma surra em você – Gerry disse. – Em você também, provavelmente – Gerry disse para mim.

Eu era indulgente com Gerry, sabendo que Muriel era mãe dela; isso não deve ter sido fácil, especialmente para uma lésbica. Eu estava menos inclinado a desculpar Gerry por ela ser tão estúpida com o pai, porque eu sempre gostara do tio Bob. Mas Elaine não era nem um pouco indulgente com Gerry. Devia haver alguma história entre elas; talvez Gerry tivesse dado em cima dela, ou quando Elaine ficou grávida de um filho de Kittredge, é bem possível que Gerry tenha dito ou escrito algo cruel para ela.

– Meu pai está procurando você, Billy – Gerry disse. – Ele quer que você mostre a escola para uma família. O garoto parece um bebê chorão, mas talvez seja homossexual, e vocês podem chupar o pau um do outro num dos dormitórios vazios.

– Nossa, você é grossa! – Elaine disse para Gerry. – Eu fui ingênua o suficiente para achar que aquele colégio tinha civilizado você – pelo menos até certo ponto. Mas acho que a cultura do mau gosto que você adquiriu com a sua experiência em Ezra Falls é a única cultura que você é capaz de adquirir.

– Eu acho que a cultura que *você* adquiriu não ensinou você a fechar as pernas, Elaine – Gerry disse a ela. – Por que não pede ao meu pai para dar a chave mestra de Tilley para você quando estiver mostrando a escola para o bebê chorão e os pais dele? – Gerry me perguntou. – Assim, você e Elaine podem dar uma olhada no quarto de Kittredge. Talvez vocês dois possam masturbar um ao outro na cama de Kittredge. – O que eu quero dizer, Billy, é que você precisa ter uma chave mestra para mostrar um quarto num dormitório para alguém, não é? Por que não pegar a chave de Tilley? – Com isso, Gerry saiu, deixando Elaine e a mim na sala dos anuários. Como a mãe dela, Muriel, Gerry podia ser uma vaca insensível, mas, ao contrário da mãe, Gerry não era convencional. (Talvez eu admirasse a raiva de Gerry.)

– Acho que toda a porra da sua família, como você diz, Billy, conversa *sobre* você – Elaine disse. – Eles apenas não conversam *com* você.

– Acho que sim – eu disse, mas estava pensando que a Tia Muriel e a minha mãe eram provavelmente as maiores culpadas, isto é, no que se referia a conversar sobre mim, mas não comigo.

– Você quer ver o quarto de Kittredge em Tilley? – Elaine me perguntou.

– Se *você* quiser – eu disse. É claro que eu queria ver o quarto de Kittredge, e Elaine também queria.

Eu tinha perdido um pouco do meu entusiasmo pelos velhos anuários depois da minha descoberta de que a Srta. Frost tinha sido capitão do time de luta livre de Favorite River em 1935. Desde então, eu não tinha feito muito progresso – nem Elaine.

Elaine ainda estava empacada nos anuários contemporâneos; especificamente, ela era fascinada pelo que chamava de "os anos Kittredge". Ela se dedicava a procurar fotos de um Kittredge mais jovem, de aparência mais inocente. Agora que Kittredge estava no quinto e último ano de Favorite River, Elaine procurava as fotos dele no primeiro e no segundo ano. Sim, ele parecia mais moço; mas era difícil enxergar uma aparência mais inocente.

Se fosse possível acreditar na história da Sra. Kitredge – se a própria mãe de Kittredge tinha mesmo feito sexo com ele quando ela disse que fez –, Kittredge não tinha permanecido inocente por muito tempo, e ele definitivamente não era inocente no tempo que passou em Favorite River. Mesmo no primeiro ano – no dia em que Kittredge apareceu em First Sister, Vermont –, Kittredge não era inocente. (Era quase impossível para mim imaginar que ele *algum dia* tenha sido inocente.) Entretanto, Elaine continuava olhando aquelas fotos antigas para tentar encontrar alguma evidência da inocência de Kittredge.

Eu não me lembro do garoto que Gerry tinha chamado de bebê chorão. Ele era (provavelmente) um pré-adolescente, provavelmente a caminho de se tornar heterossexual ou gay – mas não a caminho de se tornar *bi*, é o que imagino. Eu também não me lembro dos pais do dito bebê chorão. A minha conversa com tio Bob, sobre a chave mestra de Tilley, é mais memorável.

– Claro, pode mostrar Tilley para eles, por que não? – meu tio bonachão disse para mim. – Só não mostre o quarto de Kittredge, ele não é típico.

– Não é típico – eu repeti.

– Veja por si mesmo, Billy, mas mostre outro quarto para eles – tio Bob disse.

Eu não me lembro qual o quarto que mostrei para o bebê chorão e os pais dele; foi um quarto duplo, padrão, com dois de tudo – duas camas, duas escrivaninhas, duas cômodas.

– Todo mundo tem um colega de quarto? – a mãe do bebê chorão perguntou; normalmente eram as mães que faziam a pergunta sobre o colega de quarto.

– Sim, todo mundo, sem exceção – eu disse; aquelas eram as regras.

– Por que o quarto de Kittredge "não é típico"? – Elaine perguntou, depois de a família ter terminado a visita.

– Nós vamos saber logo – eu disse. – O tio Bob não me disse.

– Jesus, ninguém na sua família conta *nada* para você, Billy! – Elaine exclamou.

Eu estava pensando a mesma coisa. Na sala dos anuários, eu só tinha chegado à turma de 1940. Faltavam vinte anos para eu chegar à minha própria turma, e eu tinha acabado de descobrir que o anuário de 1940 estava faltando. Eu tinha pulado da *Coruja* 1939 para 1941 e 1942, antes de perceber que a 1940 não estava lá.

Perguntei por ele para o bibliotecário da academia e disse:

– Ninguém pode retirar um anuário. A *Coruja* de 1940 deve ter sido roubada.

O bibliotecário da academia era um dos solteirões meticulosos de Favorite River; todo mundo achava que aqueles homens mais velhos, solteiros, da equipe docente de Favorite River eram o que chamávamos na época de "homossexuais não praticantes". Quem sabia se eram ou não "praticantes" ou se eram ou não homossexuais? Nós só observávamos que eles viviam sozinhos, e que eram meticulosos no modo de vestir, e no modo de comer e de falar – daí imaginarmos que eram efeminados demais.

– Os *alunos* não podem retirar os anuários, Billy, os *professores* podem – o bibliotecário da academia disse afetadamente; o nome dele era Sr. Lockley.

– Os *professores* podem – repeti.

– Sim, é claro que podem – o Sr. Lockley disse; ele estava examinando algumas fichas. – O Sr. Fremont retirou a *Coruja* de 1940, Billy.

– Ah.

O Sr. Fremont – Robert Fremont, turma de 1935, colega de turma da Srta. Frost – era o meu tio Bob, é claro. Mas quando perguntei ao Bob se ele tinha terminado com a *Coruja* de 1940 porque eu estava esperando para dar uma olhada nela, o velho e bonachão Bob não foi tão bonachão a respeito.

– Eu tenho certeza que devolvi aquele anuário para a biblioteca, Billy – meu tio disse; ele era um cara legal, mas era um péssimo mentiroso. Tio Bob era um cara franco, mas eu sabia que ele estava com a *Coruja* de 1940, por alguma razão desconhecida.

– O Sr. Lockley acha que você está com ele, tio Bob – eu disse a ele.

– Bem, eu vou dar uma procurada, Billy, mas juro que o levei de volta para a biblioteca – Bob disse.

– Para que você precisou dele?

– Um membro daquela turma morreu recentemente – tio Bob respondeu. – Eu queria dizer coisas boas sobre ele quando escrevesse para a família.

– Ah.

O pobre tio Bob jamais seria um escritor, eu sabia; ele não era capaz de inventar uma história para salvar a própria pele.

– Como era o nome dele? – perguntei.
– O nome de quem, Billy? – Bob disse com uma voz meio sufocada.
– Do *morto*, tio Bob.
– Nossa, Billy, não consigo me lembrar do nome do sujeito!
– Ah.
– Mais segredos, que droga – Elaine disse quando contei a história para ela. – Peça a Gerry para procurar o anuário e dar para você. Gerry odeia os pais, ela fará isso por você.
– Eu acho que Gerry me odeia também – eu disse a Elaine.
– Gerry odeia *mais* os pais – Elaine disse.

Nós tínhamos localizado o quarto de Kittredge em Tilley e eu abri a porta com a chave mestra que tio Bob tinha me dado. A princípio, a única coisa "não típica" do quarto era o quanto ele estava limpo e arrumado, mas nem Elaine nem eu ficamos surpresos ao ver que Kittredge era arrumado.

A única estante tinha poucos livros; havia um bocado de espaço para mais livros. A única escrivaninha tinha pouca coisa sobre ela; a única cadeira não tinha roupas penduradas. Havia apenas dois porta-retratos sobre a cômoda, e o armário, que não tinha porta – nem mesmo uma cortina –, mostrava as roupas de sempre (de aspecto caro) de Kittredge. Nem mesmo a cama de solteiro solitária tinha roupas jogadas em cima, e a cama estava muito bem-arrumada – os lençóis e o cobertor sem vincos, a fronha sem rugas.

– Jesus – Elaine disse de repente. – Como foi que o filho da mãe conseguiu um quarto só para ele?

Era um quarto de solteiro; Kittredge não tinha um companheiro de quarto – isso era o aspecto "não típico" dele. Elaine e eu especulamos que o quarto só para um devia ter feito parte do acordo que a Sra. Kittredge tinha feito com a academia quando disse a eles – e ao Sr. e à Sra. Hadley – que ia levar Elaine para a Europa e conseguir um aborto seguro para a pobre garota. Também era possível que Kittredge tivesse sido um companheiro de quarto agressivo e dominador; talvez ninguém tivesse *querido* ser companheiro de quarto de Kittredge, mas isso nos pareceu pouco provável. Na Favorite River Academy, teria sido um prestígio ser companheiro de quarto de Kittredge; mesmo que ele maltratasse você, você não ia querer abrir mão dessa honra. O quarto só para um, junto com a evidente arrumação compulsiva de Kittredge, cheirava a privilégio. Kittredge exalava privilégio, como se ele tivesse conseguido (até no útero materno) criar seu próprio senso de merecimento.

O que deixou Elaine mais chateada em relação ao quarto de Kittredge foi que não havia nenhum sinal ali de que ele jamais a conhecera; talvez ela tivesse esperado ver um retrato seu. (Ela admitiu para mim que tinha dado vários para ele.) Eu não perguntei se ela tinha dado um dos sutiãs dela para Kittredge, mas isso foi porque eu estava querendo pedir a ela para me dar outro.

Havia algumas fotos do jornal da escola, e fotos do anuário, de Kittredge lutando. Não havia fotos de namoradas (nem de ex-namoradas). Não havia fotos de Kittredge quando criança; se ele algum dia teve um cachorro, não havia fotos do cachorro. Não havia fotos de ninguém que pudesse ser o pai dele. A única foto da Sra. Kittredge tinha sido tirada na única vez que ela tinha vindo a Favorite River para ver o filho lutar. A foto deve ter sido tirada depois da luta; Elaine e eu tínhamos estado naquela luta – foi a única vez que eu vi a Sra. Kittredge. Elaine e eu não nos lembrávamos de ter visto ninguém tirar uma foto de Kittredge e da sua mãe naquele dia, mas alguém tinha tirado.

O que Elaine e eu notamos, ao mesmo tempo, foi que uma mão desconhecida – deve ter sido a de Kittredge – tinha recortado o rosto da Sra. Kittredge e colado no corpo de Kittredge. Lá estava a mãe de Kittredge usando o colant e a camiseta de Kittredge. E lá estava o belo rosto de Kittredge colado no corpo bem-feito e elegantemente vestido da mãe. Era uma fotografia engraçada, mas Elaine e eu não rimos dela.

A verdade é que o rosto de Kittredge *funcionava* num corpo de mulher, com roupas de mulher, e o rosto da Sra. Kittredge combinava muito bem com o corpo de lutador de Kittredge (de colant e camiseta).

– Acho que é *possível* – eu disse para Elaine – que a Sra. Kittredge tenha trocado os rostos na fotografia. – (Eu não pensava realmente isso, mas foi o que disse.)

– Não – Elaine disse categoricamente. – Só Kittredge poderia ter feito isso. Aquela mulher não tem nem imaginação nem senso de humor.

– Se você está dizendo – eu disse para a minha querida amiga. (Como já contei para vocês, eu não questionaria a autoridade de Elaine a respeito da Sra. Kittredge. Como poderia?)

– É melhor você falar com Gerry e encontrar aquele anuário de 1940, Billy – Elaine disse.

Eu fiz isso no nosso jantar de família no dia de Natal – quando Tia Muriel, tio Bob e Gerry reuniram-se com minha mãe e comigo, e com Richard Abbott, na casa do Vovô Harry em River Street. Nana Victoria sempre fazia um grande estardalhaço acerca da necessária "tradição" do jantar de Natal.

Também era uma tradição na nossa família que os Borkman se juntassem a nós no jantar de Natal. Na minha lembrança, o Natal era um dos poucos dias do ano em que eu via a Sra. Borkman. Por insistência de Nana Victoria, nós todos a chamávamos de "Sra." Borkman; eu nunca soube o primeiro nome dela. Quando digo "todos", não me refiro apenas às crianças. Surpreendentemente, era assim que Tia Muriel e minha mãe se dirigiam à Sra. Borkman – bem como tio Bob e Richard Abbott, quando falavam com a provável "mulher de Ibsen" com que Nils tinha se casado. (Ela não tinha largado Nils, nem tinha dado um tiro na própria têmpora, mas achávamos que Nils Borkman jamais teria se casado com uma mulher que *não fosse* uma mulher de Ibsen, e portanto não teríamos ficado surpresos se nos dissessem que a Sra. Borkman tinha feito algo medonho.)

Os Borkman não tinham filhos, o que indicava para a minha Tia Muriel e para Nana Victoria que havia algo errado (ou realmente medonho) no relacionamento deles.

– Puta que pariu – Gerry disse para mim naquele dia de Natal de 1960. – Não é perfeitamente possível que Nils e a esposa sejam deprimidos demais para ter filhos? A perspectiva de ter filhos me deixa em depressão profunda, e eu não sou nem suicida nem norueguesa!

Ao ouvir essa observação calorosa, resolvi introduzir Gerry no assunto misterioso do desaparecimento da *Coruja* de 1940, que – de acordo com os registros do Sr. Lockley – tio Bob tinha retirado da biblioteca da academia e não tinha mais devolvido.

– Eu não sei o que o seu pai está fazendo com aquele anuário – eu disse a Gerry –, mas eu o quero.
– O que há nele? – Gerry me perguntou.
– Alguns membros da nossa ilustre família não querem que eu veja o que há nele.
– Não esquenta. Eu vou achar a porra do anuário, estou louca para ver o que tem nele – Gerry disse.
– Deve ser algo de natureza delicada.
– Ah! – Gerry gritou. – Nada que caia nas minhas mãos permanece muito tempo sendo de "natureza delicada"!
Quando eu repeti para Elaine o que ela tinha dito, minha querida amiga comentou:
– A simples ideia de fazer sexo com Gerry me causa náuseas.
A mim também, eu quase disse para Elaine. Mas não foi isso que disse. Eu achava que o meu prognóstico sexual era nebuloso; eu não tinha nenhuma certeza a respeito do meu futuro sexual.
– O desejo sexual é bem específico – eu disse para Elaine –, e geralmente é bem definido, não é?
– Acho que sim – Elaine respondeu. – O que você está querendo dizer?
– Estou querendo dizer que, no passado, meu desejo sexual foi bem específico, minha atração por alguém bastante definida – eu disse para Elaine. – Mas tudo isso parece estar mudando. Seus seios, por exemplo, eu os amo *especificamente*, porque eles são seus, não só porque são pequenos. Aquelas partes escuras – eu tentei dizer a ela.
– As aréolas – Elaine disse.
– Sim, eu *amo* essas partes. E beijar você, eu amo beijar você.
– Jesus, *agora* é que você me diz isso, Billy! – Elaine disse.
– Eu só sei disso agora, eu estou *mudando*, Elaine, mas não sei ao certo *como* – eu disse a ela. – Aliás, será que você podia me dar um dos seus sutiãs, minha mãe cortou o velho em pedacinhos.
– Ela *fez* isso? – Elaine exclamou.
– Talvez você tenha algum que esteja pequeno em você, ou do qual você já esteja cansada – eu disse a ela.
– Meus estúpidos seios só cresceram um pouco, mesmo quando eu estava grávida – ela me disse. – Agora acho que pararam de

crescer. Você pode ficar com quantos sutiãs meus você quiser, Billy – Elaine disse.

Uma noite, depois do Natal, estávamos no meu quarto – com a porta aberta, é claro. Nossos pais estavam vendo um filme juntos em Ezra Falls, eles tinham nos convidado para ir com eles, mas não quisemos. Elaine tinha começado a me beijar, e eu estava acariciando seus seios – eu tinha conseguido tirar um dos seus seios de dentro do sutiã –, quando bateram na porta do apartamento.

– Abra essa maldita porta, Billy! – minha prima Gerry estava gritando. – Eu sei que seus pais e os Hadley foram ao cinema, os babacas dos meus pais foram com eles!

– Jesus, é aquela garota horrível! – Elaine murmurou. – Aposto que ela achou o anuário.

Gerry não tinha demorado muito para achar a *Coruja* de 1940. O tio Bob pode tê-la retirado da biblioteca da academia, mas Gerry achou o anuário debaixo da cama, no lado da mãe. Sem dúvida, a ideia de esconder de mim o anuário da formatura daquela turma tinha sido da minha Tia Muriel, ou talvez Muriel e minha mãe tenham tido essa ideia juntas. Tio Bob estava apenas fazendo o que aquelas mulheres Winthrop tinham dito a ele para fazer; segundo a Srta. Frost, tio Bob já era um covarde *antes* de se tornar um pau-mandado.

– Eu não sei por que tanto estardalhaço – Gerry disse, entregando-me o anuário. – E daí que se trata da formatura da turma do seu pai fujão, qual é a porra do *problema*?

– Meu pai estudou em Favorite River? – Eu perguntei a Gerry. Eu sabia que William Francis Dean tinha entrado em Harvard aos quinze anos, mas ninguém tinha me contado que ele tinha estudado em Favorite River antes disso. – Ele deve ter conhecido minha mãe aqui, em First Sister

– E *daí*, porra! – Gerry disse. – O que importa onde eles se conheceram?

Mas minha mãe era mais velha do que o meu pai; isso significava que William Francis Dean era muito mais moço do que eu pensava quando eles se conheceram. Se ele tinha se formado em Favorite River em 1940 – e só tinha quinze anos quando começou a estudar em Harvard, no outono daquele mesmo ano –, ele só devia ter doze ou treze anos quando os dois se conheceram. Ele devia ser um pré-adolescente.

– E daí, *porra*! – Gerry continuou dizendo. Obviamente, ela não tinha examinado detalhadamente o anuário, nem tinha visto os anuários anteriores (1937, 1938, 1939), onde devia haver fotos de William Francis Dean quando ele tinha apenas doze, treze e catorze anos. Como eu tinha deixado passar isso? Se ele estava no quarto ano em 1940, devia ter entrado em Favorite River no outono de 1936 – quando tinha apenas *onze* anos!

E se minha mãe o tivesse conhecido então, quando ele tinha apenas onze anos? O "romance" deles, por assim dizer, deve ter sido muito diferente do que eu havia imaginado.

– Você viu alguma coisa de *mulherengo* nele? – perguntei a Gerry, enquanto Elaine e eu examinávamos rapidamente os retratos 3x4 dos formandos da turma de 1940.

– Quem disse que ele era *mulherengo*? – Gerry perguntou.

– Eu achei que você tinha dito – eu disse – ou talvez você tenha ouvido sua mãe dizer isso dele.

– Eu não me lembro da palavra *mulherengo* – Gerry me disse. – Tudo o que eu ouvi a respeito dele foi que ele era meio veado.

– Veado – eu repeti.

– Jesus, essa repetição tem que parar, Billy – Elaine disse.

– Ele não era *veado*! – eu disse indignado. – Ele era *mulherengo*, minha mãe o pegou beijando outra pessoa!

– É, outro *garoto*, talvez – minha prima Gerry disse. – Foi isso que eu ouvi, pelo menos, e ele parece mesmo uma *bichinha*.

– Uma *bichinha*! – exclamei.

– Meu pai disse que o seu pai era uma bicha louca – Gerry disse.

– Uma bicha louca – repeti.

– Por Deus, Billy, pare com isso! – Elaine pediu.

Lá estava ele: William Francis Dean, o garoto mais bonito que eu já tinha visto; ele poderia passar por menina, com muito menos esforço do que a Srta. Frost tinha tido na transformação *dela*. Era fácil ver por que eu não tinha reparado nele nos anuários anteriores. William Francis Dean se parecia comigo; as feições dele eram tão familiares para mim que devo ter pulado as fotos dele sem prestar atenção. Sua escolha de universidade: "Harvard." Sua trajetória profissional: "artista."

– Artista – repeti. (Isso foi antes de Elaine e eu termos visto qualquer outro retrato dele; tínhamos visto apenas aquela foto 3x4.)

O apelido de William Francis Dean era "Franny".

– Franny – repeti.

– Olha, Billy, eu achei que você sabia – Gerry estava dizendo. – Meu pai sempre disse que isso era uma maldição em dobro.

– *O quê?* – perguntei a ela.

– Era uma maldição em dobro você ser homossexual – Gerry disse. – Você tinha os genes homossexuais de Vovô Harry do lado materno da sua família, e do lado paterno, bem, que merda, basta olhar para ele! – Gerry disse, apontando para o retrato do belo rapaz na turma de 1940. – Do lado paterno você tinha os genes do extravagante Franny Dean! Isso é uma maldição em dobro. – É claro que Vovô Harry adorava o cara.

– Flamejante Franny – repeti.

Eu estava lendo a biografia resumida de William Francis Dean na *Coruja* de 1940. *Clube de Teatro (4)*. Eu não tinha dúvidas de que Franny devia representar apenas papéis femininos – eu mal podia esperar para ver as fotos. *Equipe de luta livre, supervisor (4)*. Naturalmente, ele não tinha sido um lutador – apenas supervisor, o cara que providenciava água e laranja para os lutadores, e um balde para eles cuspirem dentro, e toda a distribuição de toalhas que cabe a um supervisor da equipe de luta livre.

– Geneticamente falando, Billy, você não tinha a menor chance – Gerry estava dizendo. – Meu pai não tem uma língua das mais afiadas, mas você recebeu a pior carta do baralho, isso é certo.

– Nossa, Gerry, acho que já chega – Elaine disse. – Será que você podia nos deixar sozinhos agora?

– Qualquer pessoa veria que vocês estavam transando, Elaine – Gerry disse a ela. – Seus seios são tão pequenos, um deles saiu do sutiã, e você nem percebeu.

– Eu amo os seios de Elaine – eu disse para a minha prima. – Vá se foder, Gerry, por não ter me contado o que eu nunca soube.

– Eu achei que você *sabia*, seu babaca! – Gerry gritou para mim. – Que merda, Billy, como você podia não saber? É tão *óbvio*, porra! Como você podia ser tão gay como você é e *não* saber?

– Isso não é justo, Gerry! – Elaine estava gritando, mas Gerry tinha ido embora. Ela deixou a porta do apartamento aberta quando saiu. Eu e Elaine não nos importamos; saímos do apartamento logo depois de Gerry. Queríamos chegar à biblioteca da academia enquanto ela ainda estava aberta; queríamos ver todas as fotografias que conseguíssemos achar de William Francis Dean naqueles anuários anteriores, nos quais ele tinha me escapado.

Agora eu sabia onde procurar: Franny Dean devia ser a garota mais bonita nas fotos do Clube de Teatro, nas *Corujas* de 1937, 1938 e 1939; ele devia ser o garoto de aparência mais efeminada nas fotos da equipe de luta livre, onde *não* estaria de peito nu, usando colant. (Ele estaria usando paletó e gravata, o traje padrão naqueles anos para o supervisor da equipe.)

Antes de entrarmos na sala dos anuários na biblioteca da academia, levamos a *Coruja* de 1940 para o quinto andar de Bancroft Hall, e a escondemos no quarto de Elaine. Os pais dela não revistavam suas coisas, Elaine tinha me dito. Ela os tinha apanhado fazendo isso pouco depois de ter voltado da viagem à Europa com a Sra. Kittredge. Elaine desconfiou que estavam tentando descobrir se ela estava fazendo sexo com mais alguém.

Depois disso, Elaine colocou preservativos espalhados pelo quarto. Naturalmente, a Sra. Kittredge tinha dado os preservativos para ela. Talvez o Sr. e a Sra. Hadley tenham tomado os preservativos como sinal de que Elaine estava sendo sexualmente ativa com um *batalhão* de rapazes; mas, como eu sabia, a Sra. Hadley era esperta demais para achar isso. Martha Hadley provavelmente sabia o que aquela quantidade de preservativos significava: Fiquem fora do meu quarto! (Depois daquela única vez, foi o que o Sr. e a Sra. Hadley fizeram.)

A *Coruja* de 1940 estava segura no quarto de Elaine Hadley, mesmo que não estivesse no meu. Elaine e eu podíamos olhar as fotos do espalhafatoso Franny Dean naquele anuário, mas nós dois queríamos ver as fotos do mais *jovem* William Francis Dean primeiro. Teríamos o resto das férias de Natal para pesquisar tudo o que pudéssemos a respeito da Turma de 1940 de Favorite River.

* * *

Naquele mesmo jantar de Natal de 1960, quando eu tinha pedido a Gerry para procurar para mim a *Coruja* de 1940, Nils Borkman tinha encontrado um momento – quando ficamos a sós por alguns instantes – para me contar uma coisa.

– A sua amiga bibliotecária, eles a estão *apressando*, Bill! – Borkman cochichou indignado.

– *Pressionando* – eu disse.

– Eles são estéreo "sexo-tipos"! – Borkman exclamou.

– Estereótipos sexuais? – perguntei.

– Sim, foi isso que eu disse! – O dramaturgo norueguês declarou. – É uma pena, eu tinha os papéis perfeitos para vocês dois – o diretor cochichou. – Mas é claro que não posso pôr a Srta. Frost em cena, os "sexo-tipos" puritanos iriam apedrejá-la, ou algo semelhante!

– Os papéis perfeitos em *quê*? – perguntei.

– Ele é o Ibsen *americano*! – Nils Borkman exclamou. – Ele é o novo Ibsen, do seu atrasado sul dos Estados Unidos!

– *Quem* é ele? – perguntei.

– Tennessee Williams, o mais importante dramaturgo desde Ibsen – Borkman declarou com reverência.

– Que peça é essa?

– *Summer and Smoke* (*Almas de pedra*) – Nils respondeu, tremendo. – A reprimida personagem feminina tem outra mulher ardendo dentro dela.

– Entendo – eu disse. – Essa seria a personagem da Srta. Frost?

– A Srta. Frost seria uma Alma *perfeita*! – Nils exclamou.

– Mas agora... – comecei a dizer; Borkman não me deixou terminar.

– Agora eu não tenho escolha, é a Sra. Fremont como Alma, ou ninguém – Nils resmungou. Eu conhecia a "Sra. Fremont" como Tia Muriel.

– Eu acho que Muriel pode ser *reprimida* – eu disse a Nils para animá-lo.

– Mas Muriel não *arde*, Bill – Nils murmurou.

– Não, é verdade – concordei. – Qual ia ser o meu papel? – Eu perguntei.

– Ainda é seu, se você quiser – Nils disse. – É um papel pequeno, não vai atrapalhar o seu trabalho-casa.

– Meu dever de casa – eu o corrigi.

– *Sim*, foi isso que eu disse! – o dramaturgo norueguês tornou a declarar. – Você faz o papel de um vendedor ambulante, bem jovem. Você dá em cima de Alma na última cena da peça.

– Eu dou em cima da minha Tia Muriel, você quer dizer – eu disse para o ardente diretor.

– Mas não em cena, não se preocupe! – Borkman exclamou. – A troca de olhares é toda imaginada; a atividade sexual repetitiva ocorre depois, fora de cena.

Eu tinha certeza de que Nils Borkman não queria dizer que a atividade sexual era "repetitiva" – nem mesmo fora de cena.

– Atividade sexual *sub-reptícia*? – perguntei ao diretor.

– Sim, mas não tem nenhuma troca de olhares com sua tia em cena! – Borkman me assegurou, excitadamente. – Seria tudo tão simbólico se Alma pudesse ser a Srta. Frost.

– Tão *sugestivo*, você quer dizer?

– Sugestivo *e* simbólico! – Borkman exclamou. – Mas com Muriel nós ficamos só com o sugestivo, se é que você me entende.

– Talvez eu pudesse ler a peça primeiro, eu nem mesmo sei o nome do meu personagem – eu disse a Nils.

– Eu tenho uma cópia para você – Borkman cochichou. O exemplar estava bem surrado, as páginas estavam descoladas, como se o nervoso diretor tivesse lido o livrinho exaustivamente. – O seu nome é Archie Kramer, Bill – Borkman me informou. – O jovem vendedor deve usar um chapéu derby, mas no seu caso podemos *pendissar* o derby!

– *Dispensar* o derby – repeti. – O que eu vendo, já que sou um vendedor?

– Sapatos – Nils disse. – No fim, você estará indo com Alma para um cassino, você tem a última fala da peça, Bill!

– E qual é? – perguntei ao diretor.

– Táxi! – Borkman gritou.

De repente, não estávamos mais sozinhos. As pessoas que estavam no jantar de Natal levaram um susto com Nils Borkman gritando por um táxi. Minha mãe e Richard Abbott estavam olhando para o exemplar de *Summer and Smoke* de Tennessee Williams, que eu estava segurando; sem dúvida temiam que fosse uma continuação de *Giovanni*.

– Você quer um táxi, Nils? – Vovô Harry perguntou ao seu velho amigo. – Você não veio no seu carro?

– Está tudo bem, Harry, Bill e eu estávamos só fiado conversando. – Nils explicou ao seu colega.

– O certo é "conversando fiado", Nils – Vovô Harry disse.

– Que papel o Vovô Harry vai fazer? – perguntei ao dramaturgo norueguês.

– Você não me ofereceu um papel em nada, Nils – Vovô Harry disse.

– Bem, eu *ia* fazer isso! – Borkman gritou. – O seu avô daria uma brilhante Sra. Winemiller, a mãe de Alma – o ardiloso diretor disse para mim.

– Se você aceitar, eu aceito – eu disse para Vovô Harry. Seria a produção de primavera do First Sister Players, a estreia de um drama sério na primavera – minha última performance teatral antes da minha partida de First Sister e daquele verão na Europa com Tom Atkins. Não seria para Richard Abbott e o Clube de Teatro, mas eu faria o meu canto do cisne para Nils Borkman e o First Sister Players, a última vez que minha mãe teria a oportunidade de servir de *ponto* para mim.

Eu já estava gostando da ideia – mesmo antes de ler a peça. Só tinha dado uma olhada na folha de rosto, onde Tennessee Williams havia incluído uma epígrafe de Rilke. Isso já me bastou. "Quem, se eu gritasse, iria me ouvir dentre as ordens angélicas?" Parecia que, para onde quer que eu olhasse, estava sempre me deparando com os anjos apavorantes de Rilke. Imaginei se Kittredge conhecia o alemão.

– Tudo bem, Bill, se você fizer, eu faço – Vovô Harry disse; e assim ficou combinado.

Mais tarde, achei um modo discreto de perguntar a Nils se ele já tinha fechado com Tia Muriel e Richard Abbott para os papéis de Alma e John.

– Não se preocupe, Bill – Borkman me disse. – Eu tenho Muriel e Richard atrás do meu bolso!

– No seu bolso de trás, sim – eu disse para o esperto perseguidor de veados sobre esquis.

Naquela noite durante as férias de Natal quando Elaine e eu atravessamos correndo o campus deserto de Favorite River até a biblioteca da academia – ansiosos, a caminho da sala dos anuários –, nós vimos as marcas de esqui cross-country formando um zigue-zague no campus. (A pista de cross-country da academia era um bom lugar de caça ao veado, assim como as pistas de atletismo ao ar livre, quando os alunos de Favorite River tinham ido para casa para os feriados de Natal.)

Por ser época de Natal, eu não esperava necessariamente ver o Sr. Lockley atrás de sua mesa na biblioteca da academia, mas lá estava ele – como se aquela fosse uma noite comum, ou talvez o suposto "homossexual não praticante" (como o Sr. Lockley era chamado, pelas costas) não tivesse outra coisa para fazer.

– Não teve sorte com tio Bob a respeito da *Coruja* de 1940? – Eu perguntei a ele.

– O Sr. Fremont acha que a devolveu, mas ele *não* devolveu – quer dizer, não que eu saiba – o Sr. Lockley respondeu enfaticamente.

– Vou continuar insistindo com ele sobre isso – eu disse.

– Faça isso, Billy – o Sr. Lockley disse com severidade. – O Sr. Fremont não costuma frequentar a biblioteca.

– Aposto que não – eu disse, sorrindo.

O Sr. Lockley não sorriu – certamente não para Elaine, pelo menos. Ele era um daqueles homens mais velhos que viviam sozinhos; não veria com bons olhos as duas décadas seguintes – quando a maioria (se não todos) dos colégios internos só de meninos na Nova Inglaterra iriam finalmente tornar-se mistos.

Na minha avaliação, a educação mista iria ter um efeito humanizador naqueles colégios internos; Elaine e eu podíamos atestar que os meninos tratam melhor os outros meninos quando há garotas por perto, e as garotas não são tão más umas com as outras na presença de meninos.

Eu sei, eu sei – existem os teimosos que insistem em dizer que a educação só de meninos ou só de meninas era mais rigorosa, ou menos dispersiva, e que a educação mista trouxe um custo – uma perda de "pureza", eu ouvi os Sr. Lockleys dos colégios internos do mundo argumentarem. (Menos concentração nos "estudos", eles normalmente queriam dizer.)

Naquela noite do feriado de Natal, o Sr. Lockley só conseguiu dirigir a Elaine um cumprimento de cabeça minimamente cordial – como se estivesse dizendo o indizível: "Boa-noite, filha de professor deflorada. Como está passando agora, sua putinha fedorenta?"

Mas Elaine e eu seguimos em frente sem prestar atenção alguma ao Sr. Lockley. Estávamos sozinhos na sala dos anuários – e mais sozinhos do que de costume na biblioteca quase abandonada. Aquelas velhas *Corujas* de 1937, 1938 e 1939 estavam acenando para nós, e logo mergulhamos nas maravilhas de suas páginas reveladoras.

William Francis Dean era um menino sorridente na *Coruja* de 1937, quando devia ter doze anos. Ele parecia um supervisor charmosamente travesso da equipe de luta livre de 1936-37, e o único outro sinal dele que Elaine e eu conseguimos encontrar foi como a menina mais bonita nas fotos do Clube de Teatro daquele longínquo ano letivo – apenas cinco anos antes de eu nascer.

Se Franny Dean tinha conhecido a mais velha Mary Marshall em 1937, não havia nenhum registo disso na *Coruja* daquele ano – nem havia qualquer registro de eles terem se conhecido nas *Corujas* de 1938 e 1939, nas quais o supervisor da equipe de luta livre cresceu só um pouquinho de tamanho, mas aparentemente ganhou um bocado de autoconfiança.

Em cena, para o Clube de Teatro, naqueles anuários de 1938 e 1939, Elaine e eu percebemos que o futuro aluno de Harvard, que tinha escolhido "artista" como sua trajetória profissional, tinha se tornado uma atraente *femme fatale* – ele era uma presença ninfoide.

– Ele era bonito, não era? – perguntei a Elaine.

– Ele parece com você, Billy, ele é bonito, mas diferente – Elaine disse.

– Ele já devia estar namorando a minha mãe – eu disse, quando tínhamos terminado a *Coruja* de 1939 e estávamos voltando apressados para Bancroft Hall. (Meu pai tinha quinze anos quando minha mãe tinha dezenove!)

– Se é que "namorando" é a palavra certa, Billy – Elaine disse.

– Como assim?

– Você precisa conversar com o seu avô, Billy, se conseguir ficar sozinho com ele – Elaine disse.

– Eu podia tentar falar com o tio Bob primeiro, se conseguir ficar a sós com ele. Bob não é tão esperto quanto Vovô Harry – eu disse.
– Já sei! – Elaine exclamou de repente. – Você fala primeiro com o encarregado das matrículas, mas diz a ele que *já* falou com Vovô Harry, e que Harry contou tudo o que sabe para você.
– Bob não é tão burro assim – eu disse a Elaine.
– É sim – Elaine disse.

Nós tivemos cerca de uma hora a sós no quarto de Elaine do quinto andar antes que o Sr. e a Sra. Hadley chegassem do cinema em Ezra Falls. Por ser época de Natal, imaginamos que os Hadley e minha mãe e Richard – junto com Tia Muriel e tio Bob – teriam parado para uma bebida em algum lugar depois do cinema, e eles tinham mesmo.

Nós tínhamos tido tempo mais do que suficiente para examinar a *Coruja* de 1940 e olhar todas as fotos da extravagante Franny Dean – o garoto mais bonito da turma. William Francis Dean era um travesti espetacular nas fotos do Clube de Teatro daquele ano, e lá estava – finalmente, no Baile de Formatura – a foto que Elaine e eu tanto havíamos procurado. Lá estava o pequeno Franny dançando abraçado com minha mãe, Mary Marshall. Olhando para eles, com evidente desaprovação, estava a irmã mais velha, Muriel. Ah, aquelas garotas Winthrop, "aquelas mulheres Winthrop", como a Srta. Frost tinha rotulado minha mãe e minha Tia Muriel – dando a elas o nome de solteira de Nana Victoria, Winthrop. (Quando se tratava de quem tinha colhões na família Marshall, os genes Winthrop eram sem dúvida os transmissores de colhões.)

Eu não demoraria muito a encurralar o tio Bob. No dia seguinte mesmo, um possível aluno e seus pais estavam visitando a Favorite River Academy; tio Bob ligou para mim e pediu para eu mostrar a escola para eles.

Quando terminei a visita, encontrei o tio Bob sozinho na administração; como era época de Natal, as secretárias não estavam trabalhando.

– E aí, Billy? – tio Bob disse.
– Acho que você esqueceu que devolveu *mesmo* a *Coruja* de 1940 para a biblioteca – eu disse.
– É *mesmo*? – tio Bob perguntou. Eu vi que ele estava imaginando como poderia explicar isso para Muriel.

– Ela não apareceu sozinha na sala dos anuários – eu disse. – Além disso, Vovô Harry me contou tudo sobre o "extravagante Franny" Dean, e como ele era bonito. O que não entendo é como tudo começou entre ele e minha mãe, quer dizer, por que e quando. Quer dizer, como foi que o romance *começou*?

– Franny não era um mau sujeito, Billy – tio Bob disse depressa. – Ele só era um tanto efeminado, se é que me entende.

Eu tinha ouvido a expressão – de Kittredge, é claro –, mas eu disse apenas:

– Por que minha mãe gostou dele? Como foi que começou?

– Ele era muito menino quando conheceu sua mãe, ela era quatro anos mais velha, o que é uma grande diferença nessa idade, Billy – tio Bob disse. – Sua mãe o viu numa peça, como menina, é claro. Depois, ele elogiou as roupas dela.

– As roupas dela – repeti.

– Parece que ele gostava de roupas de mulher, ele gostava de experimentá-las, Billy – tio Bob disse.

– Ah.

– A sua avó os encontrou no quarto da sua mãe, um dia, depois que a sua mãe tinha voltado da escola em Ezra Falls. Sua mãe e Franny Dean estavam experimentando as roupas da sua mãe. Era só uma brincadeira infantil, mas a sua Tia Muriel me contou que Franny tinha experimentado as roupas *dela*, também. Quando nos demos conta, Mary estava apaixonada por ele, mas nessa altura Franny já devia saber que gostava mais de rapazes. Ele tinha muito carinho pela sua mãe, Billy, mas gostava mesmo era das roupas dela.

– Mas mesmo assim ela conseguiu ficar *grávida*! – eu disse. – Você não engravida uma garota fodendo as roupas dela!

– Pense bem, Billy, eles passavam muito tempo se despindo e se vestindo – tio Bob disse. – Eles deviam ficar muito tempo só de roupa de baixo, você sabe.

– Eu tenho dificuldade para imaginar – eu disse a ele.

– O seu avô gostava muito de Franny Dean, Billy, acho que Harry achava que podia funcionar – tio Bob disse. – Não se esqueça, sua mãe sempre foi um pouco *imatura*...

– Um pouco simplória, é o que você quer dizer? – eu o interrompi.

— Quando Franny era bem jovem, acho que sua mãe meio que *controlava* ele, você sabe, Billy, ela mandava um pouco nele.

— Mas aí Franny cresceu — eu disse.

— Havia também o sujeito, o que Franny conheceu na guerra, e eles se reencontraram mais tarde — tio Bob disse.

— *Foi* você quem me contou essa história, não foi, tio Bob? — Aquela história de ir pulando de um assento de vaso para outro, do homem no navio, ele perdeu o controle de *Madame Bovary*; foi escorregando pelos assentos dos vasos sanitários. Mais tarde, eles se encontraram no metrô. O cara entrou na estação de Kendall Square, saltou na Central Square, e ele disse para o meu pai: "Oi, eu sou Bovary. Lembra de mim?" Eu estou falando daquele sujeito. Você me contou essa história, não foi, tio Bob?

— Não, Billy — tio Bob disse. — Foi seu pai quem contou essa história para você, e aquele sujeito *não* saltou na estação de Central Square, aquele sujeito continuou no trem, Billy. Seu pai e aquele sujeito eram um *casal*. Eles talvez *ainda* sejam um casal, até onde eu sei — tio Bob me disse. — Eu pensei que o seu avô tivesse contado *tudo* para você — ele acrescentou, desconfiado.

— Parece que ainda há mais coisas para eu perguntar ao Vovô Harry — eu disse para o tio Bob.

O encarregado das matrículas estava olhando tristemente para o chão do seu escritório.

— Vocês fizeram uma boa visita, Billy? — Ele me perguntou, meio distraído. — Aquele menino pareceu ser um candidato promissor?

É claro que eu nem me lembrava mais do aluno em potencial ou dos pais dele.

— Obrigado por tudo, tio Bob — eu disse a ele; eu realmente gostava dele, e tinha pena dele. — Acho você um bom sujeito! — gritei para ele, e saí correndo da administração.

Eu sabia onde o Vovô Harry estava; era dia útil, então ele não devia estar em casa, sob o tacão de Nana Victoria. Harry Marshall não tinha um feriado prolongado de Natal como os professores tinham. Eu sabia que Vovô Harry ou estava na serraria ou no depósito, onde logo o encontrei.

Eu disse a ele que tinha visto meu pai nos anuários da Favorite River Academy; disse que o tio Bob tinha confessado tudo que sabia a respeito do extravagante Franny Dean, do menino efeminado vestido de mulher que antigamente costumava experimentar as roupas da minha mãe – e até mesmo, eu tinha sabido, as roupas da minha Tia *Muriel*!

Mas que história era essa que eu tinha ouvido do meu pai ter me visitado – quando eu tive escarlatina, não foi? E como era possível que o meu pai tivesse me contado aquela história do soldado que ele conheceu na popa do navio Liberty durante uma tempestade de inverno no Atlântico? O navio de transporte tinha acabado de entrar em mar aberto – o comboio estava a caminho da Itália, tendo saído de Hampton Roads, Virginia, Port of Embarkation –, quando meu pai conheceu um saltador de assento de vaso sanitário que estava lendo *Madame Bovary*.

– Quem era esse cara? – perguntei ao Vovô Harry.

– Essa foi a *pessoa* que sua mãe viu Franny beijando, Bill – Vovô Harry disse. – Você estava com escarlatina, Bill. Seu pai soube que você estava doente, e ele quis ver você. Eu acredito, pelo que conheço de Franny, que ele queria dar uma olhada em Richard Abbott também – Vovô Harry disse. – Acho que Franny só queria saber se você estava em boas mãos. Franny não era um mau sujeito, Bill, ele apenas não era realmente um *homem*!

– E ninguém me contou – eu disse.

– Ah, bem, acho que nenhum de nós tem orgulho *disso*, Bill! – Vovô Harry exclamou. – Foi só como as coisas aconteceram. Sua mãe estava magoada. A pobre Mary nunca entendeu aquela coisa de se vestir de mulher, ela achou que era algo que Franny iria superar, eu imagino.

– E quanto ao sujeito de *Madame Bovary*? – perguntei para o meu avô.

– Ah, bem, você conhece pessoas, Bill – Vovô Harry disse. – Algumas delas são meramente encontros, nada mais, mas de vez em quando você encontra o amor da sua vida, e isso é diferente, sabe?

Eu só iria ver a Srta. Frost mais duas vezes. Eu *não* sabia dos efeitos duradouros de um encontro com o amor da sua vida – ainda não.

10

Uma única jogada

A penúltima vez que eu vi a Srta. Frost foi numa partida de luta livre – uma competição entre duas equipes na Favorite River Academy em janeiro de 1961. Era a primeira competição em casa da temporada; Tom Atkins e eu fomos juntos. O ginásio de luta livre – houve época em que ele era o único ginásio no campus de Favorite River – era um velho prédio de tijolos ligado ao ginásio maior e mais moderno por uma passarela de cimento, fechada, mas sem aquecimento.

O velho ginásio era cercado por uma moderna pista de corrida de madeira, que ficava acima do salão; a pista se inclinava para baixo nos quatro cantos. Os alunos espectadores se sentavam na pista de madeira com os braços apoiados na barra central do corrimão de ferro. Nesse sábado específico, Tom Atkins e eu estávamos entre eles, vendo os lutadores lá embaixo.

A esteira, as mesas de marcação de pontos e os dois bancos das equipes ocupavam quase todo o espaço do ginásio. Numa ponta do salão havia um retângulo inclinado de arquibancadas, com não mais de doze fileiras de assentos. Os alunos achavam que as arquibancadas eram apropriadas para "os mais velhos". Os professores se sentavam lá, e os pais visitantes. Havia algumas pessoas da cidade que assistiam regularmente às partidas de luta livre, e elas se sentavam nas arquibancadas. No dia em que Elaine e eu tínhamos visto a Sra. Kittredge vendo o filho lutar, a Sra. Kittredge estava sentada na arquibancada – enquanto Elaine e eu a havíamos observado de perto da pista de corrida inclinada acima dela.

Eu estava recordando a única vez que tinha visto a Sra. Kittredge, quando Tom Atkins e eu avistamos a Srta. Frost. Ela estava sentada na primeira fila da arquibancada, o mais perto possível da esteira de luta.

(A Sra. Kittredge tinha se sentado na última fileira da arquibancada, como que para demonstrar sua indiferença aparentemente imortal por aquele combate entre pessoas bufando e fazendo caretas.)

– Veja quem está aqui, Bill, na primeira fila. Você a está vendo? – Atkins me perguntou.

– Eu *sei*, Tom, estou vendo – eu disse. Imaginei na mesma hora se a Srta. Frost costumava assistir frequentemente, ou sempre, às partidas de luta livre. Se ela fosse uma espectadora frequente das partidas em casa, como Elaine e eu não tínhamos reparado nela? A Srta. Frost não era apenas alta e de ombros largos; como mulher, não era só o tamanho dela que era imponente. Se ela tivesse ocupado frequentemente a primeira fila nas partidas de luta livre, como seria possível deixar de vê-la?

A Srta. Frost parecia muito à vontade onde estava – pertinho da esteira de luta, vendo os lutadores se aquecendo. Eu duvidava que ela tivesse visto Tom Atkins e a mim, porque ela não olhou para cima, para a pista de corrida em volta do ginásio – nem mesmo durante o aquecimento. E depois do início da competição, todos ficavam de olho nos lutadores.

Como Delacorte era peso leve, ele lutou num dos primeiros combates. Se Delacorte tinha desempenhado o papel de Bobo de Lear como uma morte em progresso, esse era certamente o modo como ele lutava; era uma agonia assistir. Delacorte conseguia fazer uma partida de luta livre parecer uma morte em progresso. Ele pagou um preço alto pela perda de peso. Estava chupado – era só pele e osso. Delacorte parecia estar morrendo de inanição.

Ele era bem mais alto do que os seus oponentes; normalmente fazia mais pontos do que eles no primeiro round, e costumava estar liderando no final do segundo round, quando começava a cansar. O terceiro round era a hora que Delacorte pagava pela perda de peso.

Delacorte terminava cada partida tentando desesperadamente proteger uma liderança cada vez menor. Ele se esquivava, fugia da esteira; as mãos do seu oponente pareciam pesar sobre ele. A cabeça de Delacorte ficava pendurada e sua língua saía pelo canto de sua boca aberta. Segundo Kittredge, Delacorte ficava sem combustível no terceiro round; uma partida de luta livre sempre tinha dois minutos a mais do que devia para ele.

– Aguenta firme, Delacorte! – um dos alunos espectadores inevitavelmente gritava; logo, todos nós estávamos gritando a mesma coisa.

– Aguenta firme! Aguenta firme!

Nesse ponto das lutas de Delacorte, Elaine e eu tínhamos aprendido a olhar para o treinador de luta livre de Favorite River – um velho forte, com orelhas de couve-flor e nariz torto. Quase todo mundo chamava o treinador Hoyt pelo primeiro nome, que era Herm.

Quando Delacorte estava morrendo no terceiro round, Herm Hoyt tirava uma toalha de uma pilha que ficava na ponta do banco mais perto da mesa de pontuação. O treinador Hoyt sempre se sentava perto das toalhas, o mais próximo possível da mesa de pontuação.

Enquanto Delacorte tentava "aguentar" mais um pouco, Herm desdobrava a toalha; ele tinha pernas arqueadas, como os velhos lutadores costumam ter, e quando se levantava do banco, ele (só por um momento) dava a impressão de que queria estrangular o moribundo Delacorte com a toalha, que Herm, em vez disso, colocava sobre a própria cabeça. O treinador Hoyt usava a toalha como se fosse um capuz; ele espiava debaixo da toalha para os momentos finais de Delacorte – para o relógio na mesa de pontuação, para o juiz (que, nos últimos segundos do terceiro período, geralmente primeiro advertia Delacorte e depois o penalizava por se esquivar).

Enquanto Delacorte morria, o que eu achava insuportável de ver, eu olhava para Herm Hoyt, que parecia estar morrendo tanto de raiva quanto de pena debaixo da toalha. Naturalmente, aconselhei Tom Atkins a manter os olhos no velho treinador em vez de suportar a agonia de Delacorte, porque Herm Hoyt sabia antes de qualquer outra pessoa (inclusive Delacorte) se Delacorte iria aguentar e ganhar ou terminar morrendo e perder.

Esse sábado, depois de sua experiência de quase morte, Delacorte aguentou e ganhou. Ele saiu da esteira e desabou nos braços de Herm Hoyt. O velho treinador fez o que sempre fazia com Delacorte – caso ele perdesse ou ganhasse. Herm cobriu a cabeça de Delacorte com a toalha, e Delacorte cambaleou até o banco, onde se sentou soluçando e arfando debaixo daquele manto que o cobria.

– Para variar, Delacorte não está bochechando ou cuspindo – Atkins observou sarcasticamente, mas eu estava olhando para a Srta. Frost, que de repente olhou para mim e sorriu.

Foi um sorriso espontâneo – acompanhado de um pequeno aceno, apenas um abanar dos dedos de uma das mãos. Eu soube na mesma hora: a Srta. Frost sabia o tempo todo que eu estava lá, e tinha imaginado que eu estaria.

Fiquei tão perturbado com o sorriso dela, e com o aceno, que tive medo de desmaiar e escorregar por baixo do corrimão; eu me vi caindo da pista de madeira no salão, lá embaixo. Provavelmente, a queda não seria muito perigosa; a pista de corrida não ficava a uma altura muito grande do chão do ginásio. Teria sido apenas humilhante cair estatelado sobre a esteira, ou por cima de um ou mais lutadores.

– Não estou me sentindo bem, Tom – eu disse para Atkins. – Estou meio tonto.

– Apoie-se em mim, Bill – Atkins disse, passando o braço em volta dos meus ombros. – Não olhe para baixo por alguns instantes.

Eu continuei olhando para o outro lado do ginásio, onde ficava a arquibancada, mas a Srta. Frost tinha voltado a prestar atenção na luta; outra partida tinha começado, enquanto Delacorte ainda estava soluçando e arfando – a cabeça subindo e descendo debaixo da toalha.

O treinador Herm Hoyt tinha se recostado no banco, perto da pilha de toalhas limpas. Eu vi Kittredge, que estava começando a se alongar; ele estava em pé atrás do banco, apenas saltitando e virando a cabeça de um lado para outro. Kittredge estava esticando o pescoço, mas sem deixar de olhar para a Srta. Frost.

– Eu estou bem, Tom – eu disse, mas o peso do seu braço continuou por mais alguns segundos; contei até cinco para mim mesmo antes que Atkins tirasse o braço de volta dos meus ombros.

– Nós devíamos pensar em ir juntos para a Europa – eu disse a Atkins, mas ainda estava olhando para Kittredge, que estava pulando corda. Kittredge não conseguia tirar os olhos da Srta. Frost;

ele continuava a olhar para ela, pulando ritmadamente, sem nunca variar a velocidade da corda.

— Olha quem está *fascinado* por ela agora, Bill — Atkins disse petulantemente.

— Eu *sei*, Tom, estou vendo — eu disse. (Seria o meu maior pavor ou seria secretamente excitante imaginar Kittredge e a Srta. Frost juntos?)

— Nós iríamos para a Europa neste verão, é isso que você está dizendo, Bill? — Atkins perguntou.

— Por que não? — respondi, o mais naturalmente que pude — eu ainda estava olhando para Kittredge.

— Se os seus pais aprovarem e os meus também... poderíamos perguntar a eles, não é? — Atkins disse.

— Está nas suas mãos, Tom, nós temos que fazê-los entender que isso é uma prioridade — eu disse a ele.

— Ela está olhando para você, Bill! — Atkins disse, ofegante.

Quando eu olhei (o mais naturalmente possível) para a Srta. Frost, ela estava sorrindo de novo para mim. Ela encostou o dedo indicador e o médio nos lábios e os beijou. Antes que eu pudesse jogar um beijo para ela, ela já estava assistindo de novo à luta.

— Cara, isso chamou mesmo a atenção de Kittredge! — Tom disse animadamente. Continuei olhando para a Srta. Frost, mas só por um momento; eu não precisava que Atkins me dissesse que Kittredge estava olhando para mim para saber disso.

— Bill, Kittredge está... — Atkins começou a dizer.

— Eu *sei*, Tom — eu disse a ele. Eu deixei meus olhos se demorarem mais um pouco na Srta. Frost, antes de olhar, como que por acaso, para Kittredge. Ele tinha parado de pular corda e estava olhando para mim. Eu apenas sorri para ele, do modo mais natural possível, e Kittredge voltou a pular corda; ele tinha aumentado a velocidade, fosse consciente ou inconscientemente, mas estava olhando de novo para a Srta. Frost. Eu não pude deixar de pensar se Kittredge estaria reconsiderando a palavra *nojento*. Talvez *tudo* que Kittredge imaginava que eu tinha feito com a Srta. Frost não o enojasse mais, ou seria isso apenas um pensamento otimista de minha parte?

A atmosfera no ginásio mudou repentinamente quando começou a luta de Kittredge. Os dois bancos olhavam a pancadaria com uma avaliação clínica. Kittredge normalmente batia nos seus oponentes antes de imobilizá-los. Era confuso para alguém que não praticava luta livre, como eu, perceber a diferença entre a competência técnica de Kittredge, sua capacidade atlética e a força bruta da sua superioridade física; Kittredge dominava completamente um oponente antes de imobilizá-lo. Havia sempre um momento no terceiro e último período em que Kittredge olhava para o relógio na mesa de pontuação; naquele momento, a plateia começou a gritar: "Imobiliza! Imobiliza!" Nessa altura, a tortura já tinha se prolongado tanto que eu imaginei que o oponente de Kittredge estava *torcendo* para ser imobilizado; momentos depois, quando o juiz assinalou a queda, a imobilização pareceu ao mesmo tempo atrasada e misericordiosa. Eu nunca tinha visto Kittredge perder; eu nunca o tinha visto ser ameaçado.

Eu não me lembro das outras lutas daquele sábado, nem qual foi a equipe que venceu a competição. O resto da competição foi apagado da minha memória pela lembrança de Kittredge olhando sem parar para a Srta. Frost, o que continuou depois da luta dele – Kittredge só interrompendo o seu olhar fixo com olhares apressados (e ocasionais) para mim.

Eu, é claro, continuei a olhar ora para Kittredge, ora para a Srta. Frost; era a primeira vez que eu via os dois no mesmo lugar, e admito que fiquei profundamente perturbado ao pensar naquele segundo em que a Srta. Frost ia olhar para Kittredge. Ela não olhou – nem uma vez. Ela continuou a assistir às lutas e, embora brevemente, a sorrir para mim – enquanto Tom Atkins perguntava o tempo todo:

– Você quer ir embora, Bill? Se você não estiver se sentindo bem, podemos ir embora, eu iria com você, você sabe.

– Eu estou *ótimo*, Tom, e quero ficar – repeti várias vezes para ele.

– *Europa*, eu nunca imaginei que veria a Europa! – Atkins exclamou num determinado momento. – Eu imagino em que lugar da Europa, e como nós viajaríamos. De trem, eu suponho, de ônibus, talvez. Eu queria saber o tipo de roupa que precisaríamos...

– Vai ser verão, Tom, vamos precisar de roupas de verão – eu disse a ele.

— Sim, mas roupa formal ou informal, é isso que eu quero dizer, Bill. E de quanto *dinheiro* vamos precisar? Eu não faço ideia! – Atkins disse com uma voz aflita.

— Vamos perguntar a alguém – eu disse. – Um monte de gente já foi à Europa.

— Não pergunte a Kittredge, Bill – Atkins continuou, com a mesma voz aflita. – Eu sei que não poderíamos pagar os lugares que Kittredge frequenta, nem os hotéis onde ele fica. Além disso, não queremos que Kittredge saiba que estamos indo juntos para a Europa, queremos?

— Pare de dizer bobagens, Tom – eu disse a ele. Eu vi que Delacorte tinha saído de baixo da toalha; ele parecia estar respirando normalmente e tinha um copo de papel na mão. Kittredge disse alguma coisa para ele, e Delacorte olhou na mesma hora para a Srta. Frost.

— Delacorte me deixa... – Atkins começou a falar.

— Eu *sei*, Tom! – eu disse a ele.

Percebi que o supervisor da equipe de luta livre era um rapaz servil, de aparência furtiva, que usava óculos; eu não tinha reparado nele antes. Ele entregou uma laranja para Kittredge, cortada em quatro; Kittredge pegou a laranja sem olhar para o supervisor ou falar com ele. (O nome do supervisor era Merryweather – Tempo Bom; com um sobrenome desses, como vocês podem imaginar, ninguém jamais o chamava pelo primeiro nome.)

Merryweather entregou a Delacorte um copo de papel limpo; Delacorte entregou o velho, cheio de cuspe, para Merryweather, que o jogou no balde de cuspir. Kittredge estava comendo a laranja enquanto ele e Delacorte olhavam fixamente para a Srta. Frost. Observei Merryweather, que estava juntando as toalhas usadas; eu estava tentando imaginar meu pai, Franny Dean, fazendo as coisas que um supervisor de equipe de luta livre faz.

— Não posso deixar de dizer, Bill, você parece um tanto indiferente para alguém que acabou de convidar outra pessoa para passar o verão na Europa com você – Atkins disse com os olhos marejados.

— Um tanto indiferente – repeti. Eu estava começando a me arrepender de ter convidado Tom Atkins para ir passar o verão inteiro na Europa comigo; a carência dele já estava me irritando. Mas de repente o campeonato acabou; os alunos espectadores estavam descendo as escadas de ferro, que iam da pista de corrida até o chão do ginásio. Pais e professores – e os outros espectadores adultos, das arquibancadas – estavam aglomerados em volta da esteira de luta, onde os lutadores estavam conversando com suas famílias e amigos.

– Você não vai *falar* com ela, vai, Bill? Eu achei que você estava *proibido* – Atkins disse preocupado.

Eu devo ter querido ver o que poderia acontecer se me encontrasse por acaso com a Srta. Frost – se eu dissesse apenas "Oi" ou algo assim. (Elaine e eu costumávamos ficar por perto da esteira depois de ver Kittredge lutar – provavelmente esperando, e temendo, dar de cara com Kittredge "acidentalmente".)

Não foi difícil localizar a Srta. Frost no meio da multidão; ela era tão alta e empertigada, e Tom Atkins estava sussurrando do meu lado com a constância nervosa de um cão de caça.

– Lá está ela, Bill, bem ali. Está vendo?

– Estou vendo, Tom.

– Não estou vendo Kittredge – Atkins disse, preocupado.

Eu sabia que não se podia pôr em dúvida o *timing* de Kittredge; quando me aproximei do lugar onde estava a Srta. Frost (não coincidentemente, no meio daquele círculo na esteira onde a luta começa), eu me vi parando diante dela no mesmo instante que Kittredge surgiu do meu lado. A Srta. Frost provavelmente percebeu que eu não podia falar; Atkins, que estava falando compulsivamente, de repente ficou mudo com a gravidade do momento.

Sorrindo para a Srta. Frost, Kittredge – que nunca ficava sem saber o que dizer – disse para mim:

– Você não vai me apresentar à sua amiga, Ninfa?

A Srta. Frost continuou sorrindo para mim; ela não olhou para Kittredge quando falou com ele.

– Eu o conheço do palco, senhor Kittredge, *deste* palco, também – a Srta. Frost disse, apontando um longo dedo para a esteira de luta livre. (Seu esmalte de unha era uma cor nova para mim – magenta, talvez, mais arroxeado do que vermelho.) – Mas Tom Atkins vai ter que nos apresentar. William e eu – ela disse, sem desviar os olhos de mim enquanto falava – não temos permissão para falar um com o outro, ou nos *relacionar* de qualquer outra forma.

– Desculpe, eu não... – Kittredge começou a dizer, mas foi interrompido.

– Srta. Frost, este é Jacques Kittredge, Jacques, esta é a Srta. Frost! – Atkins falou atabalhoadamente. – A Srta. Frost é uma grande... *leitora*! – Atkins disse a Kittredge; o pobre Tom então pensou que opções lhe restavam. A Srta. Frost só tinha estendido a mão na direção de Kittredge; como ela continuava olhando para mim, Kittredge talvez tenha ficado sem saber se ela estava oferecendo a mão para ele ou para mim. – Kittredge é o nosso melhor lutador – Tom Atkins continuou, como se a Srta. Frost não fizesse a menor ideia de quem era Kittredge. – Esta é a terceira temporada dele sem derrotas, quer dizer, se ele permanecer invicto. Vai ser um recorde para a escola, três temporadas invicto! Não vai? – Atkins perguntou a Kittredge.

– Na verdade – Kittredge disse, sorrindo para a Srta. Frost – eu só posso igualar o recorde da escola, se permanecer invicto. Um cara fez isso nos anos 1930 – Kittredge disse. – É claro que não havia campeonato na Nova Inglaterra na época. Acho que eles não tinham tantas lutas quanto nós temos hoje, e quem sabe qual era o nível das competições...

A Srta. Frost o interrompeu.

– Não era ruim – ela disse, com um irresistível encolher de ombros; pelo modo como ela tinha capturado perfeitamente o encolher de ombros de Kittredge, compreendi de repente que a Srta. Frost o havia observado com muita atenção (e por bastante tempo).

– Quem é o cara, de quem é o recorde? – Tom Atkins perguntou a Kittredge. É claro que eu soube pelo modo como Kittredge respondeu que ele não fazia ideia de quem era o recorde que ele estava tentando igualar.

– Um cara chamado Al Frost – Kittredge disse desdenhosamente. Eu temi o pior de Tom Atkins: choro ininterrupto, vômito explosivo, repetição insana e incompreensível da palavra *vagina*. Mas Atkins ficou mudo e se contorcendo.

– Tudo bem, Al? – o treinador Hoyt perguntou à Srta. Frost; a cabeça disforme dele batia no ombro dela. A Srta. Frost pôs afetuosamente a mão pintada de magenta na nuca do velho treinador, puxando o rosto dele na direção dos seus pequenos, mas bem visíveis seios.

(Delacorte iria me explicar mais tarde que os lutadores chamavam isso de gravata.) – Como vai, Herm? – a Srta. Frost disse carinhosamente para o seu antigo treinador.

– Ah, eu vou levando, Al – Herm Hoyt disse. Uma toalha perdida saía de um dos bolsos do seu paletó esporte amarrotado; a gravata dele estava torta, e o primeiro botão de sua camisa estava desabotoado. (Com seu pescoço de lutador, Herm Hoyt nunca pode abotar aquele primeiro botão.)

– Nós estávamos falando sobre Al Frost, e o recorde da escola – Kittredge explicou ao treinador, mas Kittredge continuava sorrindo para a Srta. Frost. – Tudo o que o treinador Hoyt diz sobre Frost é que ele era "bastante bom", é claro que isso é o que Herm diz de um cara que é *muito* bom *ou* bastante bom – Kittredge estava explicando para a Srta. Frost. Então ele disse a ela: – Suponho que a *senhora* nunca tenha visto Frost lutar?

Eu não acho que tenha sido o súbito e óbvio desconforto de Herm Hoyt que revelou a verdade; acredito honestamente que Kittredge compreendeu quem Al Frost era no instante em que perguntou à Srta. Frost se ela alguma vez tinha visto Frost lutar. Foi nesse mesmo instante que eu vi Kittredge olhar para as mãos da Srta. Frost; e não era no esmalte que ele estava interessado.

– Al – Al Frost – a Srta. Frost disse. Dessa vez, ela estendeu a mão francamente para Kittredge; e só então olhou para ele. Eu conhecia aquele olhar: era o modo *penetrante* com que ela um dia tinha olhado para mim, quando eu tinha quinze anos e quis reler *Grandes esperanças*. Tanto Tom Atkins quanto eu notamos como a mão de Kittredge parecia pequena ao apertar a mão da Srta. Frost. – É claro que não estávamos, *não estamos*, eu deveria dizer, na mesma categoria de peso – a Srta. Frost disse para Kittredge.

– O Grande Al era o meu lutador de oitenta quilos – Herm Hoyt estava dizendo a Kittredge. – Você era um pouco leve para lutar na categoria de peso-pesado, Al, mas eu o inscrevi como peso-pesado algumas vezes, você estava sempre me pedindo para deixar você lutar com os caras grandes.

– Eu era bastante bom, *apenas* bastante bom – a Srta. Frost disse a Kittredge. – Pelo menos eles não acharam que eu era *muito bom* quando cheguei à Pensilvânia.

Atkins e eu vimos que Kittredge estava sem fala. O aperto de mão tinha terminado, mas ou Kittredge não conseguia soltar a mão da Srta. Frost ou ela não *deixou* que ele soltasse.

A Srta. Frost tinha perdido um bocado de massa muscular desde seus dias de luta livre; entretanto, com os hormônios que ela tinha tomado, tenho certeza de que seus quadris estavam maiores do que quando lutava na categoria de oitenta quilos. Com quarenta e poucos anos, eu imagino que a Srta. Frost pesasse entre 83 e 86kg, mas ela tinha 1,90m – de salto alto, ela tinha me dito, ela tinha quase dois metros –, e ela carregava bem o peso. Não parecia ter 86kg.

Jacques Kittredge tinha 66kg. Estou calculando que o peso "natural" de Kittredge – quando não era temporada de luta – era cerca de 72kg. Ele tinha 1,78m (e mais um pouquinho); Kittredge tinha dito a Elaine uma vez que por pouco não tinha chegado a 1,80m.

O treinador Hoyt deve ter visto o quanto Kittredge estava nervoso – isso era tão atípico dele –, sem falar no prolongado aperto de mão entre Kittredge e a Srta. Frost, que estava deixando Atkins ofegante.

Herm Hoyt começou a divagar: sua dissertação improvisada sobre história da luta livre encheu o vazio (nossa conversa subitamente interrompida) com uma estranha combinação de nervosismo e nostalgia.

– No seu tempo, Al, eu estava pensando, vocês usavam só colantes, todo mundo tinha o peito nu, lembra? – o velho treinador perguntou ao seu antigo categoria oitenta quilos.

– Claro que sim, Herm – a Srta. Frost respondeu. Ela soltou a mão de Kittredge; com seus longos dedos, a Srta. Frost endireitou o casaco, que estava aberto por cima da blusa ajustada – uma vez que a expressão *peito nu* tinha atraído a atenção de Kittredge para os seus seios juvenis.

Tom Atkins estava chiando; eu não sabia que Atkins sofria de asma, além dos seus problemas de fala. Talvez o pobre Tom estivesse apenas hiperventilando, em vez de romper em lágrimas.

– Nós começamos a usar as camisetas *e* os colantes em 1958 – se você se lembra, Jacques – Herm Hoyt disse, mas Kittredge não tinha recuperado a capacidade de falar; ele só conseguiu balançar a cabeça com uma expressão de desalento.

– As camisetas *e* os colantes são redundantes – a Srta. Frost disse; ela estava examinando o esmalte das unhas com desaprovação, como se outra pessoa tivesse escolhido aquela cor. – Devia ser *apenas* a camiseta, *sem* colante, ou você usaria *só* colante e ficaria de peito nu. Pessoalmente – ela acrescentou, num aparte dirigido ao silencioso Kittredge –, *prefiro* ficar de peito nu.

– Um dia, vai ser só camiseta, sem colante, eu aposto – o velho treinador disse. – Peitos nus vão ser proibidos.

– Uma pena – a Srta. Frost disse, com um suspiro teatral.

Atkins emitiu um som estrangulado; ele tinha avistado o carrancudo Dr. Harlow, talvez meio segundo antes de eu avistar o corujão careca safado. Eu tinha minhas dúvidas de que o Dr. Harlow fosse um fã de luta livre – pelo menos Elaine e eu nunca tínhamos notado a presença dele quando víamos Kittredge lutar, antes. (Mas por que teríamos prestado atenção no Dr. Harlow na época?)

– Isso é estritamente proibido, Bill, não pode haver nenhum contato entre vocês dois – o Dr. Harlow disse; ele não olhou para a Srta. Frost. O "vocês dois" foi o mais próximo que o Dr. Harlow chegou de dizer o nome dela.

– A Srta. Frost e eu não trocamos uma única palavra – eu disse para o corujão careca safado.

– Não pode haver nenhum *contato*, Bill – o Dr. Harlow esbravejou; ele continuava sem olhar para a Srta. Frost.

– *Que* contato? – a Srta. Frost disse asperamente; sua mão grande agarrou o ombro do médico, fazendo o Dr. Harlow dar um pulo para longe dela. – O único *contato* que eu tive foi aqui com o jovem Kittredge – a Srta. Frost disse ao Dr. Harlow; ela pôs ambas as mãos nos ombros de Kittredge. – Olhe para mim – ela ordenou; quando Kittredge ergueu os olhos, ele pareceu subitamente tão impressionável quanto um garotinho submisso. (Se Elaine tivesse estado lá, teria visto finalmente a inocência que buscava, sem sucesso, nas fotos de Kittredge mais moço.) – Eu lhe desejo sorte, espero que você iguale o recorde – a Srta. Frost disse a ele.

– Obrigado – Kittredge conseguiu murmurar.

– Vejo você por aí, Herm – a Srta. Frost disse para o seu velho treinador.

– Cuide-se, Al – Herm Hoyt disse a ela.

– Até mais, Ninfa – Kittredge disse para mim, mas ele não olhou para mim nem para a Srta. Frost. Kittredge saiu correndo da esteira, juntando-se a um dos colegas de equipe.

– Nós estávamos conversando sobre *luta livre*, doutor – Herm Hoyt disse para o Dr. Harlow.

– Qual recorde? – o Dr. Harlow perguntou ao velho treinador.

– O meu recorde – a Srta. Frost disse ao médico. Ela estava saindo quando Tom Atkins fez um ruído sufocado; Atkins não conseguiu se conter, e agora que Kittredge tinha ido embora, o pobre Tom não teve mais medo de falar.

– Srta. Frost – Atkins balbuciou. – Bill e eu vamos juntos para a Europa no verão!

A Srta. Frost sorriu afetuosamente para mim, antes de dirigir sua atenção para Tom Atkins.

– Acho essa ideia *maravilhosa*, Tom – ela disse a ele. – Tenho certeza de que vocês vão se divertir muito. – A Srta. Frost estava indo embora quando parou e olhou para trás, para onde nós estávamos, mas ficou claro, quando a Srta. Frost falou, que ela estava olhando diretamente para o Dr. Harlow. – Espero que vocês dois façam *tudo* juntos – a Srta. Frost disse.

Então eles foram embora – tanto a Srta. Frost quanto o Dr. Harlow. (O segundo não olhou para mim ao se afastar.) Tom Atkins e eu ficamos sozinhos com Herm Hoyt.

– Querem saber, caras, eu preciso ir – o velho treinador disse para nós. – Tem uma reunião da equipe...

– Treinador Hoyt – eu disse, detendo-o. – Eu estou curioso para saber quem venceria, se houvesse uma luta entre Kittredge e a Srta. Frost. Quer dizer, se eles fossem da mesma idade e da mesma categoria de peso. O senhor sabe o que eu quero dizer – se as condições fossem iguais.

Herm Hoyt olhou em volta; talvez ele estivesse checando para ter certeza de que nenhum dos seus lutadores estava perto para ouvir o que ele ia dizer. Só Delacorte tinha permanecido no salão do ginásio, mas ele estava longe, perto da porta de saída, como se estivesse esperando alguém. Delacorte estava longe demais para ouvir.

– Escutem, caras – o velho treinador resmungou –, não digam que eu falei isso, mas o Grande Al *mataria* Kittredge. Com qualquer idade, não importa a categoria de peso, Al daria uma surra em Kittredge.

Eu não vou fingir que não foi gratificante ouvir isso, mas preferiria ter ouvido em particular; não era uma coisa que eu queria dividir com Tom Atkins.

– Você pode *imaginar*, Bill – Atkins começou quando o treinador Hoyt foi para o vestiário.

Eu interrompi Atkins.

– Sim, é claro que eu posso *imaginar*, Tom.

Nós estávamos na saída do velho ginásio quando Delacorte nos fez parar. Era por mim que ele estava esperando.

– Eu a vi, ela é mesmo linda! – Delacorte disse. – Ela falou comigo quando estava saindo, disse que eu fui um "Bobo de Lear maravilhoso". – Aqui Delacorte parou para bochechar e cuspir; ele estava segurando dois copos de papel e não parecia mais uma morte em progresso. – Ela também me disse que eu devia passar para uma categoria de peso acima, mas ela disse isso de um jeito engraçado. "Talvez você perca mais lutas se mudar de categoria, mas não vai sofrer tanto." Ela costumava ser Al Frost, você sabe – Delacorte me confidenciou. – Ela costumava *lutar*!

– Nós *sabemos*, Delacorte! – Tom Atkins disse, irritado.

– Eu não estava falando com *você*, Atkins – Delacorte disse, bochechando e cuspindo. – Aí o Dr. Harlow nos interrompeu – Delacorte disse para mim. – Ele disse alguma coisa para a sua amiga, alguma bobagem sobre não ser "apropriado" ela vir aqui! Mas ela simplesmente continuou falando comigo, como se o corujão careca safado não estivesse ali. Ela disse: "Ah, o que é que Kent diz para

Lear – no ato um, cena um, quando Lear entendeu mal as coisas a respeito de Cordelia? Ah, como é mesmo a fala? Eu acabei de assistir à peça! Você acabou de trabalhar nela!" Mas eu não sabia a que fala ela estava se referindo, eu era o Bobo de Lear, não era Kent, e o Dr. Harlow estava ali parado. De repente, ela exclama: "Já sei – Kent diz: *Matem o médico* –, essa era a fala que eu estava tentando lembrar!" E o corujão careca safado diz para ela: "Muito engraçado – suponho que você ache isso muito engraçado." Mas ela se vira para ele, olha bem para a cara do Dr. Harlow e diz: "Engraçado? Eu acho que você é um homenzinho *engraçado* – é isso que eu acho, Dr. Harlow." E o corujão careca safado saiu correndo. O Dr. Harlow simplesmente fugiu! A sua amiga é maravilhosa! – Delacorte disse.

Alguém deu um empurrão nele. Delacorte deixou cair os dois copos de papel – num esforço malsucedido de recuperar o equilíbrio, de tentar não cair. Delacorte caiu em cima da poça deixada pelos seus copos de bochechar e cuspir. Foi Kittredge quem o empurrou. Kittredge estava com uma toalha amarrada na cintura – o cabelo dele estava molhado do chuveiro.

– Tem uma reunião de equipe depois do banho, e você ainda nem tomou banho. Eu poderia ter transado duas vezes no tempo que leva para esperar por você, Delacorte – Kittredge disse a ele.

Delacorte se levantou e saiu correndo pela passarela de cimento até o novo ginásio, onde ficavam os chuveiros.

Tom Atkins estava tentando ficar invisível; estava com medo que Kittredge o empurrasse em seguida.

– Como você não percebeu que ela era um homem, Ninfa? – Kittredge perguntou de repente. – Você não viu o pomo de adão dela, não notou o quanto ela é *grande*? Exceto pelos seios. Jesus! Como você conseguiu não saber que ela era um homem?

– Talvez eu *soubesse* – eu disse a ele. (Isso simplesmente saiu, como só a verdade costuma fazer ocasionalmente.)

– Jesus, Ninfa – Kittredge disse. Ele estava começando a tremer; havia uma corrente de ar frio vindo da passarela não aquecida que ia dar no ginásio maior e mais novo, e Kittredge estava só de toalha. Era raro ver Kittredge parecendo vulnerável, mas ele estava seminu e tremendo de frio. Tom Atkins não era um rapaz corajoso, mas até

Atkins deve ter percebido a vulnerabilidade de Kittredge, até Atkins conseguiu ter um momento de coragem.

– E como *você* pode não saber que ela era um *lutador*? – perguntou Atkins a ele. Kittredge deu um passo na direção dele, e Atkins, de novo com medo, cambaleou para trás, quase caindo. – Você viu os ombros, o *pescoço*, as *mãos* dela? – Atkins gritou para Kittredge.

– Eu preciso ir – foi tudo o que Kittredge disse. Ele disse isso para mim e não respondeu a Atkins. Até Tom Atkins podia dizer que a confiança de Kittredge estava abalada.

Atkins e eu vimos Kittredge correr pela passarela; ele segurava a toalha em volta da cintura enquanto corria. Era uma toalha pequena – tão apertada em volta dos quadris dele que parecia uma saia curta. A toalha fez Kittredge correr como uma garota.

– Você não acha que Kittredge vá perder uma luta nesta temporada, acha, Bill? – Atkins perguntou para mim.

Como Kittredge, eu não respondi a Atkins. Como Kittredge poderia perder uma partida de luta livre na Nova Inglaterra? Eu teria adorado fazer essa pergunta à Srta. Frost, dentre outras.

Aquele momento quando você está cansado de ser tratado como uma criança – cansado da adolescência, também –, aquela passagem que se abre, mas também se fecha subitamente, quando você deseja crescer de forma irreversível, é uma época perigosa. Num futuro romance (um dos primeiros), eu iria escrever: "A ambição tira de você a sua infância. No momento em que você quer se tornar um adulto – de *qualquer* maneira –, algo da sua infância morre." (Eu talvez estivesse pensando naquele desejo simultâneo de me tornar um escritor e de fazer sexo com a Srta. Frost, não necessariamente nessa ordem.)

Num romance posterior, eu abordaria esse tema de um modo um pouco diferente – um pouco mais cauteloso, talvez. "Em quantidades mensuráveis ou não, a nossa infância nos é roubada – nem sempre em um evento portentoso, mas normalmente numa série de pequenos roubos, que, somados, resultam na mesma perda." Eu suponho que poderia ter escrito "traições" em vez de "roubos"; no caso da minha família, eu poderia ter usado a palavra *enganos* – citando mentiras tanto de omissão quanto de execução. Mas vou ficar com o que escrevi; é suficiente.

Em outro romance – logo no comecinho do livro, de fato – eu escrevi: "A sua memória é um monstro; *você* esquece – *ela* não. Ela simplesmente arquiva as coisas; guarda as coisas para você ou esconde as coisas de você. A sua memória traz coisas à sua lembrança quando quer. Você pensa que possui uma memória, mas é a sua memória que possui você!" (Eu reafirmo isso, também.)

Devia ser final de fevereiro ou início de março de 1961 quando a comunidade da Favorite River Academy soube que Kittredge tinha perdido; de fato, ele tinha perdido duas vezes. O Campeonato Interescolar de Luta Livre da Nova Inglaterra aconteceu em East Providence, Rhode Island, naquele ano. Kittredge perdeu feio nas semifinais.

– Não chegou nem perto – Delacorte me contou numa frase quase incompreensível. (Eu consegui detectar as vogais, mas não as consoantes, porque Delacorte estava falando com seis pontos na língua.)

Kittredge tinha perdido outra vez na rodada de consolação para determinar o terceiro lugar – dessa vez, para um rapaz que ele tinha vencido antes.

– Aquela primeira perda meio que o deixou desmotivado, depois disso, Kittredge não pareceu mais ligar caso terminasse em terceiro ou em quarto – foi tudo o que Delacorte conseguiu dizer. Eu vi sangue no copo dele de cuspir; ele tinha mordido a língua, daí os seis pontos.

– Kittredge terminou em *quarto* – contei a Tom Atkins.

Para um bicampeão, isso deve ter doído. O Campeonato Intrescolar de Luta Livre da Nova Inglaterra tinha começado em 1949, catorze anos depois que Al Frost terminou sua terceira temporada invicto, mas nos jornais da escola da Favorite River, nada foi mencionado sobre o recorde de Al Frost – nem sobre o fracasso de Kittredge em igualá-lo. Em treze anos, tinha havido dezoito bicampeões da Nova Inglaterra – Kittredge dentre eles. Se ele tivesse conseguido vencer um terceiro campeonato, essa teria sido a primeira vez. "Primeira e última" foi como saiu publicado no jornal da escola como tendo sido dito pelo treinador Hoyt. Como se viu depois, 1961 foi o último ano em que houve campeonatos de luta livre na Nova Inglaterra com alunos de escolas públicas e particulares; a partir de 1962, as escolas públicas e as particulares passaram a ter torneios separados.

Perguntei a Herm Hoyt sobre isso num dia de começo de primavera, quando nossos caminhos se cruzaram no quarteirão.

– Alguma coisa vai ser perdida, ter um campeonato único para todo mundo é mais difícil – o velho treinador me disse.

Também perguntei ao treinador Hoyt sobre Kittredge – se havia algo que pudesse explicar as duas derrotas.

– Kittredge não deu a mínima para aquela partida de consolação – Herm disse. – Já que ele não pôde ganhar tudo, não fez a menor diferença para ele ser terceiro ou quarto.

– E quanto à primeira derrota? – perguntei ao treinador Hoyt.

– Eu vivia dizendo a Kittredge que sempre tem alguém que é melhor – o velho treinador disse. – A única maneira de vencer o cara melhor é sendo mais *durão*. O outro cara era melhor, e Kittredge *não* foi mais durão.

Parecia ter sido só isso. Atkins e eu achamos a derrota de Kittredge um anticlímax. Quando mencionei isso para Richard Abbott, ele disse:

– Isso é shakespeariano, Bill; um monte das coisas importantes em Shakespeare acontecem fora do palco, você apenas ouve falar a respeito.

– É shakespeariano – repeti.

– Mas *ainda* é um anticlímax – Atkins disse, quando contei a ele o que Richard tinha dito.

Quanto a Kittredge, ele só pareceu um pouco calado; não me pareceu muito afetado por aquelas perdas. Além disso, estava naquele momento do último ano em que ficávamos sabendo quais as faculdades ou universidades que tinham nos aceitado. A temporada de luta livre tinha terminado.

Favorite River não era uma das mais conceituadas escolas preparatórias da Nova Inglaterra; compreensivelmente, os rapazes da academia não se candidatavam às universidades topo de linha. A maioria de nós ia para pequenas faculdades de ciências humanas, mas Tom Atkins via a si mesmo como um cara talhado para uma universidade estadual; ele tinha visto o que era *pequeno*, e o que ele queria era *maior*.

– Um lugar onde você se perca – Atkins me disse sonhadoramente. Eu ligava menos para o fator se perder do que Tom Atkins. Eu ligava para o Departamento de Inglês – se eu poderia ou não continuar a ler os autores que a Srta. Frost tinha me apresentado. Eu ligava para estar na cidade de Nova York ou perto dela.

– Onde a senhora estudou? – eu tinha perguntado à Srta. Frost.

– Num lugar na Pensilvânia – ela tinha dito. – Não é um lugar que você já tenha ouvido falar. – (Eu gostei da parte de não ser um lugar que eu já tivesse ouvido falar, mas o que mais me importava era o fator cidade de Nova York.)

Eu me inscrevi em todas as faculdades e universidades possíveis na região de Nova York – umas de que vocês já ouviram falar, outras de que vocês nunca ouviram falar. Fiz questão de falar com alguém no Departamento de Alemão, também. Em todos os casos, eles me garantiram que me ajudariam a achar um jeito de estudar num país de língua alemã.

Eu já tinha a sensação de que um verão na Europa com Tom Atkins só ia servir para estimular o meu desejo de ficar bem longe de First Sister, Vermont. Achava que era isso que um futuro escritor devia fazer – quer dizer, morar num país estrangeiro, onde falassem uma língua estrangeira, enquanto (ao mesmo tempo) eu estaria fazendo minhas primeiras tentativas sérias de escrever na minha própria língua, como se eu fosse a primeira e única pessoa a ter feito isso.

Tom Atkins terminou na Universidade de Massachussetts, em Amherst; era uma escola grande, e Atkins conseguiria se perder lá dentro – talvez mais do que ele tinha tido a intenção ou desejado.

Sem dúvida, minha inscrição na Universidade de New Hampshire provocou certa suspeita em casa. Tinha havido um rumor de que a Srta. Frost estava se mudando para New Hampshire. Isso tinha feito a Tia Muriel dizer que desejava que a Srta. Frost estivesse se mudando para um pouco mais longe de Vermont do que *isso* – o que eu respondi dizendo que também esperava me mudar para mais longe de Vermont do que *isso*. (Isto deve ter deixado Muriel intrigada, porque ela sabia que eu tinha me inscrito na Universidade de New Hampshire.)

Na primavera, não houve confirmação de que era verdadeiro o boato sobre a mudança da Srta. Frost para New Hampshire – nem ninguém disse para que *lugar* de New Hampshire ela estaria se mudando. Na verdade, minhas razões para me inscrever na Universidade de New Hampshire não tinham nada a ver com a futura moradia da Srta. Frost. (Eu só tinha me inscrito lá para deixar minha família preocupada – não tinha a menor intenção de ir para lá.)

Foi francamente um mistério maior – principalmente para Tom Atkins e para mim – o fato de Kittredge estar indo para Yale. A verdade é que Atkins e eu tivemos uma pontuação no SAT que tornava Yale – ou qualquer outra escola da Ivy League – inatingível. Mas minhas notas tinham sido melhores do que as de Kittredge, e como Yale podia ter ignorado o fato de que Kittredge tinha sido obrigado a repetir o último ano? (Tom Atkins teve notas erráticas, mas ele tinha se formado de acordo com o cronograma.) Atkins e eu sabíamos que Kittredge teve uma pontuação alta no SAT, mas Yale deve ter tido outras motivações para aceitá-lo; Atkins e eu também sabíamos disso.

Atkins mencionou o fato de Kittredge praticar luta livre, mas eu acho que sei o que a Srta. Frost teria dito sobre isso: Não foi a luta livre que fez Kittredge entrar em Yale. (Como se viu depois, ele não iria lutar na faculdade.) Seus pontos no SAT devem ter ajudado, mas o pai de Kittredge, de quem ele estava afastado, tinha estudado em Yale.

– Acredite em mim – eu disse a Tom. – Kittredge não entrou em Yale por causa do *alemão* dele, isso é tudo o que eu posso dizer.

– O que importa para você onde Kittredge vai estudar, Billy? – a Sra. Hadley me perguntou. (Eu estava tendo problemas de pronúncia com a palavra *Yale*, por isso é que o assunto tinha surgido.)

– Eu não estou com inveja – garanti a ela, não quero ir para lá nem consigo dizer o nome!

Afinal de contas, não significou nada – onde Kittredge fez faculdade ou onde eu fiz –, mas, na época, fiquei furioso por Kittredge ter sido aceito em Yale.

– Esqueça a *justiça* – eu disse para Martha Hadley –, mas será que *mérito* não conta? – Essa era uma pergunta típica de uma pessoa de dezoito anos, embora eu tivesse feito dezenove (em março de 1961);

com o tempo, é claro, eu iria superar o fato de Kittredge ter ido para Yale. Mesmo naquela primavera de 1961, Tom Atkins e eu estávamos mais interessados em planejar nosso verão na Europa do que em ficar obcecados com a óbvia injustiça da entrada de Kittredge em Yale.

Eu admito: era mais fácil para mim não pensar em Kittredge agora que raramente o via. Ou ele não precisava da minha ajuda com alemão ou tinha parado de recorrer a mim. Desde que Yale o havia admitido, Kittredge não estava preocupado com a nota que iria tirar em alemão – só o que ele precisava fazer era se formar.

– Posso lembrar uma coisa a você? – Tom Atkins me perguntou torcendo o nariz. – Só o que Kittredge precisava fazer também no ano passado era se *formar*.

Mas em 1961, Kittredge se formou – assim como todos nós. Francamente, a formatura também pareceu um anticlímax. Nada aconteceu, mas o que estávamos esperando? Aparentemente, a Sra. Kittredge não estava esperando nada; ela não foi. Elaine também ficou longe, mas isso era compreensível.

Por que a Sra. Kittredge não tinha ido ver o único filho se formar? ("Ela não é muito *maternal*, é?" Foi tudo o que Kittredge teve a dizer a respeito do assunto.) Kittredge não pareceu surpreso; ele não parecia estar ligando nem um pouco para a formatura. Sua aura era de alguém que já estava muito longe do resto de nós.

– É como se ele já tivesse começado em Yale, como se não estivesse mais aqui – Atkins observou.

Conheci os pais de Tom na formatura. O pai dele me lançou um olhar sem esperança e se recusou a apertar minha mão; ele não me *chamou* de bicha, mas eu vi que era isso que ele estava pensando.

– Meu pai é muito... simplório – Atkins me disse.

– Ele devia conhecer a minha mãe – foi tudo o que eu disse. – Nós vamos juntos para a Europa, Tom, isso é tudo o que importa.

– Isso é tudo o que importa – Atkins repetiu. Eu não invejei os dias que ele passou em casa antes de viajarmos; era evidente que o pai iria falar o diabo de mim enquanto o pobre Tom estivesse em casa. Atkins morava em New Jersey. Só de ver as pessoas de New Jersey que tinham esquiado em Vermont, eu também não invejava Atkins por isso.

Delacorte me apresentou à mãe dele.

– Este é o cara que *ia ser* o Bobo de Lear – Delacorte disse.

Quando a mulher bonita de vestido sem manga e chapéu de palha também se recusou a apertar minha mão, percebi que o fato de eu ser o Bobo de Lear original estava provavelmente ligado à história de eu ter feito sexo com a bibliotecária transexual.

– Eu sinto tanto por seus *problemas* – a Sra. Delacorte me disse.

Só então eu me lembrei que não sabia para que faculdade Delacorte estava indo. Agora que ele está morto, sinto nunca ter perguntado. Talvez tivesse importado para Delacorte, onde ele fez faculdade, tanto quanto *não* importou para mim onde eu fiz.

Os ensaios para a peça de Tennessee Williams não tomavam muito tempo – pois meu papel era pequeno. Eu só estava na última cena, que é sobre Alma, a mulher reprimida que Nils Borkman acreditava que a Srta. Frost seria perfeita para representar. Alma foi representada por Tia Muriel, uma das mulheres mais *reprimidas* que eu já conheci, mas consegui dar força ao meu papel como "o rapaz" imaginando a Srta. Frost fazendo o papel de Alma.

Pareceu adequado à atração do rapaz por Alma que eu ficasse olhando fixamente para os seios da minha Tia Muriel, embora eles fossem gigantescos (na minha opinião, *abrutalhados*) em comparação com os da Srta. Frost.

– Você *precisa* ficar olhando para os meus seios, Billy? – Muriel me perguntou, num ensaio memorável.

– Eu supostamente estou apaixonado por você – respondi.

– Por mim *toda*, eu imagino – Tia Muriel respondeu.

– Eu acho *adequado* o rapaz ficar olhando para os seios de Alma – o nosso diretor, Nils Borkman, declarou. – Afinal de contas, ele é um vendedor de sapatos, ele não é muito *refinado*.

– Não é saudável que o meu *sobrinho* me olhe desse jeito! – Tia Muriel disse, indignada.

– Sem dúvida, os seios da Sra. Fremont atraíram os olhares de muitos rapazes! – Nils disse, num esforço óbvio de bajular Muriel. (Eu esqueci momentaneamente por que minha tia não reclamou quando fitei os seios dela em *A décima segunda noite*. Ah, sim, eu era mais baixo na época, e os seios de Muriel tinham me bloqueado da visão dela.)

Minha mãe suspirou. Vovô Harry, que foi escalado como mãe de Alma – ele estava usando um enorme par de seios postiços, obviamente –, sugeriu que era "muito natural" que qualquer *rapaz* olhasse para os seios de uma mulher que era "bem-dotada".

– Você está me chamando, a mim, sua própria filha, de "bem-dotada", não posso acreditar nisso! – Muriel gritou.

Minha mãe tornou a suspirar.

– *Todo mundo* olha para os seus seios, Muriel – minha mãe disse. – Houve um tempo em que você *queria* que todo mundo olhasse para eles.

– Acho melhor você não ir por esse caminho comigo, houve um tempo em que *você* queria alguma coisa, Mary – Muriel avisou.

– Meninas, meninas – disse Vovô Harry.

– Ah, cala a boca, seu travesti velho – minha mãe disse para Vovô Harry.

– Talvez eu pudesse olhar só para *um* dos seus seios – sugeri.

– Não que *você* esteja ligando para *qualquer* um deles, Billy! – minha mãe gritou.

Eu estava sendo alvo de um monte de gritos e suspiros da minha mãe naquela primavera; quando anunciei meus planos de ir para a Europa com Tom Atkins, para passar o verão, fui alvo tanto de suspiro quanto de grito. (Primeiro o suspiro, é claro, que foi rapidamente acompanhado de um: – Tom Atkins, aquela *bicha*!)

– Senhoras, senhoras – Nils Borkman estava dizendo. – Este é um rapaz *atrevido*, Sr. Archie Kramer, ele pergunta a Alma: "O que há para fazer na cidade depois que escurece?" Isso é bem *atrevido*, não é?

– Ah, sim – Vovô Harry reforçou –, e tem uma indicação do autor sobre Alma, "ela ganha confiança diante da grosseria do rapaz", e tem mais uma, quando Alma "se inclina para trás e olha para ele com as pálpebras semicerradas, talvez um tanto sugestivamente". Eu acho que Alma meio que está encorajando esse rapaz para olhar para os seus seios.

– Só pode haver um diretor, papai – minha mãe disse para o Vovô Harry.

– Eu não faço sugestivamente, eu não encorajo ninguém a olhar para os meus seios – Muriel disse para Nils Borkman.

– Você é tão cheia de merda, Muriel – minha mãe disse.

Tem uma fonte naquela cena final – para que Alma possa dar um de seus comprimidos para dormir para o rapaz, que engole o comprimido com água da fonte. Originalmente, há bancos em cena também, mas Nils não gostou dos bancos. (Muriel tinha ficado agitada demais para se sentar quieta, comigo olhando para os seios dela.)

Eu previ um problema com a falta dos bancos. Quando o rapaz fica sabendo que tem um cassino, que oferece "todo tipo de diversão proibida" (como Alma diz), ele diz para Alma: "Então o que estamos fazendo aqui sentados?" Mas não havia bancos; Alma e o rapaz não podiam estar *sentados*.

Quando chamei a atenção de Nils para isso, eu disse:

– Nós não deveríamos dizer: "Então o que estamos *fazendo aqui*?" Porque Alma e eu *não* estamos sentados, não há onde sentar.

– Você não está escrevendo esta peça, Billy, ela já foi escrita – minha mãe (sempre o ponto) disse para mim.

– Então vamos trazer de volta os bancos – Nils disse, cansadamente. – Você vai ter que ficar sentada quieta, Muriel. Você acabou de absorver um comprimido para dormir, lembra?

– *Absorver!* – Muriel exclamou. – Eu devia ter *absorvido* um vidro inteiro de comprimidos para dormir! Não posso ficar sentada, quieta, com Bill olhando para os meus seios!

– Billy não está *interessado* em seios, Muriel! – minha mãe gritou. (Isso não era verdade, como eu sei que vocês sabem – eu simplesmente não estava interessado nos seios de Muriel.)

– Eu só estou *representando*, estão lembradas? – eu disse para Tia Muriel e mamãe.

No fim, eu saio do palco; eu saio gritando por um táxi. Só Alma permanece – "*ela se vira lentamente para a plateia, com a mão ainda erguida num gesto de espanto e finalidade enquanto... a cortina desce*".

Eu não fazia ideia de como Muriel iria fazer aquele *gesto de espanto* – isso parecia muito acima da capacidade dela. Quando à questão da *finalidade*, eu tinha poucas dúvidas de que minha tia fosse capaz de demonstrar finalidade.

– Vamos mais isto ensaiar uma vez – Nils Borkman nos implorou. (Quando nosso diretor ficava cansado, ele se atrapalhava com a ordem das palavras.)
   – Vamos ensaiar isso mais uma vez – Vovô Harry disse esperançosamente, embora a Sra. Winemiller não estivesse na última cena. (Está escurecendo no parque em *Almas de pedra*; só Alma e o jovem vendedor ambulante estão em cena.)
   – Comporte-se, Billy – minha mãe disse.
   – Pela última vez – eu disse a ela, sorrindo o mais docemente possível, tanto para a minha mãe quanto para Muriel.
   – A água... está... fresca – Muriel disse.
   – Você disse alguma coisa? – perguntei para os seios dela, como diz a direção de palco, ansiosamente.

O First Sister Players estreou *Almas de pedra* no nosso pequeno teatro comunitário cerca de uma semana depois da minha formatura em Favorite River. Os alunos da academia nunca viam as produções do nosso teatro amador local; não fazia diferença o fato de que os estudantes, Kittredge e Atkins entre eles, tivessem deixado a cidade.
   Eu passava a peça inteira nos bastidores, até a décima segunda e última cena. Eu não estava mais interessado em observar a desaprovação da minha mãe ao ver Vovô Harry atuando como mulher; já tinha visto tudo o que precisava sobre isso. Nas instruções para a direção de palco, a Sra. Winemiller é descrita *como uma moça mimada e egoísta que fugiu à responsabilidade da vida adulta mergulhando num estado de infantilidade perversa. Ela é conhecida como a "cruz" do Sr. Winemiller.*
   Era evidente para mim e para a minha mãe que Vovô Harry estava se inspirando em Nana Victoria – e que "cruz" ela era para ele – no seu retrato irascível da Sra. Winemiller. (Isso também ficou evidente para Nana Victoria; minha crítica avó ficou sentada na primeira fila da plateia, com um ar de quem tinha levado uma marretada, enquanto Harry fazia a casa vir abaixo de tanto rir.)
   Minha mãe teve que soprar tudo para os dois atores infantis que virtualmente arruinaram o prólogo. Mas na cena 1 – especificamente, na terceira vez que a Sra. Winemiller grita histericamente: "Onde

está o homem do sorvete?" – a plateia está rindo às gargalhadas, e a Winemiller faz a cortina descer no final da cena 5 insultando seu pau-mandado marido. "Você é uma cruz insuportável de carregar, seu velho... falastrão...", Vovô Harry gritou com voz de cana rachada enquanto a cortina descia.

Foi uma das melhores peças que Nils Borkman dirigiu para o First Sister Players. Eu sou obrigado a admitir que a Tia Muriel foi excelente no papel de Alma; era difícil para mim imaginar que a Srta. Frost poderia bater Muriel no aspecto *reprimido* da performance agitada da minha tia.

Além de soprar as falas das crianças no prólogo, minha mãe não teve mais o que fazer; ninguém esqueceu uma única fala. Foi uma felicidade minha mãe não ter tido que soprar para mais ninguém, porque logo no início da peça avistamos a Srta. Frost na primeira fila da plateia. (O fato de Nana Victoria estar sentada na mesma fila que a Srta. Frost talvez tenha contribuído para a aparência abalada da minha avó; além de suportar o retrato mordaz do marido de uma rabugenta esposa e mãe, Nana Victoria teve que ficar a apenas dois assentos da lutadora transexual!)

Ao ver a Srta. Frost, minha mãe poderia ter sem querer soprado para a sua mãe cagar na caixa de areia de um gato. É claro que a Srta. Frost tinha escolhido sabiamente o seu assento na primeira fila. Ela sabia onde ficava o ponto nos bastidores; ela sabia que eu sempre ficava perto do ponto. Se nós podíamos vê-la, minha mãe e eu sabíamos, a Srta. Frost também podia nos ver. De fato, durante cenas inteiras de *Almas de pedra*, a Srta. Frost não prestou nenhuma atenção nos atores no palco; a Srta. Frost ficou sorrindo para mim, enquanto minha mãe ia assumindo cada vez mais a expressão igual à de Nana Victoria, de quem tinha sido atingida por uma machadada na cabeça.

Sempre que Muriel-como-Alma estava em cena, a Srta. Frost tirava um pó compacto da bolsa. Enquanto Alma se reprimia, a Srta. Frost examinava seu batom no espelhinho do compacto, ou passava pó no nariz e na testa.

Na hora em que a cortina caiu, quando corri para fora do palco gritando por um táxi – deixando Muriel para encontrar o gesto que dá a entender (sem palavras) tanto "espanto quanto finalidade", encontrei minha mãe. Ela sabia por onde eu saía do palco, e tinha deixado a sua cadeira de ponto para me interceptar.

– Você não vai falar com aquela criatura, Billy – minha mãe disse.

Eu tinha antecipado aquele confronto; e tinha ensaiado tantas coisas que queria dizer para a minha mãe, mas não tinha esperado que ela me desse uma oportunidade tão boa de atacá-la. Richard Abbott, que tinha feito o papel de John, devia estar no banheiro; ele não estava nos bastidores para ajudá-la. Muriel ainda estava no palco, por mais alguns segundos – e seria acompanhada de estrondosos aplausos.

– Eu vou falar com ela, mamãe – comecei, mas Vovô Harry não me deixou continuar. A peruca da Sra. Winemiller estava torta, e seus enormes seios postiços estavam muito juntos, mas a Sra. Winemiller não estava gritando por sorvete agora. Ela não era a cruz que ninguém tinha que suportar – não nesta cena, e Vovô Harry não precisou de ponto.

– Pare com isso, Mary – Vovô Harry disse a minha mãe. – Esqueça Franny. Pare de sentir pena de si mesma. Um homem bom finalmente se casou com você, pelo amor de Deus! Por que você tem que estar sempre tão *zangada*?

– Eu estou falando com o meu *filho*, papai – minha mãe começou a dizer, mas sem muita convicção.

– Então *trate-o* como filho – meu avô disse. – Respeite o Bill pelo que ele é, Mary. O que você vai fazer, mudar os genes dele, ou algo assim?

– Aquela *criatura* – minha mãe repetiu, referindo-se à Srta. Frost, mas nesse momento Muriel deixou o palco. Houve aplausos estrondosos; o busto enorme de Muriel estava arfando. Quem podia dizer se a emoção era devida ao *espanto* que tinha provocado nela? – Aquela *criatura* está aqui, na plateia! – minha mãe gritou para Muriel.

– *Eu sei*, Mary. Você acha que não o vi? – Muriel disse.

– A *viu* – corrigi minha Tia Muriel.

– Ela! – Muriel disse debochadamente.

– Não a chame de *criatura* – eu disse para a minha mãe.

– Ela estava fazendo o possível para cuidar de Bill, Mary – Vovô Harry (como Sra. Winemiller) disse. – Ela realmente estava *cuidando* dele.

– Senhoras, senhoras... – Nils Borkman estava dizendo. Ele estava tentando aprontar Muriel e Vovô Harry para voltarem ao palco a fim de agradecer os aplausos. Nils era um tirano, mas fiquei grato por ele ter me liberado da entrada de todo o elenco no palco para a última cortina; Nils sabia que eu tinha um papel mais importante para desempenhar nos bastidores.

– Por favor, não fale com aquela... *mulher*, Billy – minha mãe estava pedindo. Richard estava conosco, preparando-se para agradecer os aplausos, e minha mãe se atirou nos braços dele. – Você viu quem está aqui? Ela veio *aqui*! Billy quer *falar* com ela! Eu não posso suportar isso!

– Deixe Bill falar com ela, Joia – Richard disse, antes de correr para o palco.

A plateia estava aplaudindo delirantemente o elenco quando a Srta. Frost apareceu nos bastidores, segundos depois de Richard ter saído.

– Kittredge perdeu – eu disse para a Srta. Frost. Durante meses eu tinha imaginado falar com ela; agora eu só conseguia dizer isso.

– Duas vezes – a Srta. Frost disse. – Herm me contou.

– Eu achei que você tivesse ido para New Hampshire – minha mãe disse a ela. – Você não devia estar aqui.

– Eu *nunca* deveria ter estado aqui, Mary, eu não deveria ter nascido aqui – a Srta. Frost disse a ela.

Richard e o resto do elenco tinham saído do palco.

– Nós devíamos ir, Joia, devíamos deixar esses dois a sós por um minuto – Richard Abbott estava dizendo para a minha mãe. A Srta. Frost e eu nunca mais ficaríamos "a sós" – isso era óbvio.

Para surpresa de todos, foi com Muriel que a Srta. Frost falou.

– Bom trabalho – a Srta. Frost disse para a minha arrogante tia. – Bob está aqui? Eu preciso dar uma palavrinha com o Homem da Raquete.

– Eu estou bem aqui, Al – tio Bob disse sem graça.

— Você tem as chaves de tudo, Bob – a Srta. Frost disse a ele. – Tem uma coisa que eu gostaria de mostrar a William antes de deixar First Sister – a Srta. Frost disse; não havia nada de teatral no jeito dela. – Eu preciso mostrar uma coisa para ele no ginásio de luta livre. Eu poderia ter pedido a Herm para nos deixar entrar, mas não quis causar problemas para Herm.

— No ginásio de *luta livre*! – Muriel exclamou.

— Você e Billy, no ginásio de luta livre – tio Bob disse devagar para a Srta. Frost, como se tivesse dificuldade em visualizar isso.

— Você pode ficar conosco, Bob – a Srta. Frost disse, mas ela estava olhando para a minha mãe. – Você e Muriel podem vir também, Mary, se você achar que William e eu precisamos de mais de um acompanhante.

Eu achei que a minha família inteira ia cair morta ali mesmo – só de ouvir a palavra *acompanhante* –, mas Vovô Harry mais uma vez se destacou.

— Dê as chaves para mim, Bob, eu *serei* o acompanhante.

— *Você?* – Nana Victoria gritou. (Ninguém tinha notado a chegada dela nos bastidores.) – *Olhe* para você, Harold! Você é um *palhaço sexual*! Você não tem condições de ser acompanhante de ninguém!

— Ah, bem... – Vovô Harry começou a dizer, mas não pôde continuar. Ele estava com coceira por baixo dos seios postiços; estava abanando a careca com a peruca. Estava quente nos bastidores.

Foi exatamente assim que as coisas aconteceram – na última vez que eu vi a Srta. Frost. Bob foi até a administração para pegar a chave do ginásio; ele teria que vir conosco, meu tio explicou, porque só ele e Herm Hoyt sabiam onde ficavam as luzes do ginásio novo. (Você tinha que entrar no ginásio novo e atravessar a passarela de cimento até o ginásio velho; não havia como entrar no salão de luta livre de outra maneira.)

— Não havia nenhum ginásio novo no meu tempo, William – a Srta. Frost estava dizendo, enquanto atravessávamos o campus escuro de Favorite River com tio Bob e Vovô Harry, *não* com a Sra. Winemiller, infelizmente, porque Harry estava mais uma vez usando seus trajes de madeireiro. Nils Borkman tinha decidido ir junto, também.

– Eu estou interessado em ver *boa é qual* da luta livre! – o ansioso norueguês disse.

– Em ver *qual é a boa* da luta livre – Vovô Harry repetiu.

– Você está indo para o mundo, William – a Srta. Frost disse com naturalidade. – Existem babacas homofóbicos em toda parte.

– Homo-babacas? – Nils perguntou.

– Babacas homofóbicos – Vovô Harry corrigiu o velho amigo.

– Eu nunca deixei ninguém entrar no ginásio à noite – tio Bob estava dizendo, a propósito de nada. Alguém estava correndo para nos alcançar no meio da noite. Era Richard Abbott.

– Um crescente interesse popular em ver qual é a boa da luta livre, Bill – Vovô Harry disse.

– Eu não estava planejando uma oficina de treinamento, William, por favor, tente prestar atenção. Nós não temos muito *tempo* – a Srta. Frost acrescentou, na hora em que tio Bob encontrou o interruptor de luz e eu pude ver que a Srta. Frost estava sorrindo para mim. Essa era a nossa história, não ter muito *tempo* juntos.

Ter tio Bob, Vovô Harry, Richard Abbott e Nils Borkman como plateia não tornou obrigatoriamente o que a Srta. Frost tinha que me mostrar um esporte para espectadores. A iluminação do velho ginásio era irregular, e ninguém limpava as esteiras desde o final da temporada de 1961; havia poeira e areia nas esteiras, e algumas toalhas sujas no chão do ginásio, perto dos bancos das equipes. Bob, Harry, Richard e Nils sentaram-se no banco da equipe da casa; foi lá que a Srta. Frost mandou que eles sentassem, e os homens obedeceram. (A seu modo, por motivos particulares, esses quatro homens eram realmente admiradores da Srta. Frost.)

– Tire os sapatos, William – a Srta. Frost disse; eu vi que ela tinha tirado os dela. A Srta. Frost tinha pintado as unhas dos pés de turquesa, ou talvez fosse um tom piscina, uma espécie de azul-esverdeado.

Como era uma noite quente de junho, a Srta. Frost estava usando um top branco e calça capri; estas, de um tom azul-esverdeado que combinava com o esmalte das unhas, eram um tanto justas para lutar. Eu estava usando bermudas largas e uma camiseta.

– Oi – Elaine disse de repente. Eu não a tinha visto no teatro. Ela tinha nos seguido até o velho ginásio, a uma discreta distância, sem dúvida, e agora estava sentada na pista de corrida de madeira que passava por cima do salão de luta, olhando para nós.

– Mais luta livre – foi tudo o que eu disse para Elaine, mas fiquei feliz por minha querida amiga estar lá.

– Um dia você vai ser maltratado, William – a Srta. Frost disse. Ela me deu o que Delacorte tinha chamado de uma gravata. – Mais cedo ou mais tarde você vai ser agredido.

– Suponho que sim – eu disse.

– Quanto maior e mais agressivo for ele, mais você precisa se aproximar dele, encurralá-lo – a Srta. Frost disse. Eu podia sentir o cheiro dela; podia sentir seu hálito do lado do meu rosto. – Você tem que fazer com que ele se apoie em você, você tem que fazer com que ele fique de rosto colado com você, assim. Então você empurra um dos braços dele contra a garganta. *Assim* – ela disse; a parte de dentro do meu próprio cotovelo estava me impedindo de respirar. – Você quer fazer com que ele empurre o corpo para trás, quer fazer com que ele levante aquele braço – a Srta. Frost disse.

Quando eu fiz força para trás, contra ela – quando levantei meu braço, para afastar meu cotovelo da minha garganta –, a Srta. Frost deslizou por baixo do meu braço. Num centésimo de segundo, ela estava de novo atrás de mim, e de um dos meus lados. A mão dela, na minha nuca, empurrou minha cabeça para baixo; com todo o seu peso, ela me jogou primeiro de ombro na esteira quente e macia. Senti um estalo no pescoço. Eu aterrissei num ângulo esquisito; o modo como caí tensionou bastante aquele ombro e a região da clavícula.

– Imagine que a esteira é uma calçada de cimento ou mesmo um assoalho de madeira – ela disse. – Não ia ser tão bom, ia?

– Não – respondi. Eu estava vendo estrelas; eu nunca as tinha visto antes.

– Outra vez – a Srta. Frost disse. – Deixe-me fazer isso mais umas vezes, William, depois você vai fazer em mim.

– Tudo bem – eu disse. Nós repetimos o golpe várias vezes.

– Isso é chamado de *duck-under* (passar por baixo) – a Srta. Frost explicou. – Você pode fazer isso com qualquer pessoa – ela só precisa estar empurrando você. Você pode fazer isso com qualquer um que esteja sendo *agressivo*.

– Entendi – eu disse a ela.

– Não, William – você está *começando* a entender – a Srta. Frost disse para mim.

Nós ficamos mais de uma hora no ginásio, só treinando o pato. – É mais fácil fazer com alguém que seja mais alto do que você – a Srta. Frost explicou. – Quanto maior a pessoa, e quanto mais ela se apoia em você, maior a força com que a cabeça dela bate na esteira – ou na calçada, ou no chão, ou na terra. Entendeu?

– Estou *começando* a entender – eu disse a ela.

Eu vou me lembrar do contato dos nossos corpos, enquanto aprendia o *duck-under*; como acontece com quase tudo, existe um ritmo no movimento quando você começa a fazê-lo corretamente. Nós estávamos suando, e a Srta. Frost estava dizendo:

– Quando você acertar mais dez vezes, sem uma falha, pode ir para casa, William.

– Eu não *quero* ir para casa, quero continuar fazendo isso – murmurei para ela.

– Eu não deixaria de ensinar a você por nada neste mundo, William – a Srta. Frost murmurou de volta.

– Eu a amo! – eu disse a ela.

– Agora não, William – ela disse. – Se você não conseguir enfiar o cotovelo do cara na garganta dele, enfie na boca – ela disse.

– Na boca – repeti.

– Não vão se matar! – Vovô Harry estava gritando.

– O que está havendo aqui? – ouvi o treinador Hoyt perguntar. Herm tinha notado que as luzes estavam acesas; o velho ginásio e aquele salão de luta livre eram sagrados para ele.

– Al está ensinando o Billy a fazer o *duck-under*, Herm – tio Bob disse para o velho treinador.

– Bem, fui eu quem ensinou ao Al – Herm disse. – Acho que Al deve saber como é. – O treinador Hoyt sentou-se no banco da equipe da casa, o mais perto que podia da mesa de pontuação.

– Eu nunca vou esquecê-la! – eu estava murmurando para a Srta. Frost.

– Acho que terminamos, William, já que você não consegue se concentrar no *duck-under* – a Srta. Frost disse.

– Tudo bem, eu vou me concentrar, mais dez *duck-under*! – eu disse a ela; ela simplesmente sorriu para mim, *e* despenteou meu cabelo molhado de suor. Acho que ela não despenteava o meu cabelo desde que eu tinha treze ou quinze anos, havia um bom tempo, de todo modo.

– Não, nós já terminamos, William, Herm está aqui. O treinador Hoyt pode assumir os *duck-under* agora – a Srta. Frost disse. De repente eu vi que ela parecia cansada, eu nunca a tinha visto cansada antes.

– Me dá um abraço, mas não me beije, William, vamos agir de acordo com as regras e deixar todo mundo feliz – a Srta. Frost disse.

Eu a abracei o mais forte que pude, mas ela não me abraçou de volta – não com a força com que poderia me abraçar.

– Boa viagem Al – tio Bob disse.

– Obrigada, Bob – a Srta. Frost disse.

– Eu preciso ir para casa antes que Muriel mande a polícia e os bombeiros atrás de mim – tio Bob disse.

– Eu posso trancar o ginásio, Bob – o treinador Hoyt disse para o meu tio. – Billy e eu vamos fazer mais alguns *duck-under*.

– Só mais alguns – eu disse.

– Até eu ver como você está se saindo – o treinador Hoyt disse. – Que tal vocês irem todos para casa? Você também, Richard, você também, Harry – Herm estava dizendo; o treinador provavelmente não reconheceu Nils Borkman, e se o treinador Hoyt reconheceu Elaine Hadley, ele só a conheceria como sendo a infeliz filha de um professor que Kittredge tinha engravidado.

– Eu vejo você mais tarde, Richard, eu amo você, Elaine! – gritei, quando eles estavam saindo.

– Eu amo *você*, Billy! – ouvi Elaine dizer.

– Vejo você em casa, vou deixar uma luz acesa, Bill – ouvi Richard dizer.

– Cuide-se, Al – Vovô Harry disse para a Srta. Frost.

– Vou sentir saudades suas, Harry – a Srta. Frost disse para ele.

– Vou sentir saudades suas também! – ouvi Vovô Harry dizer.

Eu entendi que não devia ver a Srta. Frost partir, e não vi. Ocasionalmente, você sabe quando nunca mais vai ver alguém.

– O importante sobre o *duck-under*, Billy, é fazer o cara meio que dar o golpe em si mesmo, esse é o segredo – o treinador Hoyt estava dizendo. Quando nos agarramos na cada vez mais familiar gravata, eu tive a impressão que agarrar Herm Hoyt era como agarrar um tronco de árvore, ele tinha um pescoço tão grosso que não dava para segurá-lo direito.

– O lugar para enfiar o cotovelo do cara é qualquer um que o deixe desconfortável, Billy – Herm estava dizendo. – Na garganta, na boca – no nariz, se conseguir que ele entre lá. Você só está enfiando o cotovelo dele na própria cara para fazê-lo reagir. O que você quer é que ele reaja de forma *exagerada*, Billy, só isso.

O velho treinador fez cerca de vinte *duck-unders* em mim; eles foram muito fluidos, mas meu pescoço estava me matando.

– Tudo bem, sua vez. Vamos ver você fazer isso – Herm Hoyt disse.

– Vinte vezes? – perguntei a ele. (Ele viu que eu estava chorando.)

– Vamos contar assim que você parar de chorar, Billy. Eu acho que você irá chorar nas próximas quarenta vezes, mais ou menos, aí nós vamos começar a contar – o treinador Hoyt disse.

Nós ficamos ali no velho ginásio por mais duas horas, pelo menos – talvez três. Eu tinha parado de contar os *duck-unders*, mas estava começando a sentir que poderia fazer um *duck-under* dormindo, ou bêbado, o que era uma coisa engraçada de pensar porque eu nunca tinha ficado bêbado. (Existe uma primeira vez para tudo, e eu tinha uma porção de primeiras vezes à minha frente.)

Em algum momento, cometi o erro de dizer ao velho treinador:

– Eu acho que seria capaz de fazer um *duck-under* de *olhos vendados*.

– É mesmo, Billy? – Herm disse. – Fique aqui – não saia da esteira. – Ele foi a algum lugar; eu podia ouvi-lo perto da passarela, mas não podia vê-lo. Aí as luzes se apagaram, e o ginásio ficou às escuras.

– Não se preocupe, fique onde está! – o treinador gritou para mim. – Eu consigo encontrar você, Billy.

Logo depois eu senti a presença dele; sua mão forte me agarrou numa gravata e nós ficamos colados ali no escuro.

– Se você pode me sentir, não precisa me ver – Herm disse. – Se você agarrar o meu pescoço, você vai saber onde os meus braços e pernas vão estar, não é?

– Sim senhor – respondi.

– É melhor você fazer o seu *duck-under* em mim antes que eu faça o meu em você, Billy – Herm disse. Mas eu não fui rápido o suficiente. O treinador Hoyt fez seu *duck-under* primeiro; foi uma porradona. – Acho que agora é sua vez, Billy, só não me faça esperar a noite inteira – o velho treinador disse.

– O senhor sabe para onde ela está indo? – perguntei a ele mais tarde. Estava um breu no velho ginásio, e nós estávamos deitados na esteira, nós dois estávamos descansando.

– Al me disse para não contar para você, Billy – Herm disse.

– Eu compreendo – eu disse a ele.

– Eu sempre soube que Al queria ser uma garota. – A voz do velho treinador soou na escuridão. – Eu só não sabia que ele tinha coragem suficiente para fazer isso, Billy.

– Ah, ele tem coragem de sobra – eu disse.

– Ela, *ela* tem coragem, Billy! – Herm Hoyt disse, rindo loucamente.

Havia algumas janelas em volta da pista de madeira acima de nós; elas deixavam passar uma luz fraca de início de madrugada.

– Escuta aqui, Billy – o velho treinador disse. – Você só sabe um golpe. É um ótimo *duck-under*, mas é um único golpe. Você pode derrubar um cara com ele, talvez machucá-lo um pouco. Mas um cara durão vai se levantar e vir atrás de você. Um único golpe não faz de você um lutador, Billy.

– Entendo – eu disse.

– Quando você fizer o *duck-under*, saia dali correndo, de onde quer que você esteja, Billy. Entende o que estou dizendo? – o treinador Hoyt me perguntou.

– É só um golpe, eu acerto o cara e fujo. É isso que o senhor está me dizendo?

– Você acerta o cara e foge, você sabe fazer isso, não sabe? – o velho treinador disse.

– O que vai acontecer com ela? – perguntei de repente.

– Não posso contar isso para você, Billy – Herm disse, suspirando.

– Ela tem mais do que esse golpe, não tem? – perguntei a ele.

– Sim, mas Al está envelhecendo – o treinador Hoyt me disse. – É melhor você ir para casa, Billy, já está claro o suficiente para você enxergar.

Eu agradeci a ele; e atravessei o campus inteiramente vazio da Favorite River. Eu queria ver Elaine, e abraçá-la e beijá-la, mas não achei que esse ia ser o nosso futuro. Eu tinha um verão à minha frente para explorar aquele *tudo* sexual com Tom Atkins, mas eu gostava de garotas e de rapazes; eu sabia que Atkins não podia me dar tudo.

Eu estaria sendo romântico ao acreditar que a Srta. Frost sabia tudo isso a meu respeito? Eu acreditava que ela era a primeira pessoa a entender que não *existia* ninguém que pudesse me dar tudo?

Provavelmente sim. Afinal de contas, eu só tinha dezenove anos – um garoto bissexual que sabia fazer um bom *duck-under*. Era um único golpe, e eu não era um lutador, mas você pode aprender um bocado com bons professores.

11

España

— Você devia esperar, William — a Srta. Frost tinha dito. — O momento de ler *Madame Bovary* é quando suas expectativas e desejos românticos desmoronam, e você acredita que seus futuros relacionamentos irão ter consequências decepcionantes, até mesmo devastadoras.

— Então eu vou esperar até lá para ler — eu tinha dito a ela.

É um tanto surpreendente que esse tenha sido o romance que eu levei comigo para a Europa no verão de 1961, quando viajei com Tom?

Eu tinha acabado de começar a ler *Madame Bovary* quando Atkins me perguntou:

— Quem é ela, Bill? — Pelo tom de voz dele, e pelo modo como o pobre Tom estava mordendo o lábio inferior, percebi que ele estava com ciúmes de Emma Bovary. Eu ainda não tinha conhecido a mulher! (Ainda estava lendo a respeito do estúpido Charles.)

Eu até compartilhei com Atkins aquele trecho sobre o pai de Charles encorajando o rapaz a "tomar grandes goles de rum e gritar insultos para procissões religiosas". (Uma educação promissora, eu tinha concluído tão erradamente.) Mas quando li para o pobre Tom aquela observação reveladora de Charles — "a audácia do seu desejo protestava contra a servilidade da sua conduta" — eu vi o quanto isso foi ofensivo. Não seria a última vez que eu subestimaria o complexo de inferioridade de Atkins. Depois daquela primeira vez, eu não pude ler *Madame Bovary* para mim mesmo; eu só podia ler o romance se lesse em voz alta cada palavra para Tom Atkins.

É bem verdade que nem todo leitor novo de *Madame Bovary* tira desse romance uma desconfiança (quase ódio) da monogamia, mas meu desprezo pela monogamia nasceu no verão de 1961. Para ser justo com Flaubert, era a necessidade patológica de Tom por monogamia que eu detestava.

Que modo horrível de ler aquele romance maravilhoso – em voz alta para Tom Atkins, que já temia a infidelidade no momento mesmo em que a primeira aventura sexual da sua jovem vida estava começando! A aversão que Atkins sentia pelo adultério de Emma era semelhante às ânsias de vômito que tinha ao ouvir a palavra *vagina*; entretanto, bem antes de Emma sucumbir à infidelidade, o pobre Tom já se sentia revoltado em relação a ela – a descrição dos "seus sapatos de cetim, com as solas amareladas por causa da cera no chão da pista de dança" o enojava.

– Quem está interessado nos *pés* dessa mulher repugnante? – Atkins gritou.

É claro que era o *coração* de Emma que Flaubert estava expondo – "o contato com os ricos o tinha deixado manchado de algo que jamais desapareceria".

– Como a cera em seus sapatos, você não percebe? – perguntei ao pobre Tom.

– Emma é repugnante – Atkins respondeu. O que eu logo achei repugnante foi a convicção que Tom tinha de que fazer sexo comigo era o único remédio para o "sofrimento" dele ao escutar *Madame Bovary*.

– Então me deixa ler sozinho! – eu pedia a ele. Mas, nesse caso, eu teria sido culpado de não dar atenção a ele, pior, estaria escolhendo a companhia de Emma em vez da dele!

Então eu lia alto para Atkins – "ela estava cheia de desejo, de raiva, de ódio" – enquanto ele se retorcia de raiva; era como se eu o estivesse torturando.

Quando li aquela parte em que Emma está gostando tanto da ideia de ter seu primeiro amante – "como se ela tivesse entrado numa segunda adolescência" –, pensei que Atkins ia vomitar na nossa cama. (Achei que Flaubert teria apreciado a ironia de Tom e eu estarmos na França na época, e de não haver vaso sanitário no nosso quarto na pensão – só um bidê.)

Enquanto Atkins vomitava no bidê, pensei no quanto a infidelidade que o pobre Tom sinceramente temia – a saber, a minha – era excitante para mim. Com a ajuda acidental de *Madame Bovary*, vejo agora por que acrescentei monogamia à lista de coisas desagradáveis que eu associava com a vida exclusivamente heterossexual, mas – mais precisamente – a culpa foi de Tom Atkins. Aqui estávamos nós, na Europa – experimentando o *tudo* sexual que a Srta. Frost tinha tão protetoramente me recusado –, e Atkins já estava morrendo de agonia com a possibilidade de eu vir a deixá-lo (talvez, mas não necessariamente, por outra pessoa).

Enquanto Atkins vomitava naquele bidê na França, eu continuava lendo a respeito de Emma Bovary em voz alta para ele. "Ela invocou as heroínas dos livros que tinha lido, e essas mulheres pecadoras ergueram suas vozes, irmãs, incentivando-a." (Você não ama isso?)

Tudo bem, foi cruel – o modo como ergui a voz ao falar sobre as "mulheres pecadoras" –, mas Atkins estava vomitando ruidosamente, e eu queria ser ouvido acima do barulho da torneira aberta do bidê.

Tom e eu estávamos na Itália quando Emma tomou veneno e morreu. (Isso foi por volta da época em que fui forçado a olhar para aquela prostituta com um leve buço no lábio superior, e o pobre Tom tinha me visto olhando para ela.)

"Em pouco tempo ela começou a vomitar sangue", eu li. Nessa altura, achei que compreendia o que Atkins desaprovava – mesmo que isso me atraísse –, mas eu não tinha previsto a veemência com que Tom Atkins podia desaprovar. Atkins deu vivas quando o fim se aproximou, e Emma Bovary começou a vomitar sangue.

– Deixe-me ver se entendi direito, Tom – eu disse, parando antes do momento em que Emma começa a gritar. – Sua alegria indica que Emma está tendo o que *merece*, é isso que você está dizendo?

– Bem, Bill, é claro que ela *merece* isso. Veja o que ela fez! Veja como se comportou! – Atkins exclamou.

– Ela se casou com o homem mais chato da França, mas como ela transa com todo mundo ela merece morrer em agonia, é isso, Tom? – perguntei a ele. – Emma Bovary está entediada, Tom. Ela devia simplesmente continuar *entediada* e, ao fazer isso, obter o direito de morrer tranquilamente, durante o sono?

– *Você está* entediado, não está, Bill? Você está entediado comigo, não está? – Atkins perguntou com um ar infeliz.

– Nem tudo é sobre nós, Tom.

Eu iria lamentar essa conversa. Anos mais tarde, quando Tom Atkins estava morrendo – naquela época em que havia tantas almas hipócritas que acreditavam que o pobre Tom e outros como ele *mereciam* morrer –, eu me arrependi de ter envergonhado Atkins, ou de ter feito com que ele se sentisse envergonhado.

Tom Atkins era uma boa pessoa; ele só era um cara inseguro e um amante enjoativo. Ele era um desses rapazes que tinham sempre se sentido rejeitados, e criou expectativas pouco realistas para o nosso verão. Atkins era manipulador e possessivo, mas só porque queria que eu fosse o amor da vida dele. Acho que o pobre Tom tinha medo de *nunca* ser amado; imaginou que poderia concentrar a busca pelo amor da sua vida num único verão.

Quanto às minhas ideias de encontrar o amor da minha vida, eu era o oposto de Tom Atkins; naquele verão de 1961, eu não tinha pressa alguma de parar de procurar – eu tinha apenas começado!

Algumas páginas mais adiante em *Madame Bovary*, eu iria ler em voz alta a cena da morte de Emma – sua última convulsão – ouvindo a bengala do cego e seu canto rouco. Emma morre imaginando "o rosto horrendo do mendigo, espreitando como um monstro na escuridão eterna".

Atkins estava tremendo de culpa e terror.

– Eu não desejaria isso para *ninguém*, Bill! – o pobre Tom gritou. – Eu não quis dizer aquilo, não quis dizer que ela merecia isso, Bill!

Eu me lembro de tê-lo abraçado enquanto ele chorava. *Madame Bovary* não é uma história de terror, mas o romance teve esse efeito em Tom Atkins. Ele tinha uma pele muito clara, com sardas no peito e nas costas, e quando ficava nervoso e chorava, seu rosto ficava cor-de-rosa – como se alguém o tivesse esbofeteado – e suas sardas mais escuras.

Quando continuei a ler *Madame Bovary* – aquela parte em que Charles encontra a carta de Rodolphe para Emma (Charles é tão estúpido que diz a si mesmo que sua esposa infiel e Rodolphe devem ter tido um amor "platônico" um pelo outro) –, Atkins se encolheu como se estivesse sentindo dores. "Charles não era um desses homens que gostam de chegar ao fundo das coisas", continuei, enquanto o pobre Tom gemia.

– Ah, Bill – não, não, não! Por favor, diga-me que eu *não* sou um homem igual a Charles. Eu gosto de chegar ao fundo das coisas! Ah, Bill, de verdade, eu gosto, eu *gosto*! – Mais uma vez ele se desmanchou em lágrimas, como tornaria a fazer, quando estava morrendo, quando o pobre Tom realmente chegou ao fundo das coisas. (Não foi o fundo que qualquer de nós tinha visto se aproximando.)
– *Existe* escuridão eterna, Bill? – Atkins um dia iria me perguntar. – Existe uma cara de monstro esperando lá?
– Não, não, Tom – eu iria dizer a ele. – Ou é *só* escuridão, sem monstro, sem *nada*, ou é uma luz muito brilhante, maravilhosa, e há um monte de coisas incríveis para ver.
– Nada de monstros, certo, Bill? – Tom iria me perguntar.
– Isso mesmo, Tom, nada de monstros.
Nós ainda estávamos na Itália, naquele verão de 1961, quando cheguei ao fim de *Madame Bovary*; naquela altura, Atkins estava um trapo, então eu me escondi no banheiro e li o final sozinho. Quando chegou a hora de ler alto, pulei aquele parágrafo sobre a autópsia de Charles – aquele trecho horroroso quando eles o abrem e não encontram *nada*. Eu não queria ter que lidar com o desespero de Tom diante da palavra *nada* ("Como era possível não haver *nada*, Bill?", imaginei Atkins perguntando.)
Talvez fosse culpa do parágrafo que omiti da minha leitura, mas Tom Atkins não ficou satisfeito com o final de *Madame Bovary*.
– Não é muito *satisfatório* – Atkins reclamou.
– Que tal um sexo oral, Tom? – perguntei a ele. – Vou mostrar a você o que é *satisfatório*.
– Eu estava falando sério, Bill – Atkins disse, irritado.
– Eu também, Tom, eu também – eu disse.
Depois daquele verão, não foi surpresa para nenhum de nós que cada um seguisse o próprio caminho. Foi mais fácil, por algum tempo, manter uma correspondência limitada mas cordial do que ver um ao outro. Passei uns dois anos sem notícias de Atkins enquanto estávamos na faculdade. Imaginei que ele poderia ter tentado ter uma namorada, mas alguém me disse que Tom estava metido com drogas e que tinha havido um escândalo muito feio e muito público de natureza homossexual. (Em Amherst, Massachusetts!) Isso foi ainda

muito no início dos anos 1960, quando a palavra *homossexual* soava ominosamente patológica; naquela época, é claro, os homossexuais não tinham "direitos" – nós não éramos nem mesmo um "grupo". Eu ainda estava morando em Nova York em 1968, e mesmo em Nova York não havia o que eu teria chamado de uma "comunidade" gay, não uma *verdadeira* comunidade. (Só toda aquela movimentação.)

Suponho que a frequência com que homens gays se encontravam em consultórios médicos poderia ter constituído um tipo diferente de comunidade; estou brincando, mas eu tinha a impressão de que tivemos mais do que a nossa cota justa de gonorreia. De fato, um médico gay (que estava me tratando de gonorreia) me disse que homens bissexuais deviam usar camisinha.

Eu não me lembro se o médico disse *por que*, ou se perguntei a ele; provavelmente considerei o seu conselho antipático como sendo mais uma prova de preconceito contra bissexuais, ou talvez esse médico me lembrasse um Dr. Harlow gay. (Em 1968, eu conhecia um monte de caras gays; os médicos *deles* não *os* estavam mandando usar camisinha.)

A única razão de eu me lembrar desse incidente é que eu estava prestes a publicar o meu primeiro romance, e tinha acabado de conhecer uma mulher na qual estava interessado, daquele jeito; ao mesmo tempo, é claro, eu estava constantemente encontrando caras gays. E não foi só por causa desse médico de gonorreia (com um aparente preconceito contra bissexuais) que comecei a usar camisinha; eu atribuo a Esmeralda o mérito de me fazer gostar de camisinhas, e sentia saudades dela – sem a menor dúvida.

Em todo caso, quando tornei a ter notícias de Tom Atkins, eu já tinha me tornado um usuário de camisinha e o pobre Tom tinha mulher e filhos. Como se isso não fosse suficientemente chocante, nossa correspondência tinha degenerado para cartões de Natal! Foi assim que eu soube, por uma fotografia de Natal, que Tom Atkins tinha uma família – um menino mais velho, uma menina mais nova. (Nem é preciso dizer que eu não tinha sido convidado para o casamento.)

No inverno de 1969, publiquei meu primeiro romance. A mulher que eu tinha conhecido em Nova York na época em que tinha sido convencido a usar camisinha tinha me atraído para Los Angeles;

o nome dela era Alice, e ela era roteirista. Foi de certa forma tranquilizador Alice ter me dito que não estava interessada em "adaptar" o meu primeiro romance.

– Eu não vou por esse caminho – Alice disse. – Nosso relacionamento significa mais para mim do que um trabalho.

Eu tinha contado a Larry o que Alice dissera, pensando que isso iria tranquilizá-lo em relação a ela. (Larry só tinha visto Alice uma vez; ele não tinha gostado dela.)

– Talvez você devesse pensar, Bill, no que Alice quis dizer – Larry disse. – E se ela já mandou o seu romance para todos os estúdios e nenhum ficou interessado?

Bem, o meu velho amigo Larry foi o primeiro a me dizer que ninguém jamais iria fazer um filme do meu primeiro romance; ele também me disse que eu iria odiar viver em L.A., embora eu ache que o que Larry quis dizer (ou torceu para isso) foi que eu odiaria viver com Alice.

– Ela não é a sua soprano substituta, Bill – Larry disse.

Mas eu *gostei* de viver com Alice – Alice era a primeira mulher com quem eu vivia que sabia que eu era bissexual. Ela disse que não tinha importância. (*Alice* era bissexual.)

Alice também foi a primeira mulher com quem conversei sobre ter um filho – mas, como eu, ela não era fã da monogamia. Nós tínhamos ido para Los Angeles com uma fé boêmia na superioridade da amizade; Alice e eu éramos amigos, e ambos acreditávamos que o conceito de "casal" era algo pré-histórico. Tínhamos dado permissão um ao outro para ter outros amantes, embora houvesse certas limitações – a saber, Alice não se importava que eu saísse com homens, mas não com outras mulheres, e eu disse a ela que não me importava que ela saísse com mulheres, mas não com outros homens.

– Epa – Elaine tinha dito. – Eu não acho que esses arranjos funcionem.

Na época, eu não teria considerado Elaine uma autoridade em "arranjos"; eu também sabia que, já em 1969, Elaine tinha expressado certo interesse em nós morarmos juntos. Mas Elaine estava firme na sua resolução de nunca ter filhos; ela não tinha mudado de ideia a respeito do tamanho das cabeças dos bebês.

Alice e eu acreditávamos, também, muito ingenuamente, na superioridade dos escritores. Naturalmente, não nos considerávamos rivais; ela era roteirista, eu era romancista. O que poderia dar errado? ("Epa", como Elaine diria.)

Eu tinha esquecido que a minha primeira conversa com Alice tinha sido sobre o serviço militar. Quando fui convocado para um exame físico – não consigo lembrar exatamente quando foi isso nem de outros detalhes, porque eu estava com uma tremenda ressaca naquele dia –, assinalei o quadradinho que dizia algo como "tendências homossexuais", que eu me lembro vagamente de ter repetido baixinho para mim mesmo com um sotaque austríaco, como se Herr Doktor Grau estivesse vivo e falando comigo.

O psiquiatra do exército era um tenente inibido; eu me lembro *dele*. Ele deixou a porta do escritório aberta enquanto me interrogava – para que os recrutas que estavam esperando a sua vez pudessem ouvir o que estávamos falando –, mas eu já tinha passado por táticas de intimidação muito mais inteligentes. (Lembrem de Kittredge.)

– E *então*? – Alice tinha perguntado, quando eu estava contando a história para ela. Ela era uma ótima ouvinte; Alice sempre dava a impressão de mal poder esperar para saber o que tinha acontecido em seguida. Mas Alice estava impaciente com a imprecisão da minha história.

– Você não gosta de garotas? – o tenente tinha me perguntado.

– Gosto sim, eu *gosto* de garotas – eu disse a ele.

– Então quais são exatamente as suas "tendências homossexuais?" – o psiquiatra do exército perguntou.

– Eu também gosto de caras – eu disse a ele.

– Você gosta? Você gosta mais de caras do que de garotas? – o psiquiatra continuou, falando alto.

– Ah, é que é tão difícil *escolher* – eu disse, um pouco ofegante. – Eu realmente gosto dos *dois*!

– Certo – o tenente disse. – E você vê essa tendência *continuando*?

– Bem, eu sem dúvida espero que sim! – eu disse, com todo o entusiasmo que consegui. (Alice adorou essa história; pelo menos foi o que ela disse. Ela achou que daria uma cena engraçada num filme.)

– A palavra *engraçada* deveria ter alertado você, Bill – Larry me diria mais tarde, quando eu já estava de volta a Nova York. – Ou talvez a palavra *filme*.

O que deveria ter me alertado sobre Alice era que ela tomava notas enquanto conversávamos.

– Quem é que toma *notas* de uma conversa? – Larry tinha me perguntado; sem esperar por uma resposta, ele tinha perguntado também: – E qual de vocês dois gosta do fato de ela não raspar debaixo dos braços?

Cerca de duas semanas depois de eu ter assinalado o quadradinho para "tendências homossexuais", ou o que quer que estivesse escrito naquele estúpido formulário, recebi meu aviso de classificação – ou talvez fosse o meu aviso de reclassificação. Acho que foi um 4-F; eu fui considerado "não qualificado"; havia alguma coisa sobre os "padrões físicos, mentais ou morais".

– Mas o que a notificação dizia exatamente, qual era a sua classificação real? – Alice tinha me perguntado. – Você não pode simplesmente achar que era um Quatro-F.

– Eu não me lembro, não estou ligando.

– Mas isso é tão *vago*! – Alice disse.

É claro que a palavra *vago* também deveria ter me alertado.

Tinha havido uma carta em seguida, talvez do Setor de Seleção, mas talvez não, dizendo para eu procurar um psiquiatra – não qualquer psiquiatra, mas um determinado.

Eu tinha mandado a carta para o Vovô Harry; ele e Nils conheciam um advogado, para tratar de questões ligadas ao negócio de madeira deles. O advogado disse que eu não podia ser obrigado a consultar um psiquiatra; eu não consultei e nunca mais ouvi falar no alistamento militar. O problema era que eu tinha escrito sobre isso – embora de passagem – no meu primeiro romance. Não compreendi que era no meu *romance* que Alice estava interessada; achei que ela estava interessada em cada pequeno detalhe a meu respeito.

"A maioria dos lugares que deixamos na infância se tornam menos, não mais, idealizados", eu escrevi naquele romance. (Alice tinha me dito o quanto gostava dessa frase.) O narrador na primeira pessoa é um homem gay que saiu do armário e que está apaixonado pelo protagonista, que se recusa a marcar o quadradinho de "tendências homossexuais"; o protagonista, que é um gay enrustido, vai morrer no Vietnã. Pode-se dizer que essa é uma história sobre como o fato de *não* se revelar pode matar você.

Um dia, eu vi que Alice estava realmente agitada. Ela parecia estar trabalhando em muitos projetos ao mesmo tempo – eu nunca sabia que roteiro ela estava escrevendo num dado momento. Apenas supus que um desses roteiros em desenvolvimento estava causando sua agitação, mas ela me confessou que um dos executivos de estúdio que ela conhecia estava "implicando" com ela por minha causa e por causa do meu primeiro romance.

Ele era um cara que ela sempre fazia questão de criticar. "Sr. Indelével", ela às vezes o chamava – ou, mais recentemente, "Sr. Pastel". Eu tinha a impressão de um cara impecável, mas um cara que usava roupas de golfe – roupas de cores claras, pelo menos. (Vocês sabem: calças verde-limão, camisas polo cor-de-rosa – tons *pastel*.)

Alice me disse que o Sr. Pastel tinha perguntado a ela se eu iria tentar "interferir" num filme baseado no meu romance – caso um dia esse filme fosse feito. O Sr. Indelével devia saber que ela vivia comigo; ele tinha perguntado a ela se eu concordaria com mudanças na minha história.

– Só as mudanças comuns de romance para roteiro, eu acho – Alice disse vagamente. – O cara faz um monte de *perguntas*.

– Quais, por exemplo? – perguntei a ela.

– Onde a parte de "servir o meu país" entra na história? – o executivo de roupas de cores claras tinha perguntado a Alice. Fiquei um tanto confuso com a pergunta; eu achava que tinha escrito um romance contra a guerra do Vietnã.

Mas, na opinião do executivo, o motivo do protagonista gay enrustido não assinalar o quadradinho "tendências homossexuais" é que ele se sente na obrigação de servir o país – *não* por ter tanto medo de sair do armário que prefere se arriscar a morrer numa guerra injusta!

Na opinião desse executivo de estúdio, "nosso personagem narrador" (ele se referia ao meu narrador na primeira pessoa) admite possuir tendências homossexuais porque é um covarde; o executivo disse até: "Nós devemos dar a impressão de que ele está inventando isso." A ideia de estar *inventando* isso era o substituto do Sr. Indelével para a minha ideia, no romance – a saber, que o meu narrador na primeira pessoa está sendo corajoso em se assumir!

– Quem *é* esse cara? – perguntei a Alice. Ninguém tinha me feito uma oferta de direitos autorais para fazer um filme do meu livro; os direitos ainda me pertenciam. – Parece que alguém está escrevendo um roteiro – eu disse.

Alice estava de costas para mim.

– Não tem nenhum roteiro – ela murmurou. – Esse cara só tem um monte de perguntas sobre o que você é capaz de *negociar* – Alice disse.

– Eu não conheço o cara. O que *ele* é capaz de negociar, Alice?

– Eu estava tentando poupar você de se encontrar com esse cara, Bill – foi tudo o que Alice disse. Nós estávamos morando em Santa Monica; ela sempre foi a motorista, então estava me poupando de dirigir também. Eu ficava no apartamento e escrevia. Eu podia caminhar até a Ocean Avenue e ver os sem-teto, podia correr na praia.

O que era mesmo que Herm Hoyt tinha me dito sobre o *duck-under*? "Você dá o golpe e sai correndo – você sabe correr, não sabe?"

Comecei a correr em Santa Monica em 1969. Eu em breve faria vinte e sete anos; e já estava escrevendo o meu segundo romance. Já fazia oito anos desde quando a Srta. Frost e Herm Hoyt tinham me ensinado a fazer um *duck-under*; eu provavelmente estava um pouco enferrujado. Correr de repente me pareceu uma boa ideia.

Alice me levou de carro para a reunião. Havia quatro ou cinco executivos reunidos em volta de uma mesa oval num prédio de fachada de vidro em Beverly Hills, com uma luminosidade quase ofuscante entrando pelas janelas, mas só o Sr. Indelével falou.

– Este é William Abbott, o romancista – o Sr. Indelével disse, me apresentando; provavelmente foi só a minha extrema inibição, mas achei que a palavra *romancista* deixou todos os executivos incomodados. Para minha surpresa, o Sr. *Indelével* era um cara relaxado. A palavra indelével não era um elogio à aparência do cara; referia-se ao fato de ele ter sempre nas mãos um desses marcadores de texto à prova d'água. Eu odeio esses marcadores indeléveis. Você não pode *escrever* com eles – eles mancham a página; fazem uma sujeira. Só são bons para fazer pequenas observações nas margens largas dos roteiros de filme –, vocês sabem, palavras do tipo: "Isto é uma merda!" ou "Foda-se isto!"

Quanto ao apelido Sr. Pastel – bem, não percebi de onde ele tinha surgido. O cara tinha uma aparência relaxada, a barba por fazer, e estava vestido de preto. Era um daqueles executivos que tentava parecer um artista de um tipo indeterminado; usava um conjunto de moletom preto, manchado de suor, por cima de uma camiseta preta, e tênis de corrida pretos. O Sr. Pastel parecia em boa forma; como eu tinha começado a correr, pude ver de cara que ele corria mais do que eu. Golfe não era o seu esporte – não teria sido exercício suficiente.

– Talvez o Sr. Abbott possa nos contar suas ideias – o Sr. Indelével disse, girando seu marcador de texto.

– Vou dizer para vocês quando eu poderia levar a sério a ideia de servir o meu país – comecei. – Quando a legislação local, estadual e federal, que atualmente criminaliza os atos homossexuais entre adultos, for banida; quando as arcaicas leis antissodomia do país forem revogadas; quando os psiquiatras pararem de diagnosticar a mim e aos meus amigos como clinicamente anormais, como aberrações necessitando de "reabilitação"; quando a mídia parar de nos apresentar como maricas, veados, bichas, *pervertidos* molestadores de crianças! Eu, na verdade, um dia gostaria de ter um filho – eu disse, parando para olhar para Alice, mas ela tinha abaixado a cabeça e estava sentada com a testa apoiada em uma das mãos, cobrindo os olhos. Ela estava usando jeans e uma camisa de homem de brim azul com as mangas arregaçadas, seu uniforme habitual. No sol, os pelos dos seus braços brilhavam.

– Em suma – continuei –, eu poderia levar a sério a ideia de servir o meu país quando meu país começar a demonstrar que está ligando para mim! (Eu tinha ensaiado esse discurso enquanto corria na praia – do píer de Santa Monica até onde termina o Chautauqua Boulevard na Pacific Coast Highway, ida e volta –, mas não tinha percebido que a mãe cabeluda dos meus futuros filhos e o executivo do estúdio que achava que o meu narrador na primeira pessoa devia estar *fingindo* suas tendências homossexuais estavam mancomunados.)

– Você sabe o que eu amo? – este mesmo executivo disse então.
– Eu amo aquela narração sobre infância. Como é mesmo, Alice?
– O camisa de corvo perguntou a ela. Foi então que eu soube que eles estavam transando; pela forma como ele fez a pergunta. E se a "narração" existia, *alguém* já estava escrevendo o roteiro.

Alice soube que tinha sido apanhada. Com a mão na testa – ainda cobrindo os olhos –, ela recitou, resignada:

– "A maioria dos lugares que deixamos na infância se tornam menos, não mais, idealizados."

– É, é isso aí! – o executivo exclamou. – Eu adoro isso, acho que devia começar e terminar o nosso filme. A frase aguenta repetição, não é? – ele me perguntou, mas não estava esperando por uma resposta. – É o tom de voz que nós queremos, não é, Alice?

– Você sabe o quanto eu amo essa frase, Bill – Alice disse, ainda cobrindo os olhos. Talvez a *cueca* do Sr. Pastel fosse de um tom claro, eu pensei – ou talvez seus *lençóis*.

Eu não podia simplesmente me levantar e sair. Não sabia voltar de Beverly Hills para Santa Monica. Alice era a motorista na nossa pequena futura família.

– Veja dessa forma, caro Bill – Larry disse, quando voltei para Nova York no outono de 1969. – Se você tivesse tido filhos com aquela macaca traidora, seus filhos iriam nascer com cabelo debaixo do braço. Mulheres que querem bebês dizem e fazem *qualquer* coisa.

Mas eu acho que tinha desejado filhos, com alguém – certo, talvez com *qualquer* pessoa –, tão sinceramente quanto Alice. Com o tempo, eu desistiria da ideia de ter filhos, mas é mais difícil parar de *querer* ter filhos.

– Você acha que eu teria sido uma boa mãe, William? – a Srta. Frost tinha me perguntado uma vez.

– *Você?* Acho que seria uma mãe *fantástica*! – eu disse a ela.

– Eu disse "teria sido", William, não "seria". Eu não vou ser uma mãe *agora* – a Srta. Frost me disse.

– Acho que você teria sido uma mãe incrível – eu disse a ela.

Na época, não entendi por que a Srta. Frost tinha ligado tanto para aquela questão de "teria sido" ou "seria", mas agora entendo.

Ela tinha desistido da ideia de um dia ter filhos, mas não conseguia parar de desejá-los.

O que realmente me irritou a respeito de Alice e da porra do filme é que eu estava morando em Los Angeles quando a polícia fez uma batida no Stonewall Inn, um bar gay em Greenwich Village – em junho de 1969. Eu perdi as manifestações de Stonewall! Sim, eu sei que foram prostitutas e drag queens que revidaram primeiro, mas o protesto resultante em Sheridan Square – na noite seguinte à batida policial – foi o começo de alguma coisa. Não fiquei feliz por estar preso em Santa Monica, ainda correndo na praia e dependendo de Larry para saber o que tinha acontecido em Nova York. Larry com certeza nunca tinha estado comigo no Stonewall – *nunca* – e eu duvido que ele estivesse entre os clientes naquela noite de junho quando alguns gays resistiram à agora famosa batida policial. Mas, ouvindo Larry falar, você tinha a impressão que ele foi o primeiro gay a atravessar Greenwich Avenue e Christopher Street, e que ele era um dos clientes assíduos do Stonewall – até mesmo que ele tinha sido atirado na prisão junto com as drag queens que distribuíam socos e pontapés, quando (como eu soube depois) Larry estivera com o pessoal que patrocinava poesia em Hamptons, ou com aquele carinha de Wall Street metido a poeta com quem Larry estava trepando em Fire Island. (O nome dele era Russell.)

 E foi só quando voltei para Nova York que a minha querida amiga Elaine admitiu que Alice tinha dado em cima dela na única vez que Elaine tinha nos visitado em Santa Monica.

 – Por que você não me *contou*? – perguntei a Elaine.

 – Billy, Billy – Elaine disse, como a mãe dela costumava prefaciar seus conselhos para mim –, você não sabia que seus amantes mais inseguros vão sempre tentar *desacreditar* os seus amigos?

 É claro que eu *sabia* disso, eu deveria ter sabido. Eu já tinha aprendido isso com Larry – sem falar de Tom Atkins.

 E foi bem nessa época que tornei a ter notícias do pobre Tom. Um cão (um labrador) tinha sido adicionado à fotografia do cartão de Natal da família Atkins de 1969; na época, os filhos de Tom me pareceram pequenos demais para estarem na escola, mas o rompimento com Alice tinha me feito prestar menos atenção em crianças. Junto com o cartão de Natal havia o que primeiro achei que fosse uma daquelas cartas de Natal na terceira pessoa; eu quase não li a carta, mas depois li.

Era Tom Atkins tentando escrever uma resenha do meu romance – uma resenha muito generosa (ainda que desajeitada). Como eu viria a saber mais tarde, todas as resenhas dos meus romances escritas por Tom iriam terminar com a mesma frase ridícula. "É melhor do que *Madame Bovary*, Bill – eu sei que você não acredita em mim, mas é mesmo!" Vindo de Atkins, é claro que eu sabia que *qualquer* coisa seria melhor do que *Madame Bovary*.

A festa de sessenta anos de Lawrence Upton foi numa noite gelada de sábado em Nova York, em fevereiro de 1978. Eu não era mais amante de Larry – nem mesmo sua transa ocasional –, mas éramos amigos íntimos. Meu terceiro romance estava para ser publicado – por volta do meu aniversário, em março daquele mesmo ano –, e Larry tinha lido as provas. Ele tinha declarado que aquele era o meu melhor livro; o fato do elogio de Larry ter sido irrestrito me deixou meio assustado, porque Larry não costumava ocultar suas reservas.

Eu o tinha conhecido em Viena, quando ele tinha quarenta e cinco anos; fazia quinze anos que eu ouvia os comentários irritados de Lawrence Upton, que incluíam suas frequentes alfinetadas em mim e em meus textos.

Agora, até na festa suntuosa dos seus sessenta anos – na mansão em Chelsea do seu jovem admirador de Wall Street, Russell –, Larry tinha erguido um brinde a mim. Eu ia fazer trinta e seis anos no mês seguinte; não estava preparado para ver Larry erguer um brinde para mim e para o meu romance que estava prestes a ser publicado – especialmente no meio dos seus amigos mais velhos e tão convencidos.

– Eu quero agradecer à *maioria* de vocês por me fazer sentir mais jovem do que eu sou, a começar por você, querido Bill – Larry tinha dito. (Tudo bem – talvez Larry estivesse querendo dar uma pequena *alfinetada* em Russell.)

Eu sabia que a festa não ia terminar tarde, com todos aqueles velhos beberrões ali, mas não tinha esperado que fosse ser um evento tão caloroso. Eu não estava morando com ninguém na época; tinha uns poucos parceiros sexuais na cidade – eram homens da minha idade, na maioria –, e eu gostava muito de uma jovem escritora que estava ensinando no programa de redação criativa em Columbia. Rachel era só alguns anos mais nova do que eu, estava com uns trinta e poucos anos. Ela tinha publicado dois romances e estava escrevendo um livro de contos; a convite dela, eu tinha visitado uma de suas turmas de redação, porque os estudantes estavam lendo um dos meus romances. Estávamos dormindo juntos havia uns dois meses, mas não tínhamos falado em morar juntos. Rachel tinha um apartamento no Upper West Side, e eu estava num apartamento bastante confortável na esquina da Terceira Avenida com a 64 East. Manter o Central Park entre nós parecia uma ideia aceitável. Rachel tinha acabado de sair de um longo e claustrofóbico relacionamento com alguém que ela descreveu como um "fanático por casamento" e eu tinha meus parceiros sexuais.

Eu tinha levado Elaine à festa de aniversário de Larry. Larry e Elaine gostavam realmente um do outro; francamente, até o meu terceiro romance, que Larry elogiou tão generosamente, eu tinha a impressão de que Larry gostava mais do texto de Elaine do que do meu. Eu não me importava com isso; achava o mesmo, embora Elaine fosse uma escritora obstinadamente lenta. Ela só tinha publicado um romance e uma pequena coleção de histórias, mas estava sempre ocupada, escrevendo.

Eu menciono como estava frio em Nova York naquela noite porque me lembro que foi por isso que Elaine resolveu que ia passar a noite no meu apartamento na rua 64 East; Elaine estava morando mais abaixo, no loft que ela tinha alugado de um amigo pintor em Spring Street, e o lugar era gelado. Além disso, o frio que estava fazendo em Manhattan serve como um prenúncio conveniente do quanto devia estar mais frio em Vermont naquela mesma noite de fevereiro.

Eu estava no banheiro, me preparando para ir para a cama, quando o telefone tocou; a festa não tinha acabado tarde para Larry, como eu disse, mas estava tarde para eu estar recebendo um telefonema, mesmo num sábado à noite.

– Você pode atender? – gritei para Elaine.
– E se for Rachel? – Elaine respondeu.

– Rachel conhece você, ela sabe que *não* estamos transando, Elaine! – gritei do banheiro.

– Bem, vai ser estranho se for Rachel, pode acreditar em mim – Elaine disse, atendendo o telefone. – Alô, aqui é uma velha amiga do Billy, Elaine – eu a ouvi dizer. – Nós não estamos fazendo sexo; é só que a noite está muito fria para eu ficar sozinha em casa – Elaine acrescentou.

Terminei de escovar os dentes; quando saí do banheiro, Elaine não estava falando. Ou a pessoa tinha desligado, ou estava falando sem parar com Elaine – talvez *fosse* mesmo a Rachel e eu não *devesse* ter deixado Elaine atender o telefone, pensei.

Então eu vi Elaine na minha cama; ela tinha encontrado uma camiseta minha limpa para usar como pijama e já estava debaixo das cobertas com o telefone encostado no ouvido e lágrimas escorrendo pelo rosto.

– Sim, eu digo a ele, mamãe – Elaine estava dizendo.

Não consegui imaginar quais as circunstâncias que teriam feito a Sra. Hadley ligar para mim; achei pouco provável que Martha Hadley tivesse o meu telefone. Talvez porque aquela fosse uma noite marcante para Larry, eu estivesse inclinado a imaginar outros eventos potencialmente marcantes.

Quem teria morrido? Minha mente percorreu os suspeitos mais prováveis. Não Nana Victoria; ela já tinha morrido. Ela tinha "descansado" quando ainda estava na casa dos setenta, eu tinha ouvido Vovô Harry dizer – como se estivesse com inveja. Talvez ele estivesse – Harry tinha oitenta e quatro. Vovô Harry gostava de passar as noites na sua casa em River Street – quase sempre usando as roupas da falecida esposa.

Harry ainda não tinha entrado no estado de demência que (em breve) levaria Richard Abbott e eu a instalar o velho madeireiro no retiro de idosos que Nils Borkman e Harry tinham construído para a cidade. Eu sei que já contei essa história para vocês – como os outros moradores do Retiro (como os idosos de First Sister chamavam o lugar) reclamavam que Vovô Harry os "surpreendia" vestido de mulher. Eu pensei na época: depois de alguns episódios com Harry vestido de mulher, como alguém poderia ficar *surpreso*? Mas Richard Abbott e eu imediatamente levamos Vovô Harry de volta para a privacidade de sua casa em River Street, e contratamos uma enfermeira para cuidar dele vinte e quatro horas por dia. (Tudo isso – e mais, é claro – me aguardava, num futuro não muito distante.)

Não!, pensei – enquanto Elaine desligava o telefone. Que não seja o Vovô Harry!

Eu imaginei erroneamente que Elaine sabia o que eu estava pensando.

– É sua mãe, Bill. Sua mãe e Muriel morreram num acidente de carro, não aconteceu nada com a Srta. Frost – Elaine acrescentou depressa.

– Não aconteceu nada com a Srta. Frost – eu repeti, mas estava pensando: como eu pude não ter entrado em contato com ela em todos estes anos? Por que nunca a procurei? Ela devia ter sessenta e um anos. Eu fiquei de repente perplexo por não ter visto a Srta. Frost, nem ter tido notícias dela, durante dezessete anos. Eu nem tinha perguntado a Herm Hoyt se ele tinha notícias dela.

Nessa noite gelada em Nova York, em fevereiro de 1978, quando eu estava com quase trinta e seis anos, eu já tinha decidido que a minha bissexualidade significava que eu seria classificado como menos confiável do que o normal por mulheres heterossexuais, enquanto ao mesmo tempo (e pelos mesmos motivos) os homens gays jamais confiariam inteiramente em mim.

O que a Srta. Frost teria pensado de mim?, imaginei; eu não me referia aos meus *livros*. O que ela teria pensado dos meus relacionamentos com homens e mulheres? Será que eu já tinha "protegido" alguém? Para quem eu teria realmente valido a pena? Como eu podia ter quase quarenta anos e não amar ninguém tão sinceramente quanto amava Elaine? Como eu podia não ter correspondido às expectativas que a Srta. Frost deve ter tido em relação a mim? Ela tinha me protegido, mas por quê? Ela teria simplesmente adiado o momento de eu me tornar promíscuo? Essa palavra nunca foi usada positivamente, pois se homens gays eram mais abertamente promíscuos – mais propositalmente do que homens heterossexuais –, os bissexuais eram frequentemente acusados de ser mais promíscuos do que *todos*!

Se a Srta. Frost me visse agora, com quem ela acharia que eu mais me parecia? (Não me refiro à minha escolha de parceiros; mas à quantidade, para não falar na superficialidade, dos meus relacionamentos.)

– Kittredge – eu respondi para mim mesmo, em voz alta. Que artifícios eu usaria, para não pensar na minha mãe! Minha mãe estava morta, mas eu não podia ou não queria pensar nela.

– Billy, Billy, venha cá. Não vá por esse caminho, Billy – Elaine disse, estendendo os braços para mim.

O carro, que minha Tia Muriel estava dirigindo, foi atingido de frente por um motorista bêbado que tinha desviado para a contramão na Route 30 em Vermont. Minha mãe e Muriel estavam voltando para casa de um de seus sábados de compras em Boston; naquele sábado à noite, elas deviam estar conversando animadamente – batendo papo, falando sobre tudo e mais alguma coisa – quando o carro cheio de esquiadores desceu a estrada de Stratton Mountain e virou na Route 30. Minha mãe e Muriel estavam indo na direção oeste-noroeste na Route 30; em algum ponto entre Bondville e Rawsonville os dois carros bateram. Havia bastante neve para os esquiadores, mas a Route 30 estava seca e tinha uma crosta de sal; fazia doze graus abaixo de zero, frio demais para nevar.

A polícia estadual de Vermont informou que minha mãe e Muriel morreram instantaneamente; Tia Muriel tinha acabado de fazer sessenta anos, e minha mãe faria cinquenta e cinco em abril daquele ano. Richard Abbott só tinha quarenta e oito anos. "Um tanto jovem para ser um viúvo", como Vovô Harry diria. Tio Bob também estava jovem para ser um viúvo. Bob tinha a idade da Srta. Frost – ele tinha sessenta e um.

Elaine e eu alugamos um carro e fomos juntos para Vermont. Nós discutimos o caminho todo sobre o que eu "via" em Rachel, a escritora de trinta e poucos anos que estava dando aulas em Columbia.

– Você fica envaidecido quando jovens escritoras gostam do seu texto, ou se esquece de como elas dão em cima de você, talvez – Elaine disse. – O tempo todo que você passou com Larry serviu ao menos para ensiná-lo a tomar cuidado com escritoras mais *velhas* que se aproveitam de você.

– Acho que não me dei conta disso, quer dizer, de que Rachel está se aproveitando de mim. Mas Larry *nunca* se aproveitou de mim – eu disse. (Elaine estava dirigindo; ela era uma motorista agressiva, e quando dirigia, ficava mais agressiva em outros aspectos.)

– Rachel está se aproveitando de você e você não se dá conta disso – Elaine disse. Eu não disse nada, e Elaine acrescentou: – Se quer saber, eu acho que os meus seios são maiores.

– Maiores do que...

– Os de Rachel!

– Ah.

Elaine nunca teve ciúmes sexuais de ninguém com quem eu estivesse dormindo, mas ela não gostava quando eu estava namorando um *escritor* que fosse mais jovem do que ela – homem ou mulher.

– Rachel escreve no presente: "eu vou, ela diz, ele vai, eu acho." Uma merda – Elaine declarou.

– Sim, bem...

– E "pensando, desejando, querendo, imaginando" – essa *merda*! – Elaine exclamou.

– Sim, eu sei... – comecei a dizer.

– Eu espero que ela não verbalize seus orgasmos: "Billy – estou gozando!" Essa merda – Elaine disse.

– Bem, não, não que eu me lembre.

– Eu acho que ela é uma dessas jovens escritoras que paparicam seus alunos – Elaine disse.

Elaine tinha dado mais aulas do que eu; eu nunca discutia com ela sobre ensino ou sobre a Sra. Kittredge. Vovô Harry era generoso comigo, ele me dava um pouco de dinheiro todo ano, no Natal. Eu tinha tido empregos de meio expediente como professor, um ou outro período de residência como escritor – nunca mais longo do que um semestre. Eu não desgostava de ensinar, mas isso não tinha tomado o meu tempo de escrever – como eu sabia que *tinha* tomado o tempo de escrever de muitos dos meus amigos escritores, Elaine dentre eles.

– Só para você saber, Elaine, eu acho que há mais coisas para gostar em Rachel do que seus seios pequenos.

– Eu espero sinceramente que sim, Billy – Elaine disse.

– Você está saindo com alguém? – Eu perguntei à minha velha amiga.
– Conhece aquele cara com quem Rachel quase se casou?
– Não pessoalmente – eu disse a ela.
– Ele deu em cima de mim – Elaine disse.
– Ah.
– Ele me contou que, uma vez, Rachel cagou na cama, foi isso que ele me disse, Billy.
– Nada disso aconteceu ainda – eu disse a Elaine. – Mas vou ficar atento caso haja algo suspeito.

Depois disso, nós seguimos um pouco em silêncio. Quando saímos do estado de Nova York e entramos em Vermont, um pouco a oeste de Bennington, havia mais coisas mortas na estrada; as coisas mortas maiores tinham sido arrastadas para a beira da estrada, mas ainda podíamos vê-las. Eu me lembro de dois veados, na categoria *maiores*, e os guaxinins e porcos-espinhos de sempre. Existe muita matança nas estradas no norte da Nova Inglaterra.

– Quer que eu dirija, Elaine? – perguntei.
– Claro – sim – Elaine respondeu calmamente. Ela achou um lugar para sair da estrada, e eu assumi o volante. Nós tornamos a virar para o norte, pouco antes de Bennington; havia mais neve na floresta, e mais coisas mortas na estrada e na beira da estrada.

Nós estávamos bem longe da cidade de Nova York quando Elaine disse:
– Aquele cara não deu em cima de mim, Billy, eu inventei a história sobre Rachel ter cagado na cama, também.
– Não faz mal – eu disse. – Nós somos escritores. Inventamos coisas.
– Mas *encontrei* mesmo alguém que frequentou a escola com você, essa é uma história verdadeira – Elaine disse.
– Quem? Uma escola *onde*?
– No Instituto, em Viena, ela era uma daquelas garotas do Instituto – Elaine disse. – Quando ela conheceu você, você disse que estava tentando ser fiel a uma namorada que tinha nos Estados Unidos.
– Eu disse isso para algumas garotas – admiti.
– Eu disse a essa garota do Instituto que *eu* era a namorada à qual você estava tentando ser fiel, quando estava em Viena – Elaine disse.

Nós dois rimos disso, mas depois Elaine me perguntou – mais seriamente:
– Sabe o que a garota do Instituto disse, Billy?
– Não. O quê?
– Ela disse: "Pobre de *você*!" Foi isso que ela disse, essa é uma história verdadeira, Billy – Elaine disse.
Eu não duvidei disso. *Das Institut* era muito pequeno; todo aluno de lá sabia que eu estava transando com a soprano substituta – e, mais tarde, que eu estava transando com um famoso poeta americano.
– Se você fosse minha namorada, eu teria sido fiel a *você*, Elaine, ou teria tentado sinceramente – eu disse a ela. Eu a deixei chorar por algum tempo no banco do carona.
– Se você fosse meu namorado, eu teria tentado sinceramente, também, Billy – Elaine disse finalmente.
Nós nos dirigimos para nordeste, depois para oeste a partir de Ezra Falls – o Favorite River correndo ao nosso lado, do lado norte da estrada. Mesmo em fevereiro, frio como estava, aquele rio nunca ficava todo congelado. É claro que eu tinha pensado em ter filhos com Elaine, mas não havia sentido em abordar esse assunto; Elaine não estava brincando sobre o tamanho das cabeças dos bebês – na opinião dela, elas eram *enormes*.
Quando descemos a River Street, e passamos pelo prédio que antes tinha sido a Biblioteca Pública de First Sister – era agora a associação histórica da cidade –, Elaine disse:
– Eu ensaiei falas com você naquela cama de ferro, para *A tempestade*, faz quase um século.
– Faz quase vinte anos – eu disse. Eu não estava pensando em *A tempestade*, nem em ensaiar falas com Elaine naquela cama de ferro. Eu tinha outras recordações daquela cama, mas quando passamos pelo que costumava ser a Biblioteca Pública, ocorreu-me – apenas dezessete anos depois que a muito mal-afamada bibliotecária tinha deixado a cidade – que a Srta. Frost talvez tivesse *protegido* (ou não) outros rapazes no seu quarto do porão.
Mas que outros rapazes a Srta. Frost teria conhecido na biblioteca? Eu de repente me lembrei que nunca tinha visto *nenhuma* criança lá. Quanto a adolescentes, só havia uma ou outra *garota* – as alunas do

ensino médio condenadas a estudar em Ezra Falls. Eu nunca tinha visto nenhum *garoto* adolescente na Biblioteca Pública de First Sister – exceto pela noite em que Tom Atkins foi lá, procurando por mim.

Exceto por *mim*, os rapazes da nossa cidade não deviam ser encorajados a visitar aquela biblioteca. Com certeza, nenhum pai responsável em First Sister iria querer seus filhos na companhia do lutador transexual que tomava conta do lugar.

Percebi de repente por que tinha obtido tão tarde um cartão da biblioteca; ninguém da minha família jamais *teria* me apresentado à Srta. Frost. Foi só porque Richard Abbott propôs me levar à Biblioteca Pública de First Sister, e ninguém da minha família conseguia dizer não a Richard – e ninguém da minha família foi suficientemente rápido para rejeitar a proposta bem-intencionada e inesperada de Richard. Eu só tinha conhecido a Srta. Frost porque Richard viu como era absurdo um menino de treze anos, morador de uma cidade pequena, não possuir um cartão da biblioteca.

– Quase vinte anos atrás parece um século para mim, Billy – Elaine estava dizendo.

Mas não para *mim*, só que as palavras não saíram da minha boca. Para mim parece que foi *ontem*!, eu quis gritar, mas não consegui.

Elaine, que viu que eu estava chorando, pôs a mão na minha coxa.

– Desculpe por eu ter falado na cama de ferro, Billy – Elaine disse. (Elaine, que me conhecia tão bem, sabia que eu não estava chorando pela minha mãe.)

Devido aos segredos que minha família mantinha – aquelas vigílias silenciosas que fazíamos, em vez de algo remotamente parecido com uma revelação honesta –, é um espanto que eu não tivesse tido uma educação religiosa, mas aquelas mulheres Winthrop não eram religiosas. Vovô Harry e eu tínhamos sido poupados dessa falsidade. Quanto ao tio Bob e a Richard Abbott, eu sei que houve momentos em que viver com minha Tia Muriel e com minha mãe deve ter parecido um culto religioso – o tipo de devoção que exige jejum, ou talvez um teste noturno (do tipo ficar a noite inteira acordado, quando dormir seria o normal e muito mais natural).

– O que há de tão atraente num *velório*? – Vovô Harry perguntou a mim e a Elaine. Nós fomos primeiro à casa dele em River Street; eu meio que tinha esperado que Harry fosse nos receber *como mulher*, ou pelo menos vestido com as roupas de Nana Victoria, mas ele estava parecendo um madeireiro – jeans, uma camisa de flanela, barba por fazer. – Quer dizer, por que uma pessoa *viva* iria achar adequado velar o corpo dos mortos, isto é, antes de chegar à parte do *enterro*? Para onde vão os defuntos? Por que os defuntos precisam ser *velados*?

Era Vermont; era fevereiro. Ninguém iria enterrar Muriel ou minha mãe antes de abril, depois que o chão tivesse derretido. Eu só podia adivinhar que a funerária tivesse perguntado a Vovô Harry se ele ia querer um velório; era isso que tinha provocado aquele discurso.

– Jesus –, nós vamos ficar *velando* os defuntos até a *primavera*! – Harry tinha gritado.

Não havia nenhum serviço religioso planejado. Vovô Harry tinha uma casa grande; amigos e membros da família iriam aparecer para drinques e um bufê encomendado. A palavra *memorial* foi permitida, mas não uma cerimônia religiosa; Elaine e eu não ouvimos as palavras "cerimônia religiosa". Harry parecia distraído e esquecido. Tanto Elaine quanto eu achamos que ele não estava se comportando como um homem que tinha acabado de perder suas duas únicas filhas; em vez disso, Harry parecia ser um velho de oitenta e quatro anos que não sabia onde tinha posto os óculos – Vovô Harry estava completamente aéreo e desligado da situação. Nós o deixamos para se preparar para a "festa"; Elaine e eu não estávamos enganados – Harry tinha usado a *palavra* festa.

– Epa – Elaine tinha dito ao sairmos da casa de River Street.

Era a primeira vez que eu ia em "casa" durante o período de aulas – isto é, ao apartamento funcional de Richard Abbott em Bancroft Hall –, desde que me formara em Favorite River. Mas a extrema juventude dos alunos foi mais irritante para Elaine.

– Eu não vejo ninguém com quem eu seria capaz de me *imaginar* fazendo sexo – Elaine disse.

Pelo menos Bancroft ainda era um dormitório de rapazes; já era suficientemente desconcertante ver todas aquelas garotas no campus. Num processo que estava acontecendo com a maioria dos colégios internos na Nova Inglaterra, Favorite River tinha se tornado uma instituição de ensino para ambos os sexos em 1973. Tio Bob não trabalhava mais no setor de matrículas. O Homem da Raquete tinha uma nova carreira no Setor de Ex-Alunos. Eu conseguia facilmente ver o tio Bob solicitando simpaticamente a boa vontade (e o dinheiro) de um sentimental ex-aluno de Favorite River. Bob também tinha um dom para inserir suas consultas nas notas de turma da revista dos ex-alunos da academia, *The River Bulletin*. Tinha se tornado uma paixão para Bob descobrir o paradeiro dos ex-alunos de Favorite River que não tinham mantido contato com sua antiga escola. (Tio Bob chamava as suas pesquisas de "Gritos de ajuda do Departamento Que-Fim-Você-Levou?")

A prima Gerry tinha me avisado que Bob estava bebendo "desbragadamente" depois que começou a viajar a serviço do Setor de Ex-Alunos, mas eu considerava Gerry como sendo a última das mulheres Winthrop – embora uma versão aguada, lésbica, daquele gene firmemente desaprovador. (Vocês devem lembrar que eu sempre achei que a reputação de bêbado do tio Bob era exagerada.)

A respeito de outro assunto: quando voltamos a Bancroft Hall, Elaine e eu descobrimos que Richard Abbott não conseguia falar, e que o Sr. e a Sra. Hadley não estavam falando um com o outro. A falta de comunicação entre Martha Hadley e o marido não era novidade para mim; Elaine já havia previsto há muito tempo que os pais estavam caminhando para um divórcio. ("Não vai haver ressentimento, Billy – eles já são indiferentes em relação um ao outro", Elaine tinha me dito.) E Richard Abbott tiha me confidenciado – quer dizer, antes da minha mãe morrer, quando Richard ainda conseguia falar – que ele e minha mãe tinham parado de interagir com os Hadley.

Elaine e eu tínhamos especulado sobre a parte misteriosa daquele "parado de interagir". Naturalmente, isso se encaixava na teoria de vinte anos de Elaine de que sua mãe era apaixonada por Richard Abbott. Como eu sentia atração tanto pela Sra. Hadley *quanto* por Richard, qual poderia ser a minha contribuição para essa conversa?

Eu sempre acreditara que Richard Abbott era um homem muito melhor do que minha mãe merecia, e que Martha Hadley era boa demais para o Sr. Hadley. Não só eu nunca conseguia me lembrar do primeiro nome daquele homem, se é que ele tinha algum, mas existia algo no pequeno flerte do Sr. Hadley com a fama – a fama era devida ao seu surgimento como historiador político, e uma voz de protesto, durante a Guerra do Vietnã – que havia servido para deslocá-lo. Se ele um dia pareceu distante da sua família – não só aparentemente distante da esposa, a Sra. Hadley, mas distante até de sua filha única, Elaine –, a identificação do Sr. Hadley com uma causa (sua cruzada anti-Vietnã com os alunos de Favorite River) o afastou completamente de Elaine e Martha Hadley, e aos poucos o levou a ter pouco (quase nada) a ver com adultos.

Isso ocorre em colégios internos: de vez em quando aparece um professor que se sente infeliz com a família, na condição de adulto. Ele tenta se tornar um dos estudantes. No caso do Sr. Hadley – segundo Elaine –, sua infeliz regressão no sentido de se tornar um dos alunos quando já estava com mais de cinquenta anos coincidiu com a decisão da Favorite River Academy de admitir meninas. Isso foi só dois anos antes do final da Guerra do Vietnã.

– Epa – eu já tinha ouvido Elaine dizer muitas vezes, mas dessa vez ela tinha acrescentado alguma coisa. – Quando a guerra terminar, qual vai ser a causa que meu pai irá defender? Como ele vai conseguir engajar todas aquelas *meninas*?

Elaine e eu não vimos meu tio Bob na "festa". Eu tinha acabado de ler a consulta do Homem da Raquete no número mais recente do *The River Bulletin*; anexa às notas da turma de 1961, que era a minha, havia esta nota lamentosa na "Gritos de ajuda do Departamento Que-Fim-Você-Levou?"

"Por onde anda você, Jacques Kittredge?", tio Bob tinha escrito. Depois de seu ciclo básico em Yale (1965), Kittredge tinha completado uma residência de três anos na Escola de Teatro de Yale; ele tinha obtido o título de Mestre em 1967. Depois disso, ninguém soube mais dele.

– Uma porra de um mestrado em *quê*? – Elaine tinha perguntado mais de dez anos atrás, quando o *The River Bulletin* tinha tido notícias de Kittredge pela última vez. Elaine queria dizer com isso que podia ser um mestrado em atuação, design, som, direção, autoria de peças teatrais, direção de palco, planejamento técnico e produção,

administração de teatro, até mesmo dramaturgia e crítica teatral. – Aposto que ele é um maldito crítico – Elaine disse. Eu disse a ela que não me importava o que Kittredge era; eu não queria saber.
– Você quer saber sim, Billy. Você não me engana – Elaine tinha dito.

Agora ali estava o Homem da Raquete, estirado num sofá – verdadeiramente afundado num sofá da sala de Vovô Harry, como se fosse preciso toda uma equipe de luta livre para colocar Bob de pé.
– Sinto muito sobre Tia Muriel – eu disse a ele. Tio Bob se levantou do sofá para me dar um abraço, derramando sua cerveja.
– Que merda, Billy – Bob disse –, são as pessoas que você menos espera que estão desaparecendo.
– Desaparecendo – repeti cautelosamente.
– Veja o seu colega de turma, Billy. Quem poderia imaginar que Kittredge iria desaparecer? – tio Bob perguntou.
– Você não acha que ele morreu, acha? – perguntei ao Homem da Raquete.
– É mais provável que ele não queira se comunicar – tio Bob disse. A fala dele estava tão arrastada que a palavra comunicar soou como se tivesse sete ou oito sílabas; percebi que Bob estava espetacularmente bêbado, embora a reunião em memória da minha Tia Muriel e da minha mãe estivesse apenas começando.

Havia algumas garrafas vazias de cerveja nos pés de Bob; quando largou a garrafa vazia que tinha estado bebendo (e derramando), ele chutou rapidamente todas as outras menos uma para baixo do sofá – sem nem olhar para as garrafas.

Eu uma vez tinha imaginado se Kittredge teria ido para o Vietnã; ele tinha aquele ar de herói. Eu conhecia dois outros membros da equipe de luta livre de Favorite River que tinham morrido na guerra. (Lembram-se de Wheelock? Eu mal me lembro dele – um Antonio adequadamente "fanfarrão", amigo de Sebastian, em *A décima segunda noite*. E quanto a Madden, o frustrado peso-pesado que fez o papel de Malvolio naquela mesma produção? Madden sempre viu a si mesmo como uma "vítima perpétua"; é só isso que eu lembro a respeito dele.)

Mas, apesar de bêbado, tio Bob deve ter lido meus pensamentos, porque ele disse de repente:

– Conhecendo Kittredge, aposto que ele escapou do Vietnã, de algum jeito.

– Aposto que sim – foi tudo o que eu disse a Bob.

– Sem querer ofender, Billy – o Homem da Raquete disse, aceitando mais uma cerveja da moça que estava servindo, uma mulher mais ou menos da idade da minha mãe, ou de Muriel, com o cabelo pintando de vermelho. Ela tinha um ar vagamente familiar, talvez trabalhasse com tio Bob no Setor de Ex-Alunos, ou talvez tivesse trabalhado com ele (anos antes) no Setor de Matrículas.

– Meu pai já chegou aqui bêbado – Gerry disse para mim e para Elaine, quando estávamos na fila do bufê. Eu conhecia a namorada de Gerry; ela trabalhava ocasionalmente como comediante num clube que eu frequentava no Village. Ela atuava com uma fisionomia impassível e sempre usava um terno preto de homem ou um smoking, com uma camisa branca larga.

– Sem sutiã – Elaine tinha observado –, mas a camisa é grande demais para ela, e não é transparente. A questão é a seguinte, ela não quer que você saiba que ela tem seios, ou como eles são.

– Ah.

– Sinto muito por sua mãe, Billy – Gerry disse. – Eu sei que ela era completamente desequilibrada, mas *era* sua mãe.

– Sinto muito pela sua – eu disse a Gerry. A comediante fez um ruído parecido com um relincho.

– Não tão impassível como de costume – Elaine diria mais tarde.

– Alguém tem que tirar as chaves do carro da porra do meu pai – Gerry disse.

Eu estava de olho em Vovô Harry. Estava com medo de que ele saísse sorrateiramente da festa, e reaparecesse de surpresa como uma reencarnação de Nana Victoria. Nils Borkman também estava de olho no seu velho sócio. (Se a *Sra*. Borkman estava lá, eu não a vi ou não a reconheci.)

– Eu estou vigiando o seu avô, Bill – Nils me disse. – Se a esquisitice ficar fora de controle, vou apelar para você!

– Que esquisitice? – perguntei a ele.

Mas, nesse momento, Vovô Harry subitamente falou:

– Essas meninas estão sempre atrasadas. Eu não sei onde elas estão, mas vão aparecer. Podem começar a comer. Tem comida à vontade. Aquelas meninas vão comer alguma coisa quando chegarem.

Isso fez todo mundo emudecer.

– Eu já disse a ele que as meninas não virão à festa, Bill. Quer dizer, ele sabe que elas estão mortas, só que ele é o esquecimento *em pessoa* – Nils me disse.

– O esquecimento *em pessoa* – eu disse para o velho norueguês; ele era dois anos mais velho do que Vovô Harry, mas Nils parecia mais confiável no setor de *lembrar*, bem como em outros setores.

Perguntei a Martha Hadley se Richard já tinha conseguido falar. A Sra. Hadley me informou que não, que ele não falava desde que recebera a notícia do acidente. Richard tinha me abraçado muito, e eu o tinha abraçado de volta, mas não tinha havido palavras.

O Sr. Hadley parecia pensativo – como sempre. Eu não me lembrava da última vez que ele tinha falado sobre alguma coisa que não fosse a guerra no Vietnã. O Sr. Hadley tinha se tornado um ridículo obituarista de todo rapaz de Favorite River que tivesse tombado no Vietnã. Eu vi que ele estava esperando por mim na ponta da mesa.

– Prepare-se – Elaine me avisou, num cochicho. – Aqui vem outra morte que você não sabia.

Não houve nenhum prólogo – nunca havia, com o Sr. Hadley. Ele era professor de história; apenas anunciava coisas.

– Você se lembra de Merryweather? – o Sr. Hadley me perguntou.

Merryweather não!, pensei. Sim, eu me lembrava dele; ele ainda estava começando na escola quando eu me formei. Ele tinha sido o supervisor da equipe de luta livre – distribuía laranjas, cortadas em quatro; recolhia as toalhas ensanguentadas.

– Não Merryweather, não no *Vietnã*! – eu disse automaticamente.

– Sim, infelizmente, Billy – o Sr. Hadley disse com um ar compungido. – E Trowbridge, você conheceu Trowbridge, Billy?

– Não Trowbridge! – exclamei; eu não podia acreditar! Eu tinha visto Trowbridge de *pijama*! Kittredge o tinha abordado quando o garotinho de rosto redondo estava indo escovar os dentes. Eu fiquei muito triste ao pensar que Trowbridge tinha morrido no Vietnã.

– Sim, infelizmente é verdade, Trowbridge também, Billy – o Sr. Hadley continuou com um jeito arrogante. – Infelizmente, sim, o jovem Trowbridge também.

Eu vi que Vovô Harry tinha desaparecido – mesmo que não da forma que o tio Bob tinha usado recentemente a palavra.

– Vamos esperar que não seja uma troca de roupa – Nils Borkman cochichou no meu ouvido.

Só então eu notei que o Sr. Poggio, o dono da mercearia, estava lá – ele que tinha gostado tanto de ver Vovô Harry no palco, fazendo papel de *mulher*. De fato, tanto o Sr. quanto a Sra. Poggio estavam lá, para apresentar seus pêsames. A Sra. Poggio, eu me lembrei, *não* gostava do Vovô Harry fazendo papéis femininos. Ao vê-la, eu olhei em volta, procurando os críticos Ripton – Ralph Ripton, o serrador, e sua não menos crítica esposa. Mas os Ripton, se é que estiveram lá para dar os pêsames, tinham saído cedo – como era hábito deles nas peças encenadas pelo First Sister Players.

Fui ver como estava o tio Bob; havia mais algumas garrafas de cerveja vazias no chão perto dele, e agora seus pés não conseguiam mais localizar as garrafas e chutá-las para baixo do sofá.

Eu chutei algumas garrafas para baixo do sofá para ele.

– Você não vai ser tentado a ir para casa dirigindo, vai, tio Bob? – perguntei a ele.

– Foi por isso que eu já pus as chaves do carro no bolso do seu paletó, Billy – meu tio me disse.

Mas quando apalpei os bolsos, só encontrei uma bola de squash.

– Não são as chaves do carro, tio Bob – eu disse, mostrando a bola para ele.

– Bem, eu sei que pus a chave do carro no bolso do paletó de *alguém*, Billy – o Homem da Raquete disse.

– Alguma notícia da *sua* turma de formatura? – perguntei de repente; ele estava suficientemente bêbado, eu achei que conseguiria apanhá-lo de surpresa. – Quais são as notícias da turma de 1935? – Eu perguntei ao meu tio com a maior naturalidade possível.

– Nada do Grande Al, Billy – acredite em mim, eu contaria para você – ele disse.

Vovô Harry estava fazendo as honras da festa agora *como mulher*; era pelo menos um progresso o fato de ele estar admitindo para todo mundo que suas filhas estavam mortas – não apenas atrasadas para a festa, como tinha dito antes. Eu vi Nils Borkman seguindo seu velho sócio, como se os dois estivessem de esquis e armados, deslizando pela floresta coberta de neve. Bob largou mais uma garrafa vazia de cerveja, e eu a chutei para baixo do sofá da sala de Vovô Harry. Ninguém notou as garrafas de cerveja depois que Vovô Harry reapareceu – quer dizer, não como Vovô Harry.

– Sinto muito por sua perda, Harry – sua e minha – tio Bob disse para o meu avô, que estava usando um vestido roxo desbotado que eu me lembrei que era um dos favoritos de Nana Victoria. A peruca cinza-azulada era pelo menos "apropriada para a idade", como Richard Abbott diria depois – quando Richard voltou a falar, o que não foi logo. Nils Borkman me disse que os seios postiços deviam ter vindo da loja de fantasias do First Sister Players, ou talvez Vovô Harry os tivesse roubado do Clube de Teatro da Favorite River Academy.

A mão murcha e artrítica que estendeu uma nova cerveja para o meu tio Bob não pertencia à moça de cabelo pintado de vermelho. Era Herm Hoyt – ele era só um ano mais velho do que Vovô Harry, mas o treinador Hoyt parecia bem mais acabado.

Herm tinha sessenta e oito anos quando treinava Kittredge em 1961; ele já parecia estar na hora de se aposentar então. Agora, aos oitenta e cinco, o treinador Hoyt já estava aposentado havia quinze anos.

– Obrigado, Herm – o Homem da Raquete disse calmamente, levando a cerveja aos lábios. – Billy aqui estava perguntando pelo nosso velho amigo Al.

– Como vai indo aquele *duck-under*, Billy? – o treinador Hoyt perguntou.

– Imagino que você não tenha notícias dela, Herm – eu respondi.

– Espero que você esteja *praticando*, Billy – o velho treinador disse.

Então eu contei a Herm Hoyt uma história longa e complicada sobre um corredor como eu, que eu tinha conhecido no Central Park. O cara tinha mais ou menos a minha idade, eu disse ao treinador, e por suas orelhas de couve-flor – e certa rigidez nos ombros e no pescoço, quando corria – deduzi que ele era um praticante de luta livre, e quando mencionei luta livre, ele achou que eu também era lutador.

– Ah, não, eu só sei fazer um *duck-under* decente – eu disse a ele. – Não sou nenhum lutador.

Mas Arthur – o nome do lutador era Arthur – me interpretou mal. Ele achou que eu *quis dizer* que costumava lutar, e que estava apenas sendo modesto.

Arthur tinha insistido sem parar (como os lutadores costumam fazer) que eu ainda deveria estar lutando.

– Você devia estar aprendendo novos golpes para completar esse *duck-under*, não é tarde demais! – ele me disse. Arthur treinava luta livre num clube no Central Park South, onde ele disse que havia um bocado de caras "da nossa idade" que ainda estavam lutando. Arthur tinha certeza de que eu conseguiria achar um parceiro para treinar na minha categoria de peso.

Arthur falou com entusiasmo sobre eu não "desistir" de lutar simplesmente por estar com mais de trinta anos e não estar mais competindo numa equipe de colégio ou universidade.

– Mas eu nunca fiz parte de uma equipe! – tentei dizer a ele.

– Olha, eu conheço um monte de caras da nossa idade que nunca foram titulares – Arthur tinha me dito. – E eles ainda estão lutando!

Finalmente, como disse a Herm Hoyt, fiquei tão irritado com a insistência de Arthur para que eu fosse praticar luta livre no seu maldito clube, que contei a verdade para ele.

– O que você contou exatamente ao cara, Billy? – o treinador Hoyt perguntou.

– Que eu era gay, ou, mais exatamente, bissexual.

– Nossa... – Herm começou a dizer.

– Que um antigo lutador, que tinha sido meu amante por um breve tempo, tinha tentado me ensinar um pouco de luta livre, estritamente para minha autodefesa. Que o antigo treinador desse mesmo ex-lutador também tinha me dado algumas dicas.

– Quer dizer que o *duck-under* que você mencionou, é tudo? – Arthur tinha perguntado.

– Sim. É só o *duck-under* – eu tinha admitido.

– Minha nossa, Billy... – o velho treinador Hoyt estava dizendo, sacudindo a cabeça.
– Bem, essa é a história – eu disse a Herm. – Eu *não tenho* praticado o *duck-under*.
– Só conheço um clube de luta livre no Central Park South, Billy – Herm Hoyt disse. – É muito bom.
– Quando Arthur entendeu qual era a minha história com o *duck-under*, ele não pareceu interessado em insistir na ideia de eu ir treinar luta livre – expliquei ao treinador Hoyt.
– Talvez não fosse uma boa ideia – Herm disse. – Eu não conheço mais os caras daquele clube.
– Eles provavelmente não têm muitos gays treinando lá, você sabe, para autodefesa, é isso que você acha, Herm? – perguntei ao velho treinador.
– Esse tal de Arthur leu os seus *livros*, Billy? – Herm Hoyt perguntou.
– *Você* leu? – perguntei, espantado, a Herm.
– Nossa, é claro que sim. Só não me pergunte *sobre* o que eles são, Billy! – o velho treinador de luta livre disse.
– E a Srta. Frost? – perguntei de repente. – Ela leu os meus livros?
– Ele é persistente, não é? – tio Bob disse a Herm.
– Ela sabe que você é um escritor, Billy, todo mundo que conhece você sabe disso – o treinador de luta livre disse.
– Não *me* pergunte também sobre o quê você escreve, Billy – tio Bob disse. Ele largou a garrafa vazia e eu a chutei para baixo do sofá do Vovô Harry. A mulher com o cabelo pintado de vermelho trouxe outra cerveja para o Homem da Raquete. Percebi por que ela tinha parecido conhecida; todos os empregados do bufê trabalhavam para a Favorite River Academy – eram funcionários da cozinha, nos refeitórios da academia. Aquela mulher que estava sempre trazendo outra cerveja para Bob tinha uns quarenta e poucos anos da última vez que eu a vira; ela pertencia ao *passado*, que estaria sempre comigo.
– O clube de luta livre é o New York Athletic Club, eles têm outros esportes lá, com certeza, mas não eram ruins em luta livre, Billy. Você provavelmente poderia praticar o seu *duck-under* lá –

Herm estava dizendo. – Quem sabe você poderia falar sobre isso com o tal de Arthur, depois de todos esses anos, aposto que você está precisando de um pouco de treino.

– Herm, e se os lutadores me derem uma surra? – perguntei a ele. – Isso não iria contra o seu objetivo e da Srta. Frost em me ensinar o *duck-under*?

– Bob dormiu, e se mijou todo – o velho treinador disse de repente.

– Tio Bob... – comecei a dizer, mas Herm Hoyt agarrou o Homem da Raquete pelos ombros e o sacudiu.

– Bob, pare de mijar – o treinador de luta livre gritou.

Quando Bob abriu os olhos, foi tão apanhado de surpresa quanto era possível ser para alguém que trabalhava no Setor de Ex-Alunos da Favorite River Academy.

– España – o Homem da Raquete disse, quando me viu.

– Nossa, Bob, cuidado com o que você diz – Herm Hoyt disse.

– España – repeti.

– É lá que ele está, ele disse que nunca mais vai voltar, Billy – tio Bob disse.

– É lá que *quem* está? – perguntei ao meu tio bêbado.

Nossa única conversa, se é que se pode chamar isso de conversa, tinha sido sobre Kittredge; era difícil imaginar Kittredge falando espanhol. Eu sabia que o Homem da Raquete não estava se referindo ao Grande Al – tio Bob não estava me dizendo que a Srta. Frost estava na Espanha e que *ela* jamais iria voltar.

– Bob... – comecei a dizer, mas o Homem da Raquete tinha cochilado de novo. Herm Hoyt e eu vimos que Bob ainda estava mijando.

– Herm... – comecei.

– Franny Dean, meu antigo supervisor de equipe de luta livre, Billy, *ele está* na Espanha. Seu pai está na Espanha, Billy, e está feliz lá, isso é tudo o que eu sei.

– *Em que lugar* da Espanha, Herm? – perguntei ao velho treinador.

– España – Herm Hoyt repetiu, sacudindo os ombros. – Em algum lugar na Espanha, Billy, isso é só o que posso dizer. Pense no aspecto *feliz*. Seu pai está feliz, e está na Espanha. Sua mãe nunca foi feliz, Billy.

Eu sabia que Herm tinha razão quanto a isso. Fui procurar Elaine; eu queria contar a ela que o meu pai estava na Espanha. Minha mãe estava morta, mas meu pai – que eu nunca tinha visto – estava vivo e feliz. Mas antes que eu pudesse contar, Elaine falou comigo primeiro.

– É melhor nós dormirmos no seu quarto esta noite, Billy, não no meu – ela disse.

– Tudo bem.

– Se Richard acordar e resolver *dizer* alguma coisa, é melhor que ele não esteja sozinho, precisamos estar lá – Elaine continuou.

– Tudo bem, mas acabei de saber de uma coisa – eu disse a ela; ela não estava prestando atenção.

– Eu devo uma chupada de pau a você, talvez esta seja a sua noite de sorte – Elaine disse. Achei que ela estava bêbada, ou então que eu tinha ouvido mal.

– O quê?

– Desculpe pelo que eu disse a respeito de Rachel. A chupada é para compensar isso – Elaine explicou; ela *estava* bêbada, alongando o número de sílabas em suas palavras da maneira exageradamente articulada do Homem da Raquete.

– Você não me *deve* uma chupada, Elaine – eu disse a ela.

– Você não quer uma chupada, Billy? – ela me perguntou; e fez "chupada" soar como se tivesse quatro ou cinco sílabas.

– Eu não falei que não *queria*... España – eu disse de repente, porque era sobre *isso* que eu queria falar.

– España? – Elaine disse. – Esse é algum tipo de chupada espanhola, Billy? – Ela estava tropeçando um pouco, quando a levei para dar boa-noite ao Vovô Harry.

– Não se preocupe, Bill – Nils Borkman disse de repente. – Eu estou descarregando os rifles! Estou mantendo segredo das balas!

– España – Elaine repetiu. – Essa é uma coisa *gay*, Billy? – ela cochichou para mim.

– Não – eu disse a ela.

– Você me mostra, certo? – Elaine perguntou. Eu sabia que o difícil ia ser mantê-la acordada até chegarmos a Bancroft Hall.

– Eu amo você! – eu disse para Vovô Harry, abraçando-o.

– Eu *amo* você, Bill! – Harry disse, abraçando-me de volta. (Seus seios postiços tinham sido modelados em alguém com seios tão grandes quanto os da minha Tia Muriel, mas eu não disse isso para o meu avô.)

– Você não me *deve* nada, Elaine – eu estava dizendo ao sairmos daquela casa em River Street.

– Não dê boa-noite a minha mãe e a meu pai, Billy, não chegue perto do meu pai – Elaine disse para mim. – A não ser que queira saber de mais mortes, a não ser que você tenha estômago para ouvir mais contagem de cadáveres.

Depois de saber de Trowbridge, eu realmente não tinha estômago para mais mortes. Eu nem dei boa-noite à Sra. Hadley porque vi que o Sr. Hadley estava ali por perto.

– España – eu disse baixinho para mim mesmo, enquanto ajudava Elaine a subir os três lances de escadas em Bancroft Hall; era uma boa coisa eu não ter que ir até o quarto *dela*, que ficava na porra do quinto andar.

Quando estávamos atravessando o corredor do terceiro andar, devo ter falado "España" baixinho outra vez – não tão baixinho, eu acho, porque Elaine ouviu.

– Eu estou um pouco preocupada com o tipo de chupada que essa tal de "España" é, exatamente. Não é do tipo agressivo, é, Billy? – Elaine perguntou.

Havia um menino de pijama no corredor – um menino tão pequeno, ele estava segurando uma escova de dente. Pela expressão assustada dele, eu vi que obviamente não sabia quem Elaine e eu éramos; ele tinha ouvido claramente o que Elaine tinha perguntado sobre a chupada chamada España.

– Nós só estamos brincando – eu disse ao garotinho. – Não vai haver nada de violento. Não vai haver nenhuma chupada! – eu disse para Elaine e para o menino de pijama. (Com sua escova de dente, ele me lembrou Trowbridge, é claro.)

– Trowbridge está morto. Você conheceu Trowbridge? Ele morreu no Vietnã – eu disse a Elaine.

– Eu não conheci nenhum Trowbridge – Elaine disse; como eu, Elaine não conseguia parar de olhar para o garotinho de pijama. – Você está chorando, Billy, por favor, pare de chorar – Elaine disse. Nós estávamos apoiados um no outro quando consegui abrir a porta do apartamento silencioso de Richard. – Não se preocupe por ele estar chorando, a mãe dele acabou de morrer. Ele vai ficar bem – Elaine disse para o menino que segurava a escova de dente. Mas eu tinha visto Trowbridge ali parado, e talvez tenha previsto que haveria mais mortes chegando; talvez eu tenha imaginado toda a contagem de cadáveres no futuro não muito distante.

– Billy, Billy, por favor, pare de chorar – Elaine estava dizendo. – O que você quis dizer com "não vai haver nenhuma chupada"? Você acha que estou *blefando*? Você me conhece, Billy, parei de *blefar*. Eu não blefo mais, Billy – ela continuou falando.

– Meu pai está vivo. Ele está morando na Espanha e é feliz. Isso é tudo o que eu sei, Elaine – eu disse a ela. – Meu pai, Franny Dean, está morando na Espanha, España. – Mas só consegui ir até aí.

Elaine tinha tirado o casaco enquanto passávamos cambaleando pela sala de Richard e da minha mãe; ela tinha tirado os sapatos e a saia ao entrar no quarto, e estava tentando desabotoar a blusa quando – em outro nível de consciência – viu a cama dos meus anos de adolescência e voou para ela, ou conseguiu de algum modo se atirar sobre ela.

Quando eu me ajoelhei ao lado dela na cama, pude ver que Elaine estava totalmente desacordada; ela não se mexeu quando tirei sua blusa e abri seu colar de aparência bastante desconfortável. Eu a pus na cama de sutiã e calcinha, e arrumei um jeito de me enfiar na cama estreita ao lado dela.

– España – murmurei no escuro.

– Você me mostra, certo? – Elaine disse, dormindo.

Eu adormeci pensando por que nunca tinha tentado encontrar meu pai. Uma parte de mim tinha racionalizado assim: se ele tiver curiosidade a meu respeito, ele que me procure, eu tinha pensado. Mas na verdade eu tinha um pai fabuloso; meu padrasto, Richard Abbott, era a melhor coisa que tinha acontecido na minha vida. (Minha mãe nunca tinha sido feliz, mas Richard era a melhor coisa que tinha acontecido na vida dela também; minha mãe deve ter sido feliz com Richard.) Talvez eu nunca tivesse tentado encontrar Franny Dean porque encontrá-lo teria feito com que eu sentisse que estava traindo Richard.

"Por onde anda você, Jacques Kittredge?", o Homem da Raquete tinha escrito; é claro que adormeci pensando nisso, também.

12
Um mundo de epílogos

As epidemias anunciam sua chegada ou geralmente chegam de surpresa? Eu tive dois avisos; na época, pareceram meras coincidências – eu não dei atenção a eles.

Foi só algumas semanas depois da morte da minha mãe que Richard voltou a falar. Ele continuou a dar aulas na academia – embora automaticamente, Richard tinha conseguido até dirigir uma peça –, mas ele não tinha nada de pessoal para dizer para aqueles de nós que o amavam.

Foi em abril daquele mesmo ano (1978) que Elaine me contou que Richard tinha falado com a mãe dela. Eu liguei imediatamente para a Sra. Hadley depois de receber o telefonema de Elaine.

– Eu sei que Richard vai ligar para você, Billy – Martha Hadley disse para mim. – Só não espere que ele tenha voltado a ser o que era.

– Como ele está? – perguntei.

– Eu estou tentando dizer isso com cuidado – a Sra. Hadley disse. – Não quero pôr a culpa em Shakespeare, mas existe uma coisa chamada excesso de humor de cemitério, se quer saber.

Eu não entendi o que Martha Hadley estava querendo dizer; simplesmente esperei que Richard ligasse. Acho que foi em maio que finalmente soube dele, e Richard falou como se nós nunca tivéssemos perdido o contato.

Considerando o luto que ele estava vivendo, achei que Richard não teria tido tempo nem vontade de ler o meu terceiro romance, mas ele o tinha lido.

– Os mesmos velhos temas, embora mais bem tratados, os apelos por tolerância nunca se tornam cansativos, Bill. É claro que todo mundo é intolerante com alguma coisa ou com alguém. Você sabe com que *você é* intolerante, Bill? – Richard perguntou.

– Com que, Richard? – perguntei a ele.

– Você é intolerante com a intolerância, não é, Bill?
– Essa é uma *boa* coisa para se ser intolerante? – perguntei a ele.
– E você tem *orgulho* da sua intolerância, também, Bill! – Richard exclamou. – Você tem uma raiva mais do que *justificável* da intolerância, da intolerância para com as diferenças sexuais, especialmente. Deus é testemunha de que eu jamais diria que você não *tem direito* à sua raiva, Bill.
– Deus é testemunha – eu disse cautelosamente. Eu não estava conseguindo enxergar aonde Richard queria chegar.
– Embora você seja extremamente tolerante com as diferenças sexuais, e com toda a razão, Bill!, nem *sempre* você é tão tolerante, é? – Richard perguntou.
– Ah, bem... – comecei a dizer, e então parei. Então era lá que ele queria chegar; eu já tinha ouvido aquilo antes. Richard tinha me dito que eu não tinha estado no lugar da minha mãe em 1942, quando eu nasci; ele tinha dito que eu não podia, ou não deveria, julgá-la. Era o fato de eu não perdoá-la que o irritava, era a minha intolerância acerca da intolerância *dela* que o aborrecia.
– Como diz Portia: "A característica da misericórdia é não ser forçada." Ato 4, cena 1, mas eu sei que essa não é a sua peça favorita de Shakespeare, Bill – Richard Abbott disse.
Sim, nós tínhamos discutido a respeito de *O mercador de Veneza* na sala de aula – dezoito anos antes. Essa era uma das peças de Shakespeare que nós tínhamos lido em sala e que Richard não tinha dirigido.
– Trata-se de uma comédia, uma comédia romântica, mas com uma parte nada engraçada – Richard tinha dito. Ele estava se referindo a Shylock, ao preconceito inegável de Shakespeare contra os judeus.
Eu tomei o partido de Shylock. A fala de Portia sobre "misericórdia" era insípida, uma hipocrisia cristã; era o auge da arrogância e do excesso de sentimentalismo do cristianismo. Enquanto Shylock tem um argumento: o ódio por ele o ensinou a odiar. Com razão!
"Eu sou um judeu", Shylock diz, ato 3, cena 1. "Um judeu não tem olhos? Um judeu não tem mãos, órgãos, dimensões, sentidos, doenças, paixões?" Eu adoro essa fala! Mas Richard não queria ser lembrado de que eu *sempre* estivera do lado de Shylock.

– Sua mãe está morta, Bill. Você não tem compaixão por sua mãe? – Richard perguntou.

– Não tem compaixão – repeti. Eu estava me lembrando do ódio dela pelos homossexuais, sua rejeição por mim, não só porque eu me parecia com meu pai, mas também porque eu tinha algo da sua estranha (e indesejável) orientação sexual.

– Como é que Shylock diz? – perguntei a Richard Abbott. (Eu sabia perfeitamente bem o que Shylock dizia, e Richard já tinha compreendido há muito tempo que eu abraçara o ponto de vista dele.)

– "Se você nos espetar, nós não sangramos?", Shylock pergunta. "Se você nos fizer cócegas, nós não rimos? Se você nos envenenar, nós não morremos?"

– Tudo bem, Bill, eu sei, eu sei. Você é um cara do tipo olho por olho, dente por dente – Richard disse.

– "E se você nos ofender" – eu disse, citando Shylock –, "nós não vamos nos vingar? Se somos iguais a você no resto, seremos iguais a você nisso." E o que foi que fizeram com Shylock, Richard? Eles o forçaram a se tornar uma porra de um *cristão*!

– É uma peça difícil, Bill, por isso é que não a encenei – Richard disse. – Não tenho certeza de que ela seja adequada para jovens de escola secundária.

– Como você vai indo, Richard? – perguntei, querendo mudar de assunto.

– Eu me lembro daquele menino que estava pronto para reescrever Shakespeare, aquele menino que tinha tanta certeza de que o epílogo de *A tempestade* era irrelevante – Richard disse.

– Eu também me lembro daquele menino – eu disse a ele. – Eu estava errado a respeito do epílogo.

– Quando você vive muito, Bill, percebe que este é um mundo de epílogos – Richard Abbott disse.

Aquele foi o primeiro aviso a que eu não dei atenção. Richard só era doze anos mais velho do que eu; essa não é uma diferença muito grande – ainda mais quando Richard tinha quarenta e oito e eu trinta e seis. Nós parecíamos quase contemporâneos em 1978. Eu só tinha treze anos quando Richard me levou para fazer meu primeiro cartão de biblioteca – naquela noite em que nós dois conhecemos a Srta. Frost. Aos vinte e cinco anos, Richard Abbott tinha parecido tão encantador para mim – e tão fidedigno.

Aos trinta e seis, eu não achava ninguém "fidedigno" – nem mesmo Larry, não mais. Vovô Harry, embora sempre bondoso, estava ficando estranho; mesmo para mim (um pilar de tolerância, como eu me achava), as excentricidades de Harry tinham sido mais aceitáveis no palco. Nem mesmo a Sra. Hadley era a autoridade que um dia pareceu ser, e embora eu escutasse a minha melhor amiga, Elaine, que me conhecia tão bem, cada vez mais eu ouvia os conselhos de Elaine com certa reserva. (Afinal de contas, Elaine não era melhor – nem mais confiável – em matéria de relacionamentos do que eu.) Suponho que, se eu tivesse tido notícias da Srta. Frost – mesmo na sábia idade de trinta e seis anos –, talvez eu ainda *a* tivesse achado fidedigna, mas eu não tinha notícias dela.

Eu segui, embora cautelosamente, o conselho de Herm Hoyt: quando tornei a encontrar o Arthur, aquele lutador que tinha a minha idade e também corria ao redor do reservatório no Central Park, perguntei a ele se ainda era bem-vindo a praticar minhas habilidades de luta livre, de nível abaixo de iniciante, no New York Athletic Club – quer dizer, agora que Arthur sabia que eu era um homem bissexual que precisava melhorar minha autodefesa, e não um lutador de verdade.

Pobre Arthur. Ele era um desses caras heterossexuais bem-intencionados que não sonharia em ser cruel – ou remotamente indelicado – com gays. Arthur era um nova-iorquino liberal, tolerante; ele não só se orgulhava de ser justo – ele era extremamente justo –, mas se importava muito com o que era "certo". Eu podia vê-lo sofrendo ao pensar no quanto seria "errado" não me convidar para o seu clube de luta livre só porque eu era – bem, como tio Bob diria – um pouco efeminado.

Minha própria existência como bissexual não era bem-vista pelos meus amigos gays; ou eles se recusavam a acreditar que eu *realmente* gostava de mulheres, ou achavam que eu era de certa forma desonesto (ou ficava em cima do muro) sobre ser gay. Para a maioria dos homens heterossexuais – até para um príncipe dentre eles, o que Arthur realmente era –, um homem bissexual era simplesmente um cara gay. A única parte sobre ser bi que os homens heterossexuais registravam era a parte *gay*. Era isso que Arthur ia ter que enfrentar quando falasse a meu respeito com seus amigos no clube de luta livre.

Nós estávamos no final dos desregrados anos 70; embora a aceitação das diferenças sexuais não fosse necessariamente a norma, essa aceitação era quase normal em Nova York – em círculos liberais, essa aceitação era esperada. Mas me senti responsável pelo problema que tinha causado a Arthur; eu não tinha conhecimento das minúcias do New York Athletic Club, naquela época em que a venerável instituição era um bastião da masculinidade.

Eu não faço ideia do que Arthur precisou fazer só para me conseguir um passe de convidado, ou um passe atlético, para o NYAC. (Assim como o meu último certificado de classificação, ou reclassificação, do serviço militar, não sei ao certo como era chamado o meu estúpido passe para o New York Athletic Club.)

– Você está louco, Billy? – Elaine me perguntou. – Você está tentando ser morto? Aquele lugar é notoriamente *antitudo*. É *antissemítico*, é *antinegros*.

– É? – perguntei a ela. – Como você sabe?

– É *antimulheres*, eu sei muito bem disso! – Elaine tinha dito. – É um clube católico irlandês só de rapazes, Billy, só a parte católica já deveria ter feito você fugir correndo de lá.

– Eu acho que você ia gostar do Arthur – eu disse a Elaine. – Ele é um cara legal, de verdade.

– Imagino que ele seja casado – Elaine disse, suspirando.

Pensando bem, eu tinha visto uma aliança na mão esquerda de Arthur. Eu nunca me envolvia com homens casados – com *mulheres* casadas, às vezes, mas não com homens casados. Eu era bissexual, mas não queria saber de conflitos. Os homens casados eram confusos demais para o meu gosto – quer dizer, quando se interessavam também por caras gays. E segundo Larry, todos os homens casados eram amantes decepcionantes.

– Por quê? – eu tinha perguntado a ele.

– Eles são maníacos por amabilidade, devem ter aprendido a ser amáveis com suas esposas mandonas. Esses homens não têm ideia do quanto "amável" é *chato* – Larry me disse.

— Eu não acho que "amável" seja *sempre* chato.

— Por favor, perdoe-me, caro Bill — Larry tinha dito, abanando a mão daquele jeito caracteristicamente condescendente dele. — Eu tinha esquecido que você era firmemente aquele que vai por cima.

Eu realmente gostava cada vez mais de Larry, como amigo. Eu tinha até passado a gostar do jeito que ele tinha de implicar comigo. Nós dois tínhamos lido as memórias de um famoso ator — "um famoso *bi*", Larry o chamava.

O ator dizia que, a vida toda, ele tinha "gostado" de mulheres mais velhas e de homens mais moços. "Como vocês podem imaginar", o famoso ator escreveu, "quando eu era mais moço, havia muitas mulheres mais velhas disponíveis. Agora que estou mais velho — bem, é claro que há muito mais homens mais moços *disponíveis*."

— Eu não vejo a minha vida tão *arrumadinha* assim — eu disse a Larry. — Não imagino que ser bi jamais irá parecer exatamente *harmonioso*.

— Caro Bill — Larry disse, daquele jeito dele, como se estivesse escrevendo uma carta muito importante para mim. — O homem é um *ator*, ele não é bi, ele é *gay*. Não é surpresa que agora que está mais velho haja muito mais homens jovens por perto! Aquelas mulheres mais velhas eram as únicas mulheres com as quais ele se sentia *seguro*!

— Esse não é o meu perfil, Larry — eu disse a ele.

— Mas você ainda é jovem! — Larry tinha exclamado. — Espere só, meu caro Bill, espere só.

Tornou-se, é claro, ao mesmo tempo, motivo de divertimento e preocupação — entre as mulheres com quem eu saía e os homens gays que eu conhecia — o fato de eu frequentar regularmente a prática de luta livre no NYAC. Meus amigos gays se recusavam a acreditar que eu não tinha nenhum interesse homoerótico nos lutadores que encontrava no clube, mas minha atração por esse tipo de pessoa errada tinha sido uma fase para mim, talvez uma parte do processo de sair do armário. (Bem, está certo — uma fase lenta, ainda não totalmente ultrapassada.) Homens heterossexuais não costumavam me atrair, pelo menos não muito; o fato de eles perceberem isso, como Arthur percebeu, tinha tornado cada vez mais possível para mim ter homens heterossexuais como amigos.

Entretanto, Larry insistia em dizer que meus treinos de luta livre eram uma espécie de viagem energética e perigosa; Donna, minha amiga transexual muito querida, mas que se ofendia com facilidade, considerava o que chamava de minha "fixação por *duck-under*" uma forma de eu cultivar o meu desejo de morrer. (Logo depois dessa declaração, Donna desapareceu de Nova York – e surgiram informações de que ela havia sido vista em Toronto.)

Quanto aos praticantes de luta livre do New York Athletic Club, eles eram um grupo heterogêneo – em todos os aspectos, não só no modo como me tratavam. Minha amigas mulheres, inclusive Elaine, acreditavam que era só uma questão de tempo antes de eu levar uma surra, mas eu nunca fui ameaçado (ou machucado de propósito) no NYAC.

Os caras mais velhos geralmente me ignoravam; uma vez alguém disse alegremente, quando fomos apresentados:

– Ah, você é o cara *gay*, certo? – Mas ele apertou minha mão e me deu um tapinha nas costas; depois, ele sempre sorria e dizia algo simpático quando nos encontrávamos. Nós não pertencíamos à mesma categoria de peso. Se ele estivesse evitando contato comigo – quer dizer, na esteira –, eu não saberia.

Havia de vez em quando uma evacuação em massa da sauna, quando eu aparecia por lá depois do treino. Eu falei sobre isso com Arthur.

– Talvez fosse melhor eu ficar longe da sauna, o que você acha?

– Você é quem sabe, Bill, isso é problema deles, não seu – Arthur disse. (Eu era "Bill" para todos os lutadores.)

Eu resolvi, apesar das garantias de Arthur, ficar longe da sauna. Os treinos eram às sete da noite; eu me sentia quase à vontade neles. Eu não era chamado – pelo menos na cara – de o "cara *gay*", exceto daquela única vez. Geralmente referiam-se a mim como "o escritor"; a maioria dos praticantes de luta livre não tinha lido meus romances sexualmente explícitos – aqueles apelos por tolerância das diferenças sexuais, como Richard Abbott iria continuar a descrever meus livros –, mas Arthur os tinha lido. Como muitos homens, ele tinha me dito que a esposa dele era minha maior fã.

Eu estava sempre ouvindo isso dos homens sobre as mulheres de suas vidas – suas esposas, namoradas, irmãs, até mães eram minhas maiores fãs. Acho que as mulheres leem mais ficção do que os homens.

Eu tinha conhecido a esposa de Arthur. Ela era muito simpática; ela realmente lia muita ficção, e meu gosto era muito parecido com o dela – a respeito de livros, entendam bem. O nome dela era Ellen – uma daquelas louras espevitadas com o cabelo cortado a pajem e uma boca absurdamente pequena, de lábios finos. Ela tinha seios empinados que contrastavam com sua aparência um tanto unissex – cara, ela *não* era mesmo meu tipo de mulher! Mas era realmente um doce comigo, e Arthur – um grande cara – era *muito* casado. Não havia como apresentá-lo a Elaine.

De fato, além de tomar uma cerveja no bar do NYAC com Arthur, eu não fiz amizade com os lutadores que conheci no clube. O salão de luta livre ficava no quarto andar – do lado oposto do corredor ao salão de boxe. Um dos meus frequentes parceiros de treino no salão de luta livre – Jim *Alguma Coisa* (eu esqueço o sobrenome dele) – também treinava boxe. Todos os lutadores sabiam que eu nunca tinha competido – que estava ali pelo aspecto de autodefesa do esporte, ponto final. Em apoio à minha autodefesa, Jim me levou para o salão de boxe; ele tentou me ensinar como evitar ser atingido.

Foi interessante: eu nunca aprendi a dar um soco decente, mas Jim me ensinou a me proteger – a não ser atingido com tanta força. De vez em quando, um dos socos de Jim me atingia com um pouco mais de força do que ele havia pretendido; ele sempre se desculpava.

No salão de luta livre, também, fui castigado ocasionalmente (embora acidentalmente) – um lábio cortado, o nariz sangrando, um dedo torcido. Como eu estava me concentrando muito nas várias maneiras de aplicar (e esconder) o meu *duck-under*, estava dando um bocado de cabeçadas; você não escapa de dar algumas cabeçadas se gosta de levar uma gravata. Arthur me deu uma cabeçada sem querer e eu levei alguns pontos no supercílio direito.

Bem, vocês deveriam ter ouvido o que Larry, Elaine e todos os outros disseram.

– Macho Man – Larry passou um tempo me chamando.

– Você me disse que todos são simpáticos com você, certo, Billy? – Elaine perguntou. – Essa foi apenas uma cabeçada cordial, hã?

Mas – apesar da implicância desses amigos do meu mundo de escritor – eu estava aprendendo mais alguns golpes de luta livre. E também estava ficando muito melhor no *duck-under*.

"O homem de um golpe só", Arthur tinha me chamado nos meus primeiros tempos naquele salão de luta livre – mas, com o passar do tempo, aprendi mais alguns golpes. Deve ter sido chato para os outros lutadores me terem como parceiro de treino, mas eles não se queixaram.

Para minha surpresa, três ou quatro dos veteranos me deram algumas dicas. (Talvez eles gostassem de eu ter ficado longe da sauna.) Havia um bom número de lutadores na casa dos quarenta anos – uns poucos na casa dos cinquenta, uns caras durões. Havia rapazes recém-saídos da universidade; havia alguns pretendentes às Olimpíadas e antigos participantes de Olimpíadas. Havia russos que haviam desertado (um cubano, também); havia muitos oriundos do Leste Europeu, mas só dois iranianos. Havia caras que lutavam estilo greco-romano e caras que lutavam estilo livre – estes últimos estavam principalmente no grupo dos jovens e dos veteranos.

Ed me mostrou como uma puxada de perna podia facilitar o meu *duck-under*; Wolfie me ensinou uma série de chaves de braço; Sonny me mostrou a chave de braço russa e um violento golpe baixo. Eu escrevi para o treinador Hoyt contando sobre o meu progresso. Herm e eu sabíamos que eu jamais me tornaria um lutador – já com trinta e tantos anos de idade –, mas eu estava aprendendo a me *proteger*. E eu gostava da rotina de treinar luta livre todo dia às sete da noite.

– Você está se tornando um gladiador! – Larry tinha dito; excepcionalmente, ele não estava me gozando.

Até Elaine abandonou seus medos quase constantes.

– Seu corpo está diferente, Billy, você sabe disso, não sabe? Eu não estou dizendo que você é um desses ratos de academia que estão fazendo isso por motivos estéticos – eu sei que você tem outras razões, – mas você está começando a ficar um pouco assustador – Elaine disse.

Eu sabia que não era "assustador" – para ninguém. Mas, com o final da velha década e o início dos anos 80, eu me dei conta de que tinha me livrado de alguns antigos e arraigados medos e apreensões.

É bom dizer que Nova York não era uma cidade segura nos anos 80; pelo menos não era nem de longe tão "segura" quanto se tornou. Mas eu, pessoalmente, me sentia mais seguro – ou mais seguro de quem eu era – do que jamais me sentira antes. Eu tinha até começado a achar que os temores que a Srta. Frost tinha por mim eram infundados, ou então ela tinha morado tempo demais em Vermont; talvez ela tivesse razão em temer pela minha segurança em Vermont, mas não em Nova York.

Às vezes eu não tinha vontade de ir ao treino de luta livre no NYAC, mas Arthur e muitos outros tinham se esforçado para que eu me sentisse bem-vindo lá. Eu não queria desapontá-los, entretanto, cada vez mais, eu pensava: do que você precisa se defender? De quem você *precisa* se defender?

Havia um movimento acontecendo para que eu me tornasse membro oficial do New York Athletic Club; eu mal consigo me lembrar do processo agora, mas foi muito complicado e levou muito tempo.

– Um título de sócio vitalício é o que deve ser, você não imagina se mudar de Nova York, imagina, Billy? – Arthur tinha perguntado; ele estava apadrinhando a minha candidatura. Seria exagero dizer que eu era um escritor famoso, mas, com um quarto livro prestes a ser publicado, pelo menos eu era um escritor conhecido.

E o dinheiro também não importava. Vovô Harry estava excitado por eu estar "continuando a treinar luta livre" – meu palpite é que Herm Hoyt tinha conversado com ele. Harry disse que teria prazer em pagar a taxa para eu me tornar sócio vitalício.

– Não se exponha muito, Arthur, não mais do que já se expôs – eu disse a ele. – O clube tem sido bom para mim, mas não quero que você se afaste de pessoas ou perca amigos por minha causa.

– Você é uma barbada, Billy – Arthur disse. – Não é nada de mais ser gay.

– Eu sou bi... – comecei a dizer.

– Quer dizer, bi não é nada de mais, Billy – Arthur disse. – Não é mais como *era*.

– Não, acho que não – eu disse, pelo menos era o que parecia, na virada de 1980 para 1981.

Como uma década podia escorregar despercebida para outra era um mistério para mim, embora esse período fosse marcado pela morte de Nils Borkman – e o suicídio subsequente da Sra. Borkman.

– *Ambas* as mortes foram suicídios, Bill – Vovô Harry tinha sussurrado para mim pelo telefone, como se o telefone dele estivesse grampeado.

Nils tinha oitenta e oito anos, e logo faria oitenta e nove, caso vivesse até 1981. Era a temporada regular de caça ao veado – isso foi pouco antes do Natal de 1980 –, e Nils tinha arrancado a parte de trás da cabeça com uma carabina .30-30 enquanto atravessava as pistas de atletismo da Favorite River Academy nos seus esquis cross-country. Os estudantes já tinham ido para casa para as férias de Natal, e Nils tinha ligado para o seu velho adversário Chuck Beebe – o guarda-caça que se opunha a Nils e a Vovô Harry em relação a tornar a caça ao veado um evento com dois desportos simultâneos.

– Caçadores furtivos, Chuck! Eu os vi com meus próprios olhos, nas pistas de atletismo da Favorite River. Eu estou indo agora mesmo atrás deles! – Nils tinha gritado ao telefone com urgência na voz.

– O quê? *Mais devagar!* – Chuck tinha gritado de volta. – Existem caçadores furtivos na temporada de caça aos veados? O que estão usando, metralhadoras ou algo semelhante? Nils? – O guarda-caça tinha perguntado. Mas Nils tinha desligado o telefone. Quando Chuck encontrou o corpo, parecia que o rifle tinha sido disparado enquanto Nils estava pegando a arma, que estava atrás dele. Chuck quis declarar o tiro como tendo sido um acidente, porque havia muito que ele acreditava que o modo de Nils e Vovô Harry caçarem veados era perigoso.

Nils tinha sabido perfeitamente bem o que estava fazendo. Ele normalmente caçava veados com um .30-06. A carabina .30-30, mais leve, era o que Vovô Harry chamava de uma "arma velhaca". (Harry caçava veados com ela; ele dizia que os veados eram uns velhacos.) A carabina tinha um cano mais curto; Harry sabia que era mais fácil para Nils acertar a própria nuca com a .30-30.

– Mas *por que* Nils se matou? – eu tinha perguntado ao Vovô Harry.

– Bem, Bill, Nils era norueguês – Vovô Harry tinha dito; ele levou vários minutos para se lembrar que não tinha me contado que Nils estava com um câncer inoperável.

– Ah.

– A *Sra.* Borkman vai ser a próxima a ir, Bill – Vovô Harry anunciou dramaticamente. Nós sempre tínhamos brincado sobre a Sra. Borkman ser uma mulher de Ibsen, mas, dito e feito, ela se matou no mesmo dia. – Como Hedda, com um revólver, na têmpora! – Vovô Harry tinha dito com admiração, num telefonema não muito mais tarde.

Eu não tenho dúvidas de que perder seu sócio e velho amigo, Nils, precipitou o declínio de Vovô Harry. É claro que Harry tinha perdido a esposa e as únicas filhas, também. Por isso, Richard e eu em breve iríamos nos aventurar pela via da moradia assistida, internando Vovô Harry no Retiro, onde as aparições "surpresa" de Harry vestido de mulher em breve iriam torná-lo um hóspede incômodo. E – ainda no início de 1981, conforme me recordo – Richard e eu iríamos levar Vovô Harry de volta para a sua casa em River Street, onde Richard e eu contratamos uma enfermeira para cuidar dele. O nome da enfermeira era Elmira; não só ela tinha boas lembranças de Harry no palco fazendo papel *de mulher* (quando Elmira era pequena), como Elmira até ajudava Vovô Harry a escolher o vestido do dia no seu bem abastecido estoque de roupas de Nana Victoria.

Também ainda estava relativamente no começo daquele ano (1981) quando o Sr. Hadley deixou a Sra. Hadley; o que aconteceu foi que ele fugiu com uma aluna recém-formada da Favorite River Academy. A garota estava no primeiro ano da faculdade – não me lembro qual. Ela largou a faculdade para viver com o Sr. Hadley, que tinha sessenta e um anos – a mesma idade da Sra. Hadley, que tinha a idade da minha mãe. Ela era dez anos mais velha do que Richard Abbott, mas Elaine devia estar certa ao dizer que a mãe sempre amara Richard. (Elaine normalmente estava certa.)

– Que *melodrama* – Elaine disse impacientemente, quando, logo no verão de 1981, a Sra. Hadley e Richard foram viver juntos. Uma velha hippie como era, Martha Hadley se recusou a tornar a se casar, e Richard (tenho certeza) ficou feliz apenas em estar na presença não queixosa da Sra. Hadley. Richard Abbott não estava ligando para se casar de novo.

Além disso, ambos sabiam que se *não* se casassem seriam convidados a sair de Bancroft Hall. Podia ser o início dos anos 80, mas se tratava da cidade pequena de Vermont, e Favorite River tinha a sua cota de regras de colégio interno. Um casal não casado, vivendo junto num apartamento funcional de uma escola de ensino médio – bem, isso seria impossível. Tanto a Sra. Hadley quanto Richard estavam fartos de morar num dormitório só de rapazes; Elaine e eu não duvidávamos disso. É inteiramente possível que Richard Abbott e Martha Hadley tenham decidido que seriam loucos se se casassem; ao escolher viver em pecado, eles se livraram de morar num dormitório!

A Sra. Hadley e Richard tiveram o verão para encontrar um lugar para morar na cidade, ou pelo menos perto de First Sister – uma casa modesta, algo que dois professores de ensino médio pudessem pagar. O lugar que acharam ficava em River Street, pertinho do que antes fora a Biblioteca Pública de First Sister – agora a associação histórica. A casa tinha passado por uma sucessão de donos nos últimos anos; ela precisava de alguns reparos, Richard me disse meio hesitante no telefone.

Eu percebi a hesitação dele; se era de dinheiro que ele precisava, eu teria dado de bom grado para ele o que pudesse, mas fiquei surpreso por Richard não ter pedido primeiro ao Vovô Harry. Harry amava Richard, e eu sabia que Vovô Harry tinha aceitado bem o fato de Richard ir morar com Martha Hadley.

– A casa não fica a mais de dez minutos a pé da casa de Vovô Harry, Bill – Richard disse ao telefone. Eu pude ver que ele estava protelando.

– Onde é, Richard? – perguntei a ele.

– É a antiga casa dos Frost, Bill – Richard disse. Dada a história dos diversos donos recentes e pouco confiáveis, nós dois sabíamos que não devia ter restado nenhum traço da Srta. Frost. A Srta. Frost desaparecera, tanto Richard Abbott quanto eu sabíamos disso. Entretanto, o fato de a casa ser "a antiga casa dos Frost" era um olhar de relance para a escuridão, a escuridão *passada*, pensei na hora. Eu não percebi nenhum prenúncio de uma escuridão *futura*.

Quanto ao meu segundo aviso de que uma calamidade estava a caminho, eu simplesmente não o enxerguei. Não chegou nenhum cartão de Natal da família Atkins em 1980; eu não notei. Quando um cartão chegou – bem depois das festas, e ainda proclamando "Boas-Festas" –, eu me lembro de ter ficado surpreso por Tom não ter incluído uma resenha do meu quarto romance. (O livro ainda não tinha sido publicado, mas eu tinha mandado uma cópia das provas para Atkins; achei que um admirador tão fiel dos meus livros merecia uma prévia. Afinal, ninguém mais tinha me comparado favoravelmente a Flaubert!)

Mas não havia nada anexado ao cartão de Boas-Festas, que chegou em fevereiro de 1981 – pelo menos eu acho que foi por essa época. Notei que as crianças e o cachorro pareciam mais velhos. O que me espantou foi o quanto o pobre Tom parecia ter envelhecido; era quase como se ele tivesse envelhecido vários anos entre um Natal e outro.

Meu palpite foi que a foto tinha sido tirada durante uma viagem da família para esquiar – todo mundo estava usando roupas de esqui, e Atkins usava até um gorro de esqui. Eles tinham levado o cachorro para *esquiar*!, pensei, espantado.

As crianças pareciam bronzeadas – a esposa também. Recordando o quanto Tom era branco, ele provavelmente teve que tomar cuidado com o sol; por isso eu não vi nada de mais no fato de Tom não estar bronzeado. (Conhecendo Atkins, ele tinha provavelmente prestado atenção nos primeiros alertas a respeito de câncer de pele e na importância de usar filtro solar – ele sempre fora um rapaz que prestava atenção a todos os alertas.)

Mas havia algo cinzento no tom de pele de Tom, eu pensei – não que eu conseguisse ver muita coisa do rosto dele, porque o estúpido gorro de esqui de Atkins cobria suas sobrancelhas. No entanto, eu pude ver – só por aquela visão parcial do rosto do pobre Tom – que ele tinha perdido peso. Um bocado de peso, imaginei, mas devido às roupas de esqui, não dava para ver direito. Talvez Atkins tivesse tido sempre o rosto encovado.

Entretanto, eu tinha contemplado aquele cartão de Natal atrasado por muito tempo. Havia algo que eu nunca tinha visto antes na expressão da esposa de Tom. Como era possível, numa simples expressão, demonstrar um medo tanto do desconhecido quanto do conhecido?

A expressão da Sra. Atkins me lembrou daquela frase em *Madame Bovary* – no final do capítulo 6. (Aquela que acerta o alvo, ou o seu coração, como uma flecha – "parecia totalmente inconcebível que essa sua vida calma pudesse realmente ser a felicidade com a qual ela costumava sonhar".) A esposa de Tom não parecia amedrontada – parecia *aterrorizada*! Mas o que poderia tê-la assustado tanto?

E onde estava o sorriso que o Tom Atkins que eu conhecia raramente conseguia conter por muito tempo? Atkins tinha um sorriso imbecil, de boca aberta – com um monte de dentes e a língua de fora. Mas o pobre Tom estava com a boca bem fechada –, como um garoto que está tentando esconder o chiclete da professora, ou como alguém que sabe que tem mau hálito.

Por alguma razão, eu tinha mostrado a foto da família de Atkins para Elaine.

– Você se lembra de Atkins – eu disse, entregando o cartão de Natal atrasado para ela.

– Pobre Tom – Elaine disse automaticamente; nós dois rimos, mas Elaine parou de rir quando viu a foto. – O que há com ele – o que ele tem na *boca*?

– Não sei.

– Ele tem alguma coisa na boca, Billy, ele não quer que ninguém veja – Elaine me disse. – E o que há de errado com essas crianças?

– Com as *crianças*? – perguntei a ela. Eu não tinha notado nada de errado com as crianças.

– Eles parecem que estavam chorando – Elaine explicou. – *Jesus*, parece que choram o tempo todo!

– Deixe-me ver isso – eu disse, pegando a foto. As crianças me pareceram normais. – Atkins costumava chorar um bocado – eu disse a Elaine. – Ele era um verdadeiro bebê chorão, talvez os filhos tenham saído a ele.

– Tem paciência, Billy, alguma coisa não está normal. Quer dizer, com todos eles – Elaine disse.

– O cachorro parece normal. – (Eu só estava brincando.)

– Eu não estou falando do cachorro, Billy – Elaine disse.

Se a sua passagem pelos anos Reagan (1981-89) não foi marcada pela visão de alguém que você conhecia morrendo de Aids, então você não se lembra daqueles anos (nem de Ronald Reagan) do jeito que eu me lembro. Que década foi aquela – e nós teríamos aquele ator de segunda que andava a cavalo encarregado dela quase toda! (Em sete dos oito anos em que foi presidente, Reagan se recusou a dizer a palavra *Aids*.) Aqueles anos foram embaçados pela passagem do tempo, e pelo esquecimento consciente ou inconsciente dos piores detalhes. Algumas décadas passam depressa, outras se arrastam; o que fez os anos 80 durarem para sempre foi que os meus amigos e amantes não paravam de morrer – entrando pelos anos 90 e além. Ao chegar a 1995 – só em Nova York –, mais americanos tinham morrido de Aids do que na Guerra do Vietnã.

Foi alguns meses depois daquela conversa que Elaine e eu tivemos em fevereiro sobre a foto da família Atkins – eu sei que foi mais adiante em 1981 – que o jovem amante de Larry, Russell, ficou doente. (Eu me senti péssimo por ter descartado Russell como sendo um cara de Wall Street; eu também o tinha chamado de metido a poeta.)

Eu era um esnobe; costumava torcer o nariz para os patronos dos quais Larry vivia cercado. Mas Larry era um poeta – poetas não ganham dinheiro. Por que os poetas, e outros artistas, não teriam patronos?

PCP era o grande assassino – uma pneumonia (*Pneumocystis carinii*). No caso do jovem Russell, como ocorria frequentemente, essa pneumonia foi a primeira manifestação da Aids – um cara jovem e aparentemente saudável com tosse (ou falta de ar) e febre. Eram os raios X que não tinham boa aparência – no jargão de radiologistas e médicos, "totalmente esbranquiçado". Entretanto não havia suspeita da doença; havia, a princípio, a fase de não melhorar com antibióticos – finalmente, havia uma biópsia (ou uma lavagem pulmonar), que mostrava que a causa era PCP, aquela pneumonia insidiosa. Eles normalmente punham você tomando Bactrim; era isso que Russell estava tomando. Russell foi o primeiro paciente de Aids que eu vi definhar – e, não se esqueçam, Russell tinha dinheiro *e* tinha Larry.

Muitos escritores que conheceram Larry achavam que ele era mimado e egocêntrico – até mesmo afetado. Eu incluo, envergonhado, o meu antigo eu nessa categoria de observadores de Lawrence Upton. Mas Larry era uma daquelas pessoas que melhoram numa crise.

– Devia ser *eu*, Billy – Larry me disse quando visitei Russell pela primeira vez. – Eu já vivi muito, Russell está apenas começando a viver. – Russell foi tratado em casa na sua imponente mansão de Chelsea; ele tinha sua própria enfermeira. Tudo isso era novidade para mim na época, o fato de Russell ter escolhido não ser colocado num respirador permitiu que ele fosse tratado em casa. (Intubação em casa é problemático; é mais fácil pôr a pessoa num respirador no hospital.) Mais tarde eu vi e me lembrei daquela gosma de gel de xilocaína na ponta do tubo endotraqueal, mas não no caso de Russell; ele não foi intubado em casa.

Eu me lembro de Larry dando comida na boca de Russell. Eu podia ver aquelas manchas de Candida na boca de Russell, e sua língua toda branca.

Russell tinha sido um rapaz lindo; o rosto dele logo ficou desfigurado com lesões de sarcoma de Kaposi. Uma lesão cor de violeta pendia de uma das sobrancelhas de Russell, parecendo um lóbulo carnudo de orelha fora do lugar; outra lesão arroxeada caía do nariz de Russell. (Esta era tão grande que Russell mais tarde preferiu escondê-la atrás de uma bandana.) Larry me disse que Russell referia-se a si mesmo como "o peru" – por causa dos sarcomas de Kaposi.

– Por que eles são tão jovens, Bill? – Larry vivia me perguntando – quando "eles", a quantidade de rapazes que estavam morrendo em Nova York, tinham nos feito entender que Russell era apenas o começo.

Nós vimos Russell envelhecer, em apenas poucos meses – seu cabelo ficou ralo, sua pele ficou acinzentada, ele frequentemente ficava coberto com uma camada de suor frio, e suas febres não passavam. A Candida desceu para a sua garganta, depois para o esôfago; Russell tinha dificuldade para engolir e seus lábios tinham uma crosta branca e estavam rachados. Os nodos linfáticos no seu pescoço cresceram. Ele mal conseguia respirar, mas Russell se recusava a ir para o respirador (ou para o hospital); no fim, ele fingia tomar o Bactrim – Larry encontrava os comprimidos espalhados pela cama de Russell.

Russell morreu nos braços de Larry; eu tenho certeza de que Larry desejou que tivesse sido o contrário. (– Ele não pesava nada – Larry disse.) Naquela altura, Larry e eu já estávamos visitando amigos no St. Vincent's Hospital. Como Larry previu, o St. Vincent ficaria tão lotado que você não conseguia ir visitar um amigo, ou um antigo amante, e não encontrar alguém que você conhecia. Você olhava para dentro de um quarto, e havia alguém que não sabia que estava doente; mais de uma vez, segundo Larry, ele tinha encontrado gente que ele não sabia que era *gay*!

Mulheres descobriam que seus maridos tinham transado com homens – só quando os maridos estavam morrendo. Pais ficavam sabendo que seus jovens filhos estavam morrendo antes de saber (ou de concluir) que seus filhos eram gays.

Só umas poucas amigas minhas foram infectadas – não muitas. Eu fiquei apavorado com Elaine; ela tinha dormido com alguns homens que eu sabia que eram bissexuais. Mas dois abortos tinham ensinado Elaine a insistir em camisinhas; segundo ela, nenhuma outra coisa conseguia evitar que ela engravidasse.

Nós tínhamos tido uma conversa anterior sobre camisinhas; quando começou a epidemia de Aids, Elaine tinha me perguntado:

– Você ainda é um cara que usa camisinha, certo, Billy? (Desde 1968!, eu tinha dito a ela.)

– Eu devia estar morto – Larry disse. Ele não estava doente; parecia saudável. Eu também não estava doente. Nós ficamos de dedos cruzados.

Foi ainda em 1981, perto do final do ano, que houve aquele episódio de sangramento no salão de luta livre do New York Athletic Club. Não tenho certeza se todos os lutadores sabiam que o vírus da Aids era transmitido principalmente pelo sangue e pelo sêmen, porque houve um tempo em que as pessoas que trabalhavam em hospital tinham medo de pegar a doença por meio de tosse ou espirro, mas no dia em que o meu nariz sangrou no salão de luta livre todo mundo já sabia o suficiente para ter pavor de sangue.

Isso acontece com frequência na luta livre: você não sabe que está sangrando até ver seu sangue no adversário. Eu estava treinando com Sonny; quando vi o sangue no ombro de Sonny, recuei.

– Você está sangrando – comecei a dizer; então eu vi a cara de Sonny. Ele estava olhando fixamente para o meu nariz sangrando. Eu pus a mão no rosto e vi o sangue, na minha mão, no meu peito, na esteira. – Ah, sou eu – eu disse, mas Sonny tinha saído do salão correndo. O vestiário, onde ficava a sala de treinamento, era em outro andar.

– Vá buscar o treinador, Billy, diga a ele que temos sangue aqui – Arthur disse. Todos os lutadores tinham parado de lutar; ninguém queria tocar no sangue que havia na esteira. Normalmente, uma hemorragia nasal *não era* nenhum problema; você simplesmente limpava a esteira com uma toalha. Sangue, num salão de luta livre, costumava não ter importância.

Sonny já tinha mandado o treinador para o salão de luta livre; o treinador chegou usando luvas de borracha e trazendo toalhas molhadas em álcool. Minutos depois, eu vi Sonny debaixo do chuveiro no vestiário – ele estava usando seu traje de luta, até os sapatos, no chuveiro. Eu esvaziei o meu armário antes de tomar banho. Eu queria dar tempo a Sonny de acabar o banho antes de eu me aproximar do banheiro. Eu estava apostando que Sonny não tinha dito ao treinador que "o escritor" tinha sangrado no salão; Sonny deve ter dito a ele que "o cara gay" estava sangrando. Eu sei que era isso que *eu* teria dito ao treinador, naquele momento.

Arthur só me viu quando eu estava saindo do vestiário; eu tinha tomado banho e me vestido, e tinha posto algumas bolas de algodão nas duas narinas – não havia uma gota de sangue à vista, mas eu estava carregando um saco de lixo verde com tudo o que havia dentro do meu armário. Consegui o saco de lixo com um cara no almoxarifado; nossa, como ele ficou feliz por eu estar indo embora!

– Você está bem, Billy? – Arthur me perguntou. Alguém estaria sempre me fazendo essa pergunta, por mais catorze ou quinze anos.

– Eu vou retirar minha candidatura a sócio vitalício, Arthur, se você não se importar – eu disse. – As regras de vestuário deste lugar são uma chateação para um escritor. Eu não uso paletó e gravata para escrever. No entanto, tenho que vestir paletó e gravata para poder passar pela porta aqui, só para tirar a roupa para treinar.

– Eu compreendo perfeitamente, Billy. Só espero que você vá ficar bem – Arthur disse.

– Eu não posso pertencer a um clube com regras de vestuário tão rígidas. Isso não está certo para um escritor – eu disse a ele.

Alguns dos outros lutadores estavam entrando no vestiário depois do treino – Ed e Wolfie e Jim, meus antigos parceiros de treino, dentre eles. Todo mundo viu que eu estava segurando o saco plástico verde; eu não precisei dizer a eles que aquele era o meu último treino de luta.

Eu saí do clube pela porta dos fundos. É estranho andar pelo Central Park South carregando um saco de lixo. Eu saí do New York

Athletic Club na rua 58 West, onde havia algumas ruelas estreitas que serviam para entrega de mercadorias nos hotéis do Central Park South. Eu sabia que iria achar uma lata de lixo para jogar o meu saco plástico, e o que resumia a minha vida como lutador principiante no início da crise da Aids.

Foi pouco depois da desonrosa hemorragia nasal que acabou com a minha carreira de lutador que Larry e eu fomos jantar no centro e ele me contou que tinha ouvido dizer que os que ficavam por baixo eram mais propensos a pegar a doença do que os ficavam por cima. Eu conhecia caras que iam por cima que tinham pegado a doença, mas mais caras que iam por baixo estavam doentes – isso era verdade. Eu nunca soube como Larry conseguia "ouvir dizer" tudo, mas ele ouvia certo a maior parte das vezes.

– Sexo oral não é tão arriscado, Bill, só para você saber. – Larry foi a primeira pessoa a me dizer isso. É claro que Larry parecia saber (ou presumia) que o número de parceiros sexuais em sua vida era um fator. Ironicamente, eu não soube por Larry do fator *camisinha*.

Larry tinha reagido à morte de Russell tentando ajudar todo rapaz jovem que ele sabia que estava morrendo; Larry tinha um estômago bem mais forte do que o meu para visitar pacientes de Aids que conhecíamos no St. Vincent, e sob cuidados intensivos em casa. Eu sentia que estava me retraindo, assim como via que as pessoas estavam me evitando – não apenas os meus colegas de luta livre.

Rachel tinha batido em retirada imediatamente.

– Ela deve achar que pode pegar a doença dos seus *textos*, Billy – Elaine disse.

Elaine e eu tínhamos falado em sair de Nova York, mas o problema de morar por um tempo em Nova York é que muitos nova-iorquinos não conseguem imaginar que exista outro lugar onde possam morar.

À medida que mais amigos nossos contraíam o vírus, Elaine e eu imaginávamos estar com uma ou outra das doenças oportunistas associadas à Aids. Elaine passou a ter suores noturnos. Eu acordava imaginando sentir as placas brancas da Candida incrustadas nos meus dentes. (Eu admiti para Elaine que acordava várias vezes durante a noite e olhava a minha boca no espelho – com uma lanterna!) E havia aquela dermatite soborreica; ela tinha uma aparência gordurosa e descascava – e aparecia principalmente nas sobrancelhas e no couro cabeludo, e dos lados do nariz. A herpes podia correr solta nos seus lábios; as úlceras simplesmente não cicatrizavam. Havia também aqueles cachos de molusco; eles pareciam catapora – e podiam cobrir todo o seu rosto.

E há certo cheiro no seu cabelo quando ele fica molhado de suor e achatado pelo travesseiro. Não é só o fato de o seu cabelo parecer transparente e ter um cheiro estranho. É o sal que seca e endurece na sua testa, da febre implacável e do suor incessante; são suas mucosas também – elas ficam cobertas de fungos. É um cheiro afermentado, mas também adocicado – como de coalhada ou de mofo ou de orelha de cachorro quando está molhada.

Eu não tinha medo de morrer; eu tinha medo de me sentir culpado, para sempre, porque *não* estava morrendo. Eu não conseguia aceitar que pudesse escapar do vírus da Aids por uma razão tão acidental quanto ter sido instruído a usar camisinha por um médico que não gostava de mim, ou que a pura sorte de ser um cara que gostava de ir por cima iria me salvar. Eu *não* tinha vergonha da minha vida sexual; eu tinha vergonha de mim mesmo por não querer *estar junto* das pessoas que estavam morrendo.

– Eu não sou bom nisso. Você é que é – eu dizia a Larry; eu estava me referindo a mais do que ficar de mãos dadas e bater papo.

A meningite criptococa era causada por um fungo; ela afetava o seu cérebro e era diagnosticada por meio de uma punção lombar – ela era acompanhada de febre, dor de cabeça e confusão mental. Havia outra doença da medula espinhal, uma mielopatia que causava fraqueza progressiva – perda da função das pernas, incontinência. Havia pouco que se podia fazer a respeito – mielopatia vacuolar, ela era chamada.

Eu estava vendo Larry esvaziar a comadre de um amigo nosso que estava com essa terrível mielopatia; eu estava realmente maravilhado com Larry – ele tinha se tornado um santo –, quando percebi de repente que não tinha dificuldade em pronunciar a palavra *mielopatia*, ou qualquer outra palavra associada à Aids. (Aquela pneumonia pneumocística, por exemplo – eu conseguia pronunciá-la. Sarcoma de Kaposi, aquelas lesões terríveis, não me causavam problema de pronúncia; eu conseguia dizer "meningite criptococa" como se ela não fosse mais do que um simples resfriado. Eu não hesitava nem mesmo em pronunciar "citomegalovirus" – uma das causas principais de cegueira em Aids.)

– Eu devia ligar para a sua mãe – eu disse a Elaine. – Pareço estar tendo um grande progresso em relação aos meus problemas de pronúncia.

– É só porque você está se distanciando dessa doença, Billy – Elaine disse. – Você é como eu, imagina a si mesmo olhando para tudo isso de fora.

– Eu devia ligar para a sua mãe – repeti, mas sabia que Elaine estava certa.

– Vamos ouvir você dizer "pênis" Billy.
– Isso não é justo, Elaine, isso é diferente.
– Diga – Elaine disse.

Mas eu sabia como iria soar. Foi, é, e sempre será *penith* para mim; algumas coisas nunca mudam. Não tentei dizer a palavra *pênis* para Elaine.

– Caralho – eu disse para ela.

Também não liguei para a Sra. Hadley para falar sobre o meu progresso em termos de pronúncia. Eu *estava* tentando me distanciar da doença – mesmo quando a epidemia estava apenas começando. Eu já estava me sentindo culpado por não estar doente.

O cartão de Natal de 1981 dos Atkins chegou a tempo naquele ano. Nada de um genérico "Boas-Festas" mais de um mês atrasado, mas um firme "Feliz Natal" em dezembro.

– Uau – Elaine disse, quando eu mostrei a foto de família de Atkins para ela. – Onde está o Tom?

Atkins não estava na foto. Os nomes da família estavam impressos no cartão de Natal em pequenas letras maiúsculas: TOM, SUE, PETER, EMILY & JACQUES ATKINS. (Jacques era o labrador; Atkins tinha batizado o cão em homenagem a Kittredge!) Mas Tom não estava na foto da família.

– Talvez ele não estivesse se sentindo muito fotogênico – eu disse para Elaine.

– A cor dele não estava muito boa no último Natal, estava? E ele tinha perdido um bocado de peso – Elaine disse.

– O gorro de esqui estava escondendo o cabelo e as sobrancelhas dele – acrescentei. (Não tinha havido uma resenha de Tom Atkins do meu quarto romance, eu tinha observado. Eu duvidava que Atkins tivesse mudado de ideia sobre *Madame Bovary*.)

– Que merda, Billy – Elaine disse. – O que você acha da mensagem?

A mensagem, que estava escrita à mão nas costas da foto de Natal, era da esposa. Não havia muita informação nela, e não era muito típica de Natal.

Tom mencionou você. Ele gostaria de vê-lo.
Sue Atkins

– Eu acho que ele está morrendo, é isso que acho – eu disse a Elaine.

– Eu vou com você, Billy, Tom sempre gostou de mim – Elaine disse.

Elaine tinha razão – o pobre Tom sempre a adorara (e a Sra. Hadley) – e, não muito diferentemente do que ocorria nos velhos tempos, eu me sentia mais corajoso na companhia de Elaine. Se Atkins estava morrendo de Aids, eu tinha certeza de que a esposa dele já devia saber tudo sobre aquele verão vinte anos atrás, quando Tom e eu estivemos juntos na Europa.

Naquela noite, liguei para Sue Atkins. Soube que Tom estava sob cuidados intensivos em sua casa em Short Hills, New Jersey. Eu nunca soube o que Atkins fazia, mas sua esposa me disse que Tom tinha sido presidente de uma companhia de seguros; ele tinha trabalhado na cidade de Nova York, cinco dias por semana, por mais de uma década. Eu imaginei que ele nunca tivesse desejado me encontrar para um almoço ou jantar, mas fiquei surpreso quando Sue Atkins disse que achava que o marido estivera se encontrando comigo; aparentemente, havia noites em que Tom não voltava para New Jersey a tempo para o jantar.

– Não era comigo que ele estava se encontrando – eu disse à Sra. Atkins. Mencionei que Elaine também queria visitar Tom, se não fôssemos "incomodar", foi o que eu disse.

Antes que eu pudesse explicar quem era Elaine, Sue Atkins disse:
– Sim, sem problema, eu sei tudo sobre Elaine. – (Eu não perguntei à Sra. Atkins o que ela sabia sobre mim.)

Elaine estava dando aula naquele período – corrigindo trabalhos finais, expliquei ao telefone. Talvez nós pudéssemos ir a Short Hills num sábado; não haveria tanta gente no trem, eu estava pensando.

– As crianças vão estar em casa da escola, mas isso não vai fazer diferença para Tom – Sue disse. – Certamente Peter sabe quem você é. Aquela viagem à Europa. – Ela emudeceu. – Peter sabe o que está acontecendo, e ele é muito apegado ao pai – a Sra. Atkins recomeçou. – Mas Emily, bem, ela é mais nova. Eu nunca tenho certeza do quanto Emily sabe realmente. Você não pode fazer muito para neutralizar o que seus filhos escutam na escola das outras crianças, quando eles não contam para você o que as outras crianças estão dizendo.

– Eu sinto muito pelo que você está passando – eu disse à esposa de Tom.

– Eu sempre soube que isso poderia acontecer. Tom foi muito franco sobre o passado dele – Sue Atkins disse. – Eu só não sabia que ele tinha voltado a ele. E essa doença terrível. – Ela tornou a emudecer.

Eu estava olhando para o cartão de Natal enquanto falávamos ao telefone. Não sou muito bom em calcular idade de meninas. Eu não sabia quantos anos Emily tinha; só sabia que ela era a mais nova. Eu estava calculando que o menino, Peter Atkins, tivesse catorze ou quinze anos – mais ou menos a mesma idade que o pobre Tom tinha quando o conheci e achei que ele era um perdedor que não conseguia nem pronunciar a palavra tempo. Atkins tinha me dito que tinha me chamado de Bill em vez de Billy porque tinha notado que Richard Abbott sempre me chamava de Bill, e todo mundo podia ver o quanto eu amava Richard.

O pobre Tom também tinha me confessado que tinha ouvido a declaração de Martha Hadley, quando eu estava no consultório dela e Atkins estava esperando a vez dele. "Billy, Billy, você não fez nada *errado*!" a Sra. Hadley tinha exclamado, alto o bastante para Atkins ter ouvido através da porta fechada. (Foi quando contei a Martha Hadley sobre a atração que sentia por outros rapazes e homens, inclusive minha atração um tanto diminuída por Richard e minha atração muito mais devastadora por Kittredge.)

O pobre Tom me contou que ele tinha achado que eu estava tendo um caso com a Sra. Hadley!

– Eu acreditei que você tinha *ejaculado* no consultório dela, ou algo assim, e que ela estava tentando tranquilizar você, dizendo que você não tinha feito nada errado, foi isso que achei que ela quis dizer com a palavra *errado*, Bill – Atkins tinha confessado para mim.

– Como você é *idiota*! – eu tinha dito a ele; agora eu me sentia envergonhado.

Perguntei à Sue Atkins como Tom estava indo – eu estava me referindo àquelas doenças oportunistas que eu já conhecia, e quais os remédios que Tom estava tomando. Quando ela disse que ele tinha tido urticária por causa do Bactrim, soube que o pobre Tom estava sendo tratado de pneumonia *pneumocística*. Como Tom estava sendo tratado em casa, ele não estava num respirador; a respiração dele devia estar difícil e ofegante – eu soube disso, também.

Sue Atkins também disse que era muito difícil para Tom comer.

– Ele tem dificuldade para engolir – ela me disse. (Só por me dizer isso, ela teve que abafar uma tosse, ou talvez tenha ficado engasgada; ela de repente pareceu ofegante.)

– É por causa da Candida que ele não consegue comer? – perguntei.

– Sim, é candidíase esofágica – a Sra. Atkins disse, com a terminologia parecendo muito familiar para ela. – E, isto é *razoavelmente* recente – ele usa um cateter de Hickman.

– Há quanto tempo ele usa o Hickman? – perguntei à Sra. Atkins.

– Ah, só desde o mês passado – ela me disse. Então ele estava sendo alimentado pelo cateter, desnutrição. (Com Candida, a dificuldade para engolir geralmente respondia a fluconazol ou a anfotericina B – a menos que o fungo tivesse se tornado resistente.)

– Quando eles põem você num Hickman para fazer superalimentação, Bill, você está provavelmente morrendo de desnutrição – Larry tinha me dito.

Eu não conseguia parar de pensar no menino, Peter; no cartão de Natal, ele me lembrava o Tom Atkins que eu tinha conhecido. Imaginei que Peter poderia ser o que o pobre Tom tinha uma vez descrito como "como nós". Eu estava pensando se Atkins tinha notado que o filho dele era "como nós". Foi assim que Tom falou, anos antes: "Nem todo mundo aqui entende pessoas como nós", ele tinha dito, e eu tinha me perguntado se Tom estaria dando em cima de mim. (Tinha sido a primeira vez que um menino *como eu* tinha dado em cima de mim.)

– Bill! – Sue Atkins disse severamente, ao telefone. Percebi que eu estava chorando.

– Desculpe – eu disse.

– Não ouse chorar perto de nós quando vier aqui – a Sra. Atkins disse. – Esta família já chorou o que tinha que chorar.

– Não me deixe chorar – eu disse a Elaine naquele sábado, pouco antes do Natal de 1981. As pessoas que iam fazer compras de Natal estavam indo na outra direção, para a cidade de Nova York. Não havia quase ninguém no trem para Short Hills, New Jersey, naquele sábado de dezembro.

– Como vou impedir você de chorar, Billy? Não tenho uma arma, não posso atirar em você – Elaine disse.

Eu andava um tanto nervoso com a palavra *arma*. Elmira, a enfermeira que Richard Abbott e eu tínhamos contratado para cuidar de Vovô Harry, vivia se queixando para Richard sobre "a arma". Era uma carabina Mossberg .30-30, com alavanca de ação – o mesmo tipo de rifle de cano curto que Nils tinha usado para se matar. (Eu não me lembro, mas acho que Nils tinha uma Winchester ou uma Savage, e não era de alavanca; só sei que era uma carabina .30-30.)

Elmira tinha reclamado que Vovô Harry "limpava excessivamente a maldita Mossberg"; aparentemente, Harry limpava a arma usando as roupas da Nana Victoria – diversos vestidos dela estavam manchados de óleo de lubrificar armas. O que aborrecia Elmira era toda aquela lavagem a seco.

– Ele não vai mais caçar veados de esqui, não na idade dele, ele me prometeu, mas fica limpando sem parar aquela maldita Mossberg! – ela disse a Richard.

Richard tinha falado sobre isso com Vovô Harry.

– Não faz sentido ter uma arma se você não a mantém limpa – Harry tinha dito.

– Mas talvez você pudesse usar as *suas* roupas quando fosse limpá-la, Harry – Richard tinha dito. – Você sabe, jeans, uma camisa velha de flanela. Alguma coisa que Elmira *não* tenha que mandar lavar a seco.

Harry não tinha respondido – quer dizer, não para Richard. Mas Vovô Harry disse a Elmira para não se preocupar:

– Se eu der um tiro em mim mesmo, Elmira, prometo que não vou deixar nenhuma roupa para você lavar a seco.

Agora, evidentemente, tanto Elmira quanto Richard estavam com medo que Vovô Harry fosse atirar em si mesmo, e eu não conseguia parar de pensar naquela .30-30 superlimpa. Sim, eu também estava preocupado a respeito das intenções de Vovô Harry, mas – para ser honesto com vocês – estava aliviado em saber que a maldita Mossberg estava pronta para ação. Para ser *muito* honesto com vocês, eu estava menos preocupado com Vovô Harry do que comigo. Se eu pegasse a doença, eu sabia o que ia fazer. Sendo um garoto de Vermont, eu não teria hesitado. Estava planejando ir para First Sister – para a casa de Vovô Harry em River Street. Eu sabia onde ele guardava aquela .30-30; sabia onde Harry guardava sua munição. O que meu avô chamava de uma "arma velhaca" servia muito bem para mim.

Com essa disposição, e decidido a não chorar, apareci em Short Hills, New Jersey, para visitar meu amigo moribundo, Tom Atkins, que eu não via havia vinte anos – virtualmente a metade da minha vida.

Se meu cérebro estivesse funcionando, talvez eu tivesse previsto que o menino, Peter, iria abrir a porta. Eu devia estar esperando ser recebido por alguém extremamente parecido com Tom Atkins – quando o conheci –, mas a semelhança era tal que fiquei sem fala.

– É o *filho*, Bill, diga alguma coisa! – Elaine cochichou no meu ouvido. (É claro que eu já estava fazendo um esforço enorme para não chorar.) – Oi, eu sou Elaine, este é o Billy – Elaine disse para o menino de cabelo cor de cenoura. – Você deve ser o Peter. Nós somos velhos amigos do seu pai.

– Sim, estávamos esperando vocês, por favor, entrem – Peter disse educadamente. (O garoto tinha acabado de fazer quinze anos; ele tinha se candidatado a uma vaga na Lawrenceville School e estava esperando saber se tinha entrado.)
– Nós não sabíamos a que horas vocês vinham, mas esta é uma boa hora – Peter Atkins estava dizendo enquanto nos levava para dentro. Eu tive vontade de abraçar o garoto, ele tinha usado a palavra hora duas vezes; ele não tinha nenhum problema de pronúncia relacionado a tempo, mas, naquelas circunstâncias, eu tive juízo suficiente para não tocar nele.
De um lado do elegante vestíbulo havia uma sala de jantar bastante formal – onde absolutamente ninguém comia (nem tinha jamais comido), eu estava pensando – quando o garoto nos disse que Charles tinha acabado de sair.
– Charles é o enfermeiro do meu pai – Peter estava explicando. – Charles vem cuidar do cateter, é preciso estar sempre limpando o cateter para ele não entupir – Peter disse para mim e Elaine.
– Entupir – repeti, minhas primeiras palavras na casa dos Atkins. Elaine me deu uma cotovelada nas costelas.
– Minha mãe está descansando, mas ela vai descer logo – o garoto estava dizendo. – Eu não sei onde está a minha irmã.
Nós tínhamos parado ao lado de uma porta fechada no hall.
– Aqui costumava ser o escritório do meu pai – Peter Atkins disse; o menino hesitou antes de abrir a porta. – Mas nossos quartos ficam lá em cima, papai não pode subir escadas – Peter continuou, sem abrir a porta. – Se a minha irmã estiver aqui dentro, com ele, talvez ela grite, ela só tem treze anos, quase catorze. – Ele estava com a mão na maçaneta, mas ainda não estava preparado para nos deixar entrar. – Eu peso uns 63kg – Peter Atkins disse, tentando falar com naturalidade. – Meu pai perdeu algum peso desde que vocês o viram pela última vez. – Ele está pesando quase 45kg quilos, talvez uns quarenta e poucos. – Aí ele abriu a porta.
– Eu fiquei com o coração partido – Elaine me disse depois. – O modo como aquele menino estava tentando nos preparar. – Mas como eu estava apenas começando a aprender a respeito daquela maldita doença, não havia como ser preparado para ela.

– Ah, lá está ela, minha irmã, Emily – Peter Atkins disse, quando ele finalmente nos deixou entrar no quarto onde seu pai estava morrendo.

O cão, Jacques, era um labrador cor de chocolate com um focinho grisalho – um cachorro velho, dava para ver, não só pelo focinho e pelas mandíbulas grisalhas, mas pelo modo vagaroso e desequilibrado com que o cachorro saiu de baixo da cama de hospital para nos cumprimentar. Uma de suas pernas traseiras se arrastava um pouco no chão; seu rabo só abanou ligeiramente, como se abanar o rabo fizesse doer os seus quadris.

– Jacques tem quase treze anos – Peter disse para mim e para Elaine –, isso é muita idade para um cachorro, e ele tem artrite. – O nariz frio e úmido do cachorro tocou a minha mão e depois a de Elaine; isso era tudo o que o velho labrador queria. Depois o cachorro tornou a se deitar debaixo da cama.

A menina, Emily, estava enroscada como um segundo cachorro no pé da cama de hospital do pai. Devia ser algum consolo para Tom ter a filha esquentando seus pés. Era um esforço indescritível para Atkins respirar; eu sabia que suas mãos e pés deviam estar frios – já não havia quase circulação de sangue nas extremidades de Tom, porque todo o sangue estava sendo usado para alimentar o seu cérebro.

A reação de Emily à minha entrada e de Elaine foi atrasada. Ela sentou na cama e gritou, mas com atraso; ela estava lendo um livro, que voou de suas mãos. O som das páginas esvoaçando foi abafado pelo grito da menina. Eu vi um tanque de oxigênio no quarto apertado – no que tinha sido o "escritório" de Atkins, como seu filho tinha explicado, agora convertido em leito de morte.

Também observei que o grito da filha teve pouco efeito em Tom Atkins – ele mal tinha se mexido na cama de hospital. Provavelmente doía virar a cabeça; entretanto, seu peito nu, enquanto o resto do seu corpo encolhido jazia imóvel, arfava vigorosamente. O cateter de Hickman saía do lado direito do peito de Tom, onde tinha sido inserido debaixo da clavícula; ele formava um túnel sob a pele alguns centímetros acima do mamilo, e entrava na subclave abaixo da clavícula.

– Estes são velhos amigos de papai, do tempo de escola, Emily – Peter disse irritado para a irmã mais nova. – Você sabia que eles viriam.

A menina atravessou o aposento para pegar o livro que tinha atirado longe; depois que o pegou, ela se virou e olhou furiosa. Emily olhou furiosa para mim; talvez ela estivesse olhando furiosa para Elaine e para o irmão também. Quando a menina falou, eu tive certeza de que ela estava se dirigindo só a mim, embora Elaine tentasse em vão me assegurar mais tarde, no trem, que a filha de Tom podia estar se dirigindo a qualquer um de nós dois. (Eu acho que não.)

– Você também está doente? – Emily perguntou.

– Não, não estou, sinto muito – respondi. Então a menina saiu do quarto.

– Diga a mamãe que eles estão aqui, Emily. Diga a mamãe! – Peter gritou para a irmã zangada.

– Eu *vou* dizer! – Nós ouvimos a garota gritar.

– É você, Bill? – Tom Atkins perguntou; eu o vi tentar mover a cabeça, e cheguei mais perto da cama. – Bill Abbott, você está aqui? – A voz dele era fraca e terrivelmente ofegante. Seus pulmões borbulhavam. O tanque de oxigênio deve ter sido para dar um alívio apenas ocasional (e superficial); devia haver uma máscara, mas eu não a vi, o oxigênio estava no lugar de um respirador. A morfina viria em seguida, no estágio final.

– Sim, sou eu, Bill, e Elaine veio comigo, Tom – eu disse a Atkins. E toquei a mão dele. Estava gelada e pegajosa. Eu podia ver o rosto do pobre Tom agora. Aquela dermatite seborreica gordurosa estava no seu couro cabeludo, nas suas sobrancelhas e dos dois lados do seu nariz.

– Elaine também! – Atkins disse, ofegante. – Elaine e Bill! Você está bem, Bill? – ele me perguntou.

– Sim, eu estou bem – eu disse a ele; eu nunca tinha me sentido tão envergonhado por estar "bem".

Havia uma bandeja de remédios, e outras coisas de aparência amedrontadora, na mesinha de cabeceira. (Eu me lembraria da solução de heparina por algum motivo – ela era para limpar o cateter de Hickman.) Eu vi as crostas brancas da Candida nos cantos da boca do pobre Tom.

– Eu não o reconheci, Billy – Elaine diria depois, quando estávamos voltando para Nova York. Mas como é possível reconhecer um homem adulto que só pesa quarenta e poucos quilos?

Tom Atkins e eu tínhamos trinta e nove anos, mas ele parecia um homem de mais de sessenta; seu cabelo não estava só transparente e ralo – o que restava dele estava completamente grisalho. Seus olhos estavam fundos, suas têmporas profundamente marcadas, seu rosto encovado; as narinas do pobre Tom estavam quase coladas, como se ele já conseguisse sentir o fedor do seu próprio cadáver, e sua pele esticada, que antes era tão avermelhada, estava cinzenta.

Fácies hipocrática era o termo para aquele rosto quase morto – aquela máscara da morte, que tantos dos meus amigos e amantes que tinham morrido de Aids um dia exibiriam. Era pele sobre uma caveira; a pele era tão dura e esticada que você tinha a impressão que ia rasgar.

Eu estava segurando uma das mãos frias de Tom, e Elaine estava segurando a outra – eu podia ver que Elaine estava tentando não olhar para o cateter de Hickman no peito nu de Atkins –, quando nós ouvimos a tosse seca. Por um momento, imaginei que o pobre Tom tinha morrido e sua tosse tinha de algum modo escapado do seu corpo. Mas eu vi os olhos do filho; Peter conhecia aquela tosse, e de onde ela vinha. O menino se virou para a porta do quarto – onde sua mãe estava parada, tossindo. A tosse não parecia assim tão séria, mas Sue Atkins estava tendo dificuldade para controlá-la. Elaine e eu tínhamos ouvido aquela tosse antes; os primeiros estágios da pneumonia pneumocística não soam muito mal. A falta de ar e a febre costumavam ser piores do que a tosse.

– É, eu estou doente – Sue Atkins disse; ela estava controlando a tosse, mas não conseguiu acabar com ela. – No meu caso, está apenas começando. – A Sra. Atkins estava definitivamente sem ar.

– Eu a infectei, Bill, essa é a história – Tom Atkins disse.

Peter, que tinha se mostrado tão contido, estava tentando passar sorrateiramente pela mãe e sair do quarto.

– Não, você fica aqui, Peter. Você precisa ouvir o que o seu pai tem para dizer a Bill – Sue Atkins disse ao filho; o menino estava chorando agora, mas ele recuou para dentro do quarto, ainda olhando para a porta, que sua mãe estava bloqueando.

– Eu não quero ficar, não quero ouvir... – o menino começou a dizer; ele estava sacudindo a cabeça, como se esse fosse um método comprovado de parar de chorar.

– Peter, você tem que ficar, você tem que ouvir – Tom Atkins disse. – Peter é a razão pela qual eu quis ver você, Bill. – Bill *tem* alguns traços discerníveis de responsabilidade moral, não tem, Elaine? – Tom perguntou de repente a ela. – Quer dizer, os *livros* de Bill, pelo menos os livros dele têm traços discerníveis de responsabilidade moral, não têm? Eu não conheço mais o Bill – Atkins admitiu. (Tom não conseguia dizer mais do que três ou quatro palavras sem parar para respirar.)

– Responsabilidade moral – eu repeti.

– Sim, ele tem, Bill aceita responsabilidade moral. Eu acho – Elaine disse. – E não estou me referindo *só* aos seus livros, Billy – Elaine acrescentou.

– Eu não preciso ficar, já ouvi isso antes – Sue Atkins disse de repente. – Você também não precisa ficar, Elaine. Nós podemos tentar falar com a Emily. É muito difícil falar com ela, mas ela é melhor com mulheres do que com homens, via de regra. Emily realmente *detesta* homens.

– Emily grita quase toda vez que vê um homem – Peter explicou; ele tinha parado de chorar.

– Tudo bem, eu vou com você – Elaine disse para Sue Atkins. – Eu também não sou muito fã de homens, só que não gosto nem um pouco de mulheres, de forma geral.

– Isso é interessante – a Sra. Atkins disse.

– Eu volto para me despedir – Elaine disse para Tom, quando estava saindo, mas Atkins pareceu ignorar a referência à despedida.

– É incrível como o tempo se torna fácil, quando se tem mais tempo, Bill – Tom disse.

– Onde está o Charles, ele devia estar aqui, não devia? – Peter Atkins perguntou ao pai. – Olhe só para este quarto! Por que esse tanque de oxigênio velho ainda está aqui? O oxigênio não adianta mais para ele – o menino explicou para mim. – Os pulmões precisam trabalhar para obter algum benefício do oxigênio. Se você não consegue respirar, como vai receber o oxigênio? É isso que o Charles diz.

– Peter, por favor, pare – Tom Atkins disse ao filho. – Eu pedi um pouco de privacidade para o Charles, ele vai voltar logo.

– Você está falando demais, papai – o menino disse. – Você sabe o que acontece quando tenta falar demais.

– Eu quero falar com o Bill sobre *você*, Peter – o pai disse.

– Essa parte é uma maluquice, essa parte não faz nenhum sentido – Peter disse.

Tom Atkins pareceu estar reunindo o que lhe restava de ar antes de falar comigo:

– Eu quero que você fique de olho no meu filho depois que eu me for, Bill – especialmente se Peter for "como nós", mas mesmo que ele não seja.

– Por que eu, Tom? – perguntei.

– Você não tem filhos, tem? – Atkins me perguntou. – Eu só estou pedindo para ficar de olho em um garoto. Eu não sei o que fazer em relação à Emily, talvez você não seja a melhor escolha para cuidar de Emily.

– Não, não, não – o menino disse de repente. – Emily *fica* comigo, ela vai aonde eu for.

– Você vai ter que convencê-la disso, Peter, e você sabe o quanto ela é teimosa – Atkins disse; ficava cada vez mais difícil para o pobre Tom conseguir ar suficiente. – Quando eu morrer, quando sua mãe também estiver morta, é com *este homem* que eu quero que você converse, Peter. Não com o seu avô.

Eu tinha conhecido os pais de Tom na nossa formatura em Favorite River. O pai dele tinha lançado um olhar desesperador para mim; e tinha se recusado a apertar minha mão. Aquele era o avô de Peter; ele não tinha me chamado de *bicha*, mas eu sentira que era isso que estava pensando.

– Meu pai é muito... simplório – Atkins tinha me dito na época.

– Ele devia conhecer a minha mãe – era só o que eu tinha dito.

Agora Tom estava me pedindo para ser o conselheiro do seu filho. (Tom Atkins nunca tinha sido uma pessoa muito realista.)

– Não com o seu avô – Atkins tornou a dizer para Peter.

– Não, não, não – o menino repetiu; ele tinha começado a chorar de novo.

– Tom, eu não sei como ser um pai, não tive nenhuma experiência – eu disse. – E pode ser que eu também fique doente.

– Sim! – Peter Atkins exclamou. – E se Bill ou Billy, ou que nome ele tenha, ficar *doente*?

– Acho melhor eu respirar um pouco de oxigênio, Bill, Peter sabe como fazer isso, não sabe, Peter? – Tom perguntou ao filho.

– Sim, é claro que eu sei como fazer isso – o menino disse; ele parou de chorar imediatamente. – *Charles* é quem devia estar dando oxigênio para você, papai, – e de qualquer maneira, não vai mesmo funcionar! – o menino gritou. – Você *pensa* que o oxigênio está chegando aos seus pulmões; mas não está. – Eu então vi a máscara de oxigênio, Peter sabia onde ela estava, e enquanto ele mexia no tanque de oxigênio, Tom Atkins sorriu orgulhosamente para mim.

– Peter é um menino maravilhoso – Atkins disse; eu vi que Tom não conseguiu olhar para o filho ao dizer isso, senão ele teria perdido o controle. Atkins estava tentando se segurar olhando para mim.

Da mesma forma, quando Atkins falou, eu só consegui me segurar olhando para o filho dele de quinze anos. Além do mais, como eu diria depois para Elaine, Peter se parecia mais com Tom Atkins, para mim, do que o próprio Atkins.

– Você não era tão assertivo quando eu o conheci, Tom – eu disse, mas mantive os olhos em Peter; o menino estava ajustando delicadamente a máscara no rosto irreconhecível do pai.

– O que significa "assertivo"? – Peter perguntou para mim; o pai dele riu. O riso fez Atkins engasgar e tossir, mas ele tinha realmente rido.

– O que eu quero dizer com "assertivo" é que o seu pai é uma pessoa que assume o controle de uma situação, ele é alguém que se mostra confiante numa situação em que muitas pessoas não conseguem se mostrar confiantes – eu disse para o menino. (Eu não podia acreditar que estivesse dizendo isso sobre o Tom Atkins que eu tinha conhecido, mas naquele momento era verdade.)

– Melhorou alguma coisa? – Peter perguntou ao pai, que estava tentando respirar o oxigênio; Tom estava fazendo um esforço enorme e o alívio era quase nenhum, ou foi o que me pareceu, mas Atkins conseguiu fazer sinal que sim para o filho, sem tirar os olhos de mim nem por um momento.

– Eu não acho que o oxigênio faça diferença. – Peter Atkins estava me examinando mais atentamente do que antes. Eu vi Atkins mexer algus centímetros com o braço em cima da cama; ele cutucou o filho com o braço. – Então... – o menino disse, como se fosse ideia dele, como se o pai não tivesse dito a ele: *Quando o meu velho amigo Bill estiver aqui, não deixe de perguntar a ele sobre o verão que passamos juntos na Europa*, ou algo semelhante. – Então... – o menino tornou a dizer. – Eu soube que você e meu pai viajaram juntos pela Europa. Então, como foi?

Eu sabia que iria me debulhar em lágrimas se olhasse para Tom Atkins – que tornou a rir, e tossiu, e engasgou –, então continuei olhando para a cópia de cabelo cor de cenoura de Tom, seu filho querido de quinze anos, e falei, como se também estivesse seguindo um roteiro.

– Antes de mais nada, eu estava tentando ler um livro, mas seu pai não deixava, a menos que eu lesse o livro todo em voz alta para ele.

– Você leu um livro inteiro em voz alta para ele? – Peter exclamou, incrédulo.

– Nós dois tínhamos dezenove anos, mas ele me fez ler o romance inteiro em voz alta. E seu pai *detestou* o livro, ele estava com ciúmes de um dos personagens; ele simplesmente não queria que eu passasse um minuto sequer a *sós* com ela – expliquei a Peter. O menino estava totalmente encantado agora. (Eu sabia o que eu estava fazendo – estava *representando*.)

Acho que o oxigênio estava funcionando um pouco – ou estava funcionando na cabeça de Tom –, porque Atkins tinha fechado os olhos e estava sorrindo. Era quase o mesmo sorriso idiota de que eu me lembrava, se você conseguisse ignorar a Candida.

– Como alguém pode ter ciúmes de uma mulher num romance? – Peter Atkins me perguntou. – Isso era só faz de conta, uma história inventada, certo?

– Certo – eu disse a Peter –, e ela é uma mulher infeliz. Ela é infeliz o tempo todo, e acaba tomando veneno e morrendo. Seu pai detestou até os *pés* da mulher!

– Os *pés*! – o menino exclamou, rindo mais ainda.

– Peter! – Nós ouvimos a mãe dele chamar. – Vem cá, deixa o seu pai descansar.

Mas minha apresentação estava condenada desde o início.

– Foi tudo orquestrado, a coisa toda foi ensaiada. Você sabe disso, não sabe, Billy? – Elaine me perguntaria depois, quando estávamos no trem.

– Eu sei disso *agora* – eu diria a ela. (Eu não sabia *antes*.)

Peter saiu do quarto quando eu estava só *começando*! Eu tinha muito mais o que dizer sobre aquele verão que Tom Atkins e eu passamos na Europa, mas de repente o jovem Peter se foi. Eu achei que o pobre Tom estava dormindo, mas ele tinha tirado a máscara de oxigênio da boca e do nariz, e – ainda com os olhos fechados – procurou o meu pulso com sua mão fria. (Ao primeiro toque, eu tinha achado que a mão dele era o nariz do velho cachorro.) Tom Atkins não estava sorrindo agora; ele devia saber que estávamos sozinhos. Acho que Atkins também sabia que o oxigênio não estava funcionando; que ele sabia que nunca mais funcionaria. O rosto dele estava molhado de lágrimas.

– Existe a escuridão eterna, Bill? – Atkins me perguntou. – Existe uma cara de monstro esperando lá?

– Não, não, Tom – tentei tranquilizá-lo. – Ou é *só* escuridão, *sem* monstro, sem *nada*, ou é muito brilhante, realmente a luz mais incrível, e existem muitas coisas maravilhosas para ver.

– Não há monstros em hipótese alguma, certo, Bill? – o pobre Tom me perguntou.

– Isso mesmo, Tom, não há monstros em hipótese alguma.

Eu percebi que havia alguém atrás de mim, na porta do quarto. Era Peter; ele tinha voltado – eu não sabia há quanto tempo ele estava lá, ou o que ele tinha ouvido.

– A cara do monstro no escuro está naquele mesmo livro? – o menino me perguntou. – A cara também é de mentira?

– Ah! – Atkins exclamou. – Essa é uma boa pergunta, Peter! O que você diz disso, Bill? – Então houve um ataque de tosse, e uma sufocação mais violenta; o menino correu para o pai e o ajudou a colocar a máscara de oxigênio de volta no nariz e na boca, mas o oxigênio não adiantou. Os pulmões de Atkins não estavam funcionando direito, ele não conseguia inalar ar suficiente.

– Isso é um teste, Tom? – perguntei ao meu velho amigo. – O que você quer de mim?

Peter Atkins ficou ali parado, olhando para nós. Ele ajudou o pai a tirar a máscara de oxigênio da boca.

– Quando você está morrendo, tudo é um teste, Bill. Você vai ver – Tom disse; com a ajuda do filho, Atkins estava colocando a máscara de oxigênio de volta no lugar, mas ele de repente interrompeu o processo aparentemente inútil.

– É uma história inventada, Peter – eu disse ao menino. – A mulher infeliz que se mata – até os *pés* dela são inventados. É tudo faz de conta, a cara do monstro no escuro também. É tudo *imaginado*.

– Mas isso não é "imaginado", é? – o menino perguntou para mim. – Minha mãe e meu pai estão morrendo – isso não é *imaginado*, é?

– Não. Você pode me procurar quando quiser, Peter – eu disse de repente para o menino. – Eu vou estar disponível para você, eu prometo.

– *Pronto!* – Peter gritou, não para mim, para o pai. – Eu o fiz prometer! Isso o deixa feliz? Porque a *mim* não deixa feliz!

– Peter! – a mãe dele chamou. – Deixe o seu pai *descansar*! Peter?

– Estou indo! – o menino respondeu; e saiu correndo do quarto.

Tom Atkins tinha tornado a fechar os olhos.

– Diga-me quando estivermos sozinhos, Bill – ele disse, ofegante; e afastou a máscara de oxigênio da boca e do nariz, mas eu podia ver que, por menos que o oxigênio ajudasse, ele o desejava.

– Nós estávamos sozinhos – eu disse a Atkins.

– Eu o vi – Tom murmurou com uma voz rouca. – Ele não é o que nós pensamos que ele fosse, ele é mais parecido conosco do que jamais imaginamos. Ele é *lindo*, Bill!

– *Quem* é lindo, quem é mais parecido conosco do que jamais imaginamos, Tom? – perguntei, mas eu sabia que o assunto tinha mudado; só havia uma pessoa da qual Tom e eu sempre falamos com medo e sigilo, com amor e ódio.

– Você sabe quem, Bill, eu o vi – Atkins murmurou.

– Kittredge? – murmurei de volta.

Atkins cobriu a boca e o nariz com a máscara de oxigênio; ele estava fazendo que sim com a cabeça, mas doía mexer com a cabeça e ele estava fazendo um esforço enorme só para respirar.

– Kittredge é *gay*? – perguntei a Tom Atkins, mas isso provocou um longo acesso de tosse, que foi seguido de um movimento contraditório de cabeça, afirmativo e negativo. Com minha ajuda, Atkins afastou a máscara de oxigênio da boca e do nariz, embora brevemente.

– Kittredge está *exatamente* igual à mãe dele! – Atkins disse ofegante; depois ele pôs a máscara de volta, fazendo ruídos horríveis para sugar o ar. Eu não queria agitá-lo mais do que minha presença já havia feito. Atkins tinha tornado a fechar os olhos, embora seu rosto estivesse congelado mais numa careta do que num sorriso, quando eu ouvi Elaine me chamar.

Encontrei Elaine com a Sra. Atkins e as crianças na cozinha.

– Ele não pode ficar no oxigênio sem alguém tomando conta, não por muito tempo, pelo menos – Sue Atkins disse quando me viu.

– Não, mamãe, não é exatamente isso o que Charles diz – Peter a corrigiu. – Nós só precisamos ficar verificando o tanque.

– Pelo amor de Deus, Peter, por favor, pare de me criticar! – a Sra. Atkins gritou; isso a deixou sem ar. – Aquele velho tanque deve estar *vazio*! Oxigênio não serve de nada para ele! – Ela tossiu sem parar.

– Charles não devia deixar o tanque de oxigênio ficar *vazio*! – o menino disse, indignado. – Papai não *sabe* que o oxigênio não ajuda, às vezes ele *pensa* que ajuda.

– Eu odeio o Charles – a menina, Emily, disse.

– Não odeie o Charles, Emily, nós precisamos do Charles – Sue Atkins disse, tentando recuperar o fôlego.

Eu olhei para Elaine; eu me sentia completamente perdido. Fiquei surpreso por Emily estar sentada ao lado de Elaine no sofá em frente à TV da cozinha, que estava desligada; ela estava enroscada ao lado de Elaine, que tinha o braço passado em volta dos ombros da menina de treze anos.

– Tom acredita no seu *caráter*, Bill – a Sra. Atkins disse (como se o meu *caráter* estivesse sob discussão há horas). – Tom não o vê há vinte anos, mas acredita que pode julgar o seu caráter pelos romances que você escreve.

– Que são inventados, que são, na verdade, um faz de conta, certo? – Peter me perguntou.

– Por favor, pare com isso, Peter – Sue Atkins disse com uma voz cansada, ainda tentando parar aquela tosse não tão inocente.
– Isso mesmo, Peter – eu disse.
– Todo esse tempo achei que Tom estava se encontrando com *ele* – Sue Atkins disse para Elaine, apontando para mim. – Mas Tom devia estar se encontrando com aquele outro cara, aquele pelo qual vocês *todos* eram loucos.
– Acho que não – eu disse para a Sra. Atkins. – Tom me disse que o tinha "visto", não que o *estava* "vendo". Há uma diferença nisso.
– Bem, como eu posso saber? Eu sou apenas a esposa – Sue Atkins disse.
– Você está se referindo ao Kittredge, Billy, é dele que ela está falando? – Elaine perguntou.
– Sim, o nome é esse mesmo, Kittredge. Eu acho que Tom era apaixonado por ele, acho que vocês *todos* eram – a Sra. Atkins disse. Ela estava um pouco febril, ou talvez fossem os remédios que estava tomando, não dava para saber. Eu sabia que o Bactrim tinha causado uma urticária no pobre Tom; só não sabia onde. Eu tinha uma vaga ideia dos outros possíveis efeitos colaterais do Bactrim. Eu só sabia que a Sra. Atkins tinha pneumonia pneumocística, então ela devia estar tomando Bactrim e com certeza tinha febre.
A Sra. Atkins parecia entorpecida, como se mal se desse conta de que os filhos, Emily e Peter, estavam bem ali ao lado – na cozinha.
– Ei, sou eu! – Uma voz de homem gritou do vestíbulo. A menina, Emily, gritou, mas ela não se afastou do abraço de Elaine.
– É só o Charles, Emily – o irmão, Peter, disse.
– Eu *sei* que é o Charles, eu o odeio – Emily disse.
– Parem com isso, todos dois – a mãe disse.
– Quem é Kittredge? – Peter Atkins perguntou.
– Eu também gostaria de saber quem ele é – Sue Atkins disse. – Um presente de Deus para homens *e* mulheres, eu acho.
– O que foi que Tom disse a respeito de Kittredge, Bill? – Elaine me perguntou. Eu teria gostado de ter essa conversa com ela no trem, onde estaríamos sozinhos, ou então nunca ter essa conversa com ela.
– Tom disse que tinha visto Kittredge, só isso – eu disse a Elaine. Mas eu sabia que *não* era só isso. Eu não sabia o que Atkins tinha

querido dizer, que Kittredge não era quem nós achávamos que ele era; que Kittredge era mais parecido conosco do que jamais imaginamos.

O fato de o pobre Tom achar que Kittredge estava *lindo* – bem, eu não tinha dificuldade em imaginar isso. Mas Atkins pareceu dar a entender que Kittredge era e não era gay; segundo Tom, Kittredge estava *exatamente* igual à mãe dele! (Eu não ia contar *isso* a Elaine!) Como é que o Kittredge poderia estar *exatamente* igual à Sra. Kittredge?, eu estava pensando.

Emily gritou. Devia ser Charles, o enfermeiro, eu pensei – mas não –, era Jacques, o cachorro. O velho labrador estava ali parado, na cozinha.

– É só o Jacques, Emily, ele é um *cachorro*, não é um *homem* – Peter disse com desprezo para a irmã, mas a menina não parava de gritar.

– Deixe-a em paz, Peter, Jacques é um *macho*, talvez o motivo seja esse – a Sra. Atkins disse. Mas como Emily não conseguia ou não queria parar de gritar, Sue Atkins disse para Elaine e para mim: – Bem, é mesmo inusitado ver Jacques em outro lugar que não ao lado de Tom. Desde que Tom ficou doente, aquele cachorro não o larga. Nós temos que arrastar Jacques para fora para *urinar*!

– Nós temos que oferecer uma guloseima para Jacques só para fazê-lo vir até a cozinha para *comer* – Peter Atkins estava explicando, enquanto a irmã continuava gritando.

– Imagine um labrador que você tenha que obrigar a *comer*! – Sue Atkins disse; de repente, ela olhou para o velho cachorro e começou a gritar. Agora Emily e a Sra. Atkins estavam ambas gritando.

– Deve ser o Tom, Billy, alguma coisa aconteceu – Elaine disse acima do barulho dos gritos. Ou Peter Atkins escutou o que ela disse, ou ele mesmo percebeu, ele era claramente um menino esperto.

– Papai! – o menino gritou, mas a mãe o segurou e o abraçou.

– Espere pelo Charles, Peter, Charles está com ele – a Sra. Atkins conseguiu dizer, embora sua falta de ar tivesse piorado. Jacques (o labrador) ficou ali sentado, só respirando.

Elaine e eu decidimos "não esperar por Charles". Saímos da cozinha e corremos pelo corredor até a porta agora aberta do antigo escritório de Tom. (Jacques, que – por um segundo – pareceu disposto a nos seguir, ficou para trás, na cozinha. O velho cachorro devia saber que seu dono tinha partido.) Elaine e eu entramos no quarto improvisado, onde vimos Charles debruçado sobre o corpo na cama de hospital, que o enfermeiro tinha elevado para facilitar seu trabalho. Charles estava de cabeça baixa; ele não olhou para Elaine e para mim, embora ficasse claro para nós que o enfermeiro sabia que estávamos lá.

Eu me lembrei com horror de um homem que tinha visto algumas vezes no Mineshaft, aquele clube S&M na Washington Street – com Little West Twelfth, no Meatpacking District. (Larry me diria que o clube foi fechado pela Saúde Pública, mas isso só em 1985 – quatro anos depois de a Aids aparecer –, quando eu e Elaine estávamos experimentando morar juntos em San Francisco.) O Mineshaft tinha coisas inquietantes acontecendo lá dentro: havia um balanço, para *fisting*, pendurado no teto; havia toda uma parede de buracos da glória; havia uma sala com uma banheira, onde homens recebiam jatos de urina.

O homem com quem Charles se parecia era um cara musculoso, cheio de tatuagens, com uma pele tão pálida que parecia marfim; ele tinha a cabeça raspada, uma barbicha preta na ponta do queixo, e dois brincos de diamante nas orelhas. Ele usava um colete de couro preto e um protetor de testículos, e um par de botas de motociclista bem engraxadas, e seu trabalho no Mineshaft era expulsar pessoas que precisavam ser expulsas. Ele era chamado de Mefistófeles; em suas noites "de folga" do Mineshaft, ele costumava frequentar um bar de gays negros chamado Keller's. Acho que o Keller's ficava na West Street, na esquina com a Barrow, perto do píer de Christopher Street, mas nunca fui lá – nenhum cara branco que eu conhecia ia lá. (A história que eu tinha ouvido no Mineshaft era que Mefistófeles ia ao Keller's para trepar com gays negros, ou para puxar briga com eles, e para Mefistófeles tanto fazia; a trepada e a briga eram a mesma coisa para ele, e era por isso, sem dúvida, que ele se dava bem numa espelunca S&M como o Mineshaft.)

Entretanto, o enfermeiro, que estava tratando com tanto cuidado do meu amigo morto, não era aquele mesmo Mefistófeles – nem os procedimentos que Charles realizou no corpo do pobre Tom eram de natureza sexual ou aberrante. Charles estava mexendo no cateter de Hickman que saía do peito imóvel de Atkins.

– Pobre Tommy, não me cabe remover o Hickman – o enfermeiro explicou para Elaine e para mim. – O agente funerário vai retirá-lo. Sabe, tem um punho, é como se fosse um colarinho de velcro, em volta do tubo, bem no lugar onde ele penetra na pele. As células de Tom, suas células da pele e do corpo, cresceram para dentro daquele colarinho de velcro. É isso que mantém o cateter no lugar, para ele não sair e ficar solto. Só o que o agente funerário precisa fazer é dar um puxão bem firme nele, que ele sai – Charles disse; Elaine desviou os olhos.

– Talvez nós não devêssemos ter deixado o Tom sozinho – eu disse ao enfermeiro.

– Muita gente *quer* morrer sozinha – o enfermeiro disse. – Eu sei que Tom queria ver vocês, eu sei que ele tinha algo a dizer. Aposto que ele disse, certo? – Charles perguntou para mim. E olhou para mim e sorriu. Ele era um homem forte e bonito com o cabelo cortado à escovinha e um brinco de prata na parte de cima, cartilaginosa, da orelha esquerda. Ele tinha o rosto bem barbeado, e quando sorria Charles não se parecia nada com o homem que eu conhecia como Mefistófeles, o segurança truculento do Mineshaft.

– Sim, eu acho que o Tom disse o que tinha a dizer – eu disse a Charles. – Ele queria que eu ficasse de olho em Peter.

– Sim, bem, boa sorte. Acho que isso vai depender do Peter! – Charles disse. (Eu não estivera *inteiramente* errado ao confundi-lo com um leão de chácara do Mineshaft; Charles tinha algumas das mesmas atitudes arrogantes.)

– Não, não, não – nós podíamos ouvir o jovem Peter gritando lá da cozinha. A menina, Emily, tinha parado de gritar; bem como sua mãe.

Charles estava inadequadamente vestido para dezembro em New Jersey, a camiseta preta justa exibindo seus músculos e suas tatuagens.

– Parecia que o oxigênio não estava funcionando – eu disse para Charles.

– Só estava funcionando um pouco. O problema de PCP é que ela é difusa, afeta os *dois* pulmões, e afeta a sua capacidade de levar o oxigênio para dentro dos seus vasos sanguíneos – portanto para o seu corpo – o enfermeiro explicou.

– As mãos de Tom estavam tão frias – Elaine disse.

– Tommy não quis o respirador – Charles continuou; ele parecia não aguentar mais o cateter de Hickman. O enfermeiro estava tirando as crostas de Candida da região da boca de Atkins. – Eu quero limpá-lo antes que Sue e as crianças o vejam – Charles disse.

– E a *Sra*. Atkins, a tosse dela – eu disse. – Só vai piorar, certo?

– É uma tosse seca, às vezes *não* é uma tosse. As pessoas dão importância demais à tosse. O que piora é a falta de ar – o enfermeiro disse. – Tommy ficou sem ar.

– Charles, nós queremos *vê*-lo! – a Sra. Atkins estava dizendo.

– Não, não, não – Peter continuava chorando.

– Eu *odeio* você, Charles! – Emily gritou da cozinha.

– Eu sei, benzinho! – Charles gritou de volta. – Eu só preciso que vocês me deem um segundo, todos vocês.

Eu me debrucei sobre Atkins e beijei sua testa suada.

– Eu o subestimei – eu disse para Elaine.

– Não chore agora, Billy – Elaine disse.

Eu fiquei tenso de repente, porque achei que Charles ia me abraçar ou me beijar – ou talvez apenas me puxar para longe da cama elevada –, mas ele estava apenas tentando me entregar o cartão de visitas dele.

– Ligue para mim, William Abbott, diga-me como Peter pode entrar em contato com você, se ele quiser.

– Se ele quiser – eu repeti, pegando o cartão do enfermeiro.

Normalmente, quando alguém se dirigia a mim como "William Abbott", eu sabia que a pessoa era um leitor – ou que ele (ou ela) pelo menos sabia que eu era "o escritor". Mas, além de ter certeza de que Charles era gay, não deu para saber se ele era um *leitor*.

– Charles! – Sue Atkins estava chamando, arfante.

Elaine e eu, e Charles, estávamos olhando para o pobre Tom. Não posso dizer que Tom Atkins parecia estar "em paz", mas tinha descansado daquele esforço terrível para respirar.

– Não, não, não – seu filho querido estava chorando, mais baixo agora.

Elaine e eu vimos Charles levantar os olhos de repente e olhar para a porta.

– Ah, é você, Jacques – o enfermeiro disse. – Tudo bem, você pode entrar. Venha.

Elaine e eu estremecemos. Não havia como disfarçar qual o Jacques que nós pensamos que tinha vindo dar adeus a Tom Atkins. Mas na porta não estava o *Zhak* que Elaine e eu estávamos esperando. Seria possível que, durante vinte anos, Elaine e eu tínhamos achado que tornaríamos a ver Kittredge?

Na porta, o velho cachorro estava parado – sem saber se dava seu próximo passo artrítico.

– Venha, rapaz – Charles disse, e Jacques entrou mancando no antigo escritório do seu antigo dono. Charles puxou uma das mãos frias de Tom para fora da cama e o velho labrador encostou o nariz frio nela.

Havia outras presenças na porta – que logo estariam conosco no pequeno quarto –, e Elaine e eu nos afastamos da cama do pobre Tom. Sue Atkins me deu um sorriso triste.

– Que bom tê-lo finalmente conhecido – a mulher moribunda disse. – Mantenha contato. – Como o pai de Tom, vinte anos antes, ela não apertou minha mão.

O menino, Peter, não olhou nem uma vez para mim; ele correu para o pai e abraçou o corpo reduzido dele. A menina, Emily, olhou (embora rapidamente) para Elaine; depois ela olhou para Charles e gritou. O velho cachorro ficou ali sentado – sem esperar nada – como tinha ficado sentado na cozinha.

Durante todo o longo caminho ao longo do corredor, através do vestíbulo (onde notei uma árvore de Natal sem enfeites), e até sairmos daquela casa *atormentada*, Elaine ficou repetindo uma coisa que eu não consegui ouvir direito. Na entrada estava o motorista de táxi da estação de trem, a quem tínhamos pedido que esperasse. (Para minha surpresa, só tínhamos ficado uns quarenta e cinco minutos ou uma hora na casa dos Atkins; para mim e para Elaine, era como se tivéssemos passado a metade de nossas vidas lá dentro.)

– Eu não consigo ouvir o que você está dizendo – eu disse para Elaine, quando estávamos dentro do táxi.

– O que acontece com o pato, Billy? – Elaine repetiu – suficientemente alto dessa vez, para que eu pudesse ouvir.

Tudo bem, então este é *outro* epílogo, eu estava pensando.

"Nós somos feitos da mesma matéria que os nossos sonhos, e a nossa curta vida acaba num sono", Próspero diz – ato 4, cena 1. Houve um tempo em que imaginei que *A tempestade* poderia e deveria terminar aí.

Como é que Próspero começa o epílogo? Eu estava tentando lembrar. É claro que Richard Abbott saberia, mas quando Elaine e eu chegássemos de volta a Nova York, eu sabia que não ia querer ligar para Richard. (Eu não estava preparado para contar à Sra. Hadley sobre Atkins.)

– Primeira linha do epílogo de *A tempestade* – eu disse, o mais naturalmente que pude, para Elaine, naquele táxi funéreo. – Você sabe, o final, recitado por Próspero. Como é que começa?

– "Agora os meus encantos foram todos derrubados", Elaine recitou. – É a esse trecho a que você se refere, Billy?

– Sim, esse mesmo – eu disse para a minha amiga adorada. Era exatamente assim que eu me sentia, *derrubado*.

– Tudo bem – Elaine disse, me abraçando. – Você pode chorar agora, Billy, nós dois podemos. Tudo bem.

Eu estava tentando não pensar em *Madame Bovary* – Atkins tinha odiado o livro. Vocês sabem aquele momento depois que Emma se entregou ao patife do Rodolphe – quando ela sente seu coração batendo "e o sangue correndo pelo seu corpo como um rio de leite". Como essa imagem tinha deixado Tom Atkins enojado!

Entretanto, por mais difícil que fosse para mim imaginar – tendo visto os quarenta quilos de Atkins morrendo na cama, e sua esposa condenada, cujo sangue não era um "rio de leite" em seu corpo doente –, Tom e Sue Atkins devem ter se sentido daquele jeito, pelo menos uma ou duas vezes.

– Você não está dizendo que Tom Atkins contou para você que Kittredge era *gay*, você não está me dizendo isso, está? – Elaine me perguntou no trem, como eu sabia que ela iria perguntar.

– Não, eu *não* estou dizendo isso, de fato, Tom balançou afirmativamente e sacudiu negativamente a cabeça ao ouvir a palavra *gay*. Atkins simplesmente não foi claro. Tom não disse exatamente o que Kittredge é ou era, só que ele o tinha "visto" e que Kittredge estava "lindo". E tem mais uma coisa: Tom disse que Kittredge não era o que nós pensamos que ele era, Elaine, eu não sei mais nada – eu disse a ela.

– Tudo bem. Você pergunta a Larry se ele ouviu alguma coisa a respeito de Kittredge. Eu vou checar alguns dos abrigos, se você checar o St. Vincent, Billy – Elaine disse.

– Tom não me disse que Kittredge estava *doente*, Elaine.

– Se Tom o viu, Kittredge pode estar doente, Billy. Quem sabe por onde Tom andou? Aparentemente, Kittredge esteve lá, também.

– Está bem, está bem, eu vou perguntar a Larry. Vou checar no St. Vincent – eu disse. Esperei um momento, enquanto New Jersey passava do lado de fora das janelas do nosso trem. – Você está me escondendo alguma coisa, Elaine – eu disse a ela. – O que a fez pensar que Kittredge possa ter a doença? O que é que eu não sei sobre a Sra. Kittredge?

– Kittredge gostava de experimentar, não gostava, Billy? – Elaine perguntou. – É só nisso que eu estou me baseando, ele gostava de experimentar. Ele treparia com *qualquer* pessoa, só para ver como era.

Mas eu conhecia Elaine bem demais; eu sabia quando ela estava mentindo – uma mentira de omissão, talvez, não do outro tipo –, e sabia que teria de ser paciente com ela, como ela tinha sido paciente comigo (durante anos). Elaine era uma grande contadora de histórias.

– Eu não sei o que ou quem Kittredge é, Billy – Elaine disse. (Isso soou verdadeiro.)

– Eu também não sei – eu disse.

A situação era a seguinte: Tom Atkins tinha morrido; entretanto, Elaine e eu estávamos mesmo assim pensando em Kittredge.

13

Causas não naturais

Eu ainda fico pasmo quando me lembro das expectativas impraticáveis que Tom Atkins tinha em relação ao nosso extremamente jovem romance tantos verões atrás. O pobre Tom manteve o mesmo otimismo no desespero dos seus últimos dias de vida. Tom esperava que eu pudesse ser um bom pai substituto para o seu filho, Peter – uma ideia absurda que mesmo aquele adorável menino de quinze anos sabia que jamais iria se concretizar.

Eu mantive contato com Charles, o enfermeiro da família Atkins, apenas por cinco ou seis anos – não mais. Foi Charles quem me contou que Peter Atkins foi aceito em Lawrenceville, que – até 1987, um ano ou dois depois da formatura de Peter – era uma escola só de rapazes. Comparada com diversas escolas de ensino médio da Nova Inglaterra – inclusive a Favorite River Academy –, Lawrenceville demorou a se tornar mista.

Cara, como eu torci para que Peter Atkins *não* fosse – para usar as palavras do pobre Tom – "como nós".

Peter foi para Princeton, cerca de oito quilômetros a nordeste de Lawrenceville. Quando minha aventura malsucedida de morar com Elaine terminou em San Francisco, ela e eu nos mudamos de volta para Nova York. Elaine estava ensinando em Princeton no ano letivo de 1987-88, quando Peter Atkins estudava lá. Ele apareceu na turma dela de redação na primavera de 1988, quando o menino de quinze anos que nós dois tínhamos conhecido já estava com vinte e poucos anos. Elaine achava que Peter fazia economia, mas Elaine nunca prestou nenhuma atenção no que seus alunos de redação estavam fazendo.

– Ele não era grande coisa como escritor – ela me disse –, mas não tinha ilusões a respeito disso.

As histórias de Peter eram todas sobre o suicídio – quando ela tinha dezessete ou dezoito anos – da sua irmã mais nova, Emily.

Eu tinha sabido do suicídio pelo Charles, na época em que ele ocorreu; ela sempre fora uma menina "muito perturbada", Charles tinha escrito. Quanto à esposa de Tom, Sue, ela morreu dezoito meses depois de Atkins; ela tinha substituído Charles quase imediatamente após a morte de Tom.

– Eu posso entender por que Sue não quis um homem gay cuidando dela – foi tudo o que Charles comentou a respeito disso.

Eu tinha perguntado a Elaine se ela achava que Peter Atkins era gay.

– Não – ela tinha dito. – Definitivamente não. – Realmente, no final dos anos 90, dois anos depois da pior fase da epidemia de Aids, eu estava fazendo uma palestra em Nova York e um rapaz de cabelos ruivos e rosto avermelhado (acompanhado de uma moça atraente) se aproximou de mim durante a sessão de autógrafos que se seguiu ao evento. Peter Atkins devia ter uns trinta e poucos anos naquela época, mas eu não tive dificuldade em reconhecê-lo. Ele ainda se parecia com Tom.

– Nós contratamos uma baby-sitter para vir aqui, isso é bem raro para nós – a esposa dele disse, sorrindo para mim.

– Como vai, Peter? – perguntei a ele.

– Eu li todos os seus livros – Peter me disse nervosamente. – Seus romances foram uma espécie de *in loco parentis* para mim. – Ele procunciou as palavras em latim lentamente. – Sabe, "no lugar de um pai", mais ou menos – o jovem Atkins disse.

Nós apenas sorrimos um para o outro; não havia mais nada a dizer. Ele tinha falado bem, eu achei. O pai dele teria ficado contente com a pessoa que o filho tinha se tornado – ou tão contente quanto o pobre Tom jamais conseguiu se sentir a respeito de alguma coisa. Tom Atkins e eu tínhamos crescido num tempo em que odiávamos a nós mesmos por nossas diferenças sexuais, porque tinha sido martelado em nossas cabeças que essas diferenças eram erradas. Olhando para trás, tenho vergonha do fato de que meu desejo expresso em relação a Peter foi de que ele não *fosse* ser igual a Tom – ou igual a mim. Talvez, considerando a geração de Peter, o que eu devia ter desejado era que ele *fosse* "como nós" – só que orgulhoso disso. Entretanto, dado o que aconteceu com o pai e a mãe de Peter... bem, basta dizer que achei que Peter Atkins já tinha uma carga pesada demais para carregar.

Eu devia escrever um breve obituário para o First Sister Players, a associação teatral obstinadamente amadora da minha cidade natal. Com Nils Borkman morto, e com a morte igualmente violenta do ponto daquele pequeno teatro (minha mãe, Mary Marshall Abbott) – para não falar na minha falecida tia, Muriel Marshall Fremont, que tinha feito enorme sucesso em nossa cidade em inúmeros papéis, com sua voz estridente e seios grandes –, o First Sister Players simplesmente desapareceu. Nos anos 80, mesmo em cidades pequenas, os velhos teatros estavam se tornando cinemas; filme era o que as pessoas queriam ver.

– Mais gente ficando em casa e vendo televisão, também, eu suponho – Vovô Harry comentou. O próprio Harry Marshall estava "ficando em casa"; seus dias de palco *como mulher* tinham terminado fazia muito tempo.

Foi Richard quem ligou para mim, depois que Elmira encontrou o corpo de Vovô Harry.

– Não mais lavagem a seco, Elmira – Harry tinha dito, quando tinha visto a enfermeira mais cedo, pendurando as roupas de Nana Victoria no armário dele.

– Eu devo ter ouvido mal – Elmira explicou mais tarde para Richard. – Achei que ele tinha dito: "*Não*, mais lavagem a seco, Elmira?", como se estivesse brincando comigo, sabe? Mas agora tenho certeza que ele disse: "*Não* mais lavagem a seco, Elmira", como se *já* soubesse o que ia fazer.

Como um favor à sua enfermeira, Vovô Harry tinha se vestido como o velho madeireiro que era – jeans, uma camisa de flanela, "nada enfeitado" como Elmira iria dizer –, e quando ele se encolheu de lado na banheira, como uma criança faz quando vai dormir, Harry tinha conseguido dar um tiro na própria têmpora com a Mossberg .30-30 de tal modo que a maior parte do sangue ficasse na banheira, e o que tinha de sangue espirrado no ladrilho em outras partes do banheiro não tinha dado trabalho algum a Elmira para limpar.

A mensagem na minha secretária eletrônica, na noite anterior, tinha sido bem típica do Vovô Harry.

– Não precisa me ligar de volta, Bill, eu vou me recolher um pouco mais cedo. Só estava querendo saber se está tudo bem com você.

Naquela mesma noite – foi em novembro de 1984, um pouco antes do Dia de Ação de Graças –, a mensagem na secretária eletrônica de Richard Abbott foi semelhante, pelo menos na parte que dizia que Vovô Harry ia "se recolher um pouco mais cedo". Richard tinha levado Martha Hadley ao cinema na cidade, no antigo teatro do First Sister Players. Mas o final da mensagem que Vovô Harry tinha deixado para Richard era um pouco diferente da que ele tinha deixado para mim.

– Eu sinto falta das minhas meninas, Richard – Vovô Harry tinha dito. (Então ele tinha se encolhido na banheira e puxado o gatilho.) Harold Marshall tinha noventa anos, em breve faria noventa e um, só um *pouquinho* cedo para estar se recolhendo.

Richard Abbott e tio Bob decidiram transformar aquele Dia de Ação de Graças em algo que servisse para homenagear a memória do Vovô Harry, mas os contemporâneos de Harry – os que ainda estavam vivos – estavam todos morando no Retiro. (Eles não se juntariam a nós para o jantar de Ação de Graças na casa do Vovô Harry em River Street.)

Elaine e eu fomos juntos de carro, de Nova York; tínhamos convidado Larry para ir conosco. Larry estava com sessenta e seis anos; ele estava sem namorado no momento, e Elaine e eu estávamos preocupados com ele. Larry não estava doente. Ele não tinha a doença, mas estava esgotado; Elaine e eu tínhamos conversado sobre isso. Elaine tinha dito até que o vírus da Aids estava matando Larry – "de outra maneira".

Eu fiquei contente por ter Larry como companheiro de viagem. Isso evitou que Elaine inventasse histórias sobre quem quer que fosse a pessoa com quem eu estava saindo na época, homem ou mulher. Portanto, ninguém foi falsamente acusado de fazer cocô na cama.

Richard tinha convidado alguns estudantes estrangeiros da Favorite River Academy para o nosso jantar de Ação de Graças; eles moravam longe demais para ir para casa por tão pouco tempo – portanto, tivemos a companhia de duas moças coreanas e de um rapaz de expressão solitária que tinha vindo do Japão. O resto de nós já se conhecia – sem contar Larry, que nunca estivera antes em Vermont.

Embora a casa de Vovô Harry na River Street ficasse praticamente no centro da cidade – e a pouca distância a pé do campus da Favorite River Academy –, a própria First Sister pareceu a Larry uma "selva". Deus sabe o que Larry achou das florestas e campos ao redor; a estação de caça ao veado tinha começado, então havia barulho de tiros à nossa volta. (Uma "*barbárie* selvagem" foi como Larry chamou Vermont.)

A Sra. Hadley e Richard se encarregaram da cozinha, com a ajuda de Gerry e Helena; esta última era a nova namorada de Gerry – uma mulher alegre e loquaz que tinha acabado de largar o marido e saído do armário, embora tivesse a idade de Gerry (quarenta e cinco anos) e dois filhos crescidos. Os "garotos" de Helena tinham vinte e poucos anos; eles estavam passando o feriado de Ação de Graças com o ex-marido dela.

Larry e tio Bob, pasmem, tinham gostado um do outro – possivelmente porque Larry tinha exatamente a mesma idade que Tia Muriel teria se não estivesse naquela colisão frontal que também matou minha mãe. E Larry adorou conversar com Richard sobre Shakespeare. Eu gostei de ficar ouvindo os dois conversando; de certa forma, foi como entreouvir a minha adolescência no Clube de Teatro da Favorite River Academy – foi como ver passar por mim uma fase da minha infância.

Como agora havia estudantes do sexo feminino em Favorite River, Richard Abbott estava explicando a Larry, o elenco das peças do Clube de Teatro era muito diferente do que tinha sido quando a academia era uma escola só de rapazes. Ele tinha detestado ter que escalar aqueles meninos para papéis femininos, Richard disse; Vovô Harry, que não era nenhum "menino", e que tinha sido notável como *mulher*, era uma exceção (bem como Elaine e mais algumas filhas de professores). Mas agora que havia rapazes *e* moças disponíveis, Richard lamentou o que muitos diretores de teatro em escolas – mesmo em universidades – estão sempre me dizendo atualmente. Mais meninas *gostam* de teatro; elas são *sempre* a maioria. Não há rapazes suficientes para escalar em todos os papéis masculinos; você tem que procurar peças com mais papéis femininos para todas as meninas, porque quase sempre há mais meninas do que papéis femininos para desempenhar.

– Shakespeare se sentia muito confortável em trocar os sexos, Richard – Larry disse provocadoramente. – Por que você não diz aos jovens do seu teatro que naquelas peças onde haja um grande número de papéis masculinos você vai preencher todos esses papéis com *garotas*, e que vai escalar os *rapazes* para os papéis femininos? Acho que Shakespeare teria *amado* isso! (Havia pouca dúvida de que *Larry* teria amado isso. Larry tinha uma visão de mundo, e inclusive de Shakespeare, baseada em gênero.)

– Essa é uma ideia muito interessante, Larry – Richard Abbott disse. – Mas se trata de *Romeu e Julieta*. – (Essa ia ser a próxima peça de Shakespeare que Richard ia encenar, imaginei; eu não tinha prestado muita atenção quando eles falaram sobre o calendário escolar.) – Só há quatro papéis femininos na peça, e só dois deles realmente importam – Richard continuou.

– Sim, sim, eu sei – Larry disse; ele estava se mostrando. – Tem Lady Montague e Lady Capuleto, elas não são importantes, como você diz. Na verdade, apenas Julieta e a ama dela importam, e deve haver mais de vinte *homens*!

– É tentador escalar os rapazes para o papel de mulheres, e vice-versa – Richard admitiu –, mas eles são só adolescentes, Larry. Onde é que eu vou achar um garoto com coragem suficiente para fazer o papel de Julieta?

– Ah... – Larry disse, e parou. (Nem Larry tinha resposta para isso.) Eu me lembro de ter pensado que isso não era, e nunca seria, problema meu. Deixe esse problema para Richard, pensei; eu tinha outras coisas na cabeça.

Vovô Harry tinha deixado sua casa em River Street para mim. O que eu ia fazer com uma casa de cinco quartos e seis banheiros em Vermont?

Richard tinha me dito para não me desfazer dela.

– Você vai conseguir mais por ela se deixar para vendê-la depois, Bill – ele disse. (Vovô Harry tinha me deixado um pouco de dinheiro, também; eu não precisava do dinheiro adicional da venda da casa de River Street – pelo menos não naquele momento.)

Martha Hadley prometeu organizar um leilão para se livrar dos móveis indesejados. Harry tinha deixado um dinheiro para o tio Bob, e para Richard Abbott; Vovô Harry tinha deixado a quantia maior para Gerry – em vez de deixar uma parte da casa para ela.

Era a casa onde eu tinha nascido – a casa onde eu tinha crescido, até minha mãe se casar com Richard. Vovô Harry tinha dito para Richard:

– Esta casa devia ser de Bill. Acho que um escritor não vai se importar de viver com fantasmas, Bill pode usá-los, não pode?

Eu não conhecia os fantasmas, nem sabia se podia usá-los. Naquele Dia de Ação de Graças, o que eu não poderia imaginar eram as circunstâncias que algum dia me fizessem querer voltar a viver em First River, Vermont. Mas eu resolvi que não havia pressa em tomar uma decisão a respeito da casa; eu ia ficar com ela.

Os fantasmas fizeram com que Elaine fosse do quarto dela para o meu – na primeira noite que dormimos naquela casa em River Street. Eu estava no meu velho quarto de infância quando Elaine entrou correndo e se deitou ao meu lado na cama.

– Eu não sei quem aquelas mulheres pensam que são – Elaine disse –, mas eu sei que elas estão mortas, e estão furiosas com isso.

– Tudo bem – eu disse a ela. Eu gostava de dormir com Elaine, mas na noite seguinte nós passamos para um quarto com uma cama maior. Eu não vi nenhum fantasma naquele feriado de Ação de Graças, na verdade, nunca vi nenhum fantasma naquela casa.

Eu tinha instalado Larry no quarto maior; ele tinha sido o quarto do Vovô Harry – o armário ainda estava cheio de vestidos de Nana Victoria. (A Sra. Hadley tinha me prometido que se livraria deles quando ela e Richard leiloassem os móveis indesejados.) Mas Larry não viu nenhum fantasma; ele só se queixou da banheira naquele banheiro.

– Ahn, Bill, foi nesta banheira que o seu avô...

– Sim – eu disse depressa. – Por quê?

Larry tinha procurado traços de sangue, mas o banheiro e a banheira estavam impecavelmente limpos. (Elmira devia ter tido um trabalhão para limpar tudo!) Entretanto, Larry tinha achado algo que queria me mostrar. Havia uma lasca no esmalte do fundo da banheira.

– Aquela lasca sempre esteve lá? – Larry me perguntou.

– Sim, sempre, esta banheira já estava lascada quando eu era pequeno – menti.

– Se você *garante*, Bill – Larry disse, desconfiado.

Nós dois sabíamos como a banheira tinha sido lascada. A bala da .30-30 deve ter atravessado a cabeça de Vovô Harry enquanto ele estava encolhido de lado. A bala tinha tirado uma lasca do fundo da banheira.

– Quando leiloar os móveis velhos – eu disse a Richard e Martha em particular –, por favor livrem-se daquela banheira.

Eu não precisei especificar *qual* banheira.

– Você jamais irá morar nesta cidade horrível, Bill. Você é louco até mesmo em imaginar que sim – Elaine disse. Era a noite do nosso jantar de Ação de Graças, e talvez estivéssemos acordados na cama porque tínhamos comido demais e não conseguíamos pegar no sono, ou talvez estivéssemos à *espera de fantasmas*.

– Quando morávamos aqui, nesta cidade horrível, quando atuamos em todas aquelas peças de Shakespeare, havia em Favorite River, naquela época, algum garoto com coragem suficiente para fazer o papel de Julieta? – perguntei a Elaine. Eu podia senti-la imaginando-o, assim como eu estava fazendo, no escuro, isso sim é que se pode chamar de estar à espera de fantasmas!

– Só havia um garoto que tinha coragem para isso, Bill – Elaine respondeu –, mas ele não seria a pessoa certa para o papel.

– Por que não? – perguntei. Eu sabia que ela estava se referindo a Kittredge; ele era suficientemente bonito, e sem dúvida tinha bastante coragem.

– Julieta não é nada se não for *sincera* – Elaine disse. – Kittredge tinha beleza suficiente para o papel, é claro, mas ele não teria representado bem, Kittredge não sabia ser *sincero*, Billy.

Não, ele não sabia, pensei. Kittredge poderia ter sido qualquer pessoa – ele poderia incorporar qualquer personagem. Mas Kittredge nunca era sincero; ele era sempre dissimulado – ele estava sempre apenas representando um papel.

* * *

Naquele jantar de Ação de Graças, houve ao mesmo tempo incômodo e comédia. Na segunda categoria, as duas garotas coreanas conseguiram dar ao rapaz japonês a impressão de que nós estávamos comendo um pavão. (Eu não sei como as garotas puseram essa ideia na cabeça do rapaz de ar solitário, ou por que Fumi – o rapaz – ficou tão aflito com a ideia de estar comendo um pavão.)

– Não, não, é um *peru* – a Sra. Hadley disse para Fumi, como se ele estivesse com um problema de pronúncia.

Como eu tinha crescido naquela casa em River Street, achei a enciclopédia e mostrei a Fumi como era um peru.

– Não um pavão – eu disse. As garotas coreanas, Su Min e Dong Hee, estavam cochichando em coreano; elas também estavam rindo.

Mais tarde, depois de muito vinho, foi a alegre e loquaz mãe de dois – agora namorada de Gerry – quem fez um brinde à nossa família por recebê-la numa ocasião tão "íntima". Foi, sem dúvida, o vinho, combinado com a palavra *íntima* que levou Helena a mencionar inesperadamente a sua vagina – ou talvez ela quisesse elogiar *todas* as vaginas.

– Quero agradecer a vocês por me receberem – Helena tinha começado. Aí ela perdeu o rumo. – Eu era uma pessoa que *odiava* a minha vagina, mas agora eu a amo – ela disse. Imediatamente ela pareceu se arrepender do comentário que tinha feito, porque disse depressa: – É claro que eu amo a vagina de Gerry, acho que nem é preciso dizer isso!, mas é por causa de Gerry que eu também amo a minha vagina, e eu costumava odiá-la. – Ela estava em pé, um tanto desequilibrada, com sua taça erguida. – Obrigada por me receberem – ela repetiu, sentando-se.

Acho que o tio Bob tinha, provavelmente, ouvido mais brindes do que qualquer outra pessoa numa mesa de jantar – por causa do trabalho que fazia para o Setor de Ex-Alunos, todos aqueles jantares com ex-alunos bêbados da Favorite River –, mas até o tio Bob ficou sem fala com o brinde que Helena fez a pelo menos duas vaginas.

Olhei para Larry, que eu sei que estava louco para dizer alguma coisa; de um jeito totalmente diferente de Tom Atkins – que sempre reagira exageradamente à palavra *vagina*, ou até mesmo à ideia passageira de uma vagina –, Larry não deixava nunca de reagir a uma vagina.

– Não – eu disse baixinho para ele, do outro lado da mesa de jantar, porque eu sempre sabia quando Larry estava lutando para se controlar; ele arregalava os olhos e suas narinas tremiam.

Mas agora eram as garotas coreanas que não tinham entendido.

– Uma o *quê*? – Dong Hee tinha dito.

– Ela odeia, agora ama, a sua o *quê*? – Su Min perguntou.

Foi a vez de Fumi dar uma risadinha; o rapaz japonês tinha deixado para trás o desentendimento sobre pavão-peru – esse rapaz de ar solitário obviamente sabia o que era uma vagina.

– Vocês sabem, uma vagina – Elaine disse baixinho para as garotas coreanas, mas Su Min e Dong Hee nunca tinham ouvido aquela palavra – e ninguém no jantar sabia como se dizia aquilo em coreano.

– Minha nossa, é de onde vêm os *bebês* – a Sra. Hadley tentou explicar, mas de repente ela pareceu se arrepender (talvez recordando os abortos de Elaine).

– É onde tudo acontece, vocês sabem, lá embaixo – Elaine disse para as garotas coreanas, mas Elaine não fez nada quando disse "lá embaixo"; ela não apontou, nem fez um gesto, nem fez nenhuma indicação específica.

– Bem, não é onde *tudo* acontece, eu peço licença para discordar – Larry disse, sorrindo; eu sabia que ele só estava começando.

– Ah, desculpe, eu bebi demais, e esqueci que havia gente jovem aqui! – Helena exclamou.

– Não se preocupe, meu bem – tio Bob disse para a namorada nova de Gerry; eu vi que Bob gostava de Helena, que não era nada parecida com uma longa lista de ex-namoradas de Gerry. – Esses garotos são de outro país, de outra *cultura*; as coisas que conversamos neste país não são necessariamente assunto de conversa na *Coreia* – o Homem da Raquete explicou.

– Ah, que droga! – Gerry gritou. – É só tentar outra maldita *palavra*! – Gerry virou-se para Su Min e Dong Hee, que ainda estavam no escuro em relação à palavra *vagina*. – É uma xoxota, uma pererica, uma periquita, uma pombinha, uma gulosinha, é uma boceta, pelo amor de Deus! – Gerry gritou a palavra boceta fazendo Elaine (e até Larry) se encolher.

– Elas entenderam, Gerry, por favor – tio Bob disse.

Realmente, as garotas coreanas tinham ficado brancas como uma folha de papel; o rapaz japonês tinha ficado calmo quase o tempo todo, embora tanto "pombinha" quanto "gulosinha" o tivessem surpreendido.

– Tem uma figura dela em algum lugar, Bill, se é que não tem na enciclopédia? – Larry perguntou travessamente.

– Antes que eu esqueça, Bill – Richard Abbott interrompeu, eu vi que Richard estava tentando, com todo o tato, mudar de assunto –, e quanto à Mossberg?

– A o *quê*? – Fumi perguntou, com uma voz assustada; se os termos *pombinha* e *gulosinha* usados para *vagina* o tinham surpreendido, o rapaz japonês nunca tinha ouvido a palavra *Mossberg* antes.

– O que tem ela? – perguntei a Richard.

– Devemos leiloá-la junto com os móveis, Bill? Você não quer conservar aquela velha carabina, quer?

– Eu vou ficar com a Mossberg, Richard – eu disse. – Vou guardar a munição também, se eu um dia morar aqui, faz sentido ter por perto uma arma velhaca.

– Você está na cidade, Bill – tio Bob disse, referindo-se à casa de River Street. – Ninguém dá tiros na cidade, nem mesmo em velhacos.

– Vovô Harry amava aquela arma – eu disse.

– Ele também gostava das roupas da mulher dele, Billy – Elaine disse. – Você vai conservar as roupas dela?

– Eu não vejo você se tornando um caçador de veados, Bill – Richard Abbott disse. – Mesmo que *decida* morar aqui. – Mas eu queria aquela Mossberg .30-30, eles perceberam isso.

– Para que quer uma arma, Bill? – Larry perguntou.

– Eu sei que você não é contra tentar *guardar* um segredo, Billy – Elaine disse. – Você só não é nada bom em guardar segredos.

Elaine não tinha guardado muitos segredos de mim, mas, quando ela tinha um segredo, sabia guardar; eu nunca consegui guardar um segredo, mesmo quando queria.

Eu vi que Elaine sabia por que eu queria conservar aquela Mossberg .30-30. Larry sabia, também; ele estava olhando para mim com uma expressão ofendida – como se estivesse dizendo (sem realmente dizer): "Como você pode pensar em não me deixar *cuidar de você* – como você pode não morrer nos meus braços, se um dia estiver morrendo? Como você pode até mesmo *imaginar* desaparecer e enfiar um tiro na cabeça se ficar doente?" (Foi isso que o olhar de Larry disse, sem palavras.)

Elaine estava me lançando o mesmo olhar ofendido de Larry.

– Como você quiser, Bill – Richard Abbott disse; Richard também parecia ofendido, até a Sra. Hadley parecia desapontada comigo.

Só Gerry e Helena tinham parado de prestar atenção; elas estavam se acariciando por baixo da mesa. A conversa sobre vagina parecia tê-las distraído do que restava do nosso jantar de Ação de Graças. As garotas coreanas estavam mais uma vez cochichando em coreano; o solitário Fumi estava tomando nota de alguma coisa num caderno não muito maior do que a palma da mão dele. (Talvez a palavra *Mossberg*, para poder usá-la numa conversa no próximo dormitório só de rapazes – algo do tipo: "Eu gostaria muito de entrar na Mossberg *dela*.")

– Não – Larry disse baixinho para mim, como eu tinha dito para ele mais cedo.

– Você deveria visitar Herm Hoyt enquanto está na cidade, Billy – tio Bob estava dizendo, uma bem-vinda mudança de assunto, ou foi o que imaginei a princípio. – Eu sei que o treinador adoraria ter uma conversa com você.

– Sobre o quê? – perguntei a Bob, com uma indiferença fingida, mas o Homem da Raquete estava ocupado; estava se servindo de outra cerveja.

Robert Fremont, meu tio Bob, tinha sessenta e sete anos. Ele ia se aposentar no ano seguinte, mas tinha me dito que ia continuar a trabalhar como voluntário no Setor de Ex-Alunos, e, especialmente, continuar a contribuir para a revista dos ex-alunos da academia, *The River Bulletin*. Não importa o que achassem do "Gritos de ajuda do Departamento Que-Fim-Você-Levou?" – bem, o que posso dizer? –, o entusiasmo dele em descobrir os mais esquivos ex-alunos da escola tornou-o muito popular com os caras do Setor de Ex-Alunos.

– Sobre o que o treinador Hoyt quer falar comigo? – tentei perguntar outra vez ao tio Bob.

– Acho que você deve perguntar isso a ele, Billy – o sempre cordial Homem da Raquete disse. – Você conhece Herm, ele pode ser muito protetor em relação aos seus lutadores.

– Ah.

Talvez *não* uma mudança de assunto bem-vinda, pensei.

Em outra cidade, mais adiante no tempo, o Retiro – "para moradia assistida, e mais" – provavelmente teria sido chamado de Pinheiros, ou (em Vermont) Bordos. Mas vocês precisam lembrar que o lugar foi concebido e construído por Harry Marshall e Nils Borkman; ironicamente, nenhum deles iria morrer lá.

Alguém tinha acabado de morrer lá, naquele fim de semana de Ação de Graças quando eu fui visitar Herm Hoyt. Havia um corpo coberto, amarrado numa maca, que uma enfermeira idosa, de ar severo, estava tomando conta no estacionamento.

– Você não é nem a pessoa nem o veículo que estou esperando – ela me disse.

– Sinto muito – eu disse.

– E vai nevar, ainda por cima – a velha enfermeira disse. – Aí eu vou ter que empurrá-lo de volta para dentro.

Tentei desviar o assunto do morto para o motivo da minha visita, mas – sendo First Sister a cidade pequena que era – a enfermeira já sabia quem eu estava indo visitar.

– O treinador está esperando você – ela disse. Depois de me dizer onde ficava o quarto de Herm, acrescentou: – Você não parece um lutador. – Quando eu disse a ela quem eu era, ela disse: – Ah, eu conheci sua mãe e sua tia, e seu avô, é claro.

– É claro – eu disse.

– Você é o escritor – ela acrescentou, com os olhos fixos na ponta do seu cigarro. Percebi que ela tinha empurrado o cadáver para fora porque era fumante.

Eu tinha quarenta e dois anos naquele ano; calculei que a enfermeira tivesse pelo menos a idade que minha Tia Muriel teria – mais de sessenta e cinco anos. Confirmei que era "o escritor", mas antes de deixá-la no estacionamento, a enfermeira disse:

– Você foi aluno de Favorite River, não foi?

– Fui sim, da turma de 1961 – eu disse. Eu vi que ela estava me examinando melhor; é claro que ela devia ter ouvido tudo sobre mim e a Srta. Frost, todo mundo de certa idade tinha ouvido tudo sobre aquilo.

– Então eu acho que você conheceu este *cara* – a velha enfermeira disse; ela passou a mão sobre o cadáver amarrado na maca, mas sem tocar em nada. – Acho que ele está esperando de muitas maneiras! – a enfermeira disse, exalando uma quantidade espantosa de fumaça de cigarro. Ela estava usando uma jaqueta de esqui e um velho gorro de esqui, mas estava sem luvas, as luvas teriam atrapalhado o cigarro. Estava começando a nevar, alguns flocos estavam caindo, mas não o suficiente para se acumular sobre o corpo na maca.

– Ele está esperando por aquele rapaz idiota da agência funerária, e está esperando no comoéquechama! – a enfermeira exclamou.

– A senhora quer dizer no *purgatório*? – perguntei.

– Sim, o que é isso, afinal? – ela me perguntou. – *Você* é o escritor.

– Mas eu não acredito em purgatório, nem no resto todo – comecei a dizer.

– Não estou pedindo para você acreditar nele – ela disse. – Estou perguntando o que ele é!

– Um estado intermediário, depois da morte – comecei a responder, mas ela não me deixou terminar.

– Deus todo-poderoso está decidindo se manda este cara para o Inferno ou para o Grande Andar de Cima, não é isso que supostamente está acontecendo lá? – a enfermeira perguntou.

– De certa forma – eu disse. Eu tinha uma lembrança limitada da *serventia* do purgatório, para algum tipo de purificação dos pecados, se me lembrava corretamente. A alma, naquele já mencionado estado intermediário depois da morte, deveria *expiar* alguma coisa, ou foi o que imaginei, mas não disse. – Quem é ele? – perguntei à velha enfermeira; como ela tinha feito, passei a mão por cima do corpo que estava na maca. A enfermeira estreitou os olhos para olhar para mim; talvez tivesse sido a fumaça.

– Dr. Harlow, você se lembra dele, não lembra? Meu palpite é que o todo-poderoso não vai levar muito tempo para decidir o destino *dele*! – a velha enfermeira disse.

Eu apenas sorri e a deixei esperando pelo carro fúnebre ali no estacionamento. Não acreditava que o Dr. Harlow algum dia pudesse expiar seus pecados o *suficiente*; eu achava que ele já estava no Inferno, que era o lugar dele. Eu torcia para que o Grande Andar de Cima não tivesse lugar para o Dr. Harlow – ele que tinha sido tão incisivo a respeito da minha *afecção*.

Herm Hoyt me contou que o Dr. Harlow tinha se mudado para a Flórida depois que se aposentou. Mas quando ficou doente – ele tinha tido câncer de próstata; e o câncer tinha se espalhado, como costuma fazer, para os ossos –, o Dr. Harlow tinha pedido para voltar para First Sister. Ele tinha desejado passar seus últimos dias no Retiro.

– Não consigo imaginar por que, Billy – o treinador Hoyt disse. – Ninguém aqui jamais gostou dele. – (O Dr. Harlow tinha morrido aos setenta e nove anos; eu não tinha mais visto o corujão careca safado desde que ele era um homem de seus cinquenta e poucos anos.)

Mas Herm Hoyt não tinha pedido para me ver porque queria me contar a respeito do Dr. Harlow.

– Imagino que você tenha tido notícias da Srta. Frost – eu disse para o antigo treinador dela. – Ela está bem?

– Engraçado, era isso que ela queria saber sobre *você*, Billy – Herm disse.

– Pode dizer a ela que eu estou bem – eu disse depressa.

– Eu nunca pedi a ela para me contar os detalhes sexuais, de fato, eu preferia não saber nada sobre isso, Billy – o treinador continuou. – Mas ela disse que havia algo que você precisava saber, para não se preocupar com ela.

– Você tem que dizer à Srta. Frost que eu só vou por cima – eu disse a ele – e que uso camisinha desde 1968. Talvez ela não vá mais se preocupar muito comigo se souber disso – acrescentei.

– Puxa vida, eu estou velho demais para tantos detalhes sexuais, Billy. Apenas me deixe terminar o que comecei a dizer! – Herm tinha noventa e um anos, não chegava a ser nem um ano mais velho do que Vovô Harry, mas Herm tinha Parkinson e tio Bob tinha me dito que o treinador estava tendo problemas com um dos remédios dele; era algo que Herm tinha que tomar para o coração, Bob não sabia muito bem. (Foi por causa da doença de Parkinson que o treinador Hoyt foi morar no Retiro.)

– Eu não estou nem fingindo que entendo isso, Billy, mas aqui está o que Al queria que você soubesse, perdão, o que *ela* queria que você soubesse. Ela não faz sexo de verdade – Herm Hoyt me disse. – Ela disse que *não faz com ninguém*, Billy, ela nunca *faz* sexo. Ela passou o diabo para virar mulher, mas ela nunca faz sexo, nem com homens *nem* com mulheres, eu estou dizendo a você, *nunca*. Tem algum coisa *grega* no que ela faz, ela disse que você sabia tudo sobre isso, Billy.

– Intercrural – eu disse para o velho treinador de luta livre.

– É isso aí, foi esse o nome que ela deu! – Herm gritou. – É nada mais do que esfregar sua coisa entre as coxas do outro cara, é só *esfregação*, não é?

– Eu tenho certeza de que você não pega Aids desse jeito – eu disse a ele.

– Mas ela foi *sempre* assim, Billy, é isso que ela quer que você saiba, Billy – Herm disse. – Ela se transformou em mulher, mas nunca conseguiu puxar o gatilho.

– Puxar o gatilho – repeti. Durante vinte e três anos eu tinha pensado que a Srta. Frost estava me *protegendo*; eu não tinha imaginado uma única vez que, por qualquer que fosse a razão, mesmo sem querer ou inconscientemente, ela também estivesse progendo a si mesma.

– Nada de penetração, nada de ser penetrada, só *esfregação* – o treinador Hoyt repetiu. – Al disse, ela disse; desculpe Billy: "Eu só consigo ir até aí, Herm. Isso é tudo o que consigo fazer, que jamais farei. Eu só gosto de parecer mulher, Herm, mas não consigo puxar o gatilho." Foi isso que ela pediu para eu dizer para você, Billy.

– Então ela está *segura* – eu disse. – Ela está mesmo bem, e vai continuar bem.

– Ela tem sessenta e sete anos, Billy. O que você quer dizer com "ela está *segura*", o que você quer dizer com "ela vai *continuar* bem"? Ninguém continua bem, Billy! Envelhecer não é *seguro*! – o treinador

Hoyt exclamou. – Eu só estou dizendo a você que ela não tem Aids. Ela não queria que você se preocupasse com o fato de ela poder ter *Aids*, Billy.

– Ah.

– Al Frost, desculpe, *Srta*. Frost para você, nunca fez nada *seguro*, Billy. Que merda – o velho treinador disse –, ela pode parecer uma mulher, eu sei que ela fez as mudanças apropriadas lá embaixo, mas ela ainda *pensa*, se é que se pode dizer isso, como uma porra de um lutador. Não é seguro ter aparência de mulher e agir como mulher quando você ainda acredita que poderia estar *lutando*, Billy, isso não é nada seguro.

Malditos *lutadores*!, pensei. Eles eram todos iguais a Herm: justo quando você imaginava que eles estavam *finalmente* falando sobre outras coisas, voltavam à porra da *luta livre*; eram *todos* assim! Isso não me deixava com saudades do New York Athletic Club, podem ter certeza. Mas a Srta. Frost *não era* como os outros lutadores; ela tinha deixado a luta livre para trás – pelo menos essa tinha sido a minha impressão.

– O que é que você está dizendo, Herm? – perguntei ao velho treinador. – A Srta. Frost vai pegar algum cara e tentar *lutar* com ele? Ela vai provocar uma briga?

– Alguns caras não vão ficar satisfeitos só com a *esfregação*, vão? – Herm perguntou. – Ela não vai puxar briga, ela não *puxa* brigas, Billy, mas eu conheço Al. Ela não vai se furtar a uma briga, se algum babaca que quiser mais do que *esfregação* puxar briga com ela.

Eu não queria pensar nisso. Eu ainda estava tentando me ajustar à parte *intercrural*; estava francamente aliviado porque a Srta. Frost não tinha – que realmente não *podia ter* – Aids. Na época, isso já era mais do que o suficiente para eu me preocupar.

Sim, me passou pela cabeça se a Srta. Frost era feliz. Ela estava desapontada consigo mesma por nunca ter puxado o gatilho? "Eu só gosto de parecer mulher", a Srta. Frost tinha dito ao seu velho treinador. Isso não soava teatral, talvez para deixar Herm à vontade? Isso não soava como se ela estivesse *satisfeita* com sexo intercrural? Isso também já era mais do que suficiente para eu me preocupar.

— Como vai o seu *duck-under*, Billy? — o treinador Hoyt perguntou.

— Ah, eu tenho praticado — eu disse a ele, uma mentirinha sem importância, certo? Herm Hoyt parecia frágil; ele estava tremendo. Talvez fosse o Parkinson ou um dos medicamentos que ele estava tomando, aquele para o coração, se tio Bob estivesse certo.

Nós nos despedimos com um abraço; era a última vez que eu iria vê-lo. Herm Hoyt morreria de um ataque cardíaco no Retiro; tio Bob é que me daria a notícia.

— O treinador partiu, Billy, você está por sua conta com os *duck-unders*. — (Isso seria poucos anos depois; Herm Hoyt estaria com noventa e cinco anos, se me lembro corretamente.)

Quando deixei o Retiro, a velha enfermeira ainda estava parada do lado de fora, fumando, e o corpo coberto do Dr. Harlow ainda estava ali, amarrado na maca.

— Ainda esperando — ela disse quando me viu. A neve agora estava começando a se acumular sobre o corpo. — Resolvi não o empurrar de volta para dentro — a enfermeira me informou. — Ele não pode sentir a neve caindo sobre ele.

— Vou dizer-lhe uma coisa sobre ele — eu disse para a velha enfermeira. — Ele continua exatamente como sempre foi, mortalmente certo.

Ela deu uma longa tragada no cigarro e soprou a fumaça sobre o corpo do Dr. Harlow.

— Eu não vou discutir linguagem com *você* — ela me disse. — *Você* é o escritor.

Numa noite de dezembro com muita neve, depois daquele Dia de Ação de Graças, eu estava parado na Sétima Avenida, no West Village, olhando na direção do centro da cidade. Eu estava do lado de fora daquele hospital que era a última parada, o St. Vincent, e estava tentando me obrigar a entrar. Onde a Sétima Avenida entrava no Central Park — exatamente naquele cruzamento distante —, ficava o baluarte masculino, de terno e gravata, do New York Athletic Club, mas o clube ficava muito ao norte de onde eu estava para que eu pudesse vê-lo.

Meus pés não queriam se mexer. Eu não poderia ter me arrastado até a West Twelfth Street, ou até a West Eleventh; se um táxi veloz tivesse batido em outro táxi no cruzamento da avenida Greenwich com a Sétima, ali pertinho, eu não conseguiria me proteger dos destroços que voassem na minha direção.

A neve caindo me deu saudades de Vermont, mas eu me sentia absolutamente paralisado com a ideia de me mudar "para casa" – por assim dizer –, e Elaine tinha sugerido que tentássemos morar juntos, mas não em Nova York. Eu me sentia ainda mais paralisado com a ideia de tentar morar junto com Elaine em *qualquer* lugar; ao mesmo tempo queria tentar, mas tinha medo. (Infelizmente, eu desconfiava que Elaine estava motivada a morar comigo porque acreditava erradamente que isso poderia me "salvar" de fazer sexo com homens – e portanto eu estaria "livre" de pegar Aids –, mas eu sabia que ninguém conseguiria me livrar do desejo de fazer sexo com homens *e* mulheres.)

E se esses meus pensamentos não fossem suficientemente paralisantes, também fiquei plantado como uma árvore naquela calçada da Sétima Avenida porque estava com muita vergonha de mim mesmo. Eu estava – mais uma vez – me preparando para atravessar aqueles corredores sombrios do St. Vincent, *não* porque tivesse ido visitar e consolar um amigo moribundo ou um antigo amante, mas porque estava, absurdamente, procurando por Kittredge.

Estava perto do Natal de 1984, e Elaine e eu ainda estávamos visitando aquele sagrado hospital – e diversos abrigos – em busca de um garoto cruel que tinha abusado de nós quando éramos todos ó-tão-jovens.

Fazia três anos que eu e Elaine estávamos procurando por Kittredge.

– Esqueçam dele – Larry tinha dito a nós dois. – Se vocês o encontrarem, ele irá apenas desapontá-los, ou machucá-los de novo. Vocês dois têm mais de quarenta anos. Não estão um pouco velhos para estar exorcizando um domínio de suas vidas infelizes quando *adolescentes*? – (Não havia como Lawrence Upton pudesse dizer a palavra *adolescentes* de forma simpática.)

Esses fatores devem ter contribuído para a minha paralisia na Sétima Avenida, em West Village, naquela noite cheia de neve em dezembro, mas o fato de Elaine e eu estarmos nos comportando como se fôssemos adolescentes – quer dizer, no que dizia respeito a Kittredge – sem dúvida contribuiu para as minhas lágrimas. (Quando era adolescente, eu tinha chorado um bocado.) Então eu estava parado do lado de fora do St. Vincent, chorando, quando a mulher mais velha de casaco de pele se aproximou de mim. Ela era uma mulherzinha de uns sessenta anos, usando roupas caras, e era bem bonita; talvez eu a tivesse reconhecido se ela ainda estivesse usando aquele vestido sem mangas e o chapéu de palha que usava quando eu a conheci, quando ela tinha se recusado a apertar minha mão. Quando Delacorte tinha me apresentado à mãe dele na nossa formatura em Favorite River, ele tinha dito a ela: "Este é o cara que *ia ser* o Bobo de Lear."

Sem dúvida, Delacorte também tinha contado à mãe a história de eu ter feito sexo com a bibliotecária transexual da cidade, o que havia levado a Sra. Delacorte a dizer – como tornou a dizer para mim naquela noite ventosa na Sétima Avenida:

– Sinto muito pelos seus *problemas*.

Eu não consegui dizer nada. Eu sabia que a conhecia, mas já fazia vinte e três anos; e não lembrava como a conhecera, ou quando e onde. Mas dessa vez ela não fez objeções em tocar em mim; ela agarrou minhas duas mãos e disse:

– Eu sei que é duro entrar ali, mas significa tanto para a pessoa que você está visitando. Eu vou com você, vou ajudá-lo a fazer isso, se você me ajudar. É muito difícil para mim, sabe. É o meu filho quem está morrendo – a Sra. Delacorte me disse –, e eu queria que fosse eu. Eu queria que ele pudesse continuar vivendo. Não quero continuar vivendo *sem* ele!

– Sra. *Delacorte*? – perguntei, só porque vi algo em seu rosto atormentado que me lembrou das expressões de quase morte de Delacorte quando ele lutava.

– Ah, é você! – ela exclamou. – Você é aquele *escritor* – Carlton fala sobre você. Você é amigo de escola do Carlton. Você veio visitar o *Carlton*, não veio? Ah, ele vai ficar tão contente em vê-lo – você *precisa* entrar!

Então eu fui arrastado para o leito de morte de Delacorte naquele hospital onde tantos rapazes doentes estavam deitados em suas camas, morrendo.

– *Carlton*, veja só quem está aqui, veja quem veio visitá-lo! – a Sra. Delacorte anunciou da porta, que era igual a tantas portas sem esperança no St. Vincent. Eu nem sabia o primeiro nome de Delacorte; em Favorite River, ninguém jamais o tinha chamado de *Carlton*. Ele era simplesmente Delacorte lá. (Uma vez Kittredge o tinha chamado de Dois Copos, por causa dos copos de papel que quase sempre o acompanhavam – por causa da insana perda de peso, e do constante bochechar e cuspir, pelos quais Delacorte tinha sido brevemente famoso.)

É claro, eu tinha visto Delacorte quando ele estava perdendo peso para lutar – quando ele parecia estar passando fome –, mas ele estava *realmente* passando fome agora. (Basta dizer que eu sabia o que aquele cateter de Hickman no peito esquelético de Delacorte queria dizer.) Ele tinha ficado num respirador, a Sra. Delacorte havia me contado quando estávamos a caminho do quarto dele, mas tinha sido retirado por ora. Estavam experimentando dar a ele morfina sublingual, versus elixir de morfina, a Sra. Delacorte também tinha explicado; de todo modo, Delacorte estava tomando morfina.

– Nessa altura, a sucção é muito importante, para ajudar a limpar as secreções – a Sra. Delacorte tinha dito.

– Nessa altura, sim – eu tinha repetido como um idiota. Eu estava anestesiado; parecia que ainda estava paralisado debaixo da neve na Sétima Avenida.

– Esse é o cara que *ia ser* o Bobo de Lear – Delacorte estava tentando dizer para a mãe dele.

– Sim, sim, eu sei, querido, eu sei – a mulherzinha estava dizendo para ele.

– Você trouxe mais copos? – ele perguntou a ela. Eu vi que ele estava segurando dois copos de papel; os copos de papel estavam completamente vazios, mais tarde sua mãe me diria. Ela estava sempre trazendo mais copos, mas não havia mais necessidade de bochechar e cuspir agora; de fato, como estavam tentando usar morfina sublingual, Delacorte não podia bochechar nem cuspir, na opinião da

Sra. Delacorte. Ele só queria *segurar* os copos de papel por algum motivo tolo, ela disse.

Delacorte também tinha meningite criptococa; o cérebro dele tinha sido afetado – ele tinha dores de cabeça, a mãe dele me disse, e delirava muito.

– Esse cara foi Ariel em *A tempestade* – Delacorte disse para a mãe, quando visitei seu quarto pela primeira vez, e em cada uma das visitas posteriores. – Ele foi Sebastian em *A décima segunda noite* – Delacorte disse à mãe várias vezes. – Foi a palavra *sombra* que o impediu de ser o Bobo de Lear, e foi por isso que ganhei o papel – Delacorte delirava.

Mais tarde, quando o visitei com Elaine, Delacorte reiterou para ela a minha história nos palcos.

– Ele não foi me ver morrer quando eu fiz o papel de Bobo de Lear, é claro que eu entendo – Delacorte disse com toda a sinceridade para Elaine. – Eu fico grato por ele ter vindo me ver morrer agora, vocês dois vieram, e eu sou sinceramente agradecido!

Delacorte não me chamou pelo nome nem uma vez, e eu não me lembro se algum dia ele tinha me chamado; eu não me lembro de ele ter alguma vez me chamado de Bill ou de Billy quando éramos estudantes em Favorite River. Mas que importância tem isso? Eu nem sabia como *era* o primeiro nome dele! Como eu não o tinha visto representando o Bobo de Lear, tenho uma imagem mais permanente de Delacorte em *A décima segunda noite*; ele fez o papel de Sir Andrew Aguecheek – declarando para Sir Toby Belch (tio Bob): "Oh, se ao menos eu tivesse seguido as artes!"

Delacorte morreu depois de vários dias de silêncio quase total, com os dois copos de papel limpos em suas mãos trêmulas. Elaine estava lá naquele dia, comigo e com a Sra. Delacorte, e – por coincidência – Larry também estava. Ele tinha visto Elaine e a mim da porta do quarto de Delacorte e tinha enfiado a cabeça para dentro.

– Não é quem vocês estavam procurando, é? – Larry tinha perguntado.

Elaine e eu sacudimos negativamente a cabeça. Uma Sra. Delacorte exausta estava cochilando enquanto o filho morria. Não fazia sentido apresentar Delacorte a Larry; Delacorte, com o seu silêncio, já parecia ter morrido, ou então estava a caminho disso – e Elaine e eu não incomodamos a Sra. Delacorte para apresentá-la a Larry. (A pobre mulher não dormia um segundo sabia-se lá há quanto tempo.)

Naturalmente, Larry era a autoridade em Aids no quarto.

– Seu amigo não tem muito tempo de vida – ele cochichou para Elaine e para mim; depois ele nos deixou lá. Elaine levou a Sra. Delacorte até o toalete feminino porque aquela mãe estava tão exausta que dava a impressão de que poderia cair ou se perder se fosse sozinha.

Eu só fiquei sozinho com Delacorte por um momento. Eu tinha me acostumado tanto ao silêncio dele que a princípio achei que outra pessoa tinha falado.

– Você o viu? – ele murmurou baixinho. – Isso é típico dele, ele nunca foi de ficar satisfeito em se *encaixar*! – Delacorte exclamou, ofegante.

– Quem? – murmurei no ouvido do moribundo, mas eu sabia quem. Quem mais Delacorte teria em sua mente insana no instante, ou quase no instante, da sua morte? Delacorte morreu minutos depois, com as mãos pequeninas de sua mãe sobre seu rosto devastado. A Sra. Delacorte pediu a mim e a Elaine para ficar a sós um momento com o corpo do filho; é claro que nós concordamos.

Bobagem ou não, foi Larry quem nos disse depois que nós não *devíamos* ter deixado a Sra. Delacorte sozinha no quarto com o corpo do filho.

– Uma mãe solteira, certo, um filho único, imagino? – Larry disse. – E quando há um cateter de Hickman, Bill, você não deixa nenhum ente querido sozinho com o corpo.

– Eu não *sabia*, Larry, nunca tinha *ouvido* falar numa coisa dessas! – eu disse a ele.

– É claro que você nunca ouviu falar numa coisa dessas, Bill – você não se *envolve*! Como você poderia *saber*? Você é exatamente igual a ele, Elaine – Larry disse a ela. – Vocês dois estão mantendo uma tal distância dessa doença, vocês são meros *espectadores*!

– Não ponha rótulos em nós, Larry – Elaine disse.

– Larry está *sempre* pondo rótulos, de uma forma ou de outra – eu disse.

– Sabe, você não é só bissexual, Bill. Você é *bitudo*! – Larry disse para mim.
– O que isso quer dizer? – perguntei a ele.
– Você é um piloto solo, não é, Bill? – Larry me perguntou. – Você está viajando solo, nenhum copiloto tem qualquer influência sobre você. – (Eu ainda não fazia ideia do que Larry estava querendo dizer.)
– Não ponha rótulos em nós, Sr. Florence Porra Nightingale – Elaine disse para Larry.

Elaine e eu estávamos parados no corredor em frente ao quarto de Delacorte quando uma das enfermeiras passou e parou para falar conosco.
– Carlton está... – a enfermeira começou a dizer.
– Sim, ele partiu, a mãe dele está com ele – Elaine disse.
– Céus – a enfermeira disse, entrando rapidamente no quarto de Delacorte, mas ela chegou lá tarde demais. A Sra. Delacorte já tinha feito o que queria fazer, o que provavelmente tinha *planejado* fazer quando soube que o filho ia morrer. Ela devia ter a seringa e a agulha na bolsa. Ela tinha enfiado a agulha na ponta do cateter de Hickman, tinha retirado um pouco de sangue do cateter, mas tinha esvaziado aquela primeira seringa na cesta de lixo. A primeira seringa estava cheia de heparina. A Sra. Delacorte tinha feito o seu dever de casa; ela sabia que a segunda seringa estaria quase toda cheia com o sangue de Carlton contaminado pelo vírus. Então ela tinha injetado em si mesma, na região glútea, cerca de cinco milímetros do sangue do filho. (A Sra. Delacorte iria morrer de Aids em 1989; ela morreu no apartamento dela em Nova York, onde foi tratada da doença.)

Por insistência de Elaine, levei a Sra. Delacorte para casa de táxi – depois que ela tinha aplicado em si mesma uma dose letal do sangue do seu amado Carlton. Ela tinha um apartamento no décimo andar de um daqueles prédios perfeitos com toldo e porteiro em Park Avenue, esquina com Setenta ou Oitenta East.

– Eu não sei quanto a você, mas eu *vou* tomar um drinque – ela me disse. – Entre, por favor. – Eu entrei.

Era difícil compreender por que Delacorte tinha morrido no St. Vincent quando a Sra. Delacorte claramente poderia ter providenciado para ele ser cuidado com mais conforto no seu próprio apartamento em Park Avenue.

– Carlton nunca apreciou ser uma pessoa privilegiada – a Sra. Delacorte explicou. – Ele quis morrer como um homem comum, foi o que ele disse. Ele não deixou que eu providenciasse homecare para ele aqui, embora o quarto do St. Vincent provavelmente fosse servir a outra pessoa, como eu disse a ele, muitas vezes.

Sem dúvida eles *precisavam* do quarto extra no St. Vincent, ou precisariam em breve. (Algumas pessoas esperavam a morte nos corredores do hospital.)

– Você gostaria de ver o quarto de Carlton? – a Sra. Delacorte me perguntou, quando estávamos com uma bebida na mão, e eu não bebo nada além de cerveja. Tomei um uísque com a Sra. Delacorte; talvez fosse um bourbon. Eu teria feito qualquer coisa que aquela pequena mulher quisesse. Até fui junto com ela ao quarto onde Delacorte dormia quando era criança.

Eu me vi num museu do que tinha sido a vida privilegiada de Carlton Delacorte em Nova York, antes de ele ter sido "despachado" para a Favorite River Academy; era uma história bem comum o fato de a partida de Delacorte ter coincidido com o divórcio dos pais dele, e a Sra. Delacorte foi bem franca quanto a isso.

Mais surpreendente foi que a Sra. Delacorte não foi menos franca sobre o principal motivo de sua separação e divórcio do pai do jovem Carlton; seu marido odiava homossexuais. O homem tinha chamado Carlton de maricas e bichinha; ele tinha culpado a Sra. Delacorte por permitir que o menino efeminado usasse as roupas da mãe e pintasse os lábios com o batom dela.

– É claro que eu *sabia*, provavelmente muito antes de Carlton saber – a Sra. Delacorte me disse. Ela parecia estar poupando a nádega direita; uma injeção intramuscular tão profunda tinha que doer. – Mães *sabem* – ela disse, mancando um pouco sem perceber. – Você não pode *obrigar* uma criança a se tornar algo que ela não é. Você simplesmente não pode dizer a um menino para não brincar com bonecas.

– Não, não pode – eu disse; eu estava examinando todas as fotografias no quarto, retratos de Delacorte antes de eu o conhecer.

Ele tinha sido só um garotinho um dia, um garotinho que gostava de se vestir e se enfeitar como se fosse uma garotinha.

– Ah, veja só isto, veja – a mulher pequenina disse de repente; os cubos de gelo estavam batendo uns nos outros no copo quase vazio quando ela estendeu a mão e tirou uma foto de um mural de fotografias na parede do quarto do filho morto. – Veja como ele estava *feliz*! – a Sra. Delacorte exclamou, entregando-me a foto.

Imagino que Delacorte tivesse onze ou doze anos no retrato; eu não tive dificuldade em reconhecer seu rostinho travesso. Sem dúvida, o batom tinha acentuado o sorriso dele. A peruca loura barata – com uma mecha cor-de-rosa – era ridícula; era uma dessas perucas que você encontra numa loja de artigos para Halloween. E é claro que o vestido da Sra. Delacorte era grande demais para o menino, mas o efeito geral era hilário e encantador – bem, se você não fosse o *Sr.* Delacorte, eu imagino. Havia uma menina mais alta, ligeiramente mais velha na foto com Delacorte – uma menina muito bonita, mas de cabelo curto (tão curto quanto o de um menino) e um sorriso confiante, mas tenso.

– Esse dia não terminou bem. O pai de Carlton chegou em casa e ficou furioso ao ver Carlton assim – a Sra. Delacorte estava dizendo enquanto eu examinava a fotografia com mais atenção. – Os meninos estavam se divertindo tanto, e aquele tirano daquele homem estragou tudo!

– Os meninos – repeti. A menina muito bonita da foto era Jacques Kittredge.

– Ah, você o conhece, eu sei que sim! – a Sra. Delacorte disse, apontando para o perfeito travesti, Kittredge. Ele tinha aplicado o batom com muito mais habilidade do que Delacorte, e um dos bonitos, mas antiquados, vestidos da Sra. Delacorte estava perfeito nele. – O garoto *Kittredge* – a mulher pequenina disse. – Ele foi para Favorite River – ele também fazia luta livre. Carlton sempre foi fascinado por ele, eu acho, mas ele era um demônio, aquele menino. Ele podia ser charmoso, mas era um demônio.

– Em que sentido Kittredge era um demônio? – perguntei à Sra. Delacorte.

– Eu sei que ele roubava as minhas roupas – ela disse. – Ah, eu dei algumas coisas velhas para ele, que eu não queria mais, ele estava sempre perguntando se podia ficar com as minhas roupas! "Ah, *por favor*, Sra. Delacorte", ele dizia, "as roupas da minha mãe são tão *grandes*, e ela não me deixa vesti-las – ela diz que eu sempre faço uma bagunça com elas!" Ele não desistia nunca. E então minhas roupas começaram a sumir, quer dizer, coisas que eu sabia perfeitamente que *jamais* teria dado a ele.

– Ah.

– Não sei quanto a você – a Sra. Delacorte disse –, mas eu vou tomar outro drinque. – Ela me deixou e foi preparar outro uísque; olhei todas as fotos que estavam na cortiça do quarto da infância de Delacorte. Havia três ou quatro fotos junto com Kittredge, sempre *como uma menina*. Quando a Sra. Delacorte voltou ao quarto do filho morto, eu ainda estava segurando a foto que ela tinha me dado.

– Por favor, fique com ela – ela disse. – Eu não gosto de lembrar como aquele dia terminou.

– Está bem – eu disse. Eu ainda tenho aquela fotografia, embora não goste de lembrar de nada que aconteceu no dia em que Carlton Delacorte morreu.

Contei a Elaine sobre Kittredge e as roupas da Sra. Delacorte? Mostrei a Elaine aquela foto de Kittredge *como uma menina*? Não, é claro que não – Elaine estava escondendo alguma coisa de *mim*, não estava?

Um cara que Elaine conhecia ganhou um Guggenheim; ele era um colega escritor, e disse a Elaine que seu apartamento velho no oitavo andar de um prédio em Post Street era o lugar perfeito para dois escritores.

– Onde fica Post Street? – perguntei a Elaine.

– Perto de Union Square, segundo ele, em San Francisco, Billy – Elaine disse.

Eu não conhecia nada de San Francisco; só sabia que havia um monte de gays lá. É claro que eu sabia que havia um grande número de gays morrendo em San Francisco, mas não tinha nenhum amigo íntimo e nenhum ex-amante lá, e Larry não estaria lá para querer me obrigar a me envolver mais. Havia outro incentivo: Elaine e eu não iríamos poder (ou querer) continuar procurando Kittredge – não em San Francisco, ou foi o que pensamos.

– Para onde o seu amigo vai com o Guggenheim dele? – perguntei a Elaine.

– Para algum lugar na Europa – Elaine disse.

– Talvez pudéssemos experimentar morar juntos na Europa – eu sugeri.

– O apartamento em San Francisco está disponível agora, Billy – Elaine disse. – E, para um lugar que irá acomodar dois escritores, é muito *barato*.

Quando Elaine e eu olhamos pela janela do oitavo andar daquela espelunca de apartamento – aqueles telhados feios em Geary Street, e aquela placa vertical vermelho-sangue do Hotel Adagio (o néon de HOTEL estava queimado antes de nós chegarmos a San Francisco) –, entendemos por que o apartamento para dois escritores era tão *barato*. Ele deveria ser *de graça*!

Mas se Tom e Sue Atkins morrendo de Aids pareceram demais para mim e para Elaine, nós não conseguimos suportar o que a Sra. Delacorte tinha feito a si mesma, e eu *nunca* tinha ouvido dizer que uma morte provocada desse jeito era um plano de suicídio comum para os entes queridos de vítimas da Aids, particularmente (como Larry tinha dito com tanta certeza para mim e para Elaine) entre mães solteiras que estavam perdendo seus filhos únicos. Mas, como Larry também disse, como eu poderia ter ouvido falar de uma coisa dessas? (Era verdade, como ele tinha dito, que eu não estava *envolvido*.)

– Vocês vão experimentar morar juntos em San Francisco – Larry disse para Elaine e para mim, como se fôssemos crianças fujonas. – Minha nossa, um pouco tarde para serem dois *pombinhos*, não? – (Achei que Elaine ia bater nele.) – E, por favor, o que os fez escolher San Francisco? Vocês ouviram dizer que não há gays morrendo lá? Talvez *todos* nós devêssemos nos mudar para San Francisco?

– Foda-se, Larry – Elaine disse.

– Caro Bill – Larry disse, ignorando-a –, você não pode fugir de uma peste – não se é a *sua* peste. E não me diga que Aids é Grand Guignol demais para o seu gosto! Olhe para o que você *escreve*, Bill, *exagero* é o seu sobrenome!

– Você me ensinou um bocado – foi tudo o que eu pude dizer a ele. – Eu não parei de amar você, Larry, só porque deixei de ser seu amante. Eu ainda o amo.

– Mais exagero, Bill – foi só o que Larry disse; ele não pôde (ou não quis) nem olhar para Elaine, e eu sabia o quanto ele gostava dela *e* do que ela escrevia.

– Eu nunca fui tão íntima de alguém quanto fui daquela mulher horrível – Elaine tinha me dito a respeito da Sra. Kittredge. – Nunca mais vou ser tão íntima de outra pessoa.

– *Quão* íntima? – eu tinha perguntado a ela; ela não tinha me respondido.

– Foi a mãe dele que me *marcou*! – Elaine tinha gritado, a respeito daquela mulher horrível anteriormente mencionada. – É ela que eu nunca vou esquecer!

– Marcou você *como*? – Eu tinha perguntado a ela, mas ela tinha começado a chorar, e nós tínhamos feito o nosso *adagio*; tínhamos ficado abraçados, sem dizer nada, executando nossa rotina *lentamente*, *delicadamente*, *carinhosamente*. Era assim que tínhamos vivido juntos em San Francisco, durante quase todo o ano de 1985.

Um monte de gente se mudou de onde estava morando no meio da crise da Aids; muitos de nós se mudaram para outro lugar, torcendo para que fosse melhor – mas não era. Não havia mal em tentar; pelo menos morar juntos não prejudicou a mim e Elaine – apenas não funcionou para nós sermos amantes.

– Se essa parte fosse dar certo – Martha Hadley iria nos dizer, mas só depois que terminamos nossa experiência –, acho que teria dado quando vocês eram adolescentes, não quando estivessem com quarenta anos.

A Sra. Hadley tinha razão, como sempre, mas Elaine e eu não tivemos um ano de todo mau juntos. Eu usava a foto de Kittredge e Delacorte de vestidos e batom como marcador de qualquer livro que estivesse lendo, e deixava o livro nos lugares de sempre – na minha mesinha de cabeceira; na bancada da cozinha, ao lado da cafeteira elétrica; no banheiro pequeno e apertado; onde ficaria bem à vista de Elaine. Bem, a visão de Elaine era péssima.

Elaine levou quase um ano para *ver* aquela foto; ela saiu do banheiro, nua – ela estava segurando a foto numa das mãos e o livro que eu estava lendo na outra. Ela estava de óculos, e atirou o livro em cima de mim!

– Por que você não me *mostrou* isso, Billy? E eu sabia que era Delacorte, meses atrás – Elaine me disse. – Quanto ao outro garoto, simplesmente achei que fosse uma menina!

– *Quid pro quo* – eu disse para a minha queridíssima amiga. – Você também tem algo para me dizer, não tem?

É fácil ver, em retrospecto, como poderíamos ter sido mais felizes em San Francisco se tivéssemos contado um ao outro o que sabíamos sobre Kittredge assim que soubemos, mas você vive a sua vida num determinado tempo – você não tem uma visão geral das coisas enquanto elas ainda estão acontecendo.

A foto de Kittredge *como uma menina* não o deixava parecendo – como a mãe dele o havia supostamente descrito para Elaine – como "um garotinho doentio"; ele (ou aquela menina bonita da foto) não parecia uma criança "insegura", como a Sra. Kittredge havia supostamente contado a Elaine. Kittredge não parecia um garoto que era "perseguido pelas outras crianças, especialmente pelos meninos", como (eu tinha sido informado) aquela mulher horrível tinha dito.

– A Sra. Kittredge disse isso para você, certo? – perguntei a Elaine.

– Não exatamente – Elaine murmurou.

Tinha sido ainda mais difícil, para mim, acreditar que Kittredge "um dia se sentiu intimidado por meninas", sem mencionar o fato de que a Sra. Kittredge havia seduzido o filho para que ele adquirisse confiança – não que eu jamais tenha acreditado inteiramente nisso, como lembrei a Elaine.

– Isso aconteceu, Billy – Elaine disse baixinho. – Eu só não gostei do motivo, eu mudei o *motivo* para isso ter acontecido.

Eu contei a Elaine que Kittredge roubava as roupas da Sra. Delacorte; contei o que Delacorte tinha dito, ofegante, pouco antes de morrer. Delacorte tinha mencionado Kittredge claramente: "Ele nunca foi de ficar satisfeito em *se encaixar*!"

– Eu não queria que você gostasse dele ou o perdoasse, Billy – Elaine me disse. – Eu o odiava pelo modo como ele simplesmente me entregou à mãe dele; eu não queria que você tivesse pena dele. Queria que você também o odiasse.

– Eu o *odeio*, Elaine – eu disse a ela.

– Sim, mas isso não é só o que você sente por ele, eu sei – ela me disse.

A Sra. Kittredge *tinha* seduzido o filho, mas o motivo nunca foi uma insegurança real ou imaginária por parte do jovem Kittredge. Kittredge tinha sido sempre muito confiante – mesmo (aliás, principalmente) sobre querer ser uma *menina*. Sua mãe vaidosa e equivocada o havia seduzido com a ideia bastante familiar e espantosa com que muitos rapazes gays ou bi costumam se deparar – mesmo que *nem sempre* em suas próprias mães. A Sra. Kittredge achou que o seu garotinho só precisava de uma experiência sexual positiva com uma mulher – que isso, sem dúvida, lhe devolveria o juízo!

Quantos de nós, homens gays ou bi já ouviram essa bobagem? Alguém que acredita ardentemente que só precisamos transar – quer dizer, do jeito "certo" – e nunca mais iremos nem *imaginar* fazer sexo com outro homem!

– Você devia ter me contado – eu disse para Elaine.

– Você devia ter me mostrado a foto, Billy.

– Sim, eu devia, nós dois "devíamos".

Tom Atkins e Carlton Delacorte tinham visto Kittredge, mas quando eles o teriam visto – e onde? O que estava claro para Elaine e para mim era que Atkins e Delacorte tinham visto Kittredge *como mulher*.

– E uma mulher bonita, eu aposto – Elaine disse. Atkins tinha usado a palavra *lindo*.

Tinha sido bastante duro para Elaine e para mim morarmos juntos em San Francisco. Com Kittredge no nosso pensamento – sem mencionar a parte *como mulher* –, continuarmos juntos em San Francisco não parecia mais possível.

– Só não telefone para Larry, ainda – Elaine disse.

Mas eu *liguei* para Larry; em primeiro lugar, queria ouvir a voz dele. E Larry conhecia tudo e todo mundo; se houvesse um apartamento para alugar em Nova York, Larry saberia em que lugar e quem era o dono.

– Vou arrumar um lugar para você ficar em Nova York – eu disse para Elaine. – Se eu não conseguir encontrar dois lugares em Nova York, vou tentar morar em Vermont, você sabe, só vou experimentar.
– A sua casa não tem móveis, Billy – Elaine disse.
– Ah, bem...
Foi aí que eu liguei para o Larry.
– Eu só estou resfriado, não é nada, Bill – Larry disse, mas eu ouvi a tosse dele e vi que ele estava tentando disfarçá-la. Não havia dor com aquela tosse seca da PCP; não era uma tosse como a que é causada pela pleurisia; e não havia catarro. O que preocupava na pneumonia pneumocística era a falta de ar e a febre.
– Qual é a sua contagem de células T? – perguntei a ele. – Quando é que você ia me contar? Não tente me enganar, Larry!
– Por favor, volte para casa, Bill, você e Elaine. Por favor, vocês *dois*, voltem para casa – Larry disse. (Apenas isso – não um discurso longo –, e ele estava com falta de ar.)
Larry morava, e iria morrer, numa parte bonita e arborizada da West Tenth Street – apenas um quarteirão ao norte da Christopher Street, e a uma curta caminhada de Hudson Street ou de Sheridan Square. Era uma casa estreita, de três andares, que um poeta normalmente não teria como pagar – bem como a maioria dos escritores, Elaine e eu inclusive. Mas uma herdeira determinada e grande dama entre os patronos da poesia de Larry – a *patronesse*, como eu pensava nela – tinha deixado a casa para Larry, que iria deixá-la para Elaine e para mim. (Não que Elaine e eu tivéssemos dinheiro para mantê-la – finalmente iríamos ser obrigados a vender aquela bela casa.)
Quando Elaine e eu nos mudamos para lá – para ajudar o enfermeiro a cuidar de Larry –, não foi a mesma coisa que viver "juntos"; a experiência tinha chegado ao fim. A casa de Larry tinha cinco quartos; Elaine e eu tínhamos nossos próprios quartos e banheiros. Nós nos revezávamos no turno da noite cuidando de Larry, para que o enfermeiro pudesse realmente dormir; o enfermeiro, cujo nome era Eddie, era um rapaz calmo que cuidava de Larry o dia inteiro – teoricamente para que Elaine e eu pudéssemos escrever. Mas Elaine e eu não escrevemos muito, nem muito bem, naqueles muitos meses em que Larry estava definhando.

Larry era um paciente bom, talvez porque tivesse sido um excelente enfermeiro para tantos pacientes antes de adoecer. Portanto, o meu mentor, meu velho amigo e ex-amante, tornou-se (quando estava morrendo) o mesmo homem que eu havia admirado quando o conheci – em Viena, mais de vinte anos antes. Larry seria poupado da pior progressão da candidíase esofágica; ele não precisou de um cateter de Hickman. Ele não precisou usar um respirador. Teve a mielopatia vacuolar da medula; Larry foi ficando cada vez mais fraco, não conseguia andar, nem mesmo ficar em pé, e ficou com incontinência – o que o deixou, mas só no início, convencido e envergonhado. (De verdade, não por muito tempo.)

– É o meu *pênis* de novo, Bill – Larry dizia, sorrindo, sempre que tinha um episódio de incontinência.

– Peça ao Billy para dizer o *plural*, Larry – Elaine sugeria com um ar brincalhão.

– Ah, eu sei, você já ouviu falar em algo parecido? – Larry exclamava. – Por favor, diga, Bill, diga o plural para nós!

Por Larry, eu dizia – bem, por Elaine também. Eles adoravam ouvir aquele maldito plural.

– Penith-zizzes – eu dizia, sempre baixinho, no início.

– O quê? Eu não estou ouvindo – Larry dizia.

– Mais alto, Billy – Elaine dizia.

– *Penith-zizzes!* – gritava, e então Larry e Elaine entravam na brincadeira, todos nós gritando o mais alto que podíamos. – *Penith-zizzes!*

Uma noite, nossos gritos acordaram o pobre Eddie, que estava tentando dormir.

– O que aconteceu? – o jovem enfermeiro perguntou. (Lá estava ele, de pijama.)

– Nós estamos dizendo "pênis" em outra língua – Larry explicou. – Bill está nos ensinando. – Mas era Larry quem me ensinava.

Como eu disse uma vez para Elaine:

– Vou contar para você quem foram os meus professores, aqueles que foram mais importantes para mim. Larry, é claro, mas também Richard Abbott e, talvez o mais importante de todos ou na hora mais importante, sua mãe.

Lawrence Upton morreu em dezembro de 1986; ele tinha sessenta e oito anos. (É difícil acreditar, mas Larry tinha quase a mesma idade que eu tenho *agora*!) Ele viveu um ano com homecare, naquela casa na West Tenth Street. Ele morreu no turno de Elaine, mas ela me acordou; aquele era o trato que Elaine e eu tínhamos feito um com o outro, porque nós dois queríamos estar lá quando Larry morresse. Como Larry tinha dito sobre Russell, na noite em que Russell morreu nos seus braços: "Ele não pesava nada."

Na noite em que Larry morreu, Elaine e eu nos deitamos ao lado dele e o embalamos nos braços. A morfina estava mexendo com a cabeça de Larry; quem sabe o quão conscientemente (ou não) Larry disse o que disse para Elaine e para mim? "É o meu pênis de novo", Larry disse para nós. "E de novo, e de novo, e de novo – é sempre o meu pênis, não é?"

Elaine cantou uma canção para ele, e ele morreu enquanto ela ainda estava cantando.

– Essa é uma bela canção – eu disse a ela. – Quem a escreveu? Como se chama?

– Felix Mendelssohn a escreveu – Elaine disse. – Não importa o nome dela. Se você morrer antes de mim, irá ouvi-la de novo.

Aí eu digo como ela se chama.

Durante uns dois anos, Elaine e eu moramos naquela casa grandiosa demais que Larry tinha deixado para nós. Elaine arranjou um namorado indescritível e insosso, de quem eu não gostava pelo único motivo de ele não ser suficientemente substancial para ela. O nome dele era Raymond, e ele queimava a própria torrada quase toda manhã, fazendo disparar o maldito detector de fumaça.

Eu passei a maior parte desse tempo na lista negra de Elaine, porque estava saindo com um transexual que vivia dizendo a ela para usar roupas mais sensuais; Elaine não era inclinada a ter uma "aparência mais sensual".

– Elwood tem seios maiores do que os meus, *todo mundo* tem – Elaine disse para mim. Elaine chamava minha amiga transexual propositadamente de Elwood, ou Woody. Minha amiga transexual chamava a si mesma de El. Em breve todos estariam usando a palavra *transgênero*; meus amigos me disseram que eu também devia usá-la, sem falar naquelas pessoas jovens terrivelmente certinhas revirando os olhos para mim porque eu continuava a dizer "transexual" quando deveria dizer "transgênero".

Eu simplesmente adoro quando certas pessoas se sentem no direito de dizer a *escritores* quais são as palavras certas. Quando ouço as mesmas pessoas usarem *impacto* como verbo, tenho vontade de vomitar!

Basta dizer que os últimos anos da década de 80 foram uma época de transição para Elaine e para mim, embora algumas pessoas aparentemente não tivessem nada melhor a fazer do que atualizar a porra da linguagem de gênero. Foram dois anos difíceis, e o esforço financeiro de conservar e manter aquela casa em West Tenth Street – inclusive os impostos assassinos – causou certo estresse no nosso relacionamento.

Uma noite, Elaine me disse que tinha certeza que tinha visto Charles, o enfermeiro do pobre Tom, num quarto no St. Vincent. (Eu não tinha mais tido notícias de Charles.) Elaine tinha olhado para dentro de um quarto – ela estava procurando outra pessoa – e ali estava a figura esquelética do antigo fisiculturista, suas tatuagens enrugadas e arruinadas pendendo ilegíveis da pele mole e pendurada dos braços antes tão fortes e musculosos.

– Charles? – Elaine tinha dito da porta, mas o homem tinha rugido como um animal para ela; Elaine tinha ficado assustada demais para entrar no quarto.

Eu tinha certeza de que sabia quem era aquele – não Charles –, mas fui até o St. Vincent para ver com meus próprios olhos. Estávamos no inverno de 1988; eu não estivera no interior daquele hospital desde que Delacorte tinha morrido e a Sra. Delacorte tinha injetado o sangue dele em si mesma. Eu fui mais uma vez – só para ter certeza de que o animal furioso que Elaine tinha visto não era o Charles.

Era aquele segurança apavorante do Mineshaft, é claro – o que chamavam de Mefistófeles. Ele rugiu para mim também. Nunca mais pus os pés no St. Vincent. (Olá, Charles – caso você esteja por aí. Se não estiver, me desculpe.)

Naquele mesmo inverno, numa noite em que eu tinha saído com El, me contaram outra história.

— Eu acabei de saber dessa moça, você sabe, ela era como eu só que um pouco mais velha — El disse.

— Sei — eu disse.

— Acho que você a conheceu, ela foi para Toronto.

— Ah, você deve estar falando de Donna.

— É ela mesma — El disse.

— O que há com ela?

— Ela não está muito bem, foi o que eu ouvi dizer — El disse.

— Ah.

— Eu não disse a palavra *doente* — El disse. — Só ouvi dizer que ela não está indo muito bem, o que quer que isso signifique. Acho que ela foi uma pessoa *especial* para você, não foi? Também ouvi dizer isso.

Eu não fiz nada com essa informação, se é que se poderia chamar isso de informação. Mas foi naquela noite que recebi o telefonema de tio Bob dizendo que Herm Hoyt tinha morrido aos noventa e cinco anos.

— O treinador partiu, Billy, você está por sua conta com os *duck-unders* — Bob disse.

Sem dúvida, isso deve ter feito com que eu me distraísse e não fosse buscar mais informações sobre o que El tinha contado a respeito de Donna. Na manhã seguinte, Elaine e eu tivemos que abrir todas as janelas da cozinha para nos livrarmos da fumaça da porra da torrada queimada de Raymond, e eu disse para Elaine:

— Eu vou para Vermont. Tenho uma casa lá, vou tentar morar nela.

— Claro, Billy, eu compreendo — Elaine disse. — Esta casa é grande demais para nós, acho melhor vendê-la.

Aquele palhaço do Raymond ficou ali sentado, sem dizer nada, só comendo a torrada queimada dele. (Como Elaine diria mais tarde, Raymond devia estar pensando onde iria morar depois; ele devia saber que não era com Elaine.)

Eu me despedi de El — naquele mesmo dia ou no outro. Ela não foi muito compreensiva em relação ao assunto.

Liguei para Richard Abbott e a Sra. Hadley atendeu o telefone.

— Diga a Richard que eu vou experimentar — eu disse a ela.

– Estou com meus dedos cruzados para você, Billy, Richard e eu *adoraríamos* ter você morando aqui – Martha Hadley disse.

Era por isso que eu estava morando na casa de Vovô Harry em River Street, agora minha, na manhã em que tio Bob me ligou do escritório do Setor de Ex-Alunos na academia.

– É sobre o Grande Al, Billy – Bob disse. – Este é um obituário que eu não publicaria sem cortes no *The River Bulletin*, mas preciso passar a versão sem cortes para você.

Era fevereiro de 1990 em First Sister – frio como o diabo, como dizemos em Vermont.

A Srta. Frost tinha a mesma idade que o Homem da Raquete; ela tinha morrido de ferimentos recebidos numa briga de bar – ela tinha setenta e três anos. Os ferimentos foram principalmente na cabeça, tio Bob me contou. O Grande Al tinha entrado numa briga com um grupo de aviadores da Please Air Force Base em Newington, New Hampshire. O bar ficava em Dover, ou talvez em Portsmouth – Bob não tinha todos os detalhes.

– Quantos aviadores havia nesse "grupo"? – perguntei a ele.

– Bem, havia um aviador de primeira classe, e um aviador básico, e mais dois que só foram identificados pela palavra *aviadores*, isso é só o que eu sei, Billy – tio Bob disse.

– Caras *jovens*, certo? *Quatro* deles? Havia quatro deles, Bob? – perguntei.

– Sim, quatro. Suponho que eram jovens, Billy, se ainda estavam prestando serviço militar. Mas é apenas uma suposição – tio Bob me disse.

A Srta. Frost provavelmente tinha sofrido ferimentos na cabeça depois que os quatro finalmente conseguiram derrubá-la; imagino que dois ou três devem tê-la imobilizado enquanto o quarto homem a chutava na cabeça.

Todos os quatro homens tinham sido hospitalizados, Bob me disse; os ferimentos de dois dos quatro foram considerados "sérios". Mas nenhum dos aviadores tinha sido acusado; naquela época, Please ainda era uma base SAC. Segundo o tio Bob, o Strategic Air Command "disciplinava" os seus, mas Bob admitiu que não entendia realmente como a "questão legal" (quando se tratava de militares) funcionava realmente. Os quatro aviadores nunca foram identificados pelos nomes, nem foi dada nenhuma informação quanto ao *motivo* pelo qual quatro homens jovens tinham brigado com uma mulher de setenta e três anos, que – aos olhos deles – pode ter sido ou não aceita *como uma mulher*.

Meu palpite, e de Bob, era que a Srta. Frost poderia ter tido um relacionamento anterior – ou apenas um encontro anterior – com um ou mais dos aviadores. Talvez, como Herm Hoyt tinha comentado comigo, um dos caras não tivesse ficado satisfeito com o sexo *intercrural*; ele pode tê-lo achado insuficiente. Talvez, considerando a juventude dos aviadores, eles só conhecessem a Srta. Frost "por sua reputação"; pode ter sido provocação suficiente para eles o fato de que, nas suas cabeças, ela não era uma mulher *de verdade* – talvez tivesse sido só isso. (Ou eles eram uns malditos homófobos – talvez tenha sido *só* isso, também.)

O que quer que tenha levado à briga, o que estava claro – como o treinador Hoyt tinha previsto – era que o Grande Al jamais fugiria de uma briga.

– Eu sinto muito, Billy – tio Bob disse.

Mais tarde, Bob e eu concordamos que estávamos contentes por Herm Hoyt não ter vivido para saber disso. Eu liguei para Elaine em Nova York aquela noite. Ela tinha um pequeno apartamento em Chelsea, só um pouquinho a noroeste do West Village e ao norte do Meatpacking District. Contei a Elaine sobre a Srta. Frost, e pedi a ela para cantar para mim aquela canção de Mendelssohn – a que ela disse que estava guardando para mim, a mesma que tinha cantado para Larry.

– Eu prometo que não vou morrer no seu plantão, Elaine. Você nunca vai ter que cantar essa canção para mim. Além disso, eu preciso ouvi-la agora – eu disse a ela.

Quanto à canção de Mendelssohn, Elaine me explicou que era um pequeno trecho de *Elias* – a obra mais longa de Mendelssohn. Ele fica perto do final daquele oratório, depois que Deus chega (na voz de uma criança), e os anjos entoam bênçãos a Elias, que canta a sua última ária – "Porque as montanhas irão dividir-se". Foi isso que Elaine cantou para mim; sua voz de contralto era cheia e forte, mesmo pelo telefone, e eu disse adeus à Srta. Frost ouvindo a mesma música que tinha ouvido quando estava me despedindo de Larry. Eu havia perdido a Srta. Frost havia quase trinta anos, mas naquela noite eu soube que ela tinha partido para sempre, e que tudo o que tio Bob pudesse dizer sobre ela no *The River Bulletin* não seria o suficiente.

> Triste notícia para a turma de 1935! Al Frost: nasceu em First Sister, Vermont, em 1917; capitão da equipe de luta livre, 1935 (invicto); morreu em Dover ou Portsmouth, New Hampshire, em 1990.

– Só *isso*? – Eu me lembro de ter perguntado ao Tio Bob.
– Que merda, Billy, o que mais podemos dizer numa revista de ex-alunos? – o Homem da Raquete disse.

Quando Richard e Martha estavam leiloando os velhos móveis da casa de River Street do Vovô Harry, eles me disseram que tinham achado treze garrafas de cerveja debaixo do sofá da sala – todas do tio Bob. (Se eu tivesse que apostar, todas daquela festa em memória da Tia Muriel e da minha mãe.)

– É assim que se faz, Bob! – eu tinha dito para a Sra. Hadley e para Richard.

Eu sabia que o Homem da Raquete tinha razão. O que você *pode* dizer numa porra de uma revista de ex-alunos sobre um lutador transexual que foi morto numa briga de bar? Não muito.

Foi dois anos depois – eu estava me acostumando aos poucos a morar em Vermont – que recebi um telefonema tarde da noite de El. Eu levei alguns segundos para reconhecer a voz dela; acho que ela estava bêbada.

– Sabe aquela sua amiga, a moça igual a mim, só que mais velha? – El perguntou.

– Você quer dizer Donna – eu disse, após uma pausa.

– É, Donna – El disse. – Bem, ela agora *está* doente, foi o que eu soube.

– Obrigado por me contar – eu estava dizendo, quando El desligou o telefone. Estava muito tarde para ligar para alguém em Toronto;

eu apenas dormi em cima da notícia. Acho que isso deve ter sido em 1992 ou 1993; ou pode ter sido no início de 1994. (Depois que eu me mudei para Vermont, não prestava muita atenção no tempo.) Eu tinha alguns amigos em Toronto; e fiz algumas investigações. Falaram-me de um excelente abrigo lá – todo mundo disse que era um lugar maravilhoso, considerando as circunstâncias. Casey House, era o nome dele; recentemente alguém me disse que ele ainda existe.

O diretor de enfermagem de Casey House, naquela época, era um cara fenomenal; o nome dele era John, se me lembro bem, e acho que ele tinha um sobrenome irlandês. Desde que tinha voltado para First Sister, eu estava descobrindo que não era muito bom em lembrar nomes. Além disso, quando eu soube que Donna estava doente – seja quando tiver sido isso exatamente –, eu já tinha cinquenta ou cinquenta e poucos anos. (Não eram só nomes que eu tinha dificuldade em lembrar.)

John me disse que Donna tinha sido internada no abrigo vários meses antes. Mas Donna era "Don" para os enfermeiros e outros cuidadores em Casey House, John tinha explicado para mim.

– O estrogênio tem efeitos colaterais, notadamente, ele pode afetar o fígado – John me disse. Além disso, o estrogênio pode causar uma espécie de hepatite; a bile fica estagnada e se acumula. – A coceira que isso provoca estava deixando Don maluco – foi o que John disse. Era a própria Donna que tinha mandado todo mundo chamá-la de Don; quando parou de tomar estrogênio, a barba dela tinha voltado a crescer.

Achei muito injusto que Donna, que tinha se esforçado tanto para se feminilizar, não só estivesse morrendo de Aids, mas estivesse sendo obrigada a voltar ao seu estado original de homem.

Donna também tinha citomegalovírus.

– Nesse caso, a cegueira pode ser uma bênção – John me disse. Ele quis dizer que Donna foi poupada de *ver* sua barba, mas é claro que ela podia senti-la, embora um dos enfermeiros barbeasse o seu rosto todo dia.

– Eu só quero prepará-lo – John me disse. – Tome cuidado. Não o chame de "Donna". Tente não deixar o nome escapar. – Nas nossas conversas telefônicas, eu tinha notado que o diretor de enfermagem tinha o cuidado de usar as palavras *ele* e *dele* quando falávamos sobre "Don". John não disse uma única vez *ela* ou *dela* ou *Donna*.

Assim preparado, eu me dirigi para Huntley Street, no centro de Toronto – uma ruazinha de aparência residencial, ou foi o que me pareceu (entre Church Street e Sherbourne Street, caso vocês conheçam a cidade). A própria Casey House parecia uma casa de família muito grande; ela tinha uma atmosfera o mais agradável e acolhedora possível, mas não havia muito que se pudesse fazer a respeito de escaras e perda muscular – ou do cheiro persistente, por mais que você tentasse disfarçá-lo, de diarreias fulminantes. O quarto de Donna tinha um perfume de lavanda quase bom. (Um desodorizador de banheiro, um desinfetante perfumado – que eu não escolheria.) Eu devo ter prendido a respiração.

– É você, Billy? – Donna perguntou; manchas brancas toldavam seus olhos, mas ela conseguia escutar bem. Aposto que ela tinha me ouvido prender a respiração. É claro que tinham dito a ela que eu ia visitá-la, e um enfermeiro a tinha barbeado recentemente; eu não estava acostumado ao cheiro masculino do creme de barbear, ou talvez fosse um gel pós-barba. Mesmo assim, quando beijei Donna, pude sentir a barba em seu rosto, coisa que nunca tinha sentido quando estávamos fazendo amor, e pude ver a sombra de uma barba no seu rosto recém-barbeado. Ela estava tomando Coumadin; vi os comprimidos na mesinha de cabeceira.

Fiquei impressionado com o bom trabalho que os enfermeiros estavam fazendo em Casey House; eles eram peritos em fazer tudo o que podiam para deixar Donna confortável, inclusive (é claro) controlar a dor. John tinha me explicado as sutilezas da morfina sublingual versus o elixir de morfina versus o adesivo de fentanil, mas eu não tinha prestado muita atenção. John também me disse que Don estava usando um creme especial que parecia ajudar a controlar sua coceira, embora o creme estivesse expondo Don a "um monte de esteroides".

Basta dizer que eu vi que Donna estava em mãos competentes e carinhosas em Casey House – embora estivesse cega e morrendo como homem. Enquanto eu estava visitando Donna, dois de seus amigos de Toronto foram vê-la – dois transexuais *muito* passáveis, cada um deles claramente dedicado a viver *como mulher*. Quando Donna nos apresentou, eu tive a sensação de que ela os havia avisado de que eu estaria lá; de fato, Donna pode ter convidado as amigas para aparecer enquanto eu estivesse com ela. Talvez Donna quisesse que eu visse que ela tinha encontrado "a tribo dela" e que tinha sido feliz em Toronto.

Os dois transexuais foram muito simpáticos comigo – um deles flertou comigo, mas foi só para se exibir.

– Ah, você é o *escritor*, nós sabemos tudo a seu respeito! – O mais falante, mas *não* paquerador, disse.

– Ah, sim, o cara *bi*, certo? – O que estava dando em cima de mim disse. (Ela não estava me paquerando a sério. Aquilo era só para distrair Donna; Donna sempre adorou uma paquera.)

– Cuidado com ela, Billy – Donna disse, e as três riram. Considerando Atkins, considerando Delacorte, considerando Larry, sem falar naqueles aviadores que mataram a Srta. Frost, não foi uma visita terrivelmente dolorosa. Em certo ponto, Donna até disse para a sua amiga paqueradora: – Sabe, Lorna, Billy nunca reclamou que eu tinha um pau *muito* grande. Você *gostava* do meu pau, não gostava, Billy? – Donna pergutou.

– Se gostava – eu disse, tomando cuidado para *não* dizer "Se gostava, Donna".

– É, mas você me disse que Billy só ia por *cima* – Lorna disse para Donna; o outro transexual, cujo nome era Lilly, riu. – Experimente ir por *baixo* e veja o estrago que um pau *muito grande* faz!

– Está vendo, Billy? – Donna disse. – Eu falei para você tomar cuidado com Lorna. Ela já deu um jeito de fazer você saber que ela vai por baixo e que gosta de paus *pequenos*.

As três amigas riram – eu tive que rir também. Eu só notei, quando estava me despedindo de Donna, que suas amigas e eu não a tínhamos chamado pelo nome – nem Donna nem Don. Os dois transexuais esperaram por mim enquanto eu me despedia de John; eu teria odiado o trabalho dele.

Caminhei junto com Lorna e Lilly até a estação de metrô de Sherbourne; elas disseram que iam tomar o metrô para casa. Pelo modo como disseram a palavra *casa*, e pelo modo como andavam de mãos dadas, tive a sensação de que viviam juntas. Quando perguntei a elas onde poderia conseguir um táxi para me levar de volta ao meu hotel, Lilly disse:

– Fico contente por você ter mencionado o nome do seu hotel, não vou deixar de contar a Donna que você e Lorna agitaram um *bocado*.

Lorna riu.

– Provavelmente eu vou dizer a Donna que você e Lilly também fizeram umas travessuras – Lorna disse. – Donna adora quando eu digo que Lilly nunca conheceu um pau que ela não gostasse, grande *ou* pequeno, isso a faz morrer de rir.

Lilly riu, e eu também, mas a paquera tinha terminado. Tinha sido tudo por Donna. Eu me despedi das amigas de Donna com um beijo na estação de metrô de Sherbourne, seus rostos perfeitamente lisos e macios, sem nenhum sinal de barba – nada que você pudesse sentir contra o seu rosto, nem a mais leve sombra em seus bonitos rostos. Eu ainda sonho com aquelas duas.

Eu estava pensando, enquanto me despedia delas, no que Elaine me contou que a Sra. Kittredge tinha dito, quando Elaine estava viajando pela Europa com a mãe de Kittredge. (Isso foi o que a Sra. Kittredge *realmente* falou – não a história que Elaine tinha me contado primeiro.)

– Eu não sei o que o seu filho quer – Elaine tinha dito para a mãe de Kittredge. – Eu só sei que ele sempre quer *alguma* coisa.

– Eu vou dizer a você o que ele quer – mais ainda do que quer nos foder – a Sra. Kittredge disse. – Ele quer *ser* uma de nós, Elaine. Ele não quer ser um garoto ou um homem; não importa para ele que ele finalmente tenha se tornado tão *bom* em ser um garoto ou um homem. Ele nunca *quis* ser um garoto ou um homem na vida!

Mas se Kittredge fosse uma mulher agora – se ele fosse igual ao que Donna tinha sido, ou igual às duas amigas muito "passáveis" de Donna – e se Kittredge tivesse Aids e estivesse morrendo em algum lugar, e eles tivessem que parar de dar estrogênio para Kittredge? Kittredge tinha uma barba *muito* cerrada; eu ainda podia sentir, após mais de trinta anos, o quanto a barba dele era cerrada. Eu havia imaginado, muitas e muitas vezes, e durante muito tempo, a barba de Kittredge arranhando o meu rosto.

Vocês se lembram do que ele me disse a respeito de transexuais? – Eu me arrependo de nunca ter experimentado um – Kittredge tinha murmurado no meu ouvido –, mas tenho a impressão de que se você pega um, os outros virão em seguida. – (Ele estava falando dos travestis que tinha visto em Paris.) – Eu acho que, se fosse experimentar, iria experimentar em Paris – Kittredge tinha dito para mim. – Mas *você*, Ninfa, você já *fez* isso! – Kittredge tinha exclamado.

Elaine e eu tínhamos visto o quarto de Kittredge na Favorite River Academy, e o que tinha me marcado mais, a fotografia de Kittredge e da mãe dele que tinha sido tirada depois de uma luta. O que Elaine e eu tínhamos notado ao mesmo tempo era que uma mão invisível tinha cortado fora o rosto da Sra. Kittredge e o tinha colado no corpo de Kittredge. Lá estava a mãe de Kittredge usando o colante e a camiseta de luta livre de Kittredge. E lá estava o belo rosto de Kittredge colado no rosto bonito e elegante de sua mãe.

A verdade é que o rosto de Kittredge *tinha funcionado* no corpo de uma mulher, com roupas de mulher. Elaine tinha me convencido de que Kittredge devia ter trocado os rostos na fotografia; a Sra. Kittredge não poderia ter feito isso.

– A mulher não tem nem imaginação nem senso de humor – Elaine tinha dito, do seu jeito autoritário.

Eu tinha voltado de Toronto, depois de me despedir de Donna. Lavanda nunca mais teria o mesmo perfume para mim, e vocês podem imaginar o anticlímax que seria quando o tio Bob me ligou para a casa da River Street com as últimas notícias da morte de um colega de turma.

– Você perdeu outro colega, Billy, não a sua pessoa favorita, se bem me lembro – o Homem da Raquete disse. Por mais vago que eu tenha sido quanto ao momento em que soube de Donna, posso dizer *exatamente* quando foi que o tio Bob me telefonou para contar sobre Kittredge.

Eu tinha acabado de fazer cinquenta e três anos. Foi em março de 1995; ainda havia muita neve no chão em First Sister, e a única coisa que eu tinha pela frente era a temporada de lama.

Elaine e eu estávamos pensando em fazer uma viagem ao México; ela tinha procurado casas para alugar em Playa del Carmen. Eu teria ido de bom grado com ela para o México, mas ela estava tendo problemas de namoro. O namorado dela era um babaca que não queria que Elaine fosse a lugar nenhum comigo.

– Você disse a ele que nós não transamos? – perguntei a ela.

– Sim, mas eu também contei a ele que nós costumávamos transar, ou que tentamos, pelo menos – Elaine disse, corrigindo-se.

– Por que você contou isso a ele?

– Eu estou experimentando uma nova política de sinceridade – Elaine respondeu. – Não estou mais inventando tantas histórias, ou estou tentando não inventar.

– Como é que essa política está funcionando com a sua produção de *ficção*? – perguntei a ela.

– Acho que não posso ir para o México com você, Billy – não neste momento – foi tudo o que ela disse.

Eu também tinha tido um problema recente de namoro, mas quando larguei o namorado arranjei um problema com uma namorada, um tanto cedo demais. Era o primeiro ano dela como professora em Favorite River, uma jovem professora de inglês. A Sra. Hadley e Richard tinham nos apresentado; eles tinham me convidado para jantar, e lá estava Amanda. Quando a vi pela primeira vez, achei que ela era uma das alunas de Richard – de tão jovem que ela me pareceu. Mas ela era uma mulher nervosa de vinte e muitos anos.

– Eu tenho quase trinta anos – Amanda estava sempre dizendo, como se ficasse nervosa de parecer jovem demais; portanto, dizer que em breve faria trinta anos a fazia parecer mais velha.

Quando começamos a dormir juntos, Amanda ficou nervosa com isso. Ela tinha um apartamento funcional num dos dormitórios femininos em Favorite River; quando eu passava a noite lá com ela, as meninas do dormitório ficavam sabendo. Mas, na maioria das noites, Amanda tinha obrigações a cumprir no dormitório – não podia ficar comigo na minha casa em River Street. Daquele jeito, eu não estava dormindo com Amanda com muita frequência – esse era o problema que eu estava vivendo. E havia, é claro, o problema de ser *bi*: ela tinha lido todos os meus romances, ela dizia que *amava* meus livros, mas o fato de eu ser bi também a deixava nervosa.

– Eu não posso acreditar que você tenha *cinquenta e três anos*! – Amanda estava sempre dizendo, o que me deixava confuso. Eu não sabia se ela queria dizer que parecia muito mais novo do que era, ou que ela estava horrorizada consigo mesma por namorar um cara bi *velho*, de mais de cinquenta anos.

Martha Hadley, que tinha setenta e cinco anos, tinha se aposentado, mas ainda recebia alunos com "necessidades especiais" – inclusive problemas de pronúncia. A Sra. Hadley tinha me contado que Amanda tinha problemas de pronúncia.

– Não foi por isso que você nos apresentou, foi? – perguntei a Martha.

– A ideia não foi *minha*, Billy – a Sra. Hadley disse. – Foi ideia do Richard apresentar você a Amanda, porque ela admira tanto os seus *livros*. Nunca achei que fosse uma boa ideia, ela é jovem demais para você, e tudo a deixa nervosa. Posso imaginar que o fato de você ser bi, bem, isso deve tirar o sono de Amanda. Ela não consegue *pronunciar* a palavra *bissexual*!

– Ah.

Era isso que estava acontecendo na minha vida quando o tio Bob me telefonou para contar sobre Kittredge. Foi por isso que eu disse, meio brincando, que a única coisa que eu tinha pela frente era a temporada de lama – fora a minha produção literária. (A mudança para Vermont tinha sido boa para a minha produção literária.)

A notícia da morte de Kittredge tinha sido dada ao Setor de Ex-Alunos pela Sra. Kittredge.

– Você quer dizer que ele tinha uma esposa ou está se referindo à mãe dele? – perguntei ao tio Bob.

– Kittredge tinha uma esposa, Billy, mas nós soubemos pela mãe dele.

– Jesus – que idade deve ter a *Sra*. Kittredge?

– Ela só tem setenta e dois – meu tio respondeu; tio Bob tinha setenta e oito, e ficou um pouco ofendido com a minha pergunta. Elaine tinha me dito que a Sra. Kittredge só tinha dezoito anos quando Kittredge nasceu.

Segundo Bob – quer dizer, segundo a Sra. Kittredge –, minha antiga paixão e torturador tinha morrido em Zurique, Suíça, "de causas naturais".

– Mentira, Bob – eu disse. – Kittredge só tinha um ano mais do que eu, ele tinha cinquenta e quatro anos. Que "causas naturais" podem matar você quando você só tem cinquenta e quatro anos, porra?
– Foi exatamente o que eu pensei, Billy, mas foi isso que a mãe dele disse – o Homem da Raquete respondeu.
– Pelo que ouvi, aposto que Kittredge morreu de Aids – eu disse.
– Qual mãe da geração da Sra. Kittredge iria informar *isso* à antiga escola do filho? – tio Bob me perguntou. (Realmente, Sue Atkins só tinha informado que Tom Atkins tinha morrido "após uma longa enfermidade".)
– Você disse que Kittredge tinha uma *esposa* – eu disse ao meu tio.
– Ele deixa esposa e filho, um único filho, e a mãe, é claro – o Homem da Raquete disse. – O rapaz tem o nome do pai, outro Jacques. A esposa tem um nome que parece alemão.
Você estudou alemão, não foi, Billy? Que tipo de nome é Irmgard? – tio Bob perguntou.
– Definitivamente alemão – eu disse.
Se Kittredge tinha morrido em Zurique – mesmo que ele tivesse morrido na Suíça "de causas naturais" –, possivelmente a esposa dele era suíça, mas Irmgard era um nome alemão. Cara, que nome duro de se carregar! Ele era terrivelmente antiquado; dava para sentir imediatamente a rigidez da pessoa que usava esse nome tão pesado. Pensei que aquele era um nome adequado para uma velha professora, para uma disciplinadora severa.
Imaginei que o filho único, chamado Jacques, devia ter nascido no início dos anos 70; esse teria sido o tempo certo para o tipo de jovem ambicioso que imaginei que Kittredge fosse, naqueles primeiros anos – considerando o curso feito em Yale, considerando seus primeiros passos numa carreira sem dúvida brilhante no mundo do *teatro*. Só na hora certa é que Kittredge teria parado e procurado uma esposa. E depois? Como as coisas teriam se desenrolado depois disso?
– Aquele canalha, *maldito!* – Elaine gritou, quando contei a ela que Kittredge tinha morrido. Ela ficou furiosa, foi como se Kittredge tivesse de alguma forma *escapado*. Ela não conseguiu nem falar naquela babaquice de "causas naturais", e muito menos na esposa.
– Ele não pode se safar assim!

– Elaine, ele *morreu*. Ele não se safou de nada – eu disse, mas Elaine continuou gritando.

Infelizmente, isso foi numa das poucas noites em que Amanda não dava plantão no dormitório; ela estava comigo na casa de River Street, então eu tive que contar a ela sobre Kittredge, e Elaine e todo o resto.

Sem dúvida, essa história era mais bi – e gay e "transgênero" (como Amanda diria) – por sua própria natureza do que qualquer coisa que Amanda tinha sido forçada a imaginar, embora ela continuasse dizendo o quanto *amava* os meus livros, onde sem dúvida ela tinha encontrado um mundo de "diferenças" sexuais (como Richard diria).

Eu culpo a mim mesmo por não ter dito nada a Amanda sobre os malditos fantasmas da casa de River Street; só outras pessoas os viam – eles nunca *me* incomodaram! Mas Amanda se levantou para ir ao banheiro – no meio da noite – e seus gritos me acordaram. Havia uma banheira novinha naquele banheiro – não era a mesma banheira onde o Vovô Harry tinha se matado, só era o mesmo banheiro –, mas, quando Amanda finalmente se acalmou o suficiente para me contar o que tinha acontecido (quando ela estava sentada no vaso), não havia dúvida de que era Harry quem ela tinha visto naquela banheira novinha.

– Ele estava encolhido como um garotinho na banheira, ele *sorriu* para mim quando eu estava urinando! – Amanda explicou, ainda soluçando.

– Eu sinto muito mesmo – eu disse.

– Mas ele não era um garotinho! – Amanda choramingou.

– Não, não era, aquele era o meu avô – tentei dizer a ela calmamente. Ah, aquele Harry, ele sem dúvida amava uma plateia nova, mesmo como fantasma! (Mesmo *como homem*!)

– A princípio eu não vi o rifle, mas ele *queria* que eu visse, Billy. Ele me mostrou a arma, e então atirou na própria cabeça, a cabeça dele explodiu para todo lado! – Amanda gemeu.

Naturalmente, eu tinha algumas explicações a dar; eu tive que contar tudo a ela sobre Vovô Harry. Nós ficamos acordados a noite inteira. Amanda se recusou a ir ao banheiro sozinha de manhã – ela se recusou até a ficar sozinha num dos outros banheiros, coisa que eu tinha sugerido. Eu entendi; e fui muito compreensivo. Eu nunca tinha visto um maldito fantasma – estou certo de que eles são assustadores.

Acho que a última gota, como mais tarde eu iria explicar à Sra. Hadley e a Richard, foi que Amanda estava tão ansiosa de manhã – afinal de contas, a moça nervosa não tinha tido uma boa-noite de sono – que abriu a porta do meu armário achando que estava abrindo a porta que dava para o corredor. E lá estava a Mossberg .30-30 do Vovô Harry; eu guardo aquela velha carabina no meu armário, onde ela fica encostada na parede.

Amanda gritou feito louca: – Cristo, ela não parava de gritar.

– Você guarda a arma, você guarda a arma no armário do seu quarto! Quem é que guardaria a arma que o avô usou para explodir a própria cabeça por todo o chão do banheiro, Billy? – Amanda berrou para mim.

– Amanda tem razão em relação à arma, Bill – Richard diria para mim quando eu contei a ele que Amanda e eu não estávamos mais namorando.

– *Ninguém* quer que você guarde aquela arma, Billy – Martha Hadley disse.

– Se você se livrar da arma, talvez os fantasmas vão embora, Billy – Elaine disse.

Mas aqueles fantasmas nunca tinham aparecido para mim; acho que você tem que ser receptivo para ver fantasmas, e eu acho que não sou "receptivo" para isso. Eu tenho os meus próprios fantasmas – os meus próprios "anjos apavorantes", como eu (mais de uma vez) me referi a eles –, mas os *meus* fantasmas não moram naquela casa em River Street, em First Sister, Vermont.

Eu iria para o México sozinho naquela temporada de lama de 1995. Aluguei a casa que Elaine tinha mencionado em Playa del Carmen. Eu bebi um bocado de *cerveza*, e arranjei um cara bonito, vistoso com um bigodinho fino e costeletas escuras; honestamente, ele parecia um dos atores que fez o papel de Zorro – numa daquelas versões em preto e branco. Nós nos divertimos, bebemos mais um monte de *cervezas*, e quando voltei para Vermont, já estava quase parecendo primavera.

Não iria acontecer muita coisa na minha vida – durante os próximos quinze anos –, a não ser o fato de eu ter me tornado professor. As escolas particulares – você deve chamá-las de escolas "independentes", mas eu ainda deixo escapar a palavra *particular* – não são tão rígidas quanto à idade de aposentadoria. Richard Abbott só iria se aposentar da Favorite River Academy depois dos setenta anos, e mesmo depois de se aposentar, Richard foi a todas as produções do Clube de Teatro da escola.

Richard não gostou dos seus diversos substitutos – bem, ninguém gostou daquele bando de palhaços imbecis. Não havia ninguém no Departamento de Inglês que tivesse a sensibilidade de Richard para Shakespeare, e não havia ninguém que entendesse porra nenhuma de teatro. Martha Hadley e Richard ficavam atrás de mim para me *envolver* com a academia.

– Os garotos leem os seus livros, Billy – Richard vivia me dizendo.

– Especialmente, você sabe, os garotos que são sexualmente *diferentes*, Billy – a Sra. Hadley dizia; ela ainda estava trabalhando em "casos" individuais (como ela os chamava) com mais de oitenta anos.

Foi através de Elaine que eu soube que havia grupos para rapazes e moças lésbicas, gays, bi e transgênero nos campus das faculdades. Foi Richard Abbott – com setenta e tantos anos – quem me contou que havia um grupo desses na Favorite River Academy. Era difícil para um cara bi da minha geração imaginar esses grupos organizados e reconhecidos. (Eles estavam ficando tão comuns, esses grupos, que eram conhecidos por suas iniciais. Quando ouvi falar nisso pela primeira vez, não consegui acreditar.)

Quando Elaine estava ensinando na NYU, ela me convidou para fazer uma sessão de leitura de um romance novo para o grupo LGBT no campus. (Eu estava tão por fora que levei dias recitando aquelas iniciais até decorá-las na ordem certa.)

Deve ter sido durante o período letivo do outono de 2007 na Favorite River Academy que a Sra. Hadley me falou que havia uma pessoa especial que Richard e ela queriam que eu conhecesse. Achei imediatamente que fosse algum professor novo da academia – alguém do Departamento de Inglês, ou uma bela mulher ou um gay engraçadinho, ou possivelmente essa pessoa "especial" tinha acabado de ser contratada para trazer um novo sopro de vida para o decadente, quase extinto, Clube de Teatro de Favorite River.

Eu estava me lembrando de Amanda – era ali que eu achava que esse novo projeto casamenteiro de Martha Hadley (e Richard) fosse dar. Mas não – não na minha idade. Eu tinha sessenta e cinco anos no outono de 2007. A Sra. Hadley e Richard não estariam tentando me arranjar namorada. Martha Hadley era uma mulher ativa de oitenta e sete anos, mas bastaria um escorregão no gelo ou na neve – uma queda feia, um quadril quebrado – e ela iria para o Retiro. (A Sra. Hadley em breve estaria indo para lá, de todo modo.) E Richard Abbott não era mais o perfeito protagonista; aos setenta e sete anos, Richard tinha deixado em parte a aposentadoria para dar um curso sobre Shakespeare em Favorite River, mas ele não tinha mais a energia para encenar Shakespeare. Richard estava apenas lendo as peças com alguns alunos do primeiro ano da academia; todos eles recém-chegados à escola. (Garotos da turma de *2011*! Eu não conseguia imaginar ser tão jovem assim de novo!)

– Nós queremos apresentá-lo a um novo *aluno*, Bill – Richard disse; ele ficou um tanto indignado por eu ter achado que ele (ou Martha) estava tentando arranjar um par para mim.

– Um aluno novo, Billy, alguém especial – a Sra. Hadley disse.

– Alguém com problemas de pronúncia, você quer dizer? – perguntei a Martha Hadley.

– Não estamos tentando arranjar uma professora para sair com você, Bill. Nós achamos que você devia *ser* um professor – Richard disse.

– Nós queremos que você conheça um dos novos garotos do grupo LGBT, Billy – a Sra. Hadley me disse.

– Claro, por que não? – eu disse. – Não sei sobre isso de ser professor, mas quero conhecer a pessoa. Menino ou menina? – Eu me lembro de ter perguntado a Martha Hadley e Richard. Eles olharam um para o outro.

– Ah, bem... – Richard começou a dizer, mas a Sra. Hadley o interrompeu.

Martha Hadley tomou minhas mãos nas dela, e apertou-as.

– Menino ou menina, Billy – ela disse. – Bem, essa é a questão. É por isso que queremos que você conheça a ele ou a ela, essa é a questão.
– Ah – eu disse. Foi por isso que me tornei um professor.

O Homem da Raquete tinha noventa anos quando foi para o Retiro; isso foi depois de duas próteses de quadril e de um tombo escada abaixo quando ele estava supostamente convalescendo da segunda operação.

– Eu estou começando a me sentir velho, Billy – Bob me disse quando fui visitá-lo no Retiro no outono de 2007, naquele mesmo mês de setembro em que a Sra. Hadley e Richard me apresentaram ao adolescente LGBT que iria mudar a minha vida.

Tio Bob estava se recuperando de uma pneumonia – o resultado de ter ficado de cama por um período de tempo depois de sua queda. Por causa da epidemia de Aids, eu ainda tinha uma vívida lembrança *daquela* pneumonia – daquela que tantas pessoas jamais se recuperaram. Fiquei contente de ver o tio Bob quase bom, mas ele tinha decidido que ia ficar no Retiro.

– Eu preciso deixar esses caras cuidarem de mim, Billy – o Homem da Raquete disse. Eu entendi como ele se sentia; já fazia quase trinta anos que Muriel tinha morrido, e Gerry, que tinha sessenta e oito anos, tinha acabado de ir viver com uma namorada nova na Califórnia.

A "Dama da Vagina", que era o apelido de Elaine para Helena, já tinha ido embora havia muito tempo. Ninguém tinha conhecido a nova namorada de Gerry, mas Gerry tinha escrito contando a respeito dela. Ela "só" tinha a minha idade, Gerry me disse – como se ela fosse menor de idade.

– Quando você menos esperar, Billy – tio Bob me disse –, vão começar a legalizar o casamento entre pessoas do mesmo sexo em toda parte, e Gerry *vai se casar* com a próxima namorada. Se eu ficar aqui no Retiro, Gerry vai ser obrigada a se casar em *Vermont*! – O Homem da Raquete exclamou, como se a ideia de que *isso* um dia pudesse acontecer fosse totalmente inacreditável.

Seguro de que meu tio Bob, de noventa anos de idade, estava protegido no Retiro, eu me dirigi para Noah Adams Hall, que era o prédio de estudos de inglês e línguas estrangeiras em Favorite River; eu ia conhecer o novo aluno "especial" no escritório de Richard no térreo, que ficava ao lado da sala de aula de Richard. A Sra. Hadley também ia se encontrar conosco lá.

Para meu horror, o escritório de Richard não tinha mudado; continuava horrível. Havia um sofá que imitava couro e que fedia mais do que qualquer cama de cachorro que você já tivesse cheirado; havia três ou quatro cadeiras de espaldar reto, do tipo que tem braços com suporte para escrever. Havia a escrivaninha de Richard, que era sempre uma bagunça; uma pilha de livros abertos e papéis soltos cobria todo o espaço para escrever. A cadeira de Richard tinha rodinhas, para ele poder deslizar pelo escritório sentado – o que, para diversão dos alunos, ele fazia.

O que *tinha* mudado em Favorite River, desde meus tempos no antigo colégio só de rapazes, não era só a presença de meninas – eram as regras de vestuário. Se houvesse uma regra em 2007, eu não poderia dizer qual era; paletós e gravatas não eram mais exigidos. Havia uma restrição vaga contra jeans "rasgados" – isso significava jeans rasgados ou retalhados. Havia uma regra que dizia que você não podia entrar no refeitório de pijama, e outra, que era sempre objeto de protesto, que tinha a ver com a barriga das meninas – quanto de barriga podia ficar de fora. Ah, e deixar de fora o rego da bunda era considerado ofensivo – era ainda mais ofensivo, me disseram, quando os "regos" eram de rapazes. Tanto as barrigas de fora das meninas quanto os regos dos rapazes eram regras calorosamente debatidas, que estavam constantemente sob revisão em mínimos detalhes. Os alunos diziam que eram regras sexualmente discriminatórias; que as barrigas das meninas e os regos dos rapazes estavam sendo discriminados como "maus".

Eu estava esperando que o estudante "especial" de Martha e Richard fosse um hermafrodita – uma espécie de mistura atraente de órgãos reprodutores, um ele ou uma ela tão sexualmente sedutor quanto a combinação mitológica de uma ninfa e um sátiro num filme de Fellini –, mas ali no escritório de Richard, esparramado naquela cama de cachorro de sofá, estava um rapaz desleixadamente vestido, meio gordo, com uma espinha inflamada no pescoço e apenas um leve vestígio de uma barba pré-púbere. Aquela espinha tinha um ar quase tão zangado quanto o próprio rapaz. Quando ele me viu, seus olhos se estreitaram – fosse de ressentimento ou devido ao esforço que estava fazendo para me examinar mais de perto.

– Oi, eu sou Bill Abbott – eu disse para o rapaz.

– Este é o George... – a Sra. Hadley começou a dizer.

– *Georgia* – o rapaz a corrigiu rapidamente. – Eu sou Georgia Montgomery, o pessoal me chama de Gee.

– Gee – eu repeti.

– Gee serve por ora – o rapaz disse –, mas *eu vou ser* Georgia. Este não é o meu corpo – ele disse zangadamente. – Eu não sou o que vocês veem. Estou me tornando outra pessoa.

– Está bem – eu disse.

– Eu vim para esta escola porque *você* estudou nela – o rapaz me disse.

– Gee estava numa escola na Califórnia – Richard começou a explicar.

– Eu achei que poderia haver outros garotos transgêneros aqui – Gee disse para mim –, mas não há, pelo menos ninguém que tenha admitido isso.

– Os pais dele... – a Sra. Hadley tentou me dizer.

– Os pais dela – Gee corrigiu Martha.

– Os pais de Gee são muito *liberais* – Martha disse para mim. – Eles *apoiam* você, não é? – a Sra. Hadley perguntou ao rapaz, ou à "garota em progresso", se era isso que ele ou ela era.

– Meus pais *são* liberais, eles me apoiam *sim* – Gee disse –, mas meus pais também têm medo de mim, eles dizem "sim" para tudo, como para a minha vinda para Vermont.

– Entendo – eu disse.

– Eu li todos os seus livros – Gee disse para mim. – Você é bem zangado, não é? Pelo menos é bastante pessimista. Você não vê toda essa intolerância terminando tão cedo, vê?

– Eu escrevo *ficção* – eu disse a ele. – Não sou necessariamente tão pessimista a respeito da vida real quanto sou quando invento uma história.

– Você parece bem zangado – o rapaz insistiu.

– Nós deveríamos deixar esses dois sozinhos, Richard – a Sra. Hadley disse.

– Sim, sim, você está por sua conta, Bill – Richard disse, dando um tapinha nas minhas costas. – Peça ao Bill para lhe contar sobre um transexual que ele conheceu, Gee – Richard disse para a garota em progresso quando estava saindo.

– *Transgênero* – Gee corrigiu Richard.

– Não para mim – eu disse ao garoto. – Eu conheço as mudanças de termos; sei que sou um homem velho e antiquado. Mas a pessoa que eu conheci era um transexual para mim. Naquela época, era isso que ela era. Eu digo "transexual". Se você quiser ouvir a história, vai ter que se acostumar com isso. Não *corrija* o que *eu* falar – eu disse ao garoto. Ele ficou ali sentado naquele sofá fedorento, olhando para mim. – Eu também sou um liberal – eu disse a ele –, mas não digo sim para tudo.

– Nós estamos lendo *A tempestade* na aula de Richard – Gee disse, a troco de nada, ou foi o que pensei. – É uma pena não podermos encená-la, mas Richard distribuiu os papéis entre nós para lermos em aula. Eu sou Calibã, sou o monstro, naturalmente.

– Eu fui Ariel uma vez. Eu vi meu avô fazer o papel de Calibã; ele o representou *como uma mulher* – eu disse para a garota em progresso.

– É mesmo? – o garoto disse; ele sorriu pela primeira vez, e eu de repente enxerguei. Ele tinha um lindo sorriso de menina, que estava escondido no seu rosto imaturo de menino, e mais escondido ainda pelo seu corpo desleixado de menino, mas eu pude vê-la nele. – Conte-me sobre o transgênero que você conheceu – o garoto disse.

– *Transexual* – eu disse.

– Tudo bem, por favor, fale-me sobre ela – Gee me pediu.

– É uma longa história, Gee, eu fui apaixonado por ela – eu disse a ele, eu disse *a ela*, eu deveria dizer.

– Tudo bem – ele repetiu.

Mais tarde, nós fomos juntos para o refeitório. A garota só tinha catorze anos e estava faminta.

– Está vendo aquele babaca ali? – Gee me perguntou; eu não sabia quem era o babaca a que Gee estava se referindo, porque havia uma mesa cheia deles, jogadores de futebol, pela sua aparência. Eu só fiz que sim com a cabeça.

– Ele me chama de Tampão, ou às vezes só de George, não de Gee. Nem é preciso dizer que nunca de Georgia – a garota disse, sorrindo.

– Tampão é horrível – eu disse à garota.

– Na verdade, prefiro isso a George – Gee me disse. – Sabe, Sr. A., o *senhor* provavelmente poderia dirigir *A tempestade*, não poderia, se quisesse? Assim seria possível encenar Shakespeare.

Ninguém jamais tinha me chamado de Sr. A.; eu devo ter gostado. Eu já tinha decidido que se Gee queria tanto ser uma garota, ela tinha que ser. Eu também queria dirigir *A tempestade*.

– Ei, Tampão! – alguém chamou.

– Vamos falar com os jogadores de futebol – eu disse a Gee. Nós fomos até a mesa deles; eles pararam de comer na mesma hora. Viram aquele garoto perturbado, o aprendiz de transgênero, como eles provavelmente o consideravam, e viram a mim, um velho de sessenta e cinco anos, que eles podem ter tomado por um professor (em breve eu seria um). Afinal de contas, eu parecia velho demais para ser pai de Gee.

– Esta é Gee, esse é o nome dela. Lembrem-se disso – eu disse a eles. Eles não responderam. – Qual de vocês chamou Gee de "Tampão"? – perguntei a eles; ninguém me respondeu. (Valentões de merda; a maioria deles é covarde.)

– Se alguém confundir você com um tampão, Gee, de quem é a culpa, se você não reclama? – perguntei à garota, que ainda parecia um garoto.

– Acho que a culpa é minha – Gee disse.

– Como é o nome dela? – perguntei aos jogadores de futebol. Todos menos um gritaram: "Gee!" O que não tinha falado, o maior de todos, estava comendo de novo; estava olhando para a comida e não para mim, quando eu falei com ele.

– Como é o nome dela? – perguntei de novo; ele apontou para a própria boca, que estava cheia.

– Eu espero – eu disse a ele.

– Ele *não* é professor aqui – o jogador de futebol grandão disse para os colegas, depois de engolir a comida. – Ele é só um escritor que mora na cidade. É um gay velho que mora aqui e estudou nesta escola. Ele não pode nos dar ordens, não faz parte do corpo docente.

– Como é o nome dela? – perguntei a ele.

– Babaca? – o jogador de futebol perguntou para mim; ele estava sorrindo agora, bem como os outros jogadores de futebol.

– Está vendo por que eu estou "bem zangado" como você diz, Gee? – perguntei ao adolescente de catorze anos. – Este é o cara que chama você de Tampão?

– Sim, é ele – Gee disse.

O jogador de futebol, o que sabia quem eu era, tinha se levantado da mesa; ele era um rapaz grandão, uns quinze centímetros mais alto do que eu, e com certeza uns dez ou quinze quilos mais pesado.

– Dá o fora, sua bicha velha – o rapaz grandão disse para mim. Achei que seria melhor se eu conseguisse que ele dissesse a palavra *bicha* para Gee. Eu sabia que aí o desgraçado estaria fodido; as regras de vestimenta podiam ter sido relaxadas em Favorite River, mas havia outras regras no lugar delas, regras que não existiam quando eu era aluno de lá. Você não podia ser expulso de Favorite River por dizer *tampão* e *babaca*, mas a palavra *bicha* estava na categoria de ódio. (Como a palavra *nigger* – pejorativo para negro – e a palavra *kike* – pejorativo para judeu –, a palavra bicha podia criar problemas para você.)

– Malditos jogadores de *futebol* – eu ouvi Gee dizer; isso era uma coisa que Herm Hoyt costumava dizer. (Os praticantes de luta livre sentem certo desprezo pelo fato de os jogadores de futebol *acharem* que são mais durões do que são na realidade.) Aquele jovem tansgênero em progresso devia estar lendo a minha mente!

– O que foi que você disse, sua bichinha? – o rapaz grandão disse. Ele deu um golpe no rosto da garota de catorze anos com a base da mão. Deve ter doído, mas eu vi que Gee não ia recuar; o nariz dela estava começando a sangrar quando eu me meti entre eles.

– Chega – eu disse para o rapaz grandão, mas ele me deu um empurrão com o peito. Eu vi o gancho de direita vindo e aparei o golpe com o antebraço esquerdo, do jeito que Jim *Alguma Coisa* tinha me ensinado, naquele salão de boxe no quarto andar do NYAC. O jogador de futebol ficou um tanto surpreso quando eu agarrei a parte de trás do pescoço dele numa gravata. Ele empurrou o corpo para trás com força, contra mim; ele era um rapaz pesado e jogou todo o peso do corpo sobre mim, exatamente o que você quer que o seu oponente faça se você for capaz de fazer um *duck-under* decente.

O chão do refeitório era bem mais duro do que uma esteira de luta livre, e o rapaz grandão caiu de mau jeito, com todo o seu peso (e grande parte do meu) sobre um dos ombros. Eu tive certeza de que ele havia deslocado aquele ombro ou que tinha quebrado a clavícula – ou as duas coisas. Na hora, ele ficou ali deitado no chão, tentando não mexer com aquele ombro nem com o braço.

– Malditos jogadores de *futebol* – Gee repetiu, dessa vez para a mesa toda. Eles podiam ver que o nariz dela estava sangrando mais.

– Pela quarta vez, como é o nome dela? – perguntei ao grandão caído no chão.

– Gee – o cara tampão e babaca disse. Acontece que ele era um PG, um rapaz de dezenove anos que já tinha se formado no ensino médio e que havia sido admitido na Favorite River para jogar futebol. Ou o ombro deslocado ou a clavícula quebrada iriam fazê-lo perder o resto da temporada de futebol. A academia não o expulsou por ele ter usado a palavra *bicha,* mas ele foi posto em observação. (Tanto Gee quanto eu tínhamos torcido para o nariz dela estar quebrado, mas não estava.) O PG ia ser expulso da escola na primavera seguinte por usar a palavra *sapatão* em referência a uma garota que não quis dormir com ele.

Quando concordei em dar aulas em tempo parcial na Favorite River, eu disse que só faria isso se a academia fizesse um esforço para educar novos alunos, especialmente os mais velhos, pós-ensino médio, na nova cultura liberal da Favorite River – eu me referia, é claro, à aceitação da diversidade sexual.

Mas ali no refeitório, naquele dia de setembro de 2007, eu não tinha mais nada de natureza *educativa* a dizer para os jogadores de futebol.

Minha nova protegida, Gee, entretanto, tinha mais a dizer àqueles atletas que ainda estavam sentados em volta da mesa.

– Eu vou me tornar uma mulher – ela disse a eles corajosamente. – Um dia, vou ser Georgia. Mas, por ora, eu sou apenas Gee, e vocês podem me ver como Calibã em *A tempestade* de Shakespeare.

– Talvez essa vá ser uma peça encenada no período letivo de inverno – eu avisei aos jogadores de futebol, não que eu esperasse que algum deles fosse assistir. Só achei que poderia precisar de mais tempo para preparar os garotos; todos os alunos do curso de Shakespeare de Richard estavam no primeiro período. Eu ia abrir seleçãopara toda a escola, mas temia que os garotos mais interessados na peça fossem (como Gee) alunos novos.

– Tem mais uma coisa – minha protegida disse para os jogadores de futebol. O nariz dela estava sangrando, mas eu podia ver que Gee estava satisfeita com isso. – O Sr. A. não é um *gay* velho, ele é um *bi* velho. Entenderam?

Eu fiquei impressionado porque os jogadores de futebol balançaram a cabeça afirmativamente. Bem, não o grandão que estava caído no chão do refeitório; ele só estava ali deitado, sem se mexer. Só lamentei que a Srta. Frost e o treinador Hoyt não me tivessem visto fazer aquele *duck-under*. Na minha opinião, aquele foi um ótimo *duck-under* – o único golpe que eu sabia dar.

14

Professor

Tudo isso tinha acontecido três anos atrás, quando Gee estava no primeiro ano. Vocês precisavam ver Gee no início do último ano, no período letivo do outono de 2010 – aos dezessete anos, uma garota que era um estouro. Gee ia fazer dezoito anos no último ano do ensino médio; ela iria se formar na turma de 2011. Eu só estou dizendo que você deveria tê-la visto quando era aluna do último ano. A Sra. Hadley e Richard tinham razão: Gee era especial.

Naquele período de outono estávamos ensaiando o que Richard chamava de "o Shakespeare do outono". Nós estaríamos apresentando *Romeu e Julieta* naquele momento tenso – no breve tempo de escola que fica entre o feriado de Ação de Graças e as férias de Natal.

Como professor, eu posso dizer a vocês que esse é um período terrível: os garotos estão nervosos, eles têm provas, têm trabalhos para entregar – e, para piorar a situação, os esportes de outono foram substituídos pelos de inverno. Tem muita coisa que é nova, mas um bocado de coisas são velhas; todo mundo tosse, e todo mundo está irritado.

O Clube de Teatro de Favorite River tinha encenado *Romeu e Julieta* pela última vez no inverno de 1985, ou seja, vinte e cinco anos atrás. Eu ainda me lembrava do que Larry tinha dito a Richard sobre colocar um garoto para fazer Julieta. (Larry achava que Shakespeare teria *amado* essa ideia!) Mas Richard tinha perguntado: "Onde é que eu encontro um garoto que tenha colhões para fazer o papel de Julieta?" Nem mesmo Lawrence Upton conseguiu encontrar uma resposta para isso.

Agora eu conhecia um garoto que tinha colhões para fazer o papel de Julieta. Eu tinha Gee, e – *como uma garota* – Gee era simplesmente perfeita. Aos dezessete anos, Gee ainda tinha colhões. Ela tinha começado a extensa avaliação psicológica – o aconselhamento e a psicoterapia – necessária para pessoas jovens que estão decididas a mudar de sexo. Eu não creio que a barba dela já tivesse sido removida pelo processo de eletrólise; Gee talvez ainda não tivesse idade suficiente para fazer eletrólise, mas realmente não sei. Eu sei que, com a aprovação dos pais e do médico dela, Gee estava tomando injeções de hormônio feminino; se ela continuasse firme no seu propósito de mudar de sexo, teria que continuar a tomar aqueles hormônios pelo resto da vida. (Eu não tinha dúvidas de que Gee, em breve *Georgia*, Montgomery continuaria firme nesse propósito.)

O que foi que Elaine disse uma vez, sobre a possibilidade de *Kittredge* fazer o papel de Julieta? Nós dois achamos que não daria certo. "Julieta não é nada se não for *sincera*", Elaine tinha dito.

Cara, eu nunca tive uma Julieta tão *sincera*! Gee sempre tivera colhões, mas agora ela tinha seios – pequenos, mas muito bonitos –, e seu cabelo tinha adquirido um novo brilho. Nossa, como os cílios dela tinham crescido! A pele de Gee tinha ficado mais macia, e as espinhas desapareceram; seus quadris tinham alargado, embora ela tivesse perdido peso desde o primeiro ano de escola – seus quadris já eram femininos, apesar de ainda não terem muitas curvas.

O que é mais importante, toda a comunidade da Favorite River Academy sabia quem (e o quê) Gee Montgomery era. Claro, ainda havia alguns atletas que não tinham aceitado completamente o quanto estávamos querendo transformar a escola num ambiente de diversidade sexual. Sempre irão existir alguns trogloditas.

Larry teria tido orgulho de mim, pensei. Numa palavra, Larry teria ficado surpreso com o meu grau de *envolvimento*. Ativismo político não era algo que me vinha naturalmente, mas eu estava ao menos *um pouco* politicamente ativo. Eu tinha viajado para alguns campi de universidades no nosso estado. Tinha feito palestras para os grupos LGBT em Middlebury College e na Universidade de Vermont. Tinha apoiado o projeto de casamento entre pessoas do mesmo sexo, que o Senado do estado de Vermont transformou em lei – passando por cima do veto do nosso governador republicano, um troglodita.

Larry teria rido ao me ver apoiar o casamento gay, porque Larry sabia o que eu pensava de *qualquer* casamento. "O velho Sr. Monogamia", Larry teria implicado comigo. Mas o casamento gay é o que os garotos gays e bi querem, e eu apoio esses garotos.

– Eu vejo em você um futuro herói! – Vovô Harry tinha dito para mim. Eu não iria tão longe, mas espero que a Srta. Frost aprovasse o que eu estava fazendo. À minha própria maneira, eu estava *protegendo* alguém – eu tinha protegido Gee. Eu era uma pessoa valiosa na vida de Gee. Talvez a Srta. Frost tivesse gostado de mim por isso.

Essa era a minha vida aos sessenta e oito anos. Eu era professor de inglês de tempo parcial na minha velha escola, Favorite River Academy; também dirigia o Clube de Teatro de lá. Eu era um escritor e ocasionalmente um ativista político – apoiando os grupos LGBT em toda parte. Ah, perdoem-me; os termos, eu sei, estão sempre mudando.

Um professor de Favorite River me disse que não era mais adequado (ou suficientemente inclusivo) dizer LGBT – devia ser LGBTQ.

– O que significa a porra do Q? – perguntei ao professor. – *Quadrado*, talvez?

– Não, Bill – o professor disse. – *Questionador*.

– Ah.

– Eu me lembro de você na fase *questionadora*, Billy – Martha Hadley me disse. Ah, bem, sim, eu também me lembro dessa fase. Não me importo de dizer LGBTQ; na minha idade, só tenho é dificuldade em lembrar da porra do Q!

A Sra. Hadley mora no Retiro agora. Ela tem noventa anos, e Richard a visita todos os dias. Eu visito Martha duas vezes por semana – na mesma hora em que visito o tio Bob. Aos noventa e três anos, o Homem da Raquete está muito bem – quer dizer, fisicamente. A memória de Bob não é mais o que era, mas essa é a única falha dele. Às vezes, Bob esquece até que Gerry e sua namorada californiana – a que tem a mesma idade que eu – se casaram este ano em Vermont.

O casamento foi em junho de 2010; ele foi realizado na minha casa em River Street. Tanto a Sra. Hadley quanto tio Bob estiveram presentes – Martha numa cadeira de rodas. O Homem da Raquete empurrava a Sra. Hadley de um lado para outro.

– Tem certeza de que não quer que eu empurre a cadeira, Bob? – Richard, eu e Elaine perguntamos várias vezes.

– O que faz vocês acharem que eu a estou *empurrando*? – O Homem da Raquete perguntou para nós. – Eu só estou me *apoiando* nela!

Bem, quando o tio Bob me pergunta quando vai ser o casamento de Gerry, eu lembro a ele que ela já está casada.

Foi, em parte, o esquecimento de Bob que quase me fez perder um pequeno destaque da minha vida – um destaque pequeno, mas verdadeiramente importante, eu acho.

– O que você vai fazer a respeito do Señor Bovary, Billy? – tio Bob me perguntou, quando eu o estava levando de volta para o Retiro depois do casamento de Gerry.

– Señor quem? – perguntei ao Homem da Raquete.

– Que merda, Billy – desculpe – tio Bob disse. – Não consigo mais me lembrar do meu Setor de Ex-Alunos, assim que fico sabendo de alguma coisa, parece que esqueço logo em seguida!

Mas não se tratava de algo que estivesse na categoria de uma notícia para ser publicada no *The River Bulletin*; era apenas uma consulta que veio para Bob, aos cuidados do "Gritos de ajuda do Departamento Que-Fim-Você-Levou?".

> Por favor, passe esta mensagem para o jovem William,

Começava a carta cuidadosamente datilografada.

> O pai dele, William Francis Dean, gostaria de saber como vai o filho – mesmo que a velha prima donna não escreva ela mesma para o filho e simplesmente pergunte a ele. Houve uma epidemia de Aids, o senhor sabe; como ele continua a escrever livros, nós supomos que o jovem William sobreviveu a ela. Mas como vai a saúde dele? Como dizemos por aqui – se o senhor fizer a gentileza de perguntar ao jovem William – *Cómo está*? E por favor diga ao jovem William que, se ele quiser nos ver antes de morrermos, ele deveria nos fazer uma visita!

A carta cuidadosamente datilografada era do amante de muitos anos do meu pai – o saltador de tampo de vaso sanitário, o leitor, o cara que se reencontrou com o meu pai no metrô e *não* saltou na estação seguinte.

Ele tinha datilografado, não assinado, o nome dele:

Señor Bovary

Recentemente, eu fui num verão a uma parada gay em Amsterdã, com um amigo holandês um tanto cínico; aquela cidade é um experimento promissor, como eu já achava havia muito tempo, e amei a parada. Havia multidões de homens dançando nas ruas – caras usando roupas de couro roxas e cor-de-rosa, rapazes usando Speedos com marcas de leopardo, homens com protetores de testículos, todos se beijando, uma mulher toda coberta de penas verdes parecendo molhadas e com um caralho postiço todo preto. Eu disse ao meu amigo que havia muitas cidades onde se pregava tolerância, mas que Amsterdã realmente a praticava – até mesmo a *exibia*. Enquanto eu falava, uma longa barcaça passou num dos canais; uma banda de rock só de garotas estava tocando a bordo, e havia mulheres usando malhas transparentes e acenando para nós, em terra firme. As mulheres estavam acenando com vibradores.

Mas o meu cínico amigo holandês me lançou um olhar cansado (e muito pouco tolerante); ele parecia tão indiferente às exibições gays quanto às prostitutas de origem estrangeira nas janelas e vãos de portas de Wallen, o bairro de luzes vermelhas de Amsterdã.

– Amsterdã é tão over – meu amigo holandês disse. – O novo palco para gays na Europa é Madri.

– Madri – eu repeti, como costumo fazer. Eu era um cara bi de mais de sessenta anos, morando em Vermont. O que eu sabia sobre o novo palco para gays na Europa? (O que eu sabia sobre qualquer maldito *palco*?)

Foi por recomendação do Señor Bovary que fiquei no Santo Mauro em Madri; era um hotel bonito e calmo na Zurbano – uma rua estreita e arborizada (uma área residencial, mas que parecia um tédio) "que dava para ir a pé até Chueca". Bem, era uma *longa caminhada* até Chueca, "o bairro gay de Madri" – como o Señor Bovary descreveu Chueca no e-mail que mandou para mim. A carta datilografada de Bovary, que foi endereçada ao tio Bob no Setor de Ex-Alunos da Favorite River, não continha endereço do remetente – só um e-mail e o telefone celular do Señor Bovary.

O contato inicial, por carta, e a comunicação que se seguiu por e-mail com o antigo parceiro do meu pai, sugeria uma curiosa combinação entre o velho e o contemporâneo.

– Acho que esse tal de Bovary é da idade do seu pai, Billy – tio Bob tinha me avisado. Eu sabia, pela *Coruja* de 1940, que William Francis Dean tinha nascido em 1924, o que significava que o meu pai e o Señor Bovary tinham oitenta e seis anos. (Eu também sabia pela mesma *Coruja* de 1940 que Franny Dean tinha querido ser um "artista", mas *que* tipo de artista?)

Pelos e-mails do "tal de Bovary", como o Homem da Raquete tinha chamado o amante do meu pai, entendi que meu pai não tinha sido informado da minha ida a Madri; isso tinha sido ideia exclusivamente do Señor Bovary, e eu estava seguindo as instruções dele. "Dê uma volta por Chueca no dia que chegar. Vá para a cama cedo nessa primeira noite. Eu o encontrarei para jantar na segunda noite. Nós daremos um passeio; terminaremos em Chueca, e eu o levarei ao clube. Se seu pai soubesse que você estava vindo, isso o deixaria constrangido", o e-mail do Señor Bovary dizia.

Que clube?, pensei.

– Franny não era um mau sujeito, Billy – tio Bob tinha dito para mim, quando eu ainda era aluno da Favorite River. – Ele só era um pouco efeminado, se é que você me entende. – Provavelmente o lugar para onde Bovary ia me levar em Chueca era *aquele* tipo de clube. Mas *que* tipo de clube gay seria? (Mesmo um velho cara bi de Vermont sabe que existe mais de um tipo de clube gay.)

No final da tarde em Chueca, a maioria das lojas ainda está fechada para a sesta no calor de trinta graus; mas é um calor seco – muito agradável para um visitante que veio para Madri na época das mutucas em Vermont. Eu tive a sensação de que a Calle de Hortaleza era uma rua movimentada de comercialização de sexo gay; ela tinha uma atmosfera de turismo sexual, mesmo naquela hora de sesta.

Havia alguns homens mais velhos sozinhos por ali, e um ou outro grupo de jovens gays; haveria mais dos dois tipos num fim de semana, mas este era um dia útil. Quase não havia lésbicas – pelo menos que eu pudesse ver, mas essa era a minha primeira visão de Chueca.

Havia uma boate chamada A Noite em Hortaleza, perto da esquina da Calle de Augusto Figueroa, mas você não nota boates durante o dia. Foi o nome português do clube que me chamou atenção – a *noite* é português e não espanhol – e aqueles cartazes que anunciavam shows, inclusive um com drag queens.

As ruas entre a Gran Vía e a estação do metrô na Plaza de Chueca eram cheias de bares e lojas de produtos eróticos e lojas de roupas para gays. Taglia, a loja de perucas na Calle de Hortaleza, ficava em frente a uma academia de ginástica. Eu vi que camisetas do Tintin eram populares, e – na esquina da Calle de Hernán Cortés – havia manequins masculinos de fio dental na vitrine da loja. (Tem uma coisa que eu fico feliz por estar muito velho para usar: fio dental.)

Lutando contra o cansaço da diferença de fuso horário, eu estava apenas tentando passar o dia e me manter acordado para jantar cedo no meu hotel e ir para a cama. Eu estava cansado demais para apreciar os garçons musculosos de camiseta no Mama Inés Café em Hortaleza; havia principalmente pares de homens, e uma mulher que estava sozinha. Ela estava usando sandália de dedo e um coletinho; ela tinha um rosto angular e parecia muito triste, com a boca apoiada em uma das mãos. Quase dei em cima dela. Eu me lembro de ter pensado se, na Espanha, as mulheres eram muito magras até que de repente ficavam gordas. Eu estava notando certo tipo de homem – magrinho de camiseta sem manga, mas com uma barriguinha de aparência irremediável.

Tomei um *café com leche* às cinco horas da tarde – coisa que não costumo fazer, tomar café tão tarde, mas eu estava tentando me manter acordado. Depois encontrei uma livraria na Calle de Gravina – Libros, eu acho que era o nome. (Não estou brincando, uma livraria chamada "Livros".) O romance inglês, em inglês, estava bem representado ali, mas não havia nada contemporâneo – nem mesmo do século XX. Fiquei um tempo examinando a seção de ficção. Do outro lado da rua, na esquina de San Gregorio, havia o que parecia ser um bar popular – o Ángel Sierra. A sesta devia ter terminado quando eu saí da livraria, porque o bar estava começando a ficar lotado.

    Passei por um café, também na Calle de Gravina, com algumas lésbicas mais velhas, elegantemente vestidas, sentadas a uma mesa perto da janela – pelo pouco que eu sabia, as únicas lésbicas que vi em Chueca, e praticamente as únicas mulheres que vi naquele bairro. Mas ainda era cedo, e eu sabia que tudo na Espanha acontece tarde. (Eu já havia estado em Barcelona, para lançar traduções dos meus livros. Minha editora em língua espanhola tem sede lá.)

    Quando eu estava saindo de Chueca – para a longa caminhada de volta ao Santo Mauro –, parei num bar de ursos na Calle de las Infantas. O bar chamava-se Hot e estava lotado de homens. Eles eram homens mais velhos, e você sabe como são os ursos – homens de aparência comum, caras gorduchos de barba, muitos bebedores de cerveja entre eles. Ali era a Espanha, então é claro que havia muita gente fumando; não fiquei muito tempo, mas Hot tinha uma atmosfera simpática. Os barmen sem camisa eram os caras mais jovens ali – eles eram atraentes, sem dúvida.

O homenzinho garboso que se encontrou comigo num restaurante na Plaza Mayor na noite seguinte não fez vir à mente imediatamente um jovem soldado com as calças arriadas até os tornozelos, lendo *Madame Bovary* durante uma tempestade no mar e que – de bunda de fora – saltou sobre uma fileira de vasos sanitários para conhecer meu jovem pai.

    O cabelo do Señor Bovary era bem aparado e todo branco, assim como os pelos curtos do seu bigode prosaico. Ele usava uma camisa branca de manga curta, bem passada, com dois bolsos na frente – um para seus óculos de leitura, outro equipado com canetas. Suas calças cáqui tinham um vinco bem marcado; talvez os únicos componentes contemporâneos da imagem antiquada e meticulosa do velho fossem suas sandálias. Era o tipo de sandália que rapazes que praticam esportes ao ar livre usam quando atravessam a pé rios agitados e correm por corredeiras ligeiras – aquele tipo de sandália que tem o aspecto robusto e sério de um tênis de corrida.

— Bovary — ele disse; e estendeu a mão, com a palma virada para baixo, de modo que eu não soube se ele esperava que eu a apertasse ou a beijasse. (Eu a apertei.)

— Estou muito feliz por você ter me procurado — eu disse a ele.

— Eu não sei o que o seu pai está esperando, agora que sua mãe — *una mujer difícil*, já está morta há trinta e dois anos. São mesmo trinta e dois, não são? — o homenzinho perguntou.

— Sim — eu disse.

— Deixe-me saber qual é o seu status em relação ao HIV; eu vou contar ao seu pai. Ele está louco para saber, mas eu o conheço — jamais irá perguntar para você. Ele apenas irá se preocupar com isso depois que você tiver voltado para casa. Ele tem mania de deixar tudo para depois — Bovary exclamou afetuosamente, lançando-me um sorrisinho cintilante.

Eu disse a ele: meus resultados são sempre negativos; eu não tenho o vírus HIV.

— Nada de coquetel tóxico para você, isso é muito bom! — o Señor Bovary exclamou. — Nós também não temos o vírus, se quer saber. Eu admito que só fiz sexo com o seu pai, e, fora aquele namorico realmente *desastroso* com a sua mãe, seu pai só fez sexo comigo. Um *tédio*, não acha? — o homenzinho disse, sorrindo outra vez. — Eu li os seus livros, e, é claro, seu pai também leu. Julgando pelo que você tem escrito, bem, não se pode culpar o seu pai por ele se preocupar com *você*! Se a metade do que escreveu *aconteceu* com você, você deve ter feito sexo com *todo mundo*!

— Com homens e mulheres, sim, com *todo mundo*, não — eu disse, sorrindo de volta para ele.

— Eu só estou perguntando porque ele *não* vai perguntar. Honestamente, você vai conhecer o seu pai, e vai ter a impressão de ter tido *entrevistas* mais minuciosas do que qualquer coisa que ele irá perguntar ou até mesmo *dizer* para você — o Señor Bovary me avisou. — Não é que ele não se *importe*, eu não estou exagerando quando digo que ele está *sempre* se preocupando com você, mas seu pai é um homem que acredita que a privacidade de uma pessoa não deve ser invadida. Seu pai é um homem *muito* discreto. Eu só o vi se expor em público a respeito de uma coisa.

– Que coisa? – perguntei.

– Eu não vou estragar o show. De qualquer modo, está na hora de irmos – Señor Bovary disse, olhando o relógio.

– *Que* show?

– Olha, eu não sou o artista, só administro o dinheiro – Bovary disse. – Você é o *escritor* da família, mas seu pai sabe contar uma história, mesmo que seja sempre a mesma história.

Eu o acompanhei, num ritmo bastante rápido, da Plaza Mayor até a Puerta del Sol. Bovary devia usar aquelas sandálias especiais porque gostava de caminhar; aposto que ele andava a pé em Madri por toda parte. Ele era um homem magro, em boa forma física; tinha comido muito pouco no jantar, e tinha bebido apenas água mineral.

Devia ser nove ou dez horas da noite, mas havia um monte de gente nas ruas. Enquanto subíamos Montero passamos por algumas prostitutas – "profissionais", Bovary as chamava.

Eu ouvi uma delas dizer a palavra *guapo*.

– Ela está dizendo que você é bonito – o Señor Bovary traduziu.

– Talvez ela estivesse falando de *você* – eu disse a ele; ele *era* muito bonito.

– Ela não está falando de mim, ela me *conhece* – foi só o que Bovary disse. Ele era um homem de negócios, Sr. gerente financeiro, eu estava pensando.

Então nós cruzamos a Gran Vía na direção de Chueca, ao lado daquele prédio muito alto – a Telefônica.

– Ainda estamos um pouco adiantados – o Señor Bovary estava dizendo, enquanto tornava a consultar o relógio. Ele pareceu que ia tomar um desvio (depois desistiu). – Tem um bar de ursos nesta rua – ele disse, parando na esquina de Hortaleza com a Calle de las Infantas.

– Sim, Hot, eu tomei uma cerveja lá ontem à noite – eu disse a ele.

– Os ursos são legais, se você gosta de *barrigas* – Bovary disse.

– Eu não tenho nada contra ursos, apenas gosto de cerveja – eu disse. – É só o que eu bebo.

– Eu só bebo *agua con gas* – o Señor Bovary disse, dando aquele sorrisinho cintilante.

– Água mineral, com bolhas, certo?

– Acho que nós dois gostamos de *bolhas* – foi tudo o que Bovary disse; ele tinha continuado a andar pela Hortaleza. Eu não estava prestando muita atenção na rua, mas reconheci aquela boate com o nome português, A Noite.

Quando o Señor Bovary me levou para dentro, eu perguntei:
– Ah, é *este* o clube?
– Felizmente, *não* – o homenzinho respondeu. – Nós estamos só matando tempo. Se o show *daqui* estivesse começando, eu não o teria trazido, mas o show começa muito tarde. Dá para tomar apenas um drinque.

Havia alguns rapazes gays magrinhos em volta do bar.
– Se você estivesse sozinho, aposto que eles estariam em cima de você – Bovary me disse. Era um bar de mármore preto, ou talvez granito. Tomei uma cerveja e o Señor Bovary tomou uma *agua con gas* enquanto esperávamos.

Havia um salão de baile azul e um palco em A Noite; estavam tocando canções de Sinatra nos bastidores. Quando usei a palavra retrô para descrever a boate, Bovary disse apenas:
– Para ser gentil. – Ele não parava de consultar o relógio.

Quando tornamos a sair para Hortaleza, já eram quase onze horas da noite; eu nunca tinha visto tanta gente na rua. Quando Bovary me levou para o clube, eu vi que já tinha passado por ele, mas não o tinha notado – pelo menos duas vezes. Era um clube muito pequeno com uma longa fila na frente – em Hortaleza, entre a Calle de las Infantas e San Marcos. Eu vi o nome do clube pela primeira vez. O clube se chamava SEÑOR BOVARY.

– Ah – eu disse, quando Bovary me levou para a porta que dava no palco.

– Nós vamos ver o show de Franny, *depois* você irá vê-lo – o homenzinho estava dizendo. – Se eu tiver sorte, ele não verá você comigo até o final do espetáculo, ou até *próximo* do final, pelo menos.

Os mesmos tipos que eu tinha visto em A Noite, aqueles rapazes gays magrinhos, lotavam o bar, mas eles abriram espaço para o Señor Bovary e para mim. No palco estava uma dançarina transexual, bem passável – não havia nada de *retrô* nela.

– Divertimento descarado para héteros – Bovary cochichou no meu ouvido. – Ah, e para caras como *você*, imagino, ela faz seu tipo?

– Sim, com certeza – eu disse a ele. (Achei a luz estroboscópica verde pulsando sobre a dançarina um tanto cafona.)

Não era exatamente um show de strip-tease; a dançarina sem dúvida tinha feito plástica de seios, e tinha muito orgulho deles, mas não tirou a calcinha fio dental. A multidão aplaudiu calorosamente quando ela saiu do palco, passando no meio da plateia – e até pelo bar, ainda usando sua tanguinha, mas carregando o resto das roupas. Bovary disse algo para ela em espanhol, e ela sorriu.

– Eu disse a ela que você era um convidado muito importante, e que ela era *com certeza* seu tipo – o homem disse travessamente para mim. Quando comecei a dizer alguma coisa, ele encostou o dedo nos lábios e murmurou: – Eu vou ser seu tradutor.

Primeiro achei que ele estava fazendo uma brincadeira – sobre traduzir para mim, se mais tarde eu fosse me encontrar com a dançarina transexual –, mas Bovary quis dizer que iria traduzir para o meu pai.

– Franny! Franny! Franny! – vozes na plateia começaram a gritar.

Do momento em que Franny Dean subiu no palco, houve murmúrios de admiração; não era só o brilho e o decote profundo do vestido, mas aquele decote e a pose com que meu pai se apresentava, eu pude ver por que Vovô Harry tinha um carinho especial por William Francis Dean. A peruca era negra com mechas prateadas; ela combinava com o vestido. Os seios postiços eram modestos – pequenos, como ele –, e o colar de pérolas não era chamativo, mas refletia a luz azulada do palco. Aquela mesma luz azulada tinha deixado o palco e a plateia coloridos de um tom cinza-pérola – até mesmo a camisa branca do Señor Bovary, ao meu lado no bar.

– Eu tenho uma pequena história para contar para vocês – meu pai disse para a multidão, em espanhol. – Não vai levar muito tempo – ele disse, sorrindo; seus dedos velhos e magros brincaram com seu colar de pérolas. – Talvez vocês já a tenham ouvido antes – ele disse, enquanto Bovary cochichava em inglês no meu ouvido.

– *Sí!* – a multidão gritou, em coro.

– Desculpe – meu pai respondeu –, mas essa é a única história que eu sei. É a história da minha vida, e do meu único amor.

Eu já conhecia a história. Era, em parte, o que ele tinha me contado quando eu estava me recuperando da escarlatina – só que com mais detalhes do que seria possível uma criança lembrar.

– Imaginem conhecer o amor de suas vidas num vaso sanitário! – Franny Dean gritou. – Nós estávamos num *banheiro*, inundado de água do mar; nós estávamos num navio, inundado de *vômito*!

– *Vómito!* – a multidão repetiu, em uníssono.

Fiquei espantado em ver quantos deles já tinham ouvido a história; eles a sabiam de cor. Havia muitas pessoas mais velhas na plateia, tanto homens quanto mulheres; havia gente jovem também – principalmente rapazes.

– Não existe nenhum som igual ao som de um traseiro humano, passando por uma sucessão de assentos de privada, aquele som de *tapa*, enquanto o amor da sua vida se aproxima, chegando cada vez mais perto – meu pai disse; ele parou e respirou fundo enquanto muitos dos rapazes da plateia baixavam as calças até os tornozelos (e as cuecas também) e davam tapas nas bundas nuas uns dos outros.

Meu pai soltou o ar no palco e disse, com um suspiro acusador:

– Não, não era assim, era um som *diferente*, mais refinado. – No seu vestido preto cintilante com o decote profundo, meu pai fez outra pausa enquanto aqueles rapazes repreendidos levantavam as calças e a plateia sossegava.

– Imaginem *ler* durante uma tempestade no mar. Você tem que ser um leitor e tanto para isso – meu pai disse. – Eu fui um leitor a vida inteira. E sabia que, se *algum dia* encontrasse o amor da minha vida, ele também teria que gostar de ler. Mas, ah, fazer o primeiro *contato* com ele *desse* jeito! De rosto colado, por assim dizer – meu pai disse, empinando um quadril magro e dando um tapa nas nádegas.

– De rosto colado! – a multidão gritou, ou como quer que se diga isso em espanhol (eu não me lembro.) Ele tinha conhecido Bovary num banheiro, bunda com bunda; isso não era perfeito?

O show era pouco mais que isso. Quando meu pai terminou a história sobre o amor da sua vida, notei que muitas das pessoas mais velhas da plateia foram embora rapidamente – bem como quase todas as mulheres. As mulheres que ficaram, eu só percebi depois – quando estava indo embora –, eram os transexuais e os travestis. (Os rapazes ficaram, e quando eu saí do clube, havia muito mais deles – além de alguns homens mais velhos, que estavam quase todos sozinhos, sem dúvida na paquera.)

Señor Bovary me levou aos bastidores para encontrar meu pai.

– Não fique desapontado – ele cochichou várias vezes no meu ouvido, como se ainda estivesse traduzindo e nós ainda estivéssemos sentados no bar.

Meu pai, em pé no seu camarim, já estava nu até a cintura – sem peruca – quando Bovary e eu chegamos lá. William Francis Dean tinha o cabelo branco, cortado à escovinha, e o corpo magro e musculoso de um lutador peso leve ou de um jóquei. Os pequenos seios postiços e um sutiã não maior do que o de Elaine – o que eu costumava usar quando estava dormindo – estavam sobre a penteadeira do meu pai, junto com o colar de pérolas. O vestido, que fechava nas costas, estava aberto até a cintura do meu pai, e ele tinha despido a parte de cima.

– Quer que eu abra o resto, Franny? – Señor Bovary perguntou ao artista. Meu pai virou de costas para Bovary, permitindo que o amante abrisse o fecho do vestido. Franny Dean saiu de dentro do vestido, revelando apenas uma cinta preta apertada; ele já tinha soltado as meias pretas da cinta – as meias estavam enroladas nos seus tornozelos finos. Quando meu pai se sentou na penteadeira, tirou as meias dos seus pés pequenos e as atirou para o Señor Bovary. (Tudo isso antes de retirar a maquiagem, começando pelo delineador; ele já tinha tirado os cílios postiços.)

– Foi uma boa coisa eu não ter visto você *cochichando* com o jovem William no bar até eu ter praticamente terminado de contar a parte da história que se passa em Boston – meu pai disse, irritado, para Bovary.

– Foi uma boa coisa *alguém* ter convidado o jovem William para vir visitá-lo antes que você morra, Franny – o Señor Bovary disse a ele.

– O Sr. Bovary *exagera*, William – meu pai me disse. – Como você pode ver, não estou morrendo.

– Vou deixar vocês dois a sós – o Sr. Bovary disse num tom magoado.

– Não ouse fazer isso – meu pai disse para o amor da sua vida.

– Eu não ouso – Bovary respondeu, com uma cômica resignação. Ele me lançou um olhar sofredor, do tipo você está vendo o que eu tenho que aguentar?

– De que adianta ter um amor na vida se ele não estiver *sempre* com você? – meu pai perguntou para mim.

Eu não soube o que dizer; estava sem palavras.

– Seja gentil, Franny – o Señor Bovary disse a ele.

– Eis o que as mulheres fazem, William, garotas de cidades pequenas, pelo menos – meu pai disse. – Elas encontram algo que as agrada em você, mesmo que seja uma coisa só que elas achem terna. Por exemplo, sua mãe gostava de me fantasiar, e eu também gostava disso.

– Talvez *mais tarde*, Franny, talvez seja melhor dizer isso para o jovem William *depois* que vocês tenham tido a chance de se conhecerem melhor – o Sr. Bovary sugeriu.

– É tarde demais para o jovem William e para mim nos conhecermos. Essa oportunidade nos foi negada. Agora nós já somos quem somos, não é, William? – meu pai me perguntou. Mais uma vez, eu não soube o que dizer.

– Por favor, tente ser mais gentil, Franny – Bovary disse a ele.

– Isso é o que as mulheres fazem, como eu estava dizendo – meu pai continuou. – As coisas que elas *não* amam a seu respeito, as coisas que elas nem mesmo *gostam* – bem, adivinhe o que as mulheres fazem a respeito *dessas* coisas? Elas imaginam que podem *mudar* essas coisas, é *isso* que as mulheres fazem! Imaginam que podem mudar você.

– Você conheceu uma garota, Franny, *una mujer difícil* – o Señor Bovary começou a dizer.

– Agora quem é que não está sendo *gentil*? – meu pai o interrompeu.

– Eu conheci alguns *homens* que tentaram me mudar – eu disse ao meu pai.

– Eu não posso competir com *todo mundo* que você conheceu, William, não posso dizer que tive a *sua* experiência – meu pai disse. Eu fiquei surpreso por ele ser um pedante.

– Eu costumava imaginar qual era a minha origem – eu disse a ele. – As coisas a meu respeito que eu não entendia, as coisas que eu *questionava*, especialmente. Você sabe do que estou falando. Quanto de mim vinha da minha mãe? Havia muito pouco que vinha dela, pelo que eu podia ver. E quanto de mim vinha de *você*? Houve um tempo em que pensei muito sobre isso.

– Nós soubemos que você deu uma surra num rapaz – meu pai disse.

– Diga isso mais *tarde*, Franny – o Sr. Bovary pediu a ele.

– Você bateu num rapaz na escola, recentemente, não foi? – meu pai me perguntou. – Bob me contou. O Homem da Raquete estava muito orgulhoso de você por causa disso, mas eu achei isso preocupante. Você não herdou *violência* de mim, você não herdou *agressão*. Eu imagino se toda essa raiva não vem daquelas *mulheres* Winthrop.

– Ele era um rapaz *grande* – eu disse. – Ele tinha dezenove anos, era jogador de futebol, era um valentão filho da puta.

Mas meu pai e o Señor Bovary pareciam estar envergonhados de mim. Eu estava prestes a contar sobre Gee para eles – que ela só tinha catorze anos, era um menino se transformando em menina, e o brutamontes de dezenove anos tinha batido no rosto dela, fazendo o nariz dela sangrar –, mas de repente achei que não devia nenhuma explicação àquelas bichas velhas. Eu não dava a mínima para aquele jogador de futebol.

– Ele me chamou de *veado* – eu disse a eles. Achei que isso os deixaria zangados.

– Ah, você ouviu isso? – meu pai perguntou ao amor da vida dele. – Não a palavra *veado*! Você pode imaginar ser chamado de veado e não dar uma surra em alguém? – meu pai perguntou ao amante.

– Mais gentil, tente ser mais gentil, Franny – Bovary disse, mas eu vi que ele estava sorrindo. Eles eram um casal bonitinho, porém afetados, feitos um para o outro, como se diz.

Meu pai se levantou e enfiou os polegares na cintura apertada da cinta.

– Se vocês tiverem a gentileza de me dar um pouco de *privacidade* – ele disse. – Esta cinta ridícula está me matando.

Voltei para o bar com Bovary, mas não havia como conversar ali; os gays magrinhos tinham se multiplicado, em parte porque havia mais homens mais velhos sozinhos no bar. Havia uma banda só de rapazes tocando numa luz estroboscópica cor-de-rosa, e homens e rapazes estavam dançando juntos na pista de dança; algumas das transexuais estavam dançando também, ou com um rapaz ou umas com as outras.

Quando meu pai se juntou a nós no bar, ele era o retrato da conformidade masculina; além daquelas sandálias atléticas (iguais às de Bovary), meu pai estava usando um paletó esporte marrom com um lenço marrom-escuro no bolso da frente do paletó. O murmúrio de "Franny" passou pela multidão quando estávamos saindo do clube.

Nós estávamos andando por Hortaleza, logo depois da Plaza de Chueca, quando um bando de rapazes reconheceu meu pai; mesmo como homem, Franny devia ser famoso no bairro.

– *Vómito!* – um dos rapazes gritou alegremente para ele.

– *Vómito!* – meu pai respondeu animadamente; eu vi que ele estava contente por eles saberem quem ele era, *mesmo* não estando vestido de mulher.

Fiquei espantado com o fato de que muito depois da meia-noite houvesse tanta gente nas ruas de Chueca. Mas Bovary me disse que havia uma boa chance de que a proibição de fumar fizesse Chueca ficar ainda mais barulhenta e mais cheia à noite.

– Todos os homens vão ficar do lado de fora dos clubes e bares, nestas ruas estreitas, todos bebendo e fumando, e gritando para serem ouvidos – Señor Bovary disse.

– Pense em todos os *ursos*! – meu pai disse, torcendo o nariz.

– William não tem nada contra ursos, Franny – Bovary disse delicadamente. Eu vi que eles estavam de mãos dadas, parceiros no decoro.

Eles caminharam comigo até o Santo Mauro, meu hotel em Zurbano.

– Acho que você devia admitir para o seu filho, Franny, que está *um pouco* orgulhoso dele por ele ter batido naquele valentão – Bovary disse para o meu pai no pátio do Santo Mauro.

– *É* realmente fascinante saber que eu tenho um filho que pode dar uma surra em alguém – meu pai disse.

– Eu não dei uma surra nele. Foi só um golpe, ele apenas caiu de mau jeito, numa superfície dura – tentei explicar.

– Não foi isso que o Homem da Raquete contou – meu pai disse. – Bob me fez acreditar que você esfregou o chão com o filho da puta.

– Grande Bob – eu disse.

Eu me ofereci para chamar um táxi para eles; eu não sabia que moravam nas vizinhanças.

– Nós moramos logo ali adiante – o Señor Bovary explicou. Dessa vez, quando ele me ofereceu a mão, com a palma virada para baixo, eu tomei sua mão e a beijei.

– Obrigado por ter feito isso acontecer – eu disse para Bovary. Meu pai deu um passo para a frente e me deu um súbito abraço; ele também me deu um beijo rápido nos dois lados do rosto, ele era *tão* europeu.

– Talvez, quando eu voltar à Espanha, para o meu próximo lançamento em espanhol, talvez eu possa tornar a visitá-los, ou vocês podem ir até Barcelona – eu disse para o meu pai. Mas, de certa forma, isso pareceu deixar meu pai incomodado.

– Talvez – foi tudo o que o meu pai disse.

– Talvez quando chegar mais perto a gente possa falar sobre isso – o Sr. Bovary sugeriu.

– Meu *empresário* – meu pai disse, sorrindo para mim, mas apontando para o Señor Bovary.

– *E* o amor da sua vida! – Bovary gritou alegremente. – Nunca se esqueça disso, Franny!

– Como eu poderia esquecer? – meu pai disse. – Estou sempre contando essa história, não estou?

Eu senti que isso era um adeus; parecia pouco provável que eu fosse tornar a vê-los. (Como meu pai tinha dito: "Nós já somos quem somos, não é verdade?")

Mas a palavra *adeus* parecia muito definitiva; eu não fui capaz de dizê-la.

– *Adiós*, jovem William – Señor Bovary disse.

– *Adiós* – eu disse para ele. Eles estavam indo embora, de mãos dadas, é claro, quando eu gritei para o meu pai. – *Adiós*, papai!

– Ele me chamou de "papai", foi isso que ele disse? – meu pai perguntou ao Sr. Bovary.

– Ele o chamou distintamente disso – Bovary disse a ele.

– *Adiós*, meu filho! – meu pai disse.

– *Adiós!* – Fiquei gritando para o meu pai e para o amor da vida dele, até não conseguir mais enxergá-los.

Na Favorite River Academy, o teatro experimental no Webster Center for the Performing Arts não era o palco principal naquele edifício relativamente novo, mas burro – bem-intencionado, para ser delicado, mas construído de uma maneira estúpida.

Os tempos mudaram: hoje em dia os estudantes não estudam Shakespeare do modo que eu estudei. Hoje em dia, eu não conseguiria encher os lugares para a apresentação de uma peça de Shakespeare, nem mesmo *Romeu e Julieta*! O teatro experimental era uma ferramenta de ensino melhor para os meus atores, e era ótimo para plateias menores. Os alunos ficavam muito mais à vontade nas nossas produções experimentais, mas todo mundo reclamava dos camundongos. Podia ser um prédio relativamente novo, mas – fosse por causa do design malfeito ou da construção errada – o espaço sob o Webster Center era mal isolado e não tinha sido feito à prova de camundongos.

Quando começa a esfriar, todo prédio mal construído em Vermont tem camundongos. Os adolescentes que trabalhavam comigo na nossa produção experimental de *Romeu e Julieta* os chamavam de "camundongos de palco"; não sei dizer por que, só que os camundongos às vezes eram vistos em cena.

Fazia frio naquele mês de novembro. O feriado de Ação de Graças ia ser dali a uma semana, e já tínhamos neve no chão – estava frio até para Vermont naquela época do ano. (Não surpreende que os camundongos tivessem se mudado para dentro.)

Eu tinha acabado de convencer Richard Abbott a se mudar para a casa de River Street para morar comigo; aos oitenta anos, Richard não precisava passar outro inverno em Vermont sozinho numa casa – ele estava sozinho agora que Martha tinha ido para o Retiro. Eu dei para Richard o que tinha sido o meu quarto de criança, e aquele banheiro que um dia eu tinha dividido com Vovô Harry.

Richard não se queixou dos fantasmas. Talvez ele tivesse se queixado se tivesse encontrado o fantasma de Nana Victoria, ou o de Tia Muriel – ou até o da minha mãe –, mas o único fantasma que Richard via era o do Vovô Harry. Naturalmente, o fantasma de Harry apareceu algumas vezes naquele banheiro que um dia ele tinha dividido comigo – felizmente, não naquela banheira.

– Harry parece estar confuso, como se tivesse perdido a escova de dentes – foi só o que Richard disse sobre o fantasma de Vovô Harry.

A banheira na qual Harry tinha explodido os miolos tinha ido embora. Se Vovô Harry fosse repetir a cena de *explodir* os miolos numa banheira, isso iria acontecer no banheiro principal – o que eu usava agora – e naquela banheira nova e convidativa (como Harry tinha *repetido* a cena para Amanda).

Mas, como já disse a vocês, nunca vi fantasmas naquela casa em River Street. Houve uma única manhã em que acordei e encontrei minhas roupas – muito bem-arrumadas, na ordem em que iria vesti-las – ao pé da minha cama. Eram roupas limpas, meu jeans na parte de baixo da pilha. A camisa perfeitamente dobrada, com minhas meias e minha cueca por cima. Era exatamente assim que minha mãe costumava arrumar as roupas para mim quando eu era criança. Ela devia fazer isso toda noite, depois que eu adormecia. (Ela tinha parado de fazer isso quando fiquei adolescente, ou um pouco antes.) Eu tinha esquecido completamente que um dia ela tinha me amado. Meu palpite era que o fantasma dela queria me lembrar disso.

Isso só aconteceu uma única vez, mas foi o bastante para me fazer lembrar de quanto eu a tinha amado – sem reservas. Agora, depois de ter perdido o afeto dela há tantos anos, e de acreditar que não a amava mais, fui capaz de chorar sua perda – do modo que costumamos chorar a perda dos nossos pais quando eles morrem.

Quando eu me mudei para a casa de River Street, encontrei o tio Bob parado ao lado de uma caixa de livros no hall de baixo. Tia Muriel tinha desejado que eu ficasse com aqueles "monumentos da literatura mundial", Bob tinha se esforçado para explicar, mas o fantasma de Muriel não tinha entregado os livros – tio Bob tinha trazido a caixa. Ele tinha descoberto bem depois que Muriel tivera a intenção de me dar os livros, mas aquele acidente fatal de automóvel deve ter interrompido seus planos. Tio Bob não tinha notado que os livros eram para mim; havia um bilhete dentro da caixa, mas tinham se passado alguns anos antes que Bob o lesse.

"Estes livros são dos seus antepassados, Billy", Tia Muriel tinha escrito, na sua caligrafia inconfudivelmente autoritária. "Você é o escritor da família – deve ficar com eles."

– Não sei *quando* ela pretendia dá-los para você, Billy – Bob disse, meio encabulado.

Vale a pena notar a palavra antepassados. A princípio, fiquei envaidecido pela companhia dos escritores que Muriel tinha escolhido para mim; era uma coleção altamente literária. Havia duas peças de García Lorca – *Bodas de sangue* e *A casa de Bernarda Alba*. (Eu não sabia que Muriel sabia que eu amava Lorca – seus poemas também.) Havia três peças de Tennessee Williams; talvez Nils Borkman tivesse dado aquelas peças para Muriel, pensei a princípio. Havia um livro de poemas de W. H. Auden, e poemas de Lord Byron e de Walt Whitman. Havia aqueles romances formidáveis de Herman Melville e E. M. Foster – eu me refiro a *Moby-Dick* e a *Howards End*. Havia *No caminho de Swann*, de Marcel Proust. Entretanto, eu ainda não tinha entendido por que minha Tia Muriel tinha juntado aqueles escritores específicos e os tinha chamado de meus "antepassados" – até eu tirar do fundo da caixa dois livrinhos que estavam um junto do outro: *Uma temporada no inferno* de Arthur Rimbaud e *Giovanni* de James Baldwin.

– Ah – eu disse para tio Bob. Meus antepassados *gays*, é o que Tia Muriel deve ter pensado, meus irmãos não exatamente héteros, eu só podia adivinhar.

– Acho que sua tia quis dizer isso de uma forma *positiva*, Billy – tio Bob disse.

– Você acha? – perguntei ao Homem da Raquete. Nós dois ficamos ali no hall de baixo, tentando imaginar Muriel colocando aqueles livros numa caixa para mim de um modo *positivo*.

Nunca contei a Gerry sobre o presente da mãe dela para mim – temendo que Muriel não tivesse deixado nada, ou então coisa pior, para Gerry. Eu não perguntei a Elaine se ela achava que Muriel tivesse me dado aqueles livros com uma intenção *positiva*. (A opinião que Elaine tinha de Muriel era que minha tia tinha *nascido* um fantasma ameaçador.)

Foi o telefonema de Elaine – tarde da noite, na minha casa em River Street – que me lembrou de Esmeralda, fora da minha vida (mas não da minha mente) havia tantos anos. Elaine estava chorando ao telefone; mais um namorado tinha dado o fora nela, mas esse tinha feito comentários cruéis sobre a vagina da minha querida amiga. (Eu nunca tinha contado a Elaine sobre a minha avaliação infeliz, de que a vagina de Esmeralda não era um salão de baile – cara, essa com certeza não era a noite certa para contar *essa* história!)

– Você está sempre me dizendo o quanto gosta dos meus pequenos seios, Billy – Elaine estava dizendo, entre soluços –, mas você nunca disse nada sobre a minha vagina.

– Eu *amo* a sua vagina! – eu disse a ela.

– Você não está dizendo isso só para me agradar, está, Billy?

– Não! Eu acho que a sua vagina é *perfeita*!

– Por quê? – Elaine perguntou; ela tinha parado de chorar.

Eu estava determinado a não cometer o erro que tinha cometido com Esmeralda com a minha amiga mais querida.

– Ah, bem... – comecei, e então parei. – Vou ser absolutamente honesto com você, Elaine. Algumas vaginas são grandes como salões de baile, enquanto que a *sua* vagina é do tamanho certo. É do tamanho perfeito, pelo menos para *mim* – eu disse, o mais naturalmente que pude.

– Não é um salão de baile, é isso que você está dizendo, Billy?

Como foi que eu caí nisso de novo? Eu estava pensando.

– Não é um salão de baile, de um modo *positivo*! – gritei.

A hipermetropia de Elaine era coisa do passado; ela tinha feito aquela cirurgia de Lasik – era como se ela estivesse enxergando pela primeira vez. Antes da cirurgia, quando fazíamos sexo, ela sempre tirava os óculos – nunca tinha dado uma boa olhada num pênis. Agora ela podia realmente ver os pênis; ela não gostava da aparência de alguns – "da *maioria* deles", Elaine tinha dito. Ela tinha me dito que, da próxima vez que estivéssemos juntos, ela queria dar uma boa olhada no meu pênis. Achei um tanto trágico que Elaine não conhecesse outro cara tão bem a ponto de se sentir à vontade para examinar o pênis dele, mas para que servem os amigos?

– Então a minha vagina "não é um salão de baile de um modo *positivo?*" – Elaine disse ao telefone. – Bem, isso parece uma coisa boa. Eu mal posso esperar para dar uma boa olhada no seu pênis, Billy, eu sei que você vai encarar o fato de eu examinar o seu pênis de um modo *positivo*.

– Eu mal posso esperar também – eu disse a ela.

– Não esqueça que eu tenho o tamanho *perfeito* para você, Billy – Elaine disse.

– Eu te amo, Elaine – eu disse a ela.

– Eu também te amo, Billy – Elaine disse.

Assim o meu deslize sobre não ser um salão de baile foi enterrado – assim aquele fantasma desapareceu. Assim a minha pior lembrança de Esmeralda (*aquele* anjo apavorante) desapareceu.

Era a terceira semana de novembro de 2010 – enquanto eu viver, não vou me esquecer disso. Eu estava muito ocupado com *Romeu e Julieta*; eu tinha um elenco fantástico de garotos, e (como vocês sabem) uma Julieta com todos os colhões que um diretor poderia desejar.

Os camundongos de palco incomodavam principalmente as poucas garotas do elenco – a saber, minha Lady Montague, e minha Lady Capuleto, e minha Enfermeira. Quanto à minha Julieta, Gee não dava gritinhos quando os camundongos de palco passavam correndo; Gee tentava pisar nos pequenos roedores. Gee e meu sanguinário Teobaldo tinham matado alguns camundongos de palco pisando neles, mas meu Mercutio e meu Romeu eram os especialistas do elenco em armar ratoeiras. Eu estava constantemente lembrando a eles que tinham que desarmar as ratoeiras quando o nosso *Romeu e Julieta* estivesse sendo apresentado. Eu não queria que aquele som sinistro – ou que o guincho de um camundongo moribundo – interrompesse o espetáculo.

Meu Romeu era um rapaz de olhos saltados de uma beleza estritamente convencional, mas ele tinha uma dicção excepcionalmente boa. Ele conseguia dizer aquela fala do ato 1, cena 1 (da maior importância) de modo que a plateia conseguisse realmente escutar. "Isso tem muito a ver com ódio, mas mais a ver com amor" – essa fala.

Também era importante para Gee – como ela me disse – que o meu Romeu não fosse seu tipo.

– Mas eu não me importo de beijá-lo – ela tinha acrescentado.

Felizmente, o meu Romeu também não se importava de beijar Gee – apesar de todo mundo na escola saber que Gee tinha testículos (e um pênis). Teria que haver um rapaz muito corajoso em Favorite River para se aventurar a *namorar* Gee; isso não tinha acontecido. Gee tinha sempre morado num dormitório feminino; mesmo com testículos e pênis, Gee jamais incomodaria as outras moças, e as moças sabiam disso. Elas também nunca tinham incomodado Gee.

Colocar Gee num dormitório masculino teria sido comprar problemas; Gee gostava de rapazes, mas como Gee era um rapaz que estava tentando tornar-se uma moça, alguns dos rapazes *com certeza* a teriam incomodado.

Ninguém tinha imaginado – muito menos eu – que Gee iria tornar-se uma moça tão bonita. Sem dúvida, havia rapazes na Favorite River Academy que se sentiam atraídos por ela – rapazes héteros, porque Gee era totalmente passável, e rapazes gays que se sentiam atraídos por Gee porque ela tinha testículos e pênis.

Richard Abbott e eu nos revezávamos para levar Gee ao Retiro para ver Martha. Aos noventa anos, a Sra. Hadley era uma espécie de avó sábia para Gee; Martha disse a Gee para não namorar nenhum dos rapazes da Favorite River.

– Deixe para namorar na faculdade – a Sra. Hadley tinha aconselhado a ela.

– É o que eu estou fazendo, estou esperando para namorar – Gee Montgomery tinha me dito. – Todos os caras em Favorite River são muito imaturos para mim, de qualquer jeito.

Havia um rapaz que parecia ser *muito* maduro na minha opinião – pelo menos fisicamente. Ele era, como Gee, um aluno do último ano, mas era também um lutador de luta livre, e era por isso que eu o tinha escalado para fazer o temperamental Teobaldo – um parente dos Capuleto, e o esquentadinho que tem mais culpa pelo que acontece na peça. Ah, eu sei, é a longa discórdia entre os Montague e os

Capuleto que provoca as mortes de Romeu e Julieta, mas Teobaldo é o catalisador. (Espero que Herm Hoyt e a Srta. Frost tivessem me perdoado por escolher um praticante de luta livre para ser o meu catalisador.)

O meu Teobaldo era o rapaz de aparência mais madura de Favorite River – um lutador da equipe da escola havia quatro anos, que tinha vindo da Alemanha. Manfred era um peso médio; o inglês dele era correto, e sua dicção muito cuidadosa, mas ele tinha conservado um pequeno sotaque. Eu tinha dito a Manfred para deixar aparecer o sotaque em *Romeu e Julieta*. Que maldade minha – fazer o meu Teobaldo ser um lutador com sotaque alemão. Mas, para falar a verdade, eu estava um pouco preocupado que Manfred pudesse estar apaixonado por Gee. (E eu sabia que Gee gostava dele.) Se havia um rapaz em Favorite River que poderia ter coragem suficiente para sair com Gee Montgomery – quer dizer, para *convidá-la* para sair –, esse rapaz, que parecia um homem feito, era o meu esquentado Teobaldo.

Naquela quarta-feira, estávamos ensaiando *Romeu e Julieta* sem script – estávamos na fase de sintonia fina. Nosso ensaio foi mais tarde do que o habitual; tínhamos começado às oito horas – pelo fato de Manfred estar num campeonato de luta livre em Massachusetts.

Eu tinha ido para o teatro perto da hora habitual dos nossos ensaios, por volta das 6:45 ou sete horas daquela quarta-feira, e – como já esperava – a maioria do meu elenco também chegou cedo. Às oito horas, estávamos *todos* esperando por Manfred – o meu combativo Teobaldo.

Eu estava conversando sobre política com o meu Benvólio, um dos meus rapazes gays. Ele era muito ativo no grupo LGBTQ do campus, e nós estávamos falando sobre a eleição do novo governador de Vermont, um democrata – "nosso governador defensor dos direitos dos gays", meu Benvólio estava dizendo.

De repente, ele parou e disse:

– Eu me esqueci de dizer, Sr. A., que tem um cara procurando pelo senhor. Ele estava no refeitório, perguntando pelo senhor.

Eu estivera no refeitório para comer alguma coisa mais cedo, e alguém tinha me dito que havia um cara perguntando onde poderia me encontrar. Uma mulher jovem do Departamento de Inglês tinha me dito – uma espécie de Amanda, mas *não*. (Amanda tinha seguido em frente, para meu alívio.)

– Um cara de que idade? – Eu tinha perguntado à jovem professora. – Como ele era?

– Da minha idade ou um pouquinho mais velho, bonitão – ela tinha dito. Achei que a professora devia ter trinta e poucos anos, talvez uns trinta e cinco.

– Um homem de que idade, você diria? – perguntei ao meu jovem Benvólio. – Como ele era?

– *Trinta e muitos*, talvez – meu Benvólio respondeu. – *Muito* bonito, *atraente*, se quer saber – o rapaz gay disse, sorrindo. (Ele era um excelente Benvólio para o meu Romeu de olhos saltados, eu estava pensando.)

Meu elenco estava chegando ao teatro – alguns sozinhos, outros em pares ou trios. Se Manfred chegasse do campeonato mais cedo do que o esperado, poderíamos começar o ensaio; a maioria dos garotos tinha dever de casa para fazer – eles teriam que ficar acordados até tarde.

Meus clérigos chegaram, frei Lourenço e frei João, e meu obsequioso Boticário. Minhas tagarelas apareceram – duas alunas do primeiro ano, minha Lady Montague e minha Lady Capuleto. E lá estava o meu Mercúcio, aluno do segundo ano, mas alto e talentoso. Ele tinha o charme e a coragem necessários para fazer o simpático mas infeliz Mercúcio.

Vinham entrando no teatro diversos ajudantes, figurantes, carregadores de tochas, meu garoto com um tambor (um garoto baixinho do primeiro ano que poderia ter feito o papel de um anão), vários criados (inclusive o pajem de Teobaldo), diversos aristocratas – e meu Páris, meu príncipe Éscalo e os outros. Minha Ama vinha no fim, empurrando meu Baltasar e meu Petruchio na frente dela. A Ama de Julieta era uma moça forte – uma jogadora de hóquei, e uma das lésbicas mais francas do grupo LGBTQ. Minha Ama não aprovava quase nenhum tipo de comportamento masculino – inclusive comportamento masculino gay e bi. Eu gostava muito dela. Sempre que havia algum problema – uma briga por causa de comida no refeitório ou um aluno insatisfeito com uma arma –, eu sabia que podia contar com a Ama de Julieta para me proteger. Ela tinha um respeito mal-humorado por Gee, mas eu sabia que elas não eram amigas.

E onde estava Gee?, comecei a pensar. Minha Julieta normalmente era a primeira a chegar ao teatro.

– Tem um cara procurando pelo senhor, Sr. A., um cara desagradável que se acha muito importante – a Ama de Julieta me disse. – Acho que ele estava dando em cima de Gee, ou talvez estivesse só a acompanhando e conversando com ela. De qualquer modo, eles estão vindo para cá.

Mas eu não vi o estranho, a princípio; quando enxerguei Gee, ela estava sozinha. Eu estava debatendo a cena da morte de Mercúcio com meu Mercúcio de pernas compridas. Eu estava concordando com ele que havia, como aquele jovem talentoso tinha dito, um pouco de humor negro envolvido, quando Mercúcio descreve a gravidade do seu ferimento para Romeu: "É tão profundo quanto um poço, não tão largo quanto uma porta de igreja, mas é suficiente. Vai bastar. Pergunte por mim amanhã, e você irá encontrar um homem enterrado." Entretanto, avisei ao meu Mercúcio para não ser nada *engraçado* quando amaldiçoasse os Capuleto e os Mantague: "Que caia uma praga sobre as duas casas."

– Desculpe por chegar agora, Sr. A., eu me atrasei um pouco – Gee disse; ela estava ofegante, até mesmo um pouco vermelha, mas estava frio lá fora. Não havia ninguém com ela.

– Ouvi dizer que tinha um cara incomodando você – eu disse.

– Ele não estava *me* incomodando, ele está interessado no *senhor* – minha Julieta disse.

– Ele deu a impressão de estar dando em cima de você – minha Ama robusta disse a ela.

– Ninguém vai dar em cima de mim até eu estar na faculdade – Gee disse a ela.

– O homem disse o que queria? – perguntei a Gee; ela sacudiu a cabeça.

– Acho que é pessoal, Sr. A., o cara está aborrecido com alguma coisa – Gee disse.

Nós estávamos todos no palco fortemente iluminado; meu diretor de palco já tinha diminuído as luzes do teatro. No nosso teatro experimental, podemos posicionar a plateia onde quisermos; podemos mudar os assentos de lugar. Às vezes, a plateia fica em volta do palco ou senta de frente uns para os outros com o palco no meio. Para *Romeu e Julieta*, eu tinha formado uma ferradura com os assentos em volta do palco. Com as luzes diminuídas, mas não apagadas, eu podia assistir aos ensaios de qualquer lugar da plateia e ainda enxergar suficientemente bem para ler minhas anotações – ou escrever novas anotações.

Foi o meu gay Benvólio quem cochichou no meu ouvido, enquanto todos nós ainda estávamos esperando Manfred (meu encrenqueiro Teobaldo) voltar do seu campeonato de luta livre.

– Sr. A., eu estou vendo o cara. Aquele sujeito que está procurando pelo senhor, ele está na plateia. – Com as luzes diminuídas, eu não conseguia ver direito o rosto do homem; ele estava sentado no meio da ferradura formada pelos assentos, cerca de quatro ou cinco fileiras para trás, fora do alcance da luz que iluminava o palco.

– Quer que chame a segurança, Sr. A.? – Gee perguntou.

– Não, não, eu vou ver o que ele quer – eu disse a ela. – Se eu der a impressão de estar preso numa conversa desagradável, venha nos interromper, finja que precisa perguntar qualquer coisa sobre a peça. Invente alguma coisa – eu disse.

– Quer que eu vá com você? – minha Ama corajosa, a jogadora de hóquei, perguntou.

– Não, não – eu disse para a garota destemida, que estava doida por uma briga. – Só não esqueça de me avisar quando Manfred chegar.

Nós estávamos naquele ponto dos nossos ensaios em que eu gostava que os garotos ensaiassem suas falas sequencialmente; não gostava de ensaiar de forma fragmentada nem fora de ordem. Meu sempre pronto Teobaldo é uma presença estimulante no ato 1, cena 1. (*Entra Teobaldo, desembainhando a sua espada*, como estabelecem as indicações de cena.) O único ensaio que eu queria fazer sem o Manfred era aquele pequeno trecho recitado pelo coro, o prólogo da peça.

– Preste atenção, coro – eu disse. – Leiam o prólogo algumas vezes. Observem que a fala mais importante não termina com uma vírgula, mas com um ponto e vírgula; prestem atenção nesse ponto e vírgula. "Um par de amantes separados pelo destino se matam"; por favor, façam uma *pausa* depois do ponto e vírgula.

– Estamos aqui se precisar de nós, Sr. A. – ouvi Gee dizer enquanto eu caminhava na direção da quarta ou quinta fileira de assentos, na plateia mal iluminada.

– Olá, professor – eu ouvi o homem dizer, talvez um centésimo de segundo antes de poder vê-lo direito. Ele bem poderia ter dito: "Olá, Ninfa", de tão familiar que a voz dele soou, quase cinquenta anos depois de eu a ter ouvido pela última vez. Seu rosto bonito, seu corpo de lutador, seu sorriso maliciosamente confiante, tudo isso me era familiar.

Mas você devia estar *morto*!, pensei – o "de causas naturais" era a única parte duvidosa. Entretanto, este Kittredge, é claro, não poderia ser o *meu* Kittredge. Este Kittredge tinha pouco mais da metade da minha idade; se ele tivesse nascido no início dos anos 70, quando eu havia imaginado que o filho de Kittredge tinha nascido, deveria estar com trinta e tantos anos – trinta e sete ou trinta e oito anos, foi a impressão que tive ao ver o único filho de Kittredge.

– É incrível como você se parece com o seu pai – eu disse para o jovem Kittredge, estendendo minha mão; ele não quis apertá-la. – Bem, é claro, isso se eu tivesse visto o seu pai quando ele tinha a sua idade, você é como eu *imagino* que ele fosse aos trinta e tantos anos.

– Meu pai não se parecia nada comigo quando tinha a minha idade – o homem disse. – Ele já tinha feito trinta anos quando eu nasci; quando eu tinha idade suficiente para me lembrar da aparência dele, ele já era uma mulher. Ainda não tinha se operado, mas era muito passável como mulher. Eu não *tive* um pai. Tive duas mães, uma delas era histérica quase o tempo todo, e a outra tinha um pênis. Depois da cirurgia, acho que ele tinha uma espécie de vagina. Ele morreu de Aids, estou surpreso por você *não* ter morrido. Eu li todos os seus romances – o jovem Kittredge acrescentou, como se tudo nos meus livros tivesse indicado para ele que poderia facilmente ter morrido de Aids, ou que *deveria* ter morrido.

– Sinto muito – foi tudo o que consegui dizer a ele; como Gee tinha dito, ele estava aborrecido. Como eu pude ver por mim mesmo, ele estava zangado. Tentei conversar. Perguntei como o pai dele ganhava a vida, e como Kittredge tinha conhecido Irmgard, a esposa, a mãe desse homem zangado.

Eles tinham se conhecido esquiando – em Davos, ou talvez em Klosters. A esposa de Kittredge era suíça, mas ela tinha tido uma avó alemã; daí é que vinha o nome *Irmgard*. Kittredge e Irmgard tinham casas na estação de esqui e em Zurique, onde ambos trabalhavam no Schauspielhaus. (Era um teatro muito famoso.) Imaginei que Kittredge tinha gostado de morar na Europa; sem dúvida, ele estava acostumado com a Europa, por causa da mãe. E talvez uma operação de mudança de sexo fosse mais fácil de conseguir na Europa – eu não fazia ideia, realmente.

A Sra. Kittredge – a mãe, *não* a esposa – tinha se matado logo depois da morte de Kittredge. (Não havia dúvida de que ela era a mãe verdadeira dele.)

– Comprimidos – foi tudo o que o neto comentou a respeito; ele claramente não estava interessado em falar comigo sobre outra coisa que não fosse o fato de o pai dele ter virado mulher. Eu comecei a ter a sensação de que o jovem Kittredge achava que eu tive algo a ver com o que ele considerava uma alteração desprezível.

– Como era o alemão dele? – perguntei ao filho de Kittredge, mas isso não interessava ao homem zangado.

– O alemão dele era passável, não tão passável quanto ele era como mulher. Ele não fez nenhum esforço para melhorar seu alemão – o filho de Kittredge me disse. – Meu pai nunca se esforçou tanto para *nada* quanto se esforçou para se transformar em mulher.

– Ah.

– Quando estava morrendo, ele me contou que aconteceu alguma coisa aqui – quando você o conheceu – o filho de Kittredge disse. – Alguma coisa *começou* aqui. Ele admirava você, ele disse que você tinha coragem. Você fez alguma coisa "inspiradora" foi o que ele me disse. Havia uma transexual envolvida, alguém mais velho, eu acho. Talvez vocês dois a conhecessem. Talvez meu pai a admirasse, também, talvez *ela* o tenha inspirado.

– Eu vi uma fotografia do seu pai quando ele era muito jovem, antes de ele vir para cá – eu disse ao jovem Kittredge. – Ele estava vestido e maquiado como uma linda moça. Acho que alguma coisa

começou, como você diz, antes de ele me conhecer, e de tudo isso acontecer. Eu posso mostrar essa fotografia para você, se você...
— Eu vi essas fotografias, não preciso ver nenhuma outra! – o filho de Kittredge disse, zangado. – E quanto à transexual? Como foi que vocês dois inspiraram o meu pai?
— Eu estou surpreso em ouvir você dizer que ele me "admirava", não posso imaginar o que fiz que ele tenha achado "inspirador". Nunca achei que ele sequer gostasse de mim. De fato, o seu pai foi sempre muito cruel comigo – eu disse ao filho de Kittredge.
— E quanto à transexual? – o jovem Kittredge tornou a perguntar.
— Eu conheci a transexual, seu pai só a viu uma vez. Eu estava apaixonado pela transexual. O que aconteceu com a transexual aconteceu comigo! – eu gritei. – Não sei o que aconteceu com o seu pai.
— *Alguma coisa* aconteceu aqui, eu só sei disso – o filho disse com amargura. – Meu pai leu todos os seus livros, obsessivamente. O que ele estava procurando nos seus romances? Eu os li, e nunca encontrei meu pai ali, não que eu o fosse necessariamente reconhecer nos seus livros.

Eu então pensei no *meu* pai, e disse – o mais delicadamente que consegui – para o zangado filho de Kittredge:
— Nós já somos quem somos, não é? Eu não posso tornar o seu pai compreensível para você, mas sem dúvida você pode sentir alguma *compaixão* por ele, não pode? – (Eu nunca imaginei que fosse pedir a alguém que tivesse *compaixão* por Kittredge!)

Um dia eu tinha acreditado que se Kittredge fosse gay, ele devia ir por cima. Agora eu não tinha tanta certeza. Quando Kittredge conheceu a Srta. Frost, eu o vi se transformar de dominante em submisso – em cerca de dez segundos.

Nesse instante Gee chegou, na fileira de assentos ao nosso lado. Meu elenco de *Romeu e Julieta* com certeza tinha ouvido as vozes exaltadas; eles devem ter ficado preocupados comigo. Sem dúvida, puderam ver o quanto o jovem Kittredge estava zangado. Para mim, ele parecia apenas uma cópia inexperiente e decepcionante do seu pai.
— Oi, Gee – eu disse. – Manfred chegou? Estamos prontos?
— Não, ainda não temos o nosso Teobaldo – Gee disse. – Mas eu tenho uma pergunta. É sobre o ato 1, cena 5, é a primeira coisa que

eu digo, quando a Ama me diz que Romeu é um Montague. Você sabe, quando eu fico sabendo que estou apaixonada pelo filho do meu inimigo, são aqueles versos.

– O que você quer saber? – perguntei; ela estava ganhando tempo para nós dois, dava para ver. Nós queríamos que Manfred chegasse. Onde estava o meu indignado Teobaldo quando eu precisava dele?

– Eu não acho que deveria parecer estar com pena de mim mesma – Gee continuou. – Não imagino Julieta como tendo pena de si mesma.

– Não, ela não tem pena de si mesma – eu disse. – Julieta pode parecer fatalista, às vezes, mas ela não deve dar a impressão de autopiedade.

– Está bem, deixe-me dizer os versos – Gee disse. – Acho que entendi, eu digo o que acontece, mas sem me queixar disso.

– Essa é a minha Julieta – eu disse ao jovem Kittredge. – Minha melhor garota, Gee. Está bem – eu disse para Gee –, vamos ouvir.

– "Meu único amor brotou do meu único ódio!/Cedo demais o vi sem saber quem era, tarde demais o conheci!" – minha Julieta disse.

– Não podia ser melhor, *Gee* – eu disse a ela, mas o jovem Kittredge a estava encarando; não dava para ver se ele a admirava ou desconfiava dela.

– Que tipo de nome é *Gee*? – o filho de Kittredge perguntou a ela. Eu pude ver que a confiança da minha melhor garota estava um pouco abalada; ali estava um homem bonito, de aparência cosmopolita, alguém que *não* era da nossa comunidade de Favorite River, onde Gee tinha conquistado o nosso respeito e tinha desenvolvido muita confiança em si mesma *como mulher*. Pude ver que Gee estava duvidando de si mesma. Eu sabia o que ela estava pensando, na presença do jovem Kittredge, e sob seu olhar intimidante. Eu pareço *passável*?, Gee estava pensando.

– Gee é só um nome inventado – a moça respondeu evasivamente.

– Qual é o seu *verdadeiro* nome? – o filho de Kittredge perguntou a ela.

– Eu era George Montgomery, ao nascer. Vou ser *Georgia* Montgomery mais tarde – Gee disse a ele. – Neste momento, eu sou apenas

Gee. Sou um rapaz que está se transformando numa moça, estou em *transição* – minha Julieta disse para o jovem Kittredge.

– Isso não podia ser melhor, Gee – tornei a dizer a ela. – Você se expressou com perfeição.

Um único olhar para o filho de Kittredge e eu entendi: ele não fazia ideia de que Gee era uma obra em progresso; ele não tinha percebido que ela era um garoto transgênero, corajosamente a caminho de se tornar uma mulher. Um único olhar para Gee me fez entender que ela sabia que era *passável*; acho que isso deu uma tonelada de confiança para a minha Julieta. Eu compreendo agora que, se o filho de Kittredge tivesse dito alguma coisa desrespeitosa para Gee, eu teria tentado matá-lo.

Naquele momento, Manfred chegou.

– O lutador está aqui! – alguém gritou, meu Mercúcio, talvez, ou pode ter sido o meu alegre Benvólio.

– Temos o nosso Teobaldo! – minha forte Ama gritou para Gee e para mim.

– Ah, finalmente – eu disse. – Estamos prontos.

Gee estava correndo na direção do palco – como se sua próxima vida dependesse do início daquele ensaio atrasado.

– Boa sorte, quebre uma perna – o jovem Kittredge gritou para ela. Igualzinho ao pai, não dava para interpretar seu tom de voz. Ele estava sendo sincero ou sarcástico?

Eu vi que a minha autoritária Ama tinha puxado Manfred de lado. Sem dúvida, ela estava contando tudo ao irascível Teobaldo – ela queria que "o lutador" soubesse que havia um possível problema, um imbecil (como ela tinha chamado o jovem Kittredge) na plateia. Eu estava levando o filho de Kittredge para um corredor entre os assentos em forma de ferradura, apenas acompanhando o rapaz até a saída mais próxima, quando Manfred apareceu – tão pronto quanto Teobaldo para brigar.

Quando Manfred queria falar comigo em particular, ele sempre falava em alemão: ele sabia que eu tinha morado em Viena e que ainda falava um pouco de alemão, mesmo que mal. Manfred perguntou educadamente se havia algo que ele pudesse fazer para me ajudar – em alemão.

Malditos *lutadores*! Eu vi que o meu Teobaldo tinha perdido metade do bigode dele; tinham tido que raspar um lado do lábio antes de dar os pontos! (Manfred ia ter que raspar o outro lado antes de estrearmos; eu não sei quanto a vocês, mas nunca vi um Teobaldo com apenas metade do bigode.)

– O seu alemão é muito bom – o jovem Kittredge disse para Manfred, parecendo surpreso.

– Tinha mesmo que ser, eu sou alemão – Manfred disse a ele agressivamente, em inglês.

– Este é o meu Teobaldo. Ele também é um lutador, como o seu pai – eu disse para o filho de Kittredge. Eles trocaram um aperto de mão meio sem graça. – Eu já estou indo, Manfred, pode esperar por mim no palco. Bonito lábio – eu disse a ele, quando ele estava se dirigindo para o palco.

O jovem Kittredge apertou minha mão relutantemente na porta do teatro. Ele ainda estava agitado; ele tinha mais o que dizer, mas – pelo menos em um aspecto – ele *não* era igual ao pai. O que quer que se pense de Kittredge, uma coisa eu posso dizer: ele era um filho da puta cruel, mas era um lutador. O filho, quer tenha praticado luta livre ou não, só precisou olhar uma vez para Manfred; o filho de Kittredge não era um lutador.

– Olha aqui, eu preciso dizer uma coisa – o jovem Kittredge disse; ele quase não conseguia olhar para mim. – Eu não conheço você, admito, também não faço ideia de quem o meu pai realmente era. Mas eu li todos os seus livros, e sei o que você faz, quer dizer, nos *livros*. Você faz com que todos esses excessos sexuais pareçam normais, é isso que você faz. Como Gee, aquela *garota*, ou o que quer que ela seja, ou o que esteja se *tornando*. Você cria esses personagens que são tão "diferentes" sexualmente, como *você* diria, ou tão "pirados" como eu os chamaria, e então espera que as pessoas *simpatizem* com eles, ou sintam pena deles, ou algo assim.

– Sim, é mais ou menos isso que eu faço – eu disse a ele.

– Mas muito do que você descreve não é *natural*! – o filho de Kittredge gritou. – Quer dizer, eu sei o que você *é*, não só pelo que você escreve. Eu li o que você diz sobre si mesmo, em entrevistas. O que você é não é *natural*, você não é *normal*!

Ele manteve um tom de voz baixo quando estava falando sobre Gee – tenho que dar esse crédito a ele –, mas agora Kittredge tinha elevado a voz de novo. Eu sabia que o meu diretor de palco – além de todo o elenco de *Romeu e Julieta* – podia ouvir cada palavra. De repente o nosso pequeno teatro ficou muito silencioso; eu juro que dava para ouvir um camundongo peidar.

– Você é *bissexual*, não é? – o filho de Kittredge me perguntou.
– Você acha *isso* normal ou natural, ou *simpático*? Você é um *gilete*! – ele disse, abrindo a porta da saída; graças a Deus, todo mundo pôde ver que ele estava finalmente indo embora.

– Meu caro rapaz – eu disse rispidamente para o jovem Kittredge, no que se tornou minha imitação da vida inteira do modo como a Srta. Frost falou comigo, de forma tão enfática e eletrizante.

– Meu caro rapaz, por favor não coloque um *rótulo* em mim, não me transforme numa *categoria* antes mesmo de me conhecer! – A Srta. Frost tinha dito para mim; eu nunca tinha esquecido. É de espantar que eu tenha dito isso para o jovem Kittredge, o arrogante filho do meu velho carrasco e amor proibido?

Agradecimentos

Abraham Verghese
Alan Hergott
Amy Edelman
Anna von Planta
David Calicchio
David Ebershoff
David Rowland
Dean Cooke
Edmund White
Emily Copeland
Everett Irving
Helga Stephenson
Jamey Bradbury
Jan Morris
Janet Turnbull Irving
Jonathan Karp
Josée Kamoun
Kate Medina
Katie Kelley
Marie-Anne Esquivié
Marty Schwartz
Nick Spengler
Paul Fedorko
Peter Delacorte
Rick Kelley
Rob Buyea
Rodrigo Fresán
Ron Hansen
Ruth Geiger
Sheila Heffernon
Vicente Molina Foix

Impressão e Acabamento:
GRÁFICA STAMPPA LTDA.
Rua João Santana, 44 - Ramos - RJ